Die Tagebücher der Anaïs Nin 1934-1939

Herausgegeben
von Gunther Stuhlmann

Aus dem Amerikanischen
übertragen von Herbert Zand

Nymphenburger Verlagshandlung

Titel der Originalausgabe: The Diary of Anaïs Nin 1934–1939

Repro und Druck: Presse-Druck, Augsburg
Bindung: Klotz, Augsburg
Printed in Germany
ISBN 3-485-00359-X

Vorwort

Als im Frühjahr 1966 Anaïs Nins Tagebücher 1931–1934 in Amerika erschienen, schrieb der Pulitzerpreisträger Karl Shapiro: »Seit einer Generation schon geht auf beiden Seiten des Atlantik in der literarischen Welt das Gerücht von einem außerordentlichen Tagebuch um. Leser, die das Manuskript bereits frühzeitig lasen, sprachen in aufsehenerregenden Superlativen von einem Werk, das seinen Platz unter den großen Bekenntnissen der Literatur haben würde. Ein aufschlußreicher Teil dieses Tagebuches ist nun endlich publiziert, und es scheint so, als würden die großen Versprechungen, die man gemacht hat, gerechtfertigt.«
In der Tat zeigte die Aufnahme des ersten Bandes, daß Anaïs Nins riesiges Lebenswerk, das sich aus mancherlei Gründen der Veröffentlichung als Ganzes entzieht, in der unvermeidlichen Zerstückelung durch Teilveröffentlichungen seine Wirkung und Einzigartigkeit keineswegs verloren hat. Immerhin umfassen die Ausschnitte dieses ersten Bandes, der etwa drei Jahre in Anaïs Nins Leben entspricht, nur sechshundert von den fünfzehntausend Seiten der Maschinenabschrift aus den Originalbänden des Tagebuchs, das heute zwei vierfächerige Aktenbehälter im Gewölbe einer Brooklyner Bank füllt.
Aus einem zusammenhängenden, organisch gewachsenen Text wie dem des Tagebuches mit seinen vor- und zurücklaufenden Webmustern von Zeit und Zufall, seinen natürlichen Lücken und Wiederholungen, seinem gradweisen Reifungsprozeß auszuwählen, ist immer ein heikles Unternehmen. In der Arbeit des Herausgebers wiederholt sich der wählerische Akt des Autors bei der Niederschrift des Tagebuches. Und das ursprüngliche Tagebuch ist in all seiner Fülle lediglich eine *Reflexion*, ein gebrochenes Spiegelbild der Totalität des Autors. Es gibt nicht die ganze Anaïs Nin, die sich von Tag zu Tag in allen Perspektiven von Ort und Zeit porträtiert. In ihrer freimütigen, manchmal gar nicht schmeichelhaften Zeichnung ihrer Person, ihrer spontanen Reaktion auf Menschen, Geschehnisse und Ideen, zieht Anaïs Nin uns in ein Vertrauen, das von literarischen Kunstgriffen nicht beschönigt wird. Trotzdem ist es gerade diese Begabung, ihr schriftstellerisches Talent, das dem Tagebuch zu einem vibrierenden Leben verhilft. Wo immer wir auch das Tagebuch aufschlagen, wir sind eingefangen in den Roman eines Lebens, einen

Roman, der Gefühl und Verstand rührt, mit seinem Rhythmus, seiner Spannung, seinen Aktionen und Gegenaktionen.

Der erste Band beginnt zu einem Zeitpunkt, an dem Anaïs Nin mit einer kurzen, leidenschaftlichen Studie über D. H. Lawrence debutiert. Damals lebte sie mit ihrer Familie in einem altmodischen stillen Haus in dem verträumten Städtchen Louveciennes in der Nähe von Paris. Aber die ruhige Oberfläche dieser ländlichen Lebensweise – nach dem glanzvollen Auftakt ihrer katholischen Kindheit in Europa und den leidvollen Jahren ihres jugendlichen Exils in den Vereinigten Staaten – wurde bald schon erschüttert durch die immer dichter werdende Verbindung zu einem Kreis von Künstlern und Intellektuellen, unter ihnen vor allem zu dem damals unbekannten »Gangster-Autor« Henry Miller, seiner bemerkenswerten Frau June und dem labilen surrealistischen Dichter Antonin Artaud. Unter dem Druck der verschiedenartigen selbstgewählten Rollen als Künstlerin, Frau, Schwester, Tochter, Helferin, Muse, als einer Vertrauten und als Glamourgirl, fand sie sich gefangen zwischen der glänzenden Leere der »Gesellschaft« und der gefährlichen Freiheit der »Boheme«. Getrieben von einer qualvollen, schmerzlichen Selbsterkenntnis und verfolgt vom Schatten ihres eleganten egoistischen Vaters, des spanischen Komponisten und Pianisten Joaquin Nin, der die Familie in ihrer Kindheit verlassen hatte, versuchte sie durch die Psychoanalyse die verschiedenen Bestandteile ihrer Persönlichkeit zu verstehen und zu entwirren. Aber weder Dr. René Allendy, der Begründer der Französischen Psychoanalytischen Gesellschaft, noch Siegmund Freuds verstoßener Schüler Dr. Otto Rank, mit dem zusammen sie die Rolle und die schöpferischen Möglichkeiten der Frau in der modernen Welt erforschen wollte, konnten ihr mehr als Teilantworten geben. In ihrem Refugium, dem Tagebuch, analysierte sie die Analytiker. Im November 1934 – damit schließt Band I –, zwei Monate nachdem Henry Miller dank ihrer andauernden Unterstützung in der Lage war, sein erstes Buch, *Tropic of Cancer*, zu veröffentlichen, war sie gerade dabei, Paris zu verlassen. Dr. Rank, den die Wirtschaftskrise gezwungen hatte, seine Praxis nach New York zu verlegen, hatte sie dringend gebeten, ihm eine Zeitlang bei seiner Arbeit in den Vereinigten Staaten zu helfen.

Der vorliegende Band setzt das Tagebuch mit Anaïs Nins Ankunft in New York fort. Wie der erste, stellt er eine selbständige Einheit dar, zusammengehalten von Ereignissen, die sowohl äußerlich wie innerlich bedeutsame Änderungen im Leben von Anaïs Nin bezeichnen und dem überbordenden Fluß des Tagebuches einen natürlichen Rahmen geben.

Der Text dieses Bandes besteht aus etwa der Hälfte der Originalbände des Tagebuch-Manuskriptes – Band 40 bis 60 –, die der Zeit von 1934 bis 1939 entsprechen. Verschiedene Personen, unter ihnen Anaïs Nins Gatte und Mitglieder ihrer Familie, mußten wieder unerwähnt bleiben. Die Namen mancher ihrer Analysepatienten mußten geändert oder ausgespart werden, und die Datierung des Herausgebers gibt nur in allgemeinen Zusammenhängen die eigenartigen und – aus Anaïs Nins späteren Reflexionen über ein Ereignis stammenden – manchmal verwirrenden Daten des Originals.

Wenn es zwischen diesem und dem vorausgehenden Band einen Unterschied gibt, eine langsame Verlagerung des Akzents, so ist es vielleicht ein Schritt weg von der Innenschau, eine Verfestigung von Anaïs Nins Standpunkt vis-à-vis der Außenwelt. Kein Zweifel, daß Anaïs Nins kritische Aufmerksamkeit dabei scharf und unbestechlich auf sich selbst gerichtet bleibt: »Was mir an mir selbst am besten gefällt«, schreibt sie, »ist meine Kühnheit, mein Mut. Die Art und Weise, in der es mir gelingt, mir selbst treu zu sein, ohne zuviel Schmerzen und Schaden zu verursachen ... Was ich so sehr hasse, ist meine Eitelkeit, meine Sucht zu glänzen, Applaus zu bekommen, und meine Sentimentalität. Ich möchte gern härter sein. Ich kann keinen Spaß machen, mir mit niemandem einen Scherz erlauben, ohne es zu bereuen.« Aber ihr Problem, die Beichtstuhl-Funktion des Tagebuches, hat sich gewandelt – sie hat das Gespenst ihres Vaters erschlagen, obwohl sie immer noch instinktiv nach einem »Führer«, einer Vaterfigur auszuspähen scheint. Ihre Einstellung zu Henry Miller und seinen Freunden aus der Boheme ändert sich. Sie ist den Überspanntheiten der Menschen, der Verschleuderung von Talent gegenüber weniger tolerant. In der Beschäftigung mit ihrem eigenen Werk, der Verbindung mit Gonzalo, dem wilden indianischen Revolutionär, und seiner dahinwelkenden Frau, Helba, mit dem jungen Lawrence Durrell, erscheint eine neue Dimension, eine neue Festigkeit. Sie kann noch immer nicht »irgendwo ruhig verwurzelt bleiben, da soviele Seiten an mir immer wieder neue Zweige treiben, aus den Ablegern latenter Mysterien, aus dem, was ich noch nicht bin«. Sie ist immer noch im Gewebe ihrer verschiedenen Persönlichkeiten gefangen, aber irgendwie wird die Welt realer, greifbarer, werden die Entscheidungen klarer.

»Das Tagebuch«, schreibt sie in den späten Dreißigerjahren, »war einmal eine Krankheit. Ich nehme es jetzt nicht mehr aus denselben Gründen zur Hand. Früher tat ich es, weil ich einsam war, oder weil ich nicht wußte, wie ich mit den anderen sprechen sollte. Ich brauchte die Kommunion. Nun geschieht es, um zu arbeiten, nicht um Trost zu finden, sondern um andere zu beschreiben, aus der Fülle heraus.«

Ihre angeborene Technik, das wählende Auge des frühen Tagebuches, das dem ersten Band eine so drängende Unmittelbarkeit verlieh, wird mehr und mehr zu einem bewußt angewandten künstlerischen Prin-

zip: ein Augenblick dichter emotionaler Realität soll eingefangen werden. Ihre »Porträts«, so erklärt sie, entstehen nur »im Augenblick, in dem ein Mensch für mich wichtig ist. Die Person steigt und fällt, erscheint und verschwindet nur in der Beziehung, in der sie zu mir steht.« Die äußere Geschichte, die bloße Beschreibung, bleibt fragmentarisch. »Sie ist wie eine Statue ohne Arm oder Hand, die man ausgegraben hat und die enträtselt, erklärt werden muß.« So verblassen auch die Charaktere, die ihr Leben in Paris so farbig machten, nach ihrer Ankunft in New York vor dem Ansturm neuer Situationen, neuer Verwicklungen. Ihr Tagebuch schwillt an mit den Geschichten ihrer Analyse-Patienten. Nach ihrer Rückkehr nach Frankreich, als sie gezwungen wird, zwischen dem analytischen Beruf und der schöpferischen schriftstellerischen Berufung zu wählen, geschieht dasselbe mit ihren New Yorker Freunden. Sie erscheinen auf dem Bildschirm des Tagebuches nur in den erhöhten Augenblicken der Betroffenheit, des aktuellen, emotionellen Kontaktes.
Die Akzentverschiebung in diesem Band, der Wechsel in Ziel und Funktion des Tagebuches, spiegeln vielleicht auch Anaïs Nins zunehmende instinktive Bewußtheit der unvermeidlichen Wahl, die das Individuum und insbesondere der Künstler in der modernen Welt zu treffen hat. Vor den heraufziehenden politischen Stürmen in Europa, dem Spanischen Bürgerkrieg, dieser blutigen Kostümprobe für die Schrecken, die nachfolgen sollten, bekennt sie: »Ich war nicht unempfindlich für das politische Drama, das sich abspielte, aber ich habe keine Partei ergriffen, weil mir die ganze Politik bis auf den Kern faul und nur ökonomisch bedingt erschien, nicht menschlich. Ich sah kein Heilmittel für das Leiden der Welt, außer in dem, was wir persönlich zu geben vermögen. Ich traute keiner Bewegung, keinem System.« Und noch während sie mit ihren Sympathien aktiven Anteil nimmt, Beiträge sammelt und für die Sache der Loyalisten Briefe tippt, kann sie sich nicht frei machen von ihrem grundsätzlichen politischen Pessimismus, daß »die Natur des Menschen durch nichts verändert wird. Ich weiß nur zu gut, daß sich der Mensch nur psychologisch ändern kann, und daß Furcht und Gier ihn unmenschlich machen; daß wir mit jeder Revolution nur mit den Menschen an der Macht die Rollen wechseln, das ist alles. Das Übel bleibt.«
Als Frau, als Künstlerin, hat sie eine Entscheidung getroffen, die möglicherweise in die Einsamkeit ihrer Kindheit zurückreicht: »Ich habe mir eine private Welt aufgebaut, aber ich fürchte, daß ich die Außenwelt nicht mitzugestalten vermag.« Aber ihre Entscheidung ist nicht nur ein Rückzug vor dem Unkontrollierbaren. Sie ist ein Akt der Herausforderung, mit dem optimistisch ein Feld abgesteckt wird, das nach ihren eigenen Worten »bewohnbar« ist. Als Freundin, Zuhörerin, Gönnerin für das, was ihr unterstützungswürdig erscheint,

hat sie einen privaten Kampf gegen die Übel menschlicher Angst und Zerstörung aufgenommen – Louveciennes, das leiderfüllte Hotelzimmer in New York, das Hausboot auf der Seine, werden, von ihrer persönlichen Magie berührt, rettende Inseln in einem stürmischen Meer. Durch ein volles, reiches Leben, andere nach Maßgabe ihrer Möglichkeiten beschützend, gibt Anaïs Nin auf das Dilemma der menschlichen Existenz ihre eigene Antwort. Ihrer Reflexion in das verschlungene Labyrinth des Tagebuches folgend, mögen andere einen Schlüssel finden zu den weiten Räumen des Ichs, die darauf warten, erforscht zu werden. Denn, wie Anaïs Nin so richtig schreibt: »Das private Leben wächst, tief gelebt, immer zu Wahrheiten über sich selbst hinaus.«

New York
November 1966

Gunther Stuhlmann

[November 1934]

Auf der Fahrt nach New York brach mein Schiff, wie sollte es auch anders sein, alle Rekorde. Als ich ankam, war es Nacht. Die Band spielte, die Wolkenkratzer blinkten mit einer Million Augen. Ich starrte hinüber nach der babylonischen Stadt, in das dichte Gewühl, in ein New York, das wie ein Traum war, eingehüllt in Nebel und Meergeruch, und hielt dabei am Kai Ausschau nach Dr. Rank.

Rank war da. Dank der Beziehungen eines einflußreichen Patienten konnten die Formalitäten rasch erledigt werden, und schon war ich in einem Taxi samt meinem Gepäck weggezaubert in ein Zimmer, das in einem »Hotel Chaotica«, wie ich es sofort nannte, für mich reserviert worden war.

Wir setzten uns an die Bar. Seine Taschen waren voller Theaterkarten und seine Arme voller Bücher für mich. Er hatte schon für jeden Abend der Woche einen Plan. Da ich einmal so nebenbei erwähnt hatte, daß ich gerne wieder tanzen würde, hatte er für mich eine Vereinbarung mit George Balanchine getroffen.

Von unserem Platz aus sahen wir ganz New York, steil aufragend, in den Himmel hinein, in die Zukunft, in den Triumph, New York, glatt schwingend in seinen Gelenken, mit seinen Körpern aus Licht und seinen harten, metallischen Oberflächen. Licht und Lärm, körnig, scharf, windig, und in jeder Hinsicht das Gegenteil von Paris.

Für Rank ist es ein neues Leben. Seine Tage sind schon mehr als ausgebucht.

Am nächsten Morgen war ich bereits bei den Adams, wo er ordiniert, sowohl um zu lernen als auch um ihm zu helfen. Berühmte Leute kommen dorthin, sitzen im Warteraum. Dankbare Patienten bringen Einladungen zu Premieren, in die Oper, in neue Restaurants, neue Schulen. Auf diese Dinge ist er so stolz, als hätte er das Leben der Stadt unter seine Kontrolle gebracht, und ich fühle mich unmittelbar im Zentrum, im Mittelpunkt der Aktivitäten, wo ich gern bin.

Abends führte er mich durch die magischen Tore von Pennsylvania Station, die sich, wenn man sich ihnen nähert, öffnen, als könnten sie Gedanken lesen, und auf die Empire State Terrasse, die im Wind zu schwanken scheint, um das Panorama zu besichtigen. Es war schön und groß, der ganze Entwurf ein anmaßender Ausbruch in den

Raum, scharfe Pfeile, die den Himmel durchbohren, als wollten sie von der Erde aus durchstoßen zu fremden Planeten.
Zur Akustik New Yorks paßt das Lachen, denn alles ist nach außen gewendet, alles Aktion, nichts Nachsinnen, Meditation, noch Traum oder Reflexion, nur überschießendes Handeln. Kein Grübeln über die Vergangenheit, kein Rückblick, kein Zweifel, keine Fragen.
Die Aufführungen in den Theatern waren eindimensional und prosaisch. Rank und ich unterhielten uns damit, sie so nachzugestalten, wie sie hätten sein sollen. Zwischendurch sprach er viel von seiner Liebe zu Mark Twain, besonders zu Huckleberry Finn, über die Befreiung der Neger und emphatisch über die Abenteuer des Geistes. Rank bewunderte Twains Parodie der Literatur, Hucks Neigung zu Komplikationen, Verwicklungen, Umwegen. »Nein, das wäre zu einfach, es wird in den Büchern anders beschrieben.«
Ranks Ordination ist ein Dreizimmer-Appartement an der East Side, nahe dem Park. Ich bin mit jedem Patienten, der kommt, vertraut, studiere ihre Krankengeschichten, und er sagt mir, wie jeder Fall zu behandeln ist. Er erklärt mir seine Methode des dynamischen Zugriffs, wie er den Konflikt in der Gegenwart anpackt, unmittelbar, schnell fortschreitend, ausgehend vom gegenwärtigen Konflikt. Er demonstriert jeden Schritt, zeigt die Symptome. Dabei ist er sehr nachdenklich. Er glaubt, daß der Neurotiker gefühlsmäßig dem Paralytiker an die Seite zu stellen sei und daß man ihm nicht erlauben dürfe, stillzustehen und über seine Impotenz zu meditieren.
Vielleicht weil das New Yorker Leben so außerordentlich aktiv ist, scheinen alle Ereignisse sich zu beschleunigen, und die Atmosphäre ändert sich von Tag zu Tag, aber es ist auch das Temperament, die Dynamik von Ranks Analyse, die seine Patienten mitzureißen scheint.
Auf einmal stecke ich mitten in politischen Intrigen, im Mittelpunkt der Opern- und Theaterwelt, der Millionäre, der Filmstars, des Stiftungs- und Stipendienwesens. Ich kann keine Namen nennen (es wäre taktlos), aber ihre Erzählungen faszinieren die Romanautorin in mir.
Vorhänge heben sich vor Dramen, die tiefer und schrecklicher sind als irgendein Drama oder ein Film. Hinter der großen Macht: Tragödien, Enttäuschungen, Ängste, Bitterkeit. Tod durch Selbstmord, Tod durch Seelenmord. Tag für Tag höre ich sie flüstern hinter der geschlossenen Tür. Ich sitze in dem kleineren Zimmer, arbeite und mache mir Notizen. Eine Sinfonie. Ich öffne die Tür einem Mann, in dessen Händen das Schicksal der Oper liegt, einem anderen, der eine Hotelkette baut, einem dritten, der die Börse in Wallstreet beeinflußt. Tausend Geschichten.
Rank fängt an, sein Leben hier zu lieben, vor allem, sagt er, wenn ich

auf seine Arbeit eingehe, auf die Dramen und Überraschungen als Autorin reagiere. Seine Forschungen enthüllen neue Zusammenhänge und neue Aspekte des Charakters.
Je tiefer ich durch ihn in das Leben dieser Charaktere eindringe, desto mehr erscheinen sie mir in der Außenwelt, in den Straßen, den Restaurants wie eine synthetische Sinfonie.
Das durchscheinende Leuchten über allen Dingen, von den Auslagenfenstern her, den Autos, den Lampen. Ein nicht wirkliches, nicht menschliches Gewebe. Die Tage sind schön und strahlend, einer wie der andere. Man fühlt sich an jedem Tag neu. Die Poesie des glatten Ablaufs, der schnellen Bedienung; an den Subwayschaltern Geld zu wechseln, ist ein tänzerischer Akt. Rhythmus, Rhythmus, Rhythmus. Seit ich weiß, was in ihnen kocht, wage ich es nicht mehr, den Menschen zu genau in das Gesicht zu schauen; sie scheinen mir alle ein wenig künstlich, wie Roboter, aus Beton und elektrischen Drähten zusammengebaut. Eine Million Fenster, Hochspannung, Druck, vitamingeladen, die Stadt von Morgen und die Leute von Morgen, die keine menschlichen Wesen sein können und die, weil sie das vielleicht wissen, zu Dr. Rank kommen, um ein letztes Mal zu weinen und zu klagen, denn auch sie mögen eine aussterbende Rasse sein. Wie die Aristokraten in Europa eine aussterbende Rasse sind, so wird vielleicht hier der Mensch, wo er seine Welt zu finden glaubte, wieder einem neuen Ziel geopfert. Hier in Dr. Ranks Ordination höre ich Proteste, Revolten, Leiden, draußen aber scheinen sie ein Teil der weißlackierten, sterilen Bauten.

Den Plan, in Balanchines Klasse zu tanzen, diese neue Kunst zu studieren, die Kunst, den Menschen auf einer tieferen Ebene zu erfassen, Archäologie der Seele zu betreiben, habe ich aufgegeben.
Anaïs, die Assistentin, hat keine großen Erfolge. Aber Rank bleibt tolerant; daß ich seine Ideen verstehe, betrachtet er als Ausgleich. Tatsächlich verstehe ich sie so gut, daß ich nun an den Übersetzungen arbeiten soll, die man von seinen Büchern gemacht hat, daß ich sie aufhellen soll, denn manche dieser rohen, direkten Übertragungen aus dem Deutschen sind so plump, daß sich seine Ideen in ihnen verdunkeln.
Mein kleiner Tisch biegt sich unter den Wälzern mit deutschen Titeln. Arbeit für ein ganzes Leben. Der Übersetzer liefert jeden Tag ab, was er gemacht hat, und ich schreibe es in einer präzisen Sprache neu.
Um sechs Uhr wird die Arbeit beendet. Wir gehen in ein Restaurant. Wir sprechen über die Patienten. Rank kann nicht aufhören, zu dozieren, sein interpretierender Geist ist immer am Werk. Nach einer Weile werde ich der Abstraktionen müde und schlage Harlem vor.
Harlem. Das Savoy, Musik, die den Boden erzittern läßt, ein großer

Saal, cremige Drinks, düstere Beleuchtung und eine ganz natürliche Fröhlichkeit, aus der heraus die Neger wie besessen tanzen. Der Rhythmus entfesselt jeden, sobald er den Tanzboden betritt.
Rank sagte, er könne nicht tanzen. »Eine neue Welt, eine neue Welt«, murmelte er, erstaunt und verwirrt. Niemals hätte ich vermutet, daß er nicht tanzen könne, daß er ein so ernsthaftes Leben geführt hätte, in dem man nicht tanzt. Ich sagte: »Tanze mit mir!« Zuerst war er steif, er stolperte, war unsicher und taumelte. Aber zum Schluß des ersten Tanzes fing er an, sich selbst zu vergessen, und tanzte. Ich brachte ihn in Schwung. Rund um uns tanzten die Neger, wild und geschmeidig. Und Rank schlenkerte dahin, als lerne er eben zu gehen. Ich tanzte, und er begleitete mich. Gern hätte ich mit den Negern getanzt, die so spontan und elegant tanzten, aber ich wollte Rank das Vergnügen bereiten, die freie, körperliche Bewegung zu entdecken, wie er mir zur Freiheit meiner Gefühle verholfen hat. Ich wollte Freude zurückgeben, Musik, Selbstvergessenheit für alles, was ich ihm verdanke.
Auf der Heimfahrt im Taxi hielt uns das Radio weiter in der Stimmung des Jazz. New York schien vom Jazz geleitet, vom Jazz belebt. Sie ist eine Stadt des Rhythmus, ihrem Wuchs nach.
Rank konnte Harlem nicht vergessen. Er drängte darauf, wieder dorthin zurückzukehren. Er konnte das Ende seiner harten Tagesarbeit kaum erwarten. »Ich bin versucht, es meinen Patienten zu verschreiben«, sagte er. »Gehen Sie nach Harlem! Aber sie müßten mit dir gehen.«

Mein Zimmer im »Hotel Chaotica« ist so groß, wie das Bett lang ist; es hat einen winzigen Tisch, ein Schreibpult, alles in Dunkelbraun. Rank hat es ausgesucht, weil es ein »europäisches« Frühstück anpreist. Dieses »europäische« Frühstück wird um sieben Uhr morgens mit dem Knall eines Revolverschusses durch einen Schlitz in der Tür hereingeschossen. Es besteht aus einem Pappbehälter mit einer Thermosflasche voll dünnem, lauwarmem Kaffee, einem Stückchen Butter in Silberpapier und einem harten Brötchen vom Vortag. Aber am Kopfende des Bettes steht ein Radio.
Wenn Rank zu einem offiziellen Essen gehen muß oder andere Einladungen hat, bleibe ich entweder in meinem Zimmer und schreibe in meinem Tagebuch, oder ich gehe mit meinen eigenen Freunden aus.
Rank sagt mir, daß Frauen sehr ungeschickte Betrügerinnen seien; viele der Frauen, die er analysiert hat, hinterlassen, wenn sie in eine Intrige, ob nun erotisch oder politisch, verwickelt werden, eine »Spur«; sie wollen entdeckt, überwältigt werden, sie möchten verlieren. Es ist fast so, als wollten sie die alten, primitiven Formen des

Liebesaktes wieder einführen, bei denen die Frau der Kraft des Mannes unterlag. Sie wollen auf abstrakte Weise erobert werden, es gefällt ihnen zu verlieren.

In Gilbert und Sullivans Musical bekommt der Soldat, der die Rolle des Dichters zu spielen versucht, einen Krampf. Rank sagt, daß sich jeder körperlich oder seelisch verkrampft, der eine Rolle zu spielen versucht. Krämpfe der Seele, Krämpfe des Körpers, Arthritis der Gefühle.

Das Radio spielt Blues. Paris, New York, die beiden magnetischen Pole der Welt. Paris, eine sinnliche Stadt, die den Körper verführt, die Sinne weckt; New York: unnatürlich, synthetisch. Paris – New York, die beiden magnetischen Hochspannungspole des Lebens, der Sinne und des Geistes in Paris, des tätigen Lebens in New York.

Rank bei seinem täglichen magischen Werk, Magie mit Schmerzen, mit Worten, die heilen, wie die Hände der alten Heiligen der Religionen, und abends kommt er herüber in meine Welt, in der ich regiere, in die Gegenwart und das Leben.

Wir saßen in einem Restaurant, und ich fing an, nach seiner Kindheit zu fragen. Plötzlich brachen endlose Geschichten aus ihm hervor. Ebenso plötzlich unterbrach er sich, und seine Augen füllten sich mit Tränen. »Nie hat jemand nach mir und meinem früheren Leben gefragt. Immer habe ich anderen zuhören müssen. Niemand hat mich je nach meiner Kindheit befragt.«

Nun verstand ich, warum er Huckleberry Finn so besonders liebt. Er muß ihm als Kind ähnlich gewesen sein, sommersprossig, unschön, unordentlich, roh, mutwillig, abenteuerlich, einfallsreich. Gern erinnert er sich daran, wie er mit bloßen Händen in einem seichten Fluß fischte, stolz darauf, schneller zu sein als der Fisch. Er muß aufgeweckt und humorvoll gewesen sein.

Am nächsten Tag überraschte ich ihn, wie er den schlittschuhlaufenden Kindern im Central Park zuschaute. Sie trugen leuchtendrote Wollmützen, weiße oder blaue Überröcke. Sie schrien und lachten vor der Weiße des Schnees. »Ich möchte da draußen bei ihnen sein und lachen.«

Aber er ist mit den Verzweifelten und Leidenden gefangen, mit den Menschen, die in ihre Tragödien verstrickt sind, in besondere Tragödien, für die der Rest der Welt wenig Mitgefühl zeigt. An diesem Morgen wirkte er, wie er schwer und gebeugt am Fenster stand, wie ein Gefangener seines Werkes, seines Berufes und seiner Berufung. Endlos kommen Kranke auf ihn zu, wer geheilt ist, bringt seinen Vater, seine Mutter, die Schwester, den Bruder, den Freund. In alarmierender Weise werden ihrer immer mehr. Ist das eine neue, aus unserer Zeit geborene Krankheit? Keine Zeit für Liebe, Freundschaft, keine Zeit für eine Aussprache.

Rank berührt alle Dinge mit dem Zauberstab der Bedeutung. Wer zu ihm kommt, ist gleichsam blind, taub und gelähmt. Wenn er zum »Kern« ihres Lebens vorstößt, erwacht ihr Interesse. Dieses Interesse rettet sie. Ihre Geschichte, die aus dem Unbewußten entsteht, erscheint ihnen interessanter als ein Kriminalroman. Rank enthüllt die Zusammenhänge, die Knoten, die Muster. Das alles ist unendlich interessant, und es gibt immer wieder Überraschungen.
Seine Vorträge schreibt er im Zug, auf dem Weg nach Philadelphia oder Hartford.
Er hält an seiner Meinung fest, daß Psychologen wenig von der Frau verstehen. »Weil sie nicht genug geschaffen hat, nicht deutlich erkennbar wird, weil sie den Mann nachmacht.« Er besteht auch darauf, daß ich, wenn er einen Brief diktiert, meine Kommentare dazuschreibe, am Briefrand, mit roter Tinte. »Auf diese Weise werden wir die Geschichte von beiden Seiten hören.«
Jeder zweite Satz von Rank beginnt mit: »Ich habe eine Idee.« Die Entdeckung der Sinnhaftigkeit ist es, die das Leben vertieft und verschönt. Keine Sache, keine Geste, keine Handlung, die nicht mit Bedeutung erhellt würde.
Gegenüber dem Backstein-Haus, 158 West, Fünfundsiebzigste Straße, wo ich mehrere Jahre meiner Kindheit verbracht habe, wo ich die größten Schwierigkeiten, Demütigungen und Armut durchlebt habe, blieben wir stehen.
Immer hatten irgendwelche Mitglieder unserer weitläufigen kubanischen Verwandtschaft hier gewohnt. Blieben sie einmal aus, vermietete meine Mutter das Dachgeschoß und den zweiten Stock an uns bekannte Artisten. Die Tochter von Teresa Carreno, der großen Pianistin, wohnte im Erdgeschoß. Wir bewohnten den ersten Stock, in dem wir ein Besuchszimmer und ein Speisezimmer hatten. Enrique Madriguera (der Geiger, der später ein berühmter Dirigent wurde, damals aber ein sechzehnjähriges Wunderkind war), lebte im Dachgeschoß. Das Haus war voller Fröhlichkeit, Musik, vornehmer Besucher. José Mardones kam, um zu singen, Miguel Jovet spielte die Gitarre, meine Mutter sang, mein Bruder Joaquin übte am Piano, Enrique beschäftigte sich mit seiner Geige.
Sooft es in Kuba eine Revolution gab (und es gab viele), ging auch einer der Onkel ins Exil und kam zu uns. Während die Verwandten bei uns wohnten, nahmen sie uns im Auto auf Ausflüge und ins Theater mit, und wir bekamen eine Ahnung, was Reichtum ist. Sobald sie uns verlassen hatten, kehrten wir zur Hauswirtschaft und in die Schule zurück. Es war ein ereignisreiches, malerisches, dramatisches, auch komisches Leben, aber aus den Schulden kamen wir nicht heraus.
Für das Haus war es die zweite Periode seiner Geschichte. Seine

ersten Besitzer hatten ein aufwendiges Leben geführt, mit einer Küche im Erdgeschoß, einem Arbeitsraum für den Butler, Dienstbotenzimmern unter dem Dach, einem repräsentativen Speisezimmer, das sich zum Garten hin öffnete, einem Salon voller Spiegel, Schlafzimmer mit Ankleidezimmern und luxuriösen Badezimmern im zweiten Stock. Spätbürgerlicher Komfort war noch erkennbar an den reichverzierten Lampen, den Teppichen und Spiegeln. Als sie es verkauften, war es jedoch schon in einzelne Räume eingeteilt, mit einem Badezimmer für jedes Stockwerk. Meine Mutter, meine beiden Brüder und ich schliefen in dem Zimmer, das einmal Speisezimmer gewesen war. Wir wuschen uns in dem Raum, der einmal das Zimmer des Butlers war, und gebrauchten die Dusche der ehemaligen Dienstboten neben der Küche im Erdgeschoß. Wir hatten zwei Klappbetten, aus denen würdevolle Tische wurden, wenn wir den Raum in ein Wohnzimmer zurückverwandelten. Durch die geräumige Fensternische blickte man auf einen Hinterhof, der für mich sogleich einen Garten darstellte. Der Tisch stand diesem Fenster gegenüber. Die schweren Holzverzierungen, die Gesimse und Friese gaben dem Haus den Anschein, als gehörte es einer ehemals reichen Familie, die ihre Verarmung mit Würde trägt.

Hier war es, wo ich zuerst das Theater der Improvisation erfunden habe. Obwohl Schriftstellerin, bestand ich darauf, daß wir aus Fantasie spielten, ohne Text, Vorbereitung oder Plan. Ich gab nur ein Thema. Wir begaben uns kostümiert in eines der unvermieteten Zimmer, und dann wartete ich darauf, daß meine Brüder oder Vettern zu spielen begännen. Aber keiner von ihnen wollte mitmachen. Wie gelähmt standen sie in ihren improvisierten Kostümen aus Moskitonetzen, Vorhängen, Schals und Christbaumschmuck auf der improvisierten Bühne, starrten mich an und fragten: »Was sollen wir jetzt tun, was sollen wir jetzt sagen?«

Mehr Erfolg hatte ich mit den Geschichten, die ich erzählte. Wir löschten die Lichter, und ich erzählte, bis wir Angst vor uns selbst bekamen (Grand-Guignol-Geschichten, Schauergeschichten, Gespenstergeschichten). Wenn die Angst so stark wurde, daß wir die Lichter wieder anzündeten, wußte ich, daß mir eine gute Theatervorstellung gelungen war.

Rank kannte diese Periode meines Lebens und wollte sehen, wo sie sich ereignet hatte. Aber bald schon begann er, über sich selbst zu sprechen.

Er empörte sich gegen seinen Beruf. Er sprach von seiner eigenen Gefangenschaft.

»Ich bin immer ein Gefangener menschlicher Beichtbedürfnisse gewesen. Ich will keine Beichten mehr hören. Ich bin es müde, mich selbst zu verschenken, von anderen aufgebraucht zu werden. Ich

möchte endlich für mich selbst leben. Ich rebelliere dagegen, daß ich Tag für Tag im Lehnstuhl sitzen und mir die Bekenntnisse der anderen anhören muß. Ich möchte frei sein, Anaïs. Ich darf kein Mensch sein, außer mit dir. Wenn sie mich nicht vergöttern, nicht idealisieren, machen sie einen Dämon aus mir, oder einen Vater, eine Mutter, eine Großmutter, oder was immer sie lieben, oder woran sie sich rächen wollen. Ich bin es müde, im Lehnstuhl zu sitzen und so voll zu sein von ungelebtem Leben. Ich könnte soviel geben.«
Ich habe in Rank einen Hunger nach Leben und Freiheit geweckt, wie Henry (Miller) und seine Frau June es bei mir getan haben. Welche Ironie!
Es war ihm klar geworden, daß er nicht genug gelebt hatte. Er lehnte sich auf gegen das Gesetz seines Lebens, das Gebenmüssen, die Selbstauslöschung, die Selbstaufopferung des Arztes. In der Nacht noch, sagte er, wenn er schläft, rufen sie ihn an. Schreie der Verzweiflung, Selbstmorddrohungen, Ausbrüche.
Aus diesem Grunde hätte er es lieber gesehen, daß ich tanze, statt zu analysieren.
Ich half ihm durch seine Krise. Was ich ihm vorschlug, war nur eine bessere Balance zwischen Arbeit und Vergnügen, Arbeit und Muße. Er begann, den Zustrom an Patienten zu bremsen, öfter ins Theater zu gehen, Bücher zu sammeln, wieder Eigenes zu schreiben.
Um sich selbst zu entlasten, sandte er mir auch meine ersten Patienten.

In Paris hat Henry indessen Blaise Cendrars kennengelernt und schrieb mir über ihre Begegnung.* Blaise Cendrars wünschte sich, als erster Mensch zum Mond zu fliegen; und wenn er es tun könnte, wie herrlich würde er es beschreiben.
Henry hat Nachrichten von seiner Tochter, sie studiert Musik. Er ist nach New York gekommen, traf verspätet ein, lag im Nebel fest. Er hat sich ein Zimmer in jenem Distrikt genommen, in dem er seinerzeit in seines Vaters Schneiderladen gearbeitet hat.

* Siehe Henry Miller: Letters to Anaïs Nin (G. P. Putnam's Sons, New York 1965) Deutsche Ausgabe: Rowohlt Verlag, Reinbeck bei Hamburg 1968

[Januar 1935]

Ich besuchte Theodore Dreiser im Hotel Ansonia. Das Zimmer hatte keinerlei persönliche Note; von einem großen Fenster blickte man auf den Broadway hinab. Eine Menge Bücher lagen herum, ein Tisch war mit Papieren bedeckt.

Dreiser ist rotgesichtig, groß, sieht wie ein Farmer aus. Er spricht langsam, lacht glucksend, seine Augen sind blaßblau und seine Hände gefleckt.

Die Hotelkellner servierten das Dinner. Wir sprachen über vielerlei, über Schriftsteller und Bücher. Er sagte, daß ihm viele Menschen schreiben, um ihm wie einem Beichtvater von ihren Sorgen zu erzählen und seinen Rat zu erbitten, in der Meinung, daß ein Romanautor wissen müßte, wie sie ihr Schicksal meistern könnten. Die Briefe sind so zahlreich, daß er eine Sekretärin engagieren mußte.

»Und Sie haben mich nichts zu fragen? Sie sind nur gekommen, um mich zu sehen, nicht mich um etwas zu bitten?«

»Ich habe keine Bitte an Sie. Ich schätze Sie als Autor und wollte Sie kennenlernen, das ist alles.«

Er schien ungeheuer erleichtert, gluckste vergnügt, erzählte mir eine Geschichte. »Es gibt eine Sage von einem König, dem alles, was er anrührte, zu Gold wurde. Immer mehr Leute kamen zu ihm und brachten Dinge, daß er sie zu Gold verwandle. Immer mehr Leute hörten von seiner Fähigkeit, und sie kamen von überall, bevölkerten den Palast, drängten sich um ihn, stießen sich, baten, bettelten, stürzten sich auf ihn und erdrückten ihn schließlich durch die Macht ihres Ansturms. So fühle ich mich manchmal, mit allen diesen Briefen von wirren und hilfeflehenden Menschen, die mir schreiben: Was soll ich tun? Wie kommen sie nur auf den Gedanken, daß ein Schriftsteller sie durch das Leben geleiten könnte?«

Dreiser glaubt nicht an die Seele. Er ist Materialist.

Die Lichter des Broadway tanzten vor uns auf und ab, während wir sprachen. Sogar in einem Hotelzimmer gelang es ihm, die erdschwere Atmosphäre seiner Bücher zu erschaffen.

Er fragte mich, wie ich es fertigbrächte, eine eigene Persönlichkeit zu haben und doch meine Weiblichkeit zu bewahren und unaufdringlich zu sein.

Nach dem Essen saß er in seinem Schaukelstuhl, so als wäre er in sei-

nem Landhaus, und bewunderte meine Hände, die er mit Selleriestengeln verglich. Seine bäurische Poesie brachte mich zuerst beinahe zum Lachen, aber dann fand ich, daß es durchaus ein Ausdruck im dreiserianischen Stil war. Er sah so vergnügt aus in seinem Schaukelstuhl. Als es Zeit für mich war, zu gehen, stand er nicht auf, sondern schaukelte weiter und lächelte. Ich schlüpfte in meinen Mantel und ging zur Tür.
»Sie wollen nicht die Nacht mit mir verbringen?«
»Nein«, sagte ich höflich, so als hätte er mir ein Glas Wein angeboten. »Danke.«
»Schade, schade«, murmelte er, gluckste, und dann stand er auf und begleitete mich fröhlich lachend zur Tür.

Bei einer Atelier-Party lernte ich einige von Henrys Freunden kennen: Conason, einen Arzt, Sylvia Salmi, eine Fotografin, und Emil Schnellock, einen Maler. In Paris hatte Henry immer Briefe an Emil geschrieben.
Rank beginnt eine dreiwöchige Vortragstournee durch Kalifornien. Auf dem Rückweg wird er auch einen Vortrag in New Orleans halten.

Bin mit Henry durch die »Straße der frühen Leiden« gegangen, wo er als Kind gespielt hat. Eine Nacht im verschneiten Brooklyn. Kleine rote Backsteinhäuser, wie in einer deutschen Kleinstadt. Henrys Schule. Das Fenster seines Zimmers, so nackt, mit einer alten Klappjalousie. Die Blechfabrik, die er in *Black Spring* beschreibt. Die Straße zur Fähre hinab, durch die er mit seiner Mutter ging. Seine Mutter trug einen Pelzmuff, und er hat nie das Gefühl vergessen, das es ihm bereitete, wenn er seine kalten Hände in den warmen Pelz steckte. Seinen Erzählungen nach war dies der einzige Schutz, den ihm seine Mutter geben konnte, gegen Schnee und Kälte – ein Tierfell, aber keine menschliche Wärme. Es war sehr seltsam, jetzt die Orte der Erinnerung zu sehen, die in Louveciennes in der Wärme meines Interesses lebendig und zur Poesie von *Black Spring* geworden waren.
Dann gingen wir weiter zu der Kellerwohnung in Brooklyn, wo Henry mit June und Jean gehaust hatte. Jetzt war ein Chop-Suey-Restaurant darin. Es ist alles tot und taub, ohne Schönheit, ohne Charme, aber auch nicht schlimmer als manche der Straßen und Häuser, in denen meine Künstlerfreunde in Paris leben, dunkle, feuchte Zimmer, ungeheizt, ohne Licht.
Ich habe lange nach dem Grund für Henrys Zorn, für seine Bösartigkeit und Revanchelust gesucht. Ich glaubte, sie seien eine Folge ungewöhnlichen Leidens. Bei so vielen amerikanischen Schriftstellern findet sich diese Bitterkeit, dieser Haß.

Wenn ich jedoch ihr Leben und Leiden mit dem europäischer Schriftsteller (Dostojewskij oder Kafka) vergleiche, finde ich, daß die Europäer sehr viel mehr gelitten haben, daß ihre Armut tiefer, ihr Elend größer war, und trotzdem sind sie niemals zornige, bösartige Menschen wie Edward Dahlberg oder Henry geworden. Leiden verwandelte sich in Werke der Literatur und in Mitleid. Prousts Asthma, Dostojewskijs Sibirien wurden zu Mitleid mit den Menschen. Bei manchen amerikanischen Schriftstellern wird jedes Unrecht, jedes Leiden zu Meuterei, kriminellem Aufruhr und zur Rache an anderen. Der Mangel an Gefühl ist beinahe total. Sie machen die Gesellschaft verantwortlich, und Schreiben wird zu einem Akt der Revanche.
Mir scheint, die Antwort liegt in der Einstellung dem Leiden gegenüber. Für manche amerikanische Schriftsteller ist alles unannehmbar, außer dem Paradies. Für den Europäer ist es Teil der conditio humana, etwas, das man mit anderen menschlichen Wesen gemeinsam hat.
Warum weckten die Verfolgungen, die D. H. Lawrence erdulden mußte, in ihm keinen Haß? Ein humaner Schriftsteller weiß, daß andere Menschen genauso wie er zum Opfer werden können und daß er sich mit ihnen gegen den Aggressor verbünden sollte, statt selber einer zu sein.

Ranks Konflikt ist derselbe, den ich hatte: wir möchten gut sein und sind es auch, aber auf unnatürliche, nicht auf menschliche Weise. Ich hatte keine natürliche Einstellung zu Henry, ich spielte die Rolle der idealen Freundin, die er für seine Arbeit brauchte.
Wenn Rank Menschen heilt, werden sie seine Geschöpfe. Er muß immer weiter die heilende Kraft bleiben, der idealistische Weise. Es wird ihm nicht erlaubt, menschlich zu sein, oder auch nur sie zu lieben. Das Leben eines Analytikers ist tragisch. Ein Landarzt, ein praktischer Arzt darf menschlich, darf fehlbar sein. Was er über seinen Beruf hinaus ist, kann man lieben. Der Analytiker existiert im Bewußtsein seines Patienten nur als Figur seines eigenen Dramas.
Ich denke an ihn, während ich seine Anrufe beantworte und seine Post ordne. »Dr. Rank kommt Anfang Februar zurück. Hier spricht seine Assistentin. Ja, er ist auf einer Vortragsreise.«
Ranks Bücher werden seinen Ideen nicht gerecht. Innerlich übersetzt er alles aus dem Deutschen. Er beschäftigt sich nur mit dem Sinn. Wenn ich ihm vorlese, was ich schreibe, zieht er nur die Bedeutung heraus. Form und Ausdruck interessieren ihn nicht.
Er möchte, daß ich alle seine Bücher neu schreibe, mit meiner »französischen Prägnanz«. Er ist Philosoph, nicht Künstler. Der Dichter ist ein Liebender. Der Philosoph ist ein Kommentator.
Vor seiner Abreise sprach er noch einmal über seine Kindheit, seine

große Liebe zum Theater. Um ein Stück sehen zu können, hat er gehungert. Er braucht es, über sich selbst zu sprechen. Er sagt: »Ich habe nie einen Menschen getroffen, der sich so für andere interessierte wie du, Anaïs.« Ich habe eine wahre Flut von Bekenntnissen freigesetzt. Er hat Gedichte geschrieben, auch Dramen, er wollte Schriftsteller werden, bevor er mit Dr. Freud zusammentraf. Ich habe einen verschütteten Teil von Ranks Persönlichkeit freigelegt. »Seit dreißig Jahren, oder noch länger, habe ich nicht über mich selbst gesprochen.«
Was wird aus diesem Autor werden, der stumm und verschlossen hinter der Maske des Arztes lebt?
Ich habe Rank die Geschichte von Richard Osborn (siehe *Tagebücher 1931–1934*) und seinem Doppelleben in Paris erzählt. Der Konflikt zwischen dem Leben eines Anwalts für eine amerikanische Bank bei Tag und dem Leben eines Bohemiens bei Nacht, seinem Zusammenbruch schließlich, weckte sein Interesse. Nach allem, was ich Rank erzählte, glaubte er, daß man Osborn nicht in eine Anstalt hätte bringen sollen. »Erstens zeigte er deutliche Schuldgefühle, und wo Schuldgefühl ist, da ist es möglich, zu heilen, und zweitens waren seine Symptome nicht von der Art, die in Gewalttätigkeit umschlagen.«
Ich fragte Rank, ob er ihm helfen wolle. Rank versprach, Osborn zu besuchen und mit den Leuten zu sprechen, die ihn internieren ließen. Er mietete einen Wagen, und wir fuhren zu der Anstalt in Connecticut. Ich erhoffte mir von diesem Besuch Ranks sehr viel, da Richard Osborn seine Bücher gelesen und Henry über ihn hatte sprechen hören. Ich wartete im Wagen. Rank verschwand hinter riesigen Toren. Er kehrte überraschend schnell zurück.
Auf der Rückfahrt erzählte er mir, was sich ereignet hatte. »Ich verlangte Osborn zu sehen, und sie gestatteten es und brachten ihn in das Wartezimmer und ließen uns allein. Ich sagte: Ich bin Doktor Otto Rank. Er starrte mich an, lächelte dann ironisch und sagte: Das sagen Sie, und er drehte sich um und verließ das Zimmer. Das war das Ende unseres Gesprächs.«
Obwohl ich einsah, daß Osborn damit eine Chance, freizukommen, verspielt hatte, konnte ich das Lachen nicht verbeißen.

Henry schrieb eine Geschichte über Mord in den Pariser Vorstädten. Darauf verfiel er in eine seiner besten lyrischen Stimmungen, entrollte fiebrige Passagen für *Black Spring*, Traumpassagen, Ausgeburten in Bildern.

[Februar 1935]

Eine der Patientinnen, die Rank zu mir schickte, ist Geigerin in einem Orchester. Ich will sie »Emily« nennen.

Jeder, der auf der Couch liegt, während ich hinter ihm sitze, sieht verletzbar aus. Vor mir die Haare, dann die Brauen, dann die Linie der Nase, der Mund, mit dem Ausdruck der Schlafenden, ohne schützende Maske. In dieser Stellung wirkt jeder hilflos.

Sie kam wie ein junger Mann hereinspaziert, in flachen Schuhen und einem schmutzigen Regenmantel, das kurze Haar zerzaust, männlich beim Gehen die Schultern vorwerfend. Aber als sie die Schuhe auszog, sah ich die Zartheit ihrer Füße, und als sie die Haare aus dem ängstlichen Gesicht strich, bemerkte ich, wie empfindsam ihre Hände sind. Ich wußte, daß sie ein Mädchen ist, das den Mann spielt, oder ein Mädchen, das nicht wagt, eine Frau zu sein. Ihre Erfahrung mit Männern besteht darin, daß sie es einmal mit einer Zahnbürste versuchte und daraufhin entschied, es sei nicht das Richtige für sie.

Sie war die erste, die es gewagt hatte, zu kommen, eine Tat, durch die sie sich der absoluten Tyrannei der Dirigentin, einer Frau, die ich »Marcia« nennen will, entzog.

Emily spielte ihre traurige, wehklagende Melodie für mich – vom Leben in einer Kleinstadt im Süden, bevor sie nach New York kam, von Demütigung und Angst. Alles war Sünde: Lachen, Tanzen, Kleider, Charme, und das Pflänzchen, das Emily war, verkümmerte durch Verbote von allen Seiten. Als sie dann in Marcias Orchester eintrat, wurde sie durch die totale Freiheit in Marcias Gedanken und Taten befreit, aber um den Preis der völligen Abhängigkeit von Marcia.

Sie erzählte endlos von den vielen »Verbrechen«, die sie begangen hatte. Sie waren unbedeutend und harmlos, aber sie lasteten auf ihr. Manchmal hat die Analyse Ähnlichkeit mit der katholischen Beichte: ich habe dies getan und das, ich brauche Vergebung, ich kann nachts nicht schlafen, wenn ich mich daran erinnere, daß ich einmal meiner Schwester den Tod wünschte und sie dann krank wurde und starb. Wenn sie die Geige spielt, fühlt sie, daß sie um die Menschen wirbt und sie bezaubern will, um von ihnen geliebt zu werden, – und das ist falsch.

Es ist nicht nur ihre eigene Ohnmacht, die Emily bedrückt, sie ist auch

in Sorge wegen der zerstörerischen Wirkung, die Marcias Despotie auf die anderen Musikerinnen hat.
Nach einigen Aussprachen fühlte sie sich stärker; sie merkte, daß sie sich Marcias Einfluß entzog. Ob sie ihre Freundinnen mitbringen dürfe? Sie begann sich nicht mehr so hilflos und hypnotisiert zu fühlen.

Unser letztes Gespräch, bevor Rank nach dem Westen aufbrach, hatte meine Behauptung zum Thema, die bekannte Unfähigkeit der Frau, Ideen aufzunehmen, sei nur relativ. Sie nimmt abstrakte Ideen zwar nicht auf, aber sie kann sie verwandeln, vermenschlichen oder, noch besser, personifizieren. Sobald sie jedoch verkörpert sind, in einer Person konkretisiert, dann erfaßt sie sie vielleicht tiefer, denn sie erfaßt und erlebt sie emotionell und kann von ihnen erregt und umgebildet werden. Aber es sind immer noch dieselben Ideen, die den männlichen Verstand bewegen.
Die Analyse enthüllt nun, wie wenig objektiv das Denken des Mannes ist. Noch im rationalsten Mann gibt es einen Fundus irrationaler Motive, die persönlicher Natur sind und zu seiner persönlichen Vergangenheit gehören, zu seinen emotionellen Traumata. Genau genommen gibt es den reinen Gedanken in seiner abstrakten Form also kaum, er ist Teil der Erfahrung und der Emotionen. Eine Synthese. Erfindung, Entdeckung, Kunst, Geschichte und Philosophie sind aus solchen Elementen zusammengesetzt. Der Mann folgert aus seiner Erfahrung, verleugnet jedoch den Ursprung seiner Schlußfolgerungen. Die Frau individualisiert und personifiziert, am Ende enthüllt jedoch die Analyse, daß die Rationalisierungen des Mannes nur eine Verkleidung seiner Neigungen und die Intuition der Frau weiter nichts ist als die Erkenntnis des Einflusses, den das Persönliche auf alles Denken hat.
Rank, der an beiden Möglichkeiten partizipiert, gibt dies zu. Er opfert seine Zeit, um den Bankrott der Rationalisierungen aufzudecken.

Die Zahl meiner Patienten nimmt erschreckend zu. Ich habe kaum noch Zeit, mein europäisches Frühstück einzunehmen, mich anzuziehen, und schon läutet das Telefon, und vor der Tür stehen Patienten. Zwischen Tür und Couch, auf die sie sich legen, ist ein etwa zwei Meter langer Vorraum. Bevor sie sich hinlegen, kann ich schon sagen, wie es ihnen geht. Ich sitze in einem tiefen Lehnstuhl, im Gegenlicht. Es gibt nur ein einziges kleines Fenster, hoch über dem Central Park. Das kleine Zimmer ist voller Zigarettenrauch. Und auch wenn das Radio ausgeschaltet ist, höre ich noch leise Musik aus anderen Zimmern. Es ist die Begleitmusik New Yorks. Die Stimmen der Patienten, traurig, schrill, laut, flüsternd, müde, erregt, dramatisch, heiser, stark, schwach, lispelnd, fremdartig. Die Gesichter der Patienten, mit gesenkten Augenlidern, so als beobachteten ihre Augen jetzt ein inneres Drama; der junge Mann, der niemanden lieben kann; die Schwester, die nur ihren Bruder liebt; der Schriftsteller, der nicht schreibt; der besessene Politiker, der sich für keine Partei entscheiden kann; Tränen, Gelächter, Geschrei, mürrisches Schweigen füllen den kleinen Raum.

An einem Tag sah ich so viele Tränen fließen, daß ich glaubte, als ich eine Wasserlache neben meiner Tür entdeckte, es seien alle diese Tränen, aber dann sah ich den Regenschirm, den jemand vergessen hatte und von dem das Wasser auf den Teppich tropfte. An klaren, kalten, frostigen Tagen, wenn das Fenster vereiste, waren die Patienten dankbar für Wärme, für Ruhe, für einen Augenblick der Intimität mit sich selbst. Seltsam, der Verlust des Ichs ist eine schwerere Krankheit als das falsche Ich, das Ego. Das Ego ist die Karikatur, die man mit dem Ich verwechselt, das Ego ist der Schwindel, der Schauspieler, der Transvestit des Ichs. Verlorenes Ich, verwirrtes Ich, blindes Ich. Wenn das wahre Ich geboren wird, verschwindet das Ego.

Hier ist das Heilmittel gegen den Zorn, das Gegengift, das die Welt ausgebildet hat, um sich zu reinigen und über sich selbst zu erheben. Wieviele harte, unmenschliche Menschen habe ich vor meinen Augen schmelzen und wieder menschlich werden gesehen. Wieviele Feindseligkeiten wurden aufgelöst, wieviele falsche Haltungen aufgegeben, wieviel Haß ausgeheilt.

Ich habe gesehen, wie verdrehte, impotente Menschen konstruktiv, schöpferisch, menschlich wurden. Vor allem habe ich gesehen, daß die wichtigste Ursache des Hasses Impotenz ist. Bösartigkeit ist Eifersucht, Zerstörungslust ein Zeichen von Impotenz.

[März 1935]

Bei seiner Rückkehr erwartete ich Rank am Bahnhof. Er hat sich in den Westen verliebt. Enthusiastisch sprach er vom Klima, der entspannten Lebensweise.

Dann setzte er sich und las meine Berichte über die Patienten. Er war mit allem einverstanden. »Du hast eine Begabung dafür«, sagte er.

Manche Leute halten die Analyse für einen künstlichen Prozeß, weil sie ein Treibhausprozeß ist, eine Mastkur, eine Beschleunigung des Wachstums. Biologisch entfaltet sich das Leben aus seinem eigenen Rhythmus, seinen eigenen Irrtümern. Die Analyse setzt erst ein, wenn das Wachstum beschnitten wird, wenn Fehlhaltungen das Wachstum abwürgen.

Es kommt vor, daß aus der Analyse neue Idealisierungen entstehen. Man erwartet zuviel von ihr. Aus meinen Erfahrungen mit der Analyse weiß ich, daß viele Menschen ständig eine Mutter, einen Vater oder einen Gott (was auf dasselbe herauskommt) brauchen, und daß dies wirkliche Unreife ist. Es ist ein kindliches Bedürfnis, ein menschliches Bedürfnis, aber so verbreitet, daß mir klar wird, wie alle Religionen daraus entspringen. Werden wir jemals die Kraft in uns selbst entdecken? Manche Menschen haben es getan. Sie sind auch wahnsinnig geworden vor Einsamkeit. Die Frau ist wohl die letzte, die auf dieser Welt lernen wird, unabhängig zu sein, Kraft in sich selbst zu finden. Meine Patienten wenden sich von jenen ab, die sie lieben, oder von denen sie geliebt werden, wenn dieses Bedürfnis unerfüllt bleibt. Der weibische junge Mann, der mich aufsuchte, offensichtlich unfertig, offensichtlich ein halbes Mädchen, suchte nach einem Mann, der zu seiner schwachen Männlichkeit beitragen, sie vollständig machen würde.

Auch von der Liebe erwarten sie sich die Befriedigung dieses Bedürfnisses, auch in ihr wollen sie wachsen, und oft verwerfen sie in Worten, die dieses Bedürfnis meinen, die Liebe; oder sie machen sich der Ungerechtigkeit schuldig. Ich wurde dieser Ungerechtigkeit schuldig, als ich in jedem Mann, den ich »Vater« nannte, nach Kraft suchte.

Die Analyse läßt die Möglichkeiten des Ichs erkennen. Sie gibt auch manchmal falsche Hoffnungen, denn die Möglichkeiten des Ichs können nicht immer gleichmäßig wachsen. Wir sind der Vergangenheit

verpflichtet, haben Aufträge von ihr, haben dies und das versprochen, sind menschlich verantwortlich.
Die blasse Wintersonne scheint auf das, was ich schreibe. Ich schreibe, während ich auf Patienten warte. Ich schreibe, wenn sie gegangen sind, ich schreibe, während ich esse und manchmal statt zu essen. Ich schreibe, während ich auf der rostfarbenen Bettdecke liege, während das Radio über mir summt. Auf meinem Ankleidetischchen steht eine Glaskugel mit einem japanischen Garten darin. Botschaften von meinen Patienten, Bücher, die sie mir bringen.

Rank teilt seine Zeit zwischen New York und Philadelphia. Ich habe eine merkwürdige Entdeckung gemacht. Es paßte mir, zu einem Leben zurückzukehren, das nicht ständig von Rank analysiert wird.
Das Tagebuch entsteht nun in seltsamen Augenblicken, zwischen zwei Patienten.
Mein Leben entwickelt sich immer wie eine musikalische Partitur, immer auf mehreren Linien zugleich. Tagsüber ist mein Ich unterdrückt, bin ich Beichtiger und Arzt, an den Abenden aber lebe ich mein eigenes Leben. Wenn ich bei den Wagners in ihrem Palais in der Fifth Avenue eingeladen bin, gibt es Diener mit weißen Handschuhen, Möbel aus dem achtzehnten Jahrhundert, weiße Wände, Spiegel in goldenen Rahmen und zum Abschluß immer die langsame Rückfahrt in einem großen Wagen, mit einer Pelzdecke über den Knien.
Ich verbrachte den Nachmittag eines Sonnabends auf ihrem Besitz in Long Island und sah einem Polospiel zu, und als ich das beste Pferd herausfand, mit der Intuition, mit der ich auch Weine einschätzen kann, sagte Mr. Wagner: »Sie sind die rassigste Frau, die ich je kennengelernt habe, sehr gute Rasse.« Das amüsierte mich, und ich mußte lachen, während ich auf dem Weg nach oben, um mich umzukleiden, durch das Foyer ging; als sich Mrs. Wagner im ersten Stock über das Treppengeländer beugte und mich fragte: »Warum lachen Sie so fröhlich?« erkannte ich aus dem Ton ihrer Stimme sofort die ganze Art ihrer Ehe, ihre Blässe, ihre übertriebene Ernsthaftigkeit, übertriebene Würde, zusammen mit seinem hitzigen, runden Gesicht und seiner Lustigkeit.
Am Zucken eines Augenlides kann ich schon eine ganze Tragödie ablesen. Es ist zuviel, zuviel.
Proust hat das seine Röntgenstrahlen genannt, und meine wirken immer weiter, bei luxuriösen Abendessen, in Kinos, bei Cocktails, während ich durch die Stadt spaziere.
Patienten kommen und gehen, sie kommen aus allen Schichten der Gesellschaft, Reiche, Arme, unwissend und kultiviert. Die Reichen leben wie auf Inseln, so entfernen sie sich immer noch weiter von der Realität. Wenn kein Laut von außen hereindringt, gibt es auch kein

Weinen, kein Lachen, keine Lebendigkeit. Einige wenige können nicht zahlen. Emily sagte: »Mir geht es schon besser, aber schicken Sie mich nicht weg. Dies ist das Schönste, was ich je erlebt habe.«
Sie hat zur Analyse eine Einstellung religiöser Art.
Die Analyse beschleunigt Wachstum, Reife, aber Verwandlung kommt langsamer als Erkenntnis. Die Wurzeln der Komplexe reichen tief hinab, und bis sich etwas ändert, muß Zeit vergehen.
Ich vermeide die wissenschaftlichen Ausdrücke, weil ich als Schriftstellerin an die Macht der Sprache glaube. Ich gebe mir auch viel Mühe, jeden Charakter, jede Begründung als einzigartig zu beschreiben und den Patienten nicht das Gefühl zu geben, daß sie einfach eingeordnet werden.
Die Wissenschaft kann vielleicht heilen, aber es ist die dichterische Erleuchtung, die bewirkt, daß sich meine Patienten in das Leben verlieben, daß sie ihren Appetit auf das Leben wiederfinden. Ich vermeide Etikettierungen und die Atmosphäre der Klinik.
Rank wußte zuerst nicht recht, was er mit dieser hohen Bewertung der Sprache anfangen sollte. Ich vermeide die Algebra des Gefühls, die mathematische Formel für den Menschen, führe alles wieder in das Drama des Lebens zurück.
Schließlich gab er zu: »Ja, du hast recht. Worte sind magisch. Freud hielt es für sehr wichtig, die Sprache des Patienten als einen Schlüssel zu seinen Problemen zu untersuchen, aber du, als Schriftstellerin, studierst die Macht, die das Wort des Analytikers über den Patienten hat.«
Dann kam er wieder auf seine fixe Idee zurück, daß ich seine Bücher umarbeiten, konzentrieren und präzisieren sollte. Er erwartet eine Rohübersetzung von *A Study of Incest in Literature*. Das Buch hat sechshundert Seiten. Es würde eine Lebensaufgabe sein. Ich müßte meine eigene Arbeit aufgeben. Dabei schrecke ich jetzt schon vor zuviel Analyse zurück. Intellektuelle Bankette. Orgien der Ideen. Die Macht dessen, was ein Mann ideologisch erfindet, und die menschliche Tragödie dabei. Sein Wissen zieht die Menschen an. »Ich bin wie ein reicher Mann, der nicht für sein Geld geliebt werden möchte.« In der Welt seiner Ideen ist er einsam.

Henry indessen schreibt und bemüht sich, publiziert zu werden. Man hat ihn aufgefordert, *Tropic of Cancer* zu purgieren. Er rebelliert gegen Kompromisse, Pragmatismus, den Kommerz. Er fühlt sich erledigt und das New Yorker Leben erscheint ihm grau und mechanisch.
»In New York«, sagt Henry, »gehe ich unter in Alltäglichkeit, Beschränktheit, Sklaverei.« Seine Kindheit. Zu leben, wie er früher gelebt hat, ist für ihn unerträglich geworden.

Ich möchte nicht immer alles erklären müssen. Ich möchte vor zuviel Bewußtsein, zuviel Wachheit fliehen. In den Nächten suche ich Tanz, Freundschaft, Natur, Vergessen, Musik oder Schlaf.
Während ich dies geschrieben habe, sprang eine Frau aus ihrem Fenster im siebzehnten Stock. Eine, um die wir uns nicht gekümmert haben, entschloß sich zu sterben, obwohl Hilfe nahe war. Ich kann nicht allen Kranken helfen. Ich komme mir vor wie der König in dem Gleichnis von Dreiser. Ich habe keine Freizeit mehr. Sie kommen bei Nacht und verfolgen mich in meinen Träumen.
Henry hat wieder dichterische Stücke geschrieben, so gut wie die ersten Seiten von *Black Spring* in Clichy. Mein Vertrauen zu Henry als Autor ist absolut.
Als ich das Stimmen eines Orchesters hörte, erinnerte ich mich an all das, was Henry in seine Bücher aufnimmt und was ich als »einstimmen« bezeichnet habe; meiner Meinung nach gehört es nicht dazu, sollte später wie ein Gerüst wieder abgetragen werden. Aber Henry liebt diese Augenblicke, wenn die Instrumente ihren Part noch nicht aufgenommen haben.
»Wenn ich ein Künstler bin, wie du behauptest«, sagt Henry, »dann ist alles, was ich tue, richtig.«
»Aber der Künstler hat auch Kritiker zu sein.«
Ist es das, was Henrys Bücher so lebendig macht, daß er sie den beiläufigen, zufälligen Wendungen des Lebens selbst folgen läßt?
Wenn ich in der ersten Person schreibe, fühle ich mich aufrichtiger, als es der Mann in seinen Verallgemeinerungen ist.
In der Analyse bin ich bereit, mit A. über das tragische Schuldgefühl bei Dostojewskij zu diskutieren; ich weiß dabei die ganze Zeit, daß er von seinem eigenen Schuldgefühl spricht, das er nicht erkennen und benennen möchte. Ich bin bereit, mit B. über den Hunger in China und Indien zu sprechen, der für ihn ein Ausdruck seiner eigenen Nöte ist. Diese Vertauschung des Persönlichen mit dem Unpersönlichen sind die Sprache des Mannes, aber sie sind auch nur eine andere Form des Selbstbetrugs. Das Ich versteckt sich darin, es ist nicht überwunden, wie sie glauben.
Besuch im Planetarium. Es gab mir ein Gefühl für den Raum zurück, und ich konnte mich der Verfolgung durch meine Patienten entziehen. Ich ging im Schnee, die Schritte gedämpft, in ein Spiegelbild des Himmels hinein. Statt Sterne sah ich Beziehungen, die sich wie Konstellationen verschoben, sich voneinander entfernten und näherten, im kleinen, großen, blaß oder leuchtend, warm oder kalt, verschwimmend oder deutlich, manchmal explodierend. Ziehender Rauch und Gefieder, Funkenregen, wirbelnd, bewegt, nach einem unsichtbaren Plan, unter Einflüssen, die wir noch nicht messen, nicht analysieren, nicht beherrschen können.

Draußen wieder die weiße Schneedecke. Es wird still, wenn der Schnee fällt. Ich habe eine weite Reise hinter mir, fort aus den menschlichen Verwirrungen. Ich atmete Raum und Ordnung.
Je mehr ich mich mit der Neurose beschäftige, desto klarer wird mir, daß es sich um eine moderne Form der Romantik handelt. Sie kommt aus derselben Quelle, als Hunger nach Vollkommenheit, als Besessenheit, das zu leben, was man sich vorgestellt hat, und wenn man sie als Täuschung durchschaut, als Abkehr von der Realität, als eingebildete Größe und nicht als Kraft, das Leiden zu ertragen, werden die schöpferischen zu vernichtenden Kräften.
Viele Romantiker zerstörten sich selbst, weil sie das Absolute nicht erreichen konnten, weder in der Liebe noch in der Kunst. Sie konnten es nicht erreichen, weil es eine Einbildung war. Es war ein Mythos. Der Neurotiker handelt ebenso. Er setzt sich unmögliche Ziele, imaginäre Ziele. Er will den Respekt und die Bewunderung eines Elternteiles gewinnen, der gar nicht mehr lebt (indem er sich an einen Stellvertreter hält). Er will die Liebe der Welt gewinnen, indem er der Welt etwas gibt, was sie gar nicht haben möchte. Er will das Unvereinbare vereinen, in perversen gegensätzlichen Beziehungen mit Menschen, die sich abwenden. Er wird versuchen, das Unbesiegbare zu besiegen. Wie der Romantiker ist er schöpferisch und kann seine Begabung der Kunst zuwenden, der Wissenschaft, der Geschichte.
Die Patienten weinen, wenn sie entdecken, daß sie ihre eigenen Opfer sind und nicht die der anderen. Sie weinen, wenn sie entdecken, daß sie selbst für ihr Leiden verantwortlich sind. Da ich für alles nach einer persönlichen Erklärung suche, durch Einfühlung, verwandelt sich ihre Welt nach ihren eigenen Vorstellungen, ihrer eigenen Vision.
Im Leben ist Rank oft schwer und düster. Er hat keine *joie de vivre*. Seine Vergnügungen sind geistiger Art.
Er gibt zu, daß der Arzt und der Künstler das Absolute erreichen können, schöpferisch, aber nicht im Leben. Im Leben muß man Beschränkungen anerkennen. Das Schöpferische ist autokratisch, das Leben kompromißbedingt. Je nachgiebiger einer ist, desto leichter ist er befriedigt. Henry gibt nach, nimmt an. Rank möchte verändern, kontrollieren. Henry ist glücklicher. Ein Wissen, das sich aus Ideen speist, die Bemühung, das Leben intellektuell zu kontrollieren, sind verhängnisvoll. Dies ist der *Wille*, gegen den D. H. Lawrence angekämpft hat.
Begrenzungen des Lebens. Türen, die sich schließen, wenn man sich nähert. Vorhänge des Schweigens. Trägheit. Hindernisse wie Mauern. Und dann entdeckt man, daß man selbst die Ursache der Begrenzung ist. Daß man eine Mißbildung in sich trägt, die nach dem Unmög-

lichen verlangt. Immer ist die Fantasie dabei die Falle. Man kann entrinnen, wenn man sich gegen das Leben und für das Schöpferische in der Kunst entscheidet. Oder indem man die Grenzen anerkennt. Während ich den Broadway hinabging, dachte ich: in meinen Büchern kann ich befehlen, herrschen, gehen, lachen, schreien, anklagen, handeln, wie es mir gefällt. Ich bin Schöpfer und König. Wenn ich diesen Willen auf das Leben anwende, würde er mich zerstören. Viele schöpferische Menschen, Romantiker, Erotiker, sind in ihrem Leben tragische Figuren. Sie sind Absolutisten. Sie ermüden in ihrem Kampf gegen die Beschränkung des Lebens. In der Kunst gibt es keine.

Nur die kleinen Dinge am Wege machen Freude. Henry betrachtet sein Leben niemals als Ganzes, sondern nur den Tag, ohne Rücksicht auf Vergangenheit oder Zukunft.

Meine Patienten leiden unter Einsamkeit. Ihre Krankheit isoliert sie. Aber wenn sie geheilt sind, leiden sie unter einer anderen Einsamkeit, da es mehr Neurotiker als Ex-Neurotiker gibt. Und die Ex-Neurotiker haben eine ganz besondere Einsicht und eine besondere Sprache.

Wie gut konstruiert, wie eindrucksvoll eine Rationalisierung auch sein mag (ein Verleger erklärt, warum er ein bestimmtes Buch nicht bringen kann, eine Frau erklärt, warum sie einen bestimmten Mann nicht heiraten kann, ein Wissenschaftler erklärt mir, warum er eine bestimmte Entdeckung nicht auswerten darf, ein Politiker gibt eine vernünftige Erklärung für seinen Verrat an einem Freund), ich sehe doch dahinter das wahre Motiv, das eine, von dem sie nichts wissen wollen. Es ist eine schreckliche Fähigkeit, so als trüge man einen Röntgenapparat mit sich herum und sähe die Struktur der Skelette.

Rank sehe ich jetzt anders, erkenne den Grund, warum sein Privatleben tragisch ist. Wenn Henry gar keinen Willen hat, so hat Rank zuviel.

Henry beendet die Neufassung von *Black Spring*. Er schreibt den wunderbaren Abschnitt über den »City Man« neu und auch das Kapitel über die Burleske.

Henry kommt nicht los von dem Gedanken, daß er ins Leere schreibt, daß er wie eine Ratte ist, die sich in einer Falle gefangen hat, obwohl *Tropic of Cancer* im Umlauf ist und er *Black Spring* noch keinem Verleger angeboten hat.

»Was würdest du sagen«, fragte ich ihn, »wenn deine Bücher verbrannt würden wie die von D. H. Lawrence, oder wenn du wie De Sade verfolgt und in den Kerker geworfen würdest?«

Er verträgt keine Ablehnungen, kein Schweigen der konventionellen Verleger, keine Absagebriefe der Redaktionen, keine interesselosen Kommentare der Leute.

[April 1935]

Vor elf Jahren bekam ich ein Exemplar *Rahab* von Waldo Frank geschenkt. Hélène Boussinesq gab es mir, seine französische Übersetzerin. Das Buch gefiel mir, und Hélène schrieb mir einen Empfehlungsbrief.

Er lud mich zum Abendessen ein. Er sieht aus wie ein Spanier, schwarzhaarig, nicht zu groß, mit dunklen Augen. Mich nannte er *La Campanilla*. Er ist klug, scheint aber ein wenig verbittert. »In Südamerika bin ich bekannter als in meinem eigenen Land.« Er sprach auch über seine Theorie, daß man in Amerika die Frau zu wichtig nehme, weil sie früher so selten war, weil es nur wenige gab und ein Mann sie dem anderen weggenommen hat. Seither halten sie ihre privilegierte Stellung.

Als er ganz selbstverständlich annahm, daß ich die Nacht mit ihm verbringen würde, verdroß es mich, denn er hatte mir überhaupt nicht den Hof gemacht, sich nicht bemüht, herauszufinden, wie mir zumute war, und kein zärtliches Wort gesagt. Er bestellte sozusagen einfach von der Speisekarte. Ich lachte. Er sagte: »Ich sehe, daß Sie mich nicht akzeptieren, daß Sie kein tieferes Interesse an mir haben.«

Während wir den Broadway hinabgingen, betrachtete ich ein Schauspiel, das mich faszinierte: die Nacht des Sonnabends am Broadway. Das Wort MAGIC blinkte von Schaufenstern voller Masken, Zauberartikel, Scherzartikel, falschen Zigarren, falschen Zähnen im Glas, falschem Geld, falschen Lidern, Zauberbüchsen. Rezepte für harmlosen Betrug. Dritte Augen, Papierschlangen mit hervorschießenden Zungen, Zerrspiegel, mechanische Taucher, die unermüdlich hinabtauchen und wieder aufsteigen, ohne jemals in der Tiefe etwas zu suchen. Farbige Pülverchen für die Potenz, Haremsschönheiten aus Gummi mit welligen Rippen und Brüsten. Tanzbären, tanzende Derwische, Bücher über Magie, Opiumpfeifen, Wudu-Fetische, Anweisungen, wie man einen Feind verhext, ein Auge, das am Boden eines Glases rollt, so als sei einem, während man trank, das eigene Auge hineingefallen, ein Ehering, den man nicht mehr vom Finger bringt, eine unzerbrechliche Kette, ein unaufschließbares Schloß.

In einem Juwelierladen war eine Auktion im Gange. Der Mann, der dort seine Vorstellung gab, war nicht wie ein Zauberer gekleidet, sondern hatte sich wie ein Kaufmann angezogen. Er lud uns ein, einen Dollar auf eine goldene Uhr zu setzen. Er zeigte sie herum, so daß wir sie alle sehen konnten. Rund um ihn entstand eine kleine Versammlung. Er sprach so schnell, daß man Mühe hatte, ihn zu verstehen. Seine Augen sprangen zwischen der Menge und der Uhr hin und her, und als die Augen der Menge den seinen folgten, wandte er seine Aufmerksamkeit, so als hätte er die Uhr vergessen, anderen Gegenständen zu und begann mit der Versteigerung einer Puppe, eines Taschenmessers. Die Uhr blieb auf dem Ladentisch liegen. Er zersplitterte die Aufmerksamkeit des Publikums, richtete sie auf Statuetten, Glasschüsseln, Bücherständer. Die Menge wartete. Jene, die ihm einen Dollar gegeben hatten, ließen ihre Augen nicht von der Uhr. Die Menge blieb. Zuhause warteten Kinder, hungrige Ehegatten, müde Frauen, Invaliden. Die Zeit verging. Manche wurden ungeduldig. Die Redeflut des Verkäufers riß nicht ab. »In einer Minute werden wir die Uhr versteigern.« Sie hatten ihm einen Dollar gegeben, sie konnten das Spiel nicht abbrechen, die Wette, die Hoffnung, die Erwartung ... »Aber vorerst möchte ich Sie noch auf die Statue dieser burlesken Königin aufmerksam machen, sie ist aus Zucker gemacht und eßbar.« Er sprach so schnell, daß es unmöglich war, ihn zu unterbrechen. Manche Menschen im Publikum hatten Verabredungen, manche schmerzende Füße. Ich beobachtete, wie sie von einem Fuß auf den anderen traten oder aus den Schuhen schlüpften und sich die Füße rieben, manche sahen erschöpft aus, aber sie blieben, sie waren dem Schicksal begegnet. Es war nicht eine Uhr, es war ihr persönliches Glück, das auf dem Spiel stand. Die Frage war: »Habe ich Glück, oder habe ich kein Glück?« Bekomme ich etwas, was ich nicht verdient, wofür ich nicht gearbeitet habe, geschieht ein Wunder? Ich habe den Würfel geworfen, ich darf mich nicht umwenden. In dem Augenblick, in dem ich mich abwende, werde ich aufgerufen, und die goldene Uhr erhält ein anderer. Hier liegt die Uhr. Sie wird immer goldener. Der Verkäufer spielt auf Zeit. Er verlängert den Augenblick der Hoffnung, der Erwartung.

In dem gleißenden Licht ist man wie betäubt. Was man wollte, hat man vergessen. Wenn man seinen Platz verläßt, nimmt ihn ein anderer ein. Eine Büchse voller Tricks.

Waldo Frank konnte nicht verstehen, warum mich dieses Schauspiel faszinierte.

Ich versuchte, es ihm zerklären, aber es gelang mir nicht recht. »Es hat etwas mit der Wahrheit zu tun, die zu sehen unerträglich ist, daher wendet man sich anderen Dingen zu. Manchmal ist die Wahrheit über eine Beziehung schon in den ersten Worten, die gesprochen werden, aber man will sie nicht hören. Ich habe an meine Patienten gedacht und an die schlimmen Augenblicke, in denen sie erkennen,

daß sie selbst die Meister ihres Schicksals sind. Die Frage ist nicht, ob sie Glück haben oder nicht. Wenn sie sich über das Schicksal nicht mehr länger täuschen können, verzweifeln sie. Illusionen. Desillusionen. Dieser Mann verkauft Illusionen.«
Waldo Frank lachte. Er nahm mich mit zu der Entkleidungs-Show in der Vierzehnten Straße. Im Publikum nur Männer. Wir saßen in einer Loge mit rotem Plüsch. Die Kunst, anzudeuten und nicht zu enthüllen. Die Frau zog alles aus, bis auf ihre langen weißen Handschuhe.

Es ist Frühling, und meinen Patienten geht es gut. Aber ich kann jetzt nicht fort.

Rank glaubt, daß es notwendig ist, zu zerstören, um zu schaffen. Frauen können nicht zerstören. Dies ist seiner Meinung nach der Grund, warum sie selten große Künstlerinnen werden. Um etwas zu erschaffen, ohne zu zerstören, habe ich mich beinahe selbst zerstört.

Lunch mit Rebecca West. Es machte uns Vergnügen, über unser erstes Zusammentreffen 1932 zu sprechen. Sie hatte mir wegen meines Buches über D. H. Lawrence geschrieben, es gelobt und mich zu sich eingeladen. Ihre Kritik war sehr positiv gewesen. Ich reiste nach London, mit dem Manuskript von *Tropic of Cancer*. Ich mochte sie sofort, ihre Wärme, ihre leuchtenden dunklen Augen, ihren Witz. Sie besuchte mich in Louveciennes. Wir hatten soviel zu besprechen, daß wir uns im Wald verirrten und einen Freund anrufen mußten, der uns mit dem Wagen holen kam. Über Louveciennes sagte sie, daß sie noch nie ein Haus gesehen hätte, in dem schwierige Gespräche so leicht geführt werden konnten. Wir machten zusammen eine kleine Reise, mit ihrem Gatten und dem meinen, sehr freundschaftlich und fröhlich.
Ihr Buch hatte sie, ihrer Operation wegen, nicht beendet. Sie hatte schon nichts mehr vom Leben erwartet. »Ich dachte nicht, daß ich noch einmal den Frühling sehen würde.«
Aber nun war sie hier, in New York, lebhaft, voller Temperament, und ich erinnerte sie an die wundervolle Szene in Louveciennes, als sie *Winter of Artifice* gelesen hatte und mit Tränen in den Augen sagte: »*Unser* Vater, war er nicht ein schrecklicher Mensch?«
Sie führte mich bei Norman Bel Geddes und Raymond Massey ein, als »die Frau, die das beste Buch über D. H. Lawrence geschrieben hat«. Wir gingen alle zusammen zu einem Eishockeyspiel. Madison Square Garden. Härte, Geschwindigkeit, körperliche Kraft, grelles Licht, starke Gerüche, laute Musik, heiseres Gebrüll, gebrochene Nasen, Kraft. Drinks bei Reubens, während Eddie Cantor nebenan eine

Herrenparty gibt und der Regisseur Max Reinhardt mit zwei Schauspielerinnen und einem Bühnenbildner diniert. John Huston gesellte sich zu uns und unterhielt sich sehr aufmerksam mit mir. Mrs. Bel Geddes hat spöttische Augen. Dann nach Harlem, zuerst in einen Nightclub, um Songs zu hören, und dann in eine Privatwohnung. Alle tanzten und tranken. Die eine Hälfte der Gäste waren Weiße, die andere Hälfte Schwarze. Schöne Frauen, gut angezogene Männer und Jazz: es war berauschend und herrlich. Tanz und Gelächter. Aber ich vermißte doch die Intimität ähnlicher Parties in Paris. Hier sind alle spaßig, spöttisch, lassen sich gehen. Norman Bel Geddes sagte, ich sähe aus wie die Frauen auf persischen Miniaturen, aber zehn Minuten später erkannte er niemanden mehr, hatte vergessen, mit wem er gekommen war. John Huston ist rauh und vital, zynisch, voller Temperament. Raymond Massey ist ausweichend, geheimnisvoll, mit einer langsamen Art zu sprechen und schweren Blicken unter schwerlidrigen Augen.

Man trinkt und trinkt. Später wieder Gespräche, in irgendeinem privaten Klub. Wenn die Zynismen ihren Höhepunkt erreichen, ziehe ich mich zurück. Sobald die Menschen anfangen, einander anzugreifen und zu zerstören, fühle ich mich zu meinen armen Patienten hingezogen. Ich fühle mich leidenden Menschen näher als solchen, die Witze machen, spotten, hassen.

Frivole Abende beginnen immer sehr schön. Ich gehe auf das Spiel ein mit gehobener Stimmung und Temperament, mit Neugierde und Abenteuerlust. Aber allmählich schwinden mein Vergnügen und meine Heiterkeit. Ironie, Spott, Lächerlichmachen lassen mein Blut gefrieren, so als würde ich Zeuge einer sadistischen Szene.

Ich suche den Ausgang, eine Entschuldigung, um zu entkommen. Mein Unbehagen wächst. Meine Kehle zieht sich zusammen, Essen und Trinken schmecken mir nicht mehr. Ich möchte weggehen. Wenn alle betrunken und bösartig sind, zieht es mich unwiderstehlich fort. Ich erfinde unglaubwürdige Ausreden. Jede weitere Minute ist Qual. Ich kehre heim, voller Zorn über mich selbst. Ich breche den Abend ab. Warum, weiß ich nicht genau. Auf Wiedersehen, auf Wiedersehen.

Ich besuchte Waldo Frank. Seine Augen fielen mir auf: sie sind hellseherisch und klar. Er war freundlich und zutraulich, milde gestimmt, und sprach mit viel Einfühlungsvermögen über Literatur. Er empfing mich mit einer Art von gläubigem Vertrauen, das ihn sehr jung erscheinen ließ. Hier konnte ich frei sprechen. Ich fand eine Beziehung zu ihm, aufrichtig, stark und verständnisvoll. Er las mir aus *Virgin Spain* vor, seine Beschreibung einer katalonischen Frau. Wir tranken Portwein. Sein Zimmer war einfach und ordentlich. »Sie sind ein

Mensch«, sagte er, »der weder den Tod noch abgeschlossene Dinge erträgt. Ihre Unzufriedenheit ist schöpferische Ruhelosigkeit, kein Aufmucken, sondern Neugierde. Sie erwarten noch Wunder.«
Ich hatte bei ihm einen Eindruck von Jugend, Ganzheit, Zartheit. Er sagte mir, daß er nicht jeden einließe in die Zurückgezogenheit, die er für seine Arbeit brauche. Er ist ein warmherziger, zutraulicher Mann, nicht verhärtet, nicht abgestorben, wie so viele amerikanische Schriftsteller sich verhärtet haben und abgestorben sind.
Er ist ein Dichter, der fest auf dem Boden der Realität steht, wie es amerikanische Schriftsteller tun, aber in seinen Gesprächen ist er einfach und fromm. »Gott hat Sie mir geschickt, *La Campanilla*, damit ich mein Buch fertigschreiben kann.«
Er wollte nicht ausgehen. Ihm gefiel die friedliche, ungestörte Stimmung, aus der er Kraft schöpfte.

Mr. Wagner erwartete mich in der Halle. Er kam eben von der Wachteljagd in Georgia zurück; die Zeitungen hatten sein Bild gebracht. Er war mit einem berühmten Pferd über eine Hürde gesprungen. Wir setzten uns in fröhlicher Stimmung in die Plaza Bar.
Er tat so, als sei die Wasserflasche eine Kristallkugel, und sagte: »Ich sehe keine Hoffnung auf eine Liebesaffäre in der Zukunft.«
Was für ein Gesicht er wohl machen würde, wenn ich ihm sagte: Es tut mir leid, aber ich werde eine Heilige. Das ist es, was die Beschäftigung mit der Analyse aus mir gemacht hat. Ich lebe so sehr für andere, daß ich schon fürchte, eine Heilige zu werden, zurückzusinken in den weißesten Bereich meiner Träume, zu den Flügeln der Nonnen, die wie die Segel kleiner Schiffe sind. Aber die Liebe zu meinen Patienten, zu jenem Augenblick der absoluten Wahrheit, den wir erreichen, läßt mich wünschen, in der Welt zu bleiben.
Ich liebe die Welt so sehr, sie bewegt mich tief, sogar die gewöhnliche Welt, die alltägliche Welt, sogar die Theke der Bar, das klingelnde Eis in den Gläsern, der Kellner, der Hund, der in der Garderobe angebunden ist.
Mr. Wagner hat nicht gesagt, daß ich eine Heilige bin. Niemand hat es gesagt. Aber wenn ich das Wunder miterlebe, wie ein Mensch durch und durch neugeboren wird, bekomme ich Angst, eines Tages zu weit von der Erde entfernt zu erwachen.
Tag um Tag kommen die Menschen, kommen, um Kraft zu suchen. Ich weiß, daß aus der Analyse eine neue Art von gefährlichem Idealismus entstehen kann. Manchmal glaube ich, daß Rank dem, was *sein soll*, eine zu große Bedeutung beimißt, statt dem, was *ist*; er kann nicht Erfahrung als Ersatz für Wissen akzeptieren. Manchmal fürchte ich, daß die unablässige Anhäufung von Wissen zu einem gefährlichen Kurzschluß führen könnte. Das Schreckliche und das

Leiden werden ausgeklammert. Es sollte meiner Meinung nach nur in extremen Fällen angewandt werden, wenn der Neurotiker hilflos ist, nicht mehr leben, lieben, arbeiten kann. Rank entwirft manchmal das Bild eines idyllischen Zustandes, die Erwartung eines schmerzlosen Lebens. Der Mensch, sagt Rank, ist geboren, um glücklich zu sein: Leiden ist Krankheit.

Schicht um Schicht. Ich bin gleichsam in einem Aufzug, der aufwärts und abwärts fährt, an hundert Stockwerken, an hundert Leben vorbei. Oben in Himmelsnähe Terrassen und Planetarien, Gärten, Brunnen, Wolken, die Sonne. Durch den Schacht herab pfeift der Wind. Unten im letzten Geschoß Tanzsäle, Restaurants und Musik. In den Zimmern Schattengitter an den Wänden von den Jalousien der Fenster. Ein Schlafzimmer. Ein Beichtstuhl. Eine Couch, um darauf zu liegen. Etwas zum Liegen, zum Ausruhen, sich daran festzuhalten. Vertrauen. Rote Lichter. Hinab! Hinab! Der Lautsprecher kündigt an: ein Mann, der hinkt, ein Mann mit einer gelähmten Hand, ein Mann, der seine Mutter liebt, ein Mann, der sein Buch nicht schreiben kann, das er schreiben möchte, eine verlassene Frau, eine Frau mit unüberwindlichen Schuldgefühlen, eine Frau, die vor Scham über ihre Liebe zu einer anderen Frau weint, ein Mädchen, zitternd aus Angst vor dem Mann. Befreie die Sklaven der Incubi, der Geister und der Angst! Höre ihre Klagen. Ein harter Politiker sagt: »Ich bin so sanft, ich leuchte.« Ein anderer sagt: »Es ist Schwäche, auf die Klagen des Kindes in uns zu hören.« Ich sage: »Es wird nicht aufhören, sich zu beklagen, ehe es eine Antwort bekommt, getröstet und verstanden wird. Dann erst wird es in uns zur Ruhe kommen, wie unsere Angst. Es wird in Frieden sterben und uns zurücklassen, was das Kind dem Erwachsenen vererbt – Verständnis für das Wunder.« Das Telefon kündigt an: »Ein Telegramm für Sie, soll ich es durchsagen?« »Ja, ja.« »Glückwünsche zum Geburtstag, Glückwünsche zum Geburtstag, Liebe.« Rotes Licht: hinab. Weißes Licht: hinauf. Das Spiel, Gott zu sein, aber ein Gott, der es nicht müde wird, zuzuhören, und sich die ganze Zeit darüber wundert, wie der andere Gott das Leiden der Menschen mitansehen kann. Musik, die Trösterin. Mit der Musik steigen wir in schnellen, geräuschlosen Lifts zum Himmel auf, durchstoßen das Dach. Rotes Licht: hinab. Im Laden kaufe ich Briefmarken, Briefpapier, bestelle Kaffee. Körperlich bin ich dem Zusammenbruch nahe. Es ist nicht der Wechsel der Stockwerke, die raschen Auf- und Abstiege, die mich betäuben, sondern die Art, wie ich mich verausgabe. Teile meines Lebens, Teile meiner Kraft gehen in andere über. Ich fühle, was sie fühlen. Ich identifiziere mich mit ihnen. Ihre Ängste schnüren mir die Kehle zu. Meine Zunge ist schwer. Ich frage mich, wie es weitergehen soll. Ich kann nicht objektiv, nicht teilnahmslos sein. Ich gehe in sie ein, um sie zu erleuchten, um Klarheit zu schaffen, aber ich kann nicht neben ihnen stehen bleiben, unberührt von ihren schlimmen Nächten, ihren Hoffnungen, ihren Schreien, oder auch ihrem Glück. Ich blicke aus meinem Fenster, wie Rank aus dem seinen blickt. Schlittschuhläufer im Park. Die Kapelle spielt. Es ist Sonntag. Ich könnte durch die Straßen von Paris gehen, fröhliche, lebendige Straßen, wo die Menschen das Leben und sogar ihre Tragödien lieben. Ich könnte die freundliche und schöne Seine entlang wandern. Damals wußte ich nichts von meinem Glück. Ich suchte das Abenteuer. Das Kinderlachen klingt herauf zu mir in das fünfundzwanzigste Stockwerk, zu dem Fenster, an dem ich stehe. Rotes Licht: hinab. Den ganzen Weg hinab denke ich nach über das Problem der Symmetrie der Gefühle. Die Menschen wollen Vergeltung, Rache, sie müssen Haß mit Haß aufwiegen, Demütigung mit Demütigung, Teilnahmslosigkeit mit Teilnahmslosigkeit.

Im Briefkasten sind viele Briefe. Eine Frage von Waldo Frank: »Warum rufen Sie mich nicht an?« Einladungen zu Cocktail-Parties, ein Buch von Emily, die Wochenrechnung.

Einer meiner Patienten möchte, daß ich für ihn Modell stehe. Ich muß wieder das Haus aufsuchen, die Arkaden an der Ecke Broadway und Fünfundsechzigste Straße, wo ich schon als sechzehnjähriges Mädchen hinging, als ich Malermodell war. Und als wäre ich so arm wie damals, kann ich zu Mittag nur ein Sandwich essen, weil einer meiner Krüppel auf mich wartet, um mir nichts als seine Krankheit zu bringen.

Weißes Licht: hinauf. Ich öffne die Tür und bleibe an der Schwelle sitzen, ich bin so müde, daß ich die letzten drei Schritte nicht mehr tun zu können glaube. Das Telefon läutet. Ich lasse es läuten.

James Boyd nahm mich mit ins Theater. Er erzählte mir eine faszinierende Geschichte von Hemingway, mit dem er eng befreundet ist. Er beschrieb Hemingway, wie er in seiner Bude auf und ab ging und sagte: »Es gibt noch eine andere Dimension. Ich weiß das sehr genau, aber ich kriege sie nicht.« Er war der Gefangene seiner oberflächlichen Reportagen, seines Glaubens an Äußerlichkeiten, die wirklich gesprochenen Worte.

Für alle meine Patienten bedeutet Sinnlichkeit etwas, das zur »niedrigen Seite ihrer Natur« gehört. Der Puritanismus ist mächtig und verzerrt ihr Leben zur totalen Ohnmacht ihrer Sinne. Wenn man einen der Sinne unterdrückt, unterdrückt man alle, die sinnliche und physische Verbindung mit der Natur, der Kunst, zu Essen und Trinken, zu anderen Menschen.

Im Zwischenstock gibt es Konzerte, die anzuhören ich niemals Zeit habe. Im Kellergeschoß warten meine leeren Koffer auf den Aufbruch. Wo die Aufzüge den Boden erreichen, ist Dunkelheit und Hysterie. Im Erdgeschoß empfängt eine parfümierte Anaïs Berühmt-

heiten, Fürsorger, Lehrer, sehr arme Menschen, Gesellschaftsmenschen, Artisten, Schauspieler, Tänzer, Schriftsteller, schüchterne Menschen, gewandte Menschen, Bankiersgattinnen, die Blüte der Aristokratie aus dem Süden, Snobs, Mäzene, Zeitungsleute.
Sechsunddreißig Stockwerke, Putzfrauen, Teppichklopfer, Briefe, die durch den Schlitz gleiten. Sechsunddreißig Schichten meiner Tätigkeit, sechsunddreißig Zellen, sechs bis acht Patienten am Tag.
Der Körper ist ein Instrument, das nur dann zu klingen beginnt, wenn man es als Körper behandelt. Immer ein Orchester, und ebenso wie Musik die Wände durchdringt, so durchdringt die Sinnlichkeit den Körper und erhebt sich zur Ekstase.
Ich habe zerbrochene Existenzen wieder aufgebaut, auferstehen lassen, geführt und belehrt. Ich habe den Schlüssel ausgehändigt zu dem Raum, in dem die Liebenden sich treffen, ich habe die Verlassenen getröstet, das Vertrauen erneuert, den Verstand aufgerufen, neue Welten geöffnet. Ekstase. Auch zu ihr habe ich den Schlüssel gegeben, und ich sehe nun, wie meine lahmen Püppchen tanzen.
In Amerika geht alles auf das Überleben des Starken hinaus. Die Sensitiven und Zarten werden niedergetrampelt. Massenschablonen, Verlust der Individualität, mangelnde Unterscheidung zwischen Individualität und Ego. So ist es hier zu einem Verlust der Individualität und der Selbstachtung gekommen, zu einem Verlust der Identität.

Habe mich mit Norman Bel Geddes in der Ritz Bar getroffen. Später gingen wir in den Kit Kat Klub. Er erzählte mir, daß er von zuhause ausgerissen sei, um Zauberer in einem Varieté zu werden.
Wohin man auch geht, überall kennen ihn alle. Die Artisten kommen und sitzen an unserem Tisch. »Wenn man eines dieser Mädchen ins Bett nimmt, haben sie nichts zu bieten. Sie haben alles schon bei ihrem Auftritt gegeben«, sagt Norman. Er ist freigebig, freundlich, promiskuitiv. In der Unterhaltung mit ihm blitzen Namen auf wie Namen einer Leuchtreklame. »Reinhardt sagte mir ... Miriam Hopkins ... als ich in Paris mit Eva Le Galienne dinierte ... als ich dies und das produzierte ...« Seine Verbrüderung mit der Welt ist wohltuend. Es ist die Art, wie Henry sich benehmen würde, wenn Hollywood und der Broadway zu seinen Füßen lägen. Um drei Uhr früh verabschiedete er sich vor meinem Hotel: »Sie sind wunderbar.«
In Harlem wurde mir deutlich, wie natürlich die Neger sind und daß sie das Geheimnis der Freude besitzen. Daher können sie die Leiden ertragen, die man ihnen auferlegt. Die Welt mißhandelt sie, aber untereinander sind sie lebensfroh, physisch und emotionell, und es ist möglich, daß ihre Quäler, die verdorrt und bitter sind, sie um diese Qualität beneiden.

Rank vermißt die Fröhlichkeit von Paris, seine Cafés, seine Freundlichkeit und Menschlichkeit.
Zum Spaß sagte er, er würde sich gern von mir analysieren lassen. »Die halbe Wirkung der Analyse besteht in dem Wunsch des Analytikers, zu helfen und zu heilen. Dieser Wunsch ist ansteckend und oft schon der halbe Erfolg. Jeder Analytiker hat ihn am Anfang und verliert ihn mit der Zeit. Wenn die Analyse mechanisch wird, leidet sie darunter. Der Neurotiker spürt es. Du hast dir noch dein ursprüngliches Interesse am Menschen bewahrt. Freud fing an, mich zu analysieren. Er glaubte, daß jeder Analysierende selber analysiert werden sollte. Aber wir kamen nicht weiter damit. Er war nicht objektiv. Oder ich hatte zumindest nicht den Eindruck, daß er es wäre. Zuviel Wissen hinderte mich daran, mein natürliches Selbst auszuleben.«
Schizophrenie hat so viel Ähnlichkeit mit Gleichgültigkeit, daß man beide nur schwer auseinanderhalten kann. Bei Henry bin ich manchmal nicht sicher, ob er Augenblicke der totalen Gleichgültigkeit, der Interesselosigkeit hat, oder ob er manchmal gespalten ist durch die Schrecklichkeit und Brutalität des amerikanischen Lebens.
Die Gefahr bei der Schizophrenie besteht darin, daß der Neurotiker im Zustand des Schocks einen anderen Schock sucht, daß er Leiden sucht, um zu erwachen. Und der Schmerz, den er erleidet, gibt ihm für den Augenblick die Illusion, voll und ganz zu leben.
Henry schreibt über Attila und Christus, die beide schließlich die Welt besiegen, der eine durch Gewalt, der andere durch Liebe, und beide verursachen so viel Leiden.
Henry liebt es, sich mit Menschen zu umgeben, die er nicht wirklich braucht. Diesen Menschen gibt er seine Zeit, seine Kraft, seine Ideen, er spricht mit ihnen, schreibt ihnen Briefe, aber sich selbst gibt er nicht. Er glaubt, daß er so mit der Welt kommuniziert. Mich hält er für distanziert, versteht jedoch nicht, daß ich keine abstrakten Verhältnisse eingehen kann, nur tiefe, lebendige Beziehungen zu einigen Wenigen. Von der Menge der Zufallsbekanntschaften ziehe ich mich zurück.

Ich verliere an Gewicht, an Schlaf. Die Sorgen meiner Patienten verfolgen mich. Ihre Alpträume werden die meinen. Ich kann mein eigenes Leben nicht mehr genießen. Tag und Nacht denke ich über sie nach und wie ich ihnen helfen könnte. Ich bin krank aus ihrer Krankheit, aus Sympathie, aus Einfühlung. Ich gehe unter zwischen ihnen und bin verzweifelt, daß ich nicht alle die Verwundeten heilen kann. Ich habe ihnen soviel Kraft gegeben, wie ich hatte. Ich bin ausgesogen und leer von allem, was ich geben konnte.
Wir hatten einen Kongreß der Psychoanalytiker; sieben von uns saßen zusammen im Zug nach Long Beach.

Der lange traurige Anlegesteig mit dem scharrenden Geräusch der Füße auf Holz. Menschenmengen. Dissonanz zwischen dem Meer und den Stimmen, die wie Eulen kreischen. Unvereinbarkeit der farblosen See mit der grellen, groben Filmreklame, dem Geruch nach Würstchen und dem Geruch nach Fisch, den drohenden, aufgescheuchten Wolken und dem grießigen Sand. Menschen, gehend, kauend, Wind in gefärbten Haaren, Salz, so bitter auf den vom Wind aufgerissenen Lippen, aufdringliche Häuser, die sich verstecken sollten mit ihren verfallenden Fassaden, den weit offen gähnenden Läden und den Lautsprechern, die das Zischen der See überschreien und Möbel anbieten, Horoskope, Spielzeug. Der lange Anlegesteig, auf dem Sand knirscht, wenn man darauf geht, ein Jahrmarkt der Monstren, die niemand überwacht, Eulengesichter, aufgesperrte Rachen der Wale, Augen der Stachelrochen. Ein Hotel, das von außen wie ein Büßerkloster aussieht und von innen wie ein Bordell, alles in Rot und Gold. Das Meer, sein Rhythmus vom Plärren der Radios gebrochen. Der riesige Speisesaal, wo sich alle begegnen und sich trotz Namensschildern am Rockaufschlag doch nicht kennenlernen. Konventionen. Das Meer bleibt draußen. Staubige Vorhänge werden vorgezogen. Es gibt zuviele Kellner, zuviele Zeichen an den Türen, zuviele Glocken, zuviele Spiegel, Teppiche, Zigarrenenden in sandgefüllten Vasen. Das Meer wird verdrängt, muß schweigen.
An diesem Tag, beim Abendessen, mit einer Etikette an meiner Schulter, entdeckte ich, daß ich nicht zur Welt der Psychoanalyse gehöre. Ich werde immer wieder entlarvt. Immer steht ein Kontrolleur an der Tür und fragt: »Ist es wahr? Sind Sie wirklich? Sind Sie wirklich Psychoanalytikerin?« Sie merken immer, daß ich schwindle. Sie nehmen mich nicht auf. An diesem Tag schien mir, daß sie alle Fragmente studieren, die man nie getrennt betrachten sollte, außer in Laboratorien. Ich bin kein Wissenschaftler. Ich habe eine Form des Lebens gesucht, die kontinuierlich sein sollte wie eine Sinfonie. Das Schlüsselwort war das Meer. Sie füllen das ozeanische Leben in Flaschen ab und kleben Zettel drauf. Unter meinen Füßen, rastlos wogend unter dem Erdgeschoß des Hotels, war das Meer und war meine Natur, die sich mit der Analyse niemals zu einer dauernden Ehe amalgamieren würde. Ich hörte die Diskussion nicht. Ich hörte das Brüllen des Meeres, spürte seinen Puls.
An diesem Tage wurde mir wieder einmal klar, daß ich schreiben muß und nichts als schreiben, daß ich eine Schriftstellerin bin und keine Psychoanalytikerin.
Ich war bereit, heimzureisen und einen Roman zu schreiben.
Wenige Tage später kehrte ich mit dem Schiff zurück. Nebel bedeckte bei meiner Abreise New York. Ich hörte nur die Sirenen der Schiffe.

[Juni 1935]

Louveciennes. Zuhause. Strom der Erinnerungen. Schlaflosigkeit. Ich vermisse den animalischen Schwung New Yorks, die animalische Vitalität. Ich frage nicht danach, daß sie sinnlos, ohne Tiefe ist. Hier bin ich ruhelos. Das persische Bett. Die tickende Uhr. Zeit wird so langsam. Der Hund bellt den Mond an. Teresa bringt das Frühstück. Alle elektrischen Birnen fehlen, die Mieter haben Dinge mitgehen lassen. Die Bücher sind staubig. Meine farbigen Gläser funkeln nicht mehr so stark, seit ich die grellen, fröhlichen Farben New Yorks kenne. Die Farbtöne der Zimmer sind gedämpfter, matter geworden. Die Teppiche sind abgetreten. Wo ist der Rhythmus des Jazz, die nervöse Energie New Yorks? Die Vergangenheit. Das Glas über meinem Ankleidetischchen ist zerbrochen. Die Gardinenstangen fehlen. Wo sind die Gartenstühle? Frankreich ist alt. Es hat den Geruch, den Geschmack, das Bukett, die Patina der antiken Dinge. Es hat Menschlichkeit, die New York nicht hat.

Auf dem Schiff befielen mich traumatische Ängste. Würde nicht Dr. Endler am Pier auf mich warten, um mich zurückzubringen in das Spital und mich wieder durch die Totgeburt zu schleifen? Oder würde ich das Haus meines Vaters ganz in Braun malen (Braun, sagt Oswald Spengler, ist die Farbe der Philosophie)? Braun ist eine Farbe, die ich hasse.

Louveciennes ist alt und schläfrig. Sein Alter, seinen Charakter habe ich einmal geliebt. Nun scheint es den schalen Geschmack der Vergangenheit zu haben. New York war *neu*.

Die Gartenmauer zerfällt unter der Last des Efeus.

Meine Mutter findet es schön.

Aber ich bin traurig. Es scheint so, als ob ich hier nicht mehr hereinpasse, oder als ob ich fiebrige Aktivitäten brauche, Intensität, Erregung. Die Stille von Louveciennes, die steinernen Bauerngesichter hinter den Fenstern. Frieden. Ein Zuhause ist Frieden. Die Dorfglocken läuten. Duft des Geißblatts strömt durch das Fenster. Mein neues Ich gehört nicht mehr dazu, mein neues Ich ist ein Abenteurer und ein Nomade. Die Menschen ringsum verändern sich nicht so, wie ich es tue, treiben keine neuen Zweige aus. Die Rückkehr war wie das Hineintappen in eine Kreisfalle. Ich kämpfe gegen Monotonie und Wiederholung.

Ich habe alle Geschenke, die ich aus New York mitgebracht habe, auf dem Bett ausgebreitet. Ein Satz Holzteller mit astrologischen Zeichen an den blaubemalten Rändern. Wir werden ein Abendessen veranstalten und Antonin Artaud und René Allendy einladen.

Weil alle Dinge so sind, wie sie waren, habe ich das Gefühl, mich überhaupt nicht bewegt zu haben. Aus diesem Grunde gehen Abenteurer aufs Schiff und nach Afrika, durchwandern Tibet, klettern auf den Himalaya, reiten auf Kamelen durch arabische Wüsten. Um etwas Neues zu sehen.

Vor einem freundlichen, klein erscheinenden Paris, das ganz Charme, ganz Intelligenz ist, fühlt die neue Anaïs: Aber das kenne ich doch schon. Es ist mir vertraut. Was ich liebe, ist eine neue, eine noch ungeschaffene Welt, mit starken Farben und weiten Ausdehnungen, groß und voll des Überflusses, eine synthetische Großstadt der Zukunft.

Wie surrealistisch war es doch, gleich einem Geschoß hinaufzusausen zur Spitze des Empire State Building, auf New York hinabzublikken wie aus einem Flugzeug und singende Kanarienvögel in einem Käfig zu entdecken. Das Ungereimte. In New York glaubt man, draußen im Raum zu leben, ohne Erde unter den Füßen.

In Louveciennes riechen die Laken nach Moder, tausende alter Herbstblätter müssen zusammengerecht und verbrannt werden. Anaïs, nimm den Rechen, du bist zu Hause, keine Abenteuer mehr.

Ich hatte zuviel erwartet: große Entfaltungen, gewaltige äußere Wandlungen, um meine innere Wandlung voranzutreiben, Reisen nach Indien, Spanien, China, neue Freundschaften, neue Sensationen, neue Rhythmen.

Ich versuche, weich zu landen. Zurück von der fantastischen Reise durch alle Schichten des amerikanischen Lebens, der Erforschung von Ranks weitem, kosmischem Geist, der Vergiftung durch Freiheit, dem Abenteuer der Analyse, in die Isolation von Louveciennes, seine Schläfrigkeit.

Ich muß auf eine andere Weise wachsen, nicht nach Kilometern, sondern in die Tiefe. Ich muß meine Liebe zum Abenteuer sublimieren.

Mein Vater ist im Süden, kuriert sein Rheuma. Joaquin arbeitet am Pariser Konservatorium.

Ich träume von einer Druckerpresse, möchte publizieren.

In der Nähe des Hauses gibt es eine Scheune, in der man oben Weizen gelagert und unten Pferde und Wagen eingestellt hat. Jedem gefällt die Idee, dort eine Druckerei einzurichten und von Verlegern unabhängig zu werden.

Wieder nach China, wie Henry es versteht, das China der Kunst. Das Haus beginnt zu erwachen, strahlt seinen Zauber wieder aus.

Gäste kommen und sagen, es sei wie das Haus in Alain Fourniers *Le Grand Meaulnes*.
Henry ist glücklich mit seiner Arbeit. Besucher. Geruhsame Gastereien im Garten. Ich erschaffe einen Mittelpunkt der Strömung in mir selbst.
Ich bin kein geduldiger Handwerker, wenn ich schreibe. Ich liebe die Lebendigkeit und Frische der Aufzeichnung. Ich liebe die erste spontane Version, das Aufspringen der Keimzellen, die Öffnung neuer Wege. Lebhafte Gespräche in der vergangenen Nacht.
Wir schreiben alle über dieselben Menschen, aber auf so verschiedene Art und Weise. Ich halte mich immer an das Leben, wie es Frauen tun. Henry, (Michael) Fraenkel und (Fred) Perlès erfinden, erdichten.

Fraenkel war da, machte sich das Projekt der Druckerpresse zu eigen, beherrschte Louveciennes, redete ununterbrochen den ganzen Tag und in die Nacht hinein. Das Ego! Ein kleiner, zerbrechlicher Mensch, nervös, krank, aber sein *Wille* und das ungeheure Ego erfüllten das Haus. Er machte ausfällige Bemerkungen darüber, daß *Black Spring* das Ergebnis all der Gespräche sei, die Henry, Walter Lowenfels und Fraenkel geführt hätten. Sogar Henry lachte darüber. Schließlich verlor er jedoch die Geduld und sagte: »Das ist ein großartiges Gespräch, nicht wahr? Nun, ich habe bessere erlebt, mit Anaïs, eben hier in diesem Haus.« Aber Fraenkel war von sich selbst berauscht. Er dachte nicht daran, den Zug zurück nach Paris zu nehmen. Er war eingeschnappt. Ich ließ sie bei ihrem Gespräch im Garten allein und ging zu meiner Arbeit.
Ich schrieb, als Fraenkel ins Zimmer trat. Er war freundlich und nett, da er ein Exemplar seines Buches mit meinen Anmerkungen gefunden hatte und ihm meine Notizen gefielen. »Sie begreifen besser als andere«, sagte er, »was dieses Buch sagen will.« Er hielt sein Buch liebevoll und zärtlich in der Hand.
Nach diesem Zwischenfall sagte ich zu Henry, es würde besser sein, wenn wir die Druckerpresse in Villa Seurat aufstellten.

Henry schrieb über Frankreich:
»Physischer Zerfall, aber die Seele wächst. Die Dinge verfaulen an ihrer Außenseite, und in diesem schnellen Verfall gräbt sich das Ego ein wie ein Samenkorn und keimt. Hier wird der Körper zu einer Pflanze, die sich aus eigener Feuchtigkeit ernährt, eine Aura erschafft, eine Blüte treibt. Ich sehe eine riesige Zelle, die im Blut des großen Tieres MENSCH schwimmt.
Diese Zelle ist Paris. Ich sehe sie, rund und voll, und immer die ganze Kugel auf einmal. Die Zelle will sich strecken und ausdehnen, die

fantastischsten Bewegungen sind ihr erlaubt, aber sie wird nicht zerbrechen. Plötzlich bin ich in der Zelle. Ich befinde mich in der Osmose. Zwischen dem späten Nachmittag und Mitternacht bin ich hineingeschlüpft. Ich bin nun im Innern. Ich kenne es. Es ist mir gelungen, zur Gänze darin aufzugehen, als vollständiger Mensch, die Seele eingeschlossen.«

Fraenkel sprach darüber, wie wir der Logik müde geworden seien, des Rationalismus, wie Surrealismus, Humor und Chaos die Logik besiegten, die nichts mehr mit dem Leben zu tun habe, keine Inspiration mehr hergebe. Das Lebendige, wie Henry sagt. Ich spürte in Henry diese Qualität und folgte ihrem Einfluß. Sie ist der fraulichen Erlebensweise verwandt, die ich aufgegeben habe, als ich mich um meine Mutter und meine Brüder kümmern mußte, als ich den Platz des fehlenden Vaters einnahm und meine Mutter sagen konnte: »Sag mir, was ich jetzt tun soll, du mit deinem klaren, logischen Verstand.« Ich bin zur Intuition und zum Instinkt zurückgekehrt, als ich mich D. H. Lawrence zuwandte und dann Henry, der das Nicht-Rationale repräsentiert. Gerade die Tatsache, daß er ganz aus Gegensätzen und Paradoxen besteht, ungelöst, ohne Mitte, läßt ihn wie das Leben selbst sein.
Es treibt die Menschen zur Verzweiflung, daß sie nach einem universellen Sinn des Lebens in seiner Totalität suchen und am Ende nur finden, daß es absurd, unlogisch, sinnlos ist. Das Ganze hat keinen großen, kosmischen Sinn; es gibt nur den Sinn, den wir selbst unserem Leben geben, eine individuelle Bedeutung, einen persönlichen Plan, wie ein individueller Roman, ein Buch für einen allein. Nach der totalen Einheit zu suchen, ist falsch. Jedem Leben soviel Sinn zu geben wie nur möglich, erscheint mir richtig. Das ist ein Beitrag zur Ganzheit. Ich gehöre zum Beispiel zu keiner der politischen Bewegungen, die, wie ich sehe, voller Fanatismus und Ungerechtigkeit sind, aber ich behandle jeden Menschen demokratisch und human. Ich gebe jedem menschlichen Wesen das Seine. Klasse und Besitz interessieren mich nicht. Ich respektiere nur Geist und menschliche Qualitäten, und Bedürfnisse insoweit, wie ich fähig bin, sie zu erfüllen. Wenn alle so handeln würden wie ich, gäbe es keine Kriege und keine Armut. Ich habe mich selbst für jeden verantwortlich gemacht, dem ich begegne.

Ich vermisse den elektrisierenden Rhythmus von New York; es war, als ritte man ein stolzes Rennpferd. Ich war von Freiheit trunken, von Raum und Dynamik. Wo sind die gleißenden Lichter, das Dröhnen der Flugzeuge, die Nebelhörner, die schnellen Wagen, die wilde Geschwindigkeit? Ich bin ruhelos. Das Abenteuer verzehrt mich.

Wenn sich ein Mann so fühlt, ist nichts weiter dabei, aber für eine Frau ist es ein Aufschrei. Wohin ich blicke, sehe ich eine von Männern nach ihren Wünschen gemachte Welt, und ich bin, was Männer sich wünschen.
Ich war glücklicher ohne Individualität, aber nun hat sie begonnen zu wachsen und sich auszudehnen, und ich kann sie nicht mehr aufhalten.
Ich fühle mich so seltsam gelöst, ich fühle in mir selbst keine Grenzen, keine Mauern, keine Ängste. Nichts hält mich vor dem Abenteuer zurück. Ich fühle mich beweglich, fließend.
Rank vermisse ich nicht. Ich glaube, ich habe endlich doch die Sehnsucht nach einem Vater überwunden. Er spielte die Rolle großzügig, aber er versuchte auch, mich zu beherrschen und in sein Werk einzubeziehen. Er wollte, daß ich mein Leben für die Überarbeitung seiner Bücher opfere, ein Lebenswerk, das den Künstler in mir vernichtet hätte. Meine Rückkehr nach Paris wird er mir nie verzeihen.
Auf dem Weg von der Oper zum Parc de Montsouris wurde mir klar, daß Paris für die Ewigkeit gebaut ist und New York nur für die Gegenwart. Ein Dokumentarfilm über die Ägypter zeigte ihre Besessenheit von der Ewigkeit.

Wir planen, selbst zu publizieren, auch wenn wir noch keine eigene Druckerpresse haben. Fred erfand den Namen Siana Press, indem er meinen Namen umkehrte.
Fraenkel stellt eine Liste von Büchern zusammen, die wir herausgeben wollen, und übergeht mich dabei.

Alles, worunter ich leide, ist von einem schnellen in einen langsamen Rhythmus gefallen. Ich kann nicht stundenlang in Kaffeehäusern herumsitzen oder wie Henry und Fraenkel zehnstündige Gespräche führen. Ich brauche Handlung und Bewegung. Es ist, als schlüge mein Herz schneller als das ihre und als wäre ich in den Laufschritt New Yorks verfallen.
Aus dem Leben in den Kaffeehäusern kehre ich mit Erleichterung nach Louveciennes zurück, in eine gewisse Ordnung und Arbeitsdisziplin, eine gewisse Ernsthaftigkeit, die ich vor der Welt verberge. Die Welt will Clownerien, Spaß und Show.
Einsichten kümmern Henry nicht. Paradoxien und Inkonsequenz lassen ihn gleichgültig. Er bekennt sich zu Widersprüchen, Irrationalität und Chaos. Er arbeitet an *Capricorn*.

Ich fragte Henry, ob er mit mir zu Brancusi gehen würde. Er lehnte ab, weil er Propheten nicht mag und alles für eine Pose hält. So kam es, daß ich mit Dorothy Dudleys Tochter hinging.

Es war später Nachmittag. Er bewohnt ein kleines Haus mit einem Hof. Er öffnete ein riesiges Eisentor für uns. Er trug ein weißes Maurergewand, und sein Bart war lang und weiß wie der des Weihnachtsmannes. Sein Atelier ist weiß, seine Statuen sind weiß oder silbern. Sein *Vogel ohne Flügel* gefiel mir. Ein weiter, lyrischer, raumdurchstoßender Flug. Wenn er lacht, sind seine dunklen Augen ganz geschlossen. Er sieht wie ein russischer Muschik aus, wie ein Bauer. Sein Gesicht, umgeben von dem weißen Bart, war frisch und rosig. Auf einer offenen Feuerstelle briet er Schischkebab und servierte es mit großen Flaschen Rotwein.
Seine Statuen bewachten uns, aber im Unterschied zu den Statuen von Chana Orloff sind sie alle leicht, flugfähig, ihre Abstraktion macht sie unaufdringlich, und als es im Atelier dunkel wurde, verschwanden sie im Schatten. Wenn er lacht, wirft er den Kopf zurück. Rotwein, Gelächter. Er tanzte und untermalte seine Geschichten mit Gesten, spielte sie aus. Die Zeit verging, aber als wir uns verabschieden wollten, gefiel es ihm nicht. Wir sagten, daß wir gehen müßten, es sei sehr spät. Er sagte, er könne es nicht ertragen, daß irgendjemand fortgeht, daß man sich trennen müsse. Wir lachten und sagten, daß wir nicht gut in seinem Atelier übernachten könnten.
Dorothys Tochter und ich zogen uns zur Tür zurück, und er redete und redete, als wollte er uns davon ablenken, ihn zu verlassen. Da er so viele Eier gemacht hat, neckte ich ihn und schlug vor, ihn Chana Orloff vorzustellen, die schwangere Frauen macht. »Oder vielleicht kennen Sie einander schon, und es ist der Anblick Ihrer Eier, die sie so viele schwangere Frauen machen läßt.« Brancusi erwiderte, daß er nicht imstande sei, eine Realistin zu befruchten. Nur junge Frauen wie uns, schöne junge Frauen. Darauf fragte ich ihn, da er doch die berühmten »Säulen ohne Ende« gemacht habe, ob er auch an »Nächte ohne Ende« glaube. Endlich gingen wir, lachend, scherzend, aber als er hinter dem Eisentor zurückblieb, die Hände an den Gitterstäben, mit einem traurigen, verlassenen Ausdruck in seinen dunklen Augen, fühlten wir, daß wir ihn betrogen hatten.
(Als Brancusi starb, vererbte er sein Atelier der Stadt Paris, mit dem Auftrag, daraus ein Brancusi-Museum zu machen. Die Stadt Paris vernachlässigte es jedoch, und es blieb geschlossen. Die Leute brachen durch ein Oberlicht ein und stahlen die kleineren Figuren. Regenwasser sickerte in das Atelier.)

Henry schreibt über June.
»Mein Interesse an der Vergangenheit ist fast wissenschaftlicher Art. Ich sehe sie nicht als Privatangelegenheit, sondern mehr wie ein Detektiv. Im Augenblick schlage ich mich mit verschiedenen Rätseln herum. Und ich möchte wahrhaftig sein.«

Er beschrieb sein erstes Zusammentreffen mit June, den ersten Kuß, ihre erste Lüge.
»Ich schreibe ganz kalt, ganz langsam. Ich bin nicht verliebt in das, was ich schreibe. Ich wende mich der Vergangenheit zu, aber ich umarme sie nicht. Es ist nur mein Verstand beteiligt. Jetzt weiß ich, daß mein ganzes Leben mit June ein Schlaf war, ein Traum, Schlafwandlerei.«
»Sie wollte, daß du schläfst, sie brauchte dich schlafend.«
»Jetzt wird mir klar, daß ich sie geschaffen habe. Es wird mir klar, wieviel ich von deinem Roman, von deiner Aufrichtigkeit gelernt habe.«

Fraenkel bewohnt das Erdgeschoß von Villa Seurat. Fraenkel und Henry diskutieren viel über Spengler, über das Ende der Welt, Krieg, Revolutionen, Destruktionen, Tod. Die Welt des Todes. Wenn ich mich gegen diese Art von Philosophie wende, sagt Fraenkel, daß ich als Frau den Krieg wie eine Hürde überspringe, in das Leben, denn ich stehe für das Leben. Ich glaube, daß auch Henry am Todesthema eigentlich nicht interessiert ist, aber er liebt diese ideologischen Katzbalgereien.
Eben habe ich die Lektüre von Dr. Esther Hardings Buch *The Way of All Women* beendet, und Fraenkel zeigte Interesse an der Meinung, daß der Polaritätsverlust zwischen Mann und Frau die Ursache dafür sei, daß soviele Männer nach dem Mann suchen, um sich in ihrer Maskulinität zu festigen, während die Frauen nach der Frau suchen, um ihre Weiblichkeit wieder zu bestärken. Aber die Polarität wird wiederhergestellt werden, wie am Ende der Psychoanalyse, sobald Männer und Frauen ihre verschiedene sexuelle Identität, ihre sexuelle Eigenheit gefunden haben. Warum sie geschwächt wurde, sagt Dr. Harding nicht.

Alle Welt leidet unter der Sterilität des Bewußtseins und muß kuriert werden, indem man das Unbewußte anzapft, wo die wahren Quellen des Lebens zu finden sind.
Fraenkel sagte, das sei unmöglich, die ganze Welt müßte dann analysiert werden. »Oh«, sagte ich, »es ist sehr wohl möglich, nicht individuell, aber durch Infiltration, Ansteckung, durch neue Kunst und neue Philosophie, neue Wege der Kritik und neue Wege, die Geschichte zu interpretieren. Alles, was einer kleinen Gruppe zustößt, geschieht schließlich auch den Massen, der Welt.«

Jack Kahane (von der Obelisk Press) hat sich entschlossen, *Winter of Artifice* zu veröffentlichen, und ließ mich einen Vertrag unterschreiben. Jawohl, ich habe einen Vertrag in der Tasche.

Henry wird eine Berühmtheit. Er bekommt Briefe von T. S. Eliot, eine Besprechung von Blaise Cendrars, und von *Tropic of Cancer* sind schon 130 Exemplare verkauft.
Unsere eigene Presse wird zuerst Henrys *Scenario* bringen, das unter dem Einfluß von *House of Incest* entstanden ist und das ich als Parodie empfinde. Danach kommt *House of Incest* an die Reihe. Das dritte Buch wird Henrys hundertseitiger Brief an Fred sein.

Wirklichkeit. Wenn du dich im Herzen des Sommers befindest wie im Innern einer Frucht, hinabblickst auf deine lackierten Zehennägel, den weißen Staub auf deinen Sandalen, den du in schlafwandlerisch stillen Straßen aufgesammelt hast; wenn du die Sonne siehst, wie sie sich unter deinem Kleid ausbreitet, zwischen deinen Schenkeln, wenn du siehst, wie das silberne Armband vom Licht blankgeputzt wird, wenn du die Düfte aus der Bäckerei einatmest, *le petit pain au chocolat*, wenn du die vorbeirollenden Wagen beobachtest, in denen blonde Frauen sitzen, aus Abbildungen in *Vogue*, dann siehst du auf einmal die alte Putzfrau vor dir, mit ihrem verbrannten, narbigen, eisenfarbigen Gesicht, du liest von dem Mann, der in Stücke geschnitten wurde, und gerade vor dir hält der Rest eines Mannes, der sich auf einem niedrigen Rollstuhl mit kleinen Rädern bewegt.

Henry sagt: »Wenn ich deprimiert bin, geh ich schlafen.« Und plötzlich wird mir klar, daß ich, wenn ich deprimiert bin, etwas unternehmen muß. New York heilte mich von meinen Depressionen durch intensive Tätigkeit.
In Arnaud Dandieus Buch über Proust lasen wir diese Definition: »Das schizoide Temperament kann sich ebensowohl durch eine Flucht in die Aktion wie auch durch eine Flucht in den Traum ausdrücken. Dr. Minkowski hat sehr klar bewiesen, daß eines der deutlichsten Zeichen für den verlorenen Kontakt mit der Wirklichkeit die Unfähigkeit ist, sich zu entspannen.«

Ich kann die endlosen Gespräche über Kunst, Philosophie, Literatur nicht in das Tagebuch aufnehmen, weil mein Interesse mehr den Menschen gilt. Ihr intellektuelles Leben ist meistens ein Teil ihrer Maskerade. Die großen Themen, die im Tagebuch fehlen, findet man in den Büchern von Spengler, Otto Rank, Antonin Artaud, André Breton und neuerdings auch in Denis Saurats *Modernes*.
Artaud sagte mir einmal: »Das ist der Unterschied zwischen Ihnen und anderen Frauen – Sie atmen Kohlenstoff ein und Sauerstoff aus.«

Henry gibt mir das Resümee einer dreitägigen Diskussion über Schizophrenie. Henry ist übermüdet, nervös, beeindruckt von seiner eigenen Geschichte, wie es ihm gelungen ist, Fraenkel zu brechen und zum Weinen zu bringen (auf die eine oder andere Weise ahmen wir alle für einander den Prozeß der Psychoanalyse nach: Beichte, Enthüllung des Ichs hinter den Masken, Absolution, Glauben, neuer Glaube und neue Vision).
Fred brachte zehn Seiten seiner Übersetzung von *Winter of Artifice* ins Französische. »Wir sind nicht glücklich«, sagte er, »wir lachen, aber das ist etwas anderes.« Wir tranken alle zusammen Kaffee. Henry erzählte noch von seiner Analyse an Fraenkel und sagte, daß die Beschreibung der Schizophrenie auch auf ihn passe. »*Tropic of Cancer* war ein Buch über Kannibalismus und Sadismus«, sagte er. Wie ich ihn nun kenne, war es eine Maske, eine Verkleidung des empfindsamen Henry, um die Schläge der Welt aufzufangen.

Gestern besuchte ich die Filiale von Elizabeth Arden, um meine Müdigkeit loszuwerden. Ich lag dort und hatte ein Tuch über den Augen. Dadurch geriet ich in einen Zustand des Halbschlafs, eine Art von Halbtraum, wie Proust ihn so gut beschreibt. Er hatte eine genaue Vorstellung von äußerer Realität und der inneren Realität des Unterbewußtseins und sah, wie sie miteinander vereinigt werden oder harmonisch alternieren können, wie im Leben. Der Übergang von der Fantasie zur Realität, von der Träumerei zum Handeln –, das war es, was ich erreichen wollte. In unserem Leben sind sie miteinander verwoben. In der Literatur werden sie als getrennte Bereiche behandelt. Ich begann mit einem Monolog über meinen Vater. Ich stürzte nach Hause an die Schreibmaschine und schrieb in einem Zug fünf Seiten über die Füße meines Vaters und das Drama der Widerspiegelung. Jetzt weiß ich, wie ich dieses Buch schreiben werde. Ich lasse den Einfluß, den das Unterbewußtsein auf die Vision hat, voll wirksam werden. Hinein und heraus aus dem Tunnel des Bewußtseins und Unterbewußtseins, mit allen realistischen Details, wie sie der Wachtraum hat.
Dann kam ein enthusiastischer Brief von Rebecca West, die mein Buch ihrem Schwiegersohn gegeben hat, einem Verleger, der ihre Ansicht teilt.
Also ans Werk.
Ich habe zehn Seiten meines New Yorker Tagebuches abgeschrieben. Es war gut, wieder die fiebrige Aktivität zu spüren. Dann schrieb ich die zehn Seiten über das Orchester in *Winter of Artifice*. Musik. Das war das Schlüsselwort. Musik. Er, der Musiker, vermochte die Welt für mich nicht musikalisch, rhythmisch, lyrisch zu machen. »Ich konnte nie um dich herumtanzen, Vater. Niemand konnte um

dich herumtanzen. Sobald du gegangen warst, Vater, wurde die Welt zur Sinfonie.«

Joaquin sandte mir das erste Honorar für seine in London veröffentlichte Sonate.
Henrys erste Honorare gehen in die Druckkosten für sein *Scenario*.
Henrys Anschauung über Liebe, Geld und Ruhm sind die eines Kindes. »Von irgendwoher wird es immer kommen.«

Die Motive für die Handlungen der Menschen zu finden, ist meine Art, ihr Benehmen zu rechtfertigen. Ich bin wie der Pythonwärter in London. Als man ihn fragte, wie er es anstelle, den Python zu füttern, ohne sein Leben zu gefährden, sagte er: »Oh, ich füttere ihn mit einem Stock, er mag mich zwar, aber er hat nicht genug Verstand, um den Unterschied zwischen meiner Hand und einem Stück Fleisch zu erkennen.«

Weltangst formt in der Sprache Kristalle aus. Man sucht das Makellose, die kristalline Phrase, die Vollkommenheit, den harten Schliff der Steine, und dann entdeckt man, daß die Menschen mehr die nachlässigen Autoren lieben, das Spontane, das Unordentliche, das Unscharfe, weil es menschlicher ist. Sie ziehen den Edelsteinen menschliche Unvollkommenheit vor, die Feuchtigkeit des Schweißes, schlechten Geruch, Stottern; ich aber lasse dies alles im Tagebuch und gebe der Welt nur Juwelen.

[August 1935]

An einem Nachmittag in Fraenkels Atelier bildeten wir eine Scharade über das Thema von Fraenkels Tod. Er bat uns, an seinen Tod zu glauben, so wie die Menschen an den Tod Christi glauben, denn, so sagte er, erst wenn wir daran glauben, kann er auferstehen. Ich kann den Wahnsinn Fraenkels nicht eilen, wie ich den von Artaud geteilt und verstanden habe, weil, wie ich glaube, der Wahnsinn Fraenkels ein intellektueller ist, während er bei Artaud aus einem wirklichen Leiden der Gefühle aufstieg. Und außerdem ist Artaud ein großer Dichter.

Immer öfter schreibe ich mit Musik, immer öfter wie Musik. Heute abend saß ich in meinem Arbeitszimmer, spielte Platte um Platte, schrieb dazu, gebrauchte Musik als ein Stimulans höchster Ordnung, weitaus stärker als Wein. Der innere Monolog kennt keine Interpunktion. James Joyce hatte recht. Er fließt wie ein Strom.

Ich habe an die hundert Seiten über meinen Vater geschrieben *(Winter of Artifice)*. Ich habe mein New Yorker Tagebuch abgeschrieben und das Original im Banksafe hinterlegt, wo ich sie alle aufbewahre. Mit einem Taxi kam ich nach Villa Seurat und lief Fred in die Arme, der Milch für sein Frühstück mit Fraenkel geholt hatte. Fraenkel lud mich ein, und Henry stieß dazu. Henry war sehr gut aufgelegt, weil er einen Brief von einem neuen Verehrer erhalten hatte, und wir setzten uns zusammen und adressierten Einladungen zur Subskription auf *Black Spring*, das in der Obelisk Serie erscheinen soll. Ich schrieb eine Menge Briefe, um Interesse an dem Buch zu wecken. Fred und ich kauften dann für das Mittagessen ein, und nach dem Essen gingen wir alle wieder an die Arbeit. Fraenkels *femme de ménage* wusch das Geschirr. Richard Thoma kam. Er brachte mir das Exemplar von *House of Incest* zurück, das ich ihm geliehen hatte. Er hat für mich ein Kleid entworfen.
Er erzählte fantastische Geschichten von Wudu-Verhexungen und schwarzer Magie, die seiner romantischen Schreibart entsprechen. Er ist kein Surrealist.
Wir gingen alle in das Café Select. Wir sprachen über die Themen und Motive, von denen jeder von uns besessen ist. Fraenkel sehnt

sich immer nach der Frau, die er nicht bekommen kann, die einem anderen gehört. Henry liebt die Prostituierten und zeigt June oder auch andere Frauen, die er liebt, unter einem hurenhaften Aspekt, um sie dann anzuklagen.

Ich kann in Louveciennes nicht zur Ruhe kommen. Schönheit allein genügt nicht. Ich brauche die schnelle Bewegung, damit mich meine Vergangenheit nicht packen und erwürgen kann. Ich muß schnell leben und viele Menschen und Ereignisse zwischen meine Vergangenheit und mich stellen, denn sie ist mir noch immer eine schwere Last und ein Gespenst.

Eine ausgelassene Nacht mit Freunden aus New York. Strahlendes Licht, erstklassiges Diner im Maxim, dann ins Cabaret aux Fleurs, um Kiki zu sehen, aber es war nicht Kiki, die mir Eindruck machte mit ihrer Ponyfrisur und ihrem engen, kurzen Rock, sondern ihre Assistentin, eine humorvolle und lebendige Frau, die das ganze Lokal in Schwung brachte. Ich sagte ihr, daß sie wunderbar sei, und sie antwortete: »Sagen Sie das bitte der *patronne.*« »Eo ist die *patronne?*« fragte ich. »Dort drüben, sie zählt das Geld.« Ich ging also zur *patronne* hinüber und sagte es ihr. Vom Cabaret aux Fleurs wanderten wir weiter in die Boule Blanche. Mr. W. war nach einem Monat Jagd in Schottland tief gebräunt. Als sich die Negerin über ihn beugte, um ihm seinen Drink zu servieren, starrte er sie so intensiv an, daß sie einfach ihre Brust aus dem Kleid nahm und sie ihm anbot. Es war herrlich, sein Gesicht zu sehen. Hätte er auf einem seiner Rassepferde gesessen, er wäre gestürzt.

Wir sitzen im Café Select. Dorothy Murphy gesellt sich zu uns. Sie weiß nie ganz genau, wo sie ist. Manchmal sieht sie aus wie ein Spitz. Gewisse Menschen, Speisen, Drinks kann sie erkennen. Aber die übrige Zeit blicken ihre Augen auf die Welt wie von einem rollenden Schiff, und sie erkennt nichts und niemanden. Sie weiß, wo das Coupole ist, aber nur dem Geruchssinn nach. Einmal hier, auf dem Stuhl sitzend, weiß sie jedoch nicht, warum wir auf solchen Stühlen sitzen und eine befremdende Sprache sprechen. Während wir unsere Lippen bewegen, ist es bei ihr die Nase, die sich bewegt und zuckt. Worte zu bilden, wie wir es tun, bedarf einer langen, auf ihre Zunge gerichteten Anstrengung, und alle ihre Sätze enden mit einer Frage. Wir sollten die Sprache ihrer Nase verstehen. Ihre immer in Frageform angeordneten Silben sind eine Karikatur unserer Gespräche, aber das Zucken ihrer Nase ist ganz und gar spitzisch. Jedes Äderchen daran zeigt das Erntejahr. Man kann das Blau des Beaujolais Supérieure erkennen, die Sonnenfarbe des Pouilly-Fuissé. Der Whisky hat kleine Krater gebildet. Rum zeichnet sich feinkörnig ab, wie die

Samenkörner der Feigen. Als Ganzes ist die Nase, obwohl es ihr an Schwung mangelt, nicht gerade wie ein Unterseeboot, aber sie weitet sich in Nachahmung dessen, was ihr als Frau fehlt. Es ist eine Nase, die von Trinkfestigkeit zeugt. Während sie auf ihrem Kaffeehausstuhl sitzt, mit dem unruhigen Gehaben eines Hundes an einem fremden Ort, wittert sie den Geruch von Regen auf Regenmänteln, von Regen an Gummischuhen, Regen an Regenschirmen, in Pfützen, die Pariser Hausgerüche, Apéritif und Holzkohlenfeuer, Nebel und Benzin, Tabak und *Café au lait*, und schweigt. Ihr Kleid ist nicht gerade durch den Dreck gezogen, aber es sieht aus, als hätte sie auf Sägemehl geschlafen, als hätte man die Stärke ausgekocht, als hätte man es durch die Mangel gedreht. Ihr Hut hängt herab wie Hahnenfedern nach einem Kampf, aber eine Feder ist aufrecht und kräftig geblieben. Als ich von meinem Stuhl aufstand, öffnete sie den Mund, um etwas zu sagen. Aber was sie sagte, hatte schon die Feder gesagt. Wenn sie, so sagte sie, statt einer aufstehenden Feder überhaupt keine hätte, würden nicht alle ihre Freunde sie verlassen haben. Aber diese letzte Feder, diese aufreizende Feder, die gegen das Schicksal rebelliert, protestiert, ängstlich, verängstigt, heroisch, diese heroische Feder, die sich von einem Friedhof der Aussichtslosigkeit aufreckt, befremdet, erschreckt, entgeistert die Menschen. Der letzte Turm einer verfallenden Burg, der letzte Schrei eines Truthahns, bevor ihn der Koch schlachtet, ist etwa dieser maßlos arroganten Feder vergleichbar, die den Alkohol überstand und von einer bewegten Vergangenheit kündet, mit der hartnäckigen Tapferkeit eines Fahnenträgers in einer Flaschenschlacht. Das ist es, wovor die Menschen sich abwenden.

Brassai sieht man nie ohne Kamera. Seine Augen quellen heraus, als hätten sie zu lange durch eine Kameralinse gestarrt. Er scheint nichts zu sehen, aber wenn die Augen einmal ein Objekt eingefangen haben, ist es, als würde er hypnotisiert. Er spricht weiter, aber er sieht einen nicht an. (Brassai hat später sehr unter dem Krieg zu leiden gehabt. Die Deutschen durchsuchten sein Atelier und durchwühlten alle seine Negative. Warum? Sie nahmen viele seiner Aufnahmen von Paris bei Nacht mit, viele Erinnerungsstücke, viele Drucke, die er an den Kais gefunden hatte, viele alte und unersetzliche erotische Bilder.)

Marcel Duchamps setzte sich zu uns und erzählte von Brancusi. Er sagte, er sei »verhaftet«. Er habe seine Philosophie gefunden und würde sie nicht mehr aufgeben, sich nicht mehr von ihr entfernen. Marcel Duchamps glaubt, daß ein Künstler nicht abgeklärt werden, sondern offen bleiben sollte für Änderungen, Erneuerungen, Abenteuer, Experimente. Dabei sieht er selber aus wie ein Mensch, der schon vor langer Zeit gestorben ist. Er spielt Schach, statt zu malen, weil dies der Bewegungslosigkeit am nächsten kommt. Die natürlichste Verhaltensweise für einen Menschen, der gestorben ist. Seine Haut sieht aus wie Pergament, seine Augen wie gläsern. Ein anderer Tod als der Fraenkels, nicht durch Krankheit, sondern vornehm und klassisch.

In meinem Inneren spüre ich die Mikrobe des Jazz. Sie ist mir ins Blut gegangen. Sie ist weder weiß noch rot, diese Mikrobe, die mich unruhig macht. Rhythmus. Der Rhythmus von New York war äußerlich, hier ist er analytisch und konversationell. Ich fiebere nach Neuem, Erneuerung.

Ich schreibe jetzt über die verlöschende Phase meiner Vaterbeziehung in *Winter of Artifice*.

Ein seltsames Thema, die Eigenschaften der Ereignisse. Manche sind bläßlich, schwach, ohne Dauer. Andere so stark. Wie wählt die Erinnerung aus? Was läßt die einen Ereignisse hinschwinden, während die anderen Farbe und Würze gewinnen? Meine Modellsteherei mit sechzehn war unwirklich, schattenhaft. Wenn ich manchmal darüber schreibe, mache ich es lebendig. Ich schmecke es ab. Mein Debut in Havana, farblos. Warum erscheint die Farbe manchmal später, während man in einer anderen Episode lebt oder jemandem davon erzählt? Was macht es lebendig, wenn es nie ganz lebendig war? In den Gesprächen mit meinem Vater wurden alle Farben meiner Kindheit lebendig. Ich schmeckte alles wieder, während wir sprachen. Aber nicht alles wurde gleichermaßen lebendig; von manchen Dingen erzählte ich ihm ohne Vergnügen, sie hatten keinen Geschmack auf meiner Zunge. Es war nicht einfach mein Wunsch, sie für ihn interessant zu machen, die sie zum Leben erweckten. Manche Teile meines Lebens wurden wie unter Narkose gelebt und manche anderen unter totaler Betäubung. Einiges klärte sich später, das heißt, der Nebel lichtete sich, die Ereignisse wurden deutlich, dicht, rückten näher und blieben dann so. Warum wurden die einen lebendig, die anderen nicht? Warum blieben die einen farblos und bekamen die anderen eine neue Bedeutung: Perioden wie die des Modellstehens, die zu ihrer Zeit sehr aufregend erschienen, beinahe großartig, sind seither nie wieder interessant geworden. Ich weiß, daß ich weinte, litt, rebellierte, stolz war und gedemütigt wurde. Die Geschichte jedoch, die ich meinem Vater und Henry von dieser Zeit präsentierte, war nicht farblos und ereignislos. Ich selbst fühlte nicht, was ich erzählte. Es war, als wäre es einem andern zugestoßen, und mein Interesse an den Episoden war das eines Schriftstellers, der interessantes Material gefunden hat. Es war keine unwichtige Phase meines Lebens, sondern meine erste Begegnung mit der Welt. Es war die Periode, in der ich entdeckte, daß ich nicht häßlich war, für eine Frau eine sehr bedeutsame Entdeckung. Es war eine dramatische Periode, beginnend mit der Vorstellung vor den Malern, bei der ich das Watteau-Kostüm trug, das mir vollkommen paßte, und ich Applaus erhielt und sofort engagiert wurde, endend damit, daß ich der Star des Modellklubs wurde, ein Modell für Zeitschriften, Gemälde, Miniaturen, Statuen, Zeichnungen, Aquarelle. Man kann jedoch nicht sagen, daß alles, was man in einem Zustand der Unwirklichkeit erlebt, in Nebel und Traum, ganz aus dem Gedächtnis verschwindet, denn ich erinnere mich an einen Ritt durch das Vallée de Chevreuse vor vielen Jahren, als ich unglücklich, krank und unaufmerksam, in einem Traum war, in einer Stimmung der Lebensferne und Trauer und Abgeschiedenheit. Diesen Ritt, den ich mit schlafenden Sinnen durchlebt hatte, wiederholte ich zehn Jahre später mit wachen Sinnen, in guter Gesundheit, mit offenen Augen, und es überraschte mich, zu sehen, daß ich mich nicht nur an den Weg, sondern an jedes Detail des Rittes erinnerte, von dem ich doch geglaubt hatte, daß ich dabei blind und taub gewesen wäre. Sogar an den Geschmack der riesigen Brioche erinnerte ich mich, die man uns in einem berühmten Gasthof servierte. Es war, als hätte ich im Schlaf gewandelt, während ein anderer Teil meines Körpers beobachtete und sich erinnerte, an den Stand der Sonne, die weiße Straße, das wogende Heidekraut, meiner damaligen Unfähigkeit zu fühlen und zu schmecken zum Trotz.

Heute kann ich jedes Blatt am Baum sehen, jedes Gesicht in der Straße, und alles so klar wie Blätter nach dem Regen. Alles ist sehr nahe. Es ist, als hätte ich früher eine Periode der Kurzsichtigkeit gehabt, der psychologischen Blindheit, und ich frage mich, was die Ursache dieser Kurzsichtigkeit war. Kann ein Leiden allein, ein emotionaler Schock zur Ursache emotionaler Blindheit, Taubheit, Schlafwandeln und Unwirklichkeit werden?

Heute ist alles sehr klar, die Augen visieren mit Leichtigkeit, sehen Umriß und Farbe so lichtstark und klar wie in New York, wie im Schnee der Schweiz. Hochspannung und Klarheit, und volles sinnliches Bewußtsein dazu.

Die Neurose ist wie der Verlust aller Sinne, aller sinnlichen Wahrnehmung. Sie verursacht Taubheit, Blindheit, Schlaf oder Schlaflosigkeit. Möglich, daß es dieser Zustand ist, der Angst verursacht, da er dem Tod im Leben gleicht und wie der Anfang des Todes selbst erscheinen kann. Aber warum werden manche Dinge lebendig und andere nicht? Die Analyse, zum Beispiel, ließ meine alte Liebe zu meinem Vater wieder erwachen, die ich längst begraben glaubte. Welche Komplexe des Lebens sind es, die völlig der Vergessenheit anheimfallen? Manchmal verschwindet das, was intensiv gelebt wur-

de, weil die Intensität unerträglich war. Aber warum erscheinen unwichtige Dinge klar und rein und auf einmal sinnenhaft?
Aus der Neurose entsteht eine dauernde Doppel-Exposition. Sie kann nur bei Tageslicht gelöscht werden, in einer isolierten Konfrontation, als wäre sie ein Gespenst, das sich manifestieren möchte, aber, einmal in das Tageslicht gezerrt, stirbt. Die Surrealisten sind die Einzigen, die glauben, daß wir in solchen Überlagerungen leben und sie gestalten können, Schicht um Schicht, Vergangenheit und Gegenwart, Traum und Wirklichkeit, denn sie glauben, daß wir nicht eindimensional sind, nicht nur auf einem einzigen Niveau existieren und experimentieren, und daß der einzige Weg, die Gegensätze des Lebens zu überwinden, darin besteht, in ihrer Vielfältigkeit weiter zu bestehen.

Bei meiner Rückkehr nach Louveciennes finde ich Briefe von Expatienten, die alle dankbar und glücklich frei durch das Leben schwimmen.

Manchmal spaziere ich, um meinen Depressionen zu entkommen, durch die Stadt. Ich gehe, bis ich erschöpft bin. Das nenne ich *»La fête des yeux«*. Altertümer in der Rue des Saints-Pères, Kunstgalerien, Mode in der Rue Saint-Honoré. Oder ich kaufe mir *Vogue* und führe ein Leben à la *Vogue,* luxuriös und ästhetisch, wie ich es längst aufgegeben habe. Ich besuche den Ball, zu dem man sich nach den Porträts von Velasquez kleidet. Ich sitze im Lido und sehe den reichen alten Damen zu, wie sie sich junge argentinische Tänzer engagieren. Ich laufe Ski oder segle, wie auf den Bildern von *Vogue.* Ich kaufe ein durchsichtiges Zigaretten-Etui und einen *chapeau auréole.* Ich warte tatsächlich auf die Modenschau von Schiaparelli, die ein großartiges Kunstwerk ist. Ich glaube, daß sie Malerin und Bildhauerin war, bevor sie Kleider entwarf. Aber ich könnte keinen ihrer Entwürfe tragen, in Villa Seurat oder in Louveciennes.
Nie kaufe ich etwas für die Dauer, immer nur für den Augenblick, denn ich habe die Vergänglichkeit meiner Dinge durchschaut. Ich weiß, daß ich sie bald auswechseln werde, als Zeichen für den inneren Wechsel. Leben sollte fließend sein.
Mein Vater baut, im Gegensatz dazu, für die Ewigkeit. Seine Lebensangst ist so groß, daß er für Dauer kämpft und den Wechsel überwinden möchte. Er sucht die stärksten, dauerhaftesten Hölzer aus, hat Schränke voll mit Medikamenten für zukünftige Krankheiten. Er ist schmerzlich berührt, wenn ich ihm einen Brief schreibe, ohne die chronologische Ordnung einzuhalten. Zu der schöpferischen Vorliebe für Wechsel und Veränderung fassen die Menschen kein Zutrauen. Meine Leidenschaft für das Leben ist, glaube ich, so stark, daß

die Vorstellung des Unveränderlichen für mich eine gedankliche Totgeburt ist. Mich schaudert, wenn jemand sich rühmt, im selben Bett geboren zu sein, in dem er zu sterben hofft. Die Forderung nach feststehenden Werten scheint mir eine Forderung nach Unbeweglichkeit und Stagnation zu sein. Ich denke an Museumsstücke, an einbalsamierte Mumien. Alles, was nicht lebt, möchte ich beiseite schieben, und sei es ein alter Stuhl. Alles, was im Drama des Tages keine Rolle spielt, gehört auf den Dachboden. Die Spanier haben den Brauch, daß sie einmal im Jahr die alten Sachen verbrennen, auf der Straße, auf einem riesigen Scheiterhaufen.
Ich glaube, man sollte keine Lebensformen entwickeln, die zu solid sind und uns einschließen. Genauso ist es mit dem Roman, wenn man allzu vollständige Aufzählungen bringt, welken Frische und Leben dahin.
Colette Roberts schreibt über *Winter of Artifice*: »Ihr Roman bewegt mich. Er ist wirklich und menschlich. Aber da er in einer tieferen Schicht spielt als das Leben der Menschen im allgemeinen, sieht es so aus, als liege alles unter Glas, wie die Gemälde im Louvre. Man sieht das wirkliche Bild, jawohl, beinahe könnte man es angreifen, aber dann ist da Glas.«
Während ich mit der Analyse beschäftigt war, erkannte ich ganz deutlich, daß die Todesangst dem Nichtleben proportional ist. Je weniger ein Mensch lebte, desto größer war die Angst. Mit leben meine ich ein Leben aus allen Zellen, allen Teilen des Ichs. Die vernachlässigten Zellen verkümmern wie ein toter Arm und infizieren den übrigen Körper. Menschen, die voll und ganz leben, haben keine Angst vor dem Tod.

[Oktober 1935]

Für den Winter habe ich mir Jeannes möbliertes Appartement gemietet. Zuerst gefiel es mir, in ihrer Atmosphäre zu leben, in das décor ihrer Welt zu schlüpfen, aber sehr bald schon mußte ich mir ihre Porzellanfiguren aus dem Blick räumen, die vergoldete Mosaikuhr, die Gemälde aus dem achtzehnten Jahrhundert. Ich mußte die schweren, weißen Brokatvorhänge zurückschlagen und mit den Goldschnüren raffen. Aber das weiße Telefon an meinem Bett gefällt mir, die Laken aus weißem Satin mit Jeannes Initialen. Seit ihrer Scheidung lebt sie auf dem Lande und kommt nur, um ihre Kinder zu besuchen, die mit dem Vater auf der anderen Seite des Appartements wohnen. Dieses Appartement ist von dem meinen durch eine lange Glashalle voll tropischer Treibhauspflanzen getrennt und hat einen separaten Eingang.
Von meinem Schlafzimmer aus sehe ich den Eiffelturm. In der Wohnung über mir übt jemand mühselig auf dem Piano.
Vielleicht, wenn es mir nicht gelingen sollte, Junes und Henrys chaotisches Leben zu leben, wenn ich den Zugang verfehle, daß ich dann mit mehr Erfolg in ein Leben wie das von Jeanne eintrete und alles das mitnehme, was mich von ihr unterscheidet: Tiefe. Luxus ist schön und angenehm. Luxus macht das Träumen leicht.
Wie gut träumte ich in New York, umsorgt von Rank. Jeden Tag Blumen. Taxis. Schöne Restaurants. Ich schoß gern Briefe durch die gläsernen Röhren hinab, ich liebte die Lifttüren, die sich von selber öffnen, die Dienstmädchen in gestärkten, hellgrünen Kleidern, Eleganz, gedämpfte Lichter, brummende, summende Radiatoren, den Schnee am Fensterbrett.
Der Rhythmus New Yorks paßte zu dem, was ich fühlte. Mein Hotelzimmer, sonnendurchflutet, voll von den Reflexen des Schnees. Weiße Blumen in einer Vase. Ein Wort von dieser großen und weisen Seele, Rank, als Wegweiser für den Tag.

Ich habe jeden Morgen an *Winter of Artifice* gearbeitet. Nach dem Mittagessen ging ich die Seine entlang, glücklich, dem Fluß so nahe zu sein. Das summende Geräusch der Cafés. Kein Geld, daher schloß ich, wenn ich an einem Geschäft vorbeikam, die Augen.
Auch Henry arbeitet. Er hat einige Seiten, die mir nicht gefielen, ge-

strichen, etwa: »Während ihr arbeitet, Brüder, mache ich ein Schläfchen.« Großtuerisch, moralisierend. Triviale Passagen. Es ist klar, daß ich mehr zu sagen habe, aber ich werde es niemals gut genug sagen, und er hat weniger zu sagen, aber es gelingt ihm großartig. Klar ist auch, daß der Surrealismus seine Sache ist und nicht meine. Mein Stil ist einfach, wie in meinem Vaterbuch, direkt, wie im Tagebuch. Dokumentarisch. Henrys Stil ist reich und für den Verstand bedeutungslos. Wendung nach innen, um jeden Tag arbeiten zu können.
Manche Seiten über meinen Vater sind tief und bewegend. Ich bin durch und durch ehrlich gewesen. Mein Stil ist schmucklos. Ich denke nie darüber nach, wie ich etwas sagen soll, nur es so spontan wie möglich zu sagen.
Ich habe die letzten Seiten von *Winter of Artifice* gelesen. Ich tauche zuletzt aus der Narkose auf, um ein kleines totes Mädchen zu sehen, mit langen Wimpern und einem schmalen Kopf. Das kleine Mädchen stirbt in mir und mit ihr meine Sehnsucht nach einem Vater. Die tiefe Erregung, mit der ich die letzten Seiten und die letzten Zeilen geschrieben habe, war so stark, daß ich ihre Bedeutung erst sehr viel später begriff.
Das Buch ist nicht fertig, die Arbeit erst halb getan, denn ich schreibe die emotionellen Teile zuerst, ohne Plan, und nachher muß ich ausfüllen und konstruieren. Ich befand mich in einer ernsthaften, zurückgezogenen Stimmung, distanziert, kannte nur die strengen Freuden der Arbeit.

Der Schlüssel zu Henrys Arbeit liegt in dem Wort burlesk. Was er schreibt, ist eine Burleske des Sex, eine Burleske der Ideen, eine Burleske über Hamlet, oder Bergson, oder Minkowski. Eine Burleske des Lebens.
Meine Gefühle sind dafür zu tief und zu menschlich. Ich schreibe an meinem Vaterbuch und fühle mich einsam, weil ich mich dabei von dem Leben in Villa Seurat entferne.
Als ich mein Halsband mit den blauen Sternen verlor, das ich liebte, war alles, was Henry sagen konnte: »Das ist gut so, ein Objekt weniger in deinem Leben.« Henry überredete Fred dazu, einen Smoking, einen Anzug, Schuhe, Manuskripte wegzuwerfen, weil er so »leichter reisen« wird, und sie warfen alles in den Regen, damit niemand sie gebrauchen und einen Nutzen davon haben könnte.
Konflikt zwischen meinem weiblichen Ich, das in einer Welt des Mannes leben möchte, in Harmonie mit den Männern, und dem Schöpferischen in mir, das imstande ist, eine eigene Welt zu schaffen und einen eigenen Rhythmus, den zu teilen ich niemanden finde.

Meine Sehnsucht nach Abenteuer, Wachstum, Fieber, Fantasie, Größe.

Ein Besuch von Jeanne. Wir steigerten uns in die Fantasie. Sie las *House of Incest* und war hingerissen. Dann las sie mir aus ihrem zweiten Buch vor. Unwirklichkeit. Märchen. Verzauberung. Nicht von dieser Welt. Ihr Leben hat die Größe, die ich liebe, sie hat Flügel, und sie hat Kraft. Im Gespräch ist sie voller Einfälle. Der Fehler, den ich zuerst gemacht hatte und der unserer Freundschaft ein Ende setzte, war, daß ich mein Verlangen nach menschlichen Beziehungen nicht in Einklang bringen konnte mit ihrer Unfähigkeit, sich irgendjemandem zu verbinden, ihrer Schizophrenie. »Ich baue nichts Dauerhaftes«, sagte sie.

Ich habe gelernt, ohne diese menschliche Wärme auszukommen, mich an diese treibenden Eisberge zu gewöhnen, diese unvertraute, unmenschliche Spezies, zu der auch mein Vater gehört. In der Fantasie zu leben, weit von den Menschen entfernt. Ihre Freiheit und ihre freie Beweglichkeit im Raum verführen mich. Vor einigen Stunden noch, in Villa Seurat, zerbröckelten mir die Worte auf der Zunge, denn ich kann Mittelmäßigkeit nicht ertragen. Als ich Jeanne traf, wußte ich, in welche Bereiche ich immer ausfahren kann, in die Bereiche des Traums. Ich habe mich entschlossen, leichtsinnig zu werden, alles zu tun und alles zu versuchen, da mich nichts auf der Erde hält und ich vor dem Tod keine Angst habe. Ich will meine Fantasien ausleben, mich berauschen mit Menschen, Leben, Lärm, Bewegung, Arbeit, Schöpfung, auch wenn dies eine Verkürzung des Lebens bedeutet, denn das Leben ist es gar nicht wert, zu lange hingezogen zu werden. Vielleicht gibt gerade das, was außerhalb der Realität liegt, Freude.

Jeanne wird bald zurück sein und sich für den abendlichen Ausgang umziehen. *Les métamorphoses.* Sie sind sehr wichtig.

Was hält mich zurück von dem, was andere Glück nennen, ein Zuhause, liebe Menschen, warum erfüllt und verwurzelt mich die Liebe zu ihnen nicht? Spiele. Abenteuer. Das Unbekannte.

Ich habe es aufgegeben, gegen Henrys Zwiegesichtigkeit und die Ambivalenzen in seinen Büchern anzukämpfen. Er spricht einen Gedanken aus und setzt fast gleichzeitig die Burleske dazu. Wir hatten einen richtigen Streit, in dem ich zu beweisen versuchte, daß ein Mensch widersprüchlich sein kann, aber nicht ambivalent, weil das schöpferische Arbeit unmöglich macht. Schöpfung ist Stellungnahme. Man muß zwischen Relativität und zerstörerischem Widerspruch unterscheiden.

»Die Burleske«, sagt Henry, »ist ein Mittel der Zerstörung.« Instinktiv will er zerstören. Aber was? Die Welt der Ideen? Dann wäre die beste Weise, die Welt der Ideen zu zerstören, zu leben und über das Leben zu schreiben, über die Leidenschaften. Er hingegen wendet den Ideen keineswegs den Rücken zu. Im Augenblick interessiert er sich für das Todesthema, denn er ist von Fraenkel sowohl wie von D. H. Lawrence inspiriert. Dabei beginnt er das Vorwort zu Fraenkels *Bastard Death* mit vier sehr ernsten Seiten und schließt mit zwanzig Seiten Burleske.

Seit dem Tag, an dem ich mit Jeanne gesprochen habe, bin ich wieder fortgerissen in einen Strudel, ein Ballett, eine Sinfonie. Ich traf René Lalou, John Charpentier, Salvador Dali, Anne Green. Ich besuchte Le Verrier. Tanzend, von einem zum anderen, um nicht in Depressionen zu verfallen. Was Charpentier über Blakes Kopf sagte: *»Quelle belle caisse à résonance«*, löste ganze Seiten aus über das Orchester in *Winter of Artifice*, und ich habe darin auch die Geigerin aufgenommen, die mit ihrem eigenen Körper Geige spielte, indem sie den Bogen zwischen den Schenkeln strich. Die Idee der orchestralen Komposition eines Buches packte mich. Ich schrieb ohne Unterbrechung zehn Seiten.

In Villa Seurat greift etwas um sich, woran ich keinen Anteil habe. Es ist eine Art Dadaismus.
Die Türen verschließen sich vor mir. Ohne Rank kann ich mir meinen Lebensunterhalt nicht mit der Analyse verdienen. Ich kann nicht mit der Publikation von Büchern beginnen, ohne unter die Herrschaft Fraenkels zu fallen. Ich kann ohne Geld nicht reisen.
Henry sagte: »Die Passivität der Welt deprimiert mich.« Er hat nicht das Echo, das er sich wünscht. Wir sprachen darüber, während wir die Seine entlang gingen. Es war nebelig, und wir fühlten uns im Nebel verloren. Es war gleichsam ein äußeres Bild meiner Stimmung.

Ich habe den Dichter Jules Supervielle kennengelernt. Feuchte, träumerische Augen. Ein Dämon, im Menschlichen verwurzelt. Er ist zum Teil südamerikanischer Herkunft und schreibt zarte, lyrische Märchen und zarte Gedichte. Er liebt das Geheimnis und die Fantasie. Mir gefällt *L'enfant de la Haute Mer* und *Voleur d'Enfant*. Von einer anderen Seite der Wohnung herüber hörte ich Kinderstimmen. Eine lebhafte Familie, Gelächter. Er las mir seine neuen Gedichte vor, nachdenklich. Wir sprachen über Surrealismus. Er liebt ihn nicht. Er sucht nach äußerster Einfachheit, Menschlichkeit. Er stimmt mit mir überein, daß Träume Klarheit, Helligkeit haben. Supervielle träumt Tag und Nacht. Er haßt den Surrealismus, weil er Chaos und Absurdität sei. *»Ce sont des farceurs.«* Supervielle erschafft sich eine eigene

Welt, die sich nie zu weit von der Realität entfernt, mit Kindern, Humor, Fantasmen, mit Meer, Häusern, Gärten, Tieren. Er sagt, daß er immer versucht habe, der Mensch zu werden, der er sein wollte.

Als Henry an Kay Boyle einen begeisterten Brief schrieb, hielt sie ihn für einen sehr jungen Autor, der in seiner Bewunderung und Verehrung nicht umhinkonnte, ihren Stil zu imitieren.

Seinerzeit habe ich Allendy dazu überredet, mir eine Pille Haschisch zu geben. Ich meinte, daß es zu einem solchen Versuch an der Zeit sei, als ich meiner Mutterrolle müde war, eine andere aber nicht finden konnte. Vielleicht würde mir das Haschisch eine Erleuchtung bringen.
Ich war hellwach und träumte doch. Und mein Traum war größer und überwältigender als meine anderen Träume. Er füllte den ganzen Raum. Ein riesiger schwarzer Ozean drohte mich zu verschlingen. Eine hohe Mauer schützte mich, aber als ich sie näher betrachtete, war sie aus Büchern gemacht, aus Tausenden von schweren Büchern. Bücher. Bücher. Das Meer erschütterte jedoch schon die Mauer, und ich war in Gefahr.
Ein so durchsichtiger Symbolismus bringt mich zum Lachen. Ich gehöre nicht nach Villa Seurat. Ich gehöre nicht zu Jeannes Welt. Ich werde meine eigene Welt bauen müssen.

Blick von Anaïs Nins Hausboot auf die nächtliche Seine

Gonzalo und seine Zeichnung von Anaïs Nins Hausboot

»La Belle Aurore« am Seineufer in Paris

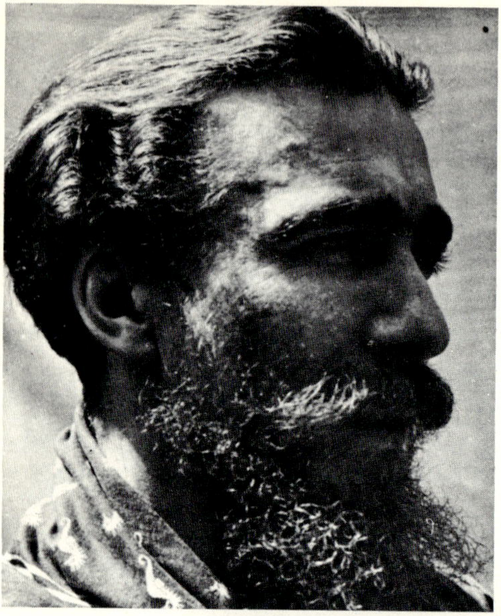

Jean Carteret, Ende der dreißiger Jahre

Anaïs Nin 1966 mit dem Manuskript ihres Tagebuchs
(Foto: *Marlis Schwieger*)

[Januar 1936]

Jeden Tag kommen Briefe von Patienten, die mich auffordern, nach New York zurückzukehren. Wenn ich Jazz höre, spüre ich das Beben des Abenteuers, so als wäre die Analyse, die ich bei meiner Rückkehr wieder aufnehmen würde, ein Abenteuer, eine Romanze. Ich träume von Wundern, die ich vollbringen könnte. In meinem Innern fühle ich mich für einen neuen Rhythmus bereit, den Rhythmus von New York. Das Monstrum, mit dem ich ringen werde, ist die Maschine, die Menschen zu Mechanismen macht. Ich bin ihr nicht zum Opfer gefallen, also kann ich außerhalb stehen, ihre Macht herausfordern, ihre Klischees zerbrechen, die Entmenschlichung, Entpersönlichung aufheben. Ich kann sogar ihren lauten mechanischen Herzschlag genießen, den Maschinentakt New Yorks.
Schmerzlich, die Menschen zu verlassen, die ich liebe. Der Mensch Anaïs fühlt Schmerz und wundert sich, warum sie so besessen ist von diesem Verlangen nach fruchtbarer Tätigkeit, Selbstverschwendung, Ganzheit.
Der Christbaum trocknet aus. Joaquin spielt mit den Havanna Philharmonikern ein Beethovenkonzert. Meine Mutter schreibt heitere Briefe. Thorvald dürfte in New York sein. James Boyd schickte mir seinen Roman.
Zu zahm, das Leben hier. Die nette Wohnung. Freundschaften in Pastell. Zu wenig Geld, zu wenig Publikationen. Öffnen wir das Fenster! Lassen wir New York herein. Größe, Magnetismus und Kraft, Jazz, Lachen, Tempo.
In wenigen Tagen breche ich nach New York auf.

Gerade rechtzeitig angekommen zu Joaquins U.S.-Debut in der Stadthalle. Es war ein Schock für mich, denn alle Gespenster der Vergangenheit standen wieder auf, aus dem New York, das vor Paris war, dem Leben in Richmond Hill, und ich will nie wieder in die Vergangenheit zurück. Ich bin der Zukunft wegen nach New York gekommen.
Die Menschen kommen, um sich Kraft zu holen, Erklärungen zu holen, und ich fühle meine eigene Schwäche. Es geht ihnen allen gut, aber sie sagen: »Wir brauchen Freunde.«
Traf mich wieder mit Dr. Conason, einem Freund von Henry, der

unermüdlich von sich selber spricht. Er ist eingewoben in ein Netz aus Worten, und sie paralysieren ihn.
Henry scheint unansprechbar und fern. New York ist für ihn die Vergangenheit und schmerzlich, er möchte es aussperren. Ich verstehe seine Qual. Er arbeitet an *Tropic of Capricorn*, der alchimistischen Aufbereitung der Vergangenheit. Aus dem Schmerz wird das Wort.

Was für eine Angst vor Vertraulichkeit hier. Keine wirklichen Gespräche. Man trinkt zusammen. Das Herz, die Sinne ausgelöscht. Kein Gefühl für Überfluß, Fülle, Wachstum. Schreckliche Angst vor der Intimität. Entfremdung als Folge. Einsamkeit.

Sonntag zum Mittagessen bei Mrs. Thomas. Raymond Massey, Adrienne Allen (er spielt in *Ethan Frome* und sie in *Pride and Prejudice*). John Huston, die Middletons. Ästhetische Atmosphäre, ausgesuchte Speisen und ebensolche Konversation. Mrs. M. hat das Gesicht einer Porzellanfigur, aber ihr Mund zittert, und man sagte mir, daß sie einen Zusammenbruch hatte. Später wurde das Gespräch frostig und zynisch, verletzend und scharf, über Menschen, die ich nicht kenne.
Norman Bel Geddes sagte: »Ferdinand Bruckners Stück *Die Verbrecher*, das ich bewundere, war für die Amerikaner zu russisch.«
»Was meinen Sie damit, zu russisch?«
»Amerikaner verstehen die Tragödie nicht.«
Allmählich entsteht das Gefühl der Ganzheit, dessentwegen ich gekommen bin.
Schneestürme, Straßen wie Gletscherströme. Eine Patientin weint, wenn sie sich an die Grausamkeit ihrer Gespielinnen erinnert. Eine andere fließt über von der Bitterkeit eines gefühlskalten Lebens. Wieder eine andere weint, weil die Gedichte, die sie heimlich geschrieben hat, entdeckt und laut vor der Klasse gelesen und verspottet wurden. Eine sagt: »Sie haben mir mehr gegeben, als ein Mensch dem anderen geben kann.« In einer steckt eine brutal unterdrückte künstlerische Begabung. In einer anderen ein vernachlässigtes Kind. Ich grabe das Individuum wieder aus, das hier von der Macht der Massen verschüttet wird.
Eine meiner Patientinnen nennt mich auf russisch ihr »heiliges Geheimnis«.
Rank ist im Süden, hält Vorträge.

Vergangene Nacht: Hilaire Hilers Atelier. Ich war in ausgelassener Stimmung, tanzte groteske Tänze und unterhielt mich mit Hiler in einem südfranzösischen Dialekt. Er sagte: »Sie sind die Einzige hier, die nicht grau ist.« Sie rauchten alle Marihuana. Da ich nicht inhaliere, hatte es keine Wirkung auf mich, aber ich tat so, als hätte es eine, und lieferte tatsächlich eine Vorstellung, die jeden davon überzeugte, ich sei total hinüber. Wilde Improvisationen.

Dann ging ich zu Boden. Zuviel Krankheit rund um mich, zuviel Leiden. Zum erstenmal verstand ich, was Apathie ist. Selbstmord einer Seele. Sich um nichts mehr kümmern. Ich wollte mir selbst einreden, daß mir alles gleichgültig sei. Allen meinen Patienten geht es besser, sie schreiben Bücher, geben Konzerte, machen Politik, heiraten, ich aber bin tot. Freiheit und Sorglosigkeit. Vielleicht, weil ich meine Aufgaben erfüllt habe, fühle ich mich frei, mich um nichts mehr zu kümmern.

[April 1936]

Besuch bei Rank. Er hat sich eine Wohnung am Riverside Drive eingerichtet. Als ich kam, stand er schon an der Tür, freundlich, erwartungsvoll, traurig. Er sah schmäler aus, jünger, sonnengebräunt. Ein wissendes Lächeln. Unter seinem Fenster der Fluß. Wir hatten eine Stunde für unser Gespräch, so als wäre ich eine Patientin. Er scheint sich resigniert wieder ganz der Arbeit zuzuwenden, unter Verzicht auf Privatleben: »Aber das ist ganz gut so, für das Leben bin ich zu bedingungslos. Für das Leben wäre es besser, wenn ich nachgiebiger wäre. Du bist dem Zwang zu analysieren entkommen. Ich freue mich für dich.«
»Aber ich bin noch im Konflikt mit meinem weiblichen Selbst. Ich fürchte, daß ich mein persönliches, intimes Glück verlieren werde, auf diesem Weg nach oben und zur Erfüllung.«
Meistens war es Rank, der die Fragen stellte; ich antwortete: »Ich weiß es nicht, ich lebe nicht mehr mit der Analyse, sondern im Strom, im Vertrauen auf meine Gefühle.«
»Ich beneide dich«, sagte Rank.
Vielleicht ist es dies, was ich aus seiner besessenen Beschäftigung mit der Analyse gerettet habe, mein Leben aus den Gefühlen. Ich habe ihm vorgeworfen, er könne die Dinge nicht sein lassen, was sie sind. Ich glaubte, ich würde glücklicher sein, wenn ich mit meinen Gefühlen und Impulsen lebe.
Fließen, treiben lassen, leben wie die Natur. Ich fühlte, daß Rank traurig war und frei sein, den Doktor ablegen möchte. Ich habe die Grenze und das Ende dieses Experiments erreicht, bin fertig damit.

Mein Bruder Thorvald ist aus Südamerika gekommen. Ich wartete lange auf ihn am Pier. Er kam aber nicht das Fallreep herab. Schließlich berichtete mir ein Offizier, daß er noch an Bord sei, einer fehlerhaften Eintragung im Paß wegen festgehalten. Er sagte, Thorvald müsse die ganze Nacht an Bord bleiben und würde dann nach Ellis Island zur Einvernahme gebracht; ich dürfe aber an Bord gehen und ihn besuchen. Ich könne auch mit ihm zu Abend essen und die Nacht über bleiben, wenn ich das wünsche. So sandte ich eine Nachricht, daß ich gerne kommen würde. Und an Deck sahen wir uns wieder, nach einer Zwischenzeit von zehn Jahren. Er hatte uns, meine Mutter und Joaquin, in Paris verlassen, wo er, wie er sagte, nicht leben könne;

er wollte sein Glück in Südamerika versuchen. Er war einundzwanzig, als er fortging. Wie verändert sah er nun aus! Eine männliche Stimme, blaue, aufrichtige Augen hinter dunklen Gläsern, gesetzt, kräftig, aber nicht größer, dieselbe Größe wie mein Vater. Auch sein Gesicht eine Maske, wie das meines Vaters. Schroffe Gesten. Irgendwie, ich könnte nicht sagen warum, erschien er mir wie ein junger Bursche, der die Rolle des Mannes zu spielen versucht. Vielleicht war meine Erinnerung an seine Kindheit daran schuld, meine Vorstellung von ihm als einem Jüngling. Thorvald, der Quälgeist, der einzige von uns dreien, der sich entschlossen hatte, durch und durch Amerikaner zu werden, sich wie die anderen Kinder in der Schule anzuziehen, ein Praktiker zu sein, ein Geschäftsmann, sich abzuhärten. Als Kind spielte er recht gut Geige. Bald schon ließ er sich das Haar kurz schneiden, spielte Baseball. Er wollte Geld verdienen, Erfolg haben usw. Insgeheim muß er stolz auf mich gewesen sein, denn er nahm mich anstelle seiner Freundinnen mit zu den Spielen und erzählte seinen Freunden, ich sei jetzt sein »Girl«. Später wurde ein Don Juan aus ihm, und er sammelte Taschentücher, um zu beweisen, wie viele Mädchen er ausgeführt oder geküßt hatte. Thorvald war als Kind verschwiegen, dem Rest der Familie entfremdet.
Wir weinten beide. Und redeten. Redeten während des ganzen Abendessens.
»Erinnerst du dich noch, Anaïs, wie du mich beschämt hast, als du gegen die Jungen kämpftest, die mich angegriffen hatten? Sie rotteten sich um mich zusammen, weil ich lange Haare hatte und Ausländer war, und du kamst und schlugst sie mit einem Regenschirm in die Flucht.«
»Erinnerst du dich, wie du mich beschämt hast, als du sagtest, ich könnte nicht Mathematik lernen, weil ich Künstlerin sei?«
»Du warst mir über, und ich konnte mich nur durchsetzen, indem ich Pfadfinder wurde. Aber du siehst großartig aus.«
Man servierte uns das Essen im leeren Speisesaal. Ein geisterhaftes Schiff. Überall wurde schon geschrubbt, gewaschen, gesaugt, alle Türen standen offen, die Betten waren ausgelegt, überall waren Leute damit beschäftigt, zu polieren und aufzuräumen. Leere Zimmer, leere Salons, ein leerer Speisesaal, leere Decks.
Ich entdeckte meinen verlorenen Bruder von neuem. Meinen Bruder, der sich von uns allen abgesondert hatte, indem er keine Briefe schrieb. Er will keine Gefühle zeigen. Er spricht nur von Geld und Geschäften. Er ist zurückhaltend. Er fürchtet sich, mißverstanden zu werden, fürchtet Geschwätz. Er spielt gern Theater auf Laienbühnen. Die harte Schale, die ihn umgibt, ist meiner Meinung nach ein Schutzschild für seine Empfindsamkeit. Aber ich habe eine harte Schale immer so verstehen wollen und mich dabei oft geirrt.

Das Geisterschiff, bewegungslos, ohne weiteren Passagier, glich so sehr dem Schiff unserer Kindheit. Wir unternahmen eine Reise durch die Vergangenheit.
Das Schiff verwandelte sich zum Reich der *Enfants Terribles* von Cocteau. Die ganze übrige Welt wurde ausgeschlossen. Es war ein seltsames und einzigartiges Schiff, beladen mit Vergangenheit, mit gestopften Socken, Tennisschuhen, Streitereien, zerbissenen Bleistiften, Hausarbeit, gemeinsam abgewaschenen Tellern, Dienstleistungen für meine Mutter. Von der Gegenwart sprachen wir nicht. Nur von Gestern. Gestern. Von der Kindheit. Er erinnerte sich, daß wir beide sehr früh zu arbeiten begannen und er gern das College besuchen wollte und nicht konnte.
So befanden wir uns auf dem Boot unserer Kindheit, das sich nicht von der Stelle rühren darf, weil es überladen mit Vergangenheit zu anderen Reisen ausfährt. Ein Hiatus. Eine Brücke. Ein Schwebezustand. Ein Zwischenakt.
Mein Vater hat an Thorvald geschrieben, daß ich mich für die fragwürdige Wissenschaft der Psychoanalyse interessiere und daß ich den Kopf voll hätte mit wunderlichen Ideen.
Thorvald hatte geglaubt, er könnte nicht mit mir sprechen, aber als wir uns sahen, verstanden wir einander.

Ein Ausflug nach Marokko. Kurz, aber eindrucksvoll. Ich liebe Fez. Frieden. Würde. Demut. Ich habe eben den Balkon verlassen, wo ich stand und zuhörte, wie sich über der weißen Stadt das Abendgebet erhob. Die Welt der Araber weckt durch ihre Einfachheit, ihre fundamentale Schönheit religiöse Gefühle. Man tritt in das Labyrinth ihrer Straßen, Straßen wie Eingeweide, keine zwei Meter breit, in den Abgrund ihrer dunklen Augen, in den Frieden. Zuerst ist es der Rhythmus, der einen berührt. Die Langsamkeit. Die Straßen voller Menschen. Man stößt gegen Ellbogen. Sie atmen einem ins Gesicht, aber mit solch einer Ruhe, Würde, Traumverlorenheit. Nur die Kinder schreien und lachen und rennen umher. Die Araber sind schweigsam. Der kleine, viereckige, zur Straße hin offene Platz, wo sie auf dem Boden sitzen, auf dem Lehm, mit ihren Waren rings um sich. Sie weben, sie nähen, backen Brot, schleifen Edelsteine, reparieren Messer, fabrizieren Gewehre für die Berber in den Bergen. Sie färben Wolle in weiten, großen Kesseln voll Farbe, in die sie ihre Seide- und Wollbündel tauchen. Ihre Hände sind smaragdgrün, violett, tiefblau. Sie machen Töpferwaren aus Terrakotta, weben Teppiche, rasieren, frisieren und schreiben Eingaben an die Gerichte, direkt hier, vor deinen Augen. Einer der Araber ist über seinem Safranbündel eingeschlafen. Ein anderer läßt die Rosenkranzkugeln durch seine Finger laufen, während er Gewürzkräuter verkauft. Etwas weiter ein großes

Getöse, die Straße der Kupferwaren. Kleine Jungen bearbeiten mit zierlichen Hämmern Kupferschalen, hämmern Muster hinein, formen kupferne Lampen, Aladins Lampen. Dies ist eine Arbeit für Kinder und Greise. Sie halten die Schalen zwischen ihren Schenkeln. Die jüngeren Männer wandern in ihren Burnussen die Straßen hinab, niemand weiß wohin, und manche sind so schön, daß man sie für Frauen halten könnte. Die Frauen sind verschleiert. Wahrscheinlich gehen sie in die Moschee. Zu einer bestimmten Stunde hören Geschäfte und Arbeit auf, und sie gehen alle zu den Moscheen. Zuerst aber waschen sie am Brunnen ihre Gesichter, ihre Füße, ihre entzündeten Augen, ihre leprösen Nasen, ihre pockennarbige Haut. Sie streifen ihre Sandalen ab. Manche von den alten Männern und Frauen verlassen die Moschee überhaupt nicht mehr. Sie bleiben dort hocken, bis der Tod sie überkommt. Frauen haben ihren eigenen Eingang. Im Vorbeigehen küssen sie die Mauer der Moschee. Um einem Esel mit Brennholz Platz zu machen, trete ich in eine dunkle Toreinfahrt. Ein atemberaubender Gestank würgt mich in der Kehle. Gestank ist überall. Man braucht einen Tag, um sich daran zu gewöhnen. Zuerst erregt er Brechreiz. Es ist der Geruch nach Exkrementen, Safran, Leder, das gegerbt wird, Sandelholz, heißem Olivenöl, Nußöl, auf Haut verrieben, Weihrauch, Moschus, so stark, daß man zuerst keinen Bissen hinunterbringt. Die weißen Burnusse, die Füße der Araber sind lehmverschmutzt. Die Köpfe der kahlgeschorenen Kinder, mit einem übriggelassenen Haarbüschel. Die unverschleierten Frauen mit den tätowierten Gesichtern sind primitive Berberinnen aus den Bergen, Kriegerfrauen, unzivilisiert. Ich habe die Frauen eines Arabers gesehen, sie saßen zu fünft auf einem Diwan, wie Berge aus Fleisch, unförmig, mit Doppelkinnen und Doppelbäuchen und Diamanten an der Stirn.

Die Straßen und Häuser sind unentwirrbar miteinander verwoben, ineinander verschlungen, Brücken führen von einem Haus zum anderen, die Gitter der Verbindungsgänge werfen ihre Schatten auf den Boden. Die Kreuzungen scheinen in den Häusern selbst zu liegen, man weiß nie, ob man nun in einer Straße steht oder in einem Hof oder in einem Verbindungsgang, denn zur Hälfte sind die Häuser zur Straße hin offen, man verirrt sich sofort. Moscheen gehen über in Kaufmannshäuser, Läden in Moscheen, man geht unter einem Spalier roten Weinlaubs und dann in völliger Finsternis durch einen Tunnel, hinter einem wunden und von Schlägen blutenden Esel her, und dann wieder steht man auf einer der von den Portugiesen erbauten Brükken. In einem Augenblick bewundert man andalusisches Gitterwerk, im nächsten tritt man auf einen Platz vor der Moschee, wo die Armen auf Matten schlafen dürfen.

Überall hocken die Araber herum, warten. An allen Ecken und Enden. Ein alter Araber lehrt einen Jungen ein frommes Lied. Ein anderer entleert sich sorgfältig, gewissenhaft. Ein anderer bettelt, zeigt alle seine offenen Geschwüre, neben einem Bäcker, der in einem Erdofen Brot bäckt.

Die Luft ist so klar, so hell und blau, man glaubt die ganze Welt so klar sehen zu können, wie man Fez sieht. Die Vögel zwitschern nicht wie in Paris, sie singen, trillern mit opernhafter, tropischer Glut. Die Armen sind in Sackleinen gekleidet, die weniger Armen in Laken und Badetücher, die wohlhabenden Frauen in Seide und Musselin. Die Juden tragen schwarze Burnusse. In den Straßen und den Häusern der Armen besteht der Boden aus festgestampftem Lehm. Die Häuser sind aus ockerfarbenem Lehm gebaut, manchmal weiß gestrichen. Auch das Olivenöl wird auf der Straße gepreßt, unter großen hölzernen Rädern.

Ich hatte Empfehlungsbriefe. Zuerst besuchte ich Si Boubekertazi. Er saß auf Kissen in seinem Hof. Eine schöne Negerin, eine Konkubine, brachte Leckerbissen in einer Kupferschale. Und Tee wurde in kleinen, henkellosen Täßchen serviert.

Im Hause von Driss Mokri Montasseb durfte ich den Harem besichtigen. Sieben Frauen verschiedenen Alters, aber alle fett, saßen rund um einen niedrigen Tisch und aßen Süßigkeiten und Datteln. Wir unterhielten uns über Nagellack. Sie wünschten sich etwas von dem meinen, der perlmuttern war. Sie verrieten mir, wie sie ihre Augen bemalen. Sie kaufen Antimonpulver auf dem Markt und füllen ihre Augen damit. Die Augen schmerzen und tränen, das schwarze Antimon sammelt sich an den Rändern und gibt so den Augen ihre auffallende Wirkung.

Pascha El Glaoui von Marrakesch bot mir für den Stadtbesuch eine Militäreskorte an. Das sei unbedingt notwendig, sagte er und winkte einem Soldaten zu, der an seiner Tür stand; von nun an sollte er mich überallhin begleiten, außer wenn ich mich in mein Hotelzimmer zurückzog, um zu schlafen.

De Sidi Hassan Benanai empfing mich unter dem feinen Goldgespinst der Kolonnaden. Aber er hatte eben mit einem vierzigtägigen Gebetsfasten begonnen, und so saß er schweigend, zählte die Kugeln des Rosenkranzes, auch der Tee wurde schweigend serviert, und er fuhr fort zu beten, lächelte mich manchmal an und beugte sein Haupt, bis ich ihn verließ.

Von außen gesehen sind alle Häuser gleich glatt, hohe Mauern, von Blumen überrankt. Man kann nicht sagen, ob es eine luxuriöse Behausung ist, die man betritt. Das Tor kann aus schönem Schmiedeeisen sein. Es können zwei, vier, auch sechs Wächter am Tor stehen. Drinnen aber bestehen die Wände ganz aus Mosaiken, oder sie sind bemalt, das Stukko ist wie Spitzenwerk gearbeitet, die Decken sind

vergoldet. Kissen aus Seide. Die Negerfrauen kleiden sich einfach, aber immer schön. Die Kinder und Frauen bekommt man nicht zu Gesicht.
Den weißen Burnus nennt man *Dschelabba.*
Mysterium und Labyrinth. Verschachtelung der Straßen. Namenloses Gemäuer. Geheimer Luxus. Abgeschiedenheit der Häuser ohne Fenster zur Straße. Fenster und Türen öffnen sich zum Hof hin. Der Hof hat einen Brunnen und hübschen Pflanzenschmuck. In der Anlage der Gärten ist ein labyrinthisches Element. Die Büsche sind so angeordnet, daß sie verwirren und man sich verirren kann. Sie lieben das Gefühl, sich verirrt zu haben. Man nennt es eine Sehnsucht, das Unendliche nachzuschaffen.
Fez. Früher oder später findet man immer eine Stadt, die das Abbild der Stadt ist, die man in sich trägt. Fez ist ein Abbild meines inneren Selbst. Das mag erklären, warum ich fasziniert bin. Auch ich liebte es, mich zu verschleiern, und hinter dem Schleier, reich und unerschöpflich, labyrinthisch, in immer neuen Varianten verlor ich mich selbst. Eine Leidenschaft für das Geheimnis, das Unbekannte, das Unendliche, das Gesetzlose.
Mit meinem Führer besuchte ich das Quartier Réservé. Es liegt, an jedem Tor von einem französischen Soldaten bewacht, zwischen mittelalterlichen Mauern. Die Häuser sind voll von Prostituierten. Nur die armen Araber gehen hierher, denn die anderen haben genug Frauen, um ihr Bedürfnis nach Abwechslung zu befriedigen. Dunkle, erregende, gekrümmte Straßen. Schmucklose Keller, aus denen man Cafés gemacht hat. Araber schleichen hinein, heraus. Neger. Bettler. Von dort und da hört man arabische Musik. Schäbige Teppiche und Töpferwaren an Wänden und Gewölben. Man serviert Pfefferminztee oder Bier. Man trinkt keinen Wein, aber es werden viele Drogen gehandelt. Nackte, kellerähnliche Zimmer. Vor den Türen hängen Vorhänge aus Musselin oder Perlen. Das vordere Zimmer ist eine Bar oder ein Café, wo die Männer sitzen und die Musikanten spielen. Das Hinterzimmer ist für die Prostituierten. Der Musselinvorhang teilte sich, und vor mir stand Fatima, die Königin der Prostituierten.
Fatima hat ein schönes Gesicht, eine gerade Patriziernase, riesige samtschwarze Augen, weiche lohfarbene Haut, üppig, aber fest, und die üblichen arabischen Attribute, Bauchfalten, Doppelkinn. Sie bewegte sich nur mit Schwierigkeit auf ihren gewaltigen Beinen. Sie war sowohl königlich wie großartig, wollüstig und füllig. Gekleidet war sie in ein Hochzeitskleid, ein mit Goldmünzen benähtes rosa Chiffonkleid, das über mehrere Unterkleider, ebenfalls aus Chiffon, gelegt war. Schwere Gürtel, Armbänder, Ringe aus Gold, ein goldenes Stirnband, riesige baumelnde goldene Ohrringe. Über ihrem

glänzenden schwarzen Haar trug sie einen bunten Seidenturban, in den Nacken zurückgeschoben, so daß die schwarzen Locken sichtbar wurden. Die kohlschwarzen Ränder ließen ihre Augen übertrieben groß erscheinen, wie auf ägyptischen Gemälden.

Das Zimmer, in dem sie sich auf Kissen niedersetzte, hatte die in Fez für Schlafzimmer übliche Form, lang und schmal. An jedem Ende des Zimmers stand, als Zeichen für Luxus und Erfolg, ein Messingbett. Sie werden nicht zum Schlafen benützt, sie sind nur Symbole des Reichtums. Zwischen beiden Betten lagen Kissen und Teppiche, standen weiche Diwane. (In den Wohnungen der Reichen sind die Böden verfliest, aber die Messingbetten werden auch dort zur Schau gestellt.) Fatima sammelte nicht nur Messingbetten, sondern auch Kuckucksuhren aus der Schweiz. Eine Wand war ganz von ihnen ausgefüllt, jede zeigte eine andere Zeit. Die anderen Wände waren mit geblümtem Kattun überzogen. Die Luft war schwer von Parfüm, stickig und wollüstig, der Schoß selbst. Ein junges Mädchen brachte einen Zerstäuber und sprühte, während sie sanft mein Kleid aufhob, Rosenwasser in meine Unterkleider. Sie kam noch einmal, um Rosenblätter rund um meine Füße zu streuen. Dann trug sie auf einem Tablett Teegläser in kupfernen, behenkelten Untersätzen herein. Wir saßen mit untergeschlagenen Beinen auf riesigen Kissen, Fatima in der Mitte. Es unterlief ihr nicht eine einzige vulgäre Geste. Zwei blinde, verkrüppelte Musiker wurden hereingebeten und spielten monotone Weisen, die aber im Rhythmus so stark waren, daß meine Erregung wuchs, als hätte ich Wein getrunken. Fatima bereitete auf dem Tablett den Tee. Dann reichte sie eine Flasche mit Rosenwasser, und wir parfümierten unsere Hände. In einer Pfanne entzündete sie Sandelholz und stellte sie zu meinen Füßen. Ich war nun, wie es sich gehörte, über und über parfümiert, und die Atmosphäre wurde üppig und schwer. Der arabische Soldat lehnte sich in den Kissen zurück. Meine repräsentative Leibwache, in weißem Burnus und Turban, blauer Uniform, unterhielt sich mit Fatima, die nicht Französisch verstand. Er übersetzte meine Komplimente über ihre Schönheit. Sie bat ihn, eine Frage nach meinem Nagellack zu übersetzen. Ich versprach, ihr davon etwas zu senden. Während wir hier saßen und zwischen unseren Reden träumten, kam es draußen zu einem Kampf. Ein junger Araber stürzte herein, mit blutendem Gesicht. Er schrie: »Aii, aii, aii.« Fatima schickte ihre Dienerin hinaus, um nachzusehen, was für den jungen Araber getan werden könnte. Nie verlor sie ihre Haltung. Die Musiker spielten lauter und schneller, damit der Lärm für mich übertönt und mein Vergnügen nicht geschmälert würde. Ich verbrachte, da es hier als unhöflich gilt, sich zu beeilen, zwei Stunden mit Fatima. Bald wieder aufzubrechen, Eile zu zeigen gilt als tödliche Beleidigung. Sie sind zutiefst gekränkt. Eine Beziehung wird nicht so sehr durch das charakterisiert, was man tut und sagt, als vielmehr durch das Entstehen einer günstigen, träumerischen, meditativen, kontemplativen Atmosphäre, einer Stimmung. Als ich endlich aufbrach, hielt mein Begleiter eine Abschiedsrede.

Es war nach Mitternacht. Die Stadt, so überfüllt während des Tages, daß ich kaum vorwärtskam, war schweigend und leer. Auf den Türstufen schlief der Nachtwächter. Zwischen den verschiedenen Vierteln gibt es Tore. Sechs Tore mußten für uns mit riesigen Schlüsseln geöffnet werden. Es ist nicht erlaubt, bei Nacht herumzugehen, außer mit einer besonderen Genehmigung und einem Paß, den mein Soldat jedem Wächter vorwies.

In den Gartenteichen hinter den Mauern quakten die Frösche, die Grillen kündeten die Hitze des kommenden Tages. Der Duft der Rosen siegte über alle anderen Gerüche. Über meinem Kopf wurde plötzlich ein Fenster geöffnet, eine alte Frau steckte ihren Kopf heraus und warf mit vielen Flüchen eine riesige Ratte, die sie eben gefangen hatte, herab. Sie fiel mir vor die Füße.

Fez ist eine Droge. Es macht süchtig. Eine Welt der Sinne, der Dichtung (sogar die armen Araber, die eine Prostituierte besuchen, finden eine Frau, die wie eine Jungfrau hochzeitlich gekleidet ist), der Illusion und des Traums. Es erregt mich schon, einfach hier auf Kissen zu sitzen, mit Musik, den Vögeln, den Brunnen, der unendlichen Schönheit der Mosaike, dem summenden Teekessel, dem glänzenden Kupfergeschirr, den zwölf Flaschen mit Rosenparfüm und dem verkohlenden Sandelholz in der Räucherpfanne, den Kuckucksuhren, die durcheinander schlagen, wie es ihnen eben gefällt.

Die Schichten der Stadt Fez sind wie die Schichten und Geheimnisse des Innenlebens. Man braucht einen Führer.

Ich liebe die rassische Vornehmheit der Araber, ihren Stolz, ihre Neigung zu Süßigkeiten anstatt zu Alkohol, die Zartheit, den Frieden, die Gastfreundschaft, die Zurückhaltung, den Stolz, die Vorliebe für Türkis und Korallenfarben, würdevolle Haltung, Verschwiegenheit. Es gefällt mir, wie sich die Männer auf der Straße umarmen, auf eine noble und hochmütige Art. Ich liebe den Ausdruck ihrer Augen, in sich versunken oder feurig, immer tief.

Das Flußwasser unter der Brücke ist faulig. Männer halten sich auf der Straße an den Händen, während sie sprechen. Auf einer Tragbahre wird ein toter Araber vorbeigetragen, mit weißen Bandagen dicht umwickelt, wie eine ägyptische Mumie. Über seine Füße haben sie einen roten Teppich geworfen. Schweigen und Apathie. Kontemplation und rhythmischer Gesang. Musik. Tee, den man auf kupfernen Tabletts serviert, aus einem Samowar. Gläser mit farbigen Rändern. Auf einem anderen Tablett eine große silberne Büchse mit groben losgebrochenen Stücken von einem Zuckerhut. Tabletts mit Parfümflaschen. Schalen mit Mandelkuchen, darüber ein seidenes Tuch oder ein kupferfarbener Deckel.

Ich begegne den arabischen Frauen, die auf dem Weg zu ihren Bädern sind. Sie gehen dorthin immer in Gruppen und tragen auf ihren Köpfen Körbe mit Kleidern zum Wechseln. Während sie vorbeigehen, verschleiert, lachend, sieht man von ihnen nur ihre Augen und die hennafarbenen Spitzen ihrer Finger, mit denen sie ihre Schleier festhalten. Ihre wallenden weißen Gewänder und mit Stickereien reich verzierten Gürtel geben ihnen ein schweres und fülliges Aussehen, wie die Kissen, auf denen sie so gern sitzen. Schweres Fleisch war es, das sich hier in weißen Gewändern bewegte, genährt von Süßigkeiten und Nichtstun, vom untätigen Sitzen hinter vergitterten Fenstern. Dies war einer ihrer wenigen Augenblicke der Freiheit, eines der wenigen Male, an denen sie auf der Straße erscheinen. Sie gehen in Gruppen, mit ihren Dienerinnen, Kindern, Bündeln frischer Kleider, lachend, schwatzend, mit schlurfenden Füßen in gestickten Pantoffeln.

Ich folgte ihnen. Als sie das mit Mosaiken verkleidete Gebäude nahe der Moschee betraten, schloß ich mich ihnen an. Der erste Raum war sehr groß und quadratisch, ganz aus Stein gebaut, mit steinernen Bänken und Matten auf dem Boden. Hier legten die Frauen ihre Bündel ab und entkleideten sich. Dies war eine lange Zeremonie, denn sie trugen viele Röcke und verschiedene Blusen und Gürtel, die wie Bandagen aussahen, es gab viel weißes Musselin, viel Leinen und Baumwollstoff aufzuwickeln, auszubreiten und auf der Bank wieder zu falten. Dann mußten die Armbänder abgenommen werden, die Ohrringe, die Fußspangen; man mußte das lange schwarze Haar aus den Bändern lösen, die man hineingeflochten hatte. Der Boden war übersät mit weißen Kleidern, ein Feld mit weißen Blüten, Blättern, Bändern, abgeworfen von fleischigen Frauen, und während ich ihnen zuschaute, fühlte ich, daß sie niemals wirklich nackt sein können, daß alles, was sie tragen, für immer an ihnen haftet, mit ihren Körpern mitwächst. Ich war schon ausgezogen und wartete, da ich mich nicht nackt auf die Steinbank setzen wollte. Sie warteten, bis die afrikanischen Dienerinnen die Kinder entkleidet hatten und selbst ausgezogen waren.

Eine alte Frau nahm uns in Empfang, eine ganz eingeschrumpfte alte Frau mit nur einem Auge. Ihre Brüste waren zwei lange, leere Schläuche, die fast bis auf die Mitte ihres Bauches hingen. Um die Hüften trug sie ein Stück Sackleinen. Sie tätschelte mir anerkennend die Schulter und lächelte. Während sie auf meine Fingernägel zeigte, sagte sie etwas, aber ich konnte sie nicht verstehen und lächelte ebenfalls.

Sie öffnete die Tür zum Dampfraum, einem weiteren sehr großen, quadratischen Raum aus grauem Stein. Hier gab es jedoch keine Bänke. Alle Frauen saßen auf dem Boden. Die alte Frau füllte an einem der Brunnen Kübel mit Wasser und goß ihnen gelegentlich, wenn sie sich fertig eingeseift hatten, einen davon über die Köpfe. Der Dampf erfüllte den Raum. Die Frauen saßen auf dem Boden, hielten ihre Kinder zwischen den Knien und schrubbten sie ab. Dann entleerte die alte Frau einen Kübel mit Wasser über sie. Dieses Wasser umfloß uns von allen Seiten. Es war schmutzig. Wir saßen in Bächen von seifigem, schmutzigem Wasser. Die Frauen beeilten sich nicht. Sie benützten die Seife, dann ein Stück Bimsstein, und dann verwendeten sie sehr sorgfältig und aufmerksam Enthaarungsmittel. Alle waren sie ungeheuerlich. Das Fleisch wogte, wölbte sich, faltete sich zu gewaltigen, schweren Wellen. Sie schienen auf Kissen aus Fleisch in allen Farben zu sitzen, von nordarabischer Blässe der Haut bis zur afrikanischen Tönung. Ich staunte, daß sie imstande waren, die schweren Arme zu heben, um sich das lange Haar zu kämmen. Ich hatte sie sehen wollen, weil die Schönheit ihrer Gesichter legendär ist, und ich fand die Behauptung nicht übertrieben. Ihre Gesichter waren von vollkommener Schönheit, ihre Augen groß und wie Edelsteine, ihre Nasen gerade und vornehm, mit weiten Abständen zwischen den Augen, ihr Mund voll und wollüstig, ihre Haut makellos und ihre Haltung immer königlich. Die Gesichter hatten mehr Ähnlichkeit mit Statuen als mit Gemälden, so rein waren die Linien und so klar. Ich war in Bewunderung ihrer Gesichter versunken, und dann fiel mir auf, daß sie mich beobachteten. Sie saßen in Gruppen zusammen, blickten zu mir herüber und lächelten. Sie gaben mir mit Gesten zu verstehen, daß ich mein Haar und Gesicht waschen müsse. Ich konnte ihnen nicht verständlich machen, daß ich mich bei dem Ritual beeilte, weil ich nicht in dem verschmutzten Wasser sitzen wollte. Nachdem sie ihre schwerfälligen Körper überall damit abgerieben hatten, boten sie mir den Bimsstein an. Ich machte einen Versuch, zerkratzte mir aber das Gesicht. Die Araberinnen hatten eine dickere Haut. Während sie sich selbst und ihre Kinder wuschen, saßen die Frauen im Kreise umher und plauderten. Ich konnte mich nicht dazu überwinden, mein Gesicht mit der Seife zu waschen, die sie für ihre Füße und Armhöhlen verwendet hatten. Sie lachten und dachten wohl, daß diese Europäerin die Regeln der Sauberkeit nicht kenne.

Sie erwarteten auch, daß ich mir überflüssige Augenbrauen und die Haare unter den Armen auszupfe und mein Schamhaar rasiere. Ich flüchtete schließlich in den nächsten Raum, wo Kübel kühleren Wassers über mich ausgegossen wurden.

Ich wollte die Araberinnen wieder angezogen sehen, hinter meterlangen weißen Tüchern verborgen. So schöne Köpfe hatten sich er-

hoben aus diesen Bergen von Fleisch, Köpfe von unglaublicher Vollkommenheit, mit strahlenden, langwimperigen Augen, sinnlichen Gesichtszügen. Manchmal hatten sie moosgrüne Augen in dunkler, okkerfarbener Haut, manchmal kohlschwarze Augen in mondlichtblasser Haut, und alle das lange, schwere, schwarze Haar, die wallenden Bänder. Aber diese Häupter stiegen aus formlosen Fleischmassen auf, wogend wie Pflanzen im Meer, schwellend, schwankend, niedersinkend, die Brüste waren wie See-Anemonen, schwimmend, die Bäuche als wären sie immerfort schwanger, die Schenkel wie Kissen, die Hinterbacken wie Polster, die Hüften faltig wie Matratzen.
Sie beobachteten mich, nickten freundlich mit ihren Köpfen, kommentierten meine Figur. Indem sie an ihren Fingern abzählten, wollten sie erfahren, ob ich noch jugendlich sei. Ich hatte kein Fett an mir. Ich mußte ein Mädchen sein. Sie kamen heran, und wir verglichen die Farben der Haut. Meine Taille setzte sie, wie mir schien, in Erstaunen. Sie konnten sie mit ihren beiden Händen umfassen. Sie wollten mir die Haare waschen, seiften mir zärtlich das Gesicht ein, sie streichelten mich und sprachen mit großer Beredsamkeit. Die alte Frau kam mit zwei Kübeln und goß sie über mich aus. Ich war fertig, jedoch die Araberinnen übermittelten mir mit ihren Augen, ihrem Lächeln und mit Worten noch alle Arten von Botschaften. Die alte Frau führte mich in den dritten Raum, der kühler war, und überschüttete mich mit kaltem Wasser. Darauf geleitete sie mich zurück zum Ankleideraum.

Auf der Rückreise, bei der Landung in Cádiz, sah ich wieder die mageren Palmenbäume, die mir schon als elfjährigem Kind, auf meinem Weg nach Amerika, aufgefallen waren. Ich sah die Kathedrale, die in meinem Kindertagebuch so genau beschrieben ist. Ich sah die Stadt, in der die Frauen nur selten ausgehen, die Stadt, in der ich, wie ich sagte, niemals leben möchte, denn ich liebe die Unabhängigkeit.
Als ich in Cádiz an Land ging, fand ich die Palmen und die Kathedrale, nicht aber das Kind, das ich gewesen bin. Die letzten Überreste meiner Vergangenheit waren zurückgeblieben in der altertümlichen Stadt Fez, die so sehr wie mein eigenes Leben aufgebaut ist, mit ihren gewundenen Straßen, ihren Verschwiegenheiten, Geheimnissen, ihren Labyrinthen und ihren bedeckten Gesichtern. In der Stadt Fez entdeckte ich, daß der kleine Dämon, der mich zwanzig Jahre lang verzehrt hat, der kleine Dämon der Depression, gegen den ich zwanzig Jahre angekämpft habe, von mir gegangen ist. Während ich durch die Straßen von Fez ging, war ich im Frieden, aufgenommen in eine Außenwelt, eine Vergangenheit, die nicht meine Vergangenheit war, und die Krankheit konnte man berühren und benennen: Lepra und Syphilis.

Ich lebte mit den Arabern, sang und betete mit ihnen zu einem Gott, der befiehlt, daß man das Schicksal annehmen muß. Zusammen mit den Arabern duckte ich mich in die Stille. Die Straßen waren ohne Ziel, wie die Straßen meiner Wünsche. Vergiß das Ziel und lege dich nieder unter den lehmfarbenen Mauern, lausche den Kupferschmieden, schau den Färbern zu, wie sie ihre Seide eintauchen in orangefarbene Eimer. In Frieden ging ich zuletzt durch die Straßen meines eigenen Labyrinths, ich hatte mich angenommen, meine Stärke, meine Schwäche. Die Fehler, die ich gemacht hatte, lagen wie Abfälle auf den Türstufen und nährten die Fliegen. Die Orte, die ich nicht erreicht habe, existieren nicht; der Araber wandert für alle Zeiten auf seinem Esel, oder auf seinem Maultier, oder auf seinen nackten Füßen zwischen den Mauern von Fez. Meine Irrtümer waren wie die halbverwischten Inschriften an den Wänden und die von den Mäusen zerfressenen Bücher, die Kindheit verfaulte in den Museen, die Verrückten waren in Ketten gelegt, und ich ging frei herum, denn ich ließ die Asche verstäuben, das alte Fleisch sterben, ich ließ den Tod verblassen, ich ließ die Inschriften zerbröckeln und über den Gräbern die Zypressen wachsen. Ich kämpfte nicht um Vollkommenheit, nicht gegen die vergangenheitszerfressenen Fragmente oder die Trümmer des Heute unter meinen Füßen. Was der Tag nicht mit sich forttrug, blieb für die Fliegen. Ich konnte mit den Arabern hinausgehen zum Friedhof mit farbigen Teppichen und Vogelkäfigen und mich ruhig mit ihnen unterhalten, so wenig bedeuteten Tod, Krankheit, Morgen. Wie der Nachtwächter, der auf den steinernen Stufen schläft oder auf dem Lehmboden, in seinem fleckigen Burnus, so kann auch ich überall schlafen. Wie in meinem Leben, gibt es in Fez Straßen, die nirgendhin führen, Sackgassen, die ein Mysterium bleiben. Es muß auch Mauern geben. Die Spitzen der Minarette können sich nur über Mauern so hoch erheben.

Es war in Cádiz, daß ich mich in einem Hotelzimmer niederlegte und in einen schmerzlichen Alptraum verfiel, eine anhaltende leise Melodie der Eifersucht, der Angst und des Zweifels, und es war in Cádiz, daß ich mich aufraffte und den Bann wie durch einen magischen Willensakt durchbrach. Ich zerriß das Netz, den Fluch, der mich gefangen hielt. Ich hatte gelernt, wie man es macht. Symbolisch dafür war, daß ich auf die Straße trat. Von diesem Tag an setzte das Leiden manchmal aus, es gab von nun an Unterbrechungen, Zerstreuungen, es war nicht mehr ein unveränderlicher Zustand. Ich wurde fähig, mir selbst zu helfen. Stundenlang konnte ich nun leben, ohne daß mich die krankhafte Unsicherheit befiel. In meinem Kopf wurde es ruhig, ich hatte Perioden des Friedens und des Lebensgenusses. Ich konnte mich vollkommen hingeben an das Vergnügen verschiedenartiger Beziehungen, an die Schönheit, die Freuden des Tages. Es

war, als hätte der Krebs in mir aufgehört, an mir zu nagen. Der Krebs der Innenschau.
Obwohl es schien, als hätte sich alles plötzlich ereignet, wie ein Wunder, war es doch das Ergebnis von Jahren des Kampfes, der Analyse, der gelebten Leidenschaften. Innenschau ist ein verzehrendes Monstrum. Man muß ihm viel in den Rachen werfen, Erfahrung, Menschen, Orte, Liebe, schöpferische Werke, bis es aufhört an einem zu fressen.
Von diesem Augenblick an waren die Dramen des Gefühls, die ich erlebte, wie Gewitter, die vorüberzogen und Frieden hinter sich zurückließen.

[Mai 1936]

Louveciennes. Aber ich bin der Außenwelt zugewandt. Zuerst war diese Außenwelt Fez, die Sonne, das Meer und die Stadt, angelegt wie die Windungen des Gehirns, eine Stadt wie die Städte der Seele, aber nach außen gewendet, und dann umgab mich Paris, und ich ging durch die Straßen. Schließlich wurde von der Druckerei *House of Incest* geliefert, Briefe mußten geschrieben und türkisfarbene Paste für die Augenlider an Fatima geschickt werden. Henry sackt in ein Luftloch, wie er sich ausdrückt. Verloren, abgeschnitten, aus den Beziehungen gerissen.

Dann hustete ich die ganze Nacht, als müßte ich ersticken, verlor an Gewicht. Der kleine französische Doktor sagte, es sei eine chronische Bronchitis. Nach einigen Wochen erwähnte jemand einen emigrierten deutschen Arzt, der erst vor kurzem aus Deutschland angekommen war. Ich besuchte ihn in seiner einfachen Ordination, und kaum war ich eingetreten, fühlte ich schon die Gegenwart einer ungewöhnlichen Persönlichkeit. Es war Dr. Max Jacobson (der später in New York so berühmt geworden ist). Er hatte dunkle, strahlende, durchdringende Augen. Nachdem er einen kurzen Blick auf mich geworfen hatte, sagte er: »*Toi, ma fille,* du hast Keuchhusten. Ich werde dich in einer Minute kurieren.« Und mit einer einzigen Injektion gab er mir Schlaf und Gesundheit zurück.

Er war so vital, so lebhaft und aufgeweckt, geistig und körperlich. Es war, als stellte er seine Diagnose im Fluge. Er setzte sich nicht nieder, hörte auch nicht zu, so als wünschte er gar nicht zu hören, was der Patient sagen wollte, die Liste der Details, die seiner pfeilschnell treffenden Intuition nur hätte hinderlich sein können. Er sah gut aus, mit seinem dunklen, welligen Haar, einem gesunden, rosigen Gesicht, und das Lachen fiel ihm leicht. Er hörte nicht zu, aber er *beobachtete* mit der größten Intensität und stürzte sich dann auf die Symptome. Von diesem Augenblick an hatte ich blindes Vertrauen (an dem sich nie mehr etwas ändern sollte).

Kein Geld aus New York, obwohl ich viel zu bekommen hätte. Ich habe Einkäufe zu tätigen für die neue Wohnung am Quai de Passy, die ich modern einrichten möchte. Ein psychisches Verlangen nach neuen Umgebungen. Ich habe eine Uhr gefunden, die aus Muscheln gemacht ist, einen weißen Wollteppich aus Marokko.

Draußen wehen rote Fahnen. Schlagzeilen der Zeitungen: »C'EST DONC UNE RRFORME? NON, SIRE. C'EST UNE REVOLUTION.«
Arbeiter in den Straßen. Streiks. Streik zu Ende. Neue Streiks. Fortgesetzte Streiks. Eine lärmerfüllte, ruhelose, brodelnde, düstere Jahreszeit.

Fraenkel geht nach Spanien. Henry ist treulos, sagt er, zu Ideen und zu Freunden. Henry hat ihn schnell vergessen.
Charpentier lobt *House of Incest*: »Von absoluter Schönheit.« Stuart Gilbert sagt: »Es ist Musik, es ist eine Sinfonie. Und ich liebe die Ironie. Eine einzigartige Sprache. Wie Scriabin.«
Ich halte mich an die Welt der Künstler, denn die andere ist voller Schrecken, und ich sehe kein Heilmittel für sie.
Roger Klein bat mich zum Essen. Ein Freund von ihm, Émile Savitry, ein Photograph, erzählte die ganze Zeit von seinen peruanischen Freunden. Unter ihnen ist eine Tänzerin, die ich einmal in einem kleinen Theater in der Rue de la Gaité tanzen gesehen habe. Es waren seltsame und wilde Tänze, wie Wudu-Tänze, und sie endeten mit dem Tanz der Frau ohne Arme, der in *House of Incest* beschrieben ist. Es war ein sehr kleines Theater. Sie hinterließ bei mir einen gespenstischen Eindruck. »Ihr Gatte hat sie begleitet. Haben Sie ihn nicht bemerkt?« Nein, ich hatte ihn nicht bemerkt. Henry hat das Paar später auf einer Party getroffen. Er erzählte von ihren Tänzen und von seiner Unterhaltung mit Helbas Gatten, Gonzalo. »Wir waren beide betrunken und haben uns gut verstanden. Wir waren uns einig, daß wir beide eines nicht wollten, nämlich arbeiten.«
Roger sagte dazu: »Sie sind fürchterlich arm, unglaublich arm. Sie hört nichts mehr und kann nicht mehr tanzen, und er trinkt. Aber sie sind ungewöhnliche Menschen.« Er sagte das in einem achtungsvollen Ton. Bei dem Gedanken an sie verfiel er in ein kurzes Schweigen, so als könnte er keine Worte finden, um sie zu beschreiben. Ich wurde neugierig. Er versprach, daß ich sie kennenlernen würde, und gab eine kleine Party in seiner neuen kleinen Arbeiterwohnung nahe Villa Seurat. In der Nacht vor diesem Zusammentreffen träumte ich von einer bleichen, hageren Frau, die so krank aussah, als würde sie sterben. Es war diese sehr blasse und magere Frau, die mir in Rogers kleiner Wohnung im grellen Licht der nackten Birnen entgegentrat. Und dicht hinter ihr kam ein sehr schlanker, sehr dunkler Mann, mit langem schwarzem Haar. Er hatte ein rundes, volles, lachendes Gesicht, und er trug eine Gitarre. Ihr Freund, der Photograph, war nicht dabei. Gonzalo erklärte: »Wir können nie zur selben Zeit ausgehen, denn wir haben zusammen nur eine gute Hose. Heute war ich an der Reihe.« Der Kontrast zwischen Helba mit ihrer galliggelben Haut, den glanzlosen Augen, dem glanzlosen Haar, und dem feurigen,

lebhaften Gonzalo war ungeheuer. Er spielte die Gitarre und sang. Wir tanzten. Gonzalo hat eine volle und rauhe Stimme. Wenn er lacht, schließen sich über seinen hohen indianischen Backenknochen die Augen, und er sieht orientalisch aus. Er hat schwere, kohlschwarze Wimpern. Ein Tiger, der träumt, ein Tiger ohne Krallen.

Die Welt sieht nur Henrys Heiterkeit, seine Freude an gutem Essen und fruchtbaren Gesprächen. Mir gesteht er seine Angst und seine Furcht, sein schlechtes Gewissen und seine Unzufriedenheit. Ich muß mit seinen Gespenstern kämpfen, die ihn immer verfolgen, wenn er nicht gerade schreibt. Während er scheinbar mit Vergnügen Kaffeehäuser und Parties besucht, fühlt er sich gerade dabei besonders traurig und leer. Ich bringe ihn zu sich selbst zurück. Einmal stritten wir uns, nachdem ich ihn wieder aufgerichtet hatte. Er warf mir vor, daß ich ihn nicht krank sein lasse und ihm mit künstlichen Mitteln zu helfen versuche, gegen die Natur. Ich sagte: »Ein krankes Tier ist nicht Natur. Die Analyse ist nicht künstlich, denn am Ende befreit sie das Tier von seiner Krankheit. Du weißt sehr gut, daß du kein Naturmensch bist, sonst würdest du nicht manchmal unter Gespenstern und Angst leiden.«
Henry fürchtet den Hunger, so wie ich fürchte, die Menschen zu verlieren, die ich liebe.
Wenn ich mitten unter Menschen zu träumen beginne, kommt in meine Stimme ein fremder Ton. Henry bemerkte den Kontrast zwischen meiner normalen und meiner fremden Stimme. Manche Menschen benehmen sich nur in der Öffentlichkeit natürlich. Henry atmet, lebt, spricht besser, wenn viele Menschen zugegen sind. Ich habe die aufrichtigsten und natürlichsten Augenblicke entweder allein oder mit dem, den ich liebe.

[Juni 1936]

30, Quai de Passy.
Eine neue Umgebung, ohne Hoffnung, ohne Freude geschaffen, ohne Erwartung von Dauer, nicht einmal in der Überzeugung, richtig zu handeln. Aber von selbstverständlicher Schönheit. Modern, einfach, fröhlich, hell. Die Wände orange, weiße Wollteppiche aus Marokko, Eichenstühle in heller Naturfarbe, mit cremefarbenem Leder bespannt, ein riesiger Tisch aus Kiefernholz mit einer körnigen Oberfläche, die aussieht wie ein weißer Sandstrand. Lichterfüllt das Ganze, aufgelockert. Es entstand während der heißen Sommertage und während ich mich von Villa Seurat entfremdete.
Villa Seurat erscheint wie Sand, ein Schwamm, Auflösung.
Um das Haus einzuweihen, habe ich eine große Party gegeben und eine Gruppe von Sängern und Tänzern aus Tahiti eingeladen. Ich hängte orangene Papierlaternen auf und füllte den Raum mit Töpfen tropischer Pflanzen. Die Türen zum Balkon standen offen. Unten floß und glänzte die Seine, während die Tahitianer tanzten und sangen (die Männer spielten, die Frauen tanzten). Es war eine echte tropische nächtliche Fiesta, mit sinnlichen Tänzen und Stimmen, Laternen, exotischen Pflanzen und als Hintergrund der funkelnde Fluß.
Stuart Gilbert erinnerte es an seine Zeit an der Goldküste. Ein Freund hatte mir von einem bemerkenswerten Dichter-Astrologen erzählt, Conrad Moricand, der mit Picasso, Louis Jouvet, Max Jacob, Blaise Cendrars bekannt war und über sie geschrieben hatte. Ich lud ihn ein, und er kam, eine bleiche, aristokratische Erscheinung. Er sagte mir: »Als ich Ihre Stimme am Telefon hörte, glaubte ich, es sei eine Stimme von einem anderen Planeten.«
Gonzalo überragte sie alle, *le tigre qui rêve,* der Inka mit den kohlschwarzen Augen, dem wilden, schwarzen Haar. Manchmal zuckte ein Blitz auf, aus dunklen Spannungen, zusammen mit einem strahlenden, kindlichen Lächeln. Ein Mystiker, Träumer, fürstlich und tief, eine geheimnisvolle Kraft. Und bei alldem durchaus irdisch. Während wir tanzten, flüsterte er: »Du bist so stark, so stark und so zerbrechlich. Was für einen Einfluß du auf mich hast. Ich fürchte dich. Deine Stimme ist so seltsam. Du bist nur Sinnlichkeit, nur Blühen, ganz Stilisierung, das Parfüm und die Essenz aller Dinge.«
Seine Stimme war tief und heiser. Er sprach spanisch. Auf spanisch

höre ich die Worte mit meinem Körper, meinen Sinnen, meinem Blut, nicht mit dem Verstand. Sie erreichen mich durch unterirdische Kanäle uralter Erinnerung. Sie sprechen zu einer anderen Anaïs, einer, die ich kaum kenne.
»Anaïs«, fuhr er fort, »du hast dir an der Wirklichkeit der Welt den Kopf eingerannt, du siehst die Stadt, die Häuser, die Menschen nicht als solche, du schaust hindurch. Anaïs, ich habe tausende von Frauen gekannt, aber keine war wie du.«
Seine Augen waren wie die Nacht, eine mondlose Nacht. Ich fürchte ihn ebensosehr wie er mich, denn ich fürchte den Traum.
Als wir auf den Balkon traten, um uns abzukühlen, glitzerte draußen die Seine. Paare kamen heraus, um sich in der Dunkelheit des Balkons zu küssen. Dr. René Allendy faszinierten die tahitischen Mädchen. De Maigret tanzte, Henry Leigh Hunt schlug Krach, weil sich eine Boheme-Party entwickelte und er sich doch nicht losreißen konnte. »Aloha, Aloha Tahiti«; sanfte, sinnliche Gesichter; sinnliche Atmosphäre, einer jener Abende, an denen jeder aus seinem Schneckenhaus kriecht, sich entspannt, voll aufblüht.

Der Spanische Bürgerkrieg liegt in der Luft. Es ist, als wäre Gonzalo gekommen als Antwort auf meine Frage: »Was bedeutet das alles, was kann ich tun, als Künstler?« Vielleicht hat er die Antwort, denn er weiß, was es bedeutet und was man tun muß.
Gonzalo schläft mit *House of Incest* unter dem Kissen, das er wieder und wieder liest, »wie eine Droge«.

Nach Fez ging ich ohne das Tagebuch. Ich wollte in einem Hotelbett liegen, an einem fremden Ort, ohne Tagebuch, um die unaufhörliche Selbsterforschung, das Tagebuch als Spiegel, als Sicherheit, zu durchbrechen. Statt Aufzeichnungen wollte ich Gespräche haben. Ich wollte nichts überdenken, nichts wiederkäuen. In Fez ging das Leben vorbei, wie ich vorbeiging, ohne Überrest, ohne Spur. Die Sonne schien auf die Seine, ich atmete und liebte, ohne sagen zu müssen: »Ich atme jetzt, ich liebe jetzt.« Als ich als Kind eingefangen war in den dunklen Kellern der Kathedrale, fürchtete ich, zwischen den Mauern meiner eigenen Schrecken verschüttet zu werden. Später war ich gebunden und von meinen eigenen Traumata einbandagiert wie eine Mumie, auf einem zwanzigjährigen Kreuzweg der Ängste und Zweifel. Ein weiter Kreis des Kampfes mit einem verkrüppelten Ich. Und nun bin ich frei.

Gonzalo nahm mich mit zu einer großen Party bei Alejo Carpentier, dem kubanischen Schriftsteller. Sein großes Arbeitszimmer geht auch auf die Seine hinaus. Die Tahitianer tanzen und singen. Helba sitzt auf einer Couch und blättert in einem Kunstbuch, abwesend. Ihre Taubheit ist nicht der Grund dafür, denn manche Dinge hört sie. Gonzalo ist größer als die anderen, seine goldbraunen Arme sind nackt, und er flüstert mir wieder ins Ohr: »Anaïs, du bist Kraft, geistig und lebendig, obwohl du ganz in Mythen und Legenden versunken bist. Du bist für mich wie ein Peitschenschlag. Als ich dich zum erstenmal sah, fühlte ich einen Schock. Du hast meinen Stolz geweckt, zum erstenmal tauche ich auf aus dem Dunst des Alkohols. Ich will *dasein*, Anaïs.«

Er erzählt von Peru, seiner Hacienda, seinem schottischen Vater, der eine Indianerin geheiratet hat, von der Inkakultur, den großen Entfernungen zwischen den Haciendas, der überwältigenden Größe der Natur, seinen Jagden, den Jesuiten, die ihn erzogen haben, dem Geruch von seines Vaters Zigarrenkisten und dem Geruch der Zedernmöbel. Tage, die man im Sattel verbringt, hinreitend auf schmalen Pfaden, neben ungeheuren Schluchten und Wasserfällen, die die Indianer einschläfern und oftmals ihren Tod verursachen. Er erzählte vom Koka, das man in diesen Höhen kauen muß, seinem indianischen Kindermädchen und von seiner ersten Liebe, einer Madonnenstatue aus dem vierzehnten Jahrhundert, und von dem Tag, an dem er schwor, nach einem Gesicht zu suchen, das ähnlich sei, und nun war es mein Gesicht.

Er spricht wie ein indianischer Sänger. Gedicht, Mythos, Geschichten. »Mit Grausamkeit, mit Grausamkeit kannst du mich zur Tat aufpeitschen. Wir sind so alt, wir Inkas, wir können nicht nach der Speise greifen. Kennst du die sieben mystischen Kreise? Sieben Kreise müssen durchbrochen werden, bevor man die Mitte erreicht.«

In seinem welligen schwarzen Haar sind einige weiße Strähnen. Seine Augen sind glühender als die der Araber, die Brauen höher. Er hat Grandeur, Adel. Er ist stolz und hochmütig. Wenn er Durst hat, stellt er ein Glas Wasser vor sich hin und trinkt nicht daraus. (Die jesuitische Theorie der Selbstbestrafung?)

Er spricht zusammenhanglos und fiebrig, wie June. Er sagt, er sei zu alt, um ein gewöhnliches Leben zu führen, zu alt, zu verfeinert, um direkt nach den Dingen zu greifen.

Mit seinen Erzählungen führte er mich zurück in das mittelalterliche Peru, und gleichzeitig gab er mir Karl Marx zu lesen und erklärte die Bedeutung der Streiks. Er sei, sagte er, lediglich gekommen, um mich aus dem, was geschehen würde, zu retten. Der ganzen Welt stehe eine Eruption bevor. In Frankreich würde es eine Revolution geben.

Da ich ihm davon erzählt hatte, wollte er Louveciennes sehen. So nahmen wir den Zug, und ich zeigte es ihm. Louveciennes liegt im Sterben, das Holz verfault, der Regen rinnt, die Geister ächzen. Der Geruch der alten Häuser, die schäbigen Samtbezüge. Wir besichtigten

den Garten, der verwachsen, voller Unkraut ist. Wir gingen den Fluß entlang und saßen im Arbeitercafé. Hier sprach er wieder von der Revolution. Er beschuldigte mich, nur in der Welt der Kunst und der Künstler zu leben und von den politischen Ereignissen nichts zu verstehen. »Wenn der Umsturz kommt, werde ich da sein, um dich zu retten.«
Dann sind wir in Notre Dame. Er scheint in verschiedenen Welten zu leben, einer katholischen, einer heidnischen und wilden Inkawelt seiner Kindheit und einer dritten, der marxistischen Welt von heute.
Orgelmusik. Purpurne Lichter fallen aus bunten Glasfenstern herab. Zurück in die Vergangenheit und dann in die Zukunft.
Politik erschien mir bisher korrupt und häßlich. Ich wollte nichts damit zu tun haben. Von welchem Nutzen sollte ich sein? Gonzalo spricht zu den Arbeitern. Nach dem Besuch in Notre Dame gingen wir in die Rue de la Gaité, und ich kaufte ein graues Zehndollarkostüm, entfernte den Lack von meinen Nägeln und begleitete ihn zu einer politischen Versammlung, in der Pablo Neruda sprach. Neruda war dick und sehr bleich, und er rezitierte Gedichte in einer eher farblosen Weise. Die Reden, die darauf folgten, waren jedoch voller Temperament. Ich verstand nicht, um was es ging. Gonzalo ist mit den Arbeitern familiär, heiter, brüderlich. Sie mögen ihn, obwohl sie sein schlechtes Französisch nicht verstehen. Er trinkt mit ihnen. Sie vertrauen ihm. Seine großen Hände sind rauh, sein Körper ist grob, und er kleidet sich wie sie. Er ist sehr viel größer als sie und schwarz wie ein Neger.

Brief an meine Mutter:
Gestern nachmittag war ich in Notre Dame und hörte die Vesper, und ich weinte und fand meine alte Seele wieder, ich weiß nicht, wo sie geblieben war. Einmal habe ich sie im Krankenhaus gefunden, erinnerst Du Dich? Gestern fand ich sie wieder. Ich stand in der Kirche und weinte, und heute bin ich glücklich, alles ist so gut, das Haus ist so schön, die Katze ist lustig, und ich habe ein Fahrrad und will bald auf das Land hinausfahren, aber noch gibt es keine Sonne, keine Wärme, und ich konnte daher auch Louveciennes noch nicht mieten. Deine Rente werde ich morgen überweisen und laß dies auch Joaquin lesen, es ist für ihn, es ist, was sie den modernen Stil nennen, weil alle Sätze ineinander übergehen, ich schreibe so, um dich lachen zu machen, da du doch den Surrealismus so sehr liebst. Ich hoffe, daß Alida mein Buch gefallen hat, Dir wird es auch eines Tages gefallen, ich weiß nicht wann, wenn Du erkennst, *la vida es sueño*, und daß man die Träume für das Leben braucht, und Du weißt, nicht alle unsere Träume sind fromm, nicht wahr, Du hattest welche, die nicht

ganz fromm waren, unsere Träume sind nicht fromm, aber das ändert oder beschädigt im Grunde unsere Seelen nicht, mag sein, daß Du eines Tages so fest an den Grund meiner Seele glaubst, daß Dich meine Fantasien nicht mehr stören, daß Du nicht mehr schimpfen wirst, nur zuhören und lächeln, wie ich Dich zuhören und lächeln sehe in meiner Vorstellung, wenn Du fern bist, ich stelle mir nie vor, daß Du verdrossen oder ärgerlich über mich bist oder enttäuscht, wenn Du weit weg bist, sieht alles so gut aus wie zuvor und wie es immer war, wenn ich Dir so zugetan war wie Du Deinen Kindern, und diese Ergebenheit ist mir geblieben, auch als mein Leben sich aufsplitterte, nur konntest Du es nicht recht glauben und hast mich ein Stück weit zurückgestoßen, hast mich beschuldigt, anders geworden zu sein als ich als Mädchen gewesen war, aber im Grunde, Mütterchen, hat sich doch nichts geändert, wenn man gut ist, ändert sich nie wirklich etwas, ich liebe Dich sehr.

Achtundsiebzig Seiten seines Buches lang beschreibt Henry die traurigste aller Wahrheiten: »Das Leben interessiert mich nicht, was mich interessiert, ist das, was ich im Augenblick tue (daß ich dieses Buch schreibe), das dazu, davon und darüber hinaus eine Parallele ist.«
Henrys Lebensstrom ist namenlos und amorph, und wer immer versucht hat, etwas Persönliches und Intimes hineinzumischen, ist darin ertrunken. Er leugnet die Welt der Gefühle, beizt sie mit Zorn und Widerspenstigkeit, verweigert sich, spielt Rollen, fragmentiert alles, zerfasert alles.
Henrys Definition des Menschen ist die eines Geschöpfes, das trinkt, vergißt, unverantwortlich, untreu, betrügerisch ist. Meine ist die eines Geschöpfes, das sich der Gefühle anderer Menschen bewußt wird.
Nachdem ich Villa Seurat verlassen hatte, besuchte ich Gonzalo in seiner Wohnung, die ich noch nicht kannte. Er empfing mich am Tor eines alten Miethauses, und wir gingen zusammen eine dunkle Treppe hinunter, die in einen Keller zu führen schien. Es muß dort einmal gebrannt haben, denn die Wände waren geschwärzt, und ich fühlte, wie sie unter meinen Fingern zerbröckelten, als ich mich anlehnte, weil es so dunkel war. Die Treppe endete in einem Atelier mit großen und so schmutzigen Fenstern, daß man nicht hinaussehen konnte. Das Licht war trüb, so als käme es durch frostbeschlagene Scheiben. Ich konnte zuerst nichts erkennen. Und dann sah ich Helba auf der Couch liegen, zugedeckt mit alten Decken und Kotzen. Ihr schwarzes ungekämmtes Haar fiel ihr in das Gesicht. Sie lächelte mit den Lippen, aber nicht mit den Augen. Auf einem Stuhl neben ihr standen viele Fläschchen mit Medizinen, Schachteln mit Pillen. Sie zeigte zwei verschiedene Gesichtsausdrücke, die beinahe ohne Zwischenstufe ineinander übergingen: einer leidvoll, flehend, wie der einer

Bettlerin. Um Mitleid flehend. Vielleicht aus Not. Fast eine Grimasse der Agonie. Aber darauf folgte, oder wechselte ab, ein anderer Ausdruck, boshaft, füchsisch, mißtrauisch, abweisend und spöttisch. Ich entschied mich für die Bitte um Mitleid. Am Rande ihres Bettes sitzend, einen anderen Platz gab es nicht, ergriff ich ihre Hand. Ich sagte ihr, daß ich sie früher einmal tanzen gesehen hätte, vor Jahren. Hinter ihr sah ich die vor Feuchtigkeit glänzenden schmutzigen Wände des Ateliers.

Gonzalo kam mit Holz zurück und entzündete auf der Herdstelle ein Feuer. Nach einer Weile setzte er einen tiefen eisernen Topf darauf und kochte darin Kartoffeln.

Es war dunkler geworden. Gonzalo stellte Teller mit kleinen Stücken Fett auf, die er vorher geschmolzen hatte, und pflanzte Dochte hinein, das war ihr Kerzenlicht. Später kam ein junges Mädchen, das Helba ähnlich sah, und Gonzalo stellte sie als Helbas Nichte vor. Sie war blaß und hatte sich ein Tuch um den Hals gebunden, weil sie unter einem Kropf litt und in der nächsten Zeit operiert werden sollte.

Gonzalo führte mich durch einen anderen dunklen Gang in einen noch dunkleren Raum, ein richtiges Kellergelaß mit zwei Fensterchen, das gut und gern aus einer von Dostojewskijs finstersten Armengeschichten stammen mochte. Ich mußte an Dostojewskij denken, an die Art seines Lebens, an Sibirien. Und ich war überrascht, als Gonzalo sagte, so als hätte er meine Gedanken erraten: »Ich möchte dich Iwan vorstellen. Er kommt eben aus dem Gefängnis. Man hat ihn eingesperrt, weil er Dostojewskijs Werke gestohlen hat. Der französische Richter war verständnisvoll. Er hatte einen guten literarischen Geschmack. Er sagte: ›Wenn Sie das Buch eines schlechten Autors gestohlen hätten, dann hätte ich Ihnen sechzig Tage gegeben. So gebe ich Ihnen nur eine Woche.‹ Und bei der Entlassung erhielt er eine Ausgabe von Dostojewskijs Werken, in braunes Packpapier eingeschlagen.«

Wir standen vor einer Milchglastür, und Gonzalo klopfte leise an. Aber wir mußten warten: »Er hat immer Angst, die Tür zu öffnen. Er muß erst sicher sein, daß ich es bin. Man hat ihn so oft für revolutionäre Tätigkeit eingesperrt. Das hat schließlich seinen Verstand zerrüttet, das und der Hunger. Im Irrenhaus hat er seine Frau kennengelernt. Sie wollen zusammen neu beginnen.«

Die Tür ging auf. Iwan stand vor uns, starrte mich an. Er war unrasiert, abgezehrt. Er schien nicht mehr zu verstehen, was um ihn vorging. In seinen Augen war kein Leben mehr. Wir traten ein. In einer Ecke nähte seine Frau bei Kerzenlicht.

Auch hier waren die Wände schwitzend und feucht. Von einer Einrichtung konnte man kaum sprechen. Das Bett hatte keine Laken. Es war wie in einem Gefängnis, so, als könnte Iwan nicht mehr im Tageslicht leben, sondern müßte sich in einer dunklen, feuchten Ecke verstecken. Ich schauderte. Niemand lächelte. Iwan studierte. Er fragte Gonzalo, ob er noch etwas Fett übrig hätte, denn die Kerzen gingen aus.

Ich konnte nicht sprechen. Als wir jedoch zu Helba zurückkehrten, waren Besucher da. Desirée, eine wollüstig aussehende Russin, mit herrlichem blondem, auf dem Kopf aufgetürmtem Haar, herrlichen eisblauen Augen, einem sinnlichen, vollen Gesicht. Sie war die Freundin von Balthus, dem Maler. Und da war Pita, ein Kubaner, mit den Augen und der Haut eines jungen Mädchens, freundlich und gesprächig. Er nahm mich am Arm und ließ mich durch das Zimmer tanzen, und Gonzalo starrte uns düster an wie Othello, Helba lachte über Pitas Scherze, und dann machte Desirée, die größer war als Pita, plötzlich Schluß mit Clownereien und Spaß und führte ihn weg.

Als sie gegangen waren, sagte Gonzalo: »Die beiden sind unzertrennlich, obwohl man meinen möchte, sie passen nicht zusammen.«

Wie verloren Gonzalo ist: er trinkt, treibt dahin, ist in Armut gefangen. Seit Helba wegen ihrer Taubheit nicht mehr tanzen kann, versinken sie in Armut.

Als er mich heimbegleitete, sagte er: »Du hast meinen Stolz geweckt. Ich habe mein wahres Ich vergewaltigt, gebettelt, getrunken, nichts fertiggebracht. *Ich lag im Sterben.* Nun möchte ich *leben.* Du gibst mir die Lust zum Leben. *Quiero vivir.* Alles deines Gesichtes wegen, denn es ist das Gesicht des alten Spanien. Spanische Frauen bewegen den Kopf auf zwei verschiedene Arten, à la *manola,* die gewöhnlich ist und die ich nicht mag, und die andere, wie du ihn bewegst, mit Stolz.«

Später fügte er hinzu: »Ich habe immer das Unwirkliche gesucht, das Wunderbare. Ich hatte einen Hunger nach Heldentum, Gefahr. Ich möchte nach Spanien gehen und den Republikanern helfen.«

Was für widerspruchsvolle Wünsche! Er spricht über Marx. Erst diese alte Poesie der Inkas, dieser Mystizismus, und dann Marx. Anfangs verstand ich ihn nicht.

Aber ich begriff, daß Gonzalos Leidenschaften der Gegensatz sind zu Henrys: »Ich laß mich auf nichts ein, das Leben wird zu schwierig, ich kümmere mich keinen Deut« – obwohl er andererseits davon spricht, wie June seinen Glauben vernichtet und ihm einen so schrecklichen Schock versetzt hat: »Wenn ich wieder jemanden leiden sehe, bin ich gelähmt, fatalistisch. Ich kann nichts tun.«

Die Welt vergießt Blut. Mit dem Geschmack der katholischen Hostien, der Essenz des Brotes, auf meinen Lippen, wie es mir Gonzalo reicht, verliere ich den Geschmack für gewöhnliches Brot, das mir Henry anbietet.

Das Sterben der Republikaner in Spanien verwundet mich wie der Tod eines geliebten Körpers. Ich bin sensibel für jedes Gesicht, das ich auf der Straße sehe, jedes Blatt, jede Wolke, jede Form der Liebe, und ist es nicht universelle Liebe, die in mir lebt? Die Dichtung Moricands, das Mädchengesicht Pitas (zu dem Gonzalo in grober Weise sagt: »Ich werde dir die Röcke hochziehen und dich züchtigen, wenn du so weitermachst«).

Die Reise in die Enteignung begann, als ich June und Henry kennenlernte. Ich gehe herum wie June, besitzlos, ohne Hut, Unterwäsche, Strümpfe, ich laufe arm herum, um mit der menschlichen Natur vertrauter zu sein, ihr näher zu sein, weniger umhüllt, weniger beschützt, freier von Falschheiten, Förmlichkeiten, Überlieferung, in der Absicht, arm zu sein wie die anderen, indem ich alles gebe, was ich habe, das Kleid, das ich liebe, meine Juwelen, Geld, denn auch mir wird so viel gegeben, ich werde bereichert, befruchtet, vom Leben in Besitz genommen.

Ich war nicht unempfindlich für das politische Drama, das sich abspielt, aber ich habe keine Partei ergriffen, weil mir die ganze Politik bis auf den Kern faul und nur ökonomisch bedingt erschienen ist, nicht menschlich. Ich sah kein Heilmittel für das Leiden der Welt, außer in dem, was wir persönlich zu geben vermögen. Ich traute keiner Bewegung, keinem System. Aber nun hat das Drama begonnen, und Spanien verblutet auf tragische Weise, und ich fühle mich versucht, meine Pflicht zu tun. Aber ich muß einen Führer finden, dem ich bis zum Letzten vertrauen kann, und sehe bisher nur Betrug und Häßlichkeit, keine Ideale, keinen Heroismus, keine Selbstaufopferung. Wenn ich einen Revolutionär treffen würde, der ein großer Mann ist, ein Mensch, ein menschliches Wesen, könnte ich dienen, kämpfen, sterben. Einstweilen helfe ich nach allen Richtungen und warte. Das »Volk« wird mich auf alle Fälle auf Grund meiner Herkunft vernichten (»Erschießt jeden, der saubere Nägel hat«, schreien sie in Spanien), auf Grund meiner individuellen und persönlichen Art des Schenkens, und so weiß ich nicht, ob ich mich nützlich machen kann. Es waren nicht die Könige, denen wir folgten, sondern das Symbol eines Führers. Jetzt haben wir, scheint es, keine Führer, keine Rituale, keine Zeremonien, keine Richtung, nur einen Kampf um Brot. Wir sind in der Tat sehr arm.

Gonzalo sah in seiner Kindheit und Jugend, wie sich die Katholiken peitschten, bevor sie in Ekstase verfielen. Er fordert dieselbe Grausamkeit, um die Ekstase zu erreichen. Die Opferung.

Er sagt, ich sei eine Heidin und er ein Christ. Er sagt, er liebe roten Wein wie Christi Blut, und ich liebe weißen Wein, das Getränk des Bacchus.

Black Spring ist erschienen, mit der Widmung an mich.

[Juli 1936]

Wir leben an der Oberfläche einer zerfallenden Welt. Je mehr sie zerfällt, desto sicherer ahne ich die Möglichkeit einer vollkommenen individuellen Welt, individueller Liebe, persönlicher Beziehungen, des Schöpferischen. Vielleicht versuche ich dabei nur, am Gipfel eines Vulkans eine Opiummatte auszubreiten. Die Welt in Chaos. Panik. Hysterie.

Gonzalo ist noch nicht nach Spanien gegangen.

Meine Mutter und Joaquin kehren heil zurück, dank meiner Bemühungen, sie aus Majorca herauszuholen.
Ich sprach mit Denise Clairouin, der literarischen Agentin. Sie ist klein von Gestalt, hat ein schönes Gesicht, große blaue Augen und klassische Gesichtszüge. Sie bat mich, ihr soviele Bände des Tagebuches zu geben, wie ich ins reine geschrieben hätte.
Ich brachte Henry meine Lieblingsbücher, Moricands *Miroir Astrologique*, Blaise Cendrars *L'Eubage* und *Transsibérien*.
Die übriggebliebenen Exemplare von *House of Incest* sandte ich an Frances Steloff von Gotham Book Mart in New York, für den Fall, daß wir Frankreich verlassen müssen. Sie schrieb mir einen warmherzigen Willkommensbrief.
Henry unfähig, zu arbeiten. Alle Künstler gehen weg. Ich hinterlege die Tagebücher im Banksafe, wohin auch dieses gelegt wird, wenn ich es fertiggeschrieben habe.

Gonzalo erzählt von seiner Kindheit.

»Eine meiner ersten Erinnerungen ist die an eine Anaconda, wie sie eine Kuh verschlingt. Eine andere lebhafte Erinnerung ist die an einen Gang durch die Hacienda meines Vaters, wobei ich einen Kondor überraschte, der sich eben über einen toten Esel hermachte. Ich sah zu, versteinert vor Schrecken. Der Kondor ist riesenhaft, seine Schwingen haben mehr als zwei Meter Spannweite. Sein Kopf ist nackt, zwei weiße Kugeln treten in seinem Nacken hervor. Er neigt den Kopf schnell, oft, so als wollte er grüßen, sich verbeugen, plaudern. Dann schlug er seine gewaltigen Krallen in den aufgeschwollenen

Leib des Tieres. Ich erfuhr, wie sie zusammenarbeiten. Wenn ein Tier oder ein Mensch stirbt, können sie dies offenbar allen Kondoren in der Nachbarschaft telegrafisch mitteilen und ein Treffen vereinbaren. Sie erscheinen in Gruppen und sitzen rund um den Kadaver im Kreis, nicken mit den Köpfen, rühren ihn aber nicht an, bis der König ankommt, der Größte von allen. Er macht Lärm wie ein Flugzeug. Alle nackten Köpfe beugen sich, sie strecken die Krallen aus. Der *cóndor real* läßt sie alle in einer gewissen Ordnung vor dem Aas sitzen, wie Gäste bei einem Bankett. Sie würden es nicht wagen zu essen, ehe der König gegessen hat. Gebirgsbewohner fürchten die Kondore, weil sie den Karawanen folgen und aufpassen, ob nicht einer krank wird, Schwäche zeigt und hinfällt und stirbt. Es gab dort auch einen Baum, dessen Schatten jeden tötete, der unter ihm einschlief. Er hatte riesige Blätter, die Schatten und Kühle spendeten, und die Indios legten sich zur Siesta darunter hin und starben. Es gab fleischfressende Pflanzen und einen Brotbaum, der sowohl eine brotartige Substanz wie auch Wasser lieferte. Ich lebte in einer Atmosphäre äußerster Grausamkeit. Fünfzig und mehr indianische Familien wohnten auf der Hacienda meines Vaters, in großer Armut. Von den Produkten ihrer Landwirtschaft und Viehzucht durften sie gerade soviel behalten, wie sie zum Essen brauchten, alles andere gehörte dem Herrn. Die Bediensteten wurden wie Mitglieder der Familie gehalten, aber wenn man sie beim Stehlen oder bei einem anderen kleinen Vergehen erwischte, bildeten die Mitglieder der Familie einen förmlichen Gerichtshof, und Urteil und Strafe erfolgten an Ort und Stelle. Der Missetäter wurde an einen Pfahl gebunden und ausgepeitscht. Als Kind habe ich viele Auspeitschungen miterlebt, und nicht etwa, was du dir unter einer Auspeitschung vorstellst, Schläge, die lange Striemen hinterlassen, sondern raffinierte Auspeitschungen, bei denen nur die Spitze der Peitsche das Fleisch trifft und jedesmal ein Stück davon wegreißt. Elf bis vierzehn Schläge sind für einen Menschen tödlich. Die Muskeln und Sehnen werden ihm ausgerissen. Die Jesuiten waren die ersten Humanisten, die versucht haben, solche Strafen abzuschaffen. Sie erweckten mein Mitgefühl. Mein Vater war Schotte und meine Mutter eine Inka. Vielleicht habe ich deswegen mit den Indianern gefühlt, und vielleicht kommt auch mein Marxismus daher. Ich weiß es nicht. Die Jesuiten mußten, um die Bekehrung der Indianer zu erreichen, die Geißelung in den Kirchen zulassen. Meine eigene Grausamkeit wurde zuerst von den Jesuiten gezähmt, dann von Amerika, schließlich mehr noch von Frankreich.«

Ist der Wilde in Gonzalo gezähmt? Ist sein Geist gebrochen, sein Blut verdünnt durch sein Leben in Amerika und sein Leben in Frankreich? Sieben Jahre in Amerika, sieben Jahre in Frankreich. Wenn er zornig oder rebellisch ist, trinkt er.

Gonzalo sagte: »Als ich zum erstenmal Europa sah, war ich über seine Kleinheit erstaunt. Nach Peru, dem riesigen Land, nach der Größe unserer Berge und Flüsse, erschien mir Frankreich wie ein Garten und ein Gemüsebeet. Wir leben hier unter Gärtnern. Aber nun kann ein Krieg oder eine Revolution Frankreich verschlingen. In Peru waren Revolutionen für uns alltäglich. Während meine Mutter mit mir schwanger war, hatten wir einen Aufstand der Indianer, und ihre Kinderfrau mußte sie als Indianerin verkleiden, damit sie von der Hacienda flüchten und sich verbergen konnte. Ich bin in einer einfachen Indianerhütte auf die Welt gekommen, beim Lärm von Gewehrfeuer. Das erste Wort, das ich sprechen lernte, war *guerillero.*«

Gonzalo wird hin und her gerissen. »Wenn ich dich und Helba auf die eine Waagschale lege und die Welt auf die andere, dann scheint ihr mir wertvoller und ich kann mich nicht loslösen. Ich muß ein Feigling sein.«

»Du bist kein Feigling, Gonzalo. Es mag sein, daß du kein absolutes Vertrauen, keinen absoluten Glauben zu der Sache hast, zu der du stehst, sonst könnten keine Frau und kein Freund dich aufhalten. Ich glaube, du bist unsicher. Manchmal braucht man mehr Mut, zu einer eigenen Überzeugung zu stehen, als einer Aktion nachzulaufen, die man mit vielen teilt.«

Gleichgewicht. Dualität. Gonzalo kann nicht handeln.

»Vielleicht bin ich ein Künstler, alles in allem genommen.« Wie um dies zu beweisen, verbringt er seine Nachmittage zeichnend in der Académie Julien. Langsam bricht er mit Montparnasse und mit dem Alkohol. Er möchte seine Kraft wiedergewinnen. Im Café spricht er weiter. »Ich kann in westlichen Betten nicht schlafen. Ich will auf einer Matratze am Fußboden schlafen, oder auf einer Bank im Freien. Auf dem Boden zu schlafen, erinnert mich an die Opiumhöhlen in Lima, wo ich auf Strohmatten mit dem Chinesen lag, hinter Vorhängen, bei gedämpftem Licht.«

Nach so vielen Jahren der Boheme kennt er immer noch Bescheidenheit und Stolz. Sein Stolz ist unversehrt. Ich muß alle Arten von Umwegen gehen, um ihm und Helba zu helfen, über andere Freunde, komplizierte Wege.

»Anaïs, du hast dieselbe Leidenschaft, Menschen zu schaffen wie ich. Ich habe Helba geschaffen. Ich hätte dich gern gekannt, als du zehn Jahre warst, bevor du nach Amerika kamst. Ich bin sicher, du warst im Alter von zehn Jahren spanischer.«

Gestern aß ich mit Henry zu Abend. Wir sprachen über seine letzte Arbeit. Es sind die schrecklichsten Beschreibungen der Auflösung und der Leere, die jemals gemacht wurden. Ich sprach von seinem gar-

gantuesken Appetit, seinem Hang zur Quantität, seinem Drama und seinem Konflikt, der sich aus dem Verlust des Ichs, des Kerns ergibt. Quantität und Entpersönlichung sind symbolisch für das amerikanische Drama des Geistes, der unfähig ist, so viel Material zu bewältigen. Ich sagte, die Privaterfahrung mit June hätte die Massenerfahrung überschattet und bewiesen, daß alles andere wertlos war. Habe ich Henry geholfen, sein Material zu verwandeln? Habe ich seinen dichtbevölkerten Straßen Leben eingehaucht? Ich versuchte, den Mittelpunkt wieder in ihm selbst zu schaffen. Sogar heute noch. In diesem Buch nun liegt Henrys Krankheit offen zutage, erschrekkend, seine Zersplitterung, seine verkümmerten Gefühle, sein an die Stadt verlorenes Ich (»von der Stadt zerbrochen«, schreibt er). Aber es ist die Masse, der Gigantismus, das planlose Herumirren, aus denen die Leere entsteht, die Spaltung, die Schizophrenie.
Trotzdem, was für eine interessante Welt. Immer im Wechsel, beunruhigend. Ich bin hindurchgegangen und habe ihre Monstrositäten, ihre Perversitäten wieder entdeckt.
Henry sagt: »Du bis nicht nur eine Frau, du bist mehr als eine Frau.« Ich lache, denn ich bin beides. Manchmal lebe ich in einer größeren, unpersönlichen Welt, und manchmal finde ich sie kalt und kehre in die private, intime Welt zurück. Die große Welt, in der Frauen manchmal schwimmen, ein wenig ängstlich, ein wenig einsam, ist eine Sternenwelt der Unendlichkeit und der Mutation, von der die Frau zugleich fasziniert und verwundet wird. Dort oben irre ich durch planetarische Wüsten, wo ich Henry nichts mehr geben kann, wohl aber eine Art von fiebrigem Monstrum entdecke, das Legenden ausspeit, Mythen, Anathemas, oder die ungeschliffenen Erzählungen von einem Jungen aus Brooklyn, dem Juden Max, der Hure Claude, einen fremdartigen Henry mit anonymen Liebesbeziehungen, der alles einrollt in einen universalen Orgasmus, einen schizophrenen Rasenden, schon nicht mehr ganz da, schon fern dem Alltag, anrennend mit seinen Steinbockhörnern gegen dieselben Windmühlen wie Don Quixote, oder einen Lumpensammler, der mit seinem Zinkenstock philosophierend in Abfällen, Trödelkram und Exkrementen herumwühlt, einen Clown auf dem Eis, einen Weitsichtigen, der sehr viel genauer die schlafende Prinzessin in irgendeiner Vorstadt von Chicago liegen sieht als irgend jemanden, der vor ihm steht.
Henry bläht sich auf, weitet sich aus, vielgestaltig, grenzenlos, wandelbar, änderbar, in Auflösung.

Gonzalo sagt: »Ich bin kein Schöpfer.« Das ist der Grund, warum er im Leben steht, warum er in der Welt handelt, alles riskiert, alles probiert. Er wirft sein ganzes Ich in die Gegenwart. Wie ein Kind hat er keine Erinnerung an gestern, keinen Gedanken an morgen.

Der Künstler ist, wie Henry, ein Spieler, der sich seinen größten Wurf für das Kunstwerk aufspart.
In meinem eigenen Leben gibt es einen ständigen Kampf, um Leben und Kunst zu vereinen. Wenn ich hinausgehe in die Welt, in die Cafés, zu den Parties, bin ich auf der Suche nach tiefen Erfahrungen und Freundschaften. Wenn ich sie finde, halte ich ein. Ich bleibe stehen, um zu probieren, durch Reflexion zu vertiefen, meine ganze Aufmerksamkeit zu geben. Henry geht weiter, in andere Cafés, zu anderen Menschen, anderen Erlebnissen, ohne Auswahl, ohne Vertiefung, ohne Wertung.

Die Welt des Mannes in Flammen und Blut. Die Welt des Mannes zerbricht im Krieg. Die Welt der Frau ist lebendig wie in diesem Buch, wie sie immer sein wird, denn die Frau gibt Leben, und der Mann zerstört Leben. Tod und Gemetzel rings um mich, Tod und Haß und Entzweiung. Ich versuche weiter, eine individuelle, menschliche Welt zu schaffen, für Joaquin, meine Mutter, Helba und Gonzalo, Henry und andere Freunde.
Gonzalo sucht Trunkenheit und den Traum. Gonzalo stürzt sich mit einer Flasche Rotwein in seiner ausgebeulten Tasche in politische Versammlungen, und ich weine vor dem Film über die Matrosen von Kronstadt. Heroismus, der Heroismus zum Sterben, aber nirgends der Heroismus zum Leben, um die persönliche Welt, die Seele zu verteidigen. Meine persönliche Welt ist unerschüttert, aber es wird immer schwieriger, sie am Leben zu erhalten. Wir werden alle einander verlieren, wie die Menschen einander in der Russischen Revolution verloren haben.

[August 1936]

Gonzalo ist noch immer nicht nach Spanien gegangen. Er würde dort auch sterben, aus einem Durst nach Größe, nach dem Opfer. Begeisterung führt zur Auflösung.
Freuden, durchdrungen von Melancholie. Ich sehe müde aus, nervös, ich kämpfe in einer Welt der Zerstörung um Liebe. Wo ist meine Freude?
Ich gehe mit Gonzalo nach Hause und er sagt, daß man sich opfern und für die Welt sterben soll. »Mich wird man erschießen, Anaïs.« Aus der Welt der Kunst und des Schöpferischen in eine Welt des Todes. Ich kann sie nur als Tod sehen. Welches Leben soll aus seinem Tod entstehen? Aber ich kann Gonzalo nicht aus seiner Welt der politischen Aktion hinausdrängen. Er glaubt an sie. Für mich ist Kunst die einzige Religion. Ich glaube nicht an Politik.
Inzwischen wächst Henrys Buch, geschrieben mit Sperma und Blut, ins Ungeheure, und Henry wird jeden Tag durchsichtiger, zerbrechlicher. Der Himmel ist grau. Kein Sommer. Keine Sonne. Tragödie und Tod. *Black Spring* ist erschienen, und Henry sagt: »Ich werde alt.«
Um zwölf Uhr mittags fuhr ich mit dem Rad durch den Bois. Fragte mich, ob der Krieg hierher kommen wird, und wer sterben wird, und wer gerettet wird und wohin wir gehen werden?

Conrad Moricand. (Siehe auch: Henry Miller. *A Devil in Paradise*; Ein Teufel im Paradies, übertragen von Kurt Wagenseil, Rowohlt Verlag, Reinbek 1961 [rororo 449]
Er ist etwa vierzig Jahre alt und sieht aus wie ein weißer Indianer. Seine Augen stehen eng beieinander, sehen orientalisch aus. Er hält sich selbst für den letzten Mohikaner, einen degenerierten Indianer mit hohen Backenknochen, hierher verpflanzt von verlorenen Kontinenten, weiß geworden durch lange Forschungen in der Bibliothèque Nationale, wo er esoterische Schriften studiert. Sein Gang ist langsam wie der eines Schlafwandlers, der in die Vergangenheit verstrickt und unfähig ist, sich in der Gegenwart zu bewegen. Er ist so beladen mit Erinnerungen, sie drücken ihn nieder. Aus seinen Forschungen, seinen Berechnungen, destilliert er nur das Gift des unabwendbaren Schicksals. Er sieht nichts als den Wahnsinn der Welt, die herauf-

ziehende große, weltverschlingende Katastrophe. Für Moricand ist das Leben lediglich ein zweitklassiges Kristallphänomen an der Oberfläche eines Planeten. Deshalb erscheinen ihm die Menschen ohne ihre Stofflichkeit. Er sieht ihre Phosphoreszenz und spricht von der Stärke oder der Schwäche des Lichtes in ihnen. Vor allem bietet er der Welt einen Anblick von legendärer Eleganz. Er übergibt einem seinen Mantel mit der Sorgfalt eines Mannes, der Angst hat, an einer Staubflocke zu ersticken. Dieser Mantel muß, so verlangt er, sorgfältig aufgehängt werden, so daß keine Falten entstehen. Sein weißer Kragen ist unglaublich steif gestärkt, seine Manschetten sind blendend weiß, seine Handschuhe aus Rindsleder wurden niemals getragen. Nichts an seinen Kleidern verrät, daß er sie benutzt. Schlafwandler machen nur wenige Bewegungen, stoßen sich nie an Dingen, fallen nicht. Ihre Trance trägt sie über alle Hindernisse hinweg, mit sparsamen Gesten. Der Traum schiebt sich zwischen ihn und alles, was er berühren und befühlen möchte. Er selbst bleibt unsichtbar, unberührt, unerreichbar, immer ohne Beweis seiner Realität: Kein Fleck, keine Träne, kein Zeichen der Abnutzung und des kommenden Todes. Es scheint eher so, als sei der Tod bereits vorübergegangen, als sei er schon gestorben für alle Reibungen und Ansprüche des Lebens, als hätte man ihn feierlich mit allen seinen Besitztümern begraben, mit seinem besten Anzug bekleidet, und als ginge er jetzt nur durch die Stadt Paris, um uns den Zusammenbruch Europas anzukündigen.

Er trägt den Panzer des Aristokraten, einen starken Panzer, der nicht nur seine Kleidung aufrecht hält, sondern ihm auch verbietet, sich zu beklagen, zu betteln, nachzugeben oder zu erschlaffen, sei es nun körperlich oder geistig, diesen außerordentlichen Panzer, den einzigen Ausweis adliger Geburt, die letzte der aufrechten und stilisierten Haltungen, die aus dieser Welt verschwinden. Nun lebt er droben auf einem der Hügel, die Paris überschauen, nahe dem weißen Sacré-Coeur. Er wohnt unter dem schiefen Dach eines sehr kleinen Hotels, die Decke berührt hinter seinem Bett den Boden. Seinem Zimmer verleiht er die Ordnung und Nacktheit einer Mönchszelle, seine Bücher bindet er in Zellophan, das Löschblatt auf seinem Tisch ist weiß und fleckenlos. An den Wänden hängen Horoskope, mit geometrischer Genauigkeit ausgeführt. Die Planeten ziehen mit fein gezeichneten blauen, roten und schwarzen Linien durch die »Häuser«. Ihre Opposition ist in blauer Tinte ausgezogen, die Quadrate in Schwarz, die Konjunktionen in Blau.

Moricand sitzt in seinem kleinen Zimmer unter dem Dach, in der Hitze des Sommers, in der Kälte des Winters, und überwacht von dort aus unser Leben und prophezeit die Zukunft. Alles, was er dazu braucht, sind Stunde, Tag und Ort der Geburt. Dann verschwindet

er für einige Tage in seinem Seelenlaboratorium, und wir sehen ihn erst wieder, wenn das Horoskop, wie er sagt, richtig eingeflossen ist. Weiß er wirklich, wann Krankheit und Wahnsinn zu erwarten sind? Weiß er es, wann wir uns verlieben werden, wann uns verbinden, wann uns trennen? Moricand glaubt es zu wissen.
Nun erläutert er Henry sein Horoskop. Manchmal spricht er wie ein Kind, manchmal wie ein Homosexueller, manchmal wie ein Drogensüchtiger und dann wieder wie ein Verrückter. Aber er ist mehr als ein Astrologe, er ist ein Poet. Seine Horoskope sind Gedichte. Er hat einen natürlichen Zugang zum Unsichtbaren und Verborgenen. Was er als die Welt des Neptun beschreibt, ist gerade das, wofür ich keine Worte finde, Zustände des Bewußtseins, Metamorphosen, Intuitionen, Illusionen.

Ich neige zu einer stoischen Einstellung. Daher arbeite ich auch, praktisch, literarisch, schreibe ins reine, während die anderen in den Kaffeehäusern sitzen und Ängste ausstehen, Furcht, Zerfall. Niemand arbeitet mehr, liebt mehr, lebt mehr.
Ideen sind ein trennendes Element. Liebe ist eine Vereinigung mit anderen. Geistige Welten sind Isolatoren. Liebe läßt uns alle Rassen umarmen, die ganze Welt, alle Arten der Schöpfung. Der Künstler sucht eine universelle Sprache, und Künstler aus allen Teilen der Welt können einander verstehen.

Wenn sich Frauen auf Henry stürzen und ihn jetzt fragen: »Na, wer ist deine neueste Fotze?« errötet er und wendet sich brüsk zur Seite.
Gonzalo möchte *Tropic of Cancer* verbrennen. »Diese ganze Häßlichkeit in ihm, in seinem Geist.«
»Aber Häßlichkeit hat Charakter, Gonzalo, sie ist wie die Karikaturen von George Grosz, von Goya.«
Alle Welt ist gespalten, entzweit, voller Gegensätze. Die Zeichnungen, die Gonzalo von den Prostituierten machte, sind wie Henrys Beschreibungen, sogar Helba wälzt sich in Häßlichkeiten. In allen von uns Blitze der Erkenntnis, Blitze der Hellsichtigkeit und blinde Flecke. Gonzalos blinder Fleck ist die Einbildung, jede Kunst sei ein elfenbeinerner Turm. Während es doch die Kunst ist, die manches erträglich macht an einer Welt, für die der Künstler sicherlich nicht verantwortlich ist.
»Gonzalo, wenn du möchtest, daß ich aus meiner Welt der Kunst heraustrete, dann verlange ich die Aktion. Aber dein eigener Konflikt zwischen dem individuellen und kollektiven Leben ist nicht gelöst. Wo du handeln solltest, zauderst du.«
»Ich sage dir ehrlich, Anaïs, daß ich nicht weiß, was ich tun soll. Ich

habe vor dir als Künstlerin, vor deinem Werk, ein Gefühl der Verantwortung. Ich kann mich nicht entschließen, dich aus deiner Kunst herauszureißen, deiner schöpferischen Welt, in das Chaos und die Anfänge einer neuen Welt. Manchmal habe ich das Gefühl, daß ich dir dienen sollte, daß du etwas Wichtiges tust und daß ich dir helfen sollte.«

»Die eigentliche Frage scheint mir zu sein, ob ich der neuen Welt nützen kann. Ich sehe, daß du nützlich sein kannst, du bist stark, du bist marxistisch geschult, du kannst zu Arbeitern sprechen, sie mögen dich, hören dir zu, aber was kann ich tun?«

Gonzalo weiß, daß ich handeln werde, wenn ich glaube. Ich werde mich nicht zurücklehnen und Bücher schreiben.

Wir sitzen im Café in Denfert-Rochereau. Trinken Kaffee. Kaufen eine Zeitung. Blut. Massaker. Blut. Folterungen. Grausamkeit. Fanatismus. Menschen mit Benzin verbrannt. Kreuzförmig aufgeschlitzte Bäuche. Geschändete Nonnen. Französische Surrealisten gehen nach Spanien, um zu kämpfen. Um drei Uhr nachmittags macht Gonzalo Skizzen, bei Colarossis. Ich besuche ihn. Ich schaue ihm bei der Arbeit zu, die er ernst nimmt. Eine Minute später kann er betrunken sein und sitzt lachend im Dôme.

Nur du, mein Tagebuch, kennst meine Ängste, Schwächen, Klagen, Enttäuschungen. Ich kann da draußen nicht leben, wo die anderen von mir abhängig sind. Hier verberge ich mich und weine. Henry verlangt, daß ich ihm bei seiner Arbeit helfe. Gonzalo verlangt meine Teilnahme an der politischen Revolution. Ich lebe in einer Periode der Auflösung und des Zerfalls. Nicht einmal die Kunst gilt heute als Berufung, als Beruf, als Religion, sondern als Neurose, als Krankheit, als »Flucht«. Ich habe diesem Tagebuch das Motto »Treibend« gegeben. Ich glaubte, daß auch ich mich auflösen würde. Aber mein Tagebuch scheint mich ganz zu erhalten. Für eine kurze Zeit kann ich mich auflösen, aber am Ende werde ich wieder ganz.

»Henrys Fäulnis«, sagt Gonzalo, »ist eine *fleur de peau.*«

Meine reicht tiefer. Ich zerbreche nicht an einer Stadt, an der Geschichte oder äußeren Ereignissen, sondern an den Menschen, die ich liebe. Ich verstehe jetzt die Angst, die mich befällt, wo man sich gehenläßt, sich aufgibt, in Trunkenheit, in Verderbtheit. Es ist nicht meine Art. Ich zerfalle in Beziehungen. Einfühlung, Sympathie, Projektionen, Identifikationen mit anderen, aber ich verliere mich nicht selbst, ruschte nicht ab in das Nichtstun, den Masochismus, in die Niederlage, den Tod.

In *Tropic of Capricorn* gelingen Henry nun die besten Beschreibungen der Leere, der Auflösung, der Fäulnis. Er symbolisiert, repräsentiert die Krankheit des modernen Menschen. Er ist eins mit dem Chaos der Welt, der Städte, der Straßen. Seine Anonymität ist

kollektiv, der Verlust des Ichs. Ich verliere mich nicht selbst. Seine Auflösung scheint mir gefährlicher als die meine. Wenn ich von einem Leben hinüberwechsle in ein anderes, von einem Leben in viele, wachse ich, aber ich löse mich nicht auf, obwohl ich die Auflösung in jedem Augenblick streife.
Henry bewundert bei den Chinesen, daß sie die Sympathie nicht kennen.
Gonzalo singt zärtlich am Kaffeehaustisch: *»España, que te mueres. No has sabido que te quiero.«* (Spanien, du stirbst nun, nicht wissend, daß ich dich liebe.)

Roger Klein war in Spanien. Gestern abend kam er zurück. Wir trafen uns in seinem Zimmer. Gonzalo hat eine kleine Baulaterne gestohlen, die mit einer düsteren gelben Petroleumflamme brannte. Roger erzählte von Spanien, und was er berichtete, war so schrecklich, daß ich ins Badezimmer gehen mußte und hysterisch weinte. Roger bleibt nicht. Er hat ein verwaistes spanisches Mädchen geheiratet und mitgebracht und möchte sie hier in guter Obhut zurücklassen. Sie will mit ihm wieder nach Spanien.
Die Chinesen sagen, die Zukunft sei nur der Schatten der Vergangenheit. Über meinem Weg liegt ein Schatten; es ist der wiederkehrende Augenblick, an dem verlangt wird, daß ich mein Leben opfere (erst meinem Vater, dann meiner Mutter, meinen Brüdern, dann anderen, Henrys Werk, Ranks Werk, Spanien). Und jedesmal gebe ich mich ganz, opfere ich mich auf, selbstlos, bis ich fühle, daß etwas zerbricht (ich, als Frau oder als Künstlerin?). Ich weiß es nicht. Dann muß ich aufhören. Ich fühle, daß ich etwas zu vollbringen habe, ein Schicksal leben muß, aber wie Proust weiß ich nicht, ob das, was ich tue, von Bedeutung ist.
Zwei Stoßrichtungen. Selbstlosigkeit und Arbeit.
Gonzalo kämpft gegen die Welt, in der ich lebe. Henry zerstörte meine bürgerliche, Gonzalo meine künstlerische Welt. Aber was hat Gonzalo aus seinem Leben gemacht, während er den Marxismus predigte? Wie lebt er außerhalb seines Marxismus? Es stimmt, daß er versucht, das Trinken aufzugeben und sich von seinen Alkoholfreunden zu trennen.
Gonzalo ist verletzt, wenn ich ihn mit seinem Leben konfrontiere. Er sagt: »Mit Grausamkeit kannst du mich schöpferisch machen.« Aber ich will nicht grausam sein. Und wenn dies ein weiteres Duell werden soll, zerstörerisch gegen das Zerstörende wie mit Henry, dann halte ich es wirklich nicht durch. Ich will Einheit, Ganzheit.
Gonzalo sagt: »Ich will dich klassenbewußt machen.« Und ich wollte mein Leben lang die Barrieren der Klassen überwinden, nur die Qualitäten des Geistes anerkennen, des Gefühls, des Mutes, des Talents.

»Ich glaube nur an die Poesie«, sagte ich. »Ich will über der Zeit leben, außerhalb der Organisationen der Welt.«
»Aber die Mystik von Marx ...«
»Marx ist kein Mystiker.«
»Du hast keinen religiösen Mystizismus.«
»Kunst ist meine Religion.«
»Wir sprechen chinesisch.« Das sagen wir immer, wenn die Diskussion scheitert.
»Ja, du sprichst chinesisch, wir sprechen chinesisch.« Er lachte. »Und alles ist chinesisch und bedeutungslos.« Wir sitzen auf einer Bank und betrachten die Schatten der Zweige. Ich erzählte ihm, was die Chinesen über die Zukunft sagen.
Gonzalo lacht höhnisch über Cocteaus Weltreise. Niemand soll über Griechenland, Ägypten, Indien und China schreiben, während Spanien brennt.
Die Nachricht von dieser Reise ist auch das einzige, was Henry aus den letzten Zeitungen herausgefischt hat.

Gonzalo nimmt mich mit in das Dorf der Lumpensammler. Sie leben unmittelbar vor einem der Tore von Paris, nahe bei den Zigeunern, auf einem weiten Feld, auf der nackten Erde, in Verschlägen aus Blech, Pappe, Zeitungen. Die Zigeuner wohnen in ihren bunten Karren. Wenn die Lumpensammler die Abfallkübel durchsuchen und ihre Jutesäcke mit Wegwurf angefüllt haben, kommen sie hierher, um alles zu sortieren und ihre Waren für den Flohmarkt vorzubereiten.
Die Wege sind etwa einen Meter breit und an beiden Seiten mit Zäunen aus schwarzen, verfaulten Eisenbahnschwellen eingefaßt. Hinfällige, windschiefe Hütten, offen für Kälte und Wind. Männer und Frauen liegen am Boden, schlafen auf Bündeln von Lumpen, Babys auf Kartoffelsäcken. Alle weggeworfenen Dinge der Stadt liegen in Haufen herum, Lumpen, zerbrochene Puppen, zerbrochene Pfeifen, Flaschen, formlose, farblose Dinge, Abfall, Stücke von Möbeln, Fetzen von Kleidern. Die Frauen stillen ihre Babys aus welken Brüsten. Kinder schleppen Wasser vom Brunnen in lecken Eimern herbei. Wenn sie ankommen, sind die Eimer fast leer. Zwischen den Verschlägen stehen die Wagen der Zigeuner, die ihre großen Familien kaum noch fassen.
Dazwischen steht ein hübsches Haus in Rot und Schwarz, ein Spielzeughaus mit einem Miniaturgarten und einem Zaun drum herum. Im Garten wachsen riesige Sonnenblumen, und überall gibt es Vögel in Käfigen und Tauben. Dies ist das Haus des Gitarristen Django, den Gonzalo gut kennt. Er spielt herrlich, mit im Feuer verkrüppelten Händen. Gonzalo hat mit ihm zusammen gewohnt, sie haben

zusammen gegessen und die Nächte hindurch mit den Zigeunern diskutiert. Wir läuteten die zusammengebundenen Kuhglocken, aber es kam keine Antwort. Hinter dem Haus stand Djangos Zigeunerwagen. Dort fanden wir ihn, spielend. Der Wagen war außen rot, hatte innen eine orangefarbene Deckenbespannung und dunkle Lederwände. Sie sahen aus wie die Wände einer alten Fregatte. Djangos Bett hängt im hinteren Teil des Wagens, wie in einer Schiffskoje. Der Wagen hat kleine arabische Fenster. Gonzalo konnte nicht stehen, also setzte er sich auf den Boden. Es war so dunkel, daß ich Djangos Gesicht nicht erkennen konnte. In einer Ecke brannte eine Petroleumlampe mit einem roten Lampenschirm und goldenen Quasten.

Einer der Zigeuner hat seinen Verschlag mit Muscheln eingedeckt, ein anderer hat einen Wagen, außen grün und innen mit Korduanleder eingefaßt. Das dunkle, blutrote, abgewetzte Leder, dessen Schnittflächen von der Berührung der Hände weich geworden sind, fühlte sich sanft und sinnlich an. An den Vorhängen hingen goldene Quasten. Der Zigeuner hat einen dunklen Bart und feurige Augen, seine Hände sind weich und weiß und schön gepflegt. Er arbeitet nicht. Die Zigeunerfrauen verrichten die ganze Arbeit, handeln, täuschen, stehlen. Die Männer spielen Gitarre oder sitzen im Café. Gonzalo und ich hätten gerne einen Zigeunerwagen gekauft. Wir besprachen es mit dem Zigeuner. Seine sanften Hände hielten still. »Ich weiß von einem Wagen, der verkäuflich wäre, aber jetzt lebt ein *mutilé de guerre* darin, der keine Arme und Beine hat. Und ich würde ihn für niemanden hinauswerfen, nicht einmal für dich, Gonzalo.«

Wir besuchten den Mann ohne Arme und Beine. Es ist schwierig für ihn, über die Leiter in den Wagen zu gelangen. Gonzalo fand eine Lösung. Wir gingen auf das freie Feld hinaus, wo es an die Geleise der Eisenbahn grenzt. Gonzalo fand zwei Planken und trug sie zurück. Er legte sie über die Leiter und befestigte sie am Boden. Darüber kann der Krüppel nun leicht und glatt herabrutschen. Dieser Wagen hatte rote Vorhänge. Keine Betten. Nur Matratzen, die tagsüber aufgerollt werden. Es war Waschtag, und die verschiedensten Röcke und Unterröcke der Frauen hingen an der Leine. Sie tanzten im Wind, rot, gelb, weiß, orange, purpurn und blau. Eine Zigeunerin bürstete ihr langes schwarzes Haar. Sie warf Gonzalo einen einladenden Blick zu, er murmelte jedoch: »Wenn ich darauf einginge, hätte ich bald ein Messer im Rücken.«

Die Ware, wie sie von den Lumpensammlern zusammengetragen wurde, lag auf dem Boden verstreut, alle nur denkbaren Objekte, von Nadeln bis Autoreifen, Vogelkäfigen, zerbrochenen Schallplatten, und, das Rührendste von allem, unzusammengehörige und einzelne Dinge, ein Handschuh, ein Ohrring, eine Tasse ohne Untertasse, ein Korb ohne Henkel, Brillen mit nur einem Glas usw. Zigarettenkippen und geweihte Amulette, Federn und gebrauchte Bänder. Uhren ohne Zeiger, Schuhe ohne Bänder, ein halbes Spielzeug, ein halbes Buch, Familienalben mit Fotografien (eine Waise könnte sich hier Vorfahren aussuchen), Nadelkissen, Knöpfe, Schnürsenkel, Puppen ohne Köpfe.

»Hier könnte ich schreiben«, sagte ich.

Gonzalo sagte: »Ich würde hier zeichnen.«

Wir blieben, bis es dunkel wurde, sahen, wie sie die Petroleumlampen anzündeten, das Essen auf offenen Feuern kochten, wie manche Wagen sich zur Abfahrt fertigmachten, wie die Wahrsagerinnen ihre Einnahmen zählten, wie die Kinder spielten mit zerbrochenem Spielzeug, in zerfetzten Kleidern. Ein Kind trug einen Mantel, der am Rücken von oben bis unten aufgeschlitzt war, so daß er es nur vorn bedeckte.

»In Peru«, sagte Gonzalo, »heilen sie Krankheiten, indem sie den Kranken an das Ufer eines Flusses bringen. Das Wasser fließt, er wirft Steine hinein, seine Gefühle kommen wieder in Fluß, und er ist geheilt.«

So schaue auch ich auf die Seine hinab, aber die Krankheit bleibt. Ich höre Schreie: *»De La Rocque au poteau!«* (Auf die Guillotine!)

Vom Zugfenster aus, auf dem Weg zu einem unwichtigen Abendessen, hatte ich eine Vision von entwurzelten Bäumen; ihre Kronen staken in der Erde, ihre Wurzeln wogten in der Luft. Eine Vision des Krieges?

Denise Clairouin. Ihr klassisches Gesicht scheint nicht zu ihrer kleinen Figur zu gehören. Es gibt ihr das Aussehen eines griechischen Kopfes auf dem Körper eines rundlichen Kindes. Sie erweckt einen Anschein von Unschuld und Klugheit, einer Offenheit, die für französische Frauen ungewöhnlich ist. Sie ist Bretonin. Etwas Mystisches oder etwas Fanatisches ist um sie, obwohl in ihren klaren Zügen kein Feuer brennt, auch nicht in ihren großen, blauen Augen.

Sie wohnt nahe dem Étoile, in einer schönen, altmodischen, aber komfortablen Wohnung. Hohe Decke, Kamine, Raritäten, Silber und Kristall, Gold und Tapisserien, schöne Holzarbeiten und viele Bücher. Ihre Mutter sitzt wie eine Königin in einem hochlehnigen Armstuhl.

Sie möchte alle Tagebücher zur Veröffentlichung haben. »Ein proustisches Werk ohne Maskierungen, eine Erlösung von der Literatur, von der Langeweile der anderen Manuskripte«, sagt sie.

(Während des Krieges arbeitete Denise Clairouin für die Résistance. Sie wurde von der Gestapo verhaftet und zu Tode gefoltert. Zu ihren Ehren gründete man eine Stiftung für Schriftsteller, die ihren Namen trägt.)

Bei Nacht bauen Arbeiter meinem Fenster gegenüber an den Fundamenten für die Ausstellung 1937: eine Moschee aus Timbuktu, algerische Paläste, indochinesische Pagoden, ein marokkanisches Wüstenfort. An den Pfählen wird man chinesische Dschunken vertäuen, malaiische Proen, Sampans.

Quai de Passy liegt am Rande des aristokratischen Viertels, nahe einer Brücke, die mich mit dem linken Ufer verbindet, mit Montparnasse, wo Gonzalo lebt, mit Denfert-Rochereau, wo Henry wohnt. Die Metro führt uns hin und zurück über den Fluß, die Armen, die Reichen, zu allen Stunden des Tages. Bei Nacht steht Gonzalo, wenn er sich verabschiedet hat, auf dieser Brücke und blickt zu meinem Fenster auf und wartet, bis das Licht ausgeht.
Das breite Fenster des Wohnzimmers vor mir steht offen. Es führt auf den Balkon. Ich sehe die Lichter auf der Seine, den beleuchteten Eiffelturm, den roten Mond, und auf der anderen Seite des Flusses haben sich die Kommunisten versammelt, um La Pasionaria, die Kommunistin, zu hören. Gonzalo ist bei ihnen. Er wird bald herüber kommen. Er möchte mich sehen, mich hören. Mein Herz zieht sich zusammen. Ich hörte sie singen, vor einer Stunde, als sie einmarschierten. Taxis fahren vorüber, mit singenden Menschen, die rote Fahnen schwenken.
Ich versuche, zu verstehen. Ich bin zu den kommunistischen Versammlungen gegangen. Ich hörte La Pasionaria. Ich hörte André Malraux. Ich saß in der ersten Reihe. Sie mit ihrem glühenden Gesicht und ihrer machtvollen Stimme, er mit einer nervösen Intensität, einer anderen Art des Glühens. Sein Haar fiel ihm über die Augen, er schwitzte. Die Menge wie eine Stimme, ein Herz, singend, schreiend, stampfend, applaudierend. Ich wollte teilnehmen, aber ich konnte nicht. Ich war wütend und verstimmt.

Geschwätz liegt mir nicht. Ich schweige. Ich übergehe viel. Ich wende mich ab. Nur der Kern der Menschen zieht mich an, nach ihm suche ich, nur für ihn interessiere ich mich. Das Wunder, das ich erwarte, das Wunder der Erkenntnis bleibt nicht aus.
War die Versammlung zur Unterstützung des republikanischen Spanien eine Form der liebenden Vereinigung? Mit einem Glauben an die Revolution, an die Veränderung? Mit einer Bereitwilligkeit, dafür zu töten, diejenigen auszulöschen, die nicht glauben? Die Worte, die gesprochen wurden, waren fremd, bedeutungslos. Klischees. Banalitäten. Jedoch das Gefühl dabei ...

Mit staubigen Schuhen betrete ich Villa Seurat. Henry hat fiebrig gearbeitet und fürchtet sich, verrückt zu werden. Er geht so weit, fast in eine neue Welt der Sprache, in wirbelnde, kreisende Welten, um den Geruch des Broadway wieder zu erschaffen, den er verloren glaubt. Er war ganz benommen und einsam.

»Frauen«, sagt er, »haben meine Bücher nicht so sehr geschätzt, wie du glaubtest. Du hast dich geirrt.«

Es ist wahr. Frauen lieben es nicht, entpoetisiert, naturalisiert, unromantisch behandelt zu werden, als reine Objekte der Sexualität. Ich dachte, sie würden einverstanden sein, der Idealisierung müde. Ich dachte selbst, daß ich es sei, und doch hat mich Gonzalos Troubadour-Romantik gerührt, nach der Beize durch Henrys Gefühlslosigkeit.

La Voie Lactée.

Konstellation der Ideen.

Konflikt mit dem Tagebuch. Während ich am Tagebuch arbeite, kann ich kein Buch schreiben. Ich versuche es auf doppelte Weise, mit Aufzeichnungen und Erfindungen zur gleichen Zeit, mit Verwandlungen. Die beiden Tätigkeiten sind antithetisch. Wäre ich reiner Tagebuchschreiber wie Pepys oder Amiel, würde ich mich mit Aufzeichnungen begnügen, aber ich bin es nicht, ich möchte auffüllen, verwandeln, projizieren, entwickeln, vertiefen, ich suche dieses letzte Aufblühen, das aus dem schöpferischen Akt entsteht. Wenn ich das Tagebuch lese, fällt mir alles Ungesagte ein, das nur schöpferisch ausgedrückt werden kann, durch verzögernden Rhythmus, Entwicklung und Erweiterung des Gedankens.

Henry behauptet, daß ich die geologische Verwandlung nicht zulasse, die im Laufe der Zeit aus Kohle den Diamanten bildet.

»Nein, so ist es, glaube ich, nicht. Ich liebe das ursprüngliche Material, das Ding, bevor es sich verwandelt. Die Verwandlung fürchte ich.«

»Aber warum?« fragte Henry.

»Weil man sich von der Wahrheit entfernt. Dabei weiß ich recht gut, daß auf diese Weise Wirklichkeit entsteht, denn in deinen fantastischen Beschreibungen des Broadway ist mehr Wahrheit als in den Momentaufnahmen, die ich während meines Aufenthalts in New York machte. Als Kind wollte ich sehen, wie die Pflanzen wachsen. Ich habe rund um die Samenhülsen die Erde aufgescharrt, um zu sehen, wie es weitergeht.

Angst vor Verwandlung ist Angst vor Verlust, vor Veränderung, vor dem Neuen. Ich schreibe, um diese Angst zu bekämpfen. Zum Beispiel hatte ich Angst vor deiner Grausamkeit, Henry. Ich habe mir sehr viel Mühe gegeben, jedes Anzeichen von Güte, von Verständnis bei dir zu registrieren, um später damit das Böse und die Angst zu beschwören. Ich werde es dir erklären. Wenn mir etwas Außerordentliches zustößt, ist es wie ein Wunder, wie wenn man vor einem Wilden ein Streichholz anzündet. Wie der Wilde weiß ich nicht, daß

man die Handlung wiederholen kann, daß es viele Streichhölzer gibt, daß es ganz in meiner Macht steht, kleine Flammen zu entzünden. In dieser Hinsicht habe ich nichts dazugelernt. Es ist eine Angst, die ich Rank gebeichtet habe. Ich fürchte, ein Gesicht könnte sich verdüstern. Jetzt sieht es noch schön aus, menschlich, freundlich, im nächsten Augenblick verzerrt es sich, wird böse und grausam. Im Tagebuch kann ich beide Gesichter der Wirklichkeit festhalten. Ich habe einen festen Stand und balanciere beide Visionen gegeneinander aus. Während ich schreibe, habe ich keine Angst vor Änderung und Verlust. Ich habe eine unmittelbare Anschauung von der Welt, an die ich glaube. Sie entsteht aus Intuition, aus dem Gefühl. Die Verwandlung durch die Kunst erschreckt mich. Was sich ändert, repräsentiert für mich Tragödie, Verlust, Verstörung.«
Henry war überrascht. »Das ist deine Krankheit.«
»Nun, wenn es meine Krankheit ist, Henry, dann sollte ich sie bis zum Äußersten im Tagebuch gestalten, sollte etwas aus dem Tagebuch machen, wie Proust sein Werk aus seinem Leiden geschöpft hat, aus seinen Erinnerungszwängen, der Vergangenheit, die er zurückruft, einer Besessenheit, die er immer von neuem nährt. Ich sollte mich ganz ausgeben im Tagebuch, sollte es voller machen, mehr sagen, meine Neurose ausleben und sehen, wohin sie mich führt. Statt dessen habe ich dagegen angekämpft, wollte sie heilen, du wolltest mich heilen, Rank wollte mich heilen.«
»Das Problem«, sagte Henry, »ist ein arithmetisches. Du kriegst die Tage nicht. Und die Erinnerung an sie wird dich nicht befriedigen. Ein Tag ist nicht einfach ein Tag. Die Erinnerung an einen Tag arbeitet fort und fort, und manchmal wird etwas Großes ausgelassen, zurückgestellt, verloren. Es entsteht etwas wie ein großes Gewebe, das dich erstickt. Kunst verlangt Sorglosigkeit. Du ergibst dich deinem primitiven Kult des Lebens, betest es an. Und mit jedem erinnerten Tag stockt der Fluß. Fließend würde er in das Geheimnis einströmen, eine Explosion verursachen, eine Transmutation. Und du strebst nach Vollständigkeit. Du sagst, zum Beispiel, ein bestimmtes Porträt sei unfertig. Es ist, wie einer der Charaktere von Proust, unfertig. So sprichst du als Künstler.«
»Ich weiß, daß die Porträts im Tagebuch nur entstehen, wenn eine Person für mich von Bedeutung ist. Die Person steigt und fällt, erscheint und verschwindet in dem Maße der Beziehung, in dem sie zu mir steht, in dem sie mir anschaulich wird. Sie ist wie eine Statue ohne Arme und Kopf, die man ausgegraben hat und die enträtselt, erklärt werden muß. Warum bin ich von einem Tag nicht befriedigt? Vielleicht, weil ich ihn nicht genug gelebt habe, um das Unendliche in ihm zu spüren? Ein Tag des Tagebuches sollte vollständig sein wie ein Buch, und alle die Zwischenräume, die ich ausspare, alle

fehlenden Arme, alle Schichten, die nicht aufscheinen, weil ich sie mit meinen lebendigen Fingern nicht berühre, nicht liebe, nicht streichle, sollten doch im Dunkel des Mysteriums mit dabeisein, wie das Leben selbst. Was ist dieses Größere, das ich in dem Buch über meinen Vater eingefangen habe, nicht jedoch im Tagebuch? Ein Tag ist so vielfältig. Ist die genaue Aufzeichnung dem höchsten Aufschwung hinderlich? Zählt jeder aufgezeichnete Tag gegen dieses Größere, kann er jemals so groß und schön aufgezeichnet werden, daß er das Ganze wird – das Unendliche? Wird das Höchste nur möglich durch Vergessen, Vergehenlassen, Verfaulenlassen, indem man Staub drauf fallen läßt, durch Anwendung künstlicher Mittel? Wenn ich das Tagebuch schreibe aus Angst vor Verlust, dann aus demselben Grunde, aus dem, wie Nietzsche sagt, der Künstler schafft. Denn der Künstler würde ohne seine Vision vom Leben – dem Tragischen und dem Schrecklichen – wahnsinnig werden, und nur die Kunst kann ihn retten.«

Eine Stunde später ging ich die Seine entlang und schaute mir die Hausboote an. Seit ich bei den Leuten eingeladen war, die Guy de Maupassants Haus gekauft haben, sehnte ich mich nach einem Hausboot. Es war sein Haus in Étretat, das so nahe am Ufer steht, daß eines Tages bei starkem Sturm das Meer bis zum Haus herauf kam und ein Fischerboot in den Garten warf, wo es dann liegen blieb. Er hat dieses Haus in seinen Geschichten und Briefen oft beschrieben. Eine Pappelallee führt zum Eingang hinauf, in einer Doppelreihe, so daß an beiden Seiten eine von Zweigen überwölbte Allee entsteht. Man sagt, daß Maupassant so seine Besucher schon von weitem sehen und entscheiden konnte, ob er sie empfangen wollte oder nicht. Viele Frauen müssen diese Allee entlang gegangen sein. Viele Wagen sind vorgefahren vor dem Tor. Wir aßen in einem Speisezimmer zu Abend, das mit Ziegeln gepflastert war. Ich sah das Zimmer, das er als Opiumhöhle benützte, eine Estrade mit einer Strohmatte darauf, den Opiumtisch und die Geräte. Den stärksten Eindruck machte mir jedoch das gestrandete Segelboot, tief und groß, im hinteren Teil des Gartens. Ich fragte meine Gastgeber, ob ich die Nacht darin verbringen dürfe. Sie lachten mich aus und sagten, im Gästezimmer würde ich es komfortabler haben. Das Boot hatte eine merkwürdige Wirkung auf mich. Es entsprach genau meinem immer wiederkehrenden Traum von einem Boot, das sich festgefahren hat und aus Mangel an Wasser nicht weitersegeln kann. Hier lag es, gestrandet, statisch, in einem alten Garten. Es würde nie mehr auf Fahrt gehen. Es verfaulte in der Erde, wie ein Blumentopf. Moos überwuchs es anstatt Muscheln, Erdgeruch umgab es statt Meergeruch.

Sein Anblick ließ mich in der Nacht träumen. Ich träumte, daß ich die Nacht im Fischerboot draußen im Garten verbrachte. Ich schlief ein und segelte einen Fluß hinab. Die Richtung der Fahrt konnte ich nicht bestimmen. Von den Ufern riefen mir Leute zu, in Not, ironisch, kritisch, spöttisch, flehend. Wohin fuhr ich? Wie lange würde ich fortbleiben? Warum kehrte ich nicht zurück? Warum legte ich nicht für eine Weile bei ihnen an? Die Strömung war, nachdem sie einmal eingesetzt hatte, nicht mehr zu kontrollieren. Während ich den Menschen am Ufer zuwinkte, dem Gatten, den Freunden, fühlte ich mich in meiner Bewegung glücklich. Die Reise dauerte zwanzig Jahre. Zwanzig Jahre lang segelte ich ohne Unterbrechung durch meinen Traum.

Als ich von diesem Wochenende in Étretat zurückkehrte, schrieb ich eine Kurzgeschichte. Die Reise führte im Kreis. Ich kehrte zu meinem Ausgangspunkt zurück. Meine Freunde hatten sich nicht verändert.

Als ich mich über die Brüstung lehnte, wurde ein Polizist aufmerksam. Glaubte er, daß ich Selbstmord begehen wollte? Sah ich wie jemand aus, der Selbstmord begehen möchte? Er beobachtete mich, wie ich die Stufen hinabging, um mit dem Eigentümer von *Nenette* zu sprechen, einem hübschen, hellrot gestrichenen Hausboot, von dessen Deck keine Flagge wehte, sondern eine Leine voll bunter flatternder Wäsche, von der das Wasser in Blumentöpfe abtropfte. Vor den kleinen Fenstern hingen Perlvorhänge. Sie sehnten sich nach ihrem Häuschen in der Vorstadt, ihrem Garten. Und ich nach dem Wasser. *Nenette* war nicht zu kaufen oder zu mieten. Sie war noch fahrtüchtig genug, um Kohle zu transportieren, ihren Lebensunterhalt zu verdienen. Der Besitzer riet mir, die ausrangierten Barken zu besichtigen, die nicht mehr seetüchtigen Hausboote, die man zu Reparatur und Wiederverkauf abgestellt hat.

Während ich an den Kais entlangging, hinter den Tuilerien, sammelte ich Informationen und Ratschläge.

Mein Vater ist wieder da, egoistisch, egozentrifugistisch, egozentripetalisch, blitzblank und sauber wie ein Eisschrank, zärtlich und verlogen, ein pathologischer, unheilbarer Mythomane.

Donnerstag. Henry und ich besuchten Moricand. Die Gegenwart interessiert ihn nicht. Er hielt Monologe über Max Jacob und Blaise Cendrars, seine beiden Idole. Er hat zuviel, woran er sich erinnern muß, und sein einziges Vergnügen besteht darin, es neu zu erschaffen. Es gibt Menschen, denen ihre Vergangenheit hilft, die Gegenwart zu erleuchten, bereichert in die Gegenwart zu münden, mit Schätzen beladen, aber nach neuen noch gierig. Es gibt andere, die wie Moricand den Eindruck erwecken, daß sie die Schleusen geschlossen haben, so daß das Wasser stillsteht an einem Ort und nicht mehr unaufhörlich weiterfließt. Sieht er mich? Sieht er Henry? Wir waren Zuschauer. Sein Zimmer hat eine peinlich genaue Ordnung, geometrisch in Präzision und Form, der Armut, der Krankheit, allen Ängsten zum Trotz. Kein Chaos. Keine Explosionen. »Neptunische Explosionen«, sagt Moricand, »geschehen alle innerlich, niemand bemerkt sie.«

Für den Schriftsteller ist es so, als stürbe die Vergangenheit nie. Gonzalo ist eifersüchtig auf meine früheren Freunde. Um ihn zu beruhigen, erzählte ich ihm von meiner erstorbenen Liebe zu meinem Vater. Ich sagte: »Deine Eifersucht ist Nekrophilie, vergangene Lieben sind tote Lieben.«
»Aber du besuchst immer Gräber, bringst Blumen. Wie du das Tote liebst!«
Ich sagte scherzhaft: »Heute war ich nicht auf dem Friedhof.«
Augenblicke, in denen das Universum harmonisch erscheint: wenn Henry gut arbeitet, Gonzalo politisch wirken kann, Moricand einen Auftrag für ein Horoskop und damit seinen Lebensunterhalt gesichert hat.
Henrys Bericht über Blackie und die Klimax ihrer Beziehung schildert eine Verrücktheit des Lebens selbst. Ich habe ihm schon früher darüber geschrieben, und nun sagt er selbst: »Mein Surrealismus ist aus dem Leben geboren. Das ist der wahre Surrealismus.«
Gegenüberstellung des Poetischen und des Häßlichen. Henry ist für mich der einzige authentische Surrealist. Die anderen sind Theoretiker. Er ist Surrealist in seinem Leben, seinem Werk, seinem Charakter. Das ist es, was ich an ihm liebe.
Als ich ihn gestern besuchte, arbeitete er angestrengt und sagte: »Ich habe wie verrückt gearbeitet, und ich weiß nicht, ob es gut ist oder schlecht. Sag du es mir. Bin ich total verrückt oder auf dem richtigen Weg?« Ich las die Seiten durch und sagte ihm, er sei ganz und gar auf dem richtigen Weg.
Als ich gestern hier über den Gegensatz zwischen Kunst und Tagebuch schrieb, spürte ich die Gefahr, daß ich Kunst in das Tagebuch einschmuggeln könnte. Sie würde seinen größten Wert, die Natürlichkeit, zerstören. Ich muß mich spalten und etwas anderes tun – das ist eine Notwendigkeit. In das Tagebuch darf keine bewußte Perfektion eindringen. Good-bye Vollständigkeit; Schluß mit meinem Plan, einen Tag und eine Nacht so zu beschreiben, daß sie ganz dargestellt sind.

[September 1936]

Mein Vater besuchte mich, um mir vor der Abreise nach Spanien auf Wiedersehen zu sagen. Als er wegging, kam gerade meine Mutter, sie stießen vor dem Lift zusammen. Als ich die Tür öffnete, weinte meine Mutter. Sie trug eine Einkaufstasche voller Sachen für mich. Dann saß sie draußen auf dem Balkon und weinte. »Dieb! Dieb!« murmelte sie vor sich hin. Ich tröstete sie mit meinem tiefen Mitleid. »Nein«, sagte ich, »er hat dir deine Kinder nicht gestohlen. Wir lieben dich immer mehr. Je besser ich ihn kenne, desto mehr liebe ich dich.« Ihr Leiden ging mir sehr nahe. »Er bedeutet mir nichts. Ich liebe ihn nicht.« Auf diese Weise redete ich mit ihr, bis sie sich beruhigt hatte.

Das Leiden meiner Mutter quälte mich bei Nacht. Ich ging zu ihrer Wohnung, um zu sehen, ob ihr Licht ausgemacht war und ob sie schlief. Mitleid rührte mich, wenn ich das Bild von ihr als einer liebenden Mutter mit einer Einkaufstasche und mit Tränen in den Augen vor mir sah. Ihr Licht war aus. Ich durfte schlafen. Am nächsten Tag kam ich dahinter, daß sie friedlich zu Bett gegangen war mit dem Gedanken, mein Vater hätte sich erschreckt. Ja, er hatte erschrocken ausgesehen. Ich bin sicher, daß er die Einkaufstasche nicht bemerkt hat, sagte ich.

Sie reiste nach Italien ab, wo Joaquin Konzerte gibt, in Mailand und Rom. Wir veranstalteten ein Abschiedsessen und saßen dann noch zusammen und arbeiteten gemeinsam an einem Teppich.

Vor ihrer Abreise erzählte mir meine Mutter noch eine Geschichte über mich selbst. Im Alter von elf Jahren, auf einer Tragbahre liegend, mit einem beinahe platzenden Blinddarm, hatte ich zum Arzt gesagt: *»Docteur, ne croyez-vous pas que je suis une malade imaginaire?«*

Mit siebzehn schrieb ich in mein Tagebuch: »Ich wollte, daß er arm wäre, sehr arm und mich braucht ...« Auf Henry und auf Gonzalo traf das dann zu.

Gonzalo kann lachen, faul sein, gutmütig sein und die Flasche lieben. Ich beneide alle, die trinken können, sich auflösen, loslösen, erschlaffen, sorglos sein, schlampig, kraftlos, denn ich kann es nicht. Immer treibt mich etwas an. Ich bleibe nur stehen, um mir Freunde zu suchen, und dann locke ich sie in meine Welt, aus der ihren fort. Ziga-

rettenkippen und Asche, bei Gonzalo überall verstreut. Er macht Zeichnungen von mir, wie ich schreibe, lese, am Balkon auf einem Kissen sitze, vor dem Fluß. Er machte fünfzehn Zeichnungen von meinen Ohren.
»Deine Ohren sind ganz unglaublich. Sie sehen gar nicht wie Ohren aus, so zart sind sie. Ich habe nie solche Ohren gesehen. Mein ganzes Leben habe ich nach solchen Ohren Ausschau gehalten.«
»Und auf der Suche nach Ohren hast du mich gefunden.«
»Anaïs, ich verstehe deine Art zu leben. Du bist eine große explosive Kraft. Du hast soviel Frieden in dir, soviel Furchtlosigkeit. Aber du läßt dich nie explodieren. Du stellst dir alle möglichen Hindernisse in den Weg, Hindernisse, Mauern, Beschränkungen, deine Liebe ist immer Hingabe, Dienstleistung, die dich davon abhalten, zu explodieren. Du hemmst und blockierst dich selbst.«
»Explodieren paßt nicht zu einer Frau. In allen diesen Beschränkungen und Grenzen tue ich jedoch, was ich will.«
»Ja, du tust es, und ganz wunderbar. Du tust alles, was du willst, nur nicht leben. Dein Vorsatz, nichts zu zerstören, nimmt alle deine Energien und Einfälle und Vorstellungen für sich in Anspruch.«
»Ich verstehe deine Art zu leben, Gonzalo. In dir schläft eine große Kraft, eingerollt wie eine Schlange. Du tust so, als schliefest du – nichts als schlafen – träge und gleichgültig und verträumt. Aber ich fühle das Dynamit in dir. Du verdünnst es mit Wein.«

Ich besichtigte das Hausboot von Maurice Sachs, ging die Kais gegenüber dem Gare d'Orsay entlang, stieg ein Fallreep hinauf und klopfte an die Tür. Maurice Sachs ist ein blasser, großer und irgendwie kraftlos aussehender Mann mit eindrucksvollen dunklen, sanften Augen. Er hatte inseriert, daß er sein Hausboot vermieten möchte.
Er führte mich hinein. Es ist ein langes Kohlenboot, das einmal als Wandertheater gedient hat, mit dem man die Seine hinunterfuhr, um von Städtchen zu Städtchen Vorstellungen zu geben. Es ist sehr lang, sehr breit, schwarz und außen geteert, innen naturbelassenes Holz. Von dem Studio im Bug abgesehen, scheint es der ganzen Länge nach aus einem langen Tisch zu bestehen, der mit Skizzen, Manuskripten, aufgeschlagenen Büchern, Fotografien bedeckt ist. Maurice Sachs verreist für einige Monate und war dabei, seine Sachen zu packen. Auf all dies fiel Licht aus undurchsichtigen Scheiben. Er schien unentschlossen, abwesend und auch ängstlich. Die Wände sind mit Teerpappe überzogen, und der Geruch, den sie ausschwitzen, gefiel mir. Ein Fenster auf den Fluß hinaus gleicht einer von Ketten gehaltenen Falltür. Das Wasser, das man am Heck zwischen weit gespreiteten Balken sieht, zeigt, wieviel Pumparbeit das Boot

braucht. Das Holz ist von einem weichen, grünen Schimmel überzogen. Die gewaltige Kette, die den Anker hält, gibt dem Ganzen ein mittelalterliches Aussehen. Ein einziger großer Kohlenofen muß alles warmhalten. Maurice Sachs meinte selbst, daß es nicht das Richtige sei für mich. Es sei zu groß, um es instandzuhalten. Aber die Besichtigung des Hausbootes verstärkte nur meinen Wunsch, eines zu finden, in dem ich leben könnte.
Während ich im Café auf Gonzalo wartete, fiel mein Blick auf ein Inserat. »Hausboot zu vermieten. *La Belle Aurore*. Quai du Pont Royal.« Ich lief sofort hinab. Diesesmal war der Eigentümer, der mir öffnete, Michel Simon. Sein Gesicht schien verlebt und verzerrt, aber er hat die schönsten Hände, die ich je bei einem Mann gesehen habe, schlank, weiß und sensitiv. Er zeigte mir das verglaste Studio, das er über dem Deck eingerichtet hat. Es ist schön, aus seinen Fenstern blickte ich den Fluß hinauf und hinab und hinüber zum Quai d'Orsay ebenso wie in die Gärten der Tuilerien.
Er erzählte mir die Geschichte des Hausboots. Seine Absicht war, mit seinen Affen darin zu leben. Er liebt seine Affen. »Sie sind zärtlicher zu mir als die Menschen. Sie lieben mich. Als ich auf Tournee in die Provinz ging, begann ein Weibchen einen Hungerstreik und starb. Glauben Sie, daß eine Frau so tief lieben kann? Aber das Hausboot paßt nicht für sie, denn sie laufen auf die Kais und erschrecken die Leute, und man ruft die Polizei. Ich muß mir ein Haus auf dem Land kaufen.« Währenddessen zeigte er mir die Innenräume. Auf derselben Etage mit dem Studio gibt es zwei Kabinen. Eine wird von einem alten einbeinigen Mann mit einem Bart bewohnt, der eine Kapitänsmütze trägt, die andere von einem mürrisch aussehenden jungen Mann, der die schwere Arbeit verrichtet, an den Pumpen, der elektrischen Lichtmaschine, der das Wasser vom Brunnen holt, die Lampen anzündet, das Deck reinigt usw.
Die dritte Kabine ist die Küche, mit einem riesigen Kohlenherd, der auch das Wasser für die Zentralheizung und für das Bad erwärmt. Dann gibt es ein Badezimmer mit einer Wanne. Die Räume waren warm und hübsch. Wir stiegen die Treppe zum Schlafzimmer hinab, das so groß ist wie das Studio. Es hat kleine Spitzbogenfenster an beiden Seiten wie die Fenster einer alten Galeere.
Ich sagte, daß ich es auf der Stelle nehmen würde. Die einzige Bedingung, die Michel Simon stellte, war, daß ich den alten Ex-Kapitän behalte. Und auch René, der ein Waisenkind ist.
Am Abend brachte ich die erste Monatsmiete. Der Junge René rief: »He, wer sind Sie?« Der alte Mann, der Urahne vom Fluß, in blauer Bluse und mit Kapitänsmütze, spähte durch die Glasscheibe und murmelte: »Ah, Sie sind's, warten Sie, ich werde aufmachen.« Ich konnte das Plum-plumb seines Holzfußes hören.

Die Planken, mit denen das Boot am Kai festgemacht ist, ächzten, die rostigen Ketten, an denen der Anker in der schnellen abendlichen Strömung zog, rasselten. Ich roch den vertrauten Teergeruch. Blasses Licht fiel herüber von den Straßenlaternen am Kai und von den vorbeifahrenden Booten. Der alte Mann und René legten sich wieder schlafen, und ich unterhielt mich mit Michel Simon und unterzeichnete einen Vertrag.
Ich hörte dem Aufschlappen des Wassers zu. Manchmal fuhr ein Boot vorbei, rührte den Fluß auf, das Wasser wogte, und der alte Kahn schwankte. Es war wie auf See, wie auf einem Segelboot.
»Wir fahren«, sagte ich.
Gonzalo war, als ich ihn am nächsten Tag mitbrachte, begeistert. Er sagte: »Die Inkas hatten in ihren Häusern immer einen unterirdischen Gang, der in einen geheimen Garten führte, den man in Quechua ›*Nanankepichu*‹ nannte. Das heißt ›kein Heim‹. So solltest du dein Hausboot nennen.«
Der Fluß war heiter und bewegt. Der Teer glänzte an den Wänden. In ein paar Tagen werde ich einziehen.

Henry wartete in einem Café. Er hatte so tief, so aufrichtig über seine Kindheit geschrieben. Er sagte: »Du hast mich wieder angespornt, weiterzumachen.«
Er ist nüchtern, nachdenklich, schwimmt in Vorstellungen und ihrer Verwirklichung. Wir sprechen über Träume, Sprachen, Kindheiten. Auf einmal sehe ich seine Einsamkeit, daß niemand ihn als ein Ganzes versteht, seine Größe, seinen Genius, seine Reife, die Welten in seinem Kopf, die Tatsache, daß in dem Maße, in dem er tiefer und tiefer in seine Bücher eingeht, seine Aufrichtigkeit, der wirkliche Henry, der Schöpfer mit seinen Ideen, wächst und sich ausweitet und größer wird als der alte Henry, der prosaische Henry, daß seine Nüchternheit, seine Hände, seine Arbeit verwandelt werden, daß er der Wahrheit näher kommt.
Was konnte Henry schon, als ich ihn zum ersten Male traf? Beleidigungen herausbrüllen, um sich spucken, in den Gossen von *Tropic of Cancer* herumliegen und sich betrinken. Aber nun erzählt er von der Sprache der Nacht, die er gefunden hat, und von all den Reichtümern, die er in seinem Wahnsinn aufspürt – einem Wahnsinn, an dem ich freilich nicht teilhaben kann, denn ich bin die Mutter von ihnen allen, die Mutter ihrer Träume, und ich muß, wenn sie von ihren Attacken, Turnieren und Duellen zurückkehren, ihnen die Knöpfe an ihren abgetragenen Mänteln wieder festnähen. Ich muß die Lebensdrogen besorgen, die Gonzalo braucht, um sich vom Heroin zu entwöhnen, das er genommen hat, bis er auf der Straße zusammenbrach und ins Krankenhaus geschafft wurde, mit brechendem

Herzen und zerspringenden Organen. Ich gebe ihnen, was ihnen Vater und Mutter nicht geben konnten, weder Henry, noch Gonzalo oder Helba. Ihre leiblichen Eltern haben sie in die falsche Welt gesetzt, aus der man entkommen muß. Ich helfe ihnen bei der Flucht.

Ein großes, kreisendes Rad, das drei Tage in einen Tag, drei Nächte in eine Nacht wirbelt. Um halb elf Uhr sitze ich mit Freunden im Atelier von Annette. Henry wirft mir vor, daß ich Fred nicht genug schätze, daß mich seine *»veuleries«* nicht richtig amüsieren, und Annette plappert vor sich hin, Nichtigkeiten auf französisch, Kindereien, die intelligent klingen, mir aber unter den Händen zerbrökkeln. Annettes Mann ist wie ein Hund, der sich manchmal im Traume bewegt, sich aber nie an einen der Träume erinnert. Wenn er aufwacht, ist er ein guter Haushund, ein Wachhund. Ich suche die Tür. Ich schlüpfe hinaus. Draußen nieselt der Regen. Es ist erst halb elf. Ich beschließe, Helba und Gonzalo zu besuchen.
Gonzalo zerkleinert Holz für den Ofen. Das Licht von zwei Kerzen fällt auf die aufgeschlagenen Bücher von Marx. Das Ganze sieht aus wie eine Szene bei Dostojewskij. Zwischen den Büchern verstreut liegen Gonzalos Kohlezeichnungen, Skizzen von den Menschen am Fluß, den tätowierten Clochards, die unter den Brücken schlafen, auf Zeitungen, die Weinflasche im Arm. Clochards baden ihre wunden Füße im Fluß, Fischer sitzen in Trance versunken am Rande der Kais. Alte Frauen unter Bäumen. Hinter den Bäumen wird gehandelt. Der Polizist beugt sich über die Mauer und sieht nach, ob alles in Ordnung ist.
Gonzalo skizzierte einen Clochard, der alle Arten von Hüten aus den Abfallkübeln sammelt. Als wir ihn zum ersten Mal sahen, trug er eine Schottenmütze, und wir fragten ihn, woher er sie hätte. Beim zweiten Mal hatte ihm ein Polizist mit Sinn für Humor einen verblichenen, abgenützten, ausrangierten Polizeitschako geschenkt.
Gonzalo redet wieder über Marxismus. Ich las ihm meine Geschichte von den Lumpensammlern vor, die ich an einem Morgen und einem Nachmittag geschrieben hatte.
Um Mitternacht bringt er mich heim. Über dem Fluß liegt Nebel.

Gonzalo erkannte in der Lumpensammlergeschichte einige seiner eigenen Charakterzüge wieder, seine Vorliebe für Fragmente, das Unfertige, Unvollkommene. Henry fand sie »fremdartig und seltsam, sehr wunderbar und sehr fremd«. Mit Gonzalo sowohl als mit Henry erforsche ich eine Art von Unterwelt, steige hinab in die Höhlen Plutos, zu den *Clochards,* Vagabunden, Lumpensammlern, Taugenichtsen, Parasiten, Landstreichern, Spitzbuben, Anarchisten. Als Gonzalo noch jung und sein Vater Bürgermeister war, sandte ihn sein Vater einmal mit einer Art Bürgerwehr aus, um einen Banditen zu fangen, der sich in den Bergen (dem wilden Westen von Peru) versteckt hielt. Als er ihn gefunden hatte, freundete er sich mit ihm an, sie tranken miteinander die Nächte durch, erzählten sich Geschichten aus ihrem Leben, und Gonzalo kehrte zurück und sagte, er hätte ihn nicht gefunden.

Gonzalo bringt es nicht fertig, seine wilde, schwarze Mähne zu bändigen, seine Nägel zu reinigen, sein Hemd zuzuknöpfen. Während er sich auf *Nanankepichu* umsieht, sagt er voller Stolz: »Diese Tür werde ich bemalen. Ich besorge Petroleum für die Lampen.«

Nichts dergleichen geschieht. Die Tür bleibt unbemalt, die Lampen sind leer.

Henry ist wie ein Chinese! Gerissen, dabei fröhlich, tolerant, nachgiebig. Gonzalo ist fanatisch, fatalistisch. Orientalisch. Negativ. Gonzalos Rede ist immer: »Das ist schlecht, dieses Buch ist schwach, dieser Mensch ist vulgär. Montparnasse verfault.« Er zieht hinab, verspottet, demoliert, genauso wie es Henry tat. Gonzalo sagt: »Ich würde mein ganzes Leben für drei Monate der Erfüllung, der schöpferischen Arbeit geben.« Dann läßt er die Hände sinken.

Als er sich wieder einmal über die große Mühe beklagt hatte, die es ihm bereitet, eine Weinflasche zu öffnen, den Korken herauszuziehen, ein Glas zu holen und sich aufzusetzen, um daraus zu trinken, brachte ich ihm spaßeshalber (offen wurde über seine Trunksucht nie diskutiert), ein Fäßchen Rotwein. Ich stellte es auf seinen Tisch und sagte: »Jetzt brauchst du dich nur noch darunterzulegen und den Hahn aufzudrehen.« Das brachte ihn zur Besinnung, wie er sagte. Sooft er nun das Fäßchen sieht, muß er an mich denken, an meine Art, mit ihm zu scherzen, ihn zu reizen, und dann will er nicht mehr trinken. Er erkannte, daß der Wein ihn stumpf und träge macht, seinen Willen abtötet.

Gonzalo und June gleichen sich. Beide sind unschöpferisch, aber im Gespräch, im Leben, blühen ihre Begabungen auf. Ich liebe ihn, wie er ist, mit einem Korkenzieher in der Tasche, seiner Zeitlosigkeit, seiner Schlaffheit.

Zu Henry sagte ich einmal: »Ich liebe nicht die Clowns, sondern die Wahnsinnigen.«

Darauf Henry: »Wahnsinnige sind mir zu ernst. Ich liebe die Clowns.«

Was die Kunst betrifft, hat Gonzalo einen unfehlbaren Geschmack. In der Geschichte von den Lumpensammlern sah er sofort die schwachen Stellen. Ich solle phantastische Geschichten schreiben, weil ich dafür, seiner Meinung nach, eine Begabung habe.

Gonzalo ist ganz Unterwerfung und Sorge. Er hat sich Helbas Kunst unterworfen, sorgt für sie und für Elsa, kocht, macht Botengänge, zündet das Feuer an, tut alles, nur für ihren Lebensunterhalt arbeiten, das kann er nicht.
Gonzalo erzählt mir Geschichten. Ich sehe ihn als Kind. Vital. Überströmend von Energie. Um sechs Uhr morgens aus dem Bett, voller Gier nach dem Leben. Ich sehe ihn in der Hacienda seines Vaters. Spanische Möbel, Lederkoffer, Truhen aus Zedernholz, Geruch nach feinen Zigarren. Nach dem Willen des Vaters muß jeder Sohn an einem Tag in der Woche die Hacienda leiten. Er muß früh aufstehen und lernen, wie man einen großen Besitz führt. Gonzalo gibt dem Koch Geld und sagt ihm: »Besorge eine Hammelkeule für die Familie und eine für mich.« Und er ißt sie auf. Unendliche Einsamkeit ringsumher. Indianisches Personal. Indianische *peones* (Landarbeiter). Meilen um Meilen freies Land. Er lernt *Quechua* von den Indianern. Dann acht Jahre Jesuitenschule. Militärdienst. Dann Lima, wo sich die Studenten und Intellektuellen rühmen, daß sie nur mit Boxern, Schauspielern, Tänzerinnen und Drogensüchtigen verkehren. Gonzalo boxte und war ein guter Läufer. In Lima gibt es viele Chinesen und Opiumhöhlen. Gonzalo nahm alle Drogen, bis er beinahe daran gestorben wäre. Helba rettete ihn. Er schrieb damals Sportberichte für die Familienzeitung und sollte auch über sie schreiben. Als er sie sah, beschloß er, sich ihrer Tanzkunst zu widmen. Sie ist ein Mischling, halb spanisch, halb indianisch. Mit vierzehn Jahren hatte man sie an einen brutalen Mann verheiratet. Gonzalo und Helba entschieden sich dafür, nach New York zu gehen. Zuerst kamen sie nach Havanna, wo man sie mit ihren indianischen Tänzen auslachte. In Tampa erkrankte sie dann, und Gonzalo reiste allein weiter nach New York. Sie kämpften mit dem Hunger. Gonzalo arbeitete als Tellerwäscher in Restaurants. Von seiner reichen Familie bekam er keine Hilfe, nachdem er mit einer Tänzerin durchgebrannt war. Dann wurde Helba von Shubert engagiert und trat in einer Ziegfeld-Revue auf. Es folgten drei Jahre mit Geld, Erfolg, Reisen, aber Helbas »Krankheit« verschlimmerte sich. Sie wurde exzentrisch, neurotisch, dann verschlechterte sich das Gehör. Sie wurde immer wunderlicher. Als sie nach Südamerika zurückgingen, lachte man sie dort aus. Sie tanzte keine indianischen Volkstänze mehr, sondern Tänze, die sie selbst erfand. Gonzalo glaubte, daß man sie in Frankreich besser verstehen würde. In Frankreich wurde sie auch als originelle, einfallsreiche Tänzerin anerkannt, aber sie hungerten trotzdem. Helba wurde taub. Sie zog sich in sich selbst zurück. Gonzalo trank.
Als ich Henry erzählte, wie Gonzalo, der wie Hiob in alle Arten des Unheils verstrickt ist, Helba pflegt (Henry erinnerte sich, daß er sie

tanzen gesehen hatte und von ihrer Vitalität beeindruckt war), sagte er: »Gefällt ihm diese Pflegerei? Mir würde sie nicht gefallen. Ich glaube, ich würde, wenn jemand krank ist, aus dem Haus gehen. Wenn Menschen krank sind, sollte man sie sterben lassen, das ist meine Meinung.«

Helba erzählte mir: »In Lima wußten alle über Gonzalos Unzuverlässigkeit Bescheid. Er arbeitete für die Zeitung seines Bruders, schrieb über Theater und Sport. So kam er zu mir. Als er meine Auftritte zu managen begann, verdiente ich als Tänzerin sehr gut. Schon beim ersten Konzert fehlten in den Anzeigen und auf den Plakaten Tag, Ort und Stunde der Veranstaltung! Verabredungen mit Journalisten oder anderen Managern hielt er nicht ein. Kommerz und Erfolg schreckten ihn. Es hieß immer *mañana.* Die südamerikanische Gottheit Gana, *No tengo ganas.* Entweder ist es so, oder es ist eben nicht so. Gonzalo hat mir meine Karriere und meine Gesundheit verdorben. Er ist ein Bohemien.«

Gonzalo ruiniert einen Anzug in drei Monaten. Er verdirbt alles, verschüttet Wein, bricht Messer und Gabeln. Seine Papiere sind verschmutzt. Er vergißt alles, den Brief für den Briefkasten, die für mich bestimmte Nachricht von Helba, das Buch, das er lesen wollte, Verpflichtungen, Verabredungen.

Von außen sieht das Hausboot sehr anheimelnd aus. Man hat es aus einem großen Boot gemacht, indem man es in zwei Teile zerschnitt; nun liegt es da, wie von einem Kind gezeichnet, gedrungen, untersetzt. Das Atelier hat man hoch auf das Deck gesetzt, wodurch es ein wenig kopflastig wird. Die obere Hälfte ist aus grau gestrichenem Holz gemacht, die untere besteht aus dunklem altem Holz. Das Atelier hat eine Glasdecke und nach drei Seiten hin Fenster. Die untere Hälfte ist dunkel und rußig und abgescheuert von den vielen Kohlentransporten die Seine hinab. Der Bug ist plump und breit. An den Kais ist es festgemacht durch eine schwere Kette, die um einen eisernen Poller geschlungen ist, und zwei riesige, lange Stangen, die an Ringen hängen. Sie ächzen unter dem Zug, dem sie ausgesetzt sind, um das Boot nahe am Kai zu halten. Eine Zugbrücke führt hinüber zu einer kleinen Tür. Das Atelier ist gleich rechts. Ich kann die Gare d'Orsay sehen, die Gärten der Tuilerien und stromaufwärts die Seine. Wenn man das Boot betritt, liegen links eine kleine Kabine und die Küche. Eine schmale gekrümmte Treppe führt zu einem geräumigen Schlafzimmer hinab, das so groß ist wie das Atelier. Es hat viele kleine Flügelfenster. Zur linken Hand gibt es noch ein Badezimmer und einen Vorratsraum.

Bei Tag spiegelt sich die Sonne im Fluß und wirft ihre Reflexe an Wände und Decken, bei Nacht reflektieren die Lichter am Kai. Tag und Nacht schwappt das Wasser an die Planken, und das Schiff wird sanft gewiegt. Immer ist es, als ob man zu einer Reise aufbräche. Es war eine seltsame Fügung, daß ich auf die Titelseite dieses Tagebuches schrieb: *»Les Mots Flottants.«* Die fließenden Worte. Ich sah die Zukunft voraus.

Les Mots Flottands führten mich zur Belle Aurore an die Seine. Jetzt sitze ich hier und schreibe. Am Sonntag rückte ich ein Stück weiter, um näher am Pont Royal zu sein. Ich telegrafierte Gonzalo, daß er kommen und mir steuern helfen solle, aber er verspätete sich. Ich fuhr allein, mit Hilfe eines Schleppers.

Als Moricand mich besuchte, staunte er über die Atmosphäre. Er wollte schwören, daß es sich um eine Opiumhöhle handle. Nicht einmal ein Dichter wie Moricand versteht, daß man Träume ohne künstliche Rauschmittel erzeugen kann. Für ihn verbinden sich die Boote mit Opium. Er war immer der Meinung, daß ich Drogen nehme und *House of Incest* das Produkt eines Opiumrausches sei. Über diese Vorstellung mußte ich lachen und sagte: »Man gewinnt Erfahrungen auch dadurch, daß man seine Träume auslebt. Ich habe einmal von einem Hausboot geträumt und seither nicht geruht, bis ich eines gefunden hatte.«

Das Schlafzimmer mit seiner niedrigen Decke und den schweren hölzernen Balken ist wunderschön. Die alten Möbel aus Louveciennes, die nicht in die moderne Wohnung am Quai de Passy passen wollten, scheinen geradezu für das Boot gemacht zu sein.

Drüben am Kai treiben sich die Vagabunden herum, die Alkoholiker und die Heimatlosen. Sie schlafen unter der Brücke, zünden Feuer an und kochen sich ihr Abendessen.

Moricand brachte mir einen Revolver. Er dachte, ich könnte ihn hier unten am Fluß gut gebrauchen. Um mir den Mechanismus zu erklären, schoß er einmal in den Fluß. Er brachte mir auch die Bücher von Léon-Paul Fargue und ein Gedicht von Max Jacob.

Wir saßen bei Kerzenlicht beisammen. Der englische Dichter, der genauso aussieht, wie man sich einen englischen Dichter vorstellt, David Gascoyne, kam und brachte die Bücher von Pierre-Jean Jouve und ein Gedicht, das er für mich geschrieben hatte, mit dem Titel »Die mythische Stadt«. Gonzalo stieß zu uns, und Gascoyne sagte: »Er sieht aus wie Othello.« Das Hausboot verzauberte sie. Es entführte sie aus einer gefolterten Welt und nahm sie mit auf eine poetische Reise. In meinem Schlafzimmer befinde ich mich bei Nacht auf einer mittelalterlichen Galeere. Die byzantinische Kupferlampe schwankt wie ein Weihrauchkessel. Die Läden schlagen gegen die Fenster wie die hölzernen Schwingen einer riesenhaften Seemöwe. Der Regen prasselt in den Briefkasten, und meine Briefe sehen aus, als hätten meine Freunde geweint.

Moricand ist pervers, voller Hinterlist und Lust am Zerstören. Er hat Umgang mit Sadisten, Prostituierten und Verbrechern. Den Revolver, den er mir gab, hat er schon benutzt. Als ich ihn in der Hand hielt, dachte ich an den Tod. Ich denke sonst nie an den Tod. Der Gedanke, Tod bringen zu können, ist mir schrecklich.
Moricand erzählte mir von der Blume, die sich in der afrikanischen Wüste aus Sand bildet. Es ist eine Art versteinerter Sandrose, die zerfällt, wenn man sie berührt. Ich beschrieb eine solche Blume schon in der Spiegelgeschichte, lange bevor ich von ihrer Existenz erfuhr.

Ich habe mich in die lyrischen Romane von Pierre-Jean Jouve verliebt. Sie halten einen in der Trance dichterischen Erlebens. *Paulina, Le Monde Désert, Vagadu, La Scène Capitale.* Ich konnte nicht aufhören, darin zu lesen, obwohl ich sehr beschäftigt war, in der Metro, im Café, auf meinem Weg nach Villa Seurat, während ich mir das Haar waschen ließ. *Paulina* beginnt mit diesem Zitat von der Heiligen Theresia: *»L'amour est dur et inflexible comme l'enfer.«*
Seine poetisch-psychologischen Romane sind Meisterstücke. Analytische Einsichten, in Dichtung eingehüllt, sind weitaus fruchtbarer als die reine Analyse. Mit der Droge der Poesie gehen Wahrheit und Hellsicht leichter ein. Der Intellekt kann sich ihnen, wenn sie eindringen, nicht widersetzen. Sprache wird zur magischen Arznei. Der Rhythmus steckt an, und die fließenden Bilder strömen unmittelbar, ohne Ablenkung in das Unterbewußte hinab. Pierre-Jean Jouve beschreibt eine Welt, in der Visionen, Halluzinationen, Symbole, die wir normalerweise in unser nächtliches Erleben wegdrängen, in vollem Tageslicht und körperlich erlebbar auftreten, in denen Wünsche und Fantasie, Traum und Aktion, Träumerei und Leidenschaft ineinander verschmelzen. Er versucht gar nicht, alles und jedes zu erleuchten. Er baut nicht die Brücken, die chronologischen Abläufe, die Reihen, die wir sonst für notwendig halten, denn sie sind gar kein Teil des Lebens. Im Leben kommen die Erleuchtungen plötzlich, es gibt plötzlich Leerläufe, plötzlich Schatten, plötzlich Abgründe und, von einer Logik her gesehen, die wir als Pseudologik durchschaut haben, Inkohärenzen. Wir verbinden unsere Erfahrungen nicht miteinander und addieren auch nicht den Sinn unserer Handlungen.
Oft leben wir von Impulsen getrieben, die unsere weit offenen Augen des Bewußtseins als gefährlich, ja tödlich erkennen. Wir stürzen in die Ekstase, bevor Klarsicht uns überkommt und lähmt. Wir schöpfen höchste Freuden aus Illusionen, die prosaische Menschen und Realisten nicht kennen. Und eben diese Menschen, die dem Gift aus den Drogen der Imagination und der Ästhetik widerstehen, suchen den Rausch im Wein oder in Drogen wie dem Opium.

Wenn ich ein Paar Strümpfe gewaschen habe, ist der Tank leer. Wenn ich Kaffeewasser heiß mache, bin ich mit den Kohlen am Ende. Schlepper ziehen vorbei, die Besatzung winkt mir zu. Die Männer stehen am Steuerruder, die Frauen hängen Wäsche auf. Manchmal ist die Strömung gefährlich schnell. Ich habe Alpträume von sturmgeschüttelten Booten.

[Oktober 1936]

In der vergangenen Nacht probten wir den Krieg. Wir liefen alle auf die Straßen hinaus, um die Flugzeuge zu sehen, die Scheinangriffe und Verteidigung durchführten.

Novalis schreibt: »Das Leben der Dichtung ist das einzige Absolute, die einzige Wirklichkeit.« Ich zweifle nicht daran. Ich werde die Kraft haben, dem Schicksal in der historischen Zeit, den Tragödien des Alltags, der Grausamkeit und Vernichtungslust der Welt zu entfliehen, in die Dichtung, in das Ewige.

Gonzalo, die Taschen vollgepfropft mit Zeitungen voller Neuigkeiten aus der monströsen Außenwelt, durchbricht manchmal den Traum, aber dann schöpft er selbst daraus Kraft und geht wieder an die Arbeit. Man darf sich nicht erschrecken lassen. Man muß wie die Worte im Fluß bleiben, die keine Wurzeln haben, nicht mit Gießkannen bewässert werden. Man muß lernen, ohne Breitengrade und Längengrade und ohne Motor zu navigieren. Ohne Rauschmittel, unbelastet. Man muß atmen, als wäre man ein Instrument, das die Windstärke mißt. Das Tauwerk wird aus Sand gemacht, der Anker aus Nordlicht.

Als Kind, während mich das Schiff nach Amerika trug, sah ich, daß wir auf eine Horizontlinie zufuhren, die wir niemals erreichten. Die gleitenden, schillernden Konturen der Illusion. Wenn Worte und Gefühle in Fluß geraten, strömen sie wie das dichterische *mouvement perpétuel*. Fließen bedeutet einssein mit einem universellen Rhythmus. Das Absolute ist nichts anderes als der pulsierende Rhythmus. Fließend, in der vollen Hingabe an eine Erfahrung, vereinige ich mich mit der ganzen Welt. Ich ließ mich tragen von allem, was stärker war als ich selbst, von der Liebe, dem Mitleid, der schöpferischen Kraft. So erlangte ich Zugang zur großen Einheit. Das Boot wird getragen von einem Wasser, das tiefer ist als es selbst. Nun bin ich in der Strömung. Ich fürchte keine Erschütterung, kein Stranden.

Das Atelier ist ein Sonnenraum. Es ist durchdrungen, gesättigt von Sonne und Licht. Es ist wie eine Laube aus Licht. Ich sitze gern darin und tippe an einem riesigen Tisch. Der Schlafraum ist das Mysterium, die Nachtlaube. Die Hindulampe wirft Bilder groß an die Wände,

Gitter, Kaktusblüten, Fächer, ineinander verschlungene Bögen, Kreise, Eisenstäbe, Käfige, Platanen, Orangenblüten.
Ich weiß, wo ich solche Fenster schon gesehen habe: in den Illustrationen zu den Märchen der Brüder Grimm.
Wie prophetisch war doch meine Beschreibung des Labyrinths: »Nebelhorn und Stundenschlag zerreißen das Spinngewebe. Ich überquere den Laufsteg und bleibe doch immer an die schweren, sich spannenden Taue ausfahrender Schiffe gebunden.«

Der alte Mann vom Fluß, Exkapitän eleganter Yachten, ist lange Zeit der Kapitän der *Belle Aurore* gewesen. Jetzt mißfällt es ihm, wenn sich andere um das Hausboot kümmern. Gonzalo repariert manchmal die Pumpe oder die Batterien für das elektrische Licht. Er schürt das Feuer im Ofen, macht Kleinholz. Dann kommt der alte Käpten aus seiner Kabine, spuckt aus, brummt Flüche unter seinem Schnurrbart hervor und klopft mit seiner Pfeife lärmend gegen die Planken.
Gonzalos dunkle Haut erschreckt ihn, seine Größe, und obwohl Gonzalo Arbeitskleidung trägt, verschlissene Kordhosen, fühlt sich der Kapitän doch von ihm mehr abgestoßen als von meinen anderen, besser gekleideten Besuchern, dem untadeligen Moricand zum Beispiel.
Offenbar trinkt der alte Mann von einem Tag zum anderen ein bißchen mehr. Und wenn er betrunken ist, rumort er laut mit seinen Töpfen und Pfannen. Er spuckt, schnauft, flucht.
Zu seinen Aufgaben gehörte, Trinkwasser vom Brunnen zu holen. Er benützte dazu zwei Kübel, die er im japanischen Stil an einem Stock über der Schulter trug, aber wenn er in seiner Trunkenheit ankam, waren die Kübel leer. Wenn ich bei Nacht kein Wasser mehr habe, fürchte ich mich, etwas zu holen, weil die Clochards unter der Brücke schlafen. Auf dem Weg hin und zurück ist es sehr dunkel. Hinter den Bäumen gehen die Prostituierten ihrem Gewerbe nach.
Einmal kam abends noch Gonzalo mit einem Freund vorbei, und ich bat sie, mir einen Kübel Wasser zu holen. Der alte Mann kam auf seinem einen Bein heraus und überwachte, wie andere ihn dessen beraubten, was er für seine Vorrechte hielt. Er stocherte zornig im Ofen und murmelte etwas über die schwarze Rasse. Gonzalo ist jähzornig. Er befahl dem alten Mann, in seine Kabine zurückzugehen und dort zu bleiben.
Während wir miteinander sprachen, trommelte er an die Wände.
Über dem ganzen Boot, den teerschwarzen Wänden, den dunklen Balken, dem schwappenden Wasser in der Tiefe, liegt der Schatten des alten Mannes.
René sagte: »Ich habe den alten Mann gesehen, wie er einen anderen

kaltblütig zusammenschlug. Er ist ein Teufel, dieser Alte.« *(»Je l'ai vu descendre un homme comme rien, il est costaud, le vieux.«)*
Wenn er mit seinem einen Fuß und der Krücke über die Treppe stapft, macht er ein solches Gepolter, daß ich aufwache, früh am Morgen und spät in der Nacht.
Helba erzählt mir immer wieder, was ihre Mutter sagte, als sie zum ersten Mal Gonzalo sah. »Ay, wie schwarz er ist. Dios mio, wie schwarz müssen seine Sünden sein.« Wenn er zornig ist, sieht er wie ein Dämon aus. Sein krauses, schwarzes Haar fällt ihm ins Gesicht, seine Augen funkeln.
Es war acht Uhr am Abend. Gonzalo machte eine Skizze von René in seinem Apachenmantel, seinem schmutziggelben Halstuch und seinen Händen, die von seiner morgendlichen Arbeit mit dem Gemüse in den Markthallen ganz blau sind. Die Vertäuungen des Bootes ächzten wie splitterndes Holz, an den Seiten des Bootes schwappte das Wasser. Dunkelheit. Zwischen den Zweigen der Bäume droben am Boulevard blinkten die Lampen.
Der alte Mann fing an, Töpfe an die Wand zu werfen und zu schreien. Gonzalo sprang zornig auf und klopfte an seine Tür. »Sei still«, schrie er. »Wenn du nicht Ruhe gibst, werfen wir dich aus dem Boot.« Der alte Mann fuhr fort, zu singen und zu schelten. Gonzalo wurde immer zorniger. Er warf sich gegen die Tür, versetzte ihr Fußtritte und schlug sie ein. Der alte Mann wurde sichtbar, wie er da auf einem schmierigen Polster aus Kartoffelsäcken lag, die Mütze auf dem Kopf und die Krücke wie ein Schwert erhoben. Gonzalo sagte in seinem schmuddeligen Französisch: »Du bist ein böser alter Mann, scher dich fort. Entweder du verschwindest, oder ich verständige die Polizei.«
René hatte dies, da er Schlägerei und Mord befürchtete, schon getan. Der alte Mann war ganz benommen und vor lauter Trunkenheit und Angst unfähig, sich zu rühren. Gonzalo hob die Petroleumlampe. René sagte: »Zieh dich an. Die Lady wünscht, daß du gehst. Zieh dich an.«
»Wer hat die Tür eingeschlagen, frage ich, wer? Ich bin es nicht, den man zur Polizei bringen sollte.« Er blieb liegen. Er konnte seine Unterhosen nicht finden. Gonzalo und René redeten. Der Polizist redete. Sie konnten ihn nicht anziehen. Er hörte nicht auf, vor sich hin zu brummen. »Na gut, was geht's mich an. Werft mich doch gleich in den Fluß, mir ist es gleich. Dann sterbe ich eben. Ich bin nicht schlecht. Ich habe für Sie Botengänge gemacht, hab ich das nicht?«
»Du machst zuviel Lärm in der Nacht mit deinem Singen und deinen Töpfen und Pfannen.«
»Ich hab tief geschlafen«, sagte der Alte. »Plötzlich habt ihr die Tür eingeschlagen. Dann seid ihr über mich hergefallen. Ich will nicht fort. Ich bin zu alt. Ich kann meine Unterhosen nicht finden.« So ging es

eine Stunde lang weiter, mit Unschuldsbeteuerungen, Trunkenheit, trunkener Logik, bis uns schließlich alle die Komik überwältigte und wir zu lachen begannen. Alle lachten, auch der alte Mann.
»*Je ferais la mort*«, sagte er und legte sich zurück und schloß die Augen, gehorsam, verängstigt und verschreckt. Der Polizist lachte und ging fort. René lachte und ging zu Bett.

An einem Nachmittag im Café begann Gonzalo mir Fragen über die Psychoanalyse, die große Feindin des Marxismus, zu stellen. Ich erzählte von Ranks Theorien, in Verbindung mit Helbas Neurose. Nach einer Weile sagte er: »Ich möchte diese Bücher lesen.«
Plötzlich schlug er sich aber mit den Fäusten an die Stirn. »Verflucht alle diese Intellektuellen. Alle Literaten. Verbrennt diese Bücher. Wenn die ökonomischen Probleme gelöst sind, gibt es keine Neurotiker mehr. Neurose ist etwas für die reichen Leute. Ein Luxus. Die Armen brauchen Brot. Lösen diese deine Bücher die Probleme der Welt?«
»Nicht alle Probleme sind ökonomische Probleme«, sagte ich behutsam.
Gonzalo sagte, was er von der am Ende friedlichen Szene mit dem alten Mann im Boot hielt. Ein spanischer Vagabund hätte unter denselben Umständen das Boot in Brand gesteckt, oder das Trinkwasser vergiftet, oder Gonzalo in der Dunkelheit ermordet.
»Wenn ich zornig bin, könnte ich leicht einen Menschen umbringen«, sagte Gonzalo.

Erst wenn ich allein bin, kann ich wieder denken, stoße ich in kühlere philosophische Regionen vor, wo ich für alles, was mich bedrängt und verwundet, nach Erklärungen suche, wo ich die Weisheit der Weisen befrage, die Orakel, die Kommentare, um mein Gleichgewicht wieder zu erlangen.
Aber das sind nur Pausen. Die übrige Zeit lebe ich so aus der Fülle, wie es nur irgend jemand irgendwann getan hat, in verschiedenen Schichten, verschiedenen Sprachen, mit vielen Menschen, in vielen Welten, so frisch und so scharf, als wäre jeder Tag neu, jeder Mensch neu, und letztlich halte ich nur dem Leben die Treue.
Ein düsterer Tag. Alle sind wir niedergeschlagen, bedrückt.
Gonzalo hat Briefe von seiner Mutter, die alt und krank ist und ihn bittet heimzukommen. Sie verspricht ihm, daß er dann sein Erbe erhalten würde, und damit wären seine finanziellen Probleme gelöst.
Helba gesteht, daß sie Gonzalo niemals leidenschaftlich geliebt hat, daß sie immer wie Bruder und Schwester waren, daß sein Fatalismus sie ruiniert hat.

Die ganze Zeit habe ich das Gefühl, gegen eine dunkle, verschlingende Macht anzukämpfen. Zwischen tausend Mauern habe ich für uns alle ein illusorisches Paradies geschaffen, indem ich nur die großen Augenblicke wählte.

Die dunkle, höhlenartige Behausung, in der Gonzalo, Helba und ihre Freunde sitzen wie verlorene, untätige, tragische Figuren aus einem Tschechowstück. Helba in ihren Lumpen, in Gonzalos weggeworfenem Hemd, seinen Socken, mit mehreren Mänteln bedeckt. Elsa sitzt dort nach ihrer Kropfoperation in einem braunen Kleid und betastet ohne Unterlaß ihre Narbe, wie ein Pianist die Tastatur seines Instrumentes betastet, daneben sitzt der Geiger, der die Werke von Dostojewskij gestohlen hat und aussieht wie der junge Mann in *Doctor Caligari*. Das Essen stellt man auf einen ungedeckten Tisch, der voller Weinflecke ist, voll verstreuter Zigarettenasche und Brotkrümel.
War meine Lumpensammlergeschichte eine fantastische und heitere Bejahung der Nutzlosigkeit aller Bemühungen?
Schwanke ich in meinem Leben gefährlich am Rande eines Abgrundes? Je höher ich mich in die Fantasie aufschwinge und nur das Großartige wähle, desto straffer zieht sich die Schlinge der Realität um meinen Nacken zusammen. Je schneller ich mich bewege, desto deutlicher spüre ich die würgende Hand einer namenlosen Angst.
Das Absolute nur in der Vielfalt suchen. Ein Absolutes in Abstraktionen, verstreuten Elementen, verschiedenen Welten. Ein Absolutes in Fragmenten. Ein Absolutes, das nicht heiter dahinfließt, das ich in schierer Wachheit erfassen muß und das so flüchtig ist wie die Ekstasen der Dichter, das Wunderbare, das die Surrealisten suchen. Ein Absolutes, das immer flieht.
Dieses Absolute ist wie Dynamit, das noch nicht explodiert, aber die Zündschnur brennt bereits, die kleine Flamme läuft die Schnur hinab und hinauf, in einer Art von dionysischer Heiterkeit, die mir den Atem raubt; alle Nerven sträuben sich, als wären ihnen an ihren empfindsamen Enden Augen zugewachsen, sie dehnen sich, gierig, hungrig, mit offenen Augen, gespitzten Ohren und warten auf die Klimax, die das Blut durch sie hinrauschen läßt, bis sie in Schlaf sinken.
Ekstase und Angst sind Zwillinge. Angst ist ein Wachtposten, der in einem gelben Gesicht im Café den Kriminellen erkennt, den Rauschgiftsüchtigen, das aufziehende Unheil. Ein Messer? Gift? Noch ist Pause. Die Taxis krachen noch nicht aneinander. Die Mauern stürzen nicht ein, die Vergangenheit bricht nicht auseinander, und ich warte auf ein Absolutes, das nicht durch den Himmel hinschießt, das kein flüchtiges, unfaßbares Absolutes ist.
Haben alle Feuer hundert Flammen, die nach allen Richtungen bren-

nen, hat es je eine runde Flamme mit nur einer einzigen Zunge gegeben? Warum fließt die Angst wie Quecksilber durch die Adern, nimmt die Form eines Wirbelsturms an, umspielt jedes Monstrum auf der Straße, um es nach seinen Intuitionen abzutasten, sich seine Perversitäten vorzustellen, zwischen die Liebenden zu schlüpfen? Dieser Mann mit dem jungen Mädchen am Arm, warum sind seine Augen so feucht, warum ist sein Mund so feucht, warum sind ihre Augen so müde, warum ist ihr Kleid so kurz, warum sein Blick so schief, woher kommt dieses Elend, das ich im Vorbeigehen fühle; warum ist dieser junge Mann so blaß, sind seine Augen so verstört, steht nicht Schaum auf seinen Lippen, der Schaum des Veronals, den ich zuerst auf Artauds Lippen gesehen habe; worauf wartet diese Frau dort unter der Laterne, mit einer Hand im Muff – mit einem Revolver? Warum haben die beiden Schwestern ihren verrückten Bruder ermordet, nachdem sie viele Jahre mit ihm allein in einem Haus lebten?
Iwans Frau sitzt ganz still, mit einer Falte zwischen den Augen, so als könnte sie nichts von dem verstehen, was wir sagen. Elsa zieht die Kontur ihrer Narbe nach, so als wäre sie ihr neu. Helba schlüpft in zwei zusammengenähte Mäntel, steckt eine Brosche ohne Steine an; alle Steine sind herausgefallen, verloren.
Ich aber suche noch immer das Märchen, während der Mann, der uns im Café Strümpfe und Zigaretten zum halben Preis verkauft, in seinem Holzbein, wie mir Gonzalo versichert, Kokain versteckt hat. Ich sehe diese Dinge nicht, ich habe keine Augen dafür, das ist der Beweis meiner Unschuld. Ich sehe das Böse und die Gefahr nicht voraus, wohl aber sehe ich, während ich mein Leben träume, die toten Blätter, die im Rinnstein hinabtreiben, ich sehe den alten betrunkenen Mann am Fuße der Treppe auf Gonzalo warten, um ihn zu erdolchen, ich sehe den Rost an Helbas Kaffeekanne, das Loch im Dach, den Regen, der auf Gonzalos Zeichnungen fällt, das Feuer, das ausgegangen ist, den eingetrockneten sauren Wein am Boden der Tasse, und ich gehe weiter über Falltüren ohne zu fallen, als wäre ich unsichtbar, so daß ich auf die Straße stürzen kann und das Auto stößt mich nicht zu Boden, und ich höre immer noch diejenigen, die weinen. Das Märchen trägt ein Kleid, das mich umspielt, das Raum schafft zwischen den Füßen und der Erde, dem Holz, dem Rost.
Was ich Himmel nenne, ist, wenn niemand leidet. Solange jemand leidet, ist mir die Freude verdorben.

Evreinoff vom Moskauer Künstlertheater: Frisur wie ein Page, ein Page mit einer Glatze, dem Gesicht einer alten Frau, den lebhaften Augen eines Schauspielers, ein austauschbares, amorphes Geschöpf, an dem die Kleider hängen, als gehörten sie nicht ihm, könnten sich mit seinem Körper nicht verständigen; wie ein Mann auf einer alten

Lithographie, dem sein steifer Kragen noch bis zu den Ohren reicht, und sein Halstuch flattert im Wind; es ist, als wollte er sagen: »Hier ist der Mensch von heute, das Ich von heute, der moderne Mensch, aber dahinter steht das archaische Ich, der Archetypus in den Begriffen der Psychologie, es ist *dieses* Ich, das sich an Millionen Jahre erinnert, und um sich zu ernähren, braucht es die Kunst. Die Dramatisierung, die Theatralisierung sind notwendig, um den Sinn zu enthüllen.«

Conrad Moricand, der ein *»homme de salon«* ist, aber sich wie eine Jungfrau benimmt, die sich ihres Körpers schämt und schutzbedürftige Stellen züchtig mit der Hand bedeckt, der das Gesicht eines weißen, aber schon sehr geschwächten Indianers hat, sagt: »Das eigentliche Todesurteil wird gesprochen, wenn ich alle meine Besitztümer verkaufen muß, um die rückständige Miete zu bezahlen. Ich werde einen Beruf ergreifen und die abscheulichsten Grausamkeiten erleiden müssen. Unter diesen Umständen nehme ich lieber Veronal.«

Iwans Augen tanzen wie die Augen der besessenen Bali-Tänzer. Das erste, was die Geister tun, wenn sie sich eines Körpers bemächtigen, ist, daß sie die Augen verstellen, wie man es etwa bei schlechten Bildern machen würde.

Alle, die meinen schnellen Rotationen nicht recht folgen können, die mich unvermutet verschwinden und unvermutet wieder auftauchen sehen, sollten mir zuschauen, wie ich am Boden sitze und an einem Teppich arbeite, an der Rückseite die weiße Wolle verknüpfe, Faden für Faden, die rechte Länge des Fadens messe, den Knoten sichere und die Oberfläche glatt beschneide, wie die Marokkaner es tun. Und obwohl ich bei Nacht nicht auftrenne, was ich bei Tag mache, habe ich doch Jahre für diesen Teppich gebraucht. Er trägt Spuren der Arbeit, der Zeit, von Müdigkeit und Staub.

Helba zeichnet Häuser, die wie Chagalls fliegende Pferde keinen Schwerpunkt haben; sie kauft ein Hundehalsband und setzt es als peruanischen Kopfschmuck auf, dies vor einem Verkäufer, der ärgerlich darauf besteht, daß es doch ein Hundehalsband sei.

Helbas Atelier ist immer feucht. Ein Totengeruch sickert durch Fußboden und Wände. Totengeruch dringt überall ein und verkündet für alle, die schon zu seiner Bruderschaft gehören, das Nahen des Todes im Leben. Da bedarf es keiner Kunst, um den Menschen an die Vergangenheit zu erinnern. Eine schmierige, verschmutzte, schwitzende Tapete ruft Jahrhunderte der Melancholie deutlicher ins Gedächtnis als ein gemaltes Gesicht. Aber die Maler lehren uns, wie man anschauen soll. Ihre Wände zeigen uns, wie schlüpfrig und glitschig die Erde ist, aus der wir stammen, die Dumpfheit der Wurzeln und der Friedhöfe, die triefende Feuchtigkeit, aus der wir geboren werden,

Agonie und Tod. Es gibt Mauern, die das Atmen, den Ausbruch, die Flucht von der Erde unmöglich machen. Diese Mauern, an denen menschliche Körper ihren Schweiß zurückgelassen haben, ihren Atem, ihren Schmutz, sind so dick, daß niemand sie zerstören kann. Wenn das Haus niedergerissen wird, bleiben diese Flecken wie Blutflecken erhalten, und wenn man die Mauern einreißt, Stein für Stein, Schicht für Schicht, bleibt doch der Geruch erhalten, ein Todesgeruch in der Luft. Helba hat die Mauern mit Salmiakgeist abgewaschen, und nun sind ihre Hände geschwollen. Sie wollte den Tod wegwaschen, sagte sie. Iwan half ihr dabei, halbnackt, und versuchte die ganze Zeit, ihr Einstein und die Geometrie zu erklären, schreiend, in der Hoffnung, daß sie ihn hören würde. Gonzalo schüttelt den Kopf wie ein Löwe, unruhig unter seinem Harnisch des Wissens, schließt die Augen, als wollte er meditierend und feuerschnaubend in das fragile Flechtwerk aus Logik und Wissenschaft einbrechen.

Gonzalo sah in einer Buchhandlung am Boulevard Montparnasse *House of Incest* offen in einer Auslage liegen. Darunter war eine Reproduktion von Cranach ausgelegt. Er wisse nicht, ob es die Buchhandlung absichtlich so gemacht habe, sagte er, aber zwischen der Figur von Cranach und mir gäbe es eine gewisse Ähnlichkeit. Zuhause angekommen, schlug ich ein Exemplar des *Minotaure* auf, das mir Gonzalo mitgebracht hatte, und fand darin eine Reproduktion der Frauenfigur von Cranach. Am nächsten Tag entdeckte ich dieselbe Reproduktion in der New York Times.

Henry ist nun ein berühmter Mann geworden, und das verdankt er vor allem sich selbst, der Art, wie er den Umgang mit den Menschen sucht, seiner Aufgeschlossenheit, der Korrespondenz, der Grenzenlosigkeit seiner Energie und seines Ehrgeizes.
Henry schwimmt in einer Woge der Aktivität. Menschen, Briefe, Hoffnungen, Rezensionen. Neue Freunde, neue Ideen. Müde Augen. Kannibalismus: »Was war es doch gleich, was du mir gestern vorgelesen hast, von einer Brosche ohne Steine? Ein großartiges Bild.«
»Versuche nicht, es zu stehlen. Ich brauche es für mein Porträt von Helba.«
»Ich werde es nicht tun«, sagte Henry, machte sich aber vorsorglich eine Notiz.
Er sammelt Adressen. Er möchte mit der ganzen Welt in Verbindung stehen. Wie ein Postbeamter, sagte ich. Wir lachten. Ich nenne ihn Lao-tse Miller. Der chinesische Schelm. Er war bei Holländern eingeladen. »Wie waren sie?« fragte ich. Langweilig, sagte er, aber sie kennen eine Menge Leute.

In den Morgenstunden schreibe ich Briefe. Ich versuche, meinen indischen Sari zu verkaufen, denn ich habe kein Geld mehr. Daneben schreibe ich weiter für Denise Clairouin die Tagebücher ab.
Ich bin müde. Alles rührt mich an, ich kann nicht gleichgültig bleiben. Gleichgültigkeit und Passivität sind mir unmöglich.
Louveciennes ist tot. Es ist geplündert worden. Ich mochte nie über seine letzten Tage schreiben. Als ich in einen neuen Zyklus eintrat und nach Paris in eine moderne Wohnung mit modernen Möbeln übersiedelte, mußte ich mich von Louveciennes und seiner alten Einrichtung trennen. Man sagte mir, es gebe nur eine Möglichkeit, die Versteigerung. Als ich ankam, sah ich, daß die Auktionäre alles in den Vorgarten geschleppt hatten und die Versteigerung im Freien abhielten. Ich hatte mir keine Vorstellung davon gemacht, was eine Versteigerung bedeutet, und war entsetzt, die Anzeige in der Lokalzeitung zu lesen. Der Ausrufer verkündete es, der Mann in Uniform, der die Trommel schlägt, um die Aufmerksamkeit zu erregen, und dann am Stadtplatz die Neuigkeiten verliest. Die Tore standen weit offen. Eine Menschenmenge hatte sich zur Besichtigung versammelt.
Betten, Vorhänge, Teppiche, Tische, Schreibtische, Stühle, Bücherschränke, Kissen, Bettdecken, die ganze intime Einrichtung eines Hauses, das ich so geliebt und in dem ich so gern gelebt hatte, das so voll war von Erinnerungen. Mir war es, als müßten Worte laut werden, wenn Fremde die Schubladen öffneten, daß man die Stimme von Artaud hören müsse, die Stimmen von Allendy, Joaquin, Henry und June, meines Vaters, Jeannes und all der anderen, wenn sie die Vorhänge betasteten. Ich stand im Hof, im grellen Tageslicht, während der Auktionator auf meinen Schreibtisch klopfte, um sich Ruhe zu verschaffen. In der Menge sah ich Nachbarn. Arbeiter, Bauern und einige von den Eigentümern der großen Häuser. Mein Haus und mein Leben hatten immer ihre Neugierde erweckt. Sie griffen nach den Vorhängen, befühlten sie, öffneten alle Schubladen. Was mich am meisten störte, war, daß sie sich auf mein Bett legten, das große spanisch-maurische Bett, das ich in einem Antiquitätenladen in der Rue de Seine entdeckt hatte und das ich mir jahrelang nicht kaufen konnte. Immer wieder hatte ich durch das Fenster gesehen, voller Angst, es könnte schon verkauft sein, und erst vor einigen Jahren konnte ich es mir leisten. Die Einlegearbeiten aus Perlmutter und Kupfer blitzten in der Sonne. Die Leute prüften es auf Weichheit und Größe. Es war wie eine Invasion in mein Haus, mein Leben, ein Hineinspähen in meine intimsten Geheimnisse. Ich begriff, daß die Dinge eine Erweiterung meines Körpers waren, daß sie noch die Prägemarke der Menschen trugen, die sie berührt hatten. Es schien falsch, sie an Fremde zu verkaufen. Es war mir unerträglich. Zum Erstaunen und Schrecken des Auktionators begann ich gegen die Käu-

fer zu bieten. Ich kaufte mein Bett zurück, meine Bücherschränke, meinen Schreibtisch.
Ärgerliches Gemurmel kam auf. Sie hatten zu Spottpreisen kaufen und sich amüsieren wollen, und nun spielte ich nicht mit. Am Ende des Nachmittags hatte ich einige meiner Möbel zurückgekauft und stellte sie in ein Magazin, bis ich das Hausboot gefunden hatte. Dort paßten sie genau hinein.
Was für ein tragikomischer Tag! Jedes Objekt, das versteigert wurde, enthielt ein Stück meiner Vergangenheit. Ich trauerte über die vergehende Zeit, die sterbenden Häuser und Dinge, den Wechsel der Gefühle, die verblassende Liebe. Als es dunkel wurde und die Versteigerung noch immer andauerte, leuchtete das Haus im Schein der nackten Birnen noch einmal auf wie eine Moschee, farbenschimmernd im Kontrast zu dem grauen, unscheinbaren Dorf, leuchtete noch einmal auf, funkelnd und warm, und erlosch. Man schleppte nach allen Richtungen die Möbel weg, die ich nicht zu behalten wagte, Spiegel, Lampen, Vorhänge, und die Spuren meines Lebens wurden in die verschiedensten Häuser aufgeteilt, wo sie sich für immer verloren.
Es war ein Opfer, das ich jenen brachte, für die ich sorge, das ich meinem Wunsch zu geben brachte, meiner Neigung, mein Leben auf das wenige Wesentliche einzuschränken. Louveciennes war ein Luxus geworden.

Moricand spricht über Astrologie und sagt: »In der Psyche des Menschen gibt es starke und schwache, kurze und lange Wellen.« Er spricht von der Seele wie vom Meer, den Wellen, den Vibrationen. Er spricht die Sprache der Dichter.
Gleichzeitig vollführt Evreinoff seine großen Gesten. Gesichter und Kerzen wiederholen sich in den Spiegeln bis zur Unendlichkeit. Oberst Tscheremetieff ist ein *entremetteur*, der es liebt, verschiedenartige Menschen zusammen zu bringen. Murmelnd spricht er von den Taten der alten russischen Geschichte, während die Linke am anderen Ufer der Seine eine neue Geschichte macht. Durch die Lautsprecher hören wir die Schreie, die Erregung, die Lieder. Gonzalo ist dort drüben. Er ist ein idealistischer Marxist. Er verteidigt die Erniedrigten. Wenn ich Blutvergießen und Gewalt akzeptieren könnte, wäre ich auch dort drüben. Gonzalo sah, wie die Indianer von den Weißen mißhandelt wurden. Die indianische Hälfte seines Ichs nimmt immer die Partei der Unterdrückten.
Gonzalo bewegt sich wie eine Katze. Er streicht sich nie mit der offenen Hand über das Gesicht, sondern immer mit der geschlossenen Faust, wie es Katzen mit ihren Pfoten tun. Seine Augen sind wie die einer Katze geschnitten. Er runzelt die Nase, wie es Katzen können.
Gonzalo erzählt mir von der Russischen Revolution.

Ich verstehe nicht, was er damit sagen will: »Moricand ist ein Opfer des Kapitalismus. Artaud ist ein Opfer des Kapitalismus.« Er setzt dynamische gegen statische Philosophie. Marxismus ist eine dynamische Philosophie. Die Welt befindet sich für ihn in ständiger Evolution und Revolution.
»Gonzalo, ich hasse Ungerechtigkeit. Ich sympathisiere mit deinem Marxismus, weil er idealistisch ist. Ich kann für jeden Glauben sterben, der idealistisch ist. Aber die Russische Revolution ist uneinig, korrupt, zerspalten. Die Beherrschung der Welt ist eine Aufgabe für Realisten. Dichter und Arbeiter werden immer der Macht und der Herrschsucht zum Opfer fallen. Die Welt wird nie von Idealisten regiert werden, denn sobald sie zu herrschen beginnen, sind sie schon keine Idealisten mehr. Als die katholische Kirche zur Macht kam und eine Organisation wurde, hörte sie auf, eine Religion zu sein. Der Realist, der Mann der Macht und der Habgier, wird immer über die Menschenfreunde siegen. Selbstsucht gewinnt. Es werden immer Materialisten über die Welt herrschen.«
Gonzalo glaubt nicht daran. Er spricht von Spanien. Nach Spanien zu gehen und zu kämpfen, oder nicht hinzugehen, ist für ihn ein ständiger Konflikt. »Die Verwundeten kommen zurück. Roger ist verwundet. Ich muß gehen, muß gehen.«
Später kritisiert er meine Gutwilligkeit und sagt, sie wäre als unpersönliche Einstellung wirksamer. So wie ich es mache, zerstöre ich mich selbst und erreiche gar nichts, meint er. »Du beschönigst nur die Not, die noch tiefer werden, schlimmer werden muß, sonst wird sie niemand beseitigen wollen.«
Von mir geht er zu Artaud. Er hilft Artaud bei der Übersetzung eines Buches über die Riten der Tarahumare-Indianer.

Wenn ich einen Raum betrete, der voller Menschen ist, fühle ich eine Übelkeit und weiß, daß ich nicht bleiben kann. Es ist wirkliche Angst. Ich bin für solche Orte und solche Menschen nicht gemacht, weil ich meine Gefühle nicht unterdrücken kann. Für Zynismus und Ausschweifung, für abgestumpfte, hartgesottene, oberflächliche Menschen bin ich nicht geschaffen. Wohl sehe ich, daß Henry anders sein kann, daß es einen zartfühlenden Henry gibt, aber damit werden alle die brutalen und gefühllosen Menschen, mit denen er sich umgibt, nicht besser.
Wer mir entgegenkommt, wenn ich einen Raum voller Menschen betrete, ist der eine, der verwirrt ist, der die Aufgabe nicht erfüllt, die man von uns erwartet.
Diesmal war es in der Wohnung von Denise Clairouin ein junger Mann, der gern in ferne Länder reisen möchte und es nicht kann. Er war traurig. Er sprach zu niemandem, bis er mich als Beichtigerin

entdeckt hatte. Ahnte er, was ich ihm sagen würde? »Machen Sie es wie die spanische Tänzerin, die für ihren Tanz nur einen Tisch braucht. Suchen Sie sich einen Tisch, darauf zu tanzen, darauf zu reisen. Tanzen Sie auf der Stelle. Man muß nicht reisen. Es gibt Reisen anderer Art. Hier in Paris kann man zugleich überall sein. Sie können wie Blaise Cendrars mit den Zigeunern leben, sich in ein Mädchen aus Tahiti verlieben, auf einem Hausboot leben und die Ekstasen imaginärer Reisen erleben.« Er lachte. »Sie denken sehr schnell und beantworten meine Frage, bevor ich sie stelle. Ich liebe den Orient.«

»Es gibt auch in Paris verschleierte Frauen. Sie können im Geheimnis leben, wenn Sie aufhören, nach europäischer Art die Geheimnisse auf Nadeln aufzuspießen.«

»Sind Sie glücklich?«

»Ich bin es, aber ich wäre noch glücklicher, wenn ich nicht so viele verschiedene Dinge brauchte, um glücklich zu werden.«

»Ich möchte weit wegfahren, um dem ›Ich‹ zu entkommen.«

»Es wird Ihnen überallhin folgen. Es ist Ihr Schatten.«

»Wie sind Sie es losgeworden?«

»Geben Sie es einem anderen. Geben Sie sich selbst auf.«

Wir schauten uns um, wem er sein Ich geben könnte. Ponisowski und seine russische Kusine. Britton Austin, eine irische Schauspielerin, Beltran Masées, ein blondes Modell, ein schüchterner junger Schriftsteller, eine Japanerin. Das Zimmer war voller Weltwunder. Ich hörte Spanisch, Russisch, Deutsch. Mrs. Stuart Gilbert hat das zarte Gesicht der Frauen von Marie Laurencin. Während sie spricht, lassen ihre Augen einen nicht los, und ihre Lippen formen die Worte zärtlich und sensitiv.

Ich habe die Begabung, mich von meiner unmittelbaren Umgebung völlig zu abstrahieren und mich in einem imaginären Leben zu verlieren, wenn ich will.

Moricand, mit einer Mappe voller Horoskope unter dem Arm, sagte zu mir und Paul Fort, dem jungen Mann, der in den Orient reisen möchte: »Pisces können so zart und weich und widerstandslos sein, daß man sich oft eine falsche Vorstellung von ihnen macht. Pisces glauben nicht, daß die Wahrheit das Höchste sei, was man sagen könnte, und folglich ersetzen sie, weil sie niemanden verletzen wollen, das, was sie für eine kosmische Wahrheit halten, durch geringere Wahrheiten. Das Zeichen verbindet sich oft mit Zauber und Verzauberung. Weltfremdheit gehört dazu, Selbstopfer, romantische Ideale, Inspiration, denn eine höhere Bewußtheit strahlt ein.«

Paul Fort staunte. Er ahnte, wie ich »auf einem Tisch« tanze. »So reisen Sie also«, sagte er. Ich ließ ihn im Gespräch mit Moricand zurück.

[November 1936]

Gonzalo ist endgültig zum Agitator geworden, zum Schriftsteller, Redner, Anführer einer Gruppe von achtzig südamerikanischen Intellektuellen. Er steht Pablo Neruda und José Bergamín nahe. Pablo Neruda hörte ich seine eigenen Gedichte vortragen. José Bergamín, ein katholischer Philosoph, versucht Katholizismus und Marxismus auf einen Nenner zu bringen. Gonzalos Leidenschaft für die Politik, seine Reden, seine Aufrichtigkeit sind nicht ohne Einfluß auf mich geblieben. Ich wurde für den Marxismus gewonnen.
»Seltsam«, sagte Gonzalo, »daß gerade du, die du so weit von allem entfernt bist, mich dazu gebracht hast, mich selbst zu finden und etwas zu tun.«
Ich habe mich hingesetzt und vierundzwanzig Propagandabriefe für die spanisch-republikanische Sache abgeschrieben. Ich brachte ihm die Umschläge. Aber ich kann seinen Glauben nicht teilen. Er scheint mir utopisch und naiv. Gonzalo lebt in der Illusion, daß der Marxismus die Welt verändern würde. Ich respektiere seine Illusion. Ich möchte ihm helfen. Ich bin eine geistige Anarchistin gewesen.
Noch immer kann ich nicht an Systeme glauben. Ich glaube an Menschen. Ich glaubte an Henry, und ich glaube an Gonzalos ehrlichen Wunsch, das Übel der Armut auszurotten. Gonzalo hungert nach einem heldischen Leben. Seine Kraft und sein Stolz sind geweckt. Ich liebe die Menschen, die bereit sind, die Welt umzustürzen für einen neuen Glauben, eine neue Bemühung, einen neuen Versuch, das Böse zu besiegen. Er wird nicht mehr für Helba und Elsa kochen, ihrem Gejammer nicht mehr zuhören, ihre Wäsche nicht mehr waschen. Es war die Armseligkeit seines Lebens, die ihn, um es zu vergessen, zum Trinken brachte.

Gonzalos Vision wirkt ansteckend auf mich. Bevor ich ihn kannte, war ein Diner im Maxim mit reichen Leuten für mich ein ästhetisches Erlebnis. Rote Tapeten, sinnlicher Plüsch, funkelndes Kristall, Porzellan, die Höflichkeit der Kellner, die Eleganz und Schönheit der Kleider. Ich habe die Menschen nie wirklich gesehen. Ich sah sie wie in einem Wiener Walzer im Film oder auf der Bühne. Kristallkandelaber, Musik, Bewegung, Rhythmus. Lyrische Momente. Jetzt wurden meine Augen geöffnet, und ich sah ihre Gesichter, ihre Gesten,

Ausdrücke, die mir nie aufgefallen waren. Die Reichen und die *nouveaux riches*, die Aristokraten und die Finanzgeier. Ich sah Ironie, Arroganz, Habsucht, Bosheit, Überheblichkeit, Selbstzufriedenheit, Hohlheit. Und wenn ich nach den individuellen Qualitäten der Personen suchte, die am Tisch saßen, fand ich keine.

Gonzalo will im Hausboot eine Versammlung abhalten. Er und Pablo Neruda laden alle Lateinamerikaner ein. Anaïs, geh, und besorge Stühle für die Verschwörer!

Männer glauben, daß sie für Ideen leben und sterben. Was für ein himmlischer Witz! Sie leben und sterben für sinnliche, persönliche Irrtümer, nicht anders als die Frauen.

Das Monstrum, das ich an jedem Tag besiegen muß, ist der Realismus. Das Monstrum, das mich jeden Tag anspringt, ist die Zerstörung. Aus diesen Duellen entsteht die Verwandlung. Ich muß das Zerstörerische in das Schöpferische verwandeln, wieder und wieder.

Brief an einen Patienten in New York:
»Ebenso wie Sie suche ich immer alles zu verwirklichen, was ich mir vorstelle, was ich in mir trage. Ich suche den Reichtum, die Fülle. Das Zitat von Gide gefällt mir. Aber er sagt auch: ›Wer selber sein Glück nicht zu finden weiß, kann auch für das Glück der anderen nichts tun.‹ Ganz so verhält es sich. Daher erscheint es paradox, daß es manchmal einem lustigen und doch egoistischen Menschen gelingt, andere fröhlich zu machen, nicht indem er ihnen etwas gibt, sondern durch Ansteckung. Aber das sind Scherze. Glück, das tiefer und anders ist, kann man geben, ohne es selbst zu besitzen. Ich habe nie so viel gegeben oder so viel geholfen, als wenn ich selber weggeräumt hatte, was mich hemmte. Sie wissen, ich bin vor vier, fünf Jahren durch eine wahre Hölle gegangen, und ich habe alles in allem nur sechs Jahre der Erfüllung gekannt. Die übrige Zeit war Kampf. Nun möchten Sie wissen, ob ich glücklich bin. Ich bin sehr glücklich. Das Glück besteht nicht aus dem, was geschieht, oder was ich tue, sondern in dem, was ich in mir wachgerufen habe und was daraus geschaffen werden kann. Ich lebe ein physisches und ein metaphysisches Leben zugleich. Sie schreiben, daß die Welt der Dichtung und die Welt der politischen Aktion zueinander im Konflikt stehen. Wenn der Dichter arbeitet, schreibt, schafft, erfüllt er die Aufgabe des Augenblicks, und darin liegt seine Stärke. Neruda hat heute nur deswegen Einfluß, weil er Neruda, der große Dichter, ist. Ich sehe jedoch keinen Grund, warum geringere Dichter, unproduktive Dichter, Schriftsteller, die nicht schreiben, wenn sie nur Blut in den Adern

haben, nicht auf ihre Weise teilhaben sollten an der Erneuerung der Welt. Proust freilich, hätte er Reden gehalten, Propagandaschriften verfaßt und die Nächte durch mit seinen Kameraden diskutiert, würde weniger für die Vernichtung falscher Werte getan haben, als es ihm durch die satirische Darstellung einer dekadenten Gesellschaft gelungen ist. Heute wird Proust in Rußland gelesen. Es ist eine Frage der Semantik. Wir verfügen über zwei Arten von Dynamit, eine unsichtbare, eine sichtbare. Menschen ohne Metaphysik müssen das wirkliche Dynamit verwenden. Der Künstler darf sich an die Satire halten. Diejenigen, deren Kunst ohne Wirkung bleibt, tun gut daran zu lernen, wie man mit wirklichem Dynamit umgeht.
Ich sympathisiere mit dem Marxismus. Ich respektiere die Anstrengung, die Illusion. Für den Kapitalismus habe ich ganz gewiß keine Verwendung, und ich hasse das jetzt herrschende System. Zwar hätte ich eine kollektive Analyse vorgezogen, aber solange das nicht möglich ist, wollen wir es mit dem Marxismus versuchen.«

Mein Vater hat sich ein Haus am Stadtrand von Madrid eingerichtet.
Brief an Vater:
»Die Atmosphäre von Paris ist bedrückend und von politischen Drohungen schwer. Wir leben zwar noch nicht in den Tunnels der Metro, aber die Zeit wird kommen. Für den Augenblick benützen wir sie noch, um Freunde zu besuchen. Die Anforderungen der Wirklichkeit werden von Tag zu Tag härter. Es wird von Tag zu Tag schwieriger, sich eine individuelle, schöne, selbständige Welt zu erhalten. Um meine kleine Welt vor der Zerstörung zu bewahren, muß ich jeden Tag einen Drachen töten. Leider ist der Drachen der Wirklichkeit zu zäh, um gegessen zu werden, sonst könnten wir uns einiges Geld für Steaks ersparen. Eine unmögliche Fleischart, diese Realität, gallertig und zugleich sehnig, nervig, sabbrig, schrecklich.«

[Dezember 1936]

Die Redaktion schickt mir meine Besprechung von *Black Spring* zurück; angeblich enthält sie keine Analyse des Inhalts.
Weihnachtsabend im Poisson d'Or. Kaviar und Wodka. Zigeunerlieder, temperamentvolle Tänze, Orgie der Gefühle mit russischen Freunden und Hélène R., bis fünf Uhr morgens. Ein Russe zerbricht Gläser an seinem Kopf. Sie schämen sich nicht, zu weinen. Um halb sechs Uhr stehen wir hellwach auf den Boulevards. Hélène will zu Fuß gehen. Wir möchten frühstücken. Wo? Wir sitzen in der Melody-Bar. Argentinisches Orchester. Es sind nur noch einige Negerinnen und einige wenige Männer da. Halb sieben Uhr morgens. Das Orchester spielt einen *paso doble*. Ich stehe auf und tanze allein, von der Musik und den Negerfrauen angeregt. Sieben Uhr morgens. Blaue Dämmerung. Das Gefühl weicht nicht, daß dies der letzte vergnügliche Abend, die letzte Nacht mit Wodka, Tanz und Gelächter sein könnte. Daß es bald schon Kanonen, Alarm und Bomben geben könnte, Krieg, Schrecken und Blut.

Hélène ist groß, voll entwickelt, ihre Gestalt ist perfekt, ihre Haltung klassisch. Ihre Augen sind von einem so hellen Grün, daß die Höhlen manchmal, wie bei alten Statuen, leer erscheinen. Eine wunderbare Frau, die großen Eindruck macht; und doch ist die erste Geschichte, die sie erzählt, nachdem ich sie bei Henry kennengelernt habe, eine Kindergeschichte. Sie liebte es, sich in eine Ecke des Zimmers zu kauern und sich mit einem Schal zu bedecken. Ihre Familie sollte sie rufen, nach ihr suchen. Sie tat, als hörte sie nicht. Als man sie einmal so gefunden hatte, schüttelte man sie ärgerlich. »Was tust du da?«
»Ich reise«, sagte sie.
Hélène sitzt auf meiner Couch. Sie wäre gerne ein Mann, sagt sie, denn ein Mann kann objektiv, kann Philosoph sein. Als sie sich (in Brasilien) verheiratet und zwei Kinder bekommen hatte, wurde sie vom Schrecken gepackt und halb verrückt. Sie wußte es damals nicht, aber sie wollte nicht Mutter sein, zumindest nicht Mutter von Kindern. Sie wollte die Mutter von Künstlern, von Kunstwerken sein. Sie litt unter dem Schrecken, der Angst vor der Natur, davor, von den Bergen verschüttet zu werden, im Wald verlorenzugehen, im

Meer zu versinken. Sie hat einen Horror vor Schauspielern und Metamorphosen. Sie leidet unter Klaustrophobie. Ihr immer wiederkehrender Traum ist, von einem Zentaur entführt zu werden. Als sie den Zentaur erwähnte, wußte ich sofort, wohin sie im Mythos gehört. Sie ist größer als die Natur, hat Stil, ist vollkommen gebildet in Körper und Gesicht. Ich dachte an die Olympier und die Mythen von großgewachsenen Menschen, von Riesen. Ich nenne überdurchschnittlich große Menschen mythische Menschen. Da sich damit aber auch noch eine symbolische Bedeutung verbindet, unterscheide ich zwischen gewöhnlichen Menschen und solchen, deren Leben eine symbolische Bedeutung gewinnt. Sie haben *grandeur*. In ihrer Welt kann ich frei atmen. Hélène gehört nun dazu, mit ihren Träumen, ihrer Kraft und ihrem Wissen, der Fähigkeit, ihre Dramen auszuleben, wie sie auch Gonzalo hat. Sie gehört zu June.

Wir sprachen über Henry. Ich sagte: »Er hat mich gelehrt, wie man leben soll, und ich habe ihn von der Macht der Illusionen überzeugt, an die er nicht mehr glauben wollte, weil Junes Illusionen Luftgebilde waren. Meine sind schöpferisch und real. Ich bin kein Gaukler am Jahrmarkt, der seine Tricks ausspielt und vor und hinter sich nur Kartenhäuser hat. Ich bin ein Magier mit wirklicher Macht, mit der Macht, Vorstellungen Wirklichkeit werden zu lassen. Ich habe Henry versprochen, daß er nicht versagen wird, daß die Welt auf ihn hören wird, und ich habe mein Versprechen gehalten. Von dem, was ich für mich selbst wünschte, ist vieles nicht eingetroffen, aber ich glaube, wo der Magier eigene Wünsche anmeldet, ist sein Zauber zu Ende.«

Gestern nacht tropfte rotes Wachs auf den Boden. Rotes Wachs von den Kerzen auf den Tischen und von den Leuchtern. Rotes Wachs auf dem Tisch. Leere Champagner- und Wodkaflaschen. Gestern nacht saßen um den Tisch: Gonzalo, Helba, Elsa, Grey, ein Mädchen aus Java, Carpentier, seine Frau und seine Mutter.

Etwas Magisches scheint zu geschehen, wenn ich die Möbel abwische und dabei wie beschwörend denke, daß sich die anderen daran erfreuen mögen, wenn ich den Tisch decke, damit andere sich daran erfreuen, wenn ich koche, damit sich andere freuen, wenn ich die Kerzen anzünde und sage: »Macht Freude!« Wenn ich den Wein kredenze und sage: »Mach Freude!« Ein Schimmer von Freude lief über die orangefarbenen Wände hin, die Gäste gefielen einander. Gonzalos dunkle Schönheit gefiel, Helbas langes, schwarzes Haar, Greys schlanke Tänzerfigur, Elsas schräge Augen gefielen, die breiten Backenknochen der Javanesin waren schön. Sie genossen das Schweinefleisch auf dem Rost, die Mandelpaste aus Spanien. Als ich einen Toast auf das Neue Jahr ausbrachte, trank Gonzalo auf *Nanankepichu*.

Wenn Henry schreibt, lebt er nicht in dieser Welt. Gonzalo bleibt immer in dieser Welt. Er liest sehr wenig. Er ist nun sehr befreundet mit Artaud, ohne Artauds Werk zu kennen, und nicht anders verhält es sich mit Neruda. Er arbeitet an Artauds Theater mit. Wenn Gonzalo über sie spricht, dann meint er nur die Menschen. Was er hört und sich merkt, betrifft die Essenz ihrer Gedanken und ihrer Taten. Er hat auch von mir sehr wenig gelesen. Seine Welt ist ganz persönlich, privat.

Henry korrespondiert sehr ausführlich mit Lawrence Durrell, einem englischen Schriftsteller, der in Griechenland lebt. Durrell bewundert *Tropic of Cancer* und schickt ihm das Manuskript seines *Black Book*. Ich schrieb ihm über den Eindruck, den mir *The Black Book* gemacht hat. Wir verstehen uns. Er widmete mir zu Weihnachten eine Erzählung mit dem Titel *Asylum in the Snow*. Ich schrieb ihm:

»Lieber Larry:

In ›Asylum in the Snow‹ ist Ihnen etwas Erstaunliches gelungen. Sie schaffen eine Welt, die ganz zart ist, unter der Berührung fast dahinschwindet, ein kaum zu fassendes Klima, einen Traum, weit jenseits aller Gesetze der Schwerkraft, den wir unmittelbar durch die Sinne aufnehmen. Ihre Sprache ist surrealistisch, echohaft. Magisch. Sie sind im Geheimnis, beschreiben es nicht von außen. Sie sitzen mit geschlossenen Augen, verschlossenen Ohren im Innern der Muschel. Sie erfassen die Essenz dessen, was wir in unseren Träumen verfolgen und was uns so oft entgleitet. Was sich bei unserem Erwachen verflüchtigt, halten Sie fest. Als Antwort auf *Asylum in the Snow* sende ich Ihnen *House of Incest*, die *Zeit in der Hölle* für eine Frau.«

[Januar 1937]

Ich habe die Mechanismen des Lebens den Intentionen des Traumes dienstbar gemacht. Ich habe mich mit den Details herumgeschlagen, zugunsten des Traums. Mit Hammer und Nägeln, Farbe, Seife, Geld, Schreibmaschine, Kochbuch, Irrigator habe ich einen Traum geschaffen. Daher bin ich gegen Gewaltanwendung, gegen die Tragödie. Ich habe aus Wissenschaft Dichtung gemacht, aus der Psychoanalyse einen Mythos. Ich bin mit Armut und Beschränkung fertiggeworden; ich habe Kritik, Geschicklichkeit, Intelligenz anwenden gelernt; ich nähte und stopfte, alles um den Traum möglich zu machen. Ich habe mich aller Elemente des modernen Lebens bemächtigt und sie in den Traum aufgenommen. Ich habe New York dem Traum unterworfen. Und nun steht wieder Traum gegen Realität. Im Traum stirbt niemand, leidet niemand, ist niemand krank, niemand einsam.
Und nun Politik. Was soll ich damit, was daraus machen? Wird Gonzalo meinen Namen auf die Liste der Freunde des republikanischen Spaniens setzen? Er ist stolz darauf. Er hat meine Traditionen überwunden, mich politisch wach gemacht. Soll er meinen Namen eintragen, sage ich. Wenn ich über Lumpensammler ein Gedicht machen kann, wird mir auch ein Gedicht über die wirtschaftliche Revolution gelingen.
Gonzalo lud mich zu einer Versammlung am Mittwochabend ein.
Unbeschädigt ging ich durch die Welt der Psychoanalyse, die große Zerstörerin der Illusion, den großen Realismus. Ich betrat diese Welt, sah die Arbeit, die Rank leistet, las seine Bücher, und was ich in der Psychoanalyse fand, war der einzige metaphysische Mensch, den es in ihr gibt: Rank. Ich lebte das Gedicht und blieb unverletzt. Frei. War immer noch Dichter. Nicht alle Steine rund um meinen analysierten Nacken, mein analysierendes Ich, können das Lachen unterdrücken. Leben ist für mich ein tiefer, ein heiliger, ein heiterer, ein geheimnisvoller, ein seelenvoller Tanz. Aber auf jeden Fall ein Tanz. Durch die Markthallen, die Bordelle, die Schlachthöfe, die Fleischerläden, die wissenschaftlichen Laboratorien, die Spitäler, durch Montparnasse gehe ich mit den gespreiteten Schwingen meines Traumes und verliere mich in meinen eigenen Labyrinthen. Die Schwingen des Traumes tragen mich.
Weil ich meinen Traum nicht aufgebe, bin ich allein. Ich nehme

meine Opiumpfeife und lege mich nieder und sage: Politik, Psychoanalyse, aber sie sind für mich nicht das, was sie für andere bedeuten. Auch New York nicht. Auch nicht die Nachtklubs. Und alle die Menschen rund um mich her. Auch nicht Montparnasse. Das ist mein Mysterium. Alle wollen sie, daß ich ernsthaft werde. Aber meine Leidenschaft, meine Erregung, gelten nur dem Traum, dem Gedicht. Ob ich mich mit den Analytikern verbinde, nur um zu entdecken, daß ich keiner bin, oder mit den Revolutionären, um herauszufinden, daß ich kein Revolutionär bin, ändert nichts daran. In dem Augenblick, in dem ich mich der Welt am meisten verbunden fühle, entdecke ich auch meine Einsamkeit. Wer Zaubermittel verwendet, arbeitet allein. Beim Interview mit dem Teufel ist niemand dabei. Etwas geschieht mit mir, und es erschreckt mich nicht: eine Ausweitung meines schöpferischen Bewußtseins in Raum und Einsamkeit. Eine Vision entsteht, eine Stadt schwebt frei im Raum, ein Rhythmus durchpulst das Blut. Das ist die Ekstase, die nur die Heiligen und die Dichter kennen. Sie ist vor allem Leben. Vor allen Dingen ist das Keimen des Samens, Durrells Weihnachtsgeschichte, Hélènes Chirico-Gesicht, das goldene Leuchten in ihrer Stimme. Vielleicht werde ich einmal explodieren, und Teilchen davon werden zur Erde niederrieseln.
Ich glaube nicht an Gonzalos Traum. Ich fühle tief mit dem Hunger und der Not der Menschen, aber ich glaube nicht, daß ein System etwas daran ändern wird.
Henry ist allem Anschein zum Trotz nicht *im* Leben, nicht im Inneren.
Unter meinem Kult des Traumes fühle ich sehr wohl die Unerbittlichkeit der Zerstörung und Vereinzelung im Leben, gegen die ich rebelliere. Ich rebelliere gegen den Wechsel, gegen die Evolution. Daher die Genauigkeit, mit der ich alles lebendig erhalten möchte, den Atem, den Duft. Aber wir ertragen es nicht, daß alles lebendig bleibt. Aus diesem Grund ist uns der Tod gegeben und der langsame Tod im Leben. Unsere Gefühle sind zu schwach. Teile von uns müssen sterben, damit wir wieder frei werden, wieder hell werden. Henry versteht sich darauf, teilweise zu sterben, er besitzt die zerstörerische Begabung. Ich kann nur alles sammeln, bis es unerträglich wird. Ich höre zu viel, sehe zu viel, habe keinen Schutz, keinen Abstand, keine Ausweichmöglichkeit vor dem Leben.

Erste politische Versammlung, *Comité Ibérien pour la Défense de la République Espagnole.* Im großen Atelier brennt nur eine einzige Lampe. Die Menschen kommen. Mexikaner mit langen, schwarzen Haaren, goldenen Ringen, bunten Hemden. Chilenen, Nicaraguaner, Kubaner, Dichter, Medizinstudenten, Jusstudenten. Der Ofen ist geheizt. Eine neblige Nacht. Aber den Polizisten können wir noch

sehen, der oben an der Treppe steht. Seine Anwesenheit ängstigt alle, deren Papiere nicht in Ordnung sind. Neruda fühlt sich nicht wohl. Er ist blaß und müde. Seiner Farbe wegen ist sein Spitzname Yoghurt. Physisch ist Gonzalo hier der Stärkste, Kühnste, er hat am meisten Dynamik, wenn er mit seiner tiefen, heiseren Stimme spricht. Die anderen sind eher blaß und prosaisch. Hauptthema ist die Frage, wie man den Tod eines mexikanischen Dichters, der in Spanien für die Sache gefallen ist, auswerten, ausbeuten könnte. Ein Pamphlet soll verfaßt, einige seiner Gedichte sollen gedruckt werden. Wieviel Geld ist in der Kasse? Vierzig Franc. Wo sollen wir Geld auftreiben? Neruda reibt seine weißen Politikerhände. Gonzalo macht eine Miene, als wollte er Bomben werfen. Sein Haar ist ungekämmt. Die hochgewölbten Brauen geben ihm ein romantisches Aussehen. Der dunkle Indianer in ihm, dazu verflucht, eine Seele zu haben.
Später im Café, als alle gegangen waren, sagt er: »Ich weiß, daß du bisher nur künstlerische Probleme gehabt hast und die Sorge um einige wenige Menschen deiner Umgebung. Nun versetze ich dich in einen ganz anderen Bereich. Aber ich kann mir nicht helfen, ich glaube, daß es gut für dich ist, daß du eine viel zu vitale Frau bist, um in Elfenbeintürmen zu leben. Ich kann mir nicht helfen, aber ich glaube, daß der Künstler heute nicht abseits stehen darf. Er muß ein politisches Bewußtsein haben.«
Wenn er über die Rolle des Künstlers bei der Erneuerung der Welt spricht, antworte ich ihm ganz friedlich: »Aber wie kann ich mich nützlich machen? Die Welt erneuern, die Armut ausrotten, das wollte ich, als ich fünfzehn oder sechzehn war. Später begriff ich die Vergeblichkeit und arbeitete hart, mir eine vollkommene individuelle Welt aufzubauen. Das ist mir gelungen.«
»Gewiß, aber es kommt ein Augenblick, in dem diese vollkommene Welt von der größeren Welt zerstört wird. So kommst du nicht mehr weiter. Du bist blockiert. Deine Bücher können nicht gedruckt werden, weil sie die bourgeoisen Ideale verletzen. Du kannst nicht dein eigenes Leben leben, weil zuviele Menschen von dir abhängig sind.«
Das ist wahr. Irgendwo, an einem gewissen Punkt, stößt meine individuelle Welt an die Mauern der Realität. Ich stehe vor äußeren Katastrophen, Kriegen, Revolutionen, Wirtschaftskrisen, Verfall, und ich kann meine Welt und diejenigen, die von ihr abhängig sind, nicht davor schützen.
Ich habe mir eine reiche private Welt aufgebaut, aber ich fürchte, daß ich die Außenwelt nicht mitbauen kann. Tief unten weiß ich, daß nichts die Natur des Menschen ändern wird. Ich weiß zu gut, daß eine Änderung nur psychologisch möglich wäre, daß Angst und Herrschsucht den Menschen unmenschlich machen, daß wir mit jeder Revolution nur einen Rollentausch erreichen, nur die Menschen an der Macht

auswechseln, das ist alles. Das Übel bleibt. Schuld, Angst, Impotenz machen die Menschen grausam, und kein System schafft das aus der Welt.
Aber Gonzalo meint es ehrlich. Ich wollte, ich könnte glauben.

Ein Drucker, untröstlich über den Verlust seiner Geliebten, goß ihren Namen in Blei und verschluckte ihn.
Ein Gangster, der einen Mann berauben wollte, nagelte die Hand seines Opfers an einer Bank fest.
Die Schrecken Spaniens? Wer heilt den Menschen von seiner Grausamkeit? Sie haben immer Stierkämpfer gehabt. Aber jetzt nehmen sie statt des Stiers einen Rebellen und bestecken ihn mit *banderillas*, explosiven *banderillas*.
Sie füllen den Schoß der Frauen mit Dynamit.
Hélène, die so stark, so emphatisch, so unnachgiebig erscheint, erzählt in ihren Bekenntnissen doch nur von Angst, Unentschlossenheit, Angst, vom Mann versklavt, wieder zur Frau und Mutter zu werden. Sie hat ein schlechtes Gewissen, weil sie aus ihrer Welt ausgebrochen ist. Ihr Geliebter ist ein berühmter Dirigent. Sie kann sich nicht entschließen, ihn zu heiraten. Seine gelegentlichen Besuche sind ihr lieber. Er ist bei ihr, aber er ist nicht immer da. Sie studiert Malerei bei Fernand Léger.
»Ich möchte sinnvoll leben, nicht ausgeschlossen sein.«
Hélène ist mit Maruca und meinem Vater befreundet. Sie sagt: »Nach allem, was ich von ihm weiß, ist er ein komplettes und absolutes Kind. Wie konntest du hoffen, daß er die Rolle des Vaters spielen würde?«

Gonzalo erwartet ein Zusammentreffen mit Gide und Malraux.

In der vergangenen Nacht waren die Carpentiers bei mir, mit den Stuart Gilberts, Hélène und Moricand. Freunde von ihnen wollen eine Zeitschrift *Civilization* herausgeben, die sich gegen die Wildheit und Scheußlichkeit der Zeit wenden soll. Wir lasen ihr Manifest. Es war klug, gelassen, nobel. Was für ein Kontrast. Ich versprach, Rezensionen zu liefern. Für die Pazifisten und gleichzeitig für Spanien zu arbeiten, wie verträgt sich das? Es verträgt sich, denn ich glaube, daß man sich philosophisch von der wüsten Gewalt und der Zerstörung distanzieren kann, aber ich glaube auch an Aktion und Rebellion.
Zu Hélène sagte ich: »Du könntest mit Henry glücklich werden, denn du bist stark und hast die Fähigkeit, über alles zu lachen.«

In Spanien fließen Ströme von Blut.

Henry wird nun von allen Seiten bewundert. Er will nach Dänemark reisen. Eine Frau schrieb ihm, daß sie wie tausend Frauen für ihn sein könnte. Er hat ein Bild von Mae West ausgeschnitten, weil sie in Brooklyn geboren ist. Nun wartet er auf den Installateur. »Alles geht gut. Der Ofen glüht. Ich habe einen netten Brief von einer Frau aus Dänemark und einen stupiden Brief aus England (›Die Rolle der Kunst als Sterilisator‹, schreibt ein englischer Kritiker).«
Ich wandere durch die Cité Universitaire, sitze im Dôme, wo sie alle so zerknittert aussehen, als wären sie nicht zu Bett gegangen und hätten auf Parkbänken übernachtet.
Um halb acht bin ich bei Hélène. Sie hat mich gerufen, denn sie leidet unter schrecklichen Depressionen. Ein Notschrei. So schnell ich auch lebe, ich höre doch immer die Stimmen der Zurückbleibenden. Hélène bleibt hinter mir zurück, von Angst, schlechtem Gewissen und konventionellen Skrupeln blockiert. Ich dachte, sie sei aufrecht und stark.
Sie hat über Henry nachgedacht. Ist er der Typus Mann, den sie braucht? »Ich habe mich gegen ihn entschieden. Er ist ein Intellektueller. Ich bin zu egoistisch für so etwas. Ich will mich nicht für ein Werk aufopfern lassen.«
»Ich werde dich mit dir selbst wieder versöhnen«, sage ich und erinnere mich, daß dies die Worte Allendys an mich waren. Ich liebe ihre Ehrlichkeit und ihren scharfen Witz.

Gonzalo wird nun von der Spanischen Gesandtschaft unterstützt. Sie wollen Geld, Briefmarken, Papier beisteuern und für billigen Druck sorgen. Gonzalo hat seinen ersten Aufruf geschrieben. Er ist zufrieden. Ich stelle Fragen. Ich höre zu. »Der Kapitalismus«, sagt er, »hat den Künstler in mir getötet.« Für ihn kommt alles von außen, was in Wirklichkeit von innen kommt. Der Künstler in ihm muß sehr schwach gewesen sein, um an diesem Hindernis zu scheitern. Die Grenzen, die Beschränkungen, die Niederlagen werden uns von innen her diktiert. Ich bin für meine Unfähigkeit selbst voll verantwortlich.

Gonzalo berichtet von seiner Kindheit. Er erzählt von der schönen Jesuitenschule inmitten von Gärten und Wäldern, in einem von Vulkanen umgebenen Tal. Die Disziplin der Jesuiten war streng. Gonzalo wollte zuhause und auch in der Schule immer nur nackt schlafen. Er haßte Pyjamas, Kimonos, Kleider. Die Jesuiten kontrollierten ihn. Gonzalo ging nackt zu Bett. Spät in der Nacht kam ein Jesuitenpater, lüftete einen Zipfel des Lakens und schaute nach. Die Jesuiten schufen von sich ein Idealbild, indem sie sich nie bei Tisch oder bei der Arbeit sehen ließen. Sie erschienen unwirklich, künstlich. Mit vierzehn und fünfzehn war Gonzalo sexuell noch schüchtern, während seine Kameraden schon mit Mädchen und Prostituierten schliefen. Als er sechzehn war, bestellte ihn ein Mädchen brieflich in den Park. Er ging hin, versteckte sich aber hinter einem Baum und rannte bei ihrem Anblick davon. Er erzählte von den Indianern und von seinem Wunsch, sie in den Aufruhr gegen ihre Bedrücker zu führen. Das Peru dieser weit entfernten Ranches war noch mittelalterlich. Ihn zu zivilisieren, muß für die Jesuiten eine schwere Aufgabe gewesen sein. Seine Familie fand es ganz natürlich, die Indianer für nichts und wieder nichts auszupeitschen. Dem setzten die Jesuiten ein Ende, und Gonzalo erkannte die Unmenschlichkeit dieser Strafen. Immerhin waren sie stark genug, in ihm ein soziales Bewußtsein zu erwecken, und als in einem nahen Dorf eine epidemische Meningitis ausbrach, war es Gonzalo, der zu Hilfe eilte. Er pflegte die Menschen, bis er selbst schwer daran erkankte.

Gonzalo sagte: »Ecuador und Peru sind dem Mond nahe. Und hoch droben am Titicaca-See, viertausenddreihundert Meter hoch, ist man ihm noch näher. Der Mond ist so gewaltig, daß der weiße Mann erschrickt. Er erscheint mit einem blutroten Hof, nimmt die Hälfte des Himmels ein, und alles sieht wie rotübergossen aus. Wir haben dort einen Vogel gejagt, in dem das Leben so stark ist, daß er nicht stirbt, wenn man ihn schießt. Die Indianer müssen ihm eine Feder ausreißen und ihm mit der harten Spitze in den Hinterkopf stechen. Dann gibt es dort den langschnabeligen Vogel, der sich nur von Gehirnen ernährt, die er durch das Ohr der toten Tiere aussaugt. Ich erinnere mich an einen zahmen Adler, der sich auf dem Dach unseres Hauses aufhielt und mit Hühnern ernährt wurde. Ich erinnere mich an große sonntägliche Festessen in unserem Haus und an den Monsignore, der in einer prächtigen, bestickten Robe ankam. Messen und Gebete wurden im Hause gesprochen. Meine Mutter betete jeden Morgen den Rosenkranz für den gesamten Haushalt. Eine Atmosphäre des spanischen sechzehnten Jahrhunderts lastete über den Indianern. Ich rieche noch immer den Geruch des Lammfleisches, das über heißen Steinen gebraten wurde, während wir jagten und unser schottischer Vater uns erklärte, wie man eine Hacienda führt.«

Was ich an Gonzalo am meisten liebe, sind seine inka-indianischen Stimmungen, die Zonen des Zwielichts, die Trance, in die er fällt, am Ufer des Flusses, vor einem Baum, einem Vogel. Er kann stunden lang schweigen. Ich liebe sein Mißtrauen gegen den Intellekt. »Jesuitisch«, sagt er. Im Vergleich zu den ungeheuren Ausdehnungen seines Landes erscheint ihm Europa winzig, schäbig, kleinlich. Ein Spielzeug, mit einem Spielzeugmond, Spielzeuggärten, kleinen Menschen. Aber die Entfernungen Perus verursachen Melancholie und Einsamkeit.

Da er so viel von dem Mond erzählte, der in Peru größer und näher und mächtiger ist, gestand ich schließlich, daß ich mit sechzehn Mondbäder genommen habe, weil ich glaubte, sie würden mein Schicksal beeinflussen und mir ein geheimnisvolleres Leben, ein nächtliches Leben verschaffen. Ich hatte gehört, daß die Wirkung des Mondes gefährlich sei. Das reizte mich. In meinem Schlafzimmer in Richmond Hill lag ich im Sommer nackt im Mondschein, der durch das offene Fenster fiel, ich badete darin und träumte von dem fantastischen Leben, dem ich so entgegenging.

Damals wußte ich nicht, daß der Mond und das Meer Symbole des Unterbewußten sind, und daß dies der Bereich sein würde, der mir zugeteilt ist, den ich erforschen, in dem ich leben, über den ich schreiben muß.

Wenn Gonzalo mir seine Geschichten erzählt, ist es für mich wie ein schon geträumter Traum, erfahre ich von einem Menschen, den ich schon zu kennen glaube und der die Gesten vollführt, die Atmosphäre erschafft, die Bilder, die ich schon in meinem Blut trage, dem spanischen Blut der Rasse meines Vaters, das durch mich fließt. Sind es Erinnerungen an Don Quixote, an Romanzen, an mittelalterliche Romane, an Bücher über die spanische Conquista in Peru, die ich gelesen habe, oder sind es Erinnerungen des Blutes? Was er in mir wachruft, ist die Verbindung mit einer sehr fernen Welt, wie sie etwa ein Mensch sehen mag, der auf einem Berg steht und vor dem die Sonne aufgeht über Tälern, Flüssen und Bergen, die er am Abend zuvor noch nicht gesehen hat. Die Welt weitet sich so, daß ich in die Dschungel Südamerikas eindringe, in die Wüsten Arabiens, sie färbt sich mit den Hautfarben der Hindus, der Balinesen, der Tahitier, mit dem geheimnisvollen Leben der Inkas. Es war nicht in diesem Leben, daß ich Gonzalo schon gesehen habe, denn ich war noch zu jung, als ich von Spanien weggeführt wurde, ich hatte es noch nicht gesehen, noch nicht geschmeckt, es war nicht in diesem Leben, daß ich Gonzalo im Sattel sah. Aber ich habe ihn gesehen. Es ist wie die dunklen Erinnerungen, die aufkeimen, während man durch ein Land reist, mit dem man sich in keiner Weise verbunden fühlt, und doch regt sich plötzlich etwas, was man von den Wurzeln her kennt. Manche meiner Wurzeln reichen zurück in das Spanien des sechzehnten Jahrhunderts mit seiner Härte, seinen strengen Formen, der Vorherrschaft der Kirche, den eingesperrten Frauen, der Sinnlichkeit der religiösen Riten, den Leidenschaften, die durch Beschränkungen und Hindernisse nur noch mehr aufgestachelt wurden.

Gonzalo schafft immer wieder seine Kindheit neu. Immer wieder erzählt er von den Jesuiten, von ihren Bemühungen, die Indianer zu »zivilisieren«. Gewiß, sie haben die indianische Kultur zerstört. Aber diese selben Jesuiten, die Lehrer, waren es, die die Handschriften vor der Zerstörung retteten, die Landbesitzer zu einem humanen Verhalten zwangen, die sich der Kranken annahmen und die begabten Kinder Medizin und Gesetze lehrten, Musik und Literatur. Sie waren es auch, die Gonzalo das Klavierspiel beibrachten und wie man Gedichte liest.

Die Ranch seines Vaters war so groß wie ein Dorf, mit einem Haupthaus, einer Kirche, einer Gewehrkammer, einem großen Salon für festliche Anlässe, vielen indianischen Dienstboten und ihren Hütten rundherum.

Die Jesuiten konnten nicht alle indianischen Rituale verbieten, und um die Indianer für die Kirche zu gewinnen, erlaubten sie ihnen, ihre Riten mit denen der Kirche zu verschmelzen. So saßen sie in der Kirche, hörten die Messe, die Orgel, sahen den Weihrauch aufsteigen und die farbigen Glasfenster aufleuchten und geißelten sich auch gegenseitig. Die Kirche erlaubte ihnen, Drogen zu nehmen, die ekstatische Zustände hervorriefen.

Sehr jung hat Gonzalo an solchen Schauspielen teilgenommen. Wie die Orientalen gingen die Indianer mit Teppichen in kräftigen Farben, Vogelkäfigen, Opferspeisen und bunten Kerzen auf den Friedhof. Sie weigerten sich, im Tod ein düsteres Ereignis zu sehen. Was sie am Katholizismus anzog, waren die Musik und das Schauspiel. Die sprühenden Reflexe der bunten Glasfenster auf dem Fliesenfußboden. Die purpurnen Roben der Priester, die goldenen Mitren, der goldene Kommunionskelch, die silbernen Leuchter, die Beete weißer Lilien, mit Goldfäden aufgestickt auf weiße, damastene Mäntel, die Hemden der Ministranten mit ihren Spitzenärmeln, der Kelch wie ein Symbol des Sonnengottes, die Falten und Schleier der Nonnenkleider, diese Gewebe aus der Schwärze der Nacht, seit Jahrhunderten in die wallenden Faltenwürfe des Mysteriums zusammengelegt, die Körper darin wie Monstranzen verborgen, wie Kelche in schattigen Nischen. Priester, steif und heraldisch in ihren Roben, von geistesabwesender Blässe. Indianer, eingehüllt in Weihrauch, besänftigt unter Meeren von Seide und Spitzen. An Feiertagen bewegte sich die Prozession wie mit den spröden Umrissen eines Drachenleibes einher, schwankende Menschenköpfe in einem schwindeligen Rhythmus der Ekstase. Eine Prozession der Flammen von riesigen Kerzen und Fackeln, die Zungen des Heiligen Geistes, die in der Nacht vom Scheiterhaufen ihrer Opferstätte aufbrennen. Männer predigten mit feurigen Zungen, mit Schwertern und Peitschen in den Händen. Die Prozession bewegte sich wie die spiraligen Ströme des Blutes, das Fleisch sang in den Stürmen der Schuld, und die Häupter beugten sich wie vom Schwert des Gerichtes hinweggemäht. Sie knieten hin in den Staub der Vergangenheit und des Todes, vor den Toren der Kirchen, die wie samtgefütterte Koffer geöffnet waren und Weihrauch ausströmten und von Juwelen blitzten. Die Prozession zog wie ein Nordlicht ein und erfüllte die Kirche und wurde wie von einem Krater verschlungen, von Schatten und Dunkelheit, begraben unter Chorälen, Blumen, den Figuren der Orgelmusik. Dort kam die Prozession zur Ruhe, Kerzen und Fackeln wurden vor dem Altar aufgesteckt, die weiße Eucharistie wurde im goldenen Tabernakel versperrt, und Priester und Gläubige schlugen sich dreimal an die Brust, zum Zeichen der Zerknirschung vor einem Gott, den sie getötet und zu einer Hostie gemacht hatten, zu Brot und Wein, an denen alle teilhaben durften.

Gonzalos Kindheit war ein Paradies der Natur, meine eines der Bücher. Aber ich kann die Geschichten, die er mir erzählt, verstehen, und ich begreife seine Gleichgültigkeit gegenüber der Kunst.
Das Paradies meiner Kindheit mußte ich erfinden, denn ich war nicht glücklich gewesen. Um mich an mir selbst zu erfreuen, mußte ich spielen, mir etwas vorspielen, etwas erfinden. Die Wirklichkeit brachte mir keine Freuden. Gonzalo brauchte nichts zu erfinden. Rund um ihn war ein Gebirge von legendärer Größe, gab es Seen von fantastischer Ausdehnung und Tiefe, seltene Tiere, die magischen Überlieferungen der Indianer, Drama, Farbe, Leidenschaften und Romantik. Die Luft, die er atmete, genügte zur Ekstase, die Religion als Droge, Kampf, Gefahr, körperliche Kraft und Befehlsgewalt für die sinnliche Erfahrung. Die Indianer und die Einsamkeit wurden ihm zur Dichtung. Er verbrachte die ganze Nacht im Sattel, um das Mädchen zu sehen, das er liebte, er kletterte über Mauern zu ihr, er riskierte den Zorn seiner Eltern. Sein Leben war im Stil des *Romancero* geschrieben.
Das Paradies meiner Kindheit befand sich unter einem Bibliothekstisch, über den bis zum Boden ein fransenbesetztes Tuch hing. Das war mein Puppenhaus, und das kleine Stück Wachstuch, das man mir gegeben hatte, lag als Fußabstreifer davor, an dem ich wichtigtuerisch meine Schuhe abstreifte. Das Paradies meiner Kindheit war die Musik, die das Haus erfüllte, waren die Bücher in den Regalen meines Vaters, waren die Spiele, die ich wie Opern aus Büchern und Musik zusammenstellte, oder die Darstellung historischer Ereignisse, wie etwa »Marie Antoinette auf dem Weg zur Guillotine«, wobei der Karren aus aufeinander getürmten Stühlen bestand. Es war die Welt, die ich einmal durch den Wirbel eines bunten Glasfensters sah, in dem Bäume, Häuser, Himmel, Menschen zu kaleidoskopischen Juwelen wurden.

Brief an Durrell:
»Danke, daß Sie Henry als Ganzes sehen. Wenige können es. Sie

kritteln an ihm herum. Ihr Brief an ihn und über ihn war der einzige, der mir gefiel. Er war stark in seiner Vision. Alles, was Sie über *House of Incest* sagen, stimmt. Sein Gegenteil ist das Tagebuch, dort liegen die Wurzeln, ist der Torfboden, der Kompost, das Blut, das Fleisch, dort sind die hingestotterten Anfänge. *House of Incest* ist der Rauch, der davon aufsteigt, ›der neurotische Widerschein‹, wie Henry sagt. Auch ich wollte den Titel ändern, aber es ist zu spät. Ich steige vom menschlichen, sanften, wahren, natürlichen Tagebuch auf in die Stratosphäre, vom Kunstlosen zur Kunst. Mit einer rostigen Schere schneide ich sie immer wieder auseinander. Dualität. Sie würden sich sonst gegenseitig stören. Das Unmittelbare zerstört das, was schon transformiert wurde. Und Ihnen wird der Rauch per Post zugeleitet. Von Anfang an liebte ich Ihre heraldische Welt. Ich spüre dahinter Glauben, Symbol, Sinn. Das Gegenteil von Narzißmus, denn wir alle müssen wir selbst sein und noch mehr, auch noch das Symbol, das größere Ich.«

Henry nahm mich mit zu Hans Reichel. Sein Atelier war baufällig und kalt. Er hat immer Hunger. In seiner Tasche trägt er einen Stein, ein Tigerauge, mit sich herum. Seine Kleidung ist zerlumpt.
Seine Gemälde sind schön, zart und voller Geheimnis. Sie sind auch voller Augen, die einen anstarren, manchmal mehr als ein Auge in einem Bild. Augen sind in den Fischen, den Eiern, den Knollen, den Schnecken, an den Planeten. Augen sinken hinab in Häuser am Meeresgrund. Augen im Mond. Es gibt eine lachende Glocke, ein Blumenblatt mit einem Ohr. Die Boote, die Netze der Fischer, die Häuser wurden hinab zu einem rachsüchtigen Fisch versenkt, der kommt und über die Stille wacht. In dieser Stille und dieser Vereinigung sind alle Dinge in einem Zustand der Metamorphose. Pflanzen werden zu Fleisch und Fleisch wird zu Pflanzen. Fische werden zu Röhren, aus denen Wasser fließt. In einer Schnecke ist ein Violinschlüssel, der Mond liegt auf Sand, und die Korallenbänke wachsen in den Himmel. Aus dem Fließenden blickt ein Mann starr geradeaus, aber er ist nur für einen Augenblick ein Mann und zerfällt sogleich in eine Medusa, einen Schwertfisch oder einen Turm. Ein anderer hat Augen, mit denen er nur im Wasser sehen kann, und er wendet sich nach links und rechts, um das Wasser zu verteilen. Ein fast voller Mond dreht sich in einem Himmel aus Lava, die Sterne sind wie Spinnweben, glanzlos, aber durchdringend und vergehend. Augen sind festgewachsen an Wurzeln, die von den Zweigen hängen. Die Schnecke, die in einer blutigen Wolke durch Spanien kriecht, trägt ein Akkordeon. Hans Reichel sagt leise: »Das ist der *Poisson Furieux* und das bin ich.« Sein Ich sitzt da mit einem winzigen Vogel, wie dem Vogel des Heiligen Franziskus, der Vogel ist vor ängstlicher Zärtlich-

keit bewegungslos, verlangt kein Futter und singt keinen Gesang. Er ist im Mittelpunkt der fließenden Vereinigung, wo sich alle Elemente mischen und in tiefem Schweigen verbinden. Die Zweige tragen kleine Augen, und aus den Fischen wachsen kleine Zweige. Das bunte Glasfenster besteht aus Waben wie ein Bienenstock, und im Bienenstock ist Musik. Die Fischernetze schwellen zu Gebirgen an, und auch der elektrische Sturm hat Augen. Ein Auge hängt wie eine gefrorene Träne an einem schwankenden Turm, der keine Fenster hat, mich aber mit der Angst seiner Auflösung anblickt. Ein großer Schrecken lähmt die Wolken, Verzweiflung verfolgt die Fische mit bebendem Schritt, die Zweige sind schwer von der Kraft dieses Wachstums. Die Augen der Fische sind wie die Augen der Menschen und die Augen der Menschen wie jene der Fische. Alle diese Augen sehen zuviel. Sie können sich nicht schließen, denn es gibt weder Tag noch Nacht. Das Licht fällt durch die Filter eines noch verschlossenen Schoßes, durch die Platten namenloser Gräber, durch Fischaugen, und Pflanzen und Menschen sind in Kommunion und Metamorphose ineinander verschlungen und verstrickt.

Auf dem Rückweg von Reichel sagte Henry zu mir: »Nun wirst du alles dies in Ruhe in dein Tagebuch schreiben und mir dann vorlesen, so werde ich inspiriert. Bringe mir eine dieser exakten Beschreibungen.«

»Du bist zu bescheiden. Niemand kann besser schreiben als du.«

Aber ich erkenne meine Rolle als das *Auge*, das dritte Auge, das Auge der Vision. Denn Henry hat mir viel von Reichel erzählt und mich dann zu ihm geführt, und ich war es, die sofort wußte, was Reichel möchte, daß die Menschen sehen: ich sah die Bedeutung der Augen in seinem Werk und wie wichtig die Kommunion und die Metamorphose sind.

Henry verfaßte eine große, großartige, volltönende Beschreibung von Reichels Werk, ich meine eigene. »Du gibst mir Einfälle«, sagte Henry und lachte dabei.

In Henrys eigenen Aquarellen ist eine kindliche Qualität. Ich habe Erfahrung darin, das Kindliche in den Erwachsenen zu entdecken, sein plötzliches Aufscheinen in weit offenen, erstaunten Augen vor der Brutalität dieser Welt. Ich sehe es in Henrys Aquarellen, in Gonzalos Lachen mit runden Wangen, geschlossenen Augen, in Helbas *sonate pathétique* und ihrem ständigen Flehen nach Zuneigung und Mitleid. In Henrys Aquarellen ist Levitation. Er ist nicht, wie in seinen Büchern, an die Erde gebunden. Sie sind ein Spiel, eine Welt ohne Monstren.

Depression.

Versammlung zugunsten des republikanischen Spaniens, mit Gonzalo. Albertis Gedichte werden gelesen. Alle diese Worte, die ich dabei höre, lyrische Ansprachen, romantische Ergüsse, Girlanden, Predigten, poetische Klagen irritieren mich. Für mich ist Revolution eine Sache auf Leben und Tod, ein Kampf, in den man unmittelbar und leidenschaftlich eintreten muß, durch die Aktion. Warum reden sie alle soviel, rezitieren Gedichte? Und warum ist Gonzalo, der in seinem wilden Peru gejagt, gefochten, geboxt und getötet hat, vom Realismus meiner Geburtsschilderung schockiert? (Tagebücher 1931–1934, Seite 341–351) Er erzählt mir vom Grauen in Spanien, beschreibt Folterungen, und dann winselt er vor einer Totgeburt!

[Februar 1937]

Henry sagte: »Wenn in Frankreich etwas passiert, gehe ich weg. Ich gehe nach Holland. Ich mache mich aus dem Staub. Von Kämpfen halte ich nichts.«
Über sein Verhältnis zu Freunden sagte er: »Die Wahrheit ist, daß ich viele Freunde habe, die mich lieben, aber ich liebe niemanden. Wenn sie wüßten, wie wenig ich mich um sie kümmere.«
Es sieht jedoch so aus, als kümmere er sich sehr wohl. Er wird weich, sentimental. Er schafft um sich eine Illusion von Wärme, und niemand bleibt ausgeschlossen. Erst wenn sie in einer wirklichen Not zu ihm kommen, sehen sie klar.
Ich mache einen Eindruck der Gleichgültigkeit. Es ist, als wäre ich gar nicht da, aber wenn jemand in Not gerät, entdeckt er, daß ich liebe.
Er sagte: »Wie eine Molluske. Ich möchte wie eine Molluske leben.»

Jean Carteret kennengelernt. Groß, schmal, blaßblaue Augen, langes, gerades, hellbraunes Haar. Die obere Hälfte des Gesichtes das eines Dichters, hochgewölbte Brauen, vergeistigt, die untere Hälfte von Pockennarben entstellt, schwer und sinnlich, beinahe plump. Seine Augen, obwohl in der Farbe blaß, funkeln. Als ich die Tür aufmachte, *sah* er mich sofort. Ich fühlte mich sofort entschleiert. Seine Auffassung ist fast schneller als die meine. Nach wenigen Augenblicken sagte er: »Sie sind eine Figur aus einem Mythos, Sie leben im Mythos. Ich sehe Sie als einen schönen, makellosen Spiegel. Ein reiner Spiegel, in dem andere sich sehen können. Der Spiegel ist wichtig für Sie. Der Tag, an dem man ihnen einen großen Spiegel bringt, ist für Sie ein Glückstag. Wenn ein Spiegel zerbricht, werden Sie unglücklich sein. Sie tragen Ihr Armband am linken Arm, also sind sie von Ihren Gefühlen abhängig. Aber Türen und Mauern existieren nicht für Sie. Letztlich sind Sie unabhängig.«
Er versucht, seine Begabung und Intuition in Kanäle zu lenken, Astrologie, Kostümstudien, Manierismus, Graphologie. Aber es bleibt alles intuitiv. Er hat in Allendys Veranstaltungsreihe *»Idées et Tendances Nouvelles«* einen Vortrag gehalten und sagt: »Aber alles, was ich zeigen wollte, kam verkehrt heraus. Ich glaube, eigentlich wollte ich mein Wissen für mich behalten, als Geheimnis.«
Über den verzehrenden Blick, der trinkt und nie gesättigt wird, sen-

ken sich feingezeichnete Augenlider aus zartester Haut, und in der feinen Art, wie sie sich senken, ist Güte. Die langen, blonden Wimpern sind nachgiebig wie Seide, aber über den zarten Lidern sträuben sich Brauen, wild wie die eines Buschmannes. Die schmale Nase ist verletzbar, die Brauen sind geistig, der Mund ist voll und sinnlich, und die Hände sind die eines Bauern, der seiner Kraft sicher ist. So wie er dasteht, ist er in einem ständigen Wechsel zwischen Ungestüm und Nachgiebigkeit, zwischen Selbstsicherheit und plötzlichen Verdunkelungen seines ganzen Wesens, die ihn vor Menschen, die nicht zu seinem Klima gehören, erblassen und hinschwinden lassen. In einem und demselben Augenblick oszilliert er zwischen dem physischen Hunger, den sein Mund ausdrückt, und der heimlichen Flamme eines Traumes, der seine Kraft aushöhlt.

Hélène ist zurück und berichtet mir von einem Gespräch, das sie in Südfrankreich mit meinem Vater geführt hat. Er ließ sich *House of Incest* von ihr übersetzen. Sie erklärte ihm, wie es geschrieben wurde, aus Träumen usw. Mein Vater sagte: »Anaïs lebt in der Fantasie. Ich liebe Logik und rationale Ordnung.«
Sie sagte: »Anaïs lebt in einer anderen Art von Realität. Sie kann ohne Ordnung und Logik auskommen, denn sie hat einen Schwerpunkt in sich selbst. Der Romantiker und wahrscheinlich auch Chaotiker sind Sie, da Sie so fest an der äußeren Ordnung hängen. Ihr Leben ist eine Art von metaphysischem Spiel.«

Henry schreibt jetzt über seine mißglückte Reise nach London, nach dem Bruch mit June, und liefert eine gänzlich neue Version. Er ist nicht mehr (wie er mir erzählte) ein Opfer des Zornes von June, statt dessen sitzen er und June friedlich trinkend beisammen, und in einer Anwandlung von betrunkener Sentimentalität gibt er ihr das Geld und so fort. Das wird alles hart und schamlos erzählt. Ich war perplex und wunderte mich über die verschiedenen Aspekte, die eine Wahrheit haben kann. Welche Version war falsch? Diese oder die er mir in seinem Brief geschrieben hatte? (Siehe die Erzählung von Henry Miller »Via Dieppe-Newhaven«: deutsch in: Lachen, Liebe, Nächte, Rowohlt Verlag, Hamburg 1957 [rororo 227]
Wiederabdruck in: Sämtliche Erzählungen, Rowohlt Verlag, Reinbek 1968.)
Henry sagte: »Dies hier ist Erfindung.«
Der freundliche Henry wird immer von einem harten Henry überschattet. Die beiden geraten in meiner Vorstellung manchmal durcheinander.

Augenblicke kommen, in denen es mir zuviel wird, in denen mich

alles, was ich gelebt, gesehen, gehört, gefühlt habe, überwältigt, durch die Kehle aufsteigt und mich würgt. Augenblicke kommen, in denen die Überfülle die Zellen sprengt und ich schreie. Das Leben erreicht eine Klimax, einen Orgasmus. Alles strebt einem Orgasmus zu. Da ist das *»Poème de l'Extase«* von Scriabin, da ist Gonzalos Traum, besagend, daß Helbas Tanz die Flamme seines Lebens war, da ist der Tanz Uday Shankars, Lawrence Durrells *Black Book*, da sind die Gespräche mit Henry und David Edgar, die Arbeit am Tagebuch und die Kommentare, die Henry zu den drei Bänden, die er gelesen hat, schreibt, Gespräche über Theater mit Evreinoff, dem russischen Schauspieler, und mit Jean Carteret. Evreinoff sagt, man könnte alles und jedes werden, einfach indem man die Rolle spielt, aber man muß ganz in die Rolle eindringen, in ihr aufgehen, sorgfältig alle Details studieren.
Mrs. Green lädt mich ein: »Halten Sie einen Vortrag bei uns.« Sie schickt mir die Fotografie des hübschesten achtjährigen Knaben, den ich je gesehen habe. Er scheint aus Samt gemacht, vom sanften Leuchten seiner ungewöhnlich großen Augen bis zur Sanftheit seines ganzen Gesichts, der Zärtlichkeit seines Mundes, der Haltung seines Kopfes, seinen Händen, ein ganz in Sanftheit eingehülltes, träumendes Kind, das mich an Joaquin im selben Alter erinnert, nur kamen bei ihm noch große Lebhaftigkeit und Glanz dazu.
Der König von Spanien applaudiert dem Klavierspiel Joaquins. Joaquin und Mutter klettern auf ihren Knien die fünfundsechzig heiligen Stufen in Rom hinauf. Zaghaft kündigt sich der Frühling an.
Menschen springen vom Pont Royal. Das kalte Wasser erweckt sie aus ihrer Todestrance, und sie schreien aus Leibeskräften nach Hilfe. Sie hängen an der rostigen Ankerkette des Hausboots. Der Polizist, der oben an der Treppe seinen Dienst tut, läuft hinab und zieht die Kette mit Hilfe eines Clochards herauf. Der Selbstmörder klammert sich daran. Er (oder sie) wird an Deck gehievt oder zum Kai hinaufgezogen. Sie schämen sich alle. Weil sie nicht den Mut zum Leben haben, – oder nicht den Mut zum Sterben? Ich weiß es nicht.

Alle sind eifersüchtig. Manche geben es zu, andere nicht. Auf die Vergangenheit eifersüchtig zu sein, ist pervers, denn die Vergangenheit besteht doch fast immer nur aus Asche. In der Kunst lebt die Vergangenheit jedoch in anderer Form weiter, und ich kann verstehen, daß man auf die Vergangenheit eines Künstlers eifersüchtig ist. Sie wird zu einem Denkmal. Wenn man die Vergangenheit der Menschen im allgemeinen überprüft, findet man einen hübschen Friedhof oder Urnen mit Asche. In der Vergangenheit eines Künstlers findet man jedoch Monumente der Dauer, ein Buch, eine Statue, ein Bild, eine Sinfonie, ein Gedicht.

Diner für Moricand, Jean Carteret und die Medusa Hélène. Moricand erzählt von der Versteigerung seiner Habseligkeiten; er schildert, wie er darunter litt, wie ihn die Raubgier und Habgier der Leute verletzte, die sich über seine Zeichnungen und Bilder, Bücher, seine persönlichen Andenken, Trophäen, Symbole, Amulette und Liebespfänder stürzten. »Sie handelten und schacherten um Dinge, die ich selbst nur mit der größten Zärtlichkeit berührt habe. Ich hatte Gedichte von Max Jacob, Briefe, das Strumpfband einer Frau, Haarnadeln, Taschentücher, die noch dufteten. Als ich sah, wie sie damit umsprangen, fühlte ich mich wie versteinert, wie einer jener Bäume im Süden, die noch aufrecht stehen, aber von innen her ausgedorrt, verbrannt sind. Es mag sein, daß die Menschen, die Geheimnisse entschleiern, arme Menschen sind. Ich wurde in der Schweiz als Sohn gutsituierter Eltern geboren. Als ich nach Paris kam, mietete ich mir ein schönes Atelier und gab große Einladungen. Ich kannte Picasso, Louis Jouvet, Max Jacob, Cendrars, Henri Michaux, und ich habe sie alle gezeichnet. Dann entdeckte ich die okkulten Wissenschaften und konzentrierte mich auf Astrologie. Ich machte eine ganze Serie erotischer Zeichnungen. Als sich Max Jacob zum Katholizismus bekehrte, sagte er: ›Conrad, verbrenne diese Zeichnungen, oder Gott wird dich strafen.‹ Ich habe sie nicht verbrannt. Meine Eltern starben. Mein älterer Bruder, ein Kaufmann, zog die ganze Erbschaft an sich und betrog mich mit der Ausrede, daß ich in Paris ein unmoralisches Leben führte. Ich versank in die häßlichste Armut. Meinen Lebensunterhalt zu verdienen, war ich unfähig. Aus meiner reichen Vergangenheit kannte ich noch viele Frauen der Gesellschaft, die mich gern als Gast aufgenommen hätten. Ich hätte ständig auf ihren Besitzungen leben können. Alles, was man von mir erwartete, war eine brillante Konversation in ihren Salons. Sie lebten auf Schlössern und großen Landhäusern und langweilten sich. Ich hätte sie mit Geschichten aus Paris und mit galanten Enthüllungen unterhalten können. Aber sie wollten, daß ich allein käme, nicht mit Blanchette.«
Ich kann mir vorstellen, welchen Eindruck Blanchette auf Moricands aristokratische Gastgeberinnen machte. Blanchette ist eine junge Frau, die er hinter der Madeleine, in der Rue Godot-de-Mauroy kennenlernte, wo sie auf Kunden wartete. Sie ist so blaß, als hätte sie nie eine andere Luft geatmet als jene der Straßen und Cafés, wo sie ihrem Gewerbe nachging. Sie ist passiv, still, ausdruckslos. Sie hat große, müde, farblose Augen, färbt sich schlecht und recht selbst die Haare, die sie im Ponystil von 1920 trägt. Sie sagt nie etwas. Sie hat einen weißen Hund. Der weiße Hund ist nie wirklich weiß, sondern meistens verstaubt und verschmutzt. Er wird nie gekämmt oder gebürstet. Zwischen Blanchette und ihrem Hund besteht eine starke Ähnlichkeit. Der Hund bellt nicht. Blanchette erduldet Moricands

Besucher. Auf seine Bücher und Horoskope wirft sie keinen einzigen Blick. Sie nimmt nie an der Unterhaltung teil. Meiner Meinung nach ist sie nichts als ein *trompe-l'oeil*. Die Erregung, mit der Moricand von Max Jacobs Vorliebe für Knaben und von den Abenteuern erzählt, die sie hatten, wenn sie nachts mit einem Wagen auf Knabensuche ausfuhren, ist zu auffällig. Er erzählt seine Geschichten immer, als hätte Max Jacob sie erlebt, aber der Ausdruck seines Gesichtes ist dabei so, daß er ihn verrät. Freudige Erinnerungen leuchten darin auf. Und in seinen Zeichnungen findet man recht exakte Reproduktionen dieser Freuden. Wenn er seine Geschichten erzählt, verliert sein Körper die steife Haltung, seine fast hierarchische Pose. Wallungen laufen durch ihn hin, fast wie durch den Körper einer Frau. Er hebt die rechte Schulter und biegt sich in der linken Hüfte, wie um seine Wendigkeit zu zeigen, seine Nachgiebigkeit, seine gelenkigen Fähigkeiten. Seine Hand liegt dort, wo die Venus von Milo, hätten wir ihre Arme gefunden, die ihre liegen hätte, um züchtig das Gewand zu raffen über einer Stelle, von der sie annehmen würde, daß sie die Blicke auf sich zieht.
Soll Blanchette Moricand vor dem Übereifer seiner Musen, Egerias, Gönnerinnen beschützen? Oder sein Interesse für Knaben tarnen?
Da Moricand gesagt hatte, alle jene, die Geheimnisse entschleiern, seien arme Menschen, fragte ich ihn, ob das seiner Meinung nach auch für die Psychoanalytiker gelte.
»Für alle Entschleierer«, sagte Moricand.
Ich dachte an Allendy und sein Leben.
Moricand sagte zu Carteret: »Sie sind Rimbaud *gai*.«
Und Carteret sagte: »Es ist etwas Unmenschliches an Ihnen.«
»Sprechen Sie es nur aus«, sagte Moricand. »Es ist etwas Fatales.«
Die Medusa kam herein, in eine weiße Toga gehüllt, mit einer neuen Frisur von Antoine, und sagte: »Heute nacht träumte ich von einem Tempel, der statt von Säulen von lebendigen Menschen getragen wurde. Ich konnte nicht eintreten, vor meinen Füßen war ein Abgrund.«
Evreinoff berichtet: »Die Menschen wagen es fast nicht, dem Tanz von Uday Shankar zu applaudieren. Sie empfinden das magische Ritual so stark, daß sie glauben, in einem Tempel zu sein.«
Alle blickten in diesem Augenblick auf mein persisches Baumwollkleid, und ich wußte, daß ich Teil einer Welt war, in der alles durch Symbole ausgedrückt wird. Es würde mir leichtfallen, die westliche Ideenwelt zu vergessen, die westliche Analyse, den intellektuellen Überwuchs, und alle Sinngebung in den Körper zurückzunehmen und mich nur durch Gesten auszudrücken. Das ist das Wunder, das Uday Shankar vollbringt. Er braucht nicht einmal Musik dazu. Der *»sommeil lucide et sans durée de Siva ...«*

Mitten in seiner Erzählung verstummte Moricand plötzlich. Völlige Leere. »Dies geschieht, wenn ich anfange, mich selbst dabei zu beobachten.« Die Medusa sagte: »Ich nenne das meine Absenzen.« Moricand erzählte ihr von den Stigmata der Therese Neumann.
Näher kann man im Westen der Magie nicht kommen. Moricand, Allendy, Carteret, Rank. Westliche Magie.
Evreinoff wies auf seine Zehen, beugte sich vor und erklärte: »Im Moskauer Künstlertheater lernte man, die äußeren Zeichen der Schüchternheit zu tarnen. Einer Sängerin sagte man zum Beispiel, sie solle, statt die Hände zu ringen, die Zehen bewegen. So vieles liegt in uns, unbewußt, als Möglichkeit, und wenn man eine Rolle spielt, die einem schlafenden Ich entspricht, erwacht dieses Ich und wird Wirklichkeit. Aber wenn die Rolle falsch ist, wenn man gar nichts mit ihr zu tun hat, fühlt man sich unsicher und wird krank. Wie der Dichter in dem Musical von Gilbert und Sullivan, der gar keiner ist, der nur vorgibt, ein Dichter zu sein, einen Krampf bekommt.«
Die Siamkatze Pepe-le-Moko gurrte wie eine Taube.

Beim Lunch dachte ich darüber nach, ob es Zufall ist, daß im Spanischen, Englischen und Französischen die Worte *passion* und *compassion* fast dieselben sind. Wenn man das *con* voranstellt, das »mit« bedeutet, erhält man compassion – Mitleid – Mitleidenschaft.
Henry repräsentiert die Gewalt und das Chaos, die ich nicht ausdrücken kann, und ich stelle einen Henry vor, für den er keine Sprache hat, einen zärtlichen Henry.
Die Umwelt reizt ihn zum Kampf. Auf diese Weise stellt sich durch die Beziehung zu anderen das Gleichgewicht her. Henry ist mein kämpferisches Ich. Ein seltsames Paradoxon! Ich, die ich nie kämpfen wollte, kämpfte für Henry, und Henry in seiner Härte wurde meinetwegen weich.

Ich muß weiter am Tagebuch arbeiten, denn es ist eine weibliche Aktivität, eine persönliche und personifizierte Schöpfung, das Gegenteil der männlichen Alchimie. Ich will auf einer unveränderten, unverwandelten, untransponierten Ebene bleiben. Diese Alchimie, die man Erschaffung oder Dichtung nennt, wird für mich jetzt so gefährlich wie die Maschine. Gefühle werden schon an der Quelle abgefangen und anderen Zwecken zugeleitet. Was die Fabrik dann ausliefert: Malerei, Skulptur, Töpferei, Teppiche, Architektur, Romane, betrachte ich jetzt schon mit Angst. Es ist so weit von der Wahrheit des Augenblicks entfernt. Ich will die Wahrnehmung, das Gefühl im Leben, nicht nach dem Leben.
So erging es mir auch, als ich merkte, daß ich mit Rank zuviel sah, zuviel entschleierte, zuviel in psychologische Begriffe umsetzte. Zu-

viel Bewußtheit ohne gleichzeitige Erfahrung ist ein Skelett, um das sich das Fleisch des Lebens nicht ansetzt.

Die Analyse macht drei Fehler:

1. Durch Idealismus. Im Kampf gegen die negativen, zerstörerischen Elemente bildet sie idealistische Elemente aus, das perfekte Gleichgewicht, ein Absolutes, mit dem man nicht leben kann.

2. Jedes Ausweichen wird als falsch angesehen, als Flucht. Dabei kann es sich jedoch um Bewegungen handeln, die in schöpferische Bereiche führen, zum Licht, zur Sonne, zu neuem Wachstum, neuen Aufbrüchen und Erneuerungen.

3. Wenn man den Wunsch zur Rückkehr in den Mutterleib hat, kann die ganze Welt zum Mutterleib werden, der alles umfaßt (die Stadt, das erweiterte Universum von *Black Spring*, von *The Black Book*). Der alles einschließende, alles umfangende, alles bewahrende Mutterleib. Der Künstler wird, da er in den Mutterleib nicht zurückkehren kann, selbst zum Mutterleib. Die Analyse stellt die fruchtbaren Ergebnisse neurotischer Wünsche nicht in Rechnung.

New Directions in New York haben meine Erzählung »Ragtime« angenommen.

Da ich keine Schutzbrille trug, habe ich mir unter der Bestrahlungslampe die Augenlider verbrannt. Die Augen sind schmerzhaft geschwollen. Um meine eingefetteten Lider zu verbergen, trage ich ein Tuch vor den Augen. Die Wirkung ist pittoresk. Eine Moslemfrau, eine verschleierte Madonna. Aber für mich bedeutet das eine Woche Dunkelheit und Angst vor Erblindung. Um das Opium meiner wachen Aufmerksamkeit verkürzt, stürze ich in einen Abgrund.

Henry hat heißes Blut und eine kalte Seele. Als er meine Augen sah, sagte er: »Nun hast du Zeit für Meditationen.« Er und sein Freund David Edgar bewegen sich in eisigen objektiven Welten. Ideen. Neue Worte. Technik der Wasserfarben. Analyse. Henry hielt einen Vortrag über *»La Vie Intégrale«*. Er las mir eine Besprechung von *Tropic of Cancer* in *Le Mois* vor. Leserbriefe. Er las die dreißig Seiten, die er über mein Tagebuch geschrieben hat. Sie sind großartig, handeln aber nicht vom Tagebuch. Henry ist ganz Verstand, ganz Idee, wie es Lowenfels und Fraenkel sind.

Richtig erklären? Falsch erklären? Was? Das ganze Universum? Das ganze Leben erscheint mir plötzlich wieder monströs. Aber – ist es wirklich ein Monstrum? Wieviele Tage und Nächte lang habe ich auf Katastrophen gewartet, die dann nicht eingetroffen sind! Wieviele Stunden habe ich mich im vergangenen Jahr vor Liebesverlust geängstigt! Wie sieht dieses Leichentuch der Angst aus, diese Erwartung der Nerven, dieser Schrecken im vollen Tageslicht, wenn andere ihn sehen? Frauen beneiden mich um mein Leben und meine Lieben. Die Tage, an denen mich das Monstrum losläßt, die Tage des Friedens, der normalen Sicht, wenn Henry nicht wie ein skrupelloser Schuft dreinschaut, wenn ich lachen kann, lassen mich an der Gegenwart, an der Wirklichkeit des Monstrums zweifeln. Es ist nur ein Alptraum. Aus diesem Grund kann ich mich nicht beruhigen, kann nicht müßiggehen, kann nicht soviel wie andere schlafen, aus diesem Grund suche ich nach meinen Freunden, meinen Aktivitäten, meinen Schöpfungen, meinen Lieben, meinen Freuden.

Ich erwachte heiter. Die Welt ist schön und sanft und im Frieden. Die Bäume, der Himmel sind friedlich. Ein sonniger Morgen, an dem ich aus dem Taxi springe, um mich mit Joaquin zu treffen, der eben aus Italien zurückgekehrt ist. Wir frühstücken zusammen. Wir kaufen Notenpapier, auf das ich meine Orchesterpassagen aus *Winter of Artifice* abschreiben werde. Keine Zeit für Eugene Jolas, der sich mit mir treffen möchte. Stuart Gilbert fragt, vom Tagebuch verhext: »Schreiben Sie?« Ich mache Notizen im Autobus. Henry sagt ganz fröhlich: »Ich sterbe noch vor Ruhe.« Er freut sich seines Lebens, ganz tief des Friedens. Schreibt ohne Unterbrechung. Ist zufrieden. Für die Meditation bleiben mir nur die Augenblicke im Bad. Diese Überfülle ist herrlich.

Helba ist so krank, daß ich sie zum Arzt bringen muß. Ich übersetze, was sie spanisch sagt, dem französischen Doktor. Der Mann, mit dem man sie vierzehnjährig verheiratet hat, steckte sie mit Syphilis an. Vor Jahren hat man sie für geheilt erklärt. »Wann wurde die letzte Blutprobe gemacht?« fragte der Arzt. »Welcher Behandlung hat man Sie unterzogen?«
»Mein Blut wurde vor zwei Monaten untersucht. Man hat mir Quecksilber injiziert.«
Er wendet sich mir zu, und da sie nichts hören kann, sagt er: »Das erklärt die Taubheit. Waren Ihre Eltern gesund?« fragt er dann.
»Mein Vater starb im Irrsinn. Auch meine Mutter war halb verrückt.«
Arme Helba. Ich küßte sie in plötzlichem Mitleid. Sie lag halb ausgezogen auf der Couch und schämte sich, daß sie gesprochen hatte. Ein kranker Körper.
»Degeneriert«, sagte der Arzt. »Die spanisch-indianische Blutsmischung ist schlecht. Die Indianer sind degeneriert. Wahrscheinlich ist der spanische Vater im syphilitischen Wahnsinn gestorben.«
Im Taxi war Helba voller Angst. »Ich bitte dich, erzähle es niemandem, Anaïs. Gonzalo wäre wütend, wenn er erfahren würde, daß ich

es dir gesagt habe. Er hat mich gebeten, dir nichts zu sagen. Er haßt Krankheit, sie ist für ihn so häßlich, du bist für ihn immer wie eine Traumerscheinung, er möchte nicht, daß du von solchen Dingen etwas erfährst. Heute sagte ich, die Türkin könnte doch auch zu mir kommen, während du da bist. Er war zornig. Er sagte, du wolltest sie nicht sehen, sie sei ordinär und sie redet immer von Operationen. Er denkt, du bist ein Traum.«

»Helba, fürchte dich nicht. Es wird unser Geheimnis sein. Zwischen Frauen. Ich werde nichts sagen, natürlich nicht. Aber ich bin kein Traum, ich bin ein Mensch, ich habe Mitleid mit dir, ich fühle mich nicht abgestoßen. Du bist ein Opfer. Ich werde dir helfen, du sollst es leichter haben ...«

»Oh, Anaïs, warum tust du das alles, niemand hat je soviel für mich getan. Gonzalo tut nichts für mich, er ist ein Kind, er verträumt seine Zeit ...«

Helbas Leiden rührten mich und auch Gonzalos Wunsch zu träumen, unser Bedürfnis nach dem Traum, während wir kochen, Holz hacken, Öfen ausräumen, posieren, modellstehen, tanzen, klavierspielen, während wir servieren, Kranke heilen, träumend inmitten der Häßlichkeit und der monströsen Realität.

Helbas Geschichte: Ihr Vater hat ihre Mutter verlassen, und sie hat ihn nie wieder gesehen. Die beiden Brüder nahm er mit. Helba ließ er bei ihrer Mutter zurück, die ihre Tochter haßte. Mit sieben Jahren kam sie in ein Klosterheim für Waisenkinder. Das Haus war früher ein Gefängnis gewesen. Die Nonnen, die dort eintraten, sahen die Straße niemals wieder. Zur Straße hin gab es auch keine Fenster, nur Oberlichter. Die Mädchen wurden um fünf Uhr früh durch den Ruf einer Nonne »Viva Jesús« geweckt. Dann gingen sie vor dem Frühstück zur Messe. Das Frühstück bestand aus einem Stück Schweinefleisch. Helba vertrug das Fett nicht, und als die Nonne das bemerkte, gab sie ihr wieder und wieder davon, auch wenn schon Ameisen darauf wimmelten. Urinieren war nur zu bestimmten Stunden erlaubt. Helba konnte sich nicht kontrollieren und litt später während des Unterrichts. Die Nonnen sagten, sie wäre vom Teufel besessen. Sie bestraften sie, indem sie ihr Haar sehr dicht flochten, zuerst in viele kleine Zöpfe und diese dann in einen straffen Knoten. So mußte sie zwei oder drei Tage herumlaufen, bis der Blutandrang zu stark und Helba ohnmächtig wurde. Die Mädchen wurden nicht mit Namen angesprochen, sondern wie Häftlinge mit Nummern. Helba entdeckte, daß man mit einem Stück dunklen Papier hinter einer Fensterscheibe einen Spiegel herstellen konnte. Alle Mädchen wollten wissen, wie sie aussahen. Die Nonnen kamen dahinter und sagten, das wäre eine Todsünde. Gebadet wurden sie einmal im Jahr. Dabei trugen sie ihre langen baumwollenen Nachthemden und wurden über

Die Tänzerin Helba in einem ihrer Kostüme

Lawrence Durrell, Paris, 1937

Henry Miller in Louveciennes

Gonzalo mit seiner Gitarre

Anaïs Nin in Saint-
Tropez, 1939

diesen Hemden eingeseift. Wenn die Nonnen sie schlugen, mußten sie währenddessen sagen: *»En nombre de Jesús, en nombre de Jesús.«* Helbas Mutter glaubte nicht an diese Geschichten. Sie meinte, Helba müßte vom Teufel besessen sein, wenn die Nonnen sie schlugen.

Die Atmosphäre des Hausboots wird nun von René verdunkelt. Da er Waise ist, gab ich ihm mehr und mehr, und er arbeitete weniger und weniger und verlangte immer mehr Hilfe.

Wir hatten ein Abkommen dahingehend getroffen, daß ich, wenn ich nach Einbruch der Dunkelheit zurückkehrte, vom Kai aus einen Stein auf das Schiffsdach werfen würde, dann sollte René kommen und mich hinabgeleiten, weil ich mich anfangs vor den Vagabunden fürchtete, die unter der Brücke nächtigten (ich entdeckte jedoch sehr bald, daß sie die Eigentümer der Hausboote als Brüder und sich als deren Beschützer ansahen, als Gegenleistung für eine Flasche Wein, Käse, Seife). René tat oft so, als hörte er nicht, und wenn ich nach raschem Gang das Hausboot erreichte, fand ich ihn schlafend. Das Hausboot sah bald aus wie der Schauplatz eines Verbrechens. Renés Jähzorn drang durch alle Wände. Er vernachlässigte die Pumpe, und ich sah das Wasser schon über den Fußboden rinnen. In der Dunkelheit und Einsamkeit verschmolzen die Stimmung der Welt und die Stimmung am Fluß ineinander und wuchsen ins Ungeheure und Bedrohliche.

Die Seine schwoll an und wurde bösartig. Sie überflutete die Kais. Um das Hausboot zu erreichen, mußte ich nun über die Mauer klettern, über die Strickleiter ins Ruderboot und dann zum Hausboot rudern. An rauhen, windigen Tagen ruderte René.

Die Spaziergänger am Kai schauten mir zu, wie ich über die Strickleiter kletterte. Es amüsierte sie. Einmal ließ ich einen Band des Tagebuches fallen; es fiel in das Ruderboot und wurde naß. Kurz nach diesem Zwischenfall bekam René eine Anstellung als Marktarbeiter, und ich nahm Albertine auf, ein kleines Dienstmädchen vom Lande.

[März 1937]

Henry schreibt über den Surrealismus. Meiner Meinung nach ist ein Großteil der surrealistischen Literatur ein Produkt des Verstandes und nicht des Unbewußten. Ein Regenschirm ist mit dem Operationstisch, auf den man ihn legt, zwar unvereinbar, aber ein Bild aus dem Unbewußten entsteht so nicht. Das einzige fruchtbare Chaos kommt aus Träumen und Fantasien, es steigt aus dem Unbewußten auf. Das Absurde ist die Reaktion des Intellekts auf Ereignisse, aber Poesie und Fantasie ist es nicht. Wir sprachen über Psychoanalyse. Ich sagte, sie müßte ein System aufbauen, durch das jene integriert würden, die vom Leben selbst nicht integriert sind. Aber dieses System hilft nur denen, die daran glauben. Wie man Glauben erwecken kann, wissen wir noch nicht. Was wird den Glauben ersetzen, den früher die Religion geben konnte?

Henry beendet seine Erzählung »Via Dieppe-Newhaven«. Er will jetzt nicht mehr nach Dänemark gehen.
Gonzalo vertraut seinem Glück nicht. Wenn wir in einem Café fünfundzwanzig Centime in einen Automaten stecken, dreht er der Maschine den Rücken zu, bis das Resultat feststeht: er ist sicher, daß er verlieren wird. Gewinnt er, kann er es fast nicht glauben.
Hélènes Magie verblaßt. Ich weiß nicht warum. Meine Freunde nennen sie den »Vampir« und sind ihrer müde.
Ein Tag: Lichtreflexe vom Hochwasser der turbulenten Seine an den Wänden. Es wird hell. Ich bin halbwach. Wir haben den Vierten des Monats, und mein Monatsgeld ist schon aufgebraucht. Miete, Lebensmittel, Arztkosten, Kleider, Dentistenrechnungen von meinen Waisenkindern. In meiner Tasche verbleiben sieben Franc. Ich besitze zwei Paar gestopfte Strümpfe, zwei Paar abgetretene Schuhe. Ich schulde aller Welt Geld. Mein Schmuck ist in der Pfandleihe, in Gonzalos Fäßchen kein Wein mehr. Wir brauchen alle Kohlen, denn es ist kalt. Das Licht weckt mich und gleichzeitig das Geldproblem. Ich habe gelebt wie der Vogel Strauß.
Hélènes Concierge ruft an. Sie ist beunruhigt, weil sie in der Nacht nicht heimgekommen ist. Gonzalo sagt am Telefon: »Kein Grund zur Aufregung. Sie wird mit jemandem ins Bett gegangen sein.«
»Aber ich rege mich ja auf, weil sie niemanden hat, mit dem sie ins

Bett gehen könnte. Hätte sie jemanden, würde ich mich nicht aufregen.«
Schließlich fand ich sie, nachdem sie zwei Nächte lang schlaflos durch die Straßen geirrt war und in den Kaffeehäusern herumgesessen hatte. »Ich weiß, daß mich niemand liebt«, sagte sie. »Man hält mich für ein Monstrum. Alle, nur du nicht. Ich bin nirgends erwünscht.«
»Es ist nur dein schlechtes Gewissen, das dich in deinen eigenen Augen häßlich macht. Du könntest etwas dazu tun, um die Menschen zu gewinnen. Sie spüren, daß du dir nichts aus ihnen machst. Zeig ihnen, daß sie dir etwas bedeuten. Liebe zieht Liebe an. Moricand hat dir dein Horoskop gestellt, aber du bist ihm zum Dank nicht behilflich gewesen, und er ist doch so arm.«

Was für ein unstetes Tagebuch! Es liegt einmal da, einmal dort, hinter einem Schreibpult, unter einer Matratze, in einem ungeheizten Ofen, in Koffern, Reisetaschen, eisernen Schatullen, es taucht in Autobussen auf, in der Metro, in Taxis, auf den Tischen der Lesehallen, in Aktenmappen, in den Ordinationen der Ärzte, den Warteräumen von Krankenhäusern, auf Parkbänken, Kaffeehaustischen, Friseursalons. Daher sind die Seiten oft fleckig von Kaffee, Wein, Tränen, Lippenstift. Es ist auf Kanus gefahren, auf Schiffen, wurde hinter Kleidern und Unterwäsche verborgen, und einmal lag es draußen auf dem Fensterbrett eines Hotels, einmal auf einer Feuertreppe in New York, oben auf Schränken usw.

Albertine, das neue Mädchen, ist eine kleine Frau mit dünnen Beinen, großen Brüsten und verschreckten Augen. Ihre Bewegungen, wenn sie das Hausboot aufräumt, sind ängstlich, manchmal ist sie dabei still, manchmal singt sie ein paar Takte eines Liedes aus ihrer heimatlichen Bretagne, ein Lied, das immer vom Klappern des Geschirres begleitet wird. Sie trägt einen mausgrauen Sweater und mausgraue Filzpantoffeln. Auf ihrem Nachttischchen steht die Fotografie ihres Verlobten, eines Soldaten in Uniform.
Am meisten fürchtet sie, wenn sie nach Einbruch der Dunkelheit noch zum Brunnen gehen muß. Tagsüber helfen ihr die Clochards und tragen für eine Flasche Wein dann und wann den Wassereimer und lachen und plaudern mit ihr, aber bei Nacht bekommt sie es mit der Angst zu tun.
Die Tage vergehen, das Rad kreist, grünes Blätterwerk bricht auf; die Tage sind so voll, daß sie bersten. In der Luft schwebt ein neuer Staub, ein goldener Staub.
Bei einem Spaziergang erzählt mir Helba: »Gonzalo liebt mich, wie auch ich ihn liebe. Wir lieben uns nicht als Mann und Frau, sondern als Freunde. Er ist nicht eifersüchtig. Ich habe mich nie wirklich zu

einem Mann hingezogen gefühlt, mein ganzes Leben nicht. Meine erste Erfahrung war zu gräßlich. Mit vierzehn an einen Mann verheiratet zu werden, der über einen herfällt und zuschlägt.« Beide, Helba und Henry, sind aus Unwissenheit und Armut geboren, aus dem »Volk«; beide sind in ihrer Kunst genial, aber sie können keine Dichtung leben; im Leben sind sie prosaisch und nüchtern. Sollen Kunst und Magie nun aus dem menschlichen Leben verschwinden, vom Kommunismus getötet, der sagt: »Träume nicht! Denke nur an Essen und Wohnung, konzentriere dich auf den Hunger nach Brot.« Wie sehr wir uns auch um die Nöte der anderen bemühten, Gonzalo und ich, für Henry und Helba bleibt eine geheime Welt doch verschlossen, der Wunsch nach Schönheit, nach einem Schutzschild vor der Häßlichkeit.

Ich kann mich nicht erinnern, was ich als Kind im Spiegel gesehen habe. Vielleicht schauen Kinder überhaupt nicht in den Spiegel. Vielleicht ist ein Kind, genau wie eine Katze, so tief in sich selbst versunken, daß es sich selbst nicht im Spiegel sehen kann. Es sieht ein Kind. Das Kind erkennt nicht, wie es aussieht. Später wußte ich, wie ich aussah. Aber wenn ich Fotografien von mir betrachte, mit ein, zwei, drei, vier, fünf Jahren, erkenne ich mich nicht. Das Kind ist *eins*. Eins mit sich selbst. Es tritt nicht aus sich heraus. Ich erinnere mich daran, was ich getan, aber nicht daran, was ich darüber gedacht habe. Keine Reflexionen. Sechs Jahre. Sieben Jahre. Acht Jahre alt. Neun. Zehn. Elf. Keine Bilder. Keine Reflexionen. Gefühle. Ich weiß noch, welches Gefühl mir Vaters weiße Mäuse einflößten, den Horror, den sie in mir erweckten, ich rieche den abstoßenden Geruch; ich erinnere mich an den Geschmack einer angebrannten Omelette, die mein Vater machte, während meine Mutter krank war und wir Joaquin in Berlin erwarteten. Ich fühle den Strand von Barcelona, den Balkon dort, die Angst vor dem Tod, in der ich ein Testament schrieb, ich erinnere mich an Kirchen und Straßen, an Geräusche in spanischen Höfen, an Gesang, an eine Heiterkeit, die mich mein Leben lang begleitete und die man in Amerika nicht kennt. An das Gesicht des Dienstmädchens Ramona, an Straßenmusik, an Kinder, die auf den Gehsteigen tanzten. An Stimmen. An das Aussehen der Menschen, den langen, schwarzen Schnurrbart von Granados, die Umarmung der Nonnen, die mich in ihren Schleiern erstickten, als sie sich über mich beugten. Aber ich weiß nicht mehr, was ich selber trug. Die langen schwarzen Strümpfe der spanischen Kinder wahrscheinlich, die ich auf Fotografien gesehen habe. Ich erinnere mich an meine Leidenschaft für Überraschungspäckchen für einen Penny, meine Leidenschaft für Überraschungen überhaupt. Im Alter von sechs Jahren war dann meine blaue Schmetterlingsschleife, die ich im Haar trug, für mich eine wichtige Sache, und ich bestand darauf, daß sie von meiner Großmutter gebunden wurde, die sich besser als alle anderen darauf verstand. Ich muß diese Schleife im Spiegel gesehen haben, aber ich erinnere mich nicht daran, ich, ein kleines Mädchen in sehr kurzem, mit weißen Spitzen besetztem Kleid, oder wie auf einer anderen Fotografie, die man in Havana gemacht hat, auf der alle meine Kusinen und ich der Größe nach in einer Reihe aufgestellt sind und auf der wir alle riesige weiße Rüschen und kurze weiße Kleider tragen. Niemals hat ein Kind aus dem Spiegel geblickt. Der erste Spiegel hatte einen Rahmen aus weißem Holz. In ihm spiegelt sich keine Anaïs Nin, sondern Marie-Antoinette in einem langen schwarzen Kleid und einem Spitzenkäppchen, auf zusammengerückten Stühlen, dem Henkerskarren, auf dem Weg zu ihrer Enthauptung. Keine Anaïs Nin. Eine Schauspielerin, die alle Frauen in der Geschichte Frankreichs spielt. Ich bin Charlotte Corday, die mit ihrem Dolch den Tyrannen Marat durchbohrt. Ich bin, selbstverständlich, Jeanne d'Arc. Mit vierzehn war das Bild Jeannes auf dem brennenden Scheiterhaufen meines Bruders liebste Gruselgeschichte.

Der erste Spiegel, in dem das Ich erscheint, ist sehr groß. Er ist in die Holztäfelung eines Zimmers in einem Backsteinhaus eingebaut. Der Lichteinfall neben dem Spiegel ist so stark, daß sich der Rest des Zimmers in ihm nicht spiegelt. Der Umriß des Mädchens, das sich nähert, hat einen hellen Saum. Die Fünfzehnjährige steht mit erschrockenen Augen vor einem dämmrigen Hintergrund. Sie betrachtet ihr Kleid aus glänzendem, abgetragenem, blauem Serge, das man aus dem alten Kleid einer Kusine für sie gemacht hatte. Es paßt ihr nicht. Es ist billig. Es sieht ärmlich aus. Das Mädchen betrachtet das getragene, verschossene dunkelblaue Sergekleid mit Scham. Man hat ihr an diesem Tag in der Schule gesagt, daß sie eine schriftstellerische Begabung hat. Sie sind extra deswegen in die Klasse gekommen. Obwohl sie Ausländerin ist, obwohl sie ein Wörterbuch benutzen muß, hat sie den besten Aufsatz der Klasse geschrieben. Sie, die immer ruhig war und nicht auffallen wollte, wurde aufgefordert, den Seitengang hinaufzugehen und vor aller Augen das Lob der Englischlehrerin entgegenzunehmen. Aber als sie sich ihres Kleides erinnerte, erlosch die Freude, die berauschende Freude, die sie anfangs empfunden hatte, auf der Stelle. Ich wollte nicht vorn stehen, nicht gesehen werden. Ich schämte mich des billigen Kleides, das glänzte, das abgetragen aussah. Es war das Kleid eines Waisenkindes, jeder konnte sehen, daß es sich um ein Erbstück handelte.

Ein anderer Spiegel trägt einen braunen Holzrahmen. Das Mädchen betrachtet sich in einem neuen Kleid, das sie verwandelt. Was für eine außerordentliche Veränderung! Sie geht ganz nahe heran, um die feuchten Augen zu sehen, den feuchten Mund, all das Licht und den Schmelz, den das neue Kleid über sie ausgegossen hat. Ganz, ganz langsam schleicht sie an den Spiegel heran, so als fürchte sie, die Reflexe könnten verscheucht werden und davonfliegen. In ihrem fünfzehnten Jahr versucht sie es mehrere Male, so an den Spiegel heranzukommen. Jedes Mädchen befragt mit fünfzehn den Spiegel: »Bin ich schön?« Das Gesicht ist wie eine Maske. Es lächelt nicht. Sie will im Spiegel nicht schöner erscheinen, als sie ist, nicht häßlicher, nicht mit ihm flirten, keine falsche Antwort bekommen. Das Mädchen ist in einer Trance. Sie will das Spiegelbild nicht verschrecken. Jemand hat gesagt, sie sei sehr blaß. Sie tritt an den Spiegel und bleibt bewegungslos davor stehen, wie eine Statue. Unbeweglich. Wächsern. Sie wagt nicht die geringste Geste. Verblüfft. Schlafwandlerisch. Wenn sie etwas dazutut, dann nur, um eine andere darzustellen, Sarah Bernhardt, Mélisande, *La Dame aux Camélias,* Madame Bovary, Thaïs. Niemals die Anaïs Nin, die zur Schule geht und im Hinterhof Gemüse und Blumen züchtet. Sie ist so starr, so verhext wie eine Figur im Traum. Vor dem Spiegel wird sie auseinandergenommen in hundert verschiedene Persönlichkeiten und wieder zusammengefügt. In Blässe und Starrheit. In Schweigen. Sie wartet auf einen Ausdruck, in dem sich Geist verrät. Aber man ertappt sein Gesicht nicht dabei, wie es lebt, lacht, liebt. Mit sechzehn blickt sie in den Spiegel und hat zum erstenmal das Haar hochgekämmt. Die Frage bleibt, der Spiegel gibt keine Antwort. Sie wird die Antwort in den Augen und Gesichtern der Jungen suchen müssen, die mit ihr tanzen, später bei Männern und vor allem bei Malern.

Ich trage noch immer die Chiffonbinde über meinen verbrannten Augenlidern. Der Abbé Lancelin läutet an der Tür. Er sammelt für seine Armen. Als ich die Tür öffnete, machte er große Augen. Eine Nonne? Nein. Eine mit einem langen Chiffontuch verschleierte Frau. Er hat einen grauen Bart. Wir sprechen miteinander. Ich sage ihm sofort, daß ich nicht mehr an den Katholizismus glaube, denn es ist zuviel Grausamkeit in der Welt, aber seinen Armen will ich helfen. Wir kommen ins Gespräch. Zu gern möchte er das Gesicht hinter dem Schleier sehen. Er assoziiert wahrscheinlich – Nonnen, verschleierte Frauen, deren Gesichter er hinter dem Fensterchen des Beichtstuhls nicht erkennen kann. Hier aber ist Neugierde erlaubt, darf man nach dem Gesicht fragen. Er kommt nun jeden Tag, will mich bekehren. Will diese mysteriöse verschleierte Frau überzeugen. Das Geheimnis hypnotisiert ihn, die Nonne, die keine ist, eine Rebellin.

Pierre Bresson sagt, daß der symbolische Stil, die symbolische Sprache menschliche Teilnahme verhindern. Die Menschen bewundern *House of Incest.* Aber bei der Geburtsgeschichte gehen sie in die Luft.

Lawrence Durrell schreibt mir:
»Ich fühle mich hundsgemein, wenn ich Ihnen nicht sofort schreibe, was für eine wunderbare Autorin Sie sind – obwohl Sie es natürlich wissen. Ich meine diese letzte Sache, die Sie mir geschickt haben, die dionysische kleine Geburtsszene, da läutete bei mir die Klingel, fiel der Groschen. Sie wissen, daß man so etwas nur mit wirklicher Kraft schreiben kann. Ich werde Ihnen sagen, was mich umgeworfen hat. Ich habe immer von einem hypothetischen Ziel geträumt, das die Frau eines Tages in ihrer Kunst erreichen würde. Das Ergebnis sollte von so positiver Qualität sein, daß man sofort aufhören würde, nach den Maßstäben des Mannes zu kritisieren. Statt dessen würde man neue Maßstäbe entwickeln, die für Mann und Frau gelten, den derzeit geltenden Maßeinheiten eine unveränderliche Größe hinzufügen. Aber wann und wie und wodurch sich dies ereignen sollte, konnte ich mir nicht vorstellen. In dieser Sache jedoch, die Sie mir da geschickt haben, spüre ich einen Vorgeschmack dessen und glaube, daß Sie die Frau sind, die es schaffen wird. Ich bin bisher immer gegen schreibende Frauen voreingenommen gewesen. Ich fühlte, daß ihr Maßstab ein männlicher Maßstab war, und unter dem Vergleich mit dem Mann mußten sie leiden. Woran Sie arbeiten (und was Sie vielleicht schon geschafft haben) ist meiner Meinung nach eine Neue Kunst; wenn Sie wollen, eine Neue Sensibilität, die auch der Mann total akzeptieren kann, als Mann nämlich und ohne nach seinem Standard zu werten. Eine neue Erfahrung, die wieder wie der wahre Künstler und seine Zeit im Glauben gebunden ist. Das ist der Schatten, den Ihre Geburtsgeschichte vorauswirft – und ich bin glücklich, denn es ist eine wirkliche Neuheit. Sie selbst sind die Neuheit, und Ihr Werk wächst durch Sie zu einem Status, einer Totalität, vor der ich nicht länger als Mann stehe, der einer Frau begegnet ist – sondern als Mensch vor seinem Schöpfer. Das ist gut so, denn es bedeutet eine emotionelle Freiheit, auf die wir alle gewartet haben: ein neues SEIN. Salute! Es tut mir leid, wenn ich mich ungeschickt ausgedrückt habe – Apologien sind meistens stupid. Sie werden verstehen, was ich meine – es liegt Welten unter der bloßen Tintenschrift. Also Salute! Einen Salut aus 400 Gewehren.
Postscriptum:
Liebe Anaïs Nin:
Ich spreche für mich selbst, für Nancy, für Patrick Evans, meinen Bruder Leslie, die zwei Hunde Roger und Puke: *Wunderbar, einfach wunderbar. Funkelnd wie ein Goldstück.* Eine Million ›Carols‹ und ›Zeros‹ und *Black Books* wert. Wir stöhnten unter diesen Qualen, körperlichen Qualen. Die Lektüre ist selbst eine Geburt. Wunderbar. Ich gratuliere in äußerster Begeisterung und Verehrung. In äußerster Eifersucht, um ehrlich zu sein.«

An Durrell:
»Als ich Ihren Brief las, leuchtete das Wort *Glauben* vor mir in seiner gewaltigen Größe auf, und die Wärme, die Sommersanftheit des Briefes nahmen mich gefangen. Als ich von ›Gregorys geistiger Atrophie‹ las, sagte ich nein, denn Gregorys einzige Krankheit ist ein Konflikt der Gefühle, der Englische Konflikt. Es sind die Gefühle, deren England sich schämt, mit denen Gregory nicht zurechtkommt. Im Englischen läßt sich das alles schwer ausdrücken. Das Tabu der Gefühle. Ich sage nicht, daß Gregory englisch ist, noch leidet er unter einer Atrophie der Gefühle, aber sie sind innen in ihm zusammengerollt, indirekt, sie bewegen sich unfrei, toben sich nur in der Dunkelheit aus, manifestieren sich pervers, kommen nur in Ironie und Hysterie zum Ausdruck und werden nur in den dichterischen Passagen voll und schön. Das ist es, was Huxley ganz fehlt (mit dem man Durrell verglichen hatte – A. N.), und warum ich keine Beziehung zu ihm entdecken kann. Vor allem anderen: Huxley ist kein Dichter. *Ça ne chante pas.* Sie aber singen. Warum muß Spandrell ein Verbrechen begehen? Um der Lähmung durch die Abstraktionen zu entgehen. Die Menschen begehen Verbrechen, um das Blut zu wecken, das in ihren Adern stockt. Dabei weichen sie wiederum den Gefühlen aus. An ihre Stelle setzen sie die Sensation. Siehe den Zusammenhang zwischen Surrealismus, Revolution, Krieg. Gregory mit seinem analytischen Verstand ist bewußt, gespalten, aber er ist nicht gelähmt. Seine natürlichen Instinkte sind lebendig. Seine Gefühle sind wie eine Sprengladung verborgen. Sie warten darauf, daß sie sich zeigen dürfen, in der Ekstase. Zu anderen Zeiten sind sie blind, geblendet und betäubt von der Vision. Ich könnte zu Ihnen sagen, was Henry über mich im Tagebuch gesagt hat: mit Augen leben, die zu weit offen sind ... Aber ich sehe, daß sich die Ihren ein wenig schließen, in der Metamorphose. Sie sind schon anderswo. Sie erfassen das Leben vor allem dadurch, daß Sie es hellseherisch erraten. Ich nehme es, wie ich es vorfinde. Sehr ähnlich Gregory, seiner Aufrichtigkeit und seinen kosmischen Aspekten. Ich frage mich, wo Sie nun sind, wo Sie in Ihrer Metamorphose angelangt sind. Ich bin in der Nacht und warte auf das Schweigen. Der Kopf ist still, alle Zellen strecken atmende Fühler aus. Ich frage mich, warum Sie mich die unterseeische Superfrau genannt haben. Es bringt mich zum Lachen, aber es stimmt. Ich habe freilich lange gebraucht, bis ich meine Flossen und Schwimmbewegungen wieder gefunden habe. Ich habe zu gehen versucht (wie die Pinguine) und wie ein Mann zu denken. Das Denken des Mannes hat mir großen Eindruck gemacht.«

Als Frau schreiben – ich sehe immer klarer, um was es geht. Alles ereignet sich im wirklichen Mutterleib, nicht in dem Mutterleib, den sich die Männer als Ersatz fabrizieren. Seltsam, daß gerade ich diesen Leib aus wirklichem Fleisch erforschen soll, ich, die ich von allen Frauen die am meisten idealische bin, das legendärste Wesen, ein Mythos, ein Traum. Und es ist dieser Abstieg in den wirklichen Mutterleib, der mich fasziniert, zu dem ich den Mann hinablocke, um ihn dort festzuhalten, während ich gleichzeitig darum kämpfe, ihn von der Frau zu befreien, damit er einen anderen Mutterleib erschaffen kann. Das Tagebuch endet in Fez, einer Stadt, einer Straße, einem Labyrinth, denn das war die Stadt, die mit ihrer Sanftmut, ihrer Ruhe, ihrem Geheimnis wie aus Tausendundeiner Nacht am meisten dem Mutterleib glich. Mein Ich, die Frau, der Leib, hinter vergitterten Fenstern, verschleierten Augen. Gekrümmte Straßen, geheime Gelasse, Labyrinthe und nochmals Labyrinthe.

Gespräch mit Gonzalo. Wir sprachen über den Wahnsinn. Ich sagte: »Niemand wird wahnsinnig, es sei denn aus Einsamkeit. Solange jemand da ist, der sieht, was du siehst, hört, was du hörst, wirst du nicht verrückt. Viele Künstler wurden durch ihre Frauen vor dem Wahnsinn gerettet, als sich die ganze Welt gegen sie stellte. Sieh die mondfarbene Lampe hier! Ja, sagst du, sie ist mondfarben, denn du siehst es auch, und wir sind beide bei gesundem Verstand, aber der Künstler steht oft allein gegen die ganze Welt.«

Regen fällt. Ich kämpfe mit Geldproblemen, mit Schulden, obwohl Henry 3 000 frs. Honorare für *Cancer* bekam und Kahane mir einen Teil meines Druckkostenbeitrages zurückgezahlt hat. Henry gab Osborn 100 frs., Reichel 100 frs. für ein Bild, das er kaufen will, zahlte Schulden an Edgar zurück und gab Durrell 300 frs., die er ihm schuldete, kaufte ein Hemd und eine Krawatte, und als ich ihn zwei Tage später wieder traf, aß er harte rote Bohnen zum Lunch. Ich traf Betty Ryan im Dôme, erzählte ihr von den Bohnen und bestellte Mineralwasser. Wie haben wir gelacht! Ich sorge mich nie wegen Geld, aber ich muß oft verzweifelte Tricks anwenden, jedes nur irgendwie verpfändbare Objekt ins Pfandhaus tragen, pumpen, ein bißchen schwindeln. Und im schwärzesten Augenblick geschieht dann etwas, ein Scheck kommt, ein Patient aus New York zahlt, einem Schuldner schlägt das Gewissen.

Ich weiß nicht, warum ich Hélène menschlich nicht näher komme. In manchen Augenblicken gelingt es. Wenn sie zuhause ist, wenn sie ruhig und ernsthaft im Lehnstuhl sitzt, mit einem Tigerfell zugedeckt und wir über unser Leben sprechen. Aber sehr bald schon fühle ich, wie mit Jeanne, daß wir nur ein Spiel spielen. Ich sehe die bunten Luftballone unserer Fantasie über unseren Köpfen aufsteigen, ich

sehe die nichtmenschlichen Augen und glaube ihr nicht. Die Menschen spüren das Nichtmenschliche an ihr und schrecken vor ihr zurück, wie man es vor einem Menschen tut, der im Grunde für andere nichts empfindet und nur seinen eigenen Zwängen gehorcht. Obwohl sie in tragischen Ausdrücken von ihrem Leben erzählt, rührt es mich nicht. Sie scheint unwirklich. Eine strahlende, vielfarbige Medusa, fähig zu zerstören. Ein Vampir, der einem die Substanz aussaugt, um sich zu ernähren. Dabei ist ihre bewußte Rolle mütterlich, sie ist großzügig, einfallsreich, schöpferisch. Sie hat tatsächlich zwei Gesichter: eines für den Hausgebrauch, hausmütterlich, ernsthaft, tragisch, eine Katholikin, die sich vor der Sünde fürchtet, – und eines für die Außenwelt, mit spöttischen Augen, einem sardonischen Mund, eine freche und wollüstige Erscheinung. Dieser Aspekt verstimmt die Menschen oder amüsiert sie. »Welches ist mein wahres Ich?« fragt sie mich. Sie ist durch und durch gespalten. Wie ich. Das Erschreckende daran ist jedoch vielleicht, daß die beiden Aspekte ihrer Persönlichkeit wie zwei Frauen auf einer Drehbühne auftreten: zwischen den beiden Hälften steht eine Wand. Was man mit der einen Hälfte spricht, hört die andere nicht. Ihr Herz ist nicht dabei. Man spricht nur mit einer Schauspielerin, die einen bezaubern will. Einen Notschrei würde diese Hélène gar nicht vernehmen.
Ihre Größe, ihre Statuenhaftigkeit, der übernatürlich große Kopf, das kräftige Genick, ihre grünen Augen, die kraftvolle Stimme geben ihr ein Aussehen von Stärke und Unverletzbarkeit.

Henry besteht nur aus Paradoxen. Er liebt die ordinären, die naturalistischen Aspekte von Paris. Wenn er reist, ist er enttäuscht, weil er das Außerordentliche nicht findet, das er erwartet. Seine Neigung zum Gewöhnlichen, zum Ordinären, steht dem Extraordinären, wie ich sage, im Weg. Das kann er nicht verstehen. Das Extraordinäre ereignet sich in dem Maß, in dem man gegen das Ordinäre rebelliert. Es ist, als ob Henry das Ungewöhnliche fürchtet, als ob er ihm ausweicht, damit er dann das Gewöhnliche karikieren oder das Ungewöhnliche schaffen kann. Ich suche es hemmungslos und finde es auch. Rank, Moricand, Jeanne, Hélène, Carteret, Gonzalo, Fez. Henry hält sich an das, was er kennt, und fürchtet das Unbekannte: Korfu, Durrell usw. Vor dem Außerordentlichen hat er Angst, er sieht es nicht deutlich, er liebt es erst, wenn es ihm nahekommt, menschlich, vertraut wird. Man kann nicht die Bettpantoffeln an den Füßen behalten und gleichzeitig große Abenteuer erleben. Ich bin im Wunderbaren zuhause. Ganz und gar zuhause. Im Unbekannten, Mysteriösen, Exotischen, Fremden, dem Nochnieerlebten, dem Schwierigen. Im Gewöhnlichen fühle ich mich unkomfortabel und hilflos. Das Gewöhnliche ist mir unvertraut. Was Henry anzieht, ist das Unmalerische, das Unauffällige, die alltägliche Straße, ein Ziffernblatt, ein gewöhnliches Haus, ein verwahrlostes Café, mittelmäßige Menschen. Vor dem Wunderbaren im Leben weicht er zurück. Ich glaube jetzt, daß June wie André Bretons Nadja war, aber er akzeptierte sie nicht. Er quälte sie ihrer Mythomanie wegen, aber wenn er schreibt, ist er selbst ein Mythomane.

Wir lehnten uns über die Brüstung, Gonzalo und ich, und sahen die schlafenden Vagabunden unter den Bäumen und die Wellen der Seine. Ich erzählte ihm von Albertine, der Maus, wie ich sie nenne, und wie ich durch nichts ihre Angst, ihr Mißtrauen gegen meine Freundlichkeit vertreiben kann. Wenn sie einen Teller zerbricht, jammert sie: »Madame wird es mir vom Lohn abziehen.« Gonzalo glaubt, man hat ihr in der Vergangenheit übel mitgespielt.
Gonzalo spricht über Rituale. Die prachtvollen katholischen Rituale in Peru. Wenn er sie beschreibt und dazu die indianischen Teppiche und Wandbehänge, die Farben der Stoffe und Töpfereien, die Regeln des geselligen Umgangs, fühle ich, daß ich eine verlorene Welt wieder gewinne.
Ich kann gut verstehen, daß Gonzalo sich gegen die Vulgarität der westlichen Welt auflehnt. Ich kann es gut verstehen, wenn er sagt, daß wir den Makel des Selbstbewußtseins tragen, daß wir nicht mehr fähig sind zu träumen, Schönheit anzuschauen, mit der Natur zu leben, das menschliche Zusammengehörigkeitsgefühl peruanischer Indianer zu empfinden.
Ich versuche, diesen Instinkt für das Ritual in meinem Leben zu verwirklichen durch die Art, wie ich mich kleide, wie ich wohne, durch den Symbolismus der Geschenke, die ich gebe, durch meine Kraft zu träumen, aus der Realität ausbrechend in die Exaltation, aus der Welt des Zwanges in das Unbewußte. In eine prachtvolle Welt der Größe und der Hierarchie, des Glaubens und der Verehrung, die der Westen nicht mehr kennt. Eine verlorene Welt. Religion als Dichtung. Artaud versuchte, die Symbole und Rituale wieder zu erschaffen, mit dem Realismus im Theater zu brechen, aber ich glaube, er war zu zornig. Er war krank vor Zorn. Oder ist alle Krankheit Zorn?
Helba hat eine schwarze Katze unter ihren Schutz genommen. Die Katze spie einen Wurm aus. Helba wand sich in Krämpfen. Ich sah, wie sich ihr Gesicht verzerrte und ihre Augen vortraten. »Ich habe Würmer in mir. Davon bin ich krank. Sie fressen an meinen Eingeweiden, und was ich esse, nährt mich nicht. Nehmt die Katze fort!« Würmer. Todesangst. Sie erkannte mich nicht.
Zur selben Zeit macht Osborn Henrys Studio unsicher. Er liegt auf der Couch, streckt die Zunge heraus und versucht, die Zungenspitze

zu zerkauen. Oder er steht vor dem Spiegel, schneidet sich mit der linken Hand die Haare und bewundert sein unrasiertes Gesicht. Oder er geht mit seinem Geschlechtsteil in der Hand herum, zeigt es Henry und Edgar und sagt: »Sieht doch ganz gesund aus, nicht wahr, sieht nicht nach Syphilis aus?« Und später: »Sag einmal, Henry, wie fährt man eigentlich von Littlefield, Connecticut, nach Boston?« Er arbeitet an einer Klageschrift gegen einen Menschen seiner Einbildung, der seine Manuskripte gestohlen und sie um einen fabelhaften Preis an einen Produzenten in Hollywood verkauft hat. Er glaubt, daß man ihn entlassen hat, weil er Pernod trank, in Montparnasse verkehrte und sich eine Freundin hielt. Er möchte, daß Henry sein Geld verwaltet und es ihm in kleinen Beträgen auszahlt.

Henry ist Osborns wegen bedrückt, sitzt in der Falle. Er möchte aus Villa Seurat fliehen. Er versteckt sich. Er wagt nicht, auf der Maschine zu schreiben, denn Osborn könnte es hören und in das Arbeitszimmer eindringen wollen. Aber er will auch nicht nach Korfu reisen, wohin Durrell ihn eingeladen hat. Ich verwalte für alle das Geld. Henry übergibt es mir. Er traut sich selber nicht. Ich schicke hundert Franc in Briefumschlägen auf Umwegen über andere Leute an Osborn. Osborn haust in irgendeinem schmutzigen Hotel.

Henry sieht müde und traurig aus. Zum Essen möchte er in Restaurants gehen, die weit von Villa Seurat entfernt sind.

Mich ermüdet Edgars Akrobatik. Henry liebt geistige Akrobaten. Er möchte, daß ich mitdiskutiere. Aber ich ziehe mich zurück, sobald ich mich mißverstanden fühle. Wie Fraenkel drückt sich Edgar geometrisch, mathematisch, in Abstraktionen aus. Ich verstehe Abstraktionen nicht. Und ich schäme mich dessen auch nicht.

Was ich Edgar zu sagen versäumte, war: »Selbstanalyse ist destruktiv. Sie führt nur zur Introspektion. Sie geht fast immer von falschen Voraussetzungen aus. Sie ist lähmend. Die Analyse durch einen Arzt ist objektiv, dynamisch. Sie zielt auf Einheit, während die Selbstanalyse spaltet und desintegriert. Die Analyse sollte nur von Ärzten vorgenommen werden. Selbstanalyse ist dem Schöpferischen feindlich. Sie ist passiv.«

Gonzalo sagt: »Merkwürdig, was für einen Einfluß du auf mich hast. Obwohl du mich mit Dichtung berauschst, hast du eine dynamische Wirkung auf mich. Ich will jetzt die Aktion.« Ich habe ihm zu einer festen Haltung gegenüber einem Politiker verholfen, der Gonzalos romantische Begeisterung für die Revolution mißbrauchen wollte. Ich helfe ihm mit meiner Menschenkenntnis.

Während ich im Café warte, schreibe ich diese Worte: »Der Mutterleib *sein.*« Und aus diesen Worten bildet sich plötzlich ein riesiges weibliches Universum. Mit der männlichen Ideenwelt habe ich nichts mehr zu schaffen. Ich schwimme in Natur. Der Mutterleib *sein* ...

alles umfassen, einschließen. Mein Mitgefühl sieht wie Liebe aus und wird oft für Liebe genommen. Alle diese Künstler, diese Intellektuellen, die ausziehen, um in Krieg und Revolution den Rhythmus ihres Blutes zu finden. Ich bin dort, wo ich den Pulsschlag des Lebens spüre. Nichts, keine Aktion des Kollektivs kann meine individuelle Welt erschüttern. Kein Sturm dieser Welt. Sie nennen es Kommunismus. Für mich aber ist es das Drama, das Poem und der Rhythmus des persönlichen Hasses, der Wünsche, der Lust, des persönlichen Krieges, der Leidenschaften, der Triebe. Eines Tages werden diese unterdrückten Arbeiter selbst die Tyrannen sein, dieselben herrschsüchtigen, unmenschlichen »Bosse«.

Mein Wahnsinn ist, daß ich mich unaufhörlich mit anderen identifizieren muß. Mit anderen als Menschen, nicht als Angehörige von Rassen, Parteien oder Klassen. In mir verschmelzen die Menschen. Ein Strom geht zwischen ihnen allen hin und her, sie sind nicht voneinander geschieden.

Carteret und ich besuchten die Aufnahmestelle, wo die Verrückten bei ihrer Einlieferung befragt werden. Ein Psychiater stellt die Fragen. Einige Studenten, einige Freunde des Arztes hören zu.

Sie brachten ihn in einer Zwangsjacke, mit gefesselten Füßen. Sein Haar, schon stark gelichtet, war schweißnaß. Der Doktor lächelte über seine klaren Augen, seinen kindlichen Mund, die komische Art, wie er auf seine gekreuzten Arme und gebundenen Füße hinabschaute.

»Warum sind Sie so wütend? Warum haben Sie Angst, zu uns zu kommen?«

»Sie werden mir meine Kraft nehmen, Sie haben schon alles vorbereitet, um mir meine Kraft zu nehmen.«

»Warum sollte ich Ihnen Ihre Kraft nehmen wollen?«

»Wegen dem *merle blanc* (dem weißen Sperling), der alle hundert Jahre geboren wird. Der *merle blanc* ist der Freund des Guten. Und der Mann mit dem weißen Halstuch, der mich vor der Gefahr warnte, war vom Orden des *merle blanc*. Der weiße Sperling ist jetzt in mir, und die *aigles fins* (die schlauen Adler) sind neidisch, die schlauen Adler sind die Freunde des Bösen und sind gegen mich. Sie kommen, sechs auf einmal, in grauen Anzügen und verfolgen mich. Manchmal kommen sie in einer Kutsche, wie ich sie vor langer Zeit einmal auf einem Druck gesehen habe, sonst verwenden sie heute selbstverständlich Automobile. Heute ist der Präsident gestorben, sonst wäre ich nicht hier.«

»Der Präsident ist heute nicht gestorben.«

»Dann ist vielleicht der andere gestorben, der auch so ist wie er.«

»Ist ein anderer so wie er?«

»Ja, und einer ist wie ich. Er denkt alles, was ich denke. Es ist ein Mädchen, meine Verlobte, aber ich kann sie nicht finden.«
»Weiß sie, daß Sie hier sind?«
»Noch nicht.«
»Wer verfolgt Sie noch?«
»Ein Mönch, der kastriert ist und manchmal die Form einer Frau annimmt.«
»Wo sehen Sie diese Person?«
»Im Spiegel.«
»Sehen Sie noch jemand im Spiegel?«
»Diesen Mönch, der kastriert ist und manchmal die Form einer Frau annimmt.«
»Sie wissen, daß ich Ihnen nichts Schlimmes antun will?«
»Ja, aber ich weiß, daß Sie schon alles vorbereitet haben, um mir meine Kraft zu nehmen, wie Abälard.«
»Warum sollte ich Ihnen Ihre Kraft nehmen wollen?«
»Weil ich meine Verlobte begehrt habe, dieses Mädchen, das so denkt wie ich.«
»Wie oft sehen Sie den weißen Sperling?«
»Er wird nur einmal in hundert Jahren geboren, daher gibt es sehr viel mehr *aigles fins* als *merles blancs*. Daher wird auch das Gute immer unterdrückt, es wird verfolgt von sechs grauen Männern in einer Kutsche, wie ich es auf dem Druck gesehen habe, oder, wenn Sie das vorziehen, in einem Automobil, wie man es heute verwendet.«
»Wie erkennen Sie den weißen Sperling?«
»Durch meine Gedanken.«
»Sie wollten Selbstmord begehen, nicht wahr?«
»Ja, weil mich niemand liebt. Man hat mich gesandt, damit ich das Leben von Musset lebe, und er hat, wie Sie wissen, sehr viel gelitten, und niemand hat ihn geliebt, und wie Sie wissen, hat er sehr viel getrunken, weil ihn niemand geliebt hat. Ich wurde gesandt, um das Leben von Musset zu leben und die Prophezeiung zu erklären, die er im Café machte, bevor sie ihn hängten.«
»Er wurde gehängt?«
»Ja, niemand weiß das, und ich muß seine Ehre retten.«
»Wie können Sie seine Ehre retten?«
»Indem ich seine Prophezeiung erkläre, die er im Café machte, bevor es geschlossen wurde, und die ich erhielt, während ich vor dem Spiegel stand und ein weißes Tuch schwenkte zum Klange des Angelus.«
»Des Angelus?«
»Ich wurde zu Mittag geboren, wenn man das Angelus läutet. Weiß ist die Farbe des *merle blanc*, und die *aigles fins* glauben, sie seien ihm überlegen. Sie glauben, daß sie die ganze Macht haben, aber

diese Macht ist nun in mir, und daher wollen Sie mir meine Kraft wegnehmen.«
»Sind Sie deswegen so wütend geworden, als ich Sie hierher bringen ließ?«
»Nein, das habe ich diesmal nur gespielt, weil Sie es von mir erwartet haben. Sie erwarten es von mir, so habe ich es getan. Sie glauben ja, daß alles, was ich denke, aus einer Kriminalgeschichte stammt, und es ist wohl wahr, ich habe hunderttausend Romane gelesen.«
»Warum wollten Sie sterben?«
»Ich habe die blaue Liebe, das Blau der Liebe, denn die Frau, die in jeder Weise all dem entsprach, was ich denke, liebte mich nicht, daher sprang ich in den ägyptischen Nil. Sie wollte wissen, woher meine Kraft kam. Ich habe viele Feinde.«
»Warum?«
»Wenn man so weiß ist wie der weiße Sperling, und die anderen sind schwarz, hat man Feinde. Es ist immer dieselbe Geschichte. Es ist der weiße Sperling, den Sie mir fortnehmen wollen.«
Der Arzt wandte sich von dem Mann in der Zwangsjacke ab und seinem Publikum zu. »Sie sehen«, sagte er, »daß nichts von dem, was er sagt, irgendeinen Sinn ergibt. Es ist keine Logik darin, kein Zusammenhang. Es handelt sich um einen klaren Fall von Schizophrenie mit zusammenhanglosen Vorstellungen, Auflösung der Gedanken in Sinnlosigkeit und Chaos, wozu noch Verfolgungswahn kommt.«
Er beobachtete den Mann in der Zwangsjacke, der friedlich vor sich hin lachte und sagte: »Ich wußte ja, daß Sie es für eine Kriminalgeschichte halten würden, aber ich wußte auch, daß mir alles dies zustoßen würde, und ich hatte es im Spiegel gesehen, ich bin gewarnt worden durch den Mann mit dem weißen Halstuch, und so können Sie alles das, was Sie mir wegnehmen wollen, gar nicht wegnehmen, denn ich lebe das Leben von Alfred de Musset, das voller Leiden war, und im Spiegel ist nun ein Mönch, der die sechs grauen Männer überwacht, die mich erschießen möchten.«
Die beiden Wärter, die verantwortlich dafür waren, daß der Verrückte nicht gefährlich wurde, standen neben ihm. Der Arzt sagte ihm auf Wiedersehen und daß er den Raum verlassen dürfe. Der Verrückte stand auf. Die beiden Wärter, die wußten, daß seine Beine gefesselt waren und daß er ohne Hilfe nicht gehen konnte, sahen ihm zu und machten keine Anstalten, ihn zu stützen. Sie ließen ihn auf seinem Weg aus dem Zimmer selbst zwei Schritte machen. Der Doktor wandte sich mit einem ironischen Blinzeln in den Augen seinem Publikum zu, mit einem verschwörerischen Blick, der sagen wollte: wie intelligent bin doch ich, der Doktor, und wie intelligent sind meine Studenten, im Vergleich zu diesem entarteten Geschöpf.

Der Verrückte ging zwei Schritte und stürzte. Es wurde ihm erlaubt hinzufallen. Und der Doktor saß dabei mit einem verächtlichen Zug um den Mund, stolz auf sein Wissen und seine Logik, er gestattete sich ein Lächeln, während die Götter dem Verrückten gestatteten, tiefe Dinge zu sagen, Worte, die ein Dichter verstehen kann, die jeder Dichter dem Doktor hätte erklären können, alles war gestattet, die Verhöhnung dieses im Labyrinth seines Unbewußten verlorenen Mannes, der nach dem Weg suchte und mit Verachtung behandelt wurde.

Nachdem wir dies gehört hatten, verließen Carteret und ich das Palais de Justice (Justice!) und gingen die Seine entlang. Würden die Menschen je die Bedeutung der Symbole begreifen? Dichter und Träumer sprechen eine Sprache, die ganz, ganz klar ist. Eine Sprache, die das Leben unterhalb unseres Bewußtseins braucht.

Wir sagten, was wir von der Grausamkeit des Arztes hielten, der sich so überlegen dünkte, und was von der dichterischen Einbildungskraft des Verrückten und wie sinnvoll seine Fantasien gewesen waren. Wenn Symbole etwas Verbotenes sind, warum träumen wir dann alle in Symbolen?

Jean Carteret. Sein Gesicht erinnert mich an die Gesichter, die ich in Fez gesehen habe. Die Brauen, die Augen waren fast immer schön, und die Wangen, das Kinn, der Mund fast immer von Pockennarben entstellt, das Lächeln von Goldzähnen verdorben. Wie in Stein gemeißelte und von Wind und Wetter entstellte Gesichter. Jeans Brauen, Augen und Lider sind von einer vergeistigten Schönheit, erleuchtet, wie man sich Rimbauds Augen und Brauen vorstellt. Das übrige Gesicht verrät jedoch Angst und das Lächeln Leiden. An seinen Taschen, die voll und unerschöpflich sind, trägt er gerne Reißverschlüsse. Er trägt Bücher mit sich, Fotografien, Notizen, Zeitschriften, Pfeifen. Er kommt wie eine schwerbeladene Schnecke daher. Seine Augen sind voller Unschuld, von einem blassen Blau, aber er sucht Unterweltcharaktere und zieht sie an, Abenteurer, Zirkusleute, Führer durch das nächtliche Paris, Leute vom Jahrmarkt, Falschspieler, Hasardeure, Prostituierte, Zuhälter. Er kommt überall zu spät. Er kann nichts zu Ende bringen, seine Wünsche nicht verwirklichen. Ein übervolles, chaotisches Leben. Jeder Tag bringt neue Erfahrungen, neuen Appetit, neuen Enthusiasmus. Alles, was es gibt, ist interessant. Er schreibt Briefe, die er niemals abschickt, verspricht Besuche, die er niemals absolviert.

Gonzalo hat mich eingeführt in diese Welt der ungehaltenen Versprechungen, der großen literarischen Produktionen, die sich Nacht für Nacht in Gespräch auflösen, in den Cafés. Gonzalo sagt: »Ich werde dein Radio installieren. Ich werde dir zeigen, was ich über *House of Incest* geschrieben habe.« Ich habe gelernt, nicht daran zu glauben, nicht darauf zu warten. Denn ich gehöre zu der gefährlichen Art von Träumern, die alle ihre Träume ausführen, ihre Wünsche, Worte, Versprechungen und Pläne. Die wildesten und die einfachsten. Ein Wunsch ist für mich kein Spiel, sondern eine Schöpfung. Wenn ich in meinem Bett liege und davon träume, wie ich die Halskette aus Spitzmuscheln an meinem Kleid befestigen könnte, muß ich aufstehen und die Muscheln annähen.

Sehr leichtfüßig muß man hinschreiten über die Wogen und Vibrationen der Ekstase, um sich die dichterische Stimmung zu erhalten, mit halbgeschlossenen Augen, um das Schlechte, die Verwüstung, Krankheit und Häßlichkeit nicht zu sehen. Das ist ein Zustand, den die tibetischen Gurus leichtlich zu erreichen wissen. Sie gehen barfuß durch den Schnee. Kann ich nicht gehen, ohne Pockennarben und Goldzähne zu sehen? Der *merle blanc* des Verrückten sang in unseren Ohren, denn er hatte recht: es gibt viele Feinde, die alles zerstören wollen, Reinheit, Unschuld, den Sehenden, der sieht, was sie nicht sehen. Und wenn sie schlecht sehen? Wenn der Doktor kurzsichtig ist?

Carteret löst sich auf, verliert sich im Verkehr, winkt noch von seinem Bus, und ich sitze mit Gonzalo zusammen, der mir die Foltern beschreibt, denen man in Peru die Kommunisten unterworfen hat, wie man sie im Wasser stehen ließ, bis ihr Fleisch platzte, das Blut gerann, die Beine anschwollen und die Menschen verrückt wurden vor Schmerz.

»Gonzalo, ich kann in einer solchen Welt nicht leben. Darum wende ich mich ab. Solange ich nicht handeln, sie nicht retten, gegen die Grausamkeit der Welt nicht kämpfen kann, wende ich mich ab und lebe in einer anderen Welt. Ich sehe nicht die eine oder andere politische Partei, ich sehe nur die Grausamkeit des Menschen.«

Gonzalos Aufruhr besänftigte sich langsam. Ich gab ihm Medizinen für Helba und nahm die Metro, um mich mit Henry im Café zu treffen. Henry hat mit der Edition Stock einen Vertrag für die Übersetzung seiner Bücher unterzeichnet. Bei seiner Ankunft war er sehr aufgeregt, aber er sagte, er sei nicht aufgeregt, denn es käme ja doch alles zu spät.

Für den Künstler kommt immer alles zu spät, wenn es nicht sofort kommt, im Augenblick, in dem er sein Werk vollendet hat, eine Antwort, die nach Jahren kommt, wünscht er sich nicht. Es regnet. Seine Freunde, die Rattners, sind zur Feier eingeladen. Abe Rattner malt wie Rouault. Bettina schreibt über Mode. Henry kennt Gonzalo schon seit Jahren. Artaud kannte ihn, und doch habe ich ihn nie getroffen. Warum? Ich hätte ihn nicht verstanden.

Was ist Schicksal? Henry stellte mir Gonzalo vor, als die rechte Zeit gekommen war, als ich in der Unpersönlichkeit von Henrys Leben und Freunden zu frieren begann.

Jeder Freund repräsentiert eine Welt, die wir in uns selber tragen, die aber gleichsam erst geboren wird, wenn sie in Erscheinung treten. Aus dem Zusammentreffen entsteht eine neue Welt. Durch Gonzalo gewann ich meine spanische Welt wieder zurück, mein spanisches Blut, Wärme und persönliche Anteilnahme, die unmittelbare und leidenschaftliche Reaktion auf Erfahrungen, Feuer, Fanatismus, Temperament, Glauben, die Kraft *ganz* zu handeln. Ganzheit, liebende Fürsorge. Henry kümmert sich um nichts. Gonzalo tut es. Er könnte für eine Sache sterben, für die Arbeiter, die Armen. Henry sucht nur sein Vergnügen und seine Selbstverherrlichung. Gonzalo möchte sich selbst geben.

Henry behauptet ironisch, daß er nun ein Heiliger wird und daß er bisher falsch gelebt habe. »Schreib das in dein Tagebuch, Anaïs!« Henry sagt, er wolle nun er selbst sein, nicht mehr äußerlich leben, sondern sich sammeln, sich konzentrieren. Und ich zersplittere mich, wie ich es von ihm gelernt habe, um mich selbst zu verschenken, mich zu verschwenden, blindlings. Die Menschen wechseln die Ebenen, tauschen ihre Qualitäten, ändern sich. Henry diskutiert mit Edgar die Analyse; ich suche meinen Weg aus der Analyse in die Aktion.

Seit Osborn wieder da ist, Henry bei der Arbeit belästigt, Geld und Lebensmittel borgt, wird Henry, obgleich er mit Einsicht und Mitgefühl zu handeln versucht, mehr und mehr deprimiert. Seine eigene Passivität, sein Fatalismus, seine Trägheit verknoten sich über ihm. Ich versuche ihm zu helfen. Ich ertrug seine schlechte Laune, seine Müdigkeit, seine Abhängigkeit. Ich verstand. Henry war gar nicht wirklich da.

Einem Konflikt gegenüber stellt Henry sich einfach tot. Wenn er die Führung übernehmen soll, handeln, sich selbst befreien, sich losreißen, ist er wie gelähmt. Er wird krank. Er schläft. Er zieht sich in den Winterschlaf zurück. Er kann nicht handeln. Er schläft die Tage durch, als würde das Problem Osborn dadurch gelöst. Er sagt, er fühle sich innerlich erschüttert, müde, brauche Konzentration. Wir saßen im Café und unterhielten uns in Ruhe. »Ich habe eigentlich nie auf der Ebene gelebt, auf der ich schreibe«, sagte er, »außer mit dir und nun mit Edgar.«

»Hast du das getan, um nicht einsam zu sein, um wie die anderen zu sein, nicht verrückt zu werden? Du hast bei den Menschen und im Leben die Mittelmäßigkeit gesucht. Warum deprimiert dich Osborns Zustand so? Fürchtest du, so wie er von der Wirklichkeit abgeschnitten zu werden?«

Traum: Ein langer, gewundener Pfad auf dem Eis. Ich gehe ihn und habe große Angst, daß das Eis brechen könnte. Panik überfällt mich. Henry geht neben mir, und ich halte seine Hand. Ich sage ihm, er soll es nicht versuchen, denn er sei zu schwer und würde einbrechen. Das Eis bricht. Ich halte ihn, damit er nicht in das Loch fällt, aber ich fühle die Hitze, die daraus hervorströmt. Ich ziehe ihn aus der Hölle heraus. Wir müssen alle eine enge Öffnung passieren, um einen bestimmten Ort zu erreichen. Meine alte Angst vor Höhlen überkommt mich, und ich entschließe mich, eine andere Route zu nehmen. Ich springe über Gewässer, Büsche, Hügel, wie ein Hirsch. Vor mir liegt ein einsames Schloß, sehr alt und verfallen. Es hat viele Räume, die mit großen Schlüsseln verschlossen sind. Durch zerbrochene Fenster weht der Regen hinein, und der Fußboden verfault. Ich schließe alle Räume auf. Aus einem Raum sehe ich durch eine Glastür in einem leeren Zimmer einen Mann sitzen, der mir den Rücken zukehrt. Er ist blond. Ich gerate in Panik, laufe davon und nehme einen der Schlüssel mit. Bei meiner Rückkehr zu den anderen hat der Manager von Helba beschlossen, daß ich einen indianischen Tanz tanzen müsse, den Körper mit Gold bemalt und mit Federn geschmückt. Ich sage zu Gonzalo: »Würde Helba das nicht besser können?« Gonzalo stimmt mir zu. Ein Mann sagt: »Haben Sie einen Beweis dafür, daß Sie im Schloß waren?« Ich antworte: »Ich habe einen Schlüssel.« »Dann sind Sie eine Hysterikerin«, sagt er. Cocteau, Chirico und Dali.

Eugene Jolas kam zu Besuch. Er sieht aus wie ein kampfbereiter Stier. Er ist ganz vollgesogen von deutschem Mystizismus. Die modischen Konzessionen der Dichter enttäuschen ihn. *House of Incest* lobt er als ein sprachliches Wunder, eine Schönheit, die ihm »große Angst eingab«. Er hält sich, glaube ich, dazu berufen, eine neue Sprache zu finden. Merkt er nicht, daß James Joyce es bereits getan hat? Das »Aktuelle« enttäuscht ihn. Wir harmonisierten miteinander, in einer dunklen, mystischen Sprache. Über unsere Häupter hinweg sprangen die semantischen Pferde, in einem Bad aus Rauch und Nebel und seiner »Sprache der Nacht«, in der es rote Höhlen gibt und sehr schwarze Lettern und geheimnisvolle Hieroglyphen. Jolas' Gesicht zeigt mir einen Menschen, der unter Anfechtung leidet, mit einem ängstlichen Lächeln und einer mystischen Verzweiflung an einer Welt, die ganz eindimensional wird.
Bei den Gilberts: ich war verzweifelt, weil ich mich so schüchtern fühlte, mit allen den vielen Menschen rundherum. Stuart Gilbert wiederholt, daß ich tief und gefühlvoll sei, wenn ich über mich selber schreibe; andere jedoch beschreibe ich mit Ironie und Humor. Meine Skizzen gefallen ihm. Hat alle Abschriften des Tagebuchs gelesen und sagt, ich hätte meinen eigenen Stil gefunden.
Man kann ihn sich sehr gut vorstellen in der Uniform eines Kolonialrichters in Indochina oder Sumatra. Das Gesicht eines englischen

Buddhas, der Gerechtigkeit ausstrahlt, mit kleinen Augen, denen die Komödie nicht fremd ist, seiner »Toleranz« für die Eingeborenen, seiner Gelehrsamkeit, seiner angeborenen Distanz. Als er sich zurückzog, sagte Caresse Crosby zu ihm: »Übersetzen Sie mir das!« (Ich vergaß, was es war.) »Aber ich bin kein Übersetzer«, sagte er. Und er hat dann doch Joyce ins Französische übersetzt und über James Joyce geschrieben.
Das Piano nimmt einen großen Teil des Salons ein, von dem zwei Fenster hinaus auf die Seine gehen. Ein großer Baum mit hängenden Zweigen bildet ein Spalier, durch das die Boote und Barken fahren, und der Fluß sieht aus wie ein zersplitterter Spiegel oder wie ein zersprungenes Halsband aus Diamanten. Mrs. Gilbert hat ein liebes und freundliches Gesicht, das Gesicht der idealen Mutterfrau, obwohl sie jung ist, Augen, die verstehen und beschützen wollen, eine besänftigende Stimme, ein tröstendes Lächeln und dabei das fröhliche Lachen eines Menschen, der sich nicht in Abstraktionen verloren hat und eine Atmosphäre schafft, in der Bücher nicht wie Dinge sind, sondern wie lebendige, strahlende Gäste. Immer sind Bücher dabei, aufgestapelt, auf Tischen. Tiefe Lehnstühle, Freundlichkeit, und eine unauffällige Art und Weise, nur Qualität zu kultivieren. Ihre Wohnung an der Seine ist ein stillgelegtes Boot, das kein Sturm erschüttern kann. Es ist in Intelligenz verankert.

Meine Mutter sammelt Kleider für das Spanische Rote Kreuz (das Rote Kreuz Francos). Ich bat sie um einen Anzug, den der Geiger David Nixon gespendet hat, für jemanden, der sehr arm ist und für Spanien arbeitet.
»Kein Republikaner?« fragte meine Mutter.
»Kein Republikaner.«
Ich brachte ihn Gonzalo, der nichts zum Anziehen hat für die Eröffnung einer Ausstellung, auf der einige seiner Zeichnungen gezeigt werden. Ich habe einen Freund gebeten, eine von Gonzalos Zeichnungen zu kaufen, damit er ermutigt würde, und versprochen, die Zeichnung später zurückzukaufen. Dann kam der Tag, wir trafen uns alle in der Rue de Seine. Gonzalo erschien in seinem dunkelblauen Anzug, und ich sah, wie sehr er sich Mühe geben mußte, nicht davonzulaufen. Er ist wild und schüchtern in der Menge. Unentwegt blickt er sich nach einem Ausgang um, als hätte man ihn eingepfercht und als wollte er entfliehen. Seine Augen blickten noch düsterer als gewöhnlich, und er hielt den Kopf gebeugt. Obwohl ihm der Anzug groß genug war, sah er doch aus, als wäre westliche Kleidung nicht für ihn gemacht. Heathcliff. Der ungezähmte Inka aus Peru, zu groß, zu wild für diese kleine Galerie, für die schmale Rue de Seine. Er paßte nicht in diese Welt der Diminutive, zwischen die Wände, zwi-

schen die dichtgedrängten Menschen mit ihren kunstfertigen Komplimenten. Er blieb nahe der Tür und trat dann hinaus, um einen Atemzug frische Luft zu atmen. Ich stand neben ihm, und wir sahen beide im selben Augenblick David Nixon mit meiner Mutter kommen! David Nixon würde seinen Anzug und meine Mutter den Republikaner erkennen. Gonzalo verschwand mit der Geschwindigkeit eines erfahrenen Zauberers.

Von Zeit zu Zeit erklärt Helba, daß sie wieder tanzen wolle. Das bedeutet, daß die Koffer mit den Kostümen aus dem Keller heraufgeschleppt werden müssen, daß Gonzalo die Farben ihrer Kleider auffrischen und ihren Kopfschmuck, der stumpf geworden ist, putzen muß, daß ich Glasperlen und Flitter kaufe, Quasten, Golddraht, Kostümbesatz, buntes Glas und Spiegel. Tagelang ist sie voll fiebriger Aktivität, um ihre Garderobe vorzubereiten. Und dann vergißt sie ebenso plötzlich ihre Absicht, schließt die Koffer, und Gonzalo trägt sie in den Keller zurück.
Ich sehe Helba zu, wie sie Lumpen zusammennäht. Was immer man ihr auch gibt, in ihren Händen sieht es bald wie Lumpen aus. Sie näht Flicken zusammen und macht Theaterkostüme daraus, geradeso wie es Kinder für ihre Aufführungen tun. Sie näht Kleider für sich selbst, in denen sie wie eine Lumpensammlerin aussieht. Alles, was sie berührt, wird zu Lumpen, sobald sie es in die Hände genommen hat. In wenigen Sekunden wird es alt, verschossen, fleckig. Als ob in ihren Händen alles, was sie berühren, welkte. Nach einer Party, bei der sie mein persisches geblümtes Baumwollkleid bewundert hatte, gab ich ihr dieses Kleid, so als wollte ich sie in ein glänzendes Blumengewand, in ein Zaubergewand kleiden. Prompt färbte sie es schwarz. Sie tötete seine Farben. Ein andermal (nachdem sie erklärt hatte, ich hätte eine Nase wie ein Kaninchen) brachte ich ihr ins Spital eine Jacke aus weißem Kaninchenpelz für das Bett und sagte, es sei mein eigener Pelz, der sie warmhalten würde. Sie zog sie niemals an. Statt dessen schneiderte sie sich selbst eine Jacke aus einer alten, grauen, mottenzerfressenen Decke. Sie besteht darauf, sich wie eine Bettlerin zu kleiden, um Mitleid zu erregen. Sie vertieft sich mehr und mehr in ihre beklagenswerte Rolle und manchmal fällt sie Gonzalo und mir schon so lästig wie eine berufsmäßige Bettlerin. Sie behält die Rolle bei, obwohl längst schon die Voraussetzungen fehlen. Ist es das Kind in Helba, das nicht sterben will? Alle unerfüllten Wünsche sind eingesperrte Kinder.
Sie sitzt mit hängenden Schultern. Helbas Tanz war wunderbar, der Gegensatz zu ihrem Leben. Im Leben hinkt sie, läßt die Schultern hangen, schwankt unbeholfen dahin, hat langsame Reflexe, zieht sich wie eine Bettlerin an und bewegt sich wie ein Krüppel. Auf der

Bühne wurde sie satanisch und kühn. Ihre indianischen Tänze waren temperamentvoll und stark.
Ihr Gesicht ist verblaßt, ihre Haut alt, obwohl sie erst etwa dreißig ist. Sie kann wie eine zänkische Bäuerin aussehen oder wie ein Straßenmädchen. Als sehr armes Mädchen aus dem Volk erregte sie Gonzalos Mitleid. Gonzalo – Don Quixote, der Verteidiger der Armen. Dann trat sie in Nachtklubs auf, und Gonzalo wurde das schwarze Schaf seiner mächtigen und reichen Familie.
In der Art, wie Helba die Wimpern sinken läßt, im Schnitt ihrer Augenlider, ist Leiden. Sie demütigt sich selbst, macht sich häßlicher, ärmer als sie ist; sie schrumpft in sich selbst zusammen, interessiert sich für nichts außer für ihren Tanz, kann andere nicht tanzen sehen, oder lesen, oder auch nur die Augen anderswohin wenden. Sie hat ein gelbgewordenes, asketisches Gesicht. Ich gab ihr Kleider, Mäntel, alles, was ich nur irgend entbehren konnte. Gonzalo sagte: »Helba hat keinen Mantel.« Eines Tages dann, als sie umzogen, half ich Helba beim Packen. Alle ihre Koffer, ihre Kostümkisten wurden aus dem Keller gebracht. Einer von ihnen mußte geöffnet werden, und heraus quollen ein Pelzmantel, Kleider aller Art, Unterwäsche, Schuhe, Strümpfe, der ganze Putz, den sie als Girl einer Ziegfeldshow in New York getragen hatte. Handtaschen, Taschentücher, Gürtel, Kämme, alles was sie braucht und was sie wie eine Zigeunerin gehortet hat, während ich mich von meinen Sachen entblößte, um sie einzukleiden.
Gonzalos Mitgefühl für Helba ist rührend. Ich fühle dasselbe Mitleid, wenn ich sehe, wie sie klein wird, einschrumpft, ertaubt, wie ihr Haar strähnig wird, ihr totes, schwarzes Haar, wie sie nicht mehr tanzt, sondern welkt. Sie sagt: »Mein Haar fällt büschelweise aus. Meine Zähne faulen und lockern sich. Gonzalo ist verrückt. Man merkt es nur nicht, weil er sich auf dich stützt. Er läßt alles geschehen und sagt, es sei Schicksal. Mit seiner Zigarette hätte er neulich beinahe das Haus in Brand gesteckt. Er warf die noch brennende Zigarette in den Müllschlucker, und das Feuer gloste die ganze Nacht. Es ist kein Glück für eine Frau, Gonzalo zu lieben. Er ist einer jener Männer, die Frauen für sich selbst opfern, ohne es zu merken, unbewußt. Er ist ein Kind. Ich weiß, warum du ihm eine Druckerpresse geben wolltest. Du wolltest verhindern, daß Gonzalo nach Spanien geht und dort kämpft. Du denkst an mich. Die Vorstellung von Gonzalo im Krieg – wenn ich daran denke, verdüstert sich die ganze Schönheit dieses Nachmittags.«
Manchmal beobachte ich ihre Gesten mit Entsetzen. Denn manchmal geht sie weit über die Theatralik hinaus, die man einer Tänzerin zugestehen würde. Sie hat einen theatralischen Charakter, drückt alles mit dem ganzen Körper aus, aber ich habe schon in ihrem Tanz, in

der Verinnerlichung ihres Tanzes, Zeichen von Krankheit bemerkt. Sie übertreibt die Mimikry, mit der sie körperlichen Schmerz ausdrückt, in ungeheuerlicher Weise. Für die Rippenfellentzündung, die ich kenne, bewegte sie die Hände wie die Statue jenes Gottes, dessen Eingeweide von den Raben gefressen werden. Für Magenschmerzen wird sie von Flammen verzehrt. Schließlich erkannte ich, daß sie ihre Begabung für das Theater zu einer Begabung, zur Dramatisierung ihrer Krankheit gemacht hat, so daß es immer wirkt, als befände sie sich in einem Zustand der Agonie knapp vor dem Tod. Diese Drohung ihres Todes hängt über Gonzalos Haupt und erlaubt ihm keinen Augenblick Ruhe. Er kann ihre Drohungen nur vergessen, wenn er trinkt. Zu sehen, wie nahe diese Gesten den Gesten der Wahnsinnigen sind, erschreckt mich. In der Karikatur der Gesten, in den grotesken Deformationen, liegt Wahnsinn. Würde Helbas Drama nicht Gonzalo zerstören, könnte ich Mitleid haben, so aber muß ich sie bloßstellen, um Gonzalos Leben zu retten.

Unter meiner Schüchternheit gelitten. Wurde André Breton vorgestellt und lief beinahe in Panik davon. Er flößt mir Ehrfurcht ein, denn ich weiß, daß er uns mit seinen Ideen alle tief beeinflußt hat. Und er ist selbst ein großer Dichter.

[Sommer 1937]

Armut ist die große Realität. Daher sucht sie der Künstler. Sie war meine einzige Realität als Kind. Sie schenkte mir für immer die Nähe zu menschlicher Wirklichkeit. Später suchte ich sie freiwillig, um meinen Freunden nahe zu bleiben, Henry, Helba, Gonzalo, Moricand, die alle arm sind. Armut hat auch eine religiöse Bedeutung. Sie steht für das Opfer und ist zumeist das Ergebnis einer Wahl zwischen den künstlerischen, geistigen Werten und den materiellen. Und sie hat eine geistige Bedeutung. Um die Armen zu beschützen, habe ich mir Reisen, Luxus, Kleider, Bequemlichkeiten versagt. Ich habe nur das Notwendigste für mich behalten, habe mich freudig von allem entblößt. Es macht mir große Freude, an Henry zu denken, wie er in seinem Studio mit Wasserfarben arbeitet, an Helba, die zum Arzt geht, an Gonzalo, der Zeichenpapier und Anzüge hat. Je weniger ich besitze, desto reicher fühle ich mich. Ich suche die Armut. Aber wenn ich sehe, was sie Henry, Gonzalo und Helba angetan hat, zweifle ich. Deren Gesundheit, Werk, Leben wurde zerstört. Wenn sie schutzlos bleiben, werden ihre Träume vernichtet. Nichts zu essen. Kein Material für die Arbeit. Kein Papier, keine Farben, keine Schreibmaschine, keine Kostüme, keine Medizin. Trotzdem ist es das, was ich suche. An jedem Tag komme ich näher. Näher geistigen Werten? Näher den Unterlegenen, den Versagern, denn ich fühle, daß sie Werte haben, über die die anderen nicht verfügen, die Reichen, die Selbstsüchtigen, die Umworbenen, die Anerkannten, die Ausgezeichneten. Ich bin unter dem Zeichen des Schenkenden geboren, Pisces, ich will mehr und mehr geben. Ich werde auf den Besuch bei meinem Vater in Caux verzichten, bei den Durrells auf Korfu, in Montecatini bei Hélène und in Venedig bei meiner Mutter und Joaquin, denn ich muß Henrys Miete zahlen, Gonzalos Miete, und ich muß sie alle ernähren. Keine Ruhe. Kein Meeresstrand, keine Reisen, keine Ferien. Voilà. Weder Strandkostüm noch Gebirgsluft noch Sonne auf der Haut. Aber es macht mir Vergnügen zu sehen, wie meine Kinder leben. Gonzalo ist so gut für die Gegenwart, gut für das Leben, aber aus diesem Grund ist er wahrscheinlich weniger gut für das Ewige, die Kunst, als Henry. Er ist unmittelbar, daher lebt er für die Politik. Er lebt so sehr in der Gegenwart, daß er die wunderbare Begabung für direkte Gefühle hat, wie eine Frau, eine wunderbare Begabung, mit seinem ganzen Ich zu reagieren, wie es Henry nicht kann. Gonzalo lebt so sehr in der Gegenwart, daß er beim Einkaum von Zigaretten die Streichhölzer vergißt und nochmal gehen muß. Einen Augenblick später fällt ihm ein, daß er Kaffee braucht. Wer aber schöpferisch arbeiten will, muß planen und an morgen denken. Mein Bedürfnis nach schöpferischer Tätigkeit ist so groß, daß ich mich nicht betrinken kann, ich weiß, daß ich am nächsten Morgen weniger lebendig, gut, schöpferisch wäre.

Gonzalo liebt mit Hingabe, Treue, Opferbereitschaft, er gibt sich selbst. Henry liebt auf eine primitive Art. Er genießt, nimmt, gebraucht, gibt sich niemals selbst. Alles muß für ihn da sein, für sein Werk, sein Wohlergehen, seine schriftstellerische Karriere, seinen Appetit, sein Vergnügen.

Mein Vater erzählt von Wundern unter dem Mikroskop, von dem Skorpion, den er angeschaut und studiert hat, von den Mineralien, dem Goldstaub. Und ich denke dabei an den Roman, den ich geschrieben habe. Was ist die Wahrheit? Henry hat in seinem Roman June verzerrt dargestellt. Habe ich es auch mit meinem Vater getan? Kunst ist ein Mikroskop. Man betrachtet einen Aspekt eines Menschen und verliert das ganze Bild aus dem Blick. Das Tagebuch ist der Wahrheit näher, denn es zeichnet meinen Vater jeden Tag neu, mit allen Unterschieden, Paradoxen, Widersprüchen, seinem Wachstum, und in diesen Oszillationen liegt die Wahrheit. Nur *hier* wird die Wahrheit eines Menschen wieder hergestellt. Der Roman ist ein Akt der Ungerechtigkeit. Man hält dem *Thema* die Treue, einem Aspekt der Beziehung, nicht dem Porträt. Ich möchte kein Romancier sein. Ich will die Schnappschüsse von meinem Vater festhalten, wie ich ihn in Valescure gesehen habe. Der Roman zeichnet den Konflikt auf, nicht aber den von seinem Konflikt unabhängigen Menschen. Er zeichnet das gefährliche Tier, das wir in unseren Beziehungen zu unseren Mitmenschen sind. Jedes menschliche Wesen ist für jedes andere menschliche Wesen gefährlich, wie Lawrence einmal gesagt hat. Nun, da wir uns nicht mehr bekriegen, sehe ich ihn anders. Wie ich sitzt er gerne am Boden und erzählt mir seine Träume, die meinen ähneln, von dem Schiff, das durch eine wasserlose Stadt fährt, von einem abfahrenden Zug und seinem zurückbleibenden Gepäck, von Flügen und Kataklysmen. Ich betrachtete ihn mit traurigen Augen. Erzähle mir mehr von diesem Mikroskop, Vater. Er schämt sich alles dessen, was er sich nur für sich selbst wünscht, seines Durstes, seines Appetits, seiner Launen, seiner Spiele, die er unweigerlich weiterspielen muß, während rund um ihn die Menschen sterben und hungern, seines Bedürfnisses nach Luxus und Repräsentation, nach

Spielzeugen, einer neuen Kamera, einem neuen Mikroskop. Er sagt: »Das Mikroskop habe ich während Marucas Krankheit gekauft, um ihr eine Freude zu machen.« Ich weiß genau, daß sich Maruca nie für ein Mikroskop interessiert hat, und wäre es das beste Mikroskop der Welt. Das alles ist Spiel.

Die Bedürfnisse der anderen sind wirkliche Bedürfnisse. Dunkle, lebenswichtige Bedürfnisse. Spiele mit Poesie, Kostümen, Musik, Gitarren, Kohle, Wasserfarben, mit Worten – die vitalen Spiele der Kunst. Brot und Poesie. Ich gebe alle Freuden, die mir der Luxus wie meinem Vater bieten könnte, gerne hin für die größere Freude, die es mir bereitet, rund um mich Leben, Hoffnung, Erfüllung zu schaffen. Für mich ist es eine große Freude zu sehen, wie andere sich freuen. Sie ist tiefer als alle anderen Freuden.

In Mexiko gibt es eine Droge, die man *sinicuik* nennt. Mit ihr ruft man die Vergangenheit zurück. Mit diesem Namen könnte ich mein Tagebuch benennen. Die Taoisten lehren: »Wer seinen Anteil haben will, verbleibt im Strudel der Zeit; wer seinen Anteil nicht fordert, erhebt sich in einem großen Aufschwung zur Ewigkeit.«

»Es ist wichtig, ein Narr zu sein (um andere zum Lachen zu bringen). Narrheit, nicht Wissen, ist Macht.« Henrys Philosophie.

In China baut man Häuser aus Holzblöcken, in die Texte eingekerbt sind. Die Menschen reiben Papier dagegen und erhalten so die Texte wichtiger Dokumente.

»Das Fundament des Taoismus ist die zarte Vorstellung von der Durchdringung und Vermischung der Gegensätze.« »Die einzige Bewegung im Tao ist die Rückkehr.« Ein chinesisches Sprichwort: »Treibt man etwas bis zur äußersten Grenze, kehrt es zurück.« »Eine andere Art und Weise, über Gut und Böse hinauszugelangen, ist die ständige Anwendung dessen, was Lao-tse die sanften und weiblichen Tugenden nennen würde.«

Immer mehr offenbart sich im Tagebuch mein Kampf gegen die wissenschaftlichen, intellektuellen Erfindungen des Mannes. Mit meinen Gefühlen und Instinkten strafe ich alle Theorien und psychologischen Erklärungen des Mannes Lügen. Die Analyse habe ich angewendet, transformiert und schließlich alles, mit Ausnahme der Poesie, verworfen.

An diesem Punkt angelangt, war ich glücklich genug, den Inka zu treffen, Gonzalo, der Frazers *Mythen vom Ursprung des Feuers* in die Hand nahm und sagte: »Warum nach dem Ursprung des Feuers suchen? Warum nicht das Feuer *sein*?«

Mein Zwang, Ordnung zu schaffen, wächst. Ich ordne meinen Schrank, meine Papiere, schaffe eine unbelastete Atmosphäre, ohne unnütze Dinge. Alles lebt mit, man kann alles sofort finden. Beschränkung. Alle Papiere bezeichnet, die Medikamente geordnet, auch die Kleider, so als ob ich zu einer Reise aufbrechen wollte. Das Leben soll glatter, schneller laufen. Mich macht Ordnung heiter. Sie ist die Philosophie der Japaner. Eine geordnete Umgebung verhilft zu klarem Denken. Ich brauche sie, denn ich bin körperlich übererregt wie ein Rennpferd und suche nach Beruhigungsmitteln. Alles, was ich nicht brauche, habe ich weggegeben. Keine Verschwendung. Keine Anhäufung von Eigentum. Nichts Gebrauchtes, nichts Zerbrochenes mehr. In Helbas und Gonzalos Leben sehe ich das Gegenteil; sie ertrinken und versinken unter dem, was sie nicht getan haben. Sie sind Opfer der kleinen Hindernisse. Ihre Wäsche ist nicht gewaschen, sie haben nichts anzuziehen, haben alles verloren, verbraucht, *vertan.*

Ich habe es geschafft, für Gonzalo eine Druckerpresse zu kaufen. Gonzalo geriet in Ekstase. Für ihn bedeutet sie finanzielle Unabhängigkeit, Prestige, Einfluß, Propaganda für Spanien. Nun ist sein Stolz angesprochen. Ich habe seine Energie geweckt, seinen Ehrgeiz, eine führende Rolle zu spielen, und seine Schuldgefühle zerstreut, die ihn daran hinderten, für sich selbst zu leben. Er schämte sich, etwas für sich selbst tun zu wollen. Wir gingen gemeinsam, um die Maschine zu kaufen. Wir tanzten rund um sie herum. Sie lag flach auf dem Tisch wie eine Abziehmaschine. Henry hatte sie sich gewünscht, aber er brauchte sie nicht wirklich. Sein Werk ist publiziert und anerkannt. Gonzalo braucht sie und kann sich mit ihr den Lebensunterhalt verdienen. Es war wunderbar, seine Freude zu sehen. Später dachte ich ein wenig traurig daran, daß ich sie gerne für mich selbst gehabt hätte, um mit ihr nach meinen eigenen Wünschen zu arbeiten, aber ich kann sie mir nicht leisten, denn die Not der anderen, die ich liebe, ist größer. Ich freute mich über Gonzalos Freude.

Lawrence Durrell schreibt mir über die beiden Romane, die ich ihm geschickt habe (*Winter of Artifice* und einen anderen, der später in *Ladders to Fire* aufgenommen wurde).

»Liebe Anaïs. Ich habe Ihre beiden Manuskripte gelesen und freue mich mit Ihnen. Was für eine Frau Sie sind, mein Gott! Ich habe ein wenig geweint, denn dies ist das erste Buch in Europa, das von einem weiblichen Künstler kommt, und es ist bitter. Ich habe nicht so sehr auf die Wechselwirkung der Charaktere geachtet, sondern die ganze Zeit daran gedacht, wie weiblich es doch ist und wie total sich die Begabung ausdrückt, immer, ohne Distanz, ohne Rückhalt. Und dies ist für eine Künstlerin eine viel schlimmere Kreuzigung als für einen Mann – denn ihre Welt wirkt auf eine so intime Weise *durch* den Mann. Irgendwie ist der grundlegende Unterschied für die Frau nicht eine Abspaltung von der Menschheit, sondern eine Abspaltung,

eine Amputation vom Mann; so kommt etwas Neues zustande. Vielleicht haben Frauen mehr Erfahrung in Rückbeziehungen und Einbeziehungen, und vielleicht ist daher für sie die Durchtrennung des tiefen, sinnlichen, biologischen Nervs schmerzhafter (vielleicht rede ich auch nur Unsinn). Aber das Schauspiel ist schmerzlicher, verwundet mehr, wenn die Frau die Rolle des Protagonisten spielt. So empfinde ich es jedenfalls. Ich bin froh, daß ich keine Frau bin. Wie ertragen Sie das?
Habe eine wunderbare Malerin kennengelernt. Sie heißt Ivy Langton. *Von ihr würde ich gerne das heraldische Irrenhaus ausmalen lassen.* Ihr verrücktes kleines Gehirn bevölkert eine Menagerie von Figuren, so sonderbar und so lebendig wie die von Breughel; aber an Einfühlung ist sie ihm meilenweit voraus. So viel von der automatischen Kunst (Klee, Miró und so weiter) scheint mir auf Stelzen zu gehen; irgendwie ist etwas Statisches daran; in Ivy Langtons Malerei jedoch ist unaufhörliche Bewegung, obwohl die kleinen Figuren durch die Stärke der Farben auf der Leinwand wie versteinert erscheinen. Ich wollte, ich könnte ihr ein Bild abkaufen. Sie kennt Reichel. Sagt, er sei immer betrunken, bewundert aber sein Werk. Lebte zehn Jahre in Paris und *verabscheut die Engländer.* Diese eine Eigenschaft würde genügen, sie zu einer Künstlerin zu machen, und wenn sie sonst nichts hätte. Ein verrücktes kleines Huhn aus Lincolnshire, so unbekümmert, so gut. Bald mehr.«

In Henrys Büchern ist ein tiefer Klang, Fieber und Fülle. Ein Wind aus dem Kosmos. Das Tagebuch war früher eine Krankheit. Ich schreibe es nicht mehr aus denselben Gründen weiter. Früher schrieb ich daran, weil ich einsam war, oder weil ich mir zu den anderen keine Beziehung schaffen konnte. Ich brauchte die Beziehung. Jetzt schreibe ich nicht mehr, um mich zu trösten, sondern um andere zu beschreiben, aus einem Überfluß heraus.
Eines Tages wird man mich wegen Liebeswahnsinns einsperren. »Sie liebte zuviel.« Das könnte auf meinem Grabstein stehen. Was ich so stark fühle und worauf ich immer anspreche, ist die Einsamkeit der anderen, ihre Not. Aus Liebe entsteht die große Nähe, die Brüderlichkeit, die Freundschaft, die Leidenschaft, geistige und zärtliche Harmonie, Verehrung; aus ihr entsteht der Liebende, der Bruder, der Gatte, der Vater, der Sohn, der Freund. So viele verschiedene Arten der Beziehung! Was löscht die Einsamkeit aus? Ranks Wissen, Liebe, Inbrunst, schöpferische Harmonie?
Meine Verbindung zu Henry bewegt sich auf einer schöpferischen, imaginativen, mehr unpersönlichen Ebene. Sie ist nicht kontinuierlich, denn er teilt sich selbst mit seinem Werk und mit der Welt, er lebt ein kollektives Leben.

Gonzalos Begabung ist die persönliche Beziehung. Er ist emotional, direkt, persönlich, human. Er ist spontan, warm, loyal, ergeben.
Gonzalos Dynamik, seine Teilnahme an der Geschichte, Henrys Ruhm, Helbas wiederkehrende Kraft befriedigen mich.
Mein Vater schreibt mir: »Ich ging fort, erfüllt von Frieden und Freundlichkeit.«
Gonzalo blüht auf, wächst. Ich nenne ihn den *Dieu du Feu,* den Gott des Feuers, den er in Wein ertränken wollte. Ich lebe zwischen dem Shangri-la der Literatur, Villa Seurat, und *Nanankepichu,* der indianischen Droge der Poesie. Ich schreibe über die Metamorphose.

Die Maus bekommt immer das gleiche, was ich esse, und wird nicht wie ein französisches Dienstmädchen behandelt. Als ich einmal knapp bei Kasse war und ihr auftrug, statt Fleisch Eier zu kaufen, weinte sie.
»Oh, Madame, ich wußte, daß es nicht so weitergehen würde. Wir haben jeden Tag Fleisch gegessen, und ich war so glücklich. Ich dachte schon, ich hätte einen guten Platz gefunden. Und nun fangen Sie genauso an *wie die anderen.* Ich vertrage keine Eier.«
»Aber wenn Sie keine Eier mögen, können Sie ja etwas anderes bekommen. Ich habe nur von Eiern gesprochen, weil ich heute knapp bei Kasse bin.«
»Es ist nicht so, daß ich sie nicht möchte. Zu Hause, auf dem Hof, habe ich sie immer gerne gegessen. Wir haben viele Eier gegessen. Aber als ich nach Paris kam, war die erste Frau, bei der ich gearbeitet habe, so knickerig – das können Sie sich gar nicht vorstellen. Sie hielt alle Schränke versperrt, wog die Lebensmittel ab, zählte die Zuckerstücke, die ich aß. Für sich selbst kaufte sie jeden Tag Fleisch und für mich Eier, bis ich todkrank davon wurde. Und als Sie heute sagten ... Ich dachte, es würde alles wieder von vorne beginnen.«
Wir klärten das Mißverständnis auf und alles war wieder in Ordnung. Aber ich ging für eine Woche vom Hausboot fort, und als ich zurückkehrte, war die Maus noch verstörter als zuvor.
Einige Wochen später hörte ich, wie sie in der Küche beim Kaffeemahlen stöhnte. Sie war sehr blaß und krümmte sich vor Magenschmerzen. Ich half ihr in ihre Kabine. Die Maus sagte, es sei eine Magenverstimmung. Aber die Schmerzen nahmen zu. Nachdem sie eine Stunde lang gestöhnt hatte, bat sie mich schließlich, einen ihr bekannten Arzt aus der Umgebung zu holen. Ich sprach mit der Frau des Arztes. Er hatte sie früher behandelt, aber nicht mehr, seit sie auf dem Hausboot lebte. Es war ihm unmöglich, sie dort zu besuchen, denn er war ein »grand blessé de guerre«, und man konnte nicht von ihm erwarten, daß er mit seinem Holzbein über schwankende Plan-

ken kletterte. Das sei undenkbar, wiederholte die Frau. Aber ich bat sie sehr, und schließlich gab sie mir eine halbe Versprechung.
Als er kam, war die Maus zu Erklärungen gezwungen. Sie fürchtete, schwanger zu sein. Daher hatte sie ein ihr bekanntes Mittel genommen, reinen Ammoniak, und litt nun unter fürchterlichen Schmerzen.
Die Maus konnte nicht länger Verstecken spielen. Ich fragte sie, warum sie mir nicht vertraut hätte.
»Ich fürchtete, Madame würde mich hinauswerfen.«
Der Arzt sagte: »Sie haben eine böse Infektion riskiert. Wenn es nicht herauskommt, müssen wir Sie ins Spital bringen.«
»Oh, das kann ich nicht. Meine Mutter würde es erfahren und schrecklich zornig sein.«
»Vielleicht kommt es von selber heraus. Das ist alles, was ich tun kann. Ich will in solche Sachen nicht hineingezogen werden. In meinem Beruf muß ich vorsichtig sein. Bringen Sie mir Wasser und ein Handtuch.«
Er wusch sich sorgfältig die Hände. »Ihr Dienstmädchen macht uns Ärzten doch immer Sorgen.«
»Schicken Sie mich nicht ins Spital«, flehte die Maus.
Als der Doktor gegangen war, sagte sie: »Um Ihnen die Wahrheit zu sagen, Madame, viel ist an der ganzen Sache nicht dran. Ich kann überhaupt nichts daran finden. Es ist nur passiert, weil Sie nicht da waren und ich fürchterliche Angst hatte. Mein Freund besuchte mich, und ich ließ ihn bleiben, und so ist es passiert.«
Das Fieber stieg. Ich mußte sie ins Krankenhaus schaffen. Ich packte ihre Tasche. Sie bestand darauf, ihren Sonntagshut aufzusetzen, den sie unter dem Bett in Seidenpapier aufbewahrte, und ein Stückchen Mauspelz um den Nacken zu legen. Auch ihr Buch wollte sie mitnehmen. Es war ein Lesebuch aus der Schule. Im Krankenhaus wollte man sie nicht aufnehmen. Ich rief meinen eigenen Arzt zu Hilfe, sie wurde gerettet, und ich verschwieg den Vorfall vor ihrer Familie. Aber ich werde diese blutende Frau auf der Spitalbank nicht vergessen, der man endlose Fragen stellte. Die kleinen, runden, nassen Augen, das dünne, abgetragene Stück Pelz, ihre Panik. Der nagelneue Sonntagshut und die alte Tasche mit einem Stück Schnur als Henkel. Das alte, fleckige Notizbuch und die Soldatenbriefe zwischen den Seiten eines Kinderlesebuches. Und diese Schwangerschaft, entstanden aus Dunkelheit und Angst. Eine Bewegung der Angst, die Bewegung einer Maus, die in die Falle tappt.

Dieser Band des Tagebuches ist umfangreich. Umfangreich, ernsthaft, teuer. Henry hat ihn mir geschenkt. Ich kann mich über das Tagebuch hinaus ausbreiten, mehr einfangen, mich selbst transzendieren. Meine Sache war das Notizbuch, das ich in die Tasche stecken konnte, dieses kann ich nicht umfassen, nicht verbergen, nicht in Schranken halten, nicht beherrschen. Es breitet sich aus. Es ist eine Sache für sich. Es liegt wie ein richtiges Manuskript auf meinem Tisch. Es verlangt breitere Ausarbeitung. Die beiläufig hingeworfene Notiz, zwanglos und delikat, genügt nicht. Es verlangt Arbeit, Beweisführung. Zufällig bin ich allein. Ich kann es auf dem Tisch liegenlassen. Das Zimmer gehört mir. Vielleicht sollte ich die Welt hereinlassen. Ich vernachlässige die Welt. Henry hat recht: was ich schreibe, ist weniger kommunikabel, als was er schreibt, denn er liebt die Literatur, die Wörter, er hat ein sinnliches Vergnügen beim Schreiben, für ihn ist es Fleisch und Blut, während ich für die sinnliche Freude am Ausdruck eine Art von Verachtung empfinde. Ich suche den Sinn, den Inhalt. Ein einsames Verlangen, das mich isoliert. Henry ist der Welt näher durch die Sprache, weil er gern redet, formuliert, mitteilt. Er will die Mitteilung, ich will Forschung, Entdeckung, will die flüchtigen Zustände des Geistes, der Gefühle festhalten. Wir werden uns ein wenig nach den Freuden der Welt umsehen, mein Tagebuch. Wir werden die sinnlichen Freuden der Sprache genießen, das fleischgewordene Wort, und uns weniger um die Bedeutung kümmern. Henry fragt oft überhaupt nicht nach dem Sinn. Es kümmert ihn nicht, wenn ein Satz dem anderen widerspricht und ihn auslöscht.

Auf der Straße oder im Kaffeehaus bin ich manchmal wie hypnotisiert vom »gemeinen« Gesicht eines Menschen, von grobschlächtigen Arbeitern mit Stiefeln bis zum Knie, einem brutalen, kriminellen Kopf. Ich fühle sinnliche Schauer der Angst, eine dunkle Anziehung. Die Frau in mir zittert und ist fasziniert. Eine Sekunde lang bin ich eine Prostituierte, die einen Stich in den Rücken erwartet. Ich fühle Angst, fühle mich in einer Falle. Ich vergesse meine Freiheit. Ein unterschwelliger Primitivismus? Eine Sehnsucht nach der Brutalität des Mannes, nach der Kraft, die verletzen kann? Vergewaltigt zu werden, ist vielleicht ein Bedürfnis der Frau, ein geheimes, erotisches Bedürfnis. Ich muß mich gegen die Überwältigung durch diese Bilder der Gewalt wehren, aufwachen.

Henrys Bücher haben diese Wirkung auf mich, seine brutale Art zu sprechen, seine barbarische Sprache, sein primitives Verhalten. Essen und Sex sind für ihn die wichtigsten Bedürfnisse.

Auch in Gonzalo liebe ich den Mann der Natur. Der Dichter Neruda sagte zu ihm: »Wo ist Ihr Pferd? Sie sehen immer so aus, als hätten Sie Ihr Pferd vor der Tür stehen.« Ich erinnere mich, wie er seine Hände wusch und sie rauchten, denn seine Hände waren so warm und das Wasser so kalt. Er trocknete die Hände über dem offenen Feuer und sah dem Rauch zu, wie er zwischen seinen gespreizten

Fingern hindurchströmte. *Le Dieu du Feu*, sagte ich lachend. Man kann ihn nicht unter die Zeit beugen. Er ist chaotisch. Er hat keine Ahnung, was man in einer halben Stunde tun könnte. Die eine Hälfte von ihm liegt für immer im Schlaf, zusammengerollt im Schoß seiner indianischen Mutter, in Träumerei, in indianischer Faulheit. Nur eine Hälfte von ihm handelt in der Welt, und der Idealist ist schon seekrank von den politischen Händeln, dem Eigeninteresse und der Machtgier rund um ihn, von den Schriftstellern, die unter dem Vorwand der spanischen Sache für sich selbst Ruhm gewinnen wollen, von Menschen, die von den Blutopfern der anderen profitieren. »Ich mache eine schmutzige Arbeit«, sagt er. »Die Arbeit hinter der Front ist unwürdig und gemein. Ich würde lieber kämpfen.« Er ist rein. Er hat die Scheu edler Tiere. Orgien oder Exhibitionismus auf Parties weist er immer zurück. Beide lieben wir alte, unwirkliche Werte, Heroismus und Passion, die aus der Welt verschwinden.

Gonzalo repräsentiert für mich alles, was ich von Spanien geerbt habe, dem mystischen, glühenden Spanien, dessen Bauern so höflich und charaktervoll sind wie seine Aristokraten. Eingebettet in mein Blut, in das Blut meiner Rasse, war die Figur eines romantischen Don Quixote, und ich hatte ihn zu finden. Gonzalo, der Inka Don Quixote; nur er kämpft für einen Krüppel und für das Spanien der Revolution.

Als Gonzalo *House of Incest* las, sagte er immer wieder: *»Qué sensual, qué sensual.«* Er spricht auf die Gefühle und Bilder direkt an. Für Henry ist *House of Incest* »esoterisch«. Er reagiert auf die Sprache; er ist fasziniert wie von etwas, das ihm sehr fern liegt. Er liebt die Bilder als Künstler. Aber er *fühlt* sie nicht. Gonzalo fühlt, wie tief unten ich schwimme, mit Bewegungen, die er durch die unterseeische Region erklärt, in der ich schreibe. Er weiß. Er erfaßt die Dinge intuitiv, wie June. Aber der Abenteurer in ihm ist müde, er findet das Leben zu hart, zu bitter, zu schrecklich.

In ihm ist ein Anarchist, ein naives Kind voll Vertrauen und Verzeihung, ein Bohemien, der sich um gar nichts kümmert, ein Fanatiker, der bereit ist, für den Marxismus zu töten, ein Betrunkener, der an einer Bar alle seine Pflichten vergißt, ein religiöser Mystiker, der in Notre-Dame in Trance fällt, ein Indianer mit seinen Geheimnissen vor dem weißen Mann, seiner Melancholie und Trägheit, ein gewalttätiger Maure, eine katholische Krankenschwester für Helba, ein indianischer Sklave, ein indianischer Rebell. Wenn er zornig ist, hat er eine scharfe, voltairische Zunge, aber er kennt auch plötzliche, wunderbare Großzügigkeit und Edelmut, er will sein Leben einem Freund opfern, den Schwachen; dabei ist sein eigenes Leben voller Mißhelligkeiten, und manchmal brechen schwere Stürme bitteren Zornes durch in Form langer, ätzender Monologe.

Der einzige Fehler, den ich bei Proust finde, sind seine Verallgemeinerungen. Hätte er das Folgende doch als persönliche Erfahrung niedergeschrieben:
»Ich verstehe, warum man an der Liebe leidet. Wir stellen uns ihr Objekt als ein Wesen vor, das, in seinen Körper eingeschlossen, vor uns liegt. Unglücklicherweise ist es diese Ausdehnung in alle Richtungen von Zeit und Raum, die man okkupieren will. Wenn wir zu einer bestimmten Zeit nicht mit einem bestimmten Punkt in Kontakt stehen können, besitzen wir unsere Liebe nicht. Und es ist uns unmöglich, mit allen diesen verschiedenen Punkten in Kontakt zu stehen. Wenn man sie uns wenigstens anzeigen würde, könnten wir uns vielleicht strecken, um sie zu erreichen. Aber wir tasten herum und finden sie nicht. Und daraus entstehen die Eifersucht, das Mißtrauen, die Lust zu quälen.«
Hätte Proust nur für sich selbst gesprochen und nicht gesagt: »die Liebenden, die Eifersucht, Mißtrauen ganz allgemein, Liebe ganz allgemein.«
Wir können an allen seinen Stimmungen, Einsichten und Erfahrungen teilhaben, denn er ist ein großer Künstler. Aber es sind die seinen. Jeder Mensch hat seine eigene Art, sich mit anderen zu verbinden oder zu trennen. Henrys Empfindungen sind nur physisch. Sie zentrierten sich in Junes sexuellen Aktivitäten, denn seine Beziehungen zu Frauen sind gewöhnlich nur sexuelle. Seine Eifersucht brauchte Beweise. Er glaubte nur an Fakten. Simple Untreue wurde für Henry zur Ursache der Trennung. Für Proust jedoch, der das Gegenteil von Henry war, wächst die Trennung aus seiner eigenen Krankheit, dem Zweifel.
Hätte er doch immer gesagt: »Die Wange von Albertine«, oder »die Farbe von Verdurins Sonnenuntergang«; statt dessen beginnt er immer mit einer individuellen Erfahrung und verallgemeinert dann. Jede Eifersucht, jede Angst ist anders. In Proust war eine treibende Kraft, die unaufhörlich Unwirklichkeit schuf: Hyperanalyse, Zweifel an sich selbst. So schuf er selbst die Unwirklichkeit, unter der er litt. Er löste das Leben auf.
Ich möchte die Bilder der Physis gerade so lange beschreiben, daß sie bewahrt bleiben, aber nicht bis zu ihrer Auflösung gehen.

Mit gelegentlichen Intuitionen berührt Gonzalo das Gebiet des Schöpferischen, der Philosophie und Psychologie. Es gibt Augenblicke, in denen er alles versteht. Aber er lebt nicht damit, schläft, ißt und geht nicht darin, bewohnt diese Gebiete nicht ständig. Er besteigt sein Pferd und verschwindet im Wald. Er streitet sich herum, trinkt, debattiert mit den Arbeitern in den Bistros, kämpft für seine Ideale, verbringt ganze Abende in den Bars mit Strohköpfen, nicht anders als es auch Henry tut. Ich schaffe das nicht. Ich kann nicht einen ganzen Tag mit gleichgültigen Freunden verbringen und die Zeitverschwendung gar nicht spüren. Ich kann mich nicht an gewöhnliche Leute verschenken. Henry sagt: »Aber ich gebe mich selbst ja gar nicht. Ich kann so freundlich erscheinen – gerade weil ich es nicht bin.«

Aber ich habe Skrupel. Ich fühle mich schuldig für den Teil meines Ichs, den ich mit irgendwem nicht teilen kann. Ich fühle mich schuldig, weil ich mich in ihrer Gesellschaft nicht glücklicher, sondern trauriger fühle. Unterhaltungen mit gewöhnlichen Menschen bereiten mir nicht, wie Henry und Gonzalo, Freude und Vergnügen. Zufällige Gespräche an der Bar, in Cafés. Ich urteile nicht. Ich bedaure nur. Ich möchte jedem nahekommen, jeden lieben können. Die Frau ist einsamer als der Mann. Sie kann die »Augenblicke der Ewigkeit« in der Kunst nicht finden, wie es der Mann tut, wie es Proust tat, auch wenn sie eine Künstlerin ist.

Während ich den schwimmenden Fischen im türkisfarbenen Wasser zuschaute, erlitt ich einen Anfall von Atemnot. Ich hatte so intensiv beobachtet, war so mit ihrer Atmung beschäftigt, daß ich selbst zu atmen vergaß. Ich wollte so gern wissen, wie sie atmen, mir vorstellen, was es heißt, mit den Flanken zu atmen, mit den Leisten, durch einen Schlitz hinter dem Ohr, durch Schlitze an beiden Seiten des Nackens, durch eine Öffnung zwischen den Rippen, mit einer Schwinge, die aus dem Fleisch vorspringt, mit Fleisch, das sich kraust wie die Fühler der See-Anemone, mit Armen, Rumpf und Beinen, – daß ich die Atmung der Frau, die vor dem Aquarium stand, vergaß. Ich war eingegangen in das Wasser, in den Körper der Fische. Ich war der Fisch und atmete mit dem Bauch und entdeckte die Unmenge der Zellen in mir, die Licht und Ton und Farbe atmen, während ich schlafe. Ich durchlebte jähe Wechsel des Klimas, einfließende kältere Luft, heißere Strömungen, Änderungen in Tiefe und Höhe, Verdünnung des Wassers, Überladung mit Luftblasen; und während ich mich in den Fisch verwandelte, vergaß ich als Frau zu atmen. Dies geschieht mir oft, wenn ich die Leiden der anderen anschaue, ihr zerbrechendes Leben, den Zerfall ihrer Schöpfung. Ich vergesse, als Frau und für mich zu atmen. Ich fange an, das Leben der anderen mitzuerleben, sammle ihre Asche ein, weine über ihre Verzweiflung, teile ihre Rebellion, trete in ihre Kämpfe ein, spüre ihre Erschöpfung, und manchmal erlebte ich dort in der Dunkelheit die gleichen Anfälle von Atemnot wie vor dem Aquarium. Es ist ein Teil der Religion des Zen, das zu *werden,* worüber man meditiert, ein Baum, eine Blume, ein Mensch in Not.

Der Kuß im Taxi bleibt in der Erinnerung als der immer unvollendete Kuß, der wieder begonnen werden muß, denn die Bewegung des Taxis verleiht dem Augenblick einen geradezu physikalischen Beweis der Unsicherheit und Vergänglichkeit des Abenteuers zwischen schnell aufsteigenden Schwingungen, die beim ersten Halt ersterben. Der Geschmack auf den Lippen ist wie eine rasche tiefe Verwundung, die von der plötzlich anhaltenden Maschine gestoppt wird. Der Gegenverkehr ruft in die Realität zurück. Augen aus der Menge durchstöbern das Taxi, um Blitz und Taumel einzufangen, die offenen Münder, den trunkenen Blick der Augen. Die Straßenlaternen sind Scheinwerfer, die jähe Schluchten aufreißen in die nebeligen Wolken von Zigarettenrauch, Atem und Parfüm. Und nun rollt das Taxi wieder, aber der Kuß ist durch die Angst vor seinem Ende zerbrochen. Wenn das Taxi anhält, zerbricht das Abenteuer. Man stolpert auf das Pflaster hinaus, mit dem Geräusch eines vom Himmel fallenden Körpers. Man zahlt mit der Stimme einer feilschenden Hure. Man öffnet die vernebelten Augen und sieht das Haus und möchte wünschen, ein Erdbeben hätte es verschlungen und mit ihm alles Empfinden für Zeit. Im Kopf, im Körper geht das Abenteuer weiter. Es verdampft, denn es hat sich im Äther ereignet, an unbekanntem Ort, während man sich fortbewegte, der Kuß hat keine Spur hinterlassen, keine Umgebung, an der sich der Geschmack der Erinnerung festsetzen könnte. Auf eine nicht ganz geheure Weise bleibt er vom alltäglichen Leben ausgeschlossen. Vielleicht hat er sich nie ereignet. Zwischen Mitternacht und Morgen haben wir uns eingeschifft und wieder ausgeschifft, und vielleicht haben wir wie die anderen geschlafen. Bis zur nächsten Taxifahrt wird kein Kuß wieder diesen Geschmack vorüberhuschenden Lebens, vorüberhuschender Zeit haben, die nicht zu fassen, nicht zu greifen ist. Das Gefühl, das er in uns erweckt, ist einzigartig, unwiederholbar. Das Taxi fuhr seinem Ziel zu, der Kuß hatte kein Morgen, ließ nur eine Wunde des Bedauerns zurück und das Geräusch einer zugeschlagenen Tür.

Eines Tages werde ich in einer langen *Promenade en Taxi* alles das beschreiben, was sich in einem Taxi ereignet. Die vorausgehenden Träumereien von dem, was kommen wird, die Vorbereitungen, die Proben vor der Vorstellung, und dann die retrospektiven Analysen und Träumereien von dem, was gewesen ist, die Stimmung der Erleichterung, wenn man entkommen ist, wenn man sich losreißt. Die Erregungen und Ekstasen werden dann erinnert und notiert, die Spaltung zwischen den Lebensschichten, wie ein Wechsel der Geschwindigkeit, der Gangart, einmal langsam, einmal schnell, einmal warm, dann kalt, einmal mit anderen zusammen, dann wieder allein, einmal tausend Personen in einer, dann nur eine Person. In der

Metro oder im Autobus sind solche Zustände nicht denkbar. Der Virus des Lebens, unter dem Mikroskop isoliert.

Henry ist nicht in Harmonie mit sich selbst. Er ist verworren und voller Paradoxe, und der Konflikt in ihm ist so ungelöst, daß er ihn auf alle Menschen seiner Umgebung projiziert. An jedem Tag zerstört er, was er am Tag zuvor gesagt hat. Er kämpft gegen die Werte, die er am Tag zuvor gepriesen hat.
Einen ruhigen Menschen stachelt er an zur Aggression. Ist er dann aggressiv, zermalmt er ihn. Er ist ein Meer von Dissonanzen und Widersprüchen.
Er kritisiert mich heftig, weil ich mich nicht für Slang interessiere. Nun, es ist nicht meine Sprache. Es wäre betrügerisch, wollte ich sie benützen. Ich habe meine eigene Sprache gefunden.
Gonzalos Sprache ist der Schlüssel zu seinem Wesen. Zu seinen Lieblingsworten gehört: »Atmosphäre«. Er liebt oder verabscheut die Atmosphäre (ein Wort, das Henry niemals benutzen könnte, denn er ist für Atmosphären, die feineren Abstufungen des Klimas, nicht empfänglich). »Es hat keine Qualität«, sagt Gonzalo. *»No tiene calidad.«* Auch ein Wort, das Henry nicht gebraucht. Unterscheidungen dieser Art trifft er nicht. Gonzalo gebraucht es sogar für Körper, Körper ohne Qualität. *»Calidad espiritual.«* Großartig. *»Prodigioso.«* In seinem Enthusiasmus geht er bis in Extreme. *»Qué prodigio!«* Er hat einen Sinn für das Wunder, das Wunderbare, das Fabuläre. Oft gebraucht er die Worte: »unwirklich, vital, mystisch.«
Auch Gonzalo steckt voller Widersprüche und Verwirrungen. Er verehrt das Alte, haßt die Wissenschaft, die Maschine, aber er wirft sich dem Kommunismus in die Arme. Er ist religiös und liebt die Schönheit, aber er besucht Inaugurationen und politische Versammlungen, hört abgedroschenen Reden zu, geht zu Massenversammlungen und schließt sich auf der Straße den Arbeitern an, die eines Tages alle Kunst, alle Ästhetik zerstören werden. Er haßt den Realismus, macht jedoch naturalistische Zeichnungen von Schlampen, Prostituierten, Betrunkenen, Vagabunden. Er liebt die Schönheit, aber er zeichnet nur Deformiertes, Krüppel usw. Er liebt Dichtung und Magie, aber er glaubt nicht, daß ein menschliches Wesen von einem Leiden, einem Verlust, einer Niederlage beeinflußt werden, blind oder taub werden könnte aus traumatischen Gefühlsgründen. Er weiß, daß die Zeit vergeht; er kann sagen, es ist fünf Uhr, ohne auf die Uhr zu schauen, wie alle Menschen, die mit der Natur leben, aber er kann nicht pünktlich sein. Er kennt wissenschaftliche Statistiken, lebt jedoch im Chaos. Er verehrt Zartheit und Qualität, aber er zerstört alles rings um sich herum. Es mangelt ihm an Gleichgewicht, psychisch und physisch. Er kann keine gerade Linie ziehen (ich kann ohne Zirkel einen vollkom-

menen Kreis bilden). Er kann kein Bild im rechten Winkel rahmen, keinen Karton schneiden, ohne ihn zu verderben. Er kann sich keinen Plan für den Tag zurechtlegen; oft muß er mehrmals durch die Stadt laufen, nur weil er sich nichts überlegt hat.
Henry leidet nie unter »unwirklichen« Ängsten. Nur unter der Wirklichkeit. Seine schlimmste Neurose ist die Angst, daß er einmal nichts zu essen haben könnte. Um diese Angst zu besänftigen, muß ich seinen Schrank für eine Woche im voraus mit Nahrungsmitteln füllen. Aber den Verlust eines geliebten Menschen, Tod, Einsamkeit, Krankheit fürchtet er nicht.

Zu den von den Psychoanalytikern übersehenen Wahrheiten gehört, daß das, was sie in einer Beziehung als masochistisch klassifiziert und als Suche nach Leiden bezeichnet haben, in manchen Fällen die geistige Rettung bedeuten kann. Sie vergessen völlig, daß es um die Rettung der Seele geht.
Da ist zum Beispiel der Schmerz, den mir Henrys Einsichtslosigkeit bereitet. Aber diese Einsichtslosigkeit hat mich gezwungen, nach eigenen Ausdrucksmöglichkeiten zu suchen, hat mich vertieft und vermenschlicht. Ich mußte ja Henry immer alles erklären. Wer könnte sagen, was destruktiv und was schöpferisch ist?
Henry hat mir vielleicht geholfen, meine Kraft zu finden, indem er sie ständig herausforderte. Es ist wahr, ich habe den Fehler der Überempfindlichkeit, und es ist auch wahr, daß ich für die Gefühle der anderen einen fast unheimlichen Instinkt besitze. Gonzalo staunt immer wieder, wie ich erahne, was er fühlt, wie ich es ausspreche und ihn dadurch heile. Ich durchdringe die Seele.
Henry bewundert immer das Äußerliche. Helba klagt, Gonzalo könnte nicht anders leben als in einer Gruppe. Wie Henry fliegt er im Schwarm. Sowohl Henry wie Gonzalo kehren mit glänzenden Augen von der Straße zurück. Sie kommen von den harmlosesten Orten, aus einem Café, von einem Gespräch mit einem anonymen, gleichgültigen, farblosen Menschen, aus einer Ausstellung von Bildern. Sie verteufeln, was sie gesehen haben. Aber der Glanz ist da. Was in ihnen leuchtet, ist die einfache Übung, die Bewegung, die reine physikalische Zirkulation. Stoß und Rückstoß, ausstrahlende Wellen. Es ist unpersönlich. Es ist das Vergnügen, im Schwarm zu sein, das die Frau nicht versteht, weil sie nur aus ihrem intimen Leben leuchtet. Es ist die Heilkraft der kollektiven Übung, des gemeinsamen Schwimmens. Die Frau sucht nach Tiefe und nach Intimität. Ich sollte nicht sagen »Frau« und wie Proust verallgemeinern, ich sollte, um genauer zu sein, sagen: ich, Anaïs, handle so.

[August 1937]

Ich besuchte Henry, um mich bei ihm mit Lawrence Durrell und seiner Frau zu treffen. Was mich zuerst beeindruckte, waren seine Augen. Sie sind lebhaft, funkelnd, hellseherisch, die Augen eines Kindes und eines alten Mannes. Körperlich ist er kurz und gedrungen, sanft wie ein Hindu, geschmeidig wie ein Orientale, gesund und fröhlich. Er ist ein Faun, ein Schwimmer, ein Enthusiast für Segelboote. Nancy, seine Frau, hat eine jungenhafte Figur, lange, schlanke Taille, schöne schräge Augen. Zu Durrell fand ich sofort eine Beziehung. Wir übersprangen die normalen Stadien der Freundschaft, ihre langsame Entwicklung, ich fühlte die Freundschaft sofort, brauchte fast nichts zu sprechen.
Als sie gegangen waren, verbrachten Henry, Fred und ich einen ruhigen Abend. Wir gingen ins Kino, und ich sah revoltierende Arbeiter, einen Kampf mit der Polizei, Ungerechtigkeit, Leiden, Hunger. In diesem Augenblick, da die Arbeiter von der Polizei niedergeschossen wurden, da die Maschinen sie brotlos machten, verstand ich Gonzalos Kommunismus als ein mögliches Mittel gegen Ungerechtigkeit. Ich glaube nicht, daß sie dadurch beseitigt wird, denn Ungerechtigkeit und Grausamkeit sind dem Menschen angeboren und unheilbar, aber man kann sie vielleicht ein wenig unter Kontrolle bringen.
Es traf mich wieder: das individuelle Leiden sollte mit dem universellen vermengt werden. Anstatt um die eigenen, sollte man sich um die Sorgen der Welt kümmern. Natürlich weitet sich ein tief gelebtes persönliches Leben in eine darüber hinausreichende Wahrheit. Meine Kämpfe mit mir selbst lehrten mich, die Kämpfe der anderen zu verstehen.

Wenn man bewußt schreibt, folgt man dem am leichtesten faßbaren Faden. Drei oder vier andere Fäden mögen im selben Augenblick wie Telegrafendrähte mitschwingen, aber man beachtet sie nicht. Könnte ich sie alle zugleich ergreifen, würde mir auch der flüchtigste Gedanke nicht mehr entgehen, und ich würde alles zugleich enthüllen, Unschuld und Zweideutigkeit, Großmut und Berechnung, Furcht und Mut. Die ganze Wahrheit! Ich kann nicht die ganze Wahrheit geben. Ich müßte sonst zu jeder Seite vier andere hinzuschreiben, ich müßte rückwärts schreiben, meine Schritte immer wieder zurückverfolgen, um die Echos und Obertöne zu hören, denn die schlüpfrige Schönfärberei und das Laster des Idealismus verzerren die Wahrheit in jeder Wendung. Die Gefahr dabei, wenn man die Spur sorgfältig nach rückwärts verfolgt und aufsammeln möchte, was aus dem Netz fiel, ist die Introspektion, dieses Monstrum, das jeden Bissen zu lange kaut, nur die absolute Verdauung anerkennt und alles, was es anrührt, eher verdirbt als erleuchtet.

Gonzalo gehört in andere Jahrhunderte. Was dachte er von New York, was von Paris, als er sie zum ersten Male sah? Sie schienen ihm klein, übervölkert, und er bekam es mit der Platzangst zu tun. Helba war als Inka-Tänzerin der Star der Ziegfeld-Show. Sie tanzte in Paris. Er spielte für sie Klavier, half mit, ihre Kostüme zu bemalen. Er spielte Karten, trank und nahm Drogen. Die Frauen ließen ihn nie allein. Seine Anziehungskraft auf Frauen war außergewöhnlich. Er erzählte es mir ohne Eitelkeit. Er sagte mir auch, daß es ihm als Südamerikaner, als Mohr, als Indianer, unmöglich war, auf die Frauen einzugehen, die ihn hofierten. Er mußte seine eigene Wahl treffen, war immer auf der Flucht. Die einzige Kraft, die ihn zusammenhält, ihn einswerden läßt, ist die Liebe oder die Politik. Für Herrschaft und Führerschaft ist er begabt. Er kann zu Arbeitern sprechen, ihnen Eindruck machen. Er ist feurig und beredt. Es ist Macht in ihm. Aber seine Schwäche ist wie die meine: er kann sich der anderen nicht bedienen. Er kann sich selbst beherrschen, antreiben, erschaffen, er hat eine Vision, aber er kann sich andere nicht dienstbar machen, weiß nicht, wie man sie dienstbar macht, wie man andere für sich arbeiten läßt. Er möchte dem Kommunismus dienen, aber er kann sich durch keinen Vertrag binden, er will nicht, kann sich nicht irgend jemandem unterwerfen. Er möchte unabhängig arbeiten, ohne Gehorsam und Disziplin. Er möchte für das allgemeine Gute arbeiten, aber er kann nicht und will nicht seine Freiheit aufgeben, seine Individualität.
»Ist es möglich, daß ich vor zwei Jahren nur ein Montparnassien, ein Bohemien war?« fragt er mich.
»Innerlich nicht«, sage ich. Und ich erinnerte mich, wie ich zum ersten Mal mit dem Finger seine wahre Natur berührte und was dann, einmal berührt, wie Dynamit explodierte: sein Stolz, sein aristokratisches Wesen, seine Führereigenschaft, seine starken Gefühle und Mitgefühle. Ich erinnerte mich, wie er emotionell erwachte, wie ein von der Peitsche getroffener Mann, dessen Männlichkeit plötzlich und gewalttätig zum Vorschein kam. Ich erinnerte mich, wie wir in einem kleinen Café an der Seine saßen und er eben gesagt hatte, ich sähe wie eine Madonna aus dem sechzehnten Jahrhundert aus, die er immer geliebt habe, wie eine der Frauen, für die Männer zu den Kreuzzügen

aufgebrochen seien, wie sein erstes Idealbild einer Frau. Anscheinend ist er durch die Rückkehr zu seinem ersten Ideal, das er nicht erreichte (er heiratete den entgegengesetzten Typ), plötzlich auch zu den Tagen zurückgekehrt, in denen er Herr über weite Landflächen war, Besitzer von Sklaven, Soldaten und Vorsteher seines Dorfes. Ich weckte dies alles wieder in ihm, obwohl er, als ich ihn kennenlernte, so verkommen war wie nur irgendein Landstreicher.
»Ich glaube, *chiquita*«, sagte er, »unsere Freundschaft ist nicht nur eine persönliche, sondern wir wurden zusammengeführt, um der Menschheit zu dienen.«
Sein Frauenideal war die Mutter von Gauguin, eine politische Heroine aus Südamerika, eine der ersten Sozialistinnen. Ihr Bild verschmilzt für ihn mit dem meinen, glaube ich. Warum aber hat er, wenn er heroische Frauen liebt, erst eine Tänzerin geheiratet und dann seine Gefühle einer Schriftstellerin, einer Künstlerin zugewandt?
So gerne ich dem republikanischen Spanien helfen möchte, bin ich doch außerstande, Briefe voller Gemeinplätze zu schreiben, voll heroischen Bombastes, sentimentaler Propaganda, naiver Menschenliebe, wie es Gonzalo tut; ich kann nicht Geld sammeln, Freiwillige aushalten, zu Versammlungen gehen, die Nachrichten im Radio anhören und die Zeitungen von der ersten bis zur letzten Seite lesen. Gonzalo sagt: »Alles, was wir uns wünschen, ist deine Sympathie und dein Vertrauen. Wir erwarten keine politische Arbeit oder Dienstleistung von einem Artaud oder Erik Satie.«

Helba und ich machten einen Spaziergang durch den Bois. Ich wollte sie an die Sonne führen. Bei einer Musterfarm rasteten wir, um ein Glas frische Milch zu trinken. Und wer kam herein? Ausgerechnet die versnobte Schwiegermutter meines Vaters, in das letzte Modell von Vionnet gekleidet, mit einem Barett von Trigère, einer Frisur von Antoine, falschen Nägeln von Emil, falschen Wimpern von Gérard, einem von Cécile geputzten Hund, Handschuhen von Hermès, einer ledernen Handtasche von Chanel, Parfüm von Guerlain, einem von Elizabeth Arden gepflegten Gesicht. Draußen wartete ihr bei den Spezialisten der Rue Saint-Honoré eingekleideter Chauffeur und hielt ein schottisches Plaid aus Old England bereit, für den Fall, daß sich ein Lüftchen regen sollte.
Helba trug Gonzalos altes rotes Hemd, das er weggeworfen hat, meine grünen Sandalen aus Majorka, einen Rock aus einem Kartoffelsack, und sie schneuzte sich die Nase mit dem Fetzen eines Lumpensammlers. Sie trug ihr Nähzeug mit sich, in einer Blechschachtel mit der Aufschrift OVARIAN SUPPOSITORIES. Und sie hatte sie vor sich auf den Tisch gestellt. Da Helba schwerhörig ist, mußte ich laut spre-

chen. Alta Gracia hätte alles hören können über den Zustand von Helbas Organen und ihre Operationen, ihren Syphilistest, ihre Verstopfung usw. Alta Gracia beschloß, mich gar nicht zu beachten. Der Sommertag war sanft wie die Pfote eines Hermelins.

Alles scheint wunderbar: daß der Sommer so mild ist, daß die Brunnen plätschern auf den Champs-Élysées, daß Männer und Frauen spazieren gehen. Eine Stadt, die man nie ganz kennenlernt, die einem aber doch ein Gefühl von Intimität gibt, so als gehörte sie einem ganz. Der Himmel wechselt jeden Tag seine Farben und behält doch seine opalene Tönung. Kann sich das Leben immer weiter so entfalten, in einer niemals welkenden Frische, in neuen Gesichtern, neuen Wundern? Kann man die ganze Fülle so oft in sich aufnehmen, ohne jemals den Boden zu erreichen? Gibt es jedes Jahr neue Blätter, eine neue Haut, eine neue Liebe, neue Wörter? Manchmal weine ich über die Vergänglichkeit, aber dann ist es wieder gar kein Tod gewesen, sondern nur eine immer weiter andauernde Kontinuität. Nichts ist verloren, es ist nur verwandelt. Oder habe ich gelernt, zauberisch über glühenden Kohlen zu gehen, ohne mir die Füße zu verbrennen?

Lawrence Durrell kenne ich schon seit tausend Jahren. Als kleiner Junge mit zehn Jahren spielt er unter dem Himalaya, unter der Krankheit des Schnees (der englischen Krankheit der Unpersönlichkeit). In mancher Hinsicht ist er ein alter Mann, der nicht impulsiv, sondern vorsichtig lebt. Er ist ein Zuschauer, ein lachender Junge.
Gestern abend kam er zu mir, um von meinen hölzernen Tellern zu essen und den Fluß zu sehen. Er genoß die Atmosphäre, ließ sich von ihr bezaubern, saß mitten im Raum auf dem Fußboden, wie ein Hindu, und freute sich an allem.
Wir gingen durch die Ausstellung. Er wollte auf dem rollenden Schiff fahren, auf dem Kinderzug. Wir sprachen über alles und jedes und brauchten gleichzeitig gar nicht zu sprechen. Wie gut er Henry kennt. Über die Max-Geschichte, die Geschichte eines Juden, in welcher der Jude unbarmherzig bloßgestellt, geröntgt, karikiert, für immer gekreuzigt wird (Henry Miller: »Max and the White Phagocytes«, deutsch in: Lachen, Liebe, Nächte, Rowohlt Verlag, Hamburg 1957 [rororo 227], Wiederabdruck in: Sämtliche Erzählungen, Rowohlt Verlag, Reinbek 1968.), sagte er: »Du bist erschreckend, Henry. Wie du die Schnur durchschneidest, die Nabelschnur von dem, was du beschreibst – ohne Mitleid und Liebe – als allessehendes Monstrum, nichts als barbarische Vision, nichts als Entblößung – das ist etwas ganz Unmenschliches. Wäre ich Jude, die Geschichte würde mich töten.«

Eine Dimension, in der es keine Gefühle gibt. Das ist es, was ich bei Henry nicht bewundere. Vielleicht ist meine Geburtsgeschichte ähnlich, auch Teile des Tagebuchs, aber immer ist Mitleid dabei. Dann wundert sich Henry, warum die Menschen erschrecken, warum die Geschichte Fraenkel krank macht, geradeso wie ich mich frage, warum die Geburtsgeschichte eine so schreckliche Wirkung auf die Menschen hat.

Durrell ist blond, hellhäutig. Er hat schöne Zähne, einen sinnlichen, humorvollen Mund, blaue Augen mit den Lichtern des Nordens darin, eine kleine Gestalt, kleine Hände, einen irgendwie kindlichen Körper. Ein warmes, freundliches Lachen, das leichthin aufbricht, eine Art von nicht ganz geheurem Wissen über die Dinge, in das sich Zaudern mischt. Der englische Zwang zur Unpersönlichkeit macht ihn zum Zuschauer, läßt ihn zurückhaltend erscheinen, zugleich aber doch freundlich.

Ich sandte ihm meine Metamorphosen-Geschichte. *»Nous autres du Midi nous sommes très liants.«*

Merkwürdig, daß nun Lawrence Durrell da ist, da doch der andere Lawrence, D. H., meine erste literarische Liebe war.

Koinzidenzen. Ich gehe am Café Zeyer vorbei und sehe dort den Eigentümer von Louveciennes stehen, und im Café Zeyer war es auch, wo ich mich mit Otto Rank getroffen habe, bevor Henry nach Villa Seurat übersiedelte. Gonzalo wohnt ein paar Türen weiter von meinem ersten Studio in der Rue Schoelcher. Ich habe einmal über die Rue Jean-Dolent geschrieben, die mich auf eine geheimnisvolle Weise erregte. Ich stellte mir vor, daß ich dort leben, zum Gefängnis der Santé hinüberblicken und mit den Gefangenen durch Zeichen verkehren würde. Emile hat sich in dieser Straße ein Zimmer genommen und verkehrt mit einem der Gefangenen mittels Botschaften, die sie auf gefaltetes Papier schreiben und von Fenster zu Fenster fliegen lassen. Die Gefangenen möchten wissen, wer die *Tour de France* der Radfahrer gewonnen hat. Wenn ich einmal die ganze Stadt Paris kenne, wird der Tag gekommen sein, an dem ich in jedem Zimmer in Paris gewohnt habe, durch jede Straße gegangen bin, in jedem Café gesessen, in jedem Restaurant gegessen habe.

Selbst die aufrichtigsten Menschen transponieren ihre Emotionen, wenn sie sich über ihre unbewußten Empfindungen nicht im klaren sind. Frauen transponieren mehr Gefühle als Männer.

Die meisten Frauen wissen das nicht. Ich merke es oft, während ich etwas tue, und manchmal, wenn ich ein Geheimnis habe, das ich niemandem mitteilen kann, tue ich es auch bewußt. Da ich meine Gefühle nicht kontrollieren oder verleugnen kann, verknüpfe ich sie mit anderen Dingen.

Mein Unbewußtes ist so weit, so furchtbar wie ein riesiger Ozean, der ständig seine Anwesenheit unter Beweis stellt, mich zu verschlingen droht, den ich aber klären und kontrollieren kann, indem ich alles auslebe. Sehr selten, daß ich nicht weiß, was mit mir geschieht, sehr selten, daß ich blind darauflos lebe. Chaos, Stürme, Zorn, Angst, sie überfallen mich so heftig wie alle Frauen, aber ich tauche sehr schnell zur Oberfläche empor, und ich kann mit menschlichen Augen *sehen* und den Schaden, der durch die Wogen und Eruptionen der Primitivität entsteht, unter Kontrolle bringen.

Der Abend, den ich mit den Durrells und Henry verbrachte, schien wie eine lange Reise zu sein, denn wir sprachen über so viele Dinge, rührten so viele Gefühle auf, weckten so viele Gedanken. Ich war in Griechenland, in ihrem von den Wellen umspülten Haus. Ich war im Himalaya und in England. Ich ging mit Larry in einem neuen Paris durch die Weltausstellung, wie über eine Spielwiese, auf der es die verrücktesten Möglichkeiten gibt. Sein Hunger ist poetisch, zart. Er spricht nicht Henrys Sprache. Ich hatte Staub an meinen Schuhen, den Gesang von Ravels Paradiesvogel im Kopf, Freude an Durrells Verständnis meiner Bücher und an mir selbst. Wenn er Henrys Dimension ohne Gefühle sich zu eigen macht und unpersönlich wird, kann er sich von dem, was ich mache, fort entwickeln. Eben sagte er, man könne nicht gut schreiben, ohne einmal *Hamlet* geschrieben zu haben, so wie man von Malern erwartet, daß sie einmal Rembrandt kopiert haben. Ich glaube das nicht. Es gilt nicht für die Moderne.

Eine unpersönliche Welt. Ein Gletscher. So persönlich Henry ist, wenn es um ihn selbst geht, von dem Mond in ihm beherrscht, so unpersönlich ist er in seiner Beziehung zu anderen. Er geht auf andere nicht ein und kennt Einfühlung nur, wo er sich identifizieren kann. Er beobachtet. Er dringt nicht ein. Er schneidet die Menschen auf und zeigt ihre Eingeweide, aber er empfindet nicht mit ihnen. Er kann das tun, weil er gleichgültig bleibt.

Und wo steht Lawrence Durrell? Manchmal habe ich das Gefühl, er könnte, symbolisch gesprochen, mein und Henrys literarisches Kind sein. Er liebt Henrys Unbarmherzigkeit. Er nennt sie anti-romantisch. Er nennt sie die Wahrheit. Er selbst schreibt ohne Gefühle, unpersönlich. Aber da ist noch etwas anderes. Ich halte ihn für einen Romantiker, der die Romantik ablehnt und verleugnet. Ich halte ihn für einen Dichter und Maler, der die Menschen nie so öffnen wird, wie Henry es tut. Aber er wird auch nicht in sie eindringen, in ihre Gefühle, wie ich es tue. Dafür ist er zu englisch.

Ich glaube, er weiß noch nicht, wo er steht.

Wunderbares Verständnis zwischen Durrell, Henry, Nancy und mir. Während wir miteinander sprechen, sehe ich deutlich, wie wir einander nähren und stimulieren. Ich entdecke meine eigene künstlerische Kraft, denn Henry und Durrell verbünden sich oft gegen mich. Durch Durrells Bewunderung wächst auch wieder Henrys Respekt für mich. Auch mein Gefühl für die Sprachlosigkeit der Frau erwacht wieder, durch Nancys Stottern und Straucheln und ihre Parteinahme für mich als eine, die die Frau nicht verrät, sondern für sie zu sprechen versucht. Es war ein wunderbares Gespräch. Henry demaskierte Durrell und mich, und als Durrell sagte: »Nun müssen wir auch Henry die Maske abnehmen!« erwiderte ich: »Wir können es nicht, er hat es selbst schon getan.« Henry ist der Stärkste, denn er fürchtet sich nicht vor der Einsamkeit. Larry fürchtet sich. Ich fürchte mich. Und wir geben es auch zu.

Plötzlich griffen sie meine persönliche Beziehung zu allen Dingen an, meine Art, Ideen zu personifizieren. Ich verteidigte mich, indem ich sagte, diese Beziehungen seien Akte des Lebens. Um Geschichte oder Psychologie lebendig zu machen, personifiziere ich sie. Es hängt auch alles von der Natur der persönlichen Beziehung ab. Mein Ich ist wie das Ich von Proust. Es ist ein Instrument, um das Leben mit dem Mythos zu verbinden. Ich zitierte Spenglers Meinung, daß alle historischen Strukturen im Individuum reproduziert werden; die ganze historische Entwicklung wiederholt sich in einem einzigen Menschen im Laufe seiner Lebenszeit. Ein Mensch kann, auf seine persönliche Weise, eine gotische, eine romanische, eine westliche Periode durchleben. Ein Mensch, der einen ganzen Abend lang über Lao-tse, Goethe, Rousseau, Spengler zu sprechen behauptet, lügt. Es wäre wahrhaftiger, statt Lao-tse Henry zu sagen, statt Goethe den Namen eines jetzt lebenden Dichters zu nennen, statt Rousseau den Mann, der ihm derzeit entspricht. Es wäre ehrlicher, wenn Larry sagte, daß es Larry ist, der sich irritiert fühlt, denn symbolischer Wein schmeckt nicht so gut wie der wirkliche.

Als sie über das Problem meines Tagebuches diskutierten, wurden alle Kunsttheorien herangezogen. Sie sprachen von den geologischen Schichten, die mit der Zeit untergegangen sind, und meinten, das Produkt dieser Untergänge sei es, was wir Kunst nennen. Ich behauptete, ein solcher Prozeß könnte auch im Augenblick stattfinden.

Henry sagte: »Aber das würde alle Kunsttheorien über den Haufen werfen.«

»Ich kann ein Beispiel geben«, sagte ich. »Ich spüre die Möglichkeiten, die in unserem Gespräch stecken, ebenso gut heute abend, während es stattfindet, wie sechs Monate später. Denkt an die Geburtsgeschichte. Sie unterscheidet sich in ihrer ausgefeilten Form sehr wenig von der Fassung, die ich sofort, nachdem sie sich ereignet hatte, in das Tagebuch schrieb. Die neue Version ist drei Jahre später entstanden. Objektivität kann ein runderes Bild ergeben, aber ihr Fehlen, Einfüh-

lung, Miterleben, Mitdabeisein, ergeben ebenfalls eine Art von Beziehung.«
»Warum hast du sie dann noch einmal geschrieben?« fragte Henry.
»Nur der technischen Perfektion wegen. Nicht um sie noch einmal neu zu schaffen.«
Larry, der mich zuvor bewundert hatte, weil ich als Frau schreibe, ohne die Nabelschnur zu durchschneiden, sagte: »Sie müssen *Hamlet* neu schreiben.«
»Warum sollte ich, wenn das nicht die Art ist, in der ich schreiben möchte?«
»Sie müssen den Sprung aus dem Mutterleib wagen«, sagte Larry, »die Verbindung zerstören.«
»Ich weiß«, sagte ich, »daß dies ein wichtiges Gespräch ist und daß dies der Augenblick ist, in dem wir auf verschiedenen Wegen aufbrechen. Vielleicht werden Henry und Larry denselben Weg gehen, aber ich muß einen anderen Weg, den Weg der Frau gehen.«
Am Ende des Gespräches sagten sie beide: »Wir haben eine wirkliche weibliche Künstlerin vor uns, die erste, und wir sollten sie nicht in die Knie zwingen.«
Ich weiß, daß Henry der Künstler ist, denn er tut genau das, was ich nicht tue. Er wartet. Er tritt aus sich selbst heraus. Bis Fiktion entsteht. Alles ist Fiktion.
Ich interessiere mich nicht für Fiktion. Ich wünsche mir Aufrichtigkeit.
Alles, was ich weiß, ist, daß ich recht habe, recht für mich. Wenn ich heute sowohl die Sprache der Frau als auch die Sprache des Mannes spreche, wenn ich die Frau dem Manne und den Mann der Frau übersetzen kann, so deshalb, weil ich an die Objektivität des Mannes nicht glaube. Alle seine Ideen, Systeme, Philosophien, Künste entfließen einer persönlichen Quelle, deren Vorhandensein er nicht zugeben will. Henry und Larry behaupten, unpersönlich zu sein. Larry hat den englischen Komplex. Aber das ist nur eine Verkleidung.
Arme Frau, wie schwer ist es, ihr instinktives Wissen klar auszudrücken!
»Halt den Mund!« sagt Larry zu Nancy. Sie blickt mich sonderbar an, so als erwarte sie, daß ich sie verteidige, ihr alles erkläre. Nancy, ich werde nicht den Mund halten. Ich habe sehr viel zu sagen, für June, für dich, für die anderen Frauen.

Aus all dem Unsinn, den Henry und Larry zusammengeredet haben: um schaffen zu können, brauche man die Gewißheit: »Ich bin Gott!« (Sie meinen wohl: »Ich bin Gott, ich bin keine Frau!«) Die Frau hätte nie eine direkte Beziehung zu Gott; sie hätte sie nur durch den Mann, den Priester. Sie schaffe nie direkt, nur durch den Mann, sei nie fähig, als Frau zu schaffen. Weder Larry noch Henry verstehen, daß die Schöpfung der Frau, weit davon entfernt, der des Mannes zu gleichen, genau so sein muß, wie sie Kinder zur Welt bringt, das heißt, sie muß aus ihrem eigenen Blut entstehen, umschlossen von ihrem Mutterleib, von ihrer eigenen Milch genährt. Es muß eine menschliche, fleischliche Schöpfung sein, anders als die Abstraktionen des Mannes. Gerade dieses »Ich bin Gott«, das aus der Schöpfung einen Akt aus Einsamkeit und Hochmut macht, dieses Bild eines Gottes, der in Einsamkeit Himmel, Erde und Meer erschafft, hat die Frau immer verwirrt. (Auch den Mann, denn er glaubt, Gott habe alles allein erschaffen, und folgert daraus, daß auch er alles allein schaffe. Aber hinter jedem Erfolg eines Mannes steht eine Frau, und ich bin sicher, daß auch Gott geholfen wurde, aber er hat es nie zur Kenntnis genommen.)

Die Frau vergißt nicht, daß sie den Befruchter braucht, sie vergißt nicht, daß alles, was aus ihr geboren wird, ihr auch eingepflanzt wurde. Wenn sie dies vergißt, ist sie verloren. Wunderbar an ihr wird nicht ihre Einsamkeit sein, sondern jenes Bild der Frau, die bei Nacht vom Mann heimgesucht wird und am Morgen Wunderbares gebiert. Der einsame Gott bei seinem Schöpfungswerk mag ein schönes Schauspiel sein. Ich weiß es nicht. Die Objektivität des Mannes ist wohl eine Nachahmung dieses Gottes, der so weit von uns und den menschlichen Gefühlen entfernt ist. Aber eine Frau, die allein erschafft, ist kein schönes Schauspiel. Die Frau ist die geborene Mutter, Geliebte, Gattin, Schwester. Sie ist geboren, um die Einheit, die Vereinigung, die Kommunikation zu repräsentieren. Sie ist dazu geboren, Leben und nicht Wahnsinn in die Welt zu bringen. Es ist die männliche Vereinzelung, seine sogenannte Objektivität, die ihn zuerst den Kontakt und dann die Vernunft verlieren läßt. Die Frau ist dazu geboren, das Verbindungsglied zwischen dem Mann und seinem menschlichen Ich zu *sein.* Zwischen abstrakten Ideen und der Persönlichkeit, aus der sie entstehen. Um zu erschaffen, muß der Mann Mensch werden.

Die Frau hat diese Lebensaufgabe, aber die Künstlerin muß das Schöpferische mit dem Leben auf ihre eigene Weise verbinden, oder in ihrem eigenen Mutterleib, wenn man das vorzieht. Sie muß etwas anderes erschaffen als der Mann. Der Mann erschafft eine von der Natur abgeschnittene Welt. Die Frau muß innerhalb des Mysteriums erschaffen, in den Stürmen, den Schrecken, den Höllen des Sex. Sie kämpft gegen Abstraktionen und Kunst. Sie muß sich von dem Mythos befreien, den der Mann schafft, daß er es sei, der sie schafft, sie muß gegen ihre eigenen Zyklen kämpfen, gegen Stürme und Schrekken, die der Mann nicht versteht. Die Frau möchte die Einsamkeit überwinden, das ursprüngliche Paradies wiederentdecken. Die Kunst

der Frau muß in den Mutterleibszellen des Gehirns entstehen. Sie muß das Verbindungsglied sein zwischen den synthetischen Produkten des Mannes und den Elementen.
Ich täusche mich nicht, wie es der Mann tut, und behaupte nicht, daß ich in stolzer Isolation schaffe. Ich sage, daß wir gebunden und abhängig sind. Die Frau ist nicht verblendet. Sie erschafft ohne die stolzen Irrtümer des Mannes, ohne Größenwahn, ohne Schizophrenie, ohne Wahnsinn. Sie muß jene Einheit wieder schaffen, die der Mann mit seinem stolzen Bewußtsein zunächst einmal zerstört.
Henry und Larry möchten mich aus dem Mutterleib herauslocken. Sie nennen das Objektivität. Aber keine Frau ist Rimbauds Tod gestorben. Noch nie habe ich in einer Frau wie in Fraenkel ein Skelett gesehen, gestorben unter den Sezierschnitten der Analyse, der Lepra des Egoismus, der schwarzen Pest der Gehirnzellen.
Der Mann ist heute wie ein von den Wurzeln her verdorrender Baum. Und viele Frauen malen und schreiben nichts anderes als Imitationen des Phallus. Die Welt ist von Phalli wie von Totempfählen angefüllt, und nirgends ein Schoß. Ich muß den entgegengesetzten Weg gehen wie Proust, der im Geschaffenen Momente des Ewigen entdeckte. Ich muß sie im Leben finden. Meine Arbeit muß dem Strom des Lebens ganz nahe kommen. Ich muß mich im Inneren des Geheimnisses ansiedeln, im Samen, im Wachstum. Ich muß die Möglichkeit einer Augenblickskunst, einer unmittelbaren, spontanen Kunst nachweisen. Meine Kunst muß wie ein Wunder sein. Sie darf nicht durch die Gehirngänge geleitet und Abstraktion, Fiktion, Lüge werden. Es muß für die Frau geschehen, muß wie ein personifiziertes altes Ritual sein, in dem jede geistige Regung sichtbar gemacht, vorgeführt, repräsentiert wird.
Ein Gefühl für die Unendlichkeit in der Gegenwart, wie es das Kind hat.
Die schöpferische Rolle der Frau sollte ihrer Rolle im Leben entsprechen. Es handelt sich nicht nur um die gute Erde, sondern auch um die schlechte, die Dämonen, Instinkte, die Gewalten der Natur. Tragödien, Konflikte, Mysterien sind persönlich. Der Mann entfernte sich davon auf eine fatale Weise. Die Frau darf sich nicht entfernen. Sie muß in den wirklichen Mutterleib hinabsteigen und seine Geheimnisse und Labyrinthe offenbar machen. Sie muß sie beschreiben wie die Stadt Fez, mit der Sanftheit von Tausendundeiner Nacht, ihrem Schweigen und ihrem Geheimnis. Sie muß die räuberischen Gelüste beschreiben, die Begierden, die Welt, die in jeder Zelle enthalten ist. Denn der Leib träumt. Das ist nicht so simpel wie das Gute auf Erden. Manchmal glaube ich, der Mann habe die Kunst aus Angst geschaffen, um den Wahrheiten der Frau auszuweichen. Ich glaube, die Frau stottert aus Angst vor dem, was sie zu sagen hat. Sie be-

deckt sich selbst mit Tabus und Schleiern. Der Mann hat sich eine Frau nach seinen Wünschen erschaffen. Er verfügte über sie, indem er sie mit der Natur gleichsetzte, und prahlte dann über die von ihm beherrschte Natur. Aber die Frau ist nicht nur Natur.
Sie ist eine Meerfrau, deren Fischschweif in das Unterbewußte hinabtaucht. Ihr Werk wird es sein, dieser obskuren Welt zu einer Sprache zu verhelfen, dieser Welt, die den Mann beherrscht, von der beherrscht zu sein er leugnet, die aber ihre Macht und ihre Gegenwart in zerstörerischen Zeugnissen, im Wahnsinn beweist.
Anmerkung von Durrell: »Anaïs kann man *nicht antworten.* Es gibt keine Antwort für sie. Ich packe zusammen und gebe auf. Was sie sagt, ist biologisch wahr, von der Nabelschnur an.«

Die Geburt der Zeitschrift *The Booster*, die von Fred herausgegeben und von Henry geleitet wird, rief meine Rebellion wieder wach gegen diese Atmosphäre des Bettelns und Stehlens und Beschwatzens, der Schulbubenstreiche, des groben Humors und der Burleske.
Gonzalo arbeitet hart an der Druckerpresse und wird sich damit bald seinen Lebensunterhalt verdienen. Er hat viele Aufträge.
Durrell schreibt mir: »Sie sind so liebenswert in der Art, wie Sie Ihre Schwingen ausbreiten, und wir verbergen uns alle hilfesuchend darunter. Ich weiß nicht, wie Sie es machen. Sie müssen die Flügelspannweite eines Albatros haben.« Diese Zeilen kamen nach einem erregten Gespräch, das wir hauptsächlich über das Thema führten, wie die Unverantwortlichkeit des Künstlers tiefer gesehen eine Verantwortlichkeit vor seinem Werk ist, vor allem vor seinem Werk.

Henry, Nancy, Larry und ich. Ein milder Sommerabend. Die erleuchtete Stadt. Larrys Bewegungen sind langsamer als seine Aufmerksamkeit. Seine Augen fassen schnell auf, transzendieren, besitzen blitzartig. Sein Körper hinkt hinterher, naturverhaftet, lässig, bequem, auch ein wenig gehemmt. Er hat ganz verzweifelt über den spontanen Akt geschrieben. Aus seinem Double, Gregory, hat er einen Engländer gemacht. Das ist vielleicht das Geheimnis, warum er von Henry fasziniert ist. Ein neuer Larry steigt herauf, angeregt von einem Werk, das nicht ganz in Einklang steht mit seinem athletischen Körper, seiner Freude am Segeln, seinem Gelächter, seinen Scherzen. »Nehmen wir den Bus und verlangen wir eine Tasse Kaffee. Gehen wir ins indo-chinesische Restaurant, bestellen wir etwas zu essen und fragen dann, was daran ›indo‹ ist.« Er staunt ein wenig über sich selbst, wie einer, der eine Krankheit entdeckt. Unter der goldenen, gebräunten Haut, dem blonden Haar, den Meeresboden-Augen, hinter den poetischen, sanften, menschlichen Gesten entdeckt er einen Katarakt von Worten, ein Universum der Nuancen, Schat-

ten, Vierteltöne. Er macht seine Funde nicht auf dem Weg der Neurose. Er ist wie ein Meerfahrer, ein Bergbewohner, der von Offenbarungen heimgesucht wird. Etwas an seinem Werk ist ein Wunder. Er staunt ein wenig. Die vertrauten Straßen, über die er geht, sind ihm auf einmal nicht mehr ganz geheuer. Die Weinflasche ist zum Symbol geworden. Damit ist alles ausgedrückt, wogegen er kämpft. Er will Wärme, das Fleisch, den Duft, die Wirklichkeit nicht verlieren.
Es besteht kein Zweifel, daß wir als Individuen durch eine nicht individuelle Welt hintreiben, der wir verbunden sind, die Welt der Literatur.

Ich merkte, daß sich Larry und Nancy nicht ganz wohl fühlten, sondern ein wenig verloren, ein wenig fluchtbereit waren nach zehn Tagen in Villa Seurat und dem Zirkus im Dôme. Ich fühlte ihre Verlassenheit und bat sie, am Abend zu mir zu kommen. Wir saßen vor den großen Fenstern auf dem Boden, auf Kissen, und tranken in der Dunkelheit Kaffee. Alles Licht kam vom Fluß herein, und wir sprachen ganz vertraut miteinander. Sie weichen zurück vor dem, wovor auch ich zurückweiche. Sie sehnen sich wieder nach Griechenland, nachdem sie durch die schmutzige, schlüpfrige, verfaulte Welt von Montparnasse gewandert sind. »Es ist kein moralischer Abscheu«, sagte Larry, »es ist heraldisch.« Die Liebe zur »heraldischen« Welt schließt in Larry die andere aus. Nicht in Henry.
Später beklagte sich Henry, daß er nicht auf der Höhe seines Werkes lebe. Er lebt nicht einmal auf einer Höhe mit sich selbst. Larrys ablehnende Haltung freute mich. Es gefiel mir, daß er sagte, was ich schon so oft gesagt habe: »Ich werde ungeduldig. Ich halte es mit Idioten nicht lange aus. Man sollte ja niemanden geringschätzen, aber dieser Kerl da ...« Ich fühlte mich weniger allein. In der Dunkelheit schien es möglich, alles zu sagen. Larry gestand, daß er fürchte, verrückt zu werden, wenn er weiter schreibe. Er sagte, daß ich einzigartig sei und daß er mich nicht verlieren wolle. Als ich ihm mein Tagebuch zeigte und seine Briefe, die ich hineingeklebt habe, tanzte er herum. »Sie sind bedeutend«, sagte er. Er wußte es nicht und hat Angst vor dem, was ich über ihn schreiben werde. Aber ich sagte: »Ich habe auch Angst vor dem, was Sie schreiben werden, jedoch ich kann Ihnen nichts verheimlichen, Sie kennen mich ja so wieso durch und durch.« Wir haben das Unbehagen an Auflösungs erscheinungen in unserer Umgebung gemeinsam, ein Heimweh nach Ganzheit, ein Bedürfnis nach Ganzheit, auch die Überzeugung, daß es Erfahrungen gibt, die man nicht unbedingt machen muß.
Ich erinnere mich, wie Larry zum ersten Mal sein »heraldisches Universum« erwähnte, ein Ausdruck, der mich aufmerksam machte.

Nancy und Larry dachten daran, zu entkommen, aus Paris zu fliehen. Ich zerstreute ihre Ängste, indem ich sie beim Namen nannte. Ich beschwor die Dämonen, und wir trieben sie aus. Wir erlebten einen Augenblick der Ganzheit, der Ruhe, der orientalischen Heiterkeit.

Helba kann stundenlang über Gonzalos Handlungsunfähigkeit reden. Sie ist ganz hypnotisiert von seinem Zaudern, von seiner Art, sich selbst im Wege zu stehen, gegen sich selbst zu kämpfen. Er baut etwas auf, aber bevor es sich materialisiert, gibt er auf. Die Druckerpresse, obwohl betriebsfertig, arbeitet nicht, weil er den Arbeiter, der ihn anleiten sollte, nicht rufen will, aus Angst, er könnte nicht immer Arbeit für ihn haben. Und alle Aufträge, die er von Freunden bekommen hat, müssen warten. Alles ist zum Stillstand gekommen. Er sagt: »Ich will die Arbeit machen«, aber es geschieht nichts, weil das Papier nicht geliefert wurde. Warum es nicht geliefert wurde? »Ich weiß nicht. Ich habe den Mann gestern angerufen.« »Soll ich mich darum kümmern, Gonzalo?« »Nein, es wird bestimmt morgen geliefert.« »Ich werde morgen mit dir arbeiten, Gonzalo.« »Nein, nicht morgen. Morgen muß ich mit Neruda über seine Gedichte sprechen.«

Helba nörgelt: »Gonzalo, du bist so ungeschickt, du bist dumm, du machst alles kaputt, du bringst nichts fertig.«

Ich sage: »Gonzalo, du gehst so geschickt um mit der Presse. Warum getraust du dich nicht, einen Arbeiter zu nehmen, der dir in der ersten Woche hilft?« Zerstörung. Schöpfung. Zerstörung. Schöpfung. Ein höllisches Duell. Immer weiter so. Hätte ich die Presse für mich selbst behalten, ich würde produzieren, drucken, veröffentlichen. Ich fragte Gonzalo: »Wie würdest du dir dein Leben wünschen?« Er antwortete: »Jeden Tag eine Revolution.«

Nancy hat den Mut, zu Larry zu sagen: »Vielleicht bist du mit mir unzufrieden?« Larry antwortet: »Ich bin es, aber das bedeutet nicht, daß ich etwas ändern möchte, daß ich mir eine andere wünsche.«

Die unglaubliche Macht der Stagnation in Helba und Gonzalo, die sie in Hunger, Krankheit und Tod treibt. Gonzalo verwendet Lumpen als Taschentücher. Ich gab ihm einige Taschentücher. Er sagte: »Aber ich habe zu Hause Dutzende. Seit einem Jahr sammle ich sie, um sie zur Wäscherei zu bringen. Ich bin nicht fähig, sie selbst zu waschen. Das Paket liegt noch hier.«

Larry sagt: »Ich hasse das Bohemeleben.«

Henry dinierte mit irgendeinem unbeschreiblichen Menschen.

Das Dôme um neun Uhr morgens. Antonin Artaud taucht auf. Er schwingt seinen magischen mexikanischen Spazierstock und macht Lärm.

»Ich will nicht verfaulen, während ich lebe«, sagt Gonzalo.

Ich sagte zu Gonzalo: »Weißt du überhaupt, was das heißt, wollen und nicht wollen, handeln und dann stehenbleiben? Du fürchtest die Verwirklichung, die Materialisation. Du willst die Macht und schämst dich, eine führende Rolle zu spielen. Du möchtest dem Kommunismus dienen und verabscheust die Disziplin. Du willst eine Freiheit, die in der größten Sklaverei enden wird, der größten Hilflosigkeit und Demütigung. Du würdest eher sterben, als eine Niederlage zu riskieren. Du hungerst lieber, als daß du eine Stunde Schlaf entbehrst.«
Ich arbeitete anderthalb Stunden an der Presse, um Gonzalo zu helfen. Es war herrlich, die gedruckten Worte erscheinen zu sehen.
Wir arbeiten in einem kleinen, niedrigen Raum mit zwei Fenstern, die auf einen alten französischen Garten in der Rue de Lille hinausgehen. Es ist die Expedition von *Paix et Démocratie*. Zwei riesige Tische stehen darin, auf einem die Presse. Ich druckte zweitausend Exemplare Pamphlete. Schnitt sie zurecht. Gonzalo schrieb Briefe. Es war Hochmut und Besitzerstolz, die ihn daran hinderten, einen Arbeiter zu engagieren. Er will alles selbst kontrollieren. Ein persönliches Universum. Wenn die Arbeit schwer wird, werden wir Schwierigkeiten haben.

»Liebe Djuna Barnes,
Ich muß von der großen, tiefen Schönheit Ihres Buches *Nightwood* sprechen. Vor allem die zweite Hälfte erschütterte mich so, daß ich beinahe Angst habe, Ihnen zu schreiben. Das Dichterische in Ihnen, das den Doktor, Nora, Robin in eine mit Sinn überladene Welt versetzt und sie so hellsichtig und mit soviel Menschlichkeit sprechen läßt, in einer Tiefenschicht, die noch kaum jemand erreicht hat, – wie hat mich das alles gerührt. Die Beziehung zwischen Nora und Robin, die Sie nicht nur in der Wirklichkeit beschreiben, in der Welt, die wir vor uns sehen, der Straße, dem Haus, der Stadt, dem Café, in die Sie vielmehr selber eintreten, in der gemeimnisvollsten aller Durchdringungen, um ihre flüchtigste, poetischeste, symbolischeste und und menschlichste aller Bedeutungen zu enthüllen – das ist blendend. Während ich las, fühlte ich: sie weiß zuviel, sieht zuviel, es ist unerträglich. Es war unerträglich. Es war unvergeßlich. Die Sprache, das Wissen, die Schönheit, die Tragik, die in ihrer Transparenz so mächtigen Tiefen, die Sie berühren ... Es ist das Schönste, was ich über die Frau und die liebenden Frauen gelesen habe. Ich habe sehr große Angst, Ihnen zu schreiben. Sie werden wissen warum. Ich möchte, daß Sie wissen, was Ihr Buch in mir berührt, erleuchtet, erweckt hat. Aber ich kann es in einem Brief nicht sagen, einem Menschen, den ich nur aus der von ihm erschaffenen Welt kenne. Ich würde mich gern in der von Ihnen geschaffenen Welt ansiedeln, die

ich so stark erlebe, und von dort aus mit Ihnen sprechen. Ich möchte die Barriere des äußerlichen Du durchbrechen. Es ist merkwürdig: vor einigen Jahren standen unsere Namen auf derselben Seite, ich hörte von Ihnen, eines Ihrer Bücher und meines über D. H. Lawrence wurden von einem ›Kläffer‹ namens Drake rezensiert. Man hat Sie mir einmal in einem Café gezeigt. Ich sah eine schöne Frau. Hätte ich aber gewußt, daß Sie die Frau von *Nightwood* sind ... Ich bin ganz verhext von *Nightwood*. Verhext von der Macht der Gefühle, dem leidenschaftlichen Ausdruck. Eine Frau schreibt selten als Frau, wie sie empfindet, aber Sie haben es getan.«

Sogar heute noch, da ich tief im Leben stehe, kann ich keine Musik oder Fröhlichkeit aus einem Nachbarhaus hören, ohne traurig zu werden, ohne mich ausgeschlossen zu fühlen. Draußen oder drinnen zu sein, das war mein Alptraum. Ich wurde am Rande einer immer weiter entfliehenden Welt geboren. Als ich arm war, als ich mich in einem schlimmen Alter befand, als ich vor dem Spiegel in der Backsteinmauer in New York mein langes Haar kämmte, verstand ich, warum mich die Musik aus dem gegenüberliegenden Haus mit Sehnsucht, Eifersucht, Neid und Verzweiflung erfüllte. Sie schien mir unerreichbar. Sie schien aus einer verbotenen, einer unmöglichen Welt zu kommen. Ich glaubte, das sei so, weil ich arm war, weil unser Leben nicht schön, weil ich selbst nicht schön war. Ich glaubte, das sei so, weil ich dort in meinem Nachtgewand stand, die Haarbürste in der Hand, und mein Haar bürstete und dabei wußte, wie schüchtern dieser Körper war, der nur in der Dunkelheit zu tanzen wagte, wie zerbrechlich dieses Haar, das nur in der Dunkelheit zu leuchten schien, wie blaß dieses Gesicht, das in der Einsamkeit heller leuchtete. Ich leuchtete in meiner Einsamkeit, das war das Mysterium. Und ich konnte dieses dunkle Ich nicht dazu bringen, in der Helligkeit des Tages zu leuchten, in der Tageshelligkeit des Nachbarhauses an einem fröhlichen Abend und mit der Musik. Es war nicht die Armut, nicht das schlimme Alter. Der Tag kam, da ich im Tageslicht leuchtete, Kleider trug und im Tageslicht tanzte und Glanz und Lächeln, Vertrauen und Triumphe empfing. Die Heiterkeit war mein und für mich. Aber der Augenblick des Dazugehörens, der Teilnahme, des Dabeiseins war kurz, und ich blieb ebenso draußen wie das kleine Mädchen, das die Fenster der Nachbarn beobachtete. Immer wieder kam dieses Gefühl, ausgeschlossen zu sein, früher oder später, allein. Ich konnte nicht drinnen bleiben, nicht drinnen leben. Der Glanz war da, ich lebte innen in der Musik, in der Heiterkeit, mit den Menschen, aber auch der Mondschein der Einsamkeit war da, der bleichgesichtige Wächter. Zuerst gab es nur das einsame Mädchen, das wartete und sich fremd fühlte, *dépaysée*. Später war ich beides.

Jetzt bin ich oft drinnen und ängstige mich vor dem Augenblick, wenn im Fenster das blasse Gesicht auftauchen wird, das mir zusieht aus einer anderen Welt. Ich möchte meiner Gegenwart nicht beraubt werden. Starb dieses sehnsüchtige Mädchen nicht endlich in den Erfüllungen der Frau? Warum sollte die Musik je aufhören zu spielen? Warum muß er kommen, der Augenblick, an dem ich wieder abgedrängt werde an die Peripherie, verlassen, und ich höre wieder die Musik aus des Nachbars Haus, ich höre Festlichkeiten, ich höre, wie man tanzt, und ich bin nicht dabei, ich bin traurig, sehnsuchtsvoll, wie jemand, der dazu verurteilt ist, eine Grenze, eine Kluft, einen Abstand zu fühlen. Ich kann nicht alles bei mir zu Hause haben. Es wird immer eine Musik geben, die von anderswo kommt, immer eine Sehnsucht, immer etwas, das ich mir lieblicher und wärmer vorstelle. Immer eine unerreichbare Farbe, einen Raum, in dem ich mich arm und schäbig fühle, eine Musik, die mich im Dunkel tanzen läßt. Immer eine Musik, die mich im Dunkel leuchten läßt, in einem anderen Licht, als es aus der Heiterkeit des Nachbarn aufsteigt. Diese heftige Sehnsucht, *innen* in allem Leben, aller Wärme, dem Atem des Vergnügens zu sein, darin zu schlafen, ein Teil zu sein, niemals allein, die Absonderung für immer zu durchbrechen, eine irre Sehnsucht.

Aus dieser Stimmung entstand das Party-Kapitel in *Ladders to Fire*.

[Und auf die seltsamste Weise kam dies alles zehn Jahre später wieder, als *Ladders to Fire* erschienen war. Violet Lang und dann auch der Herausgeber der *Chicago Review* hatten mich eingeladen, an der Universität von Chicago zu lesen. Es war mitten im Winter, und es lag viel Schnee. Ich hielt meine Vorlesung; und dann nahmen mich Freunde im Wagen mit zur Wohnung von Violet Lang, wo ein Empfang gegeben wurde. Der Schnee fiel ganz dicht. Wir fanden die Adresse, die man uns gegeben hatte, aber nicht das Appartement. Irgend jemand führte uns zur Rückseite des Appartementhauses. Wir sahen einige erleuchtete Fenster im Erdgeschoß und blickten hinein. Die Party zu meinen Ehren hatte bereits begonnen und verlief lebhaft und angeregt. Ich klopfte ans Fenster. Niemand hörte mich. Ich war naß und müde und fror. Der Vorfall erweckte in mir wieder das alte Gefühl, ausgeschlossen zu sein. Wäre ich allein gewesen, ich wäre gegangen. Endlich entdeckte mich jemand am Fenster und kam heraus und führte uns durch ein Labyrinth von Kellergängen hinein.]

[Herbst 1937]

Meine Tragödie ist, daß ich tief liebe, aber meine Unabhängigkeit nicht missen und nicht ganz in einer anderen Welt aufgehen kann. Ich kann mich nicht aufgeben. Ein Teil von mir bleibt immer Anaïs Nin. Der Wunsch, mit anderen zu sein, mit ihnen zu verschmelzen, Konzessionen und Kompromisse zu machen, tötet mich. Ich möchte politisch arbeiten und kann es nicht. Die Arbeit an der Druckerpresse geschieht planlos, erratisch. Da gibt es zum Beispiel in der Nähe von Gonzalos Wohnung ein großes Geschäft für Druckzubehör, wo Gonzalo einen Kasten für die Lettern kaufen sollte. Er wollte früh aufstehen, den Kasten holen und bat mich, zu kommen und beim Einordnen der Lettern zu helfen. Ich kam. Gonzalo jedoch schlief bis elf, holte den Kasten nicht, kam ins Büro und hatte das Packpapier vergessen, so hatte ich nichts zu tun. Mitten am Nachmittag brach er dann zu einer einstündigen Fahrt mit dem Autobus auf, um den Kasten zu holen. Inzwischen füllte sich das Büro mit Menschen, mit denen er sich verabredet hatte. Er kann nicht organisieren, nicht planen, verschwendet seine Kraft, erzeugt ein riesiges Durcheinander. Das Nächstliegende kann er nicht tun. Er muß Umwege machen. Das ist Gonzalo. Auf diese Art und Weise kann ich jedoch nicht arbeiten. Ich lief davon.
Irgendwann einmal muß ich eine Presse für mich haben.
Es ist symbolisch, daß alles, was Gonzalo anpackt, schief wird, sogar der Papierrand, den er beschneidet. Henry ist mit seinen Händen unbrauchbar. Mir geht die Arbeit schnell und wie magisch von der Hand, einfach weil ich mich nicht in Details verwirre und verliere. Ich bin nicht stolz darauf. Gonzalo kann nichts konstruieren. Ginge er in den Krieg, er würde wild drauflos stürmen wie ein Wahnsinniger und wahrscheinlich sinnlos und blindlings sterben an einem Irrtum.

Der Bildhauer Henghes sagt zu mir: »Als ich arm war und in Restaurants arbeitete, dachte und fühlte ich wie die anderen, mit denen ich arbeitete.« Ich beneide ihn. Als ich arm war und als Modell und Mannequin arbeitete, wurde ich niemals so wie die anderen. Ich blieb ich selbst. Ich spielte Rollen, aber ich blieb ich selbst.
Diese Unfähigkeit, sich zu ändern, zu bleiben, was man ist, ist für

eine Frau zutiefst schmerzlich. Eine Frau sollte blind geboren werden, damit sie blind dienen kann. Ohne zu fragen.

Aus diesem Grund habe ich meine Verbindung mit *The Booster* gelöst. Zuviel Unfug. Reichel, über den Henry lobend geschrieben hat, konnte nächtelang nicht schlafen und wußte nicht, wie er es Henry beibringen sollte, daß er sich schämte, so plump »verboostert« worden zu sein.

Als ich zu Gonzalo sagte: »Ich habe alle diese Briefe heute morgen geschrieben, weil ich mich frei und unbelastet fühlen möchte«, gab er zur Antwort: »Und ich habe alle diese Pakete, die ich seit Tagen machen sollte, wieder nicht gemacht, obwohl ich weiß, daß sie mich belasten werden, daß ich tagelang nicht davon loskomme, so als wollte ich mich nicht frei fühlen.«

Manchmal wird er angesteckt, tut das Nächstliegende, ist glücklich, aber ich weiß, daß er eine Stunde später schon wieder einen Weg gefunden hat, alles zu verwickeln, zu verpfuschen, sich selbst zu fesseln und zu versklaven.

Warum verbinde ich mich mit zerstörerischen Naturen? Und warum bekämpfe ich sie? Als ich Henry und June kennenlernte, war es dasselbe. Ich betrat ein Inferno finsterster Zerstörung. Und warum, wenn sie mich anziehen, gehe ich nicht ihre Wege, werde ich nicht destruktiv, warum gebe ich den Kampf nicht auf, sie zu ändern?

Hans Henghes sandte mir einen Brief mit einem Bergkristall. »Zum ersten Mal fühle ich mich rein, Anaïs. Ich sehe etwas Neues in meinem Werk. Ich war von der Welt angeekelt und schwach und verloren. Aber jetzt nicht mehr.«

Von meinem Besuch bei mir ging er weiter zur Prinzessin von San Faustino, mit *House of Incest* unter dem Arm. Sie las das Buch, borgte es sich aus und schrieb mir einen Brief: »Ich möchte Sie kennenlernen.« Sie kommt morgen.

Inzwischen gehört alle meine Zeit der Presse.

Es stellte sich heraus, daß die Prinzessin von San Faustino eine Amerikanerin ist. Sie kam zu mir, weil sie sehr unter Angst und einem Gefühl der Fremdheit leidet. Diese Gefühle hat sie im Buch wiedergefunden. Angst.

Niemand schreibt darüber. Und doch ist sie das Drama unserer Zeit. Nicht das, was sich ereignet. Das Leiden an Ereignissen, die niemals stattfinden, Leiden der Vorstellungskraft. Indem man die konkreten Identifikationen beiseiteschiebt und den Zustand selbst durchleuchtet, kann jeder, sogar die Prinzessin San Faustino aus Illinois erkennen, was sie fühlt. Ohne Rücksicht auf den Ort, das Land, die Zeit.

So viele imaginäre Beziehungen, so viele vorgestellte Szenen, die sich niemals ereignen.

Henrys wachsender Ruhm erzeugt eine Inflation, eine Steigerung,

eine übertriebene Stimmung, auf die schlechte Laune, Müdigkeit, Reizbarkeit folgen. Auf seine Woche mit den Durrells, eine Woche der Berauschung und Schlaflosigkeit, folgte Depression.
H. H. bringt mir einen grünen Käfer mit einem rostgoldenen Bauch. Zwei Gedichte. Wir saßen in einem Café. Eine Gruppe von Arbeitern kam zu einem Picknick herein. Eine unförmige Frau entleerte ihren Korb neben uns, auf dem Tisch. Ich sagte lachend zu H. H.: »Warum haben Sie nicht gesagt, daß Sie noch eine andere Frau zum Lunch eingeladen haben? Ich fühle mich *de trop.*«
»Nichts steht zwischen uns«, sagte H. H. »Sie ist nur eine alte Freundin.«
Gespräch mit Henry. Ich glaube, er ist nun gemacht, als Autor. Er ist publiziert, akzeptiert, bekannt.
Ich kann nicht für mich selbst arbeiten.
Mit dem Schreiben ist es so, daß man sich sagt: »Ich fühle mich gut, viel zu gut, ich brauche nicht zu schreiben, ich will leben.« Man ist mitten darin, freut sich des Lebens, lebt ohne Formulierungen. Man hört kein Echo, registriert nicht. Dann splittert eines Tages ganz grundlos das Leben in zwei Kanäle auf: sein und formulieren. Etwas wie ein Film beginnt im Kopf abzurollen. (Man kann die Maschine surren hören.)
Ich schreibe. Das heißt: ich analysiere nicht, meditiere nicht, monologisiere nicht. Ich schreibe. Das heißt: ich lebe in Begriffen, die unmittelbar sprachlicher Ausdruck werden, die so erregend sind, wie es die Wirklichkeit war, ich finde die angemessenen Worte, will angstvoll alles einfangen, festhalten, genau sein, das Passende wählen. Es kommt unerwartet wie ein Fieber und verläßt mich wieder wie ein Fieber. Es unterscheidet sich von allen anderen Aktivitäten.
Den ganzen Monat lang habe ich schon in meinem Kopf geschrieben, ich komme der Verwirklichung dessen, was ich tun muß, näher. Aber ich will noch nicht beginnen, denn das Leben ist schön, Faulheit ist schön. In meinem Kopf schreibe ich über New York, Otto Rank, Henrys Arbeit, über den Tod eines Kleides. Ich bin noch nicht distanziert genug, um mit meiner großen Arbeit zu beginnen.
Sonderbare Dinge geschehen mit Henrys *Scenario,* das er mit seinen ersten Honoraren in einer begrenzten Auflage von zweihundert Stück gedruckt hat. Wir hatten damit begonnen, daß wir gemeinsam ein Drehbuch schreiben wollten, rund um *House of Incest,* das damals noch nicht in seiner endgültigen Form war. Ich hatte Henry mein ganzes Material gezeigt. Als wir mit der Arbeit begannen, merkte ich bald, daß Henry seiner eigenen Inspiration folgte, daß aus *House of Incest* etwas anderes wurde, daß wir keinen gemeinsamen Stil finden konnten. Die ganze Atmosphäre, die Struktur, der Inhalt änderten sich. Mir schien es wie eine Parodie des Originals.

Ich mochte Henry jedoch nicht sagen, daß mir das Ergebnis unserer Gespräche mißfiel. Ich ließ nur in meiner eigenen letzten Version einfach aus, was Henry auf seine Art und in seiner Sprache entwickelt hatte. Henry fühlte, daß ihn *House of Incest* angeregt hatte, und bestand darauf zu sagen, daß er davon inspiriert worden sei. In der vorliegenden Form, als Henrys *Scenario*, wird es von Tausenden gelesen und bewundert werden, die *House of Incest* niemals lesen oder verstehen könnten.

[Diese Prophezeiung hat sich als wahr erwiesen. Viele Jahre später wurde das *Scenario* im französischen Rundfunk gelesen, aufgeführt und auf Schallplatte aufgenommen. Es wurde in viele Sprachen übersetzt. *House of Incest* wurde erst 1963 ins Französische übersetzt und in Frankreich veröffentlicht. – Der Herausgeber.]

Hélène gibt mir eine sehr farbige Beschreibung von der Eifersucht ihres Gatten. »Er war wie Othello. Er schien an diesen Szenen ein perverses Vergnügen zu finden, und ich versuchte von ihm zu lernen, aber ich muß gestehen, daß es mir nicht gelungen ist. Wenn man daran Vergnügen haben kann, so habe ich es nicht entdeckt. Es begann immer dann, wenn wir am glücklichsten waren, wenn wir im Dunkel lagen. Nachdem er mich liebkost hatte, lag er schweigend und abweisend da. Ich sagte: ›Was ist mit dir, *querido*?‹ Er trommelte sich mit den Fäusten an die Stirn. ›Dieses Bild von dir, wie du auf der Party mit dem Bildhauer sprichst, dieses Bild ist mir ins Gehirn genagelt, ich komme nicht davon los.‹

›Aber es war eine harmlose Konversation.‹

›Warum warst du dann so interessiert, so angeregt?‹ Eine solche Ungerechtigkeit macht mich immer ärgerlich, und ich sagte Dinge, um ihn zu verletzen, unbewußt, und schloß dabei immer mit dem, was ihm am meisten wehtat: ›Warum läßt du mich nicht Malerei studieren?‹ Ich wußte, daß ihn die Vorstellung, wie ich mit anderen Kunststudenten in eine Kunstschule gehe und nackte Figuren zeichne, völlig aus der Fassung brachte. Auch die Bedeutung, die er der physischen Untreue beimaß, regte mich auf. Warum war er nicht auf meine Gedanken eifersüchtig, auf meine Liebe zur Malerei, auf mein emotionelles und künstlerisches Leben? Wir verfielen in endlose Streitereien. Um ihn zu beruhigen, sagte ich, ich wüßte, daß ich niemals eine sinnliche Anziehung verspüren könnte, ohne zu lieben. ›Wieso weißt du das?‹ fragte er heftig. ›Wie hast du das herausgefunden?‹ Er warf mir vor, daß ich mich zu unbekümmert gebe und im Gespräch so frei sei. Ich erklärte ihm, daß ich mich meiner Unzugänglichkeit schäme, daß sie mir sogar in unserem Freundeskreis altmodisch vorkomme. Dann bestand er darauf, er hätte gesehen, wie mich der Bildhauer während des Tanzens küßte. Die ganze Zeit schämte ich mich unseres grundlosen Streites. Die Luft wurde dick, unsere Gefühle verwirrten sich. Wir sagten uns falsche Worte, billige Worte, wir wußten nicht mehr, was wir sagten, wir stachen mit Messern aufeinander ein, wir versanken in Feindschaft, Schmerz, Verwirrung, Blindheit. Ich haßte das alles. Ich haßte es, weil es wie ein Gift war, unsere Einzigartigkeit ertrank darin, das, was ich für die Einzigartigkeit unserer Liebe hielt, es trennte uns. Ich fühlte mich zerschlagen, zerrissen, verwundet. War das Liebe? Sich mit Messern ins Fleisch zu schneiden, mit grausamen Worten? Eine Liebe, die der Liebe nicht traute? Gift. Unsere Zärtlichkeiten waren dann wie Leben nach dem Tode. Ich wußte nicht, ob die Liebe eine neue Wurzel geschlagen oder zu Gift geworden war, das ihren Tod beschleunigte. Ich wußte auch nicht, ob dieser Durchbruch des Tierischen die Sinne weckte, Begehren erregte. In mir jedenfalls nicht. Wenn er sagte: ›In deinem Wesen ist ein Winkel, in den ich nicht eindringen kann‹, wollte ich ihm antworten: ›Das einzige, was ich vor dir verberge, ist mein Haß auf deine Eifersucht.‹ Und es war seine Eifersucht, die mich fortgetrieben hat. Eines Abends hatten wir eine Szene in einem Restaurant. Er wurde beleidigend. Ich ging hinaus. Ich ging durch den Regen, weinend, denn ich fürchtete seine Eifersucht, die uns trennte, und ich hörte noch seine verzweifelten Worte: ›Manche Menschen sind zum Verlieren geboren, ich bin zum Verlieren geboren.‹ Aber ich konnte ihm nicht sagen, daß er es war, der mich von sich stieß. Ich weinte für ihn, seinen Schmerz, seine Enttäuschung. Er lief hinter mir her. Er zog mich in eine Toreinfahrt, damit ich vom Regen nicht durchnäßt würde. Er küßte meine Tränen fort, mein nasses Haar, meinen Mund. Diese Küsse werde ich nie vergessen. Wir gingen nach Hause. Wir kämpften. Ich hielt meine Stellung. Werde ich je wieder eine solche Leidenschaft finden? Hier in Paris erscheint alles so leicht und fröhlich und unbekümmert. Kein Wahnsinn. Keine Messer im Fleisch.«

Der Zustand der Welt, das Leiden, verstört mich zutiefst. Ich kann nicht wie Henry die Augen schließen.

Gonzalo kommt mit seinen Konflikten zu mir. Soll er ein Dokument unterzeichnen, das von *Paix et Démocratie* vorbereitet wurde und in dem kapitalistische Investitionen in Spanien aufgedeckt werden? Unterzeichnet er, setzt er sich Attentaten aus. Unterzeichnet er nicht, bleibt es das Werk einer Clique. Meiner Meinung nach sollten Angriffe von Gruppen gestartet werden, denn mit dem Verlust eines einzelnen Mannes, als Sündenbock, verliert die Revolution an Kraft. Da der Angriff von *Paix et Démocratie* kommt, wird er, glaube ich, die Angegriffenen irritieren. Sie werden nicht wissen, wieviel an Dokumentation, wieviel an Beweisen vorliegt. Werden weitere Ent-

hüllungen folgen? Die Attacke wird auf diese Weise wirksamer sein, glaube ich. Man sollte die Aufgabe nicht einem Einzelnen zuschieben. Man wird ohne Namensnennung mehr erreichen.
Von diesem Gespräch ging ich deprimiert weg.
Ich traf Durrell. Sein Buch erscheint. Havelock Ellis interessiert sich für beide, für Henry und Durrell. Durrell drängt mich, Teile des Tagebuches zu veröffentlichen. Er sagt: »Ich bin schon ein Schauspieler geworden, durch und durch mimetisch.« Er ist wie ich im Februar geboren, meinem eigenen Geburtsdatum sehr nahe.
Mit den Durrells erlebe ich noch einmal meine Entdeckung Henrys, Konflikte und Gemeinsamkeiten. Durrell ist reif, er scheint älter als Henry.
Er versteht, warum ich Henrys Werk protegiere.
Nancy und ich suchen nach einer Wohnung in Montmartre, für sie und Larry.

André Breton besuchte mich. Ich hatte erwartet, daß er, dichterisch und sinnlich, für die Atmosphäre meines Lebens, meine unartikulierten Intuitionen aufgeschlossen sein würde. Er war es nicht. Er ist intellektuell. Er sprach von Ideen, nicht von Impressionen oder Empfindungen. Und er erzählte mir eine Geschichte, die das genaue Gegenteil dessen war, was ich von ihm erwartete.
Er erzählte von dem surrealistischen Spiel, sich zu versammeln und dann zu einer ungeplanten Aktion aufzubrechen. Sie fahren mit dem Zug irgendwohin, an einen unbekannten Ort, und warten auf Überraschungen, auf etwas, was sich ereignen wird. Oder sie nehmen einen Autobus und entschließen sich plötzlich, in einer kleinen Stadt auszusteigen und auf das Unerwartbare zu warten. Dies alles erzählt er so feierlich wie ein König, der bei einer Audienz das Wort ergreift, nicht wie ein Künstler, der zu anderen Künstlern spricht. Er erwartet keine Kommentare, sondern nur Zuhörer.
»Vor einigen Tagen«, sagte er, »erhielt ich einen Brief von einer Frau. Es war ein schöner Brief. Sie schrieb über die Bedeutung, die ich der ›Überraschung‹, den Zufällen beimesse, und sagte, sie würde sich gern um Mitternacht allein mit mir unter dem Pont Royal treffen. Sie würde in keiner Weise zu erkennen geben, wer sie sei.«
Ich wartete auf den Rest der Geschichte. »Ich bin natürlich nicht hingegangen«, fügte Breton hinzu.
»Warum ›natürlich nicht‹?« fragte ich.
»Weil ich viele Feinde habe, es könnte eine Falle gewesen sein.«
Als er merkte, wie enttäuscht ich von seinem Mangel an Abenteuerlust war, sagte er: »Als sie mir noch einmal schrieb, bin ich schließlich gegangen. Aber ich sorgte dafür, daß zwei Freunde oben auf der

Brücke standen, von wo ich sie im Falle der Gefahr herbeirufen konnte.«
Diese Geschichte, dazu seine Ablehnung der Musik, bewiesen mir, was ich schon immer vom Surrealismus vermutet hatte, daß er bewußt und vorbedacht ist, eine intellektuelle Technik. Der Mann des Labors kam zum Vorschein. Dies war es, was mich immer daran gehindert hat, mich ganz dem Surrealismus anzuschließen, eine ganz und gar ergebene Jüngerin zu werden.

Hélène war kaum zurück in Paris, als sie auch schon wieder krank wurde. Sie sagte: »Hier hält mich nichts außer dir. Geh bitte mit mir zum Doktor, er will eine Röntgenaufnahme machen. Ich habe einen Klumpen im Magen und fürchte, daß es Krebs ist.« Sie fügte hinzu, mein Verständnis für sie sei alles, was sie habe. Ihre Krankheit ist die Leere ihres Lebens, und ich kann sie nicht für sie füllen. Sie studiert bei Léger Malerei. Léger hat sie aufgefordert, ein Buch über ihn in spanischer Sprache für Südamerika zu schreiben. Mit Henry will sie sich nicht treffen. »Er ist völlig mit sich selbst und seinem Werk beschäftigt.«
Mit Henry und den Durrells sprechen wir über Heiligkeit, Ganzheit, Natur, Leiden. Ein wunderbares und starkes Gespräch. Das Universum dehnt sich aus. Wir waren uns einig, daß der Künstler nicht *ganz* ist. Nur sein Werk ist ganz. Henry sagte von sich selbst alles, was ich über ihn geschrieben habe, daß er *ganz* im Augenblick lebt und daß dies für das menschliche Leben tragisch ist. Wer immer, sagte er, ein Absolutes erreicht und dafür stirbt, als Heiliger oder im Wahnsinn Rimbauds, handelt richtig. Der Künstler stirbt nicht. Henry erreichte den Bodensatz des Leidens mit June, ist aber nicht daran gestorben. Ich erreichte die Höhen mystischer, religiöser Exaltation mit vierzehn, bin aber keine Heilige geworden. Ich plädierte für die Natur, gegen die Krankheit, gegen die Surrealisten, die den Menschen noch weiter in seine seelischen Störungen hineintreiben wollen, um so unbekannte Welten zu erforschen.
Ich liebe den Baum in voller Blüte, nicht den Baum, der nur einen einzigen Zweig treibt. Ich bin für Henrys weite, immer weiter wachsende Welt, nicht für den Rückzug und für das Kloster. Denn es gibt etwas, das noch über unserer Hingabe an ein einziges Absolutes steht. Vielleicht bedeutet Ganzheit für uns, sagte ich, etwas anderes als für den einfachen Menschen. Es ist möglich, daß wir einen Kern haben, ein Absolutes, das Raum und Bewegung im Gleichgewicht hält, während die Einheit eines einfachen Lebens aus einer statischen Wahl besteht. Kein weiteres Wachstum mehr. Der Künstler will nicht sterben. Vielleicht ist unsere Ganzheit anders, weiter, geht über die persönliche Ganzheit hinaus. Eine Persönlichkeit entwickelt sich

nicht wie eine Pyramide, die sich in einem Punkt der Vollendung sammelt. Erfüllung ist die vollendete Rundung eines Kreises. Alle Aspekte des Ichs müssen ausgelebt werden, wie die zwölf Häuser des Tierkreises. Eine Persönlichkeit ist, wer alle seine Fesseln gelöst, alle Blätter entfaltet, alle seine Schichten entblößt hat. Es spielt keine Rolle, wo man beginnt, mit Instinkt oder mit Weisheit, mit Natur oder mit Geist. Erfüllung meint die Erfahrung aus allen Teilen des Ichs, aus allen Elementen, allen Bereichen. Sie meint, daß jede Zelle des Körpers zum Leben erwacht. Sie ist ein Prozeß der Natur und nicht des Geistes. Man stirbt, wenn die Zellen erschöpft sind, man lebt in der Fülle, wenn sie alle funktionieren, Traum, Trieb, Instinkt, Appetit. Eines weckt das andere. Es geschieht wie eine Ansteckung. Die Reihenfolge ist nicht wichtig. Alle Irrtümer sind notwendig, das Stottern, die Verwechslungen, die Blindheiten. Wichtig ist, daß das ganze Terrain erfaßt, alle Wege begangen werden. Nichts darf übersprungen werden. Jede übersprungene Phase hemmt die zweighafte Entfaltung. Wachstum, Ausdehnung, Fülle des möglichen Ichs. Nur ein Aspekt oder nur eine Seite der Persönlichkeit zu leben, das ist, als ob man nur einen Sinn gebrauchen würde, und die anderen verkümmern. Größe ist nur in der Fülle, im vollen Erwachen. Erfüllung meint die Sinfonie. Sublimation bedeutet, einzelne Glieder des Körpers zur Unbeweglichkeit zu verdammen, zugunsten einer monströsen Entwicklung der anderen. Sie ist der anomalen Empfindsamkeit des Blinden vergleichbar, der ungewöhnlichen Hellhörigkeit des Stummen. Sie ist monströs. Psychologisch gesehen ist jede große Persönlichkeit ein Kreis, der an jedem seiner Punkte etwas berührt. Ein Kreis mit einem Mittelpunkt. Ein natürlicher Prozeß, Wachstum, nicht das Ideal. Das Ideal ist ein Irrtum. Leben ist ein voller Kreis, der sich weitet, bis er sich mit den kreisförmigen Bewegungen des Unendlichen vereint.

Erstes Gespräch mit Larry allein. Wir gehen, und er nimmt meinen Arm. Er spürt, daß ich ihn nicht als einen Sechsundzwanzigjährigen behandle, und das gefällt ihm. Ich sage: »Manchmal habe ich das Gefühl, daß Sie älter sind als Henry. Henry sieht niemanden, nur sich selbst. Ich weiß, daß Sie auch andere sehen.« Larry ist Henrys Unpersönlichkeit aufgefallen, seine Abwesenheit. Seine menschlichen Beziehungen liegen meist auf einer falschen Ebene. Larry versteht das, sieht das. Henry ist ein Beispiel für Abgesondertsein. Er hat viele Bereiche der Gefühllosigkeit, ja der Verhärtung. Henry ist oft nicht menschlich. Larry könnte Henrys Sohn sein, aber er ist für andere in einer Weise aufgeschlossen, die Henry nicht kennt. Henry sagt: »Ich glaube an Freundschaft, nicht an den Freund. Menschen sind vertauschbar.«

Larrys junges, frisches Gesicht und die alten Augen darin. Er ist jung in seiner Verspieltheit, seinem Humor, seiner Bereitschaft für das Wunderbare, aber alt in seinem Wissen, wie ich es bin. Larry sprach über sein eigenes Drama. Er wünscht Nähe. Er fühlt mit der Frau, kennt meine Schwierigkeiten. Ich rede mit ihm und wundere mich. Larry versteht meine Parteinahme für den Künstler und meine Rebellion gegen die Opferung der menschlichen Beziehungen.
Larry sieht sehr genau, wann Henry unwirklich, kalt und unlebendig wird. Der Künstler. Transmutation. Die unmenschlichen Verlagerungen aus dem Leben in die Erinnerung. Er lebt nicht in der Gegenwart. Immerfort erinnert er sich.
Larry sagte: »Ich möchte Sie nicht enttäuschen, die Vorstellung nicht zerstören, die Sie von mir haben.«
»Sie können es nicht«, sagte ich. »Ich sehe wie Proust mit Röntgenaugen.«
»Lassen Sie sich nicht überfahren, Anaïs.«

Die unterschiedlichen Einstellungen von Henry und mir werden immer offenbarer. Es sind Unterschiede des Charakters, der Gewohnheiten, des Geschmacks, der Freunde, der Lebensart, Philosophie, der Bücher, sogar der Einstellung zum Schreiben.
Ich schlüpfe so glatt durch kontrastierende Atmosphären, finde mich an einem einzigen Tag an den verschiedensten Orten. In einem Augenblick bin ich mit Henry und seinen Freunden in einem billigen Kino bei Alésia, wo die Menschen schlecht riechen und häßlich aussehen und wo in die Türen der Klosette Löcher für die *»voyeurs«* gebohrt sind, in einem anderen Augenblick trinke ich mit Freunden Tee in der vornehmsten Umgebung, und wieder in einem anderen sitze ich mit André Breton und Henghes in den Deux Maggots. Ich betrete die Wohnung meiner Mutter mit allen den Überbleibseln der Vergangenheit, Fotografien, Spitzendeckchen über den Lehnstühlen. Danach gehe ich in das Büro in der Rue de Lille, wo Mitglieder von *Paix et Démocratie* an einem Plan zur Entlarvung der Kapitalisten arbeiten.
Das Büro ist ein altes Appartement zum Garten hinaus. Von dort fällt ein grünes Licht herein. Daneben steht ein Hotel. Und manchmal, wenn es sehr ruhig geworden ist und ich Umschläge beschrifte, kann ich durch die Wände und die offenen Fenster hören, was sich in den Hotelzimmern abspielt. Einmal an einem kalten Tag hörte ich einen Mann husten und sich räuspern. Er schien sehr alt zu sein. Ich fragte Gonzalo, der ihn kennt. Er sagte: »Er ist nicht alt. Er ist erst vierzig. Aber er hat im Spanischen Krieg gekämpft und ist mehrere Male verwundet worden, einmal an der Lunge. Er hat seine ganze Familie verloren. Er ist allein und ein halber Krüppel.« Von

diesem Augenblick an fühlte ich mich dem Mann verbunden. Seine Hustenanfälle tun mir weh. Ich kann das Rascheln der Zeitungen hören, wenn er lesend im Bett liegt. Seine Einsamkeit. Seine Tragödie. Es ist wie eine Ermahnung, härter zu arbeiten.

Ich werde nie fähig sein, die Stadien der Verwirrung zu beschreiben, der Trance, der Ekstase, die der Liebesakt in mir hervorbringt. Mehr als Vereinigung, mehr als die Freude des Schreibens, mehr als das Unendliche, liegt in der Einheit, die in der Leidenschaft entsteht. Es ist der einzige Augenblick, in dem ich Ruhe finde, der Gipfel, die Gnade, das Wunder.

In allen schöpferischen Menschen ist Ordnung. In Henry, Durrell und in mir ist Ordnung. In June, Hélène, Gonzalo, den Unschöpferischen, ist Chaos.

Larry sagt, mein Konzept einer aus dem Gleichgewicht zwischen Gegensätzen entstehenden Ganzheit sei nicht die wahre Ganzheit. Was ich auch tue, den letzten Faden zerreiße ich nicht.

Ich kann nicht aufhören zu leben, um zu schreiben. Ich kann nur mein Tagebuch füllen.

Larry sagte, ich hätte noch mehr von einem Chamäleon als er, nachdem er mich einmal in meiner »fragilen« Rolle gesehen hat, an einem Tag, an dem ich ganz außerordentlich müde, ausgelaufen und schutzbedürftig war.

Von solchen Augenblicken des äußersten Kraftverlustes könnte ich nie sagen, ob die Gründe körperlich oder emotional sind. Auf jeden Fall fühle ich mich hilflos. Da er mich gesehen hat, wie ich an meinen starken Tagen helfe, tröste, kämpfe, verblüffte ihn der Kontrast, und er sagte, er würde mich in ein Spiel mit einem labyrinthischen Plan aufnehmen, das ihm eingefallen sei. Ich sagte, wenn er mich in ein Spiel aufnehme, würde ich wahrscheinlich aufhören, im Leben zu handeln. Die Wahrheit ist, daß ich, während ich über meine Verwandlungen lache, ihrer gleichzeitig auch ein wenig müde bin. Es scheint mir, daß ich an einem Tag hundert Orte durchquere, hundert verschiedene Lüfte atme. Ich bin so empfindsam für Änderungen, leide so sehr unter meinen Zwiespälten und Vielfältigkeiten. Was ist es, worüber ich mit Larry sprechen kann, nicht aber mit Henry oder Gonzalo?

Ich bin nicht unempfindlich für das größere Drama, das sich über unseren Häuptern abspielt, aber das Drama ist überall das gleiche, mikrokosmisch oder makrokosmisch, und es ist nicht mein Schicksal, das Drama Spaniens zu leben, das Drama des Todes, des Krieges, der Agonie, des Hungers. Mein Schicksal ist das Drama der Gefühle und Vorstellungen, der Wirklichkeit und Unwirklichkeit, ein Drama, das sich unterhalb des anderen abspielt, ohne Gewehre, Dynamit, ohne Explosionen. Es ist dasselbe Drama, eines gebiert sich aus dem anderen: Konflikte, Grausamkeiten, Eifersucht, Neid. Mir geschieht das alles auf einer anderen Ebene, in meinem künstlerischen Ich, das sich täglich genauer daran erinnert, was jeder Tag meines Lebens in der Vergangenheit berührt. Ich lebe nicht über dem Krieg, nicht über dem Drama, das sich in den Tod stürzt, das Ende beschleunigt. Vielleicht ist es eine tiefere Agonie, dieses Leben zu leben, in dem mein Bewußtsein tausend Revolutionen vollbringt, während andere nur an einer teilnehmen. Mein Teil sieht geringer aus und ist doch in Wahrheit größer, denn zu ihm gehören alle dunklen Wege der Seele und ein Körper, der die Wahrheit sucht und für seinen Mut niemals mit Medaillen ausgezeichnet wird. Es ist mein Jahrtausend der Weiblichkeit, es sind tausend Frauen, die ich beschreibe. Es würde alles einfacher und kürzer sein, schneller gehen, wenn ich auf diese vertiefende Perspektive meines Lebens verzichten und mich einfach im Weltdrama des Krieges, des Hungers und des Todes verlieren würde.

Vom Fenster von *Paix et Démocratie* aus kann ich auch Nancy Cunard vorbeigehen sehen, eine Figur wie ein Skelett. Gonzalo sagt mir, daß sie als Liebhaber Neger bevorzugt. Sie brachte einen Stoß handgeschöpften Papiers, um darauf einige Gedichte für Spanien drucken zu lassen. Die Armbänder und Halsbänder klirrten auf ihrer kernharten, überreifen, faltigen Haut. Ich konnte sie mir im Bett nicht vorstellen, nicht lebendig jedenfalls, nur als Mumie, Haut und Knochen. Aber alles in allem muß man sie respektieren, denn sie hat für die Neger gekämpft, hat versucht, ihre Situation in Amerika zu verbessern, hat in Harlem gelebt und an ihren Kämpfen teilgenommen.
Ich rätsle an der Bedeutung von Dingen herum, über die Gonzalo nicht erstaunt, an mir nagen Gefühle, die Henry nicht kennt, ich bin verwirrt von Fragen, auf die weder Rank noch Allendy eine Antwort wissen. Ich schreibe an einem Tagebuch, von dem Henry sagt, man sollte es mit einem großen Nagel an die Wand seines Studios nageln, um es für immer zum Schweigen zu bringen, und ich frage mich: ist das Angst des Mannes, Angst vor einer Frau, die ihre eigenen Wahrheiten entschleiert? Gibt es einen anderen Grund, daß alle dagegen sind, einen nicht rein ideologischen Grund? Heute kam Larry. Larry ist zwischen Henry und mir gespalten: er hat mit Henry die Härte gemeinsam, das Lachen, die männliche objektive Welt, und ist dabei doch besser imstande als Henry, sich in die Welt der Frau zu versetzen, mit einer Sensitivität, die Henry nicht hat. Nach dem langen Gespräch für oder gegen das Tagebuch (das mich zu

meinem Exkurs über die schöpferische Frau angeregt hat), meinte er: »Vielleicht hat Anaïs recht und wir unrecht.« Henry zweifelt nie. Larry sagte: »Henry schwimmt selber gern obenauf, aber auf das, was andere tun, hackt er los. So wie ich heimgehe und auf Nancy loshacke, mit einem kleinen Beil, nachdem ich stundenlang bei Ihnen gesessen und Ihnen achtungsvoll zugehört habe.«
»Aus diesem Grunde«, sagte ich, »ist Freundschaft im allgemeinen so schwierig. Ich fühle, daß Henry mein Selbstvertrauen unterminiert und nichts als Zweifel in mich sät. Er hat mir nie das Gefühl gegeben, daß ich recht haben könnte, wie er es für sich selbst hat. Er kann meine Andersartigkeiten nicht anerkennen wie ich die seinen. Wenn ich auf ihn loshacke, so geschieht es im Tagebuch, nie im Leben. Im Leben habe ich seinen Glauben an sich selber geschaffen.«
Larry sagte: »Schreiben Sie eigentlich auf, was Sie gestern gesagt haben? Das war das Schönste, was ich je von einer Frau gehört habe. Wenn Sie es nicht schreiben, werde ich es tun.«
Wir sprachen über Geldprobleme, und ich sagte zum Schluß: »Es ist sehr wichtig, daß man Henry erlaubt zu spielen. Nur einer von uns darf spielen.«
Larry warf einen Blick auf die Bände, die ich aus der Kassette nahm. Aber ich fühlte mich unsicher, unruhig, und wir unterhielten uns zuerst nur. Seine Bemerkung war: »Mein Gott, das ist so erschreckend wie Nijinsky.« Wir haben alle Nijinskys Tagebuch gelesen.
Larry ging mit einem Armvoll von Bänden weg und sagte: »Sie sind eine merkwürdige Person, wie Sie da sitzen, von Ihren schwarzen Notizbüchern umgeben.«
Ich glaube, daß ich mit dem Tagebuch auf dem rechten Weg bin. Ich werde nicht aufhören. Es ist eine Notwendigkeit. Aber warum greift es Henry an? Er sagt, daß ich mich jedesmal gut zu rechtfertigen weiß, daß er aber trotzdem nicht daran glaubt.
Nijinsky, schreibend, bevor alle Verbindungen mit den Menschen abbrechen ...

Larry mit seinen lebhaften Augen; er sagt: »Ich habe nur einmal hineingerochen in das Tagebuch, eine Seite da und eine Seite dort gelesen. Sie haben es geschafft, Sie schreiben wirklich als Frau. Es ist ein tragisches Werk. Sie erneuern die der Welt verlorengegangene Tragödie. Machen Sie weiter. Hören Sie nicht auf. Ich bin krank davon, immer nur von Kunst zu hören. Was Sie getan haben, hat noch niemand getan. Es ist erstaunlich. Es ist neu.«
Alles dies tat mir wohl, und ich fragte ihn: »Glauben Sie, daß Henry aus persönlichen Gründen möchte, daß ich aufhöre?«
»Ja«, sagte Larry.
Während er sprach, tiefer als ich es hier zu Papier bringe, war er

wieder voller Angst um sein eigenes aus den Tiefen geborenes *Black Book*. Er stand auf und sagte zum Schluß: »Es ist nur ein sechsundzwanzigjähriges Kind, das spricht.«
Ich sehe ihn nicht so. Es ist die machtvolle und spontane Schöpfung in ihm, die ihn erschreckt. Der gesunde junge Engländer, unpersönlich, witzig, umgeben von der schützenden Haut der Konvention, überrascht von dem »Ungeheuer« in sich, den Henry und ich als gleichwertigen, reifen Mann behandeln. Er ist seiner selbst nicht sicher, aber wir sind seiner sicher, sowohl seines Genies als auch seines Verständnisses.
Er bat mich, wie sie es alle tun: »Schreiben Sie bitte nicht dies und das über mich in Ihrem Tagebuch.« Ich antworte, wie ich es immer tue: »Ich werde nicht ...«
Die Pointe von Larrys Worten war, daß sie meine Frage beantworteten: »Alles, was ich von Ihnen hören möchte, ist, daß ich weiter am Tagebuch schreiben soll.« Larry meinte, das könne er von ganzem Herzen und ohne Einschränkung sagen. Der Roman ließe sich mit dem Tagebuch nicht vergleichen.
»Ich schreibe weiter, aber ich brauche Vertrauen. Diese ewigen Angriffe – durch Rank, als wäre es eine Krankheit, durch Henry, als wäre es Anti-Kunst – bringen mich um.«

Wenn ich an Selbstmord denke, denke ich nur an ihn als eine Erleichterung und ein Ende der Empfindsamkeiten. Sie sind meine Krankheit, meine einzige Krankheit. Das ist es, was mich isoliert, mich vom kollektiven Leben trennt. Glück finde ich in der Intimität der Freundschaft, wenn sie neu ist, aber dann folgt die Welt nach, in der die Freunde leben, ihr anderes Ich erscheint in der Beziehung zu anderen kleiner, schäbiger, ärmer, schwächer. Ich sehe sie in der Welt, und es ist nicht mehr dieselbe Person, die ich geliebt habe. Dann kommt der Tod der Freundschaft. Ich frage mich: war es ein natürlicher Tod? Oder war es ein Tod, den meine anomale Empfindsamkeit beschleunigt hat, mein Zweifel an der Realität, an der wirklichen Person? Ist die eine wirklich, die sich mir enthüllt hat, oder die andere, die sich der Welt zeigt? Gonzalo geht von mir fort zum Dôme; er entledigt sich seiner Rolle als Erzähler fantastischer Geschichten, der Rolle des romantischen Revolutionärs, des ergebenen, opferbereiten Gatten. Sie trinken, raufen, fallen in den Rinnstein, stehlen Fischerboote, paddeln die Seine hinab und versenken sie dann.

»Lieber Larry,
Ich habe über alles nachgedacht, was Sie mir gestern gesagt haben. Ich habe noch zwei weitere Bände für Sie zum Lesen. Ich hoffe, Sie

werden sich bald melden. Sie waren gestern so klar, genauso wie ich Sie mir vorgestellt habe: ein fröhlicher, goldener, junger Jupiter, der plötzlich herabsteigt in die Höllen von *Tropic of Cancer*, von Ihrem eigenen *Black Book*, von Montparnasse und meinem Tagebuch. Unglücklicherweise gibt es keinen Weg zurück, wie Sie wissen, und Sie können mir auch nicht erzählen, daß Sie noch nie hier gewesen seien. Sie haben alles schon gesehen, es zeigt sich in Ihren Augen. Und ich habe eine Art von prophetischer Anwandlung, daß Sie mich, ohne allzu schwere Verantwortlichkeit zu übernehmen, aus meinen dunklen Welten herausholen könnten. (Fürchten Sie diese Rolle nicht! Auf die Wirkung, die man auf andere ausübt, hat man selbst keinen Einfluß.) Vielleicht kann auch ich Ihnen Mut geben, weiterzumachen, zu explodieren. Zu mir können Sie über alles sprechen, was die Hamlet-Version betrifft, die Sie schreiben möchten (und ich verstehe jetzt auch besser, daß es ein Rezept für Gesundheit und Schmerzlosigkeit war, das Sie mir verschreiben wollten, für die große klassische Erlösung von Furcht und Schmerz). Sie haben mir etwas gegeben. Was immer es auch sein mag, ich will es nicht zergliedern, aber ich bin dankbar dafür. Es gibt keine Lösungen, nur verschiedene Standpunkte. In Ihnen ist etwas, das mir zu einem neuen Standpunkt verholfen hat, und nun atme ich leichter. Ich danke Ihnen. Vielleicht ist es das, was man früher Glauben genannt hat.«

Larry und ich gingen rund um den Parc de Montsouris. Er sprach über das Tagebuch: »Es ist erschreckender als *Tropic of Cancer*. Wie Ranks Lehrgebäude zusammenbricht – ganz unglaublich. Sie sind wie ein Diamant, der zu Staub zermahlen werden möchte. Alle feilen sie an ihm herum, aber der Diamant bleibt unberührt. Henry hätte Ihnen helfen können. Sie haben ihn zu spät getroffen, als er sich schon in sein Werk vergraben hatte. Das Tagebuch darf nicht aufgegeben werden, bevor die Prüfung vorbei ist. Es ist unser aller Prüfung, aber Sie kämpfen härter. Wir schreiben alle über den Mutterleib, aber Sie *sind* der *Mutterleib*. Alle haben sie sich an Ihrer Weiblichkeit verfangen. Sie sehen so unschuldig aus. Während die anderen glauben, Sie seien tot und lägen wie ein Fisch am Boden des Teiches, sehe ich doch, wie sich die Flossen noch bewegen – fast unmerklich. Henry könnte ein wirklicher Mann sein, wenn er im Leben stünde und nicht eine Schreibmaschine wäre.«
Während wir so gingen, lachte ich vor Vergnügen über das Tagebuch, das nun seine Anerkennung findet.

Henry arbeitet an *Capricorn*. Er schreibt über Sex, blind für alles, was nicht Sex ist, schreibt wie ein Wahnsinniger über Sex.

Plötzlich, abrupt, fühlte ich Gott, wie ich ihn im Hospital gefühlt hatte. Ich fühlte, daß mich dieser Gott zärtlich in seine Arme nahm, festhielt, in den Schlaf wiegte. Ich fühlte mich beschützt. Meine Nerven wurden entwirrt. Ich fühlte Frieden. Ich schlief ein. Meine Angst löste sich auf, und ich schlief. Als am nächsten Tag Larry sagte: »Jemand sollte Sie halten und in den Schlaf wiegen«, erinnerte ich mich an den Besuch Gottes. Ich brauche Schlaf. Ich brauche Schlaf und Ruhe und Frieden. Ich brauche Gott.

[Oktober 1937]

Der Winter kam, überzog alles mit grauen Nebeln. Die Stadt ist schwarz, verraucht, melancholisch. Ich möchte fliehen. Irgendwohin fliehen. Larry sagt: »Je mehr Sie kämpfen, desto weniger können Sie sich befreien.« Ich hätte antworten sollen: »Aber sehen Sie denn nicht, daß ich nicht kämpfe, sondern sterben möchte? Kampf erleichtert mich, gibt mir Hoffnung. Sobald ich stilliege, verzweifle ich.«

Moricands Redeweise ist sphärisch. Er beschreibt ungeheure Ellipsen bis zum Türkischen Bad in Marokko, wo ihn der hübsche Knabe so wirkungsvoll massiert hat, daß Moricand fortlaufen mußte (sein ganzes Gesicht drückt aus, daß er nicht fortgelaufen ist, sein ganzes Gesicht badet in der Erinnerung, die er nicht wahrhaben will). Wenn man ihn drängt, gibt er zu, daß er den Knaben später wiedergetroffen hat, aber mehr wird man nicht erfahren. Während jedoch Moricand alles dies erzählt, verraten seine Augen Perversität, und man kann sich den Knaben und Moricand leicht zusammen vorstellen, denn sein Vergnügen an der Geschichte ist nicht das eines Zuschauers, sondern das eines Mithandelnden. Freilich gibt es nichts, was beweisen würde, daß Moricand mehr als Zuschauer war, abgesehen von dem sinnlichen Nebel in seinen Augen, der aus einer erinnerten Wollust steigt. Er spricht wie ein *frôleur*, ein *voyeur*, sein Bericht ist voller Ungenauigkeiten, voll unnatürlicher Erregung, verschwiegener Genüsse, kristallisiert sich nicht um Tatsachen. Aber das schnelle, wissende »Ah!«, das die leiseste Andeutung eines Abenteuers begleitet, ist so ausdrucksvoll, daß man nicht weiter zu fragen braucht; man fühlt, daß Moricand alles weiß, was es zu wissen oder zu erfahren gibt. Gleichzeitig spürte ich, daß diese Gefühle nicht durch das Bündel wirklicher Erfahrungen bewegt werden, sondern sich in seiner Vorstellungskraft erst entwickeln und ausdehnen. Alles, was er berührt, schwillt sofort an, bläht sich auf, Geheimnis, Schrecken und Perversität spielen herein und werden durch die Schuldgefühle, die sie begleiten, noch verstärkt. Ich dachte an die riesigen Räder am Jahrmarkt, an denen sphärisch kleine Käfige schwingen und die Illusion einer weiten Reise im Kreis herum erzeugen. Moricand ergreift den Zuhörer am Rande eines solchen Rades, wirbelt ihn hinaus in den Raum und setzt ihn wieder ab, unfähig, ihn auch nur für einen Augenblick der Nabe des Rades näherzubringen, dem Mechanismus, dem Antrieb des Rades, der Achse. Moricand steht im Mittelpunkt und läßt Eisenschlangen um sich kreisen. Der Schatten des sausenden Rades liegt über seinem Gesicht. Er ist darauf bedacht, sich nie ohne dieses Rad aus Worten zu zeigen, das die Menschen rund um ihn herum trägt und wirbelt, immer in derselben Distanz, im Widerspruch zu den Gesetzen des Lebens, die den Zusammenstoß erlauben, kraft denen man den Atem des Nächsten spüren darf, aber auch durch dieselbe Straße gehen kann, ohne sich zu treffen. Er bricht die menschlichen Gesetze, um eine Art von Fixsternsystem zu errichten; er gebraucht die Worte nicht, um seine Spuren sichtbar zu machen, sondern um sie zu verwischen und jedermann daran zu hindern, ihm selbst, der Nabe, näherzukommen.

Was ich über die Rolle der schöpferischen Frau geschrieben habe, paßt Henry nicht. Ich sagte, daß sich Marika Norden mit ihren *Confessions* lächerlich gemacht habe, denn während sie zu beweisen dachte, daß sie eine Frau sei, die keinen Mann finden könne, der ihren Rhythmus beherrscht, bewies sie lediglich, daß sie keinen Mittelpunkt hat, zu dem jemand in Beziehung treten, den jemand beherrschen könnte. Sie hält Ausschau nach einem Gefährten als Mittelpunkt, den sie in sich selbst nicht findet.
Ich habe einen Mittelpunkt. Ich verliere weder jene aus den Augen, die an der Peripherie, noch die anderen, die im Zentrum meiner Gefühle und Sympathien sind. Henry hingegen hat keinen Mittelpunkt. Die unpersönliche Welt des Mannes überzieht die persönliche wie eine Maske.
Henry leugnet dies alles, für ihn gibt es kein richtig und falsch, kein gut oder böse, kein Zentrum und keine Peripherie. Ich weiß, es ist dieses ständige Wachsen nach außen, das seine Werke von Sinn entleert. Es entsteht eine Galerie, eine Sammlung von Typen, ein Gedränge. Dann sagt er: »Wir sind Mißgeburten.« Ich sage: »Wir sind keine Mißgeburten. Wir sind Männer und Frauen, wir repräsentieren die anderen, wir sind nur vergrößert, überhöht. Ein Maler kann, wie bei Proust, ein Symbol für viele Maler sein. Viele Maler können, wie in deinem Werk, weniger als ein Maler sein.« Henry sucht nicht die Tiefe, sondern die Quantität. Er entmenschlicht die Erfahrung. Seine Welt ist eine vergrößerte Welt, aber sie ist ohne Gefühl, ohne Menschlichkeit, undramatisch. Aus ihr führen keine Wege weiter. Alles ist dünn. Henrys Werk ist ein einziger Fluß – sinnliche Dynamik, instinktive Dynamik, Natur, Impuls, Appetit. Als ich ihn kennenlernte, dachte ich, daß er ein Werk ohne die Dimension des Gefühls schaffen würde, selbst jedoch Gefühlsmensch sei. Ich dachte,

das Gefühl in ihm sei gehemmt, pervertiert, nach innen gewendet, maskiert. Heute bin ich dessen nicht mehr sicher, denn er spielt im Leben beides aus, manchmal äußerste Gefühllosigkeit, manchmal Sensitivität. Um Einsicht, Verständnis kümmert er sich nicht.
Ich möchte von einem Mittelpunkt aus leben. Henrys Entwicklung nach außen ist illusionistisch, künstlich. Er mißversteht mich, wenn ich von einem Kern spreche, er glaubt, daß ich Ethik, Moral usw. meine. Henry möchte eine Million Briefe bekommen, eine Million Menschen kennen, und ich fürchte, daß daraus übervölkerte Bücher entstehen, nicht aber Dimensionen der Tiefe.
Ich überlas, was Henry in *Tropic of Capricorn* schreibt, und da war sie, die große, anonyme, entpersönlichte Welt des Sex. Statt jeder Frau ein persönliches Gesicht zu geben, reduziert er alle Frauen auf eine biologische Öffnung. Das ist nicht sehr interessant. Seine Entpersönlichung wird schon zu einer Besessenheit vom Sex. Eine Frau ins Bett zu nehmen, genügt nicht. Dem Mann sind viele andere Formen des Ausdrucks, der Beziehung gegeben. Die einzige persönliche, individuelle Erfahrung, die er hat, ist die mit June, weil sie ihn gequält hat und es auf diese Weise schließlich erreichte, sich vom Ozean der anderen Frauen zu unterscheiden. Die Art, wie er sich auf Sex konzentriert, ist schon zwanghaft. Er ist in Gefahr, ein Ego in der Masse zu werden. (Das Ego kann nur eine Masse wahrnehmen, nicht aber ein gleichwertiges Ego.) Die Masse ist etwas Knetbares, sie kann beherrscht werden, geblendet, kann ein Publikum sein, ist gesichtslos. Das ist das Gegenteil einer Beziehung.
Könnte ich ihm den *Anderen* nur bewußtmachen. Nicht die Beziehung zur Masse macht das Leben eines Mannes aus, sondern die Beziehung zum Freund, zur Geliebten, zum Kind.
Er sagt: »Ich kann mich wohlfühlen mit Menschen, die mir nichts bedeuten.« Aber dies ist es nicht, was unser tiefstes Leben nährt.

Ich muß in Übersteigerungen leben, denn sobald mein Tempo langsam wird, verfalle ich in die Analyse. Wenn ich jetzt Zeit habe, denke ich an Lawrence Durrell, Larry. Larry hat ein Verständnis weit über sein Alter hinaus. Aber er ist nicht gefestigt. Er hat mehr Gefühl für Werte als Henry, aber auch er ist unpersönlich. Das Persönliche erschreckt ihn.
Über einen gewissen Punkt hinaus zerstört Wachstum das Persönliche. Was ich in Henry finde, ist eine größere Welt, die wie eine Illusion ist, wie Kunst, verglichen mit den Beschränkungen des unmittelbaren Erlebens. Aber was seine Welt so weit macht, ist auch, was seine persönlichen Beziehungen zerstört. Er zieht alles an sich, häuft auf, konzentriert sich jedoch nicht auf das, was er findet, erforscht es nicht, hält sich nicht damit auf. Ist es unmöglich, Weite,

eine größere Welt und zugleich die intime und persönliche Welt zu haben? Gonzalos Welt ist intim, persönlich, und er leidet manchmal unter der Erforschung anderer Welten, in die ich vorstoße, wohin er mir nicht folgen kann, die jenseits seiner Möglichkeiten liegen.

Pita und Désirée, beide militante Republikaner und Gonzalos engste Freunde zur Zeit, als ich Gonzalo kennenlernte, werden durch Eifersucht und Neid immer mehr entfremdet. Désirée ist es nie gelungen, Gonzalo zu beherrschen (ihn zu verführen), und Pita ist von mir fasziniert, was bei Désirée krankhafte Eifersucht hervorruft. Sie nehmen die Änderungen in Helbas und Gonzalos Leben übel, alles, was ich tun konnte, um ihre Armut zu lindern. Dazu kommt Désirées Neid auf Gonzalos politische Karriere, Neid auf die Druckerpresse, die ihn instandsetzt, für Spanien nützlich zu sein. Pita benimmt sich wie eine Frau, verleumdet und hetzt. Er sieht weibisch aus. Beide haben in der spanischen Botschaft Arbeit gefunden und dort eine verleumderische Kampagne gestartet, die in einem offenen Angriff endete: Gonzalo soll ein faschistischer Spion sein. Er arbeite für die Faschisten. Dafür bekäme er Geld und daher hätten sich die Umstände seines Lebens gebessert. Er habe von Anaïs Nin, der Tochter eines Aristokraten, eine Druckerpresse bekommen. Der alte Professor Langevin von der Sorbonne, der Leiter von *Paix et Démocratie*, sprach mit Gonzalo und stellte ihm Fragen über mich. Gonzalo versicherte ihm, daß ich mit den Republikanern sympathisiere und ihnen helfe. Glücklicherweise hat der Professor einen an Gonzalo adressierten Brief abgefangen, in dem stand: »Ich habe mit Ihrer Mutter wegen einer finanziellen Hilfe gesprochen, um die Sie sie gebeten haben. Sie weigerte sich, Geld zu schicken, da es für revolutionäre Arbeit und für eine Druckerpresse zugunsten der Propaganda des republikanischen Spaniens mißbraucht würde.« Roger Klein mußte für uns zeugen. Um Gonzalo zu retten, bin ich bereit, mich öffentlich als Republikanerin zu deklarieren. Wir sind beide wütend über soviel Ungerechtigkeit und Ironie. Ich, die ich Gonzalo geholfen habe, um damit den Republikanern zu helfen, werde als Instrument mißbraucht, um Gonzalos Karriere zu vernichten. Die Folge davon ist, daß ich bei der Presse nicht mehr mithelfen und Gonzalo nicht einmal mehr anrufen darf.
Ich stürze mich in Arbeit. Ich arbeite an meinem Porträt von Rank. Ich schrieb das Kapitel über Emilys Bekenntnisse *(Winter of Artifice)*.

Ich verbrachte einen Abend mit Henry und den Durrells. Der Abend stand ganz unter dem Eindruck einer Geschichte von Henry, der eines Inserates für *The Booster* wegen einen Fußpfleger aufgesucht hat. Henry konnte sich nicht genugtun mit Hühneraugen,

schmutzigen Füßen usw. Beide, Fred und er, waren dort gewesen, um sich ihre Füße pflegen zu lassen. Henry war ganz hysterisch vor Vergnügen.
Sowohl Gonzalo wie auch Henry verbringen Abende mit Menschen, die mir unerträglich sind, und sie kehren zurück und sagen: »Die Welt ekelt mich an, sie ist widerlich, die Menschen sind schmutzig und faul.« Gonzalo wütet, aber er kehrt zu ihnen zurück, trifft sie in Bars, verbringt die Nächte mit Trinken und Reden. Gonzalo hat einen peruanischen Freund, Manuel, der Exhibitionist ist. Er erzählt mir endlose Geschichten über Manuels Perversionen. Er liebt Bücher, ist eine richtige *rat de bibliothèque* und läßt sich dort zu den gewagtesten Entkleidungen inspirieren, in der feierlichsten und stillsten Umgebung.
Bei meiner Ankunft bei den Durrells finde ich Fred betrunken, Edgar in einem intellektuellen Monolog wie eine Maschine ohne Bremsen, ein mit Abstraktionen durchgegangenes Pferd, Nancy, die rebelliert, aber für alle kocht, Larry, der das alles erträgt, ich aber ertrage es nicht und bin es müde, diese Saufereien und leeren Gespräche durchstehen zu müssen.

Wie, wenn die elfjährige Anaïs die Messieurs Paulhan und Grottiesen von der *Nouvelle Revue Française* vorausgesehen hätte, die sich über das Kindertagebuch beugen, staunen, in ihre Bärte murmelnd, und mit Bewunderung auf die Anaïs von heute blicken! Henry war schon vor mir dagewesen, mit seinem »Essay« über das Tagebuch und seinen überschwenglichen Ankündigungen. Herr Grottiesen sagte: »Wir müssen dieses Tagebuch prüfen, sehen, was es wirklich ist, denn in Mister Millers Essay ist natürlich viel von Mister Miller die Rede, zum Beispiel steht darin alles über den Wal.«
Ein kleiner Mann, der dabeisaß und wartete, stand immer wieder auf und unterbrach sie alle, um zu sagen: »Ich betrachte es als einen Vorzug, hier dabeisein zu dürfen. Ich habe von dem Tagebuch gehört und war neugierig, Sie kennenzulernen.« Kleine elfjährige Anaïs, die sich danach sehnte, in die *Académie Française* aufgenommen zu werden.

Gonzalo ist von der Politik, von den Verrätereien und Schiebungen enttäuscht. Er hat Schaum vor dem Mund. Seine Beredsamkeit und sein Feuer in gewissen Augenblicken könnten ein Land in Revolution stürzen. Aber die Franzosen halten sich zurück, und Gonzalo hat keine Gelegenheit, zu ihnen zu sprechen, er ist eingesperrt in seinem Büro, schreibt Briefe, und wenn er sprechen dürfte, würden sie sein verstümmeltes Französisch nicht verstehen. Sogar Spanisch spricht er durch geschlossene Lippen.

Dumme Anaïs! Du hast eine Spinnwebe mitbekommen und möchtest daraus ein Segel machen und mit einem Boot losfahren. Wohin wolltest du gestern so schnell gehen? Dein ganzes Leben ist wie das Verlangen nach einem Boot. Gewiß, während ich durch die Ausstellung lief, nur um wieder ein schönes Boot zu sehen, habe ich eines erspäht, eine chinesische Dschunke. Ein Boot mit einem zerbrechlichen Spinnwebensegel, nicht tauglich zur Fahrt. Ich lief an den Ausstellungsstücken vorbei, es war Sonntag, die Menschen schlenderten langsam dahin und staunten über meine Eile. Ich sah nichts, alles war wie ein Film, der immer schneller vor mir abrollte, die Menge, die Bauten, die Araber, gegen die ich anrannte, während ich blindlings meinem Verlangen nachlief. Ein Boot! Ein Boot!

Das ganze Geheimnis der Wollust im Körper einer Frau liegt in der Intensität des Pulsschlages gerade vor dem Orgasmus. Manchmal ist er langsam, eins-zwei-drei, drei Schläge, die dann einen feurigen und eisigen Likör durch den ganzen Körper schicken. Sind die Schläge schwach, stumm, ist auch die Wollust nur eine zarte Welle. Die Schalen der Ekstase bersten mit stärkerer oder geringerer Energie, und wenn sie ganz aufbrechen, wird jeder Teil des Körpers mitgerissen, jeder Nerv, jede Zelle vibriert. Sind die Schläge heftig, ist der Rhythmus, der Takt langsamer und das Vergnügen dauert länger an. Elektrische Fleischpfeile, eine zweite Welle der Wollust stürzt über die erste, dann eine dritte, die sich in jedes Nervende fortsetzt, ein elektrischer Strom, der durch den Körper schießt. Ein Regenbogen von Farben überzieht die Augen, ein Schaum von Musik sickert durch die Ohren. Das ist der Gong für den Orgasmus. Manchmal kann es vorkommen, daß eine Frau ihren Körper nur wie probend angespielt fühlt. Manchmal erreicht die Klimax Höhen, die nicht mehr übertreffbar scheinen. Es gibt so viele Arten der Klimax. Manche werden durch Zärtlichkeit hervorgerufen, manche durch Begierde, andere durch ein Wort oder ein Bild, die man während des Tages wahrgenommen hat. Es kann vorkommen, daß der Tag selbst eine Klimax verlangt, Tage der aufgestauten Erlebnisse und der ungelösten Gefühle. Es gibt auch Tage, die in keiner Klimax enden, wenn der Körper schläft oder andere Träume träumt. Es gibt Tage, an denen die Klimax nicht Wollust ist, sondern Schmerz, Eifersucht, Schrecken, Angst. Und dann gibt es Tage der schöpferischen, einer weißen Klimax. Revolution ist eine andere Klimax. Heiligkeit eine andere.

Für Helba habe ich eine neue Wohnung gefunden, von der aus man auf einen Garten blickt. Aber nach einer Woche sitzt sie immer noch in dem dumpfen, schwarzen, stinkenden Keller. Ich indessen gerate immer tiefer in Schulden. Rund um die Durrells ist alles gut und gesund. Henry lebt ganz in seiner eigenen Welt. Von Zeit zu Zeit bricht er durch und sieht, daß auch andere Menschen leben. Er weint über seine Familie. Freilich, an diesem Nachmittag in seinem Studio, nachdem er über sie geweint hatte, schlief er ein. Nancy und ich kochten das Abendessen. Als er aufwachte, konnte er weiterarbeiten und schreiben wie zuvor. Er ist von bewundernden Schülern umgeben, die ihm schmeicheln und seine Meinungen nicht in Frage stellen. Er stieß sogar Larry vor den Kopf: »Wenn du Picasso nicht verstehst, bist du beschränkt.«

Larry hilft mir, Henry auf einem geraden Weg zu halten. Er hat Festigkeit. Manchmal gibt er nach, weil er Henry liebt. »Ich will seinen Enthusiasmus nicht dämpfen. Er ist tausend weggeworfene Franc wert.«

The Booster mag ich nicht. Er ist gewöhnlich, eine Farce. Verletzend. Dann wieder habe ich ein schlechtes Gewissen: »Vielleicht bin ich zu nüchtern.«

Hans Reichels Wahnsinn. In Henrys Studio hält er Monologe: »Niemand hat je zu mir gesagt: ›Ich liebe dich.‹ Ich bin voller Angst und Qual. Jeder ist gegen mich. Ihr versteckt den Wein. Ich bin sicher, daß ihr noch Wein habt, aber ihr versteckt ihn. Ihr macht euch über mich lustig. Ich kann nirgends Frieden finden. Bringt mich zurück *chez mes peintures.*« *Chez mes peintures!* Als ob die Bilder seine Heimat wären, seine Familie, seine Geliebte. Reichel klammert sich an alle möglichen Leute, körperlich, gewalttätig, um nicht verlassen zu werden. Immer betrunken, gleichgültig für den Erfolg, für das Geld, das er verdient, aber voller Furcht: »Der Tag wird vorbeigehen, und ich werde wieder allein sein.« Reichel ist verrückt. Mit Verständnis holt man ihn nicht mehr ein. Er vertraut niemandem mehr.

Henry sieht seine Frauen kritischer, bösartiger, als sie es verdienen. Das Schweigen einer Frau hält er schon für Verdammung. Er projiziert sein eigenes Schuldgefühl auf Frauen, nicht auf Männer. Daher erwartet er auch, von Frauen verurteilt zu werden, nicht von Männern. Offensichtlich werden alle Männer, die frei scheinen, von Schuldgefühlen verfolgt. Henry, Gonzalo, mein Vater. Sie sind nicht wirklich frei.

[November 1937]

Der Tag begann sehr schön mit Dorothy Norman vom *American Quarterly*, die sowohl die Geburtsgeschichte als auch den Essay über die schöpferische Frau angenommen hat und sagte, sie sei voller Bewunderung für die Reinheit meines Werkes.
Henry hat eine außerordentliche Aktivität um sich entfaltet. Er lebt in einem Wirbelsturm und zieht alles an sich. Ich soll eine Nummer von *The Booster* über die Literatur der Frau herausgeben. Mein Essay über die schöpferische Frau ist aus einer nächtlichen Diskussion mit ihm und Larry entstanden. Larry hat eine Reise durch den Mutterleib geschrieben, die unübertreffbar ist. Wir lesen noch einmal Ranks *Trauma of Birth*.
Gonzalos Aktivität nimmt zu, denn es handelt sich um eine verlorene Sache, und es entspricht seiner Natur, das Schwache zu verteidigen. Ich fühle, daß es um die spanische Sache schlecht steht, und habe Angst um ihn.
Ich erinnere mich an meinen ersten Eindruck von Gonzalo, wie er Roger Kleins kleines Zimmer betrat, ein Riese in einer Zwergenhöhle – eine erstaunliche Erscheinung, beunruhigend, dunkel, feurig, aber betrunken, zerstreut. Ich erzog ihn zur Tat. Ich weckte ihn, ohne die Kräfte zum Drama, zur Rebellion in ihm zu kennen. Ist es mein Schicksal, revolutionäre Kräfte zu entbinden, in Henry für die Literatur, in Gonzalo für die Politik?

Denise Clairouin sagt mir: »Ich habe Maxwell Perkins von Scribner die Tagebücher gegeben. Er war interessiert. Anstatt sie einem Lektor zu überlassen, hat er sie mit nach Hause genommen und liest sie selbst. Er war ganz erschlagen. ›Was für eine merkwürdige, außergewöhnliche Frau!‹ sagte er. Er möchte eine gekürzte Fassung haben. Gehen Sie an die Arbeit, Anaïs.«
Weil Henry das Tagebuch als walhaft beschrieben hat, nennt Larry mich »Wal«. Und er unterschreibt: »In ewiger Bewunderung Ihre Napfschnecke.« Ich mußte im Wörterbuch nachschlagen, was das ist. Darauf schrieb ich zurück: »Liebe Napfschnecke, der Wal gibt Ihnen kund und zu wissen, daß Sie die größte, besteingerichtete, prächtigste perlenbesetzte Kabine am Oberdeck (Außenkabine) mit einem Blick über den ganzen Ozean am Rücken besagten Wals besitzen.

Tatsächlich gedenkt der Wal, den man für ganz unabhängig hält, von dem die Seeleute sagen, daß er am liebsten allein schwimmt, nirgendwohin ohne die Napfschnecke zu reisen.«
Niemals werde ich fähig sein, wie Henry weinend zu sagen: »Alles in allem bin ich doch ein Mensch, und als Mensch habe ich falsch gehandelt.« Eines Tages werde ich weinen und sagen: »Alles in allem bin ich ein Künstler, und als Künstler habe ich falsch gehandelt. Ich habe menschlich gehandelt.«
Künstler. Ich wollte zu Jeanne und ihren Brüdern besser sein, als Cocteau es zu den *Enfants Terribles* war. Ich wollte zu June besser sein, als Djuna Barnes es in Nightwood war. Ich wollte zu Artaud besser sein als Carlo Suarès in *Procession Enchaînée.*

Besuch von David Gascoyne. Er ist erst einundzwanzig, ein Wunderkind. Ich kenne seine Dichtung nicht, nur seinen Ruhm. Ein mystischer, poetischer Knabe, aber wie ein toter Araber mit vielen engen, weißen Binden umwunden. Er hinterließ mir sein Tagebuch, in dem vieles verschwiegen und ausweichend behandelt ist.
Ich liebe Larry. Aber für Gascoyne empfinde ich nichts. Seinen Leiden zum Trotz ließ er mich kalt. Er ist ein Gefangener. Das Geräusch rasselnder Ketten stört mich, aber ich habe kein Bedürfnis, die seinen zu brechen.
Für mich scheidet sich alles in kalt oder heiß. Kalte Menschen, die nicht aus spontaner Menschlichkeit handeln, sondern immer aus einem Instinkt für Selbstschutz oder Erwerb. Heiße Menschen geben Antwort.

Hélène wechselt in ihrem Schlafzimmer die Vorhänge aus. Gonzalo arbeitet heimlich für die Revolution in Peru. Helba sitzt wie die Bewohnerin eines Asyls herum und tut stundenlang nichts oder näht Lumpen wieder und wieder zusammen. Henry schreibt an *Tropic of Capricorn*, einer »neuen Dimension ohne Gefühle«, wie Larry sagt. Henrys Werk erscheint manchmal wie Wahnsinn, weil es eine vom Gefühl abgetrennte Erfahrung ist, wie eine narkotisierte Seele, der man Äther injiziert. Ich frage mich selbst: war in denen, die sich von der menschlichen Welt des Fühlens abtrennen, die, aus welchem Grunde auch immer, in ihrer eigenen Welt leben, der menschliche Kern nicht von Anfang an schwach entwickelt? Wo sind in meinem Vater und in Henry die tiefen Quellen des Gefühls, die das Leben zum Versiegen brachte? Warum wurde ich nie abgeschnitten von Mitleid, Sympathie, Teilnahme, obwohl ich unablässig meinen eigenen Traum lebe, meine innerliche Vision, eine Fantasie? Ich träume, ich küsse, ich habe Orgasmen, ich errege mich, ich verlasse die Welt, ich fließe, ich koche, ich nähe, habe Alpträume, schreibe im Kopf, setze zusammen, nehme auseinander, improvisiere, erfinde, höre alles, was gesagt wird, ich fühle für Spanien, bin bewußt, bin überall, bin offen für die Wunden, offen für die Liebe, wurzle in meinen Zuneigungen, ich bin *nie abgesondert*, nie abgeschnitten, nie blind, taub, abwesend. Ich halte zu dem Traum, der das Leben möglich macht, zur schöpferischen Verwandlung, zu dem helfenden Gott, zu dem Verbrechen, aus dem Leben entsteht, den Illusionen, die das Wunderbare möglich machen. Ich stehe zur Dichtung und einfachen Menschlichkeit. Ich schreibe über das Labyrinth, den Mutterleib, Fez, und ich bringe Gonzalo elektrische Birnen in seine Wohnung mit. Larry sitzt mit gekreuzten Beinen auf dem Boden, wie ein sanfter, blonder Hindu, mit katzenhafter Sanftheit, und schreibt mit einem glühenden Eisen.

Der alte Lantelme, der jahrelang meines Vaters Sekretär war und sich nun zurückgezogen hat, kommt zweimal in der Woche, um mich Französisch zu lehren, und sagt: »*Elle est vivante, je viens me réchauffer.*« Die Jones kommen aus Spanien und erzählen von den schrecklichen Leiden der Flüchtlinge, aber sie essen, was der Tisch hält, mit Hemingway, der an der Front Notizen macht, und wenn er keine Notizen macht, jagt er auf verlassenen spanischen Gütern Fasane. Jones spricht über Politik wie ein Schlafwandler, mit monotoner Stimme, ohne Betonungen, eine Leichenrede über Fakten, gesunde Fakten, wie er sagt, aber sie klingen in meinen Ohren so ungesund wie die hysterischen Ausbrüche in den revolutionären Versammlungen. Lila Ranson ruft mich an, mit ihrer männlichen Stimme. Ich habe sie erst zweimal gesehen, und sie nennt mich Liebling. »Ich muß Sie sehen, ich habe meinen Gatten verlassen, ich bin jetzt sehr glücklich. Ich habe Ihnen so viel zu sagen. Wann kann ich Sie sehen?«

Eine Stunde später kommt Gascoyne, um im Teich meines Verständnisses sein narzißtisches Spiegelbild zu suchen. Der Tagebuchband, den er gelesen hat, erweitert den Raum seines Gefängnisses. Während er bei mir ist, ruft die Sekretärin der Gräfin Lucie an und bittet mich zum Dinner.

Henry hat Subskriptionen für die Veröffentlichung des ersten Tagebuchbandes gesammelt, und die erste, die er erhielt, stammte von André Maurois, der allerdings hinzufügte, er wünsche nicht alle vierundfünfzig Bände, sein Haus sei schon zu voll von Büchern. Zwischen diesen Besuchen ordnete ich alle Tagebücher, die ich zusammen herausgeben möchte, in einem Behälter, so daß ich sie leicht erreichen kann.

Ich hatte Gonzalo gesagt, daß ich das einsame Husten des russischen Hauptmannes, seines Freundes, der in Spanien verwundet wurde, vermisse. Gonzalo nahm mich mit, als er ihn in einem heruntergekommenen Hotel, wo niemand nach Papieren fragt, besuchte. Er saß in der Halle und las Zeitungen. Gonzalo brachte ihm Ausgaben von

New Masses. Er hatte früher ein Zimmer nahe von *Paix et Démocratie,* und ich konnte ihn husten und mit sich selber reden hören. Er sah sehr würdig und gebrechlich aus, rauchte eine Pfeife, und Gonzalo sagte mir, er warte, daß man ihm einen Rollstuhl schenkt, mit dem er sich selber weiterbewegen könnte. Er hat beide Beine verloren.

Jedesmal, wenn von Spanien die Rede ist, erwacht in mir ein Tornado der Gefühle und des Wunsches zur Teilnahme. Gonzalo sagt, ich würde nicht im geringsten von Nutzen sein. Und ich werde auf das Schreiben zurückgeworfen. Ich schreibe über die Spiele meines Vaters, wie Helba ihre staubigen Lumpen packt und dazu einen Monat braucht, über den klugen Carteret, der doch Allendy um Hilfe anfleht. Er sagt: »Ich weiß, daß Allendy kein Dichter ist, aber er möchte mir helfen.« Er versteht meine Liebe zu Marokko: »In Marokko verschmilzt man mit dem Universum, man verliert sich in den anderen.«

Denise Clairouin: »Ändern Sie nichts. Es ist das Dokument, das man will.«

Ich besprenge die Lampen mit Patschuli. Ich numeriere die Seiten des Tagebuches und frage mich, was man weglassen könnte. Die wüsten, leeren Räume.

Ich ziehe für das Dinner bei der Gräfin Lucie mein Samtkleid an und sitze auf ihrem weißen Satinsofa.

Lila Ranson ist eine Schriftstellerin. Sie ist kräftig und plump. Zum ersten Mal traf ich sie an einem sehr konventionellen Abend, und sie rieb sich an den Konventionen. Ich wich ihr aus, denn ich bin es müde, die Ketten anderer zu zerbrechen. Nachdem sie mich mehrmals angerufen hatte, mit ziemlich triumphierender Stimme, versprach ich, sie zu besuchen. Sie führte mich ins Schlafzimmer. Und dort gab es eine Kopie von June. Eine June mit einer Aureole von Engelhaar und dem wollüstigen Körper einer Wikingerin. Eine dunkle Stimme, schwere Arme, Feuer in den Augen. Und sie leben das Leben, das ich mit June nie gelebt habe. Sie war krank, hatte sich im Bett aufgesetzt, gegen den geblümten Kattunüberzug des Bettendes gelehnt, Unbekümmertheit und Abenteuerlust in jedem Ausdruck ihres Gesichtes. Lila kuschelte sich an sie. Sie sprachen von ihrer Liebe zueinander. Sie liebkosten sich. Sie sagten: »Einen Mann besitzt man nie so wie eine Frau.«

Lila war offensichtlich diejenige, die leiden mußte, die Eifersüchtige. Ihre Freundin war offensichtlich die Führerin und die treibende Kraft. In ihr ist Härte und Leidenschaft. Ich war nur für einen Augenblick gekommen. Ich blieb den ganzen Nachmittag, fasziniert. Das breite Bett, das purpurne Negligé, das sich über sonnenbrauner Haut öffnete. Lila sagte romantische Dinge – »zwanzig Jahre zusammen leben«. Ihre Freundin hatte für solche Voraussagen nicht viel übrig. »In den Beziehungen gibt es nichts Absolutes«, sagte sie. Und später zu mir: »Sie sehen wie ein sechzehnjähriges Mädchen aus.« Die Atmosphäre entnervte mich. Ich wollte die Neuheit ihrer Liebe teilen, den Glauben und das Feuer der Neuheit, das Vertrauen, diesen Augenblick, in dem die Liebe stärker als alles scheint, den Augenblick, bevor die Schocks einsetzen, die Risse auftreten, die Störungen, die Konflikte, den Augenblick, bevor sie eine Welt außerhalb ihrer selbst entdecken, die keine Zärtlichkeit mehr zusammenfügt.

Es war in diesem Augenblick, daß ich Don Juan am besten verstand: immer am Anfang sein, im ersten Augenblick des Zutrauens und der Liebe, niemals Zeuge des graduellen Verfalls, des langsamen Erschlaffens der Liebe, ihres Alterns, ihres Verwelkens. Immer im ersten Augenblick zu leben, im höchsten, und dort zu bleiben, indem man immer nur den Beginn sucht.

Lilas Freundin ließ schon Zweige sprossen, die nicht mehr aus dem einzigen Stamm ihrer Liebe hervorgingen. Sie sagte: »Die ideale Beziehung ist die zwischen einem Mann und einer Frau.«

Rebellionen aller Art ziehen Schwächlinge an sich, die rebellieren, weil sie das Leben nicht meistern, zerstören, weil sie nicht schaffen können. Ich fürchte, daß Gonzalo zu dieser beklagenswerten Armee gehört, zu jenen, die immer negativ gelebt haben. Ist es nobler Dienst an den Armen oder der hysterische Rappel eines Feuergeistes? Der Feuergeist ist ein Mann, der ein feuriger Kämpfer sein möchte, aber versagt. In Helbas und Gonzalos Schicksal ist keine Grausamkeit, nur stupide Selbstzerstörung.

Welche Laterne leuchtet hinüber von dem schmutzigen, abgegriffenen Leben Helbas, das auf Helbas eigene Passivität zurückzuführen ist, in den weißen Satinsalon der Gräfin Lucie? Lucie sitzt auf der Lehne eines weißen Satinlehnstuhles, schmächtig, verschwindend, die Augen dunkel und wählerisch, kritisch, hellwach. Das Gesicht von einer strengen Weiße, einer unerwarteten Strenge, denn die Gesichtszüge, der Mund, sind für Sinnlichkeit geschaffen. Eine weiße Wolke von Vorurteilen. Das Märchen fliegt mit kalten Flügeln, sie führt ein Flugzeug, ein Auto, lacht, unterhält sich, aber sie ist verloren.

Ich traf Betty Ryan, die wie eine delikate Japanerin aussieht, und wir sprachen über *House of Incest*. Sie fügte hinzu: »Als junges Mädchen liebte ich Quecksilber. Ich trug in einer kleinen Flasche etwas bei mir. Daraus schüttete ich in der Schule auf meinen Handteller und spielte damit. Es gefiel mir, wie es seine Form veränderte, sich teilte, auseinanderfloß, die verschiedensten Formen annahm, aber auf magnetische Weise immer eines blieb. Es war mein *fétiche*. Ich fühlte

eine Verwandtschaft. Ich konnte damit überallhin gehen. Es war lebendig und ein Teil von mir. Mit ihm konnte ich vor die Menschen hintreten, vor die Welt.« Ihre Zartheit rührte mich, ihre Schüchternheit und Verträumtheit. Ihre Stimme ist zerbrechlich und abwesend. Sie sprach nicht frei, denn sie war von mir eingeschüchtert. Ich war der Wal der schwarzen Tagebücher.
Lucie ist allzusehr von weißbehandschuhten Butlers beschützt, von Kristall und Brokat. Aber es ist Dunkles in ihr. Betty Ryan ist trunken vom weißen Schlaf der Träumerei, von Unwirklichkeit. Auch sie ist allzu weit weg und sehnt sich danach, geweckt zu werden. Lucie hat heftige Schocks erlebt und träumt trotzdem noch. Sie hat ein Buch geschrieben, das sie mir schickte. In dem Buch stirbt eine Frau unter den Verwundungen durch die Launen eines Mannes und seiner Liebe zur Freiheit, die er über alles stellt.
Henry sagt: »Ich möchte ein tieferes Leben leben, ich kenne meinen Defekt, ich greife zu weit aus, ich sollte zum Beispiel die Zeitschrift nicht gemacht haben.« *The Booster* hat seine Energien verzettelt.
Ich spreche nicht frei mit Lucie, des weißen Pelzes wegen, der Spiegel wegen, in denen jede Bewegung mehrere Male reflektiert wird, weil Butler in der Nähe sind, denn ich habe jetzt nicht mehr die richtige Kleidung für einen Besuch bei ihr, ich gleite in ein Leben ohne décor hinüber, ohne Illusionen, ohne weiße Handschuhe und ohne Ästhetik.
Gonzalo verflüchtigt sich in Cafés.
Mein Vater besucht mich, mit Blumen in Silberpapier, Worten in Silberpapier, Blumen mit eingezogenen Drähten, die ihren förmlichen Hochmut stützen, und auch seine Worte sind von Drähten durchstochen, förmlich und synthetisch, alle in Treibhäusern gewachsen. »Ich studiere einer norwegischen Sängerin meine Lieder ein. Sie möchte spanische Lieder singen. Sie ist so kalt, ich muß ihr meine eigene Wärme injizieren.«
»Bist du sicher«, fragte ich, »ob die Noten, die du mit ihr studierst, dieselben sind, nach denen sie im Konzert singen wird?«
Ich sollte ihn eigentlich nicht necken, da ich doch inzwischen gemerkt habe, daß dies in seinem Körper der kräftigste Knochen ist.
Hélène entschließt sich, nicht nach London zu gehen, um dort zu leben. »Ich hänge zu sehr an dir, Anaïs, wie ein Rettungsboot an einem Schiff.«
Aber im Grunde genommen bin ich das Rettungsboot (dem Umfang nach), und sie ist die Titanic.
Neuigkeiten von der Börse: *»Une timide reprise de la dynamite.«* Dynamit-Aktien haben sich ein wenig erholt!

Der erste Henry, den ich kennenlernte, war schlicht und seiner selbst nicht sicher. Der Henry von heute ist selbstbewußt und leicht größenwahnsinnig. Spricht immer von China und von der Weisheit, nach einem Abend, an dem er ein englisches Mädchen höchst unweise und brutal angefahren hat.
Die Marxisten halten Allendy für einen unentschlossenen Linken, weil er in einer medizinischen Zeitschrift einen Artikel über »Sexualität und Kapitalismus« veröffentlicht hat. Sie nennen so etwas »Entlarvung des bourgeoisen Appetits«, während Allendy doch nur seine medizinische Aufgabe erfüllt, nur als Arzt beobachtet. Sie haben einen Dichter ins Gefängnis geworfen, weil er in einem Gedicht den Namen Gottes verwendet hat. Gide verfiel dem Scherbengericht, weil er seine wahren Eindrücke von Rußland geschildert hatte. Ich habe zu sehr für ein im geistigen Sinne ehrliches und freies Leben gekämpft, um nun von einer Engstirnigkeit zur anderen überzugehen, von einem Dogma zum anderen, von einem Vorurteil zum anderen.
Gonzalo gibt es zu: »Du mußt über die Fehler, die Disziplin hinaus denken. Wer eine neue Welt schaffen will, muß zuvor rücksichtslos zerstören. Der Mensch von heute wird geopfert, das Individuum wird geopfert, aber für eine neue Ordnung. Du hattest die Kraft, der bürgerlichen Welt zum Trotz zu wachsen, aber was ist mit den Schwachen, mit denen, die nicht die Kraft haben, mit den Unterdrückten?« Dieses Argument rührt mich immer wieder. Die Schwachen. Jene, denen ich Tag für Tag helfe, die in allen Arten des Elends gefangen sind.
Gonzalo opfert sein Bohemeleben. Aber mit der Disziplin steht er im Konflikt. Er lebt ohne Uhr.

David Gascoyne wohnt wirklich *sous les toits*, auf einem Dachboden. Niedrige Decke, schiefe Fenster. Er gab mir Pierre-Jean Jouve, eine neue Welt, neue Träume, ein neues Gift, eine neue Droge; den ersten, der mit dem Wissen der Psychoanalyse als Dichter arbeitet, der einen Roman schreibt, der halb Gedicht ist.

Valentina und Lila kommen zu Besuch. Valentina tritt herein wie eine Königin der Amazonen, trägt eine Orchidee, in der sich ein Vogel verlieren könnte, einen Smaragd, groß wie eine Haselnuß. Lila trägt ein Schneiderkostüm, das sie wollüstig ausfüllt. Pelze und Parfüm. Valentinas Frisur stammt von Antoine. Valentina wurde von Lilas unsichtbarem Schnurrbart bezwungen. Sie nahm mich mit, damit ich Suzy Solidor höre. Cocktails im Ritz. Nicht meine Welt. Ich habe keine Worte, um mich daran zu erinnern. Nichts bleibt, wenn sie gehen. Eine *fleur de peau. Fleurs de peau.*

Ich besuche Jean Carteret in seiner Wohnung in der obersten Etage eines alten Mietshauses nahe Clichy. Bevor ich eintrete, hat er mich schon durch einen Spion in der Tür gesehen, der den Korridor unendlich lang und die Person davor unendlich groß erscheinen läßt, so als stünde sie meilenweit entfernt. Ich betrete eine Wohnung, so dunkel wie ein Verlies, einen schwarzen Flur mit Glühwürmchenlampen. Jean muß mich führen. Seine Augen leuchten jedoch auf eine Weise, die mich an seine Beschreibung des Nordlichts erinnern. Es zieht wie ein Schleier aus Musselin in Wellen vorbei, so stark in Licht und Farbe, sagt Jean, daß es einen wie ein *Auge* anzublicken scheint. Das Auge ist unter unseren Sinnen der einzige, der vom Endlichen zum Unendlichen übergehen kann. Das Nordlicht ist das Auge der Welt. Jeans Augen haben diese Qualität. Sie leuchten, eingebettet zwischen fliegendem Haar und einem blonden Bart. In der sanften Art, in der sich seine Lider senken, ist Güte. In der Länge und Sanftheit seiner blassen Wimpern ist Feminität. Die Nase ist gerade, der Mund sinnlich. Er trägt das schwarze Wollkleid der Lappländer, eine lange, weite Bluse wie die russischen Bauern, in die jedoch gelbe, rote und grüne Filzbänder eingezogen sind.
Blutrot ist die vorherrschende Farbe in seinem Zimmer. Die Bettdecke, die Kissen und die Vorhänge sind dunkelrot. Er hat seine Fenster mit japanischem Reispapier überklebt, so daß die Häuser draußen vom Blick ausgeschlossen und die Augen zurückgewendet werden in das Zimmer, das wie die Höhle Ali Babas ist, angefüllt mit Schätzen:
Blaubemalte lappländische Schlitten stehen aufgerichtet in der Ecke, bereit zu einer Schlittenfahrt himmelwärts zu den Planeten. In den Schlitten hat er eine kleine Petroleumlampe gestellt, die ein blaues, arktisches Licht wirft. In der Hand hält er eine chinesische Opiumpfeife ohne Opium. Er braucht kein Opium. Er kann träumen. Verstreut herum liegt eine Sammlung von Pfeifen aus aller Welt. Ein riesiger chinesischer Gong schlägt die Stunden. Früher einmal hat er tibetanische Mönche geweckt, aber nun kommt er vom Flohmarkt. Eine holzgeschnitzte afrikanische Piroge segelt über den Kaminsims, von vier Afrikanern gerudert. Zwei große Messer mit Elfenbeingriffen sind an die Wand über Jeans Bett geheftet. Rentiergeweihe tragen, an der Wand befestigt, ein aufgeschlagenes Buch über Magie und ein Buch mit erotischen Erzählungen. Zarte, getrocknete Korallen blühen unerwartet über einem Stoß von Büchern auf. Die Bücherregale sind hoch oben an der Decke angebracht. Am letzten Regal hängt ein sonnenzerfressener Hut aus Madagaskar. Unter seinem Bett zieht er einen Kasten hervor, der ein auf den Kanarischen Inseln gefundenes Skelett enthält. Eine auf Tahiti aufgesammelte Baumwurzel rivalisiert mit Brancusis versteinerten Schlangen. Jean ist ein

großer Wanderer, und er bringt gern etwas von dem mit, was er gesehen hat, Sand vom Berge Athos, Likör aus Ungarn, Wasser vom Schwarzen Meer in einer Flasche, vulkanisches Gestein, Perlvorhänge aus Algerien.

Wir sitzen auf zwei Kinderstühlen aus Griechenland. Wurden sie wirklich aus Griechenland hierher gebracht oder nicht vielmehr aus dem Königreich der Kindheit, aus einer kleinen Provinzstadt, ähnlich der Stadt von Rimbauds Kindheit, wo er in so enger Verbindung mit seiner Schwester lebte? Sitzen Jean und seine Schwester noch immer in diesen winzigen Stühlen? Ist das Kind noch da, niemals ganz vertrieben, niemals ganz erwachsen geworden?

Seine Mutter verbot ihm, das Geigenspiel zu erlernen, für das er eine Leidenschaft hatte. Er sammelte Instrumente, die er an die Wand hängte. Seine Mutter zerschlug die Geige, auf der er hatte spielen wollen. »Keines meiner Kinder soll ein nichtsnutziger Geiger werden.« Die Instrumente an der Wand scheinen eine lautlose Musik zu spielen, die nur der verschüttete Musiker in ihm hören kann. Es gelang ihm nicht, den Geiger in sich wieder auferstehen zu lassen, aber er wurde der Archäologe seiner eigenen Seele. Er umgibt sich mit Dingen, die ihre eigene Sprache haben. Halsbänder, in Rosenkränze verschlungen. Kleine Beutel mit wohlriechenden Kräutern. Er öffnete andere Kartons und schüttete erotische Postkarten aus Spanien auf den Boden, einen Grasschurz aus Tahiti, eine Pfeife, die aus einer Hummerschere geschnitzt wurde. Er ist wie ein junger Magier. Er verkleidet sich gerne. Im Verlauf des Abends zog er sich mehrere Male um.

Löffel, Steine, Ikonen, Vogelfedern, eine Peitsche, getrocknete Flechten, in seiner Hand sind sie keine leblosen Dinge. Sie werden zu Objekten, die man bei Schwarzen Messen verwendet, zu Konjugationen eines magischen Chaos. Er möchte die ganze Welt in seinem Zimmer besitzen. Als Ausgleich für die verlorene Musik. Er probt und sucht nach der Musik, die seine Mutter getötet hat.

An der Wand hängt ein riesiger pilzförmiger Weihwasserkessel. Der Weihwasserkessel der Gifte, wie ich ihn nannte.

Mit einem türkischen Teppich scheint man fliegen zu können, mit den schweren, lappländischen Filzstiefeln könnte man zur Jagd im Schnee aufbrechen. Über seine Lampen sind mittelalterliche Helme gestülpt. Eine schmale chinesische Rolle liegt offen auf einem Ständer. Eine Feder und ein Tintenfaß könnten Dostojewskij gehört haben. Jean bietet mir Weihrauch aus Indien an, eine Zigarette aus Deutschland.

Er ist besessen von Ruhelosigkeit und Wanderlust, Zeitlosigkeit und Vergessen. Er lebt in einem Labyrinth aus Worten, Geschichten, Erinnerungen. Womit er spielt, das sind Fetische. Dinge, nicht Abstraktionen. Mitbringsel von seinen Reisen und Wanderungen, Zeugen dessen, was er berührt und geliebt hat. In sein Zimmer holt er das Universum zurück. Die Geige ist stumm, er nimmt sie nie in die Hand, aber die Musik ist in ihm, sie überflutet das Zimmer, die Harmonien entströmen der Schale seines Unglücks. Er ist dazu verdammt, außerhalb seiner Violine zu bleiben, aber ich könnte an jedes Ding, das ihn umgibt, mein Ohr legen und die Musik hören, die seine Mutter nicht zum Schweigen bringen konnte.

Er spricht zu mir über die politischen Konflikte. Wie der meine ist auch sein Konflikt der zwischen Humanismus und Dogma. Ich war schon versucht, meine individuelle Welt zugunsten einer kollektiven aufzugeben. Aber Carteret sagt, der Marxismus sei keine Ausdrucksform unseres Humanismus, er sei praktisch, utilitaristisch, konkret, sachlich. Es ist nicht eine selbstische, individualistische Einstellung, die uns von den Systemen trennt, sondern eine andere Ebene des Lebens. Wir leben auf einer anderen Ebene. Wir müssen auf einer anderen Ebene handeln. Wir fliehen nicht, ergeben uns nicht einem Opium, sondern träumen den Traum des Lebens selbst, den Traum von der Entwicklung des Menschen, jedes Menschen, eines neben dem anderen. Wir agieren auf einer anderen Ebene. Für diese Worte war ich ihm dankbar. »Dies ist eine realistische Epoche, eine Epoche der konkreten Details, der Wirtschaft. In ihr können wir uns nicht nützlich machen.«

Gonzalo sagt: »Literatur, Metaphysik, Philosophie sind ohne Gewaltanwendung wirkungslos. Gewalt ist notwendig, unvermeidlich. Durch Kunst oder Religion können sich die Menschen nicht befreien. Sogar um die Religion durchzusetzen, waren Gewaltanwendung und Revolution notwendig.«

Ich kann den Traum von der Revolution nicht träumen, wie ihn Gonzalo träumt, in seiner Essenz, seiner Reinheit. Aber ich wünsche so sehr, daß andere leben möchten, und individuell zu helfen, wird in zunehmendem Maße schwierig. Gonzalo ist gegen diese Art des Gebens, es hält, sagt er, die Reformen nur auf, verdeckt das Böse, mit dem man konfrontiert werden muß. Individuell zu helfen bedeutet, daß man unterworfen, getötet wird und keinen großen Rang erreicht. Man muß kollektiv helfen.

Das wird so gemacht. Man legt einen Spezialapparat an, ähnlich jenem für die Tauben (denn normalerweise würde man das Grollen der Wirtschaftskrisen und die kollektive Leitung der Industrien nicht vernehmen) und hört hinein. Dann spricht man mit gesenkten Augen über *Paix et Démocratie* und erklärt, daß es sich um eine antifaschistische Organisation handelt, die für Spanien arbeitet. Der Apparat registriert: einer, der mit der Sache sympathisiert. Seine Augen leuchten auf. Du treibst Propaganda. Du wirfst seinen Namen in den Kasten für *Paix et Démocratie*. Gonzalo ist sehr damit zufrieden.

Ich wanderte durch leichten Regen. Eine Kirchenglocke läutete. Ein tiefer Gong, hinhallend durch die erregte Stadt, eine Stadt der Nerven, Sirenen, der durchdringenden Laute. Ich fühlte die Resonanz. Was für eine feine Empfindsamkeit! In diesem Gewölbe in mir, in dem ich nur die schweren, tiefen Töne höre, nur das Wunderbare – werde ich darin den Traum der Revolution für uns alle aufnehmen können? Eine Welt der großen Bögen, die über weite Räume gespannt sind – der Träumer lernt, sie zu spannen, aber ich kann nie vergessen, daß die Inquisition Menschen gefoltert hat, die nicht auf katholische Weise glaubten, und daß die Revolution foltern wird und schon jene foltert, die sich nicht fanatisch zu ihr bekennen. Das ist es, was ich nicht annehmen kann. Hat es jemals eine saubere Revolution gegeben? Ein System, das ohne menschliche Opfer errichtet wurde?

Renata Bugatti rauschte wie ein Sturm herein. Ein Kopf wie ein römischer Soldat und die Intelligenz einer Sphinx. Sie hat eine derartige Kraft, daß ich sie noch in der Salle Pleyel auf dem Piano spielen höre, und das ist dreizehn Jahre her. Ich erinnere mich an das Kleid, das sie trug, an die kühne Haltung ihres Kopfes. Ich verstehe Frauen mit übergroßem Format. Seltsam, diese Frauen, vor denen sich die Männer fürchten, schüchtern mich überhaupt nicht ein. Man kann ihnen offen entgegentreten. Es ist erheiternd. Sie sind direkt, ehrlich.
Renata fragte Jean: »Was ist Ihre Beschäftigung?«
Jean antwortete: »Meine Beschäftigung ist zu lernen, wie man durch alle hindurchgeht in einem Zustand der Transzendenz, wie man nur in der Essenz lebt und sich in niemandes Rahmen einspannen läßt.« Eine Form der Freiheit. Für Renata war das zu hoch. Ihr breiter Mund ist dann am ausdrucksvollsten, wenn sie das Wort Grausamkeit gebraucht. Sie möchte grausam sein, sie versteht, daß man einen geliebten Menschen quält, um ihn zu trösten. Sie erzählte von sich selbst. Einmal fiel sie in die Hände des Zauberers, den Thomas Mann beschrieben hat. Zehn Tage lang lebte sie unter seiner Macht. Sie wollte von ihrem Lampenfieber geheilt werden. Er konnte sie nicht hypnotisieren, wie er es bei anderen getan hat, aber es gelang ihm, sie gegen ihren Willen spielen zu lassen. Sie gab unter seiner Kontrolle ein ganzes Konzert und glaubte sich geheilt. Sie verließ ihn, und beim nächsten Konzert kam die Angst zurück.
Jean sagte, sie sei immer auf der Suche nach dem Bruder. »In Ihrem Leben kehrt das Drama periodisch wieder.« Die Schriftstellerin Colette rief ihr im Theater einmal laut zu: *»Voilà le beau garçon de Rome.«*
Sie erweckt die Vorstellung von Kraft, aber sie ist voller Furcht.

»Meine größte Angst ist die Identifikation, in anderen aufzugehen.« Ihr Vater war ein berühmter Tenor, ein Spieler, ein Don Juan. Carteret sagte: »Sie sind eine Mystikerin.«
Ich sehe sie nicht so wie er. Sie befindet sich in einem Zustand der Hochspannung, die eine Illusion von Kraft hervorruft. Es schien mir, daß ich in Renatas Augen den dämonischen kleinen Lift der Begierde auf und ab schweben sah, während sie Jean Carteret in seiner Rolle des Sehers bewunderte. Ihr Gleichgewicht war in Gefahr. Ich kenne diesen schwindelerregenden Fall in einen jähen Abgrund recht gut, mit einem Blick auf Jeans kleine und zärtliche Ohren, sein Nackenhaar, so weich, als wäre es niemals geschnitten worden. Was er sagt, schafft Raum, Luft, Rhythmen.
Renata sagte: »In der Liebe sehe ich immer den Gegner. Ich ziehe Freundschaft vor. Vereinigungen sind verzehrend. Ich hatte immer den Wunsch, den Käfig eines Löwen zu betreten. Colette hatte denselben Wunsch, sie wollte einem Panther begegnen. Und der Panther stürzte sich auf sie und zerriß ihre Kleider.«
»Ich liebe die Bücher der Colette«, sagte ich.
»Warum gehen Sie nicht zu ihr?«
»Weil in *Le Journal de Claudine* das Mädchen, das Colette in der Schule am meisten haßt, Anaïs heißt.«

Ich glaube nicht mehr, daß Dualität schwächt. Man kann ein kräftiges Werkzeug daraus machen. Es hängt alles davon ab, wie flexibel man ist, ob man fähig ist, doppeltem Druck nachzugeben und sich dazwischen fließend zu verhalten. Nur durch feste Haltung kommt es zu Brüchen.
Jean sagte: »Ich glaube, es ist nicht Treulosigkeit, die die großen Liebenden treibt. Aber wenn man zur Liebe hoch begabt ist, wenn man sinnlich durch und durch vibriert und leidenschaftlich liebt, dann ist das wie ein Strom im Körper, der unaufhörlich mit allen anderen Kontakte schafft. Ich fühle mich zu so vielen Menschen hingezogen, körperlich, erotisch, weil ich wie ein Mystiker im Zustand der Liebe bin, und das ist größer als ich selbst, es ist ungeheuer, es ist Überfluß. Es ist gerade so wie Handeln Handeln hervorruft, Energie Energie schafft, Schöpfung Schöpfung, so schafft Leidenschaft mehr und mehr Fähigkeit zur Leidenschaft. Die Aufnahmefähigkeit, die man hat, weitet sich aus, und hier haben Sie die Erklärung für die erotische Expansion aller geborenen Liebenden. Das ist auch der Grund, warum das Wort Treue für mich nichts bedeutet.«
Er erzählte auch von seinen erotischen Abenteuern: »Manchmal fürchte ich, daß ich zu langsam die Klimax erreiche und die Frau ermüde, oder daß ich sie zu schnell erreiche und ihr kein Vergnügen bereiten kann. Ich will, daß die Frau Vergnügen daran hat. Selten,

daß ich dabei Gleichzeitigkeit erreicht habe. In ein oder zwei Nächten findet man den Rhythmus noch nicht. Ich habe so viele Frauen gekannt und nur ein paarmal Gleichzeitigkeit erlebt. Und die Frau bleibt für mich eine Fremde. In mir sind immer Zweifel, ich bin unsicher, ungeschickt, mache Fehler. Mir gelingt alles nur halb. Und oft muß ich mir, um mich zu erregen, mit der Fantasie helfen, an ein erotisches Bild denken, das ich gesehen habe, oder an eine andere Frau, die ich haben möchte und nicht bekommen kann.«
Abenteuer ohne die magnetische Anziehungskraft der Liebe, gestörte Emotionen, Stauungen der Gefühle machen den Körper reizbar, bringen die Nerven in Aufruhr, wecken die Sinne. Aber die Wollust der Liebe ist sehr viel größer als die des Abenteuers. Jeans Gefühle scheinen mit meinen verglichen blaß. Er antwortete mir: »Sie sind glücklich, denn Sie haben den Erotizismus innerhalb der Liebe entdeckt, nicht außerhalb wie ich.«
Wir sprachen über Schizophrenie, die ich als einen Kontaktmangel sehe, eine Art von verwelkendem Gefühl *mit* oder *für* andere. Und da ich mich mit anderen, mit der Welt, allzusehr im Kontakt fühle, sagte ich, daß ich wohl unter dem Gegenteil von Schizophrenie leide, unter Empathie, Identifikation, daß sich mein Ich in den anderen zerstreut, aufgibt und verliert. Woher dann das Gefühl der Einsamkeit? »Wir verbinden uns mit allen durch Osmose, Empathie«, sagte Jean. »Wir sind mit einem Mittelpunkt in Kontakt, aber Teile von uns entfliehen und leben am Rande, ein Teil von uns befindet sich im Exil, daher das Gefühl der Einsamkeit. Es entsteht, weil wir im *Werdenden* leben, in der Zukunft.«

Tiefe Freude am Opfer. Es bedeutet mir mehr, Allendys Unterstützung für *Paix et Démocratie* zu erlangen als seine Subskription für das Tagebuch. Ich höre auch lieber seinen Bekenntnissen zu.
Kam nach Hause und tanzte zur Radiomusik. Meere von Emotionen unter meinen Füßen. In mir ist eine Spannung, die mich bis zum Mond tragen könnte.

Hélène wird von ihrem Freund nach Norwegen eingeladen. Sie vermietet ihre Wohnung. Sie kann mit ihren Erlebnissen spielerisch umgehen, und das gefällt mir. Zusammen entkleiden wir jedes Erlebnis von seinem tragischen Kontext. Es bekommt die Farbe eines Traums, einer Einbildung. Wir erzählten uns leidenschaftliche und tiefwirkende Erlebnisse, wie andere Leute sich ihre Träume erzählen.
Renata Bugatti tritt in einem Konzert auf. Ihre Maske ist aufgewühlt. Wenn ich sie spielen höre, höre ich wieder den Mann und die Frau hinter der Wand des Hotelzimmers rhythmisch stöhnen. Renata will das Klavier besitzen, in die Musik eindringen. Es ist ein *corps à*

corps. Ein sexueller Kampf, der mit der Niederlage endet. Ihre Nasenflügel beben. Ihr Mund ist von Grausamkeit gezeichnet. Das Kinn willensstark. Aber es ist eine Niederlage. Die Melodie steigt nicht auf, auch nicht, wenn sie ihr Gesicht nach oben wendet. Die Substanz ist schwer von ihrer Leidenschaft. Ihr Wille erreicht nicht, was der Mann und die Frau hinter der Hotelwand erreichten, einen Augenblick der Wollust. Ihre Leidenschaft ist primitiv, Blut und Eingeweide, und kann sich nicht in Musik verwandeln. Das Klavier, das sie mit männlicher Kraft bearbeitet, ist ihr eigener Körper, und die Maske ist von jener Art, die niemals weder Orgasmus noch Heiligkeit erreicht, Musik steigt nicht auf, durchdringt die Fenster nicht. Sie ist zu schwer von Blut.
Dies ereignete sich im Hause des Barons de Rothschild. Der riesige Salon wurde in eine Konzerthalle verwandelt. Wir waren von Gemälden seiner Vorfahren umgeben. Vor mir saß eine schöne Frau, die ich nur sehen konnte, wenn sie den Kopf wandte. Eine dunkle braune Wucherung an ihrem Kinn verunstaltete sie. Ich wandte mich ab. Ich blickte in den grünen Nebel des Gartens hinaus. Und ich sah drei Spiegel in voller Größe, in denen sich die Bäume spiegelten, drei Spiegel mitten in einem taufeuchten Garten.
Der Tag – ein Kaleidoskop. Das Licht wandert, und ich bin bei Stuart Gilbert und spreche mit Denise Clairouin, die mich fragt: »Und die Arbeit am Tagebuch, wie steht es damit?« Ich sage, es stehe gut, aber ich verschweige, daß ich lieber über die Gegenwart schreibe, anstatt die Vergangenheit für Mr. Perkins in sechshundert Seiten zu kondensieren.

Ich zwinge mich dazu, Helba in ihrer neuen Wohnung zu besuchen. Hier wirkt sie noch erstaunlicher, in der sauberen, luftigen, lichterfüllten, neuen Umgebung, in der sie wie eine verdreckte Zigeunerin auftritt, in einem von Gonzalos Hemden und darüber einem Kimono, den sie schwarz gefärbt hat, dessen rote Farbe aber noch durchscheint. An den Füßen trägt sie ein Paar von Gonzalos riesigen Socken, die an den Spitzen mit Watte gefüllt sind wie der Weihnachtsstrumpf eines Bettlers. Sie liegt im Bett und liest ein Buch über Krankheiten. Die Fenster sind geschlossen, die Sonne bleibt draußen, es ist ihr gelungen, diesen heiteren, sauberen weißen neuen Raum fast in den verschimmelten Keller zu verwandeln, in dem ich sie zuerst gesehen habe. Eifrig streicht sie in dem Buch alle jene Krankheiten an, die sie hat. »Schau«, sagt sie und überreicht mir das Buch, »ich habe Krankheiten, die auf den Seiten 143 und 26 beschrieben werden. Aber wenn ich genauer lese, habe ich sie in Wirklichkeit alle. Ich schreibe mir gerade ein Rezept gegen Grind ab.« Ihr Gesicht ist gelb und alt. Mein Mitleid ist erschöpft, ich kann nicht mehr reagieren, denn dieses ganze Unglück entsteht nur aus Dummheit, Unwissenheit und andauernder Selbstzerstörung. Mein Arzt hat die Behandlung aufgegeben. »Sie arbeitet nicht mit, geht ihren eigenen Weg, tut nicht, was ich ihr rate.« Ich habe keine Lust zu bleiben. Es ist wie der Besuch in einem Grab. Ich bin richtig zornig über ihren Willen zu sterben, mit dem sie Gonzalo in ständige Angst versetzt, in Furcht und Schmutz zieht. Es ist ein Kampf zwischen Leben und Tod, der hier stattfindet, und in dem mich Helba jedesmal besiegt. Wenn ich ihr schon eine neue Wohnung verschaffe, wie kann sie daraus wieder etwas wie den alten Keller machen?

Ich träumte, daß mein Vater ein Orchester dirigierte. Niemand war da, die Harfe zu spielen. Ich bot mich dazu an. Aber die Harfe war in Wirklichkeit ein Spinett mit nur drei losen Tasten, einer weißen, einer blauen, einer schwarzen. Mein Vater sagte, ich brauchte nur diese drei Noten zu spielen, in jeder Pause des Orchesters. Es schien sehr einfach, aber wenn ich die Tasten anschlagen wollte, waren sie verschwunden. Später fand ich sie in einer Schachtel. Es waren Chips für Roulettespieler.

Hélène verabschiedete sich, tränenlos, aber mit elektrisierter Aufrichtigkeit in den Augen. Ein Spielzeug wurde weggenommen, eine Traumfigur, eine der großen Frauen von Chirico vor einem Hintergrund blauer Leinwand, halb Statue, halb Filmstar, eine Amazone, aber eine, die Angst vor Einbrechern und Sexbesessenen hat und die schmollt, wenn sie nicht bekommt, was sie will. Warum gibt es solche Menschen, zu denen man, wie zu Traumfiguren, keine rechte Beziehung herstellen kann? Moricand gehört auch zu ihnen. Wir gingen vor der Metro auseinander, aber ich möchte schwören, daß Hélène nie einen Zug bestiegen hat. Sie ist einfach verschwunden.

Gonzalo und ich sahen in seiner Wohnung den Kerzenflammen zu, wie sie zitterten. Ich fragte ihn, warum Kerzen so sehr zittern, und er antwortete: »Weil sie Angst haben.«

Jean Carteret versteht meine Art zu leben und ich die seine. »Wir verleugnen die Realität. Wir suchen nur den Traum.« Ich sehe ihn ohne Fesseln, fließend, frei, magisch. Aber er gesteht, daß er nur geistig frei ist. Auf jede andere Weise liegt er in Ketten. Er ist blokkiert. Er kann kein Künstler sein, kein Geliebter, kein Gatte, kann nicht lesen, nicht reisen. Mit allem spielt er ein bißchen herum, mit einem Teil seiner selbst. Was ich suche, ist die *Vie Féerique*, in der alle Dinge wie im Traum geschehen. Nicht Bequemlichkeit, sondern den glatten Ablauf magischen Geschehens. Nicht Luxus, sondern den Theaterzauber der Schönheit. Nicht Sicherheit, sondern die Drogenwirkung der Harmonie. Nicht Ordnung, sondern die unwirkliche Übereinstimmung der Dinge wie im Traum. Nicht Vollendung, sondern die Illusion der Vollendung. Nicht die Uhrzeit, sondern den

Augenblick des Wunders. Nicht Arbeit, wohl aber die Verwirklichung aller Wünsche. Nicht Dienst, sondern eine unmittelbare Antwort auf jedes ausgesprochene Begehren. Nicht Frieden, sondern die Abläufe des Traums. Nicht Überwindung des Todes, wohl aber das ewige Leben des Traums. Keine Rebellion gegen Wechsel, Verlust, Tod, vergehende Zeit, sondern das Verlangen nach dem Ewigen in jedem Augenblick. Bluttransfusion in Träume. Zum Traum gehören Grausamkeit, Mord und Schmerz, aber kein Ende. Im Traum berührt man den Boden erst, wenn man stirbt.

[Januar 1938]

Henry wird von dem, was er schreibt, hinaus in den Raum projiziert, fort von uns allen. Blaß. Kalt. Henry sagt: »Ich leide wie ein Tier. Niemand kann helfen. Niemand ist stark genug.«
»Aber Henry«, sagte ich, »es kann einem schon allein dadurch geholfen werden, daß man den anderen menschlich nahe bleibt. Kraft ist ein Rhythmus. Jeder von uns hat seine Augenblicke der Kraft, in denen er andere retten kann, und seine Augenblicke der Schwäche, in denen er gerettet werden muß. Aber du scheinst unfähig zu sein, jemandem nahe zu bleiben.« Er ist in solchen Augenblicken zu weit von uns entfernt. Zu entfernt, um etwas zu empfinden. Ich weiß, was er schafft und wie er uns alle übertrifft.
Ich bin neurotisch, jeder Künstler ist es, aber wenn sich unter meinen Füßen die Erde auftut, wende ich mich den Menschen zu. Ich stütze mich auf sie. Ich suche Wärme und Liebe. Sie retten mich. Henrys Augenblicke des Wahnsinns fürchte ich. Sein Gleichgewicht ist allzu leicht zu stören. Er hat grandiose Vorstellungen von sich selbst und gleichzeitig tiefe Zweifel. Dann entwirrt ein Satz von Jouve den Knoten in Henry, und er kann wieder schreiben. Er ist wieder glücklich.
Ob im Glück oder Unglück, ich fühle doch wenigstens immer die ständigen Umdrehungen der Erde und des Lebens.

Ich sitze im Café Flore und warte auf Gonzalo, und er kommt nicht. Es regnet. Ich greife nach einer Zeitung. Einmal hat er mir gesagt: »Ich griff nach einer Zeitung und sah auf der ersten Seite das Foto meines besten Freundes, den die Faschisten in der vergangenen Nacht ermordet hatten.« So könnte es geschehen. Gonzalo könnte ein Rendezvous mit mir versäumen und in derselben Nacht ... Am Tisch neben mir mokiert sich ein Mann über die Krankheit von Artaud, den man in Sainte-Anne eingesperrt hat. Er parodiert seine Art zu reden, seine Ängste, sein *délire de persécution.* Ich wende mich ihm zu und sage: »Sie sind es, den man einsperren sollte, und nicht Artaud.«
Aber was ist mit Gonzalo geschehen? Es ist neun Uhr. Ich habe nichts gegessen. Gascoyne kommt in das Café. Er hat Drogen genommen. Ich höre den Konversationen zu, die doppelbödig sind, intellektuell

und persönlich, literarisch und intim. Gascoynes irischer Freund bringt ihn mit seinen irischen Grillen nicht in die Realität zurück. Ein Freund von Artaud hält uns an: »Es gibt einen Mann, der sich in ganz Paris über ihn lustig macht, ich könnte ihn umbringen. Wo ist er?« Man kann niemanden beschützen. Nur Henry ist nie in Gefahr zu sterben.
Gonzalo liegt krank zu Hause, ohne Telefon. Um Mitternacht kam einer seiner Freunde mit einer Nachricht für mich. Vor lauter Dankbarkeit darüber, daß er nicht mit drei Kugeln im Körper in irgendeinem Rinnstein liegt, betrat ich die Kirche von Saint-Germain, und obwohl ich nicht mehr an Gebete glaube, gelang es mir doch, Dankbarkeit zu zeigen. Wem und wozu wohl?
Vor der Kirchentür brennt ein Automobil. Die Feuerwehrleute bemühen sich, das Feuer zu löschen.

Meine Neurose unterscheidet sich von der Henrys und Artauds, auch von der Helbas und Gonzalos. Es ist, als würde ich durch eine Begabung zur Verflüssigung, zur Identifikation mit anderen wie Wasser, und statt mich von den anderen abzusondern, wie Henry es tut, verliere ich mich in ihnen. Wenn die Leute sagen: »Ich hasse die Tropen, ich hasse das Landleben, ich hasse Rot oder Orange oder Schwarz«, dann bin ich die Tropen, Louveciennes ist das Land, Rot ist meine Farbe, dieser Mensch haßt also mich. Das verwirrt mich. So gerate ich in das Labyrinth. Identifikation, Projektion. Meine Identifikation mit meinem Vater, die gebrochen werden mußte. Mein Ich in June. Ich sehe das Double, den Zwilling der anderen. Ist es diese tiefe psychologische Wahrheit, die ich bis zu den Grenzen erforschen will, um daraus die Grundlage meines proustischen Gebäudes zu machen? An der Basis meines Lebens: Analogie, Austausch der Seelen, Identitäten. Meint Liebe nicht gerade dies, das Ineinanderwachsen der Seelen wie Pflanzen, die ihre Wurzeln ineinander verschlingen, diesen Tausch der Seelen und der Gefühle? Keinen Abgrund also, sondern eine neue Welt. Keine Krankheit, sondern eine tiefe Wahrheit. Ein Prinzip, das uns, unser inneres Schicksal bewegt. Wir handeln nur, indem wir uns selbst bewegen. Wir handeln: sind besessen. Das sind die vielfältigen Wunder, die sich in der Person ereignen.
Als ich fünfzehn war, wollte ich die schwarze Tulpe erschaffen, von der Alexander Dumas geschrieben hat. Ich erfand eine Formel. Ich schuf Symbole. Ich erfand Zeichen, eine Sprache, eine chemische Mixtur. Ich wendete sie an. Aber ich hatte Zeichen erfunden, ohne den Schlüssel oder den Code zu ihrer Bedeutung zu haben. Ich wußte nicht, welche Elemente zusammengenommen eine schwarze Tulpe ergeben würden. Alles blieb ein esoterisches Mysterium, auch für mich, die ich es entdeckt hatte.

Jean Carterets Leben ist bis zum Äußersten, bis zu Fehlgeburten angespannt. Wenn wir uns treffen, schießt ihm das Blut ins Gesicht, und er verfällt in Träume. Wir essen zusammen, bevor er in die Sorbonne geht. Während ich auf ihn warte, sagt der Kellner zu mir: »Der junge Mann, der wie Christus aussieht, war schon hier und hat sich nach Ihnen umgesehen.« Jean liest mir vor, was er über Horoskope, über Handschriftenanalyse und in seinem Vortrag über Lappland geschrieben hat. Er steckt voller Neugierde, voller Fragen, läßt sich in große Träumereien treiben.
Moricand trifft sich mit uns im Café Flore. Er schreibt an einem Buch mit dem Titel »Die Geschichte eines Volkes, das wahnsinnig wurde«.
An der Bar des Martiniquaise bekommt man Kaffee mit Rum. Es ist ein verrauchtes Lokal, in dem das Grammophon pausenlos Tanzmusik spielt. Das Café ist voll von Zuhältern, Lesbierinnen, Negern, Boxern, Homosexuellen, Prostituierten, Jazzmusikern. Ich liebe diese Atmosphäre. Sie ist dicht wie ein Dschungel, undefinierbar, gelöst.
Gonzalo trifft sich mit zwei Freunden, den beiden, mit denen er ständig herumgezogen ist. Malkine ist von Drogen betäubt, sein Gesicht ist abgezehrt, die Augen sind eingefallen, die Lider geschwollen. Gonzalo ist von dieser Auflösung alarmiert. Er versteht nicht mehr, wie man so im Leben sterben, so die Totenwürmer füttern kann vor dem wirklichen Tod. Malkine ist schon weit von seinen Freunden entfernt. Ich frage Gonzalo: »Hat dich der Tod so angezogen, die Krankheit, der Zerfall, bevor wir uns trafen?«
»Ja, aber nicht wirklich. Mich hat mehr das Leben angezogen. Alles das war literarisch. Es war nicht mein wirkliches Ich.«
Sie sprachen über Artaud.
Gonzalo ist dem Tode fern, er steigt auf, er ist voller Feuer und Aktivität. Alle diese Wandlungen sind mir fremd und geheimnisvoll. Ich wandle mich auch. Gonzalo hat mich in seine zigeunerhaften Welten eingeführt, seine Zeitlosigkeit, das Schweigen, die Sorglosigkeit der Boheme, seine Nonchalance. Mit ihm schwimme ich in einer musikalischen Unordnung herumgestreuter Kleider, verstreuter Zigarettenasche, in Lässigkeit, in Regionen von Chaos und Mondlicht. Es gefällt mir hier. Im Licht des Mondes, in unterirdischen Bereichen. Worte gibt es nicht dafür. Ich liebe das Schweigen Gonzalos, seine Nachdenklichkeit und Träumereien. Gonzalo ist so am schönsten. Es ist das Schweigen der Erde selbst, das Schweigen der Tiere.
Wenn er Schuhe kauft, sind sie so schwer, so stark wie die Hufe des Zentaurs.
Ich versuche, die Armut Henrys auszuleben, Helbas und Gonzalos Armut, um ihnen so näherzukommen. Ich gebe so viel, daß ich manchmal keinen Cent mehr habe. Auf dem Weg zur Pfandleihe denke ich: Gonzalo war hier. Henry ist aus sich selbst herausgegan-

gen, um die Analytiker zu verstehen, um wie ich zu werden. Moricand und Jean verstehen diese Spaltungen des Gefühls, diesen Wunsch, sich in andere zu verwandeln, das Leben der anderen zu leben, das Ich aufzugeben, durch Mitgefühl, durch große Liebe, durch Kommunion das *dédoublement* der Mystiker zu erreichen. In der Zauberei wird das alles wieder gebannt durch die Reintegration in das Ich. Wir alle reintegrieren uns wieder durch das Schöpferische.

Henry scheint noch zur Welt, aber nicht mehr zur Wirklichkeit zu gehören. Er leidet unter der ungeheuren Aufgabe, aus *Capricorn* eine Synthese zu schaffen. Wenn er seine Notizen durchliest, sagt er, weiß er überhaupt nicht mehr, was in Wirklichkeit geschehen ist. Es ist nicht mehr sein persönliches Leben. Was er schafft, ist eindeutig Kunst, Transmutation. In der Wirklichkeit erinnert Henry sich an keinen Dialog – was er gesagt hat, was andere ihm sagten, wie ich es tue. Und für seinen höchsten Flug ist er jetzt seiner Notizen, seines Realismus beraubt. Er schwimmt in einer veränderten, synthetisierten, transformierten Welt. Eine Kraft treibt ihn, die größer ist als er selbst. Seit einer ganzen Weile schon sieht er gespenstisch aus, blaß, betäubt.
Auf diesen Zustand, den ich als Künstler oder bei anderen Künstlern bewundere, möchte ich selbst mich nicht einlassen. Ich möchte innen drinnenbleiben im untransformierten menschlichen Leben.
Moricand spricht von Gleichstrom und Wechselstrom, von Kommunion, Adhäsion, Resonanzen. Von dem Augenblick, in dem er glaubte wahnsinnig zu werden, sagt er: »Ich kam ins Gleiten.« Menschen haben für ihn Tieraugen. »Sie hat Tintenfischaugen.« Er berichtet von hermaphroditischen Nächten. »Um meine Zeichnungen von perversen Kindern anzuschauen, brauchen Sie Sonnenbrillen.« Dann verbreitet er sich ausführlich über die Tatsache, daß ich, wo und wie leidenschaftlich ich auch lebe, niemals aus dem Zustand des Traums erwache.
Jean hängt wegen der weiten Dimensionen seines Lebens an Dingen. Er hat seine Freude an der Forschung, der Veränderung, der Neuheit, seine Einbildungskraft ist wie bei Henry einem Bandwurm vergleichbar, aber er muß Dinge sammeln, als *Zeugnisse dafür, wo er gewesen ist*, eine Haarlocke der Frau, mit der er geschlafen hat, Dinge aus fremden Ländern. Er lebt in der Öffentlichkeit und für die Öffentlichkeit. Er muß in Kaffeehäusern schreiben und sein ganzes Innenleben zerreden, jede Nacht in Gesprächen auflösen. Er muß draußen sein. Er verdampft sich in endlosem Gerede, verflüchtigt seine Energie in ständiger Bewegung. Sein Leben vergeht in Verschwendung und Verwirrung, erinnerungslos. Er sucht den einen, der so ist wie er, seine Zwillingsseele.

Gonzalo sagt, er brauche jetzt ein Leben in Nüchternheit und in Hingabe an die spanische Sache. Ich habe in ihm das Bedürfnis erweckt, einem Ziel zu dienen und für andere zu leben. Was soll ich davon halten, wenn ich doch glaubte, daß ich es sei, die erweckt würde zu einem noch realistischeren, noch abgründigeren Leben, in einer Boheme, wie ich sie auch mit Henry nicht kennengelernt habe? Suchte ich das Chaos, das sinnlose Leben, das Abenteuer?
Gonzalo stand tiefer im Leben als Henry. Er gehörte nicht zu der Welt der Künstler. Er lebte ein untransformiertes, wortloses nächtliches Leben. Und nun nimmt er den starren, einseitigen, geradlinigen Realismus von Marx auf.
Wir berühren uns nicht an allen Punkten. Zwei Menschen können sich in ihren Träumen verstehen, können einer in des anderen Traum eintreten, wie Gonzalo und ich es taten, aber dann manifestiert jeder das Ergebnis auf gegensätzliche Weise. Ich möchte mehr schreiben, Gonzalo möchte mehr tun.

Ging mit Gascoyne am Fluß entlang. Habe fünf Stunden am Tagebuch gearbeitet, zur Begleitmusik von *L'Oiseau de Feu*. Bin ruhelos. Gestern ging ich mit Moricand und Jean spazieren. Wir kamen an einem Laden mit Holzwaren vorbei: Ich sagte: »Ich habe hölzerne Teller.« Jean sagte: »Ich habe hölzerne Löffel aus Lappland.« Ich sagte: »Ich habe Holzbecher von den Philippinen.« Jean sagte: »Ich habe einen Holzkrug aus Panama.« Ich sagte: »Ich habe hölzerne Suppenschüsseln aus Japan.« Jean sagte: »Ich habe eine hölzerne Salatschüssel aus Afrika.« Wir sagten gleichzeitig: *»Il faudra se mettre en ménage.«*
Wenn ich reich wäre:
würde ich Helba in ein Sanatorium schicken, wo sie vielleicht gesund würde,
würde ich Jean ein Radio mit Plattenspieler schenken, denn auch er schreibt gerne zu Musik,
würde ich Henry seltene chinesische Kunstbücher schenken, nach denen er sich sehnt,
würde ich dem alten Lantelme eine Pension aussetzen, damit er nicht mehr arbeiten müßte.
Moricand pensionieren und zum Hofastrologen machen.
Alle Veröffentlichungen von Henry unterstützen.
Für mich selbst eine Druckerpresse kaufen.

Die Prinzessin von San Faustino zeichnet Porträts mit wenigen Strichen, ein Ei, eine Treppe, einen Pfeil, einen Blitzableiter, ein Band, eine Schlangenlinie, einen Knoten, ein Feuerwerk, einen Turm, einen Kreis. [Sie heiratete später Yves Tanguy und malte unter dem Namen

Kay Sage.] Jean kann ihre Symbole lesen und den Charakter der Personen beschreiben. Sie ließ ihn nach meinem Zeichen raten. Er wählte eines aufs Geratewohl: *»La ligne droite, centrée, et les envolées dans l'air, mais fécondantes.«* Kay sagte: »Das ist nicht Anaïs. Als ich das zeichnete, habe ich an niemanden gedacht. Es ist ein Porträt von etwas, was man sein sollte.« Er riet zum zweitenmal und wählte aus: *»L'envolée vers l'espace, comme des cheveux d'ange.«* Jean fügte hinzu: »Wenn ein Mensch wegschmilzt, ist es das, was auf dem Papier von ihm bleibt.«

[März 1938]

Hitler ist in Österreich einmarschiert. Franco kesselt Barcelona ein, und Frankreich hilft nicht, aus Angst vor dem Krieg. Gonzalo kam auf das Hausboot und explodierte: »Wenn ich in einer faschistischen Welt leben muß, bringe ich mich um. Ich nehme zehn Faschisten zum Austausch mit.«

Immer wenn die Welt ungeheuerlich und verbrecherisch wird und ich es nicht verhindern kann, reagiere ich mit der Versicherung, daß es auch noch eine andere Welt außerhalb und über dieser einen gibt, andere Welten, die menschlich und schöpferisch sind und gegen die unmenschlichen und zerstörerischen Kräfte stehen. Ich habe kein anderes Heilmittel kennengelernt. Gonzalo war bereit, sich selbst zu töten und auch Helba und mich, damit wir nicht in einer faschistischen Welt leben müssen. Ich konnte seinen Fanatismus und seine Lösung nicht akzeptieren. Selbstmord?

Warum geht er dann nicht und kämpft in Spanien?

Jean erinnert mich an meine Aufgabe: »Ihre Aufgabe ist es«, sagt er, »den Kopf über Wasser zu halten, um andere vor dem Ertrinken zu retten. Sie müssen immer rein und allein bleiben, damit Sie führen können. Sie dürfen sich mit der kollektiven Aktion nicht identifizieren und von ihr nicht verwirren lassen. Sie kämpfen nicht im Bereich der Aktion, sondern des Bewußtseins.«

Also muß ich Gonzalo die Einsicht beibringen, daß er mit seinem Gewehr, wenn er uns umbringt, weder Spanien noch der Revolution hilft. Sein irrer Ausbruch erschütterte mich. Alles, was geschieht, ist ungeheuerlich. Aber wie bekämpft man das Ungeheuerliche?

Ich habe Gonzalo seinen impotenten, nutzlosen Zorn ausgeredet. Die trunkene Verzweiflung, den Willen zum Tode. Er ging wieder zurück an die Arbeit, zu *Paix et Démocratie*.

Jean sagte: »Es ist Ihre Aufgabe, auszudrücken, was nicht ausgedrückt werden kann. Sie sind immer in der Realität eingesperrt und suchen Auswege in transzendenten Bereichen.«

Henry lachte zuerst über Moricands Lehrsätze, seine *»coïncidences poétiques«*, aber später fand er seine Bilderwelten befruchtend. Seine Symbole wurden zu einer neuen Nahrung für ihn. Moricand sucht Jünger. Moricand glaubt in Henry einen Bruder von Blaise Cendrars gefunden zu haben. Henry seinerseits hat einen Zugang zu neuen Erfahrungen entdeckt.

Gonzalo kann nicht eine Welt erschaffen, wie er es gern möchte. Ich habe eine Welt geschaffen, individuell, persönlich, wie ich es wollte, als eine Zuflucht für andere, als ein Beispiel für Schöpferkraft. Wenn man nicht daran glaubt, daß die Welt reformiert werden könnte, sucht man nach einer Welt, die auf eine individuelle Weise vollkommen ist. Das Hausboot ist nun gleichsam die Arche Noah geworden. Die Sintflut ist die Politik. Mit Stromwirbeln von wirtschaftlichem Betrug großen Stils, mit Parteiungen, Massenhysterie und dem Willen zum Tode. Sie sterben nicht für ein Ideal.

Wenn man den Traum lebendig erhält, erhält man alles lebendig.

Gonzalo hat kein Verständnis für das, was ich die geistige, psychologische Krankheit der Welt nenne, die durch keine Revolution, keine Gewaltanwendung geheilt werden kann. Durch keinen Wechsel des Systems. Es ist diese Verkehrtheit, diese Erkrankung, gegen die ich arbeite. Kein System wird jemals die Grausamkeit des Menschen unter Kontrolle bringen.

Früher rettete sich Gonzalo in den Alkohol. Jetzt versucht er es mit der Aktion. Er rebelliert gegen die Wirklichkeit. Er wünscht sich Änderungen, Reformen.

Was für einen machtvollen Traum habe ich gegen Schrecken und Tod gesetzt! Gonzalo kommt von einem Freund, der im Sterben liegt. »Hier vergesse ich alles. Es ist wie eine Droge. Vergessen ist Verrat.«

»Einen Augenblick lang vergessen zu können, ist eine Quelle der Kraft. Du wirst bewußter zu deiner Arbeit zurückkehren, nicht im blinden Zorn.«

Er liest mit großer Begeisterung die Gedichte von César Vallejo.

»Alles, was ich tun kann, Gonzalo, ist, das Zerstörerische in der Welt gegen das Schöpferische auszubalancieren.«

Albertine, das Mausmädchen, das eine Begabung für die Stille hat, bringt mir das Frühstück. Ich arbeite, solange ich kann, im Studio.

Als Kind nahm ich das Leiden der Welt in mich selbst auf, litt mit der Welt, und daraus ist nichts Gutes entstanden. Dem Leiden wurde weiteres Leiden hinzugefügt.

Der Fluß zeigt wechselnde Stimmungen. Ich verliere mich selbst, meine Schmerzen, meine Angst vor dem, was in der Welt geschieht, in der Schönheit des Flusses, seinem Glanz.

Gonzalo berichtet von seinem Freund, einem revolutionären Führer in Moskau. »Er schreibt mir verzweifelte Briefe über seine Frau. Ich soll versuchen, sie aus Barcelona herauszubringen. Dies ist nicht die Zeit dafur, so besessen von seiner Frau zu sein. Er hat wichtigere Aufgaben, als über die Rettung seiner Frau nachzudenken ... Sie

sind alle zu empfindsam und zu emotionell. Ich habe ihm einen scharfen Brief zurückgeschrieben. Dies ist keine Zeit für Sanftheit. Das ist es, was man bürgerlichen Individualismus nennt.«
Ich sehe, wie falsch das alles ist. Er geht doch selber nicht nach Spanien, weil Helba hilflos zurückbleiben würde.
Helba weiß das auch. Sie kam, um sich über Gonzalos neue Härte auszusprechen. »Es sind alles nur Worte. Er selbst ist zu empfindsam und zu emotionell. Er versucht nur, Härte zu spielen. Es ist alles nicht wahr. Es sind nur Worte. Gonzalo ist zu weich. Bei Gonzalo ist von Geburt an alles falsch *(equivocado)*, alles ein einziger Irrtum. Ein geborener Versager. Er ist blind. Er ist wie ein Tier oder wie ein Kind. Er ist weder intelligent noch philosophisch. Seine Freunde von der Linken haben ihm beigebracht, was sie Selbstkritik nennen. Von ihnen hat er das alles: Daß er Romantiker war, disziplinlos. Wenn ich vom Fanatismus seiner Kameraden spreche, nennt er mich eine Faschistin und sagt, er würde mich mit eigner Hand erschießen. Er ist ein wenig verrückt.«
Und dann, mit gesenktem Haupt, wie eine betende Frau: »Behüten Sie Gonzalo! Ich würde sterben, wenn ihm etwas zustieße.«

Henry, Fred und ich gingen ins Kino, um Luise Rainer zu sehen. Nachher saßen wir im Café, und Henry, der sie sehr liebt, sprach über sie. »Sie ist wunderbar in ihren Bewegungen und in ihrer Haltung. Wie sie ihren Kopf trägt, so anmutig. Sie ist dir sehr ähnlich. Ihre Bewegungen sind fast so leicht wie der Wind, so zart. Zwischen euch besteht eine große Ähnlichkeit. Manchmal zeigt sich auf ihrem Gesicht eine große Trauer, die nicht zur Rolle gehört. Eine furchtbare Trauer. Du hast sie auch. Es ist merkwürdig. Du bist so hell und so fröhlich, aber wenn du dich unbeobachtet glaubst, hast du ein tragisches Gesicht. Diese anerzogene Heiterkeit hat noch mehr Charme als die angeborene. Es ist etwas, wofür du gekämpft hast. Man spürt die große Helligkeit und gleichzeitig die Tragik, einen geheimnisvollen zwiespältigen Charakter.«
Henry hat mich nie so gut wie in diesem Augenblick verstanden.

Gonzalo hat einen Freund verloren, den er seit zwanzig Jahren liebte. Den Dichter Vallejo. Gonzalos Freund ist tot, und er trauert. Ich besuchte Helba im Armenhospital. Kam zurück, angefüllt mit allen Schrecken, die ich gesehen habe. Setzte mich hin und schrieb das Traumkapitel im zweiten Teil von *Winter of Artifice,* das Kapitel über Alpträume und Träume. Das Buch wächst.
Spielerisch entmutige ich Jean, sich in mich zu verlieben. Schon als Freund beklagt er sich, daß ich mich zu wenig auf ihn konzentriere. »Ich wünsche mir eine Frau, die kleiner ist als ich. Sie lieben zuviele

Menschen. Sie haben Ihre Arbeit und ein unruhiges Leben. Ich habe Angst vor Ihnen. Es wäre nicht gut für mich, Sie zu lieben.«
Wir brauchen beide in der Liebe starke Beweise, wir wollen ernsthaft geliebt werden, fürchten Oberflächlichkeit und Treulosigkeit. Wir können einander bezaubern, aber wir trauen einander nicht.

Ich arbeite an *Winter of Artifice*, vergrabe mich in den zweiten Teil, umgeben von den ständigen Sorgen um die anderen, ihre Probleme. Helba ist krank, und ich habe nie genug Geld. Die Wirklichkeit ist jeden Tag eine Falle, ist schwer, umschlingt mich, begrenzt mich.
Henry ist der einzige fröhliche Mensch unter uns, der »Glückliche Fels«, wie er sich selbst nennt. Was in der übrigen Welt geschieht, bekümmert ihn nicht.
Gonzalo denkt an den Tod. »Und plötzlich hört das Herz auf zu schlagen.« Er erzählt mir, daß Vallejo seine Dichtungen niemandem zeigte, daß sie tonnenweise in seinem Zimmer herumlagen und niemand sie je gelesen hat. In einem Gedicht sagte er, wie er am Allerheiligentag sterben würde; dann kam dieser Tag, und er starb.

Ich lag im Bett, auf dem Hausboot. Es war vier Uhr. Ein dunkler, kalter Tag. Ich arbeitete an *Winter of Artifice*. Hundert Seiten lang ein lyrisch-sinnlicher Bewußtseinsstrom. Henry war zufrieden. Mein Leben auf dem Boot war ein Traum. Die Sonne schien jeden Tag, viele Besucher kamen. Waldo Frank, seufzend und schmollend, Renata Bugatti, fiebrig und aggressiv, Henghes, Moricand. Und dann ein Telegramm von Maruca: »Komm sofort. Ich lasse mich von deinem Vater scheiden.«
Maruca frühstückte im Bett. Eine veränderte Maruca. Nicht mehr das vertrauensselige Kind, das er geheiratet hat. Eine Frau mit offenen Augen, rebellierend, angefüllt mit Haß, die Worte dafür findet, wie vollständig er ihre Liebe getötet hat.
Sie bat mich, sofort nach Caux in die Schweiz zu fahren, denn mein Vater hat mit Selbstmord gedroht. Ich soll ihm sagen, daß sie ihm niemals verzeihen, daß sie niemals wieder mit ihm leben wird, und von mir möchte sie, daß ich mit ihm zusammen einen neuen Lebensplan entwerfe. Sie bietet ihm für die Zeit, in der er seine Probleme zu lösen hat, ein bescheidenes Einkommen an.
Ich fuhr nach Caux. Ich fand ihn im Golfanzug und in Monologen. Er konnte nicht verstehen, was mit Maruca geschehen war. »Sie war früher so lieb, so unterwürfig.« Er beklagte ihre Härte. Er machte sich auch Sorgen, daß er den Grand Prix für das schönste Automobil in Montreux nicht gewinnen würde. Er hat sich ein Lotterielos gekauft. Weil er ja nun keinen Pfennig mehr besitzen wird. Was Maruca ihm anbot, war ganz und gar indiskutabel. Schwere Sorgen machte

ihm auch, welches der beiden Mädchen er mitnehmen sollte. Die eine bügelte seine Hemden so, wie es sich gehört, die andere ist eine gute Köchin. Er beklagte sein Schicksal. Und alle diese Verluste einer Frau wegen, die er nicht einmal liebte. Aber diese Frau war die erste gewesen, die ihm *nein* gesagt hatte, und da hatte er nicht aufgeben können, das hatte ihn zu einer irren Verfolgungsjagd getrieben, denn er fühlte, wenn es ihm nicht gelang, dieses *nein* in eine Unterwerfung zu verwandeln, so bedeutete es, daß er alt wurde, seinen Charme, seine Macht über Frauen verlor.

Die Wurzeln reichen jedoch tiefer. Es ist wahr, daß er sich während ihrer Erkrankung an Tuberkulose in Spanien wenig um Maruca gekümmert hat (sie wirft ihm vor, daß er sie einmal auf zehn Minuten besuchte), aber ich verstehe, daß Krankheit für ihn immer unerträglich sein wird. Er hatte die beste medizinische Vorsorge für sie getroffen. Wahr ist aber auch, daß er, als ihm das Mädchen einen Schlafanzug zeigte, den sie für die Herrin gestickt hatte, sagte: »Ich kenne eine, der dieser Schlafanzug viel besser passen würde.« Das Mädchen hatte es Maruca erzählt.

Und nun war alles verloren. Er betrachtete die Größe des Verlustes, das Haus in Paris, das Auto, den Luxus, das elegante Leben. Was er nicht sah, waren Marucas Leiden. Sie hatte viele Jahre lang absichtlich vor seinem Benehmen die Augen geschlossen. Es hatte fast den Anschein, als ob er es so weit wie nur möglich trieb, seine Liebesaffären so gefährlich wie nur möglich anlegte, bis an den Rand des Entdecktwerdens. Es schien fast so, als wollte er entdeckt werden, oder er war schon so sorglos geworden, so vertrauensvoll, so gedankenlos, daß er von Maruca keine eigene Regung mehr erwartete. »Und sich jetzt aufzulehnen, wo ich alt werde und mich zur Ruhe setzen möchte, jetzt, da ich zu Hause bleiben und ihr meine ganze Aufmerksamkeit widmen könnte.«

Ich überredete ihn, mit mir zurückzukehren und mit Maruca zu sprechen. Maruca wollte ihn nicht sehen. Er verbrachte die Nacht auf meinem Hausboot. Ich tröstete ihn. Er sagte: »Wirf alle deine Schützlinge hinaus und kümmere dich um deinen Vater.«

Er öffnete seine luxuriöse Reisetasche, legte seine silberne Haarbürste, den Silberkamm, die silbernen Flacons auf meinen Ankleidetisch. Der Anblick dieser ausgesuchten, von Hermès zusammengestellten Utensilien im Schlafzimmer des Hausbootes war äußerst unpassend. Und die Haltung, mit der er mein Königreich zur Kenntnis nahm! »So lebst du also!« Es gelang mir nicht, ihm die Schönheit des Flusses und der Lichter am Ufer sichtbar, die einlullenden Kadenzen des Bootes hörbar zu machen. Er bat mich, Badewasser zu wärmen, und stieg dann nicht hinein, weil das Wasser nicht gefiltert ist. Ich mußte Mineralwasser besorgen. Den märchenhaften Aspekt des Hausboo-

tes übersah er. Er beklagte den Verlust an Luxus, einer Gattin, die er dazu erzogen hatte, ihm wie eine Sklavin zu dienen. »Sie hat meine Papiere so schön geordnet, meine Briefe beantwortet, meine Konzerte organisiert.« Nicht ein Augenblick menschlicher Sorge um Maruca selbst. »Ich dachte immer, wenn Maruca einmal stirbt, würdest du für mich sorgen. Aber du müßtest dein Leben ändern, eine anständige Wohnung mieten und deine Schützlinge hinauswerfen.«
Als die Nacht kam, fürchtete er sich vor jedem Schatten, jede Bewegung des Hausbootes war ihm unangenehm. Das knarrende Holz! Der verwilderte Garten an der Wand von den Zeichnungen auf der indischen Lampe. Mein Schlafzimmer sieht mit seinen kleinen, holzvergitterten Fenstern aus wie das Schlafzimmer aus Hans Christian Andersens Märchen. Ich machte es ihm so bequem wie möglich und legte mich selbst oben auf der Studiocouch zum Schlafen nieder.
Besuchte das Phantom eines Geliebten meinen Vater im Schlaf, um mit seiner Seele zu ringen, um seine Tochter vor einem Alpdruck zu bewahren, um das Hausboot, das Gedicht, die Freiheit zu verteidigen? Wer hat das Hausboot in dieser Nacht heimgesucht, aus Protest gegen das Eindringen des Vaters, als rasselndes Gespenst, um ihn fortzujagen? Am nächsten Tag reiste er in die Schweiz ab, um dort auf die Übersiedlung seiner Besitztümer zu warten. Das Hausboot segelte ohne Vater weiter.
Als mein Vater aus Caux zurückkehrte, wurde ich zum Botschafter zwischen ihm und Maruca. Ich trug Nachrichten hin und zurück, Listen, Dinge, die zu zerbrechlich waren, um sie den Möbelpackern anzuvertrauen, ein Glas aus Venedig, eine japanische Statuette, ein Bild. Ich lebte in einem Irrgarten voll unwichtiger Einzelheiten. Gütertrennung. Szenen. Ich mußte sowohl auf meines Vaters Egoismus wie auf Marucas Zorn besänftigend einwirken. Ich lebte ihren Alptraum. Maruca sprach mit mir. Ich half ihr. Ich versuchte ihr zu sagen, daß mein Vater selbstsüchtig und sich seiner Handlungen nicht bewußt sei wie ein Kind, unreif, gedankenlos, verwöhnt, aber ihre Antwort darauf war nur: »Ja, Kinder sind egoistisch, aber sie sind auch zärtlich und lieb, und dein Vater war nicht einmal zärtlich zu mir.«
Diese kindliche Frau, die ihren Gatten als Lehrer, Gott und Musiker angebetet hatte, war nun ebenso unnachgiebig, wie sie früher nachsichtig gewesen war. Sie glaubte nichts, was er sagte, auch nicht an seine Zerknirschung. Sie wandte sich jetzt der Vergangenheit zu, durchstöberte sie, fügte alle Facetten seines Verhaltens zusammen, jedes seiner Worte, seine Meinungen, seine Ausdrücke, und folgerte daraus, daß er sie nie geliebt habe.
Ich sagte, alles das hänge von ihrer Definition der Liebe ab.
Aber sie hatte zuviele Rücksichtslosigkeiten angesammelt, zuviele

egoistische Aussprüche, gedankenlose Gesten, seinen Gesichtsausdruck, wenn er krank war, wenn er seine unsinnigen Geschichten erzählte, und war überzeugt davon, daß er sie nie geliebt habe, welche Definition man der Liebe auch geben möge. Bisher hatte ihre eigene Liebe alle Sprünge überdeckt, ihr eigenes Vertrauen alle Brüche geheilt. Nun aber explodierte dieses unbedeutende, verschwiegene, stille Leben wie ein Vulkan, und die Zerstörung war durch nichts mehr aufzuhalten. Ich wußte, daß ich nichts dagegen tun konnte, aber ich versuchte es trotzdem. Ich wußte, daß die Art der Untreue, wie sie mein Vater praktiziert hat, von Frauen nicht verziehen wird, denn sie kommt nicht aus einem natürlichen, primitiven, warmblütigen Impuls, sondern aus neurotischer Eitelkeit, Besessenheit, einem Bedürfnis nach Eroberung; sie ist nicht Liebesbedürfnis, kein wirklicher Hunger, vielmehr die Leidenschaft des Sammlers, der seine Macht und seinen Charme unter Beweis stellen möchte. Was Maruca nicht verzeihen kann, ist seine Selbstidealisierung, seine Selbstverwöhnung, verbunden mit Heuchelei. Mein Vater spielte sich immer als Idealwesen auf. Seine absolute Selbstsucht war maskiert. Er bezeichnete seine Handlungen als altruistisch. Er behauptete, die Frauen zu lehren, ihnen zu helfen, sie zu retten, während er mit ihnen schlief. Das ist es, was Maruca nicht verzeiht: die Lüge.
»Aber vielleicht hat er das getan, um dir Leid zu ersparen.«
»Oh, ganz gewiß nicht. Nicht genug damit, daß er seine Freundin nach Caux brachte, während wir selbst dort waren, er verlangte auch noch, daß ich sie zu uns einlade, ja er warf mir vor, daß ich sie nicht liebte. Soll er nur weinen jetzt, ich habe jahrelang geweint. Soll er nur von Selbstmord sprechen. Ich weiß, er wird es nicht tun. Dazu liebt er seinen kostbaren Körper viel zu sehr. Soll er nur die Größe meiner Liebe jetzt ermessen, die ihm sein Leben so angenehm gemacht hat, und mag er nur sehen, was er zerstört hat. Ich empfinde nichts dabei. Er hat meine Liebe so gründlich getötet, daß ich nicht einmal mehr leide. Ich habe nie einen Mann gekannt, der eine Liebe so gründlich zerstören konnte.«
Ich wußte, sie würde sich nicht erweichen lassen, aber ich flehte sie trotzdem an. Ich sagte, daß es Männer gäbe, die sich immer wie Kinder benehmen, und daß sie und ich die Rolle junger Mütter übernommen hätten, für die so viele Handlungen der Männer bedeutungslos seien. Wenn die Frau mit einer mütterlichen Rolle einverstanden ist, kann sie alles verzeihen. Das Kind weiß nicht, wann es die Mutter verletzt. Ein Kind merkt Müdigkeit und Schmerz nicht. Es gibt nichts und fordert alles. Wenn die Mutter weint, umarmt es sie und fährt dann fort, das zu tun, was die Mutter verletzt. Das Kind denkt an die Mutter nur als an die allesgebende, allesverzeihende, unerschöpfliche, ewige Liebe. Das Kind frißt die Mutter auf.

Mein Vater wollte ein letztes Mal sein Haus sehen. Als wir davor standen, blickte er zuerst zu seinem Fenster hin. »Ich werde dieses Zimmer nie mehr sehen. Es ist unglaublich. Meine Bücher sind noch drinnen, meine Noten, mein Klavier ... ich hingegen ...« Tränen rollten ihm über die Wangen. »Was ist mit Maruca geschehen? Eine so bescheidene, anspruchslose, geduldige, engelhafte Frau! Ein kleines Mädchen, so unschuldig und anhänglich. Und dann dieser Wahnsinn ... Ich wußte nicht, was ich tat. Ich hätte nicht geglaubt, daß sie es mir nachträgt.«
Eben in diesem Augenblick war es, daß man in Paris ein leichtes Erdbeben registrierte. Eben in diesem Augenblick, in dem das Leben meines Vaters durch die Revolte und die Rache einer Frau wie von einem Erdbeben erschüttert wurde, als er Liebe, Schutz, Vertrauen, Luxus, Treue verlor. Ein einziger Augenblick weiblicher Revolution ließ sein ganzes Leben auseinanderbrechen. Die Erde, die Frau, und ihre plötzlichen Explosionen. Das unempfindliche Instrument von meines Vaters Egoismus zeigte die kommenden Erschütterungen nicht an. Während er zum letzten Mal vor seinem Haus stand, erzitterten die Eingeweide der Erde. Maruca aß ruhig in ihrem Bett ihr Frühstück, während das Leben meines Vaters zerbrach und alle liebevoll gesammelten Schätze in einen Abgrund rollten. Die Erde öffnete sich unter seinen immer tanzenden Füßen, den Walzern seiner Hofmacherei, seinen kontrapunktischen Liebesaffären. In einem einzigen Augenblick verschlang sie das farbige Ballett seiner Lügen, die Bühnenlichter und Heiligenscheine, mit denen er seine Eroberungen und Gelüste umgab. In diesem Aufruhr wurde alles zerstört. Die Erde und der Zorn einer Frau über seine Leichtfertigkeit, seine Frechheit, die Art, wie er die Realität übersprang, seine Ausflüchte. Sein Haus öffnete sich, und durch die Spalten quollen seine seltenen Bücher, seltenen Partituren, seine Zeitungsnotizen, die Geschenke seiner Bewunderer.

Eines Tages tauchte im Hause Marucas ein spanischer Priester auf. Er war, eine Statue der Jungfrau Maria tragend, aus Spanien entkommen. Er wußte viel von Musik und suchte Hilfe. Maruca wollte ihm gefällig sein und lud ihn zum Dinner in den Bois. Sie bat auch mich, zu kommen. Aber sie hatte vergessen, daß es der Tag der Rennen war. Das Restaurant war überfüllt mit außergewöhnlichen Frauen in den fantastischsten Kleidern. Es war Mode, sich die Haare in seltsamen Farben zu pudern, grün, gold, blau, und die Lider mit goldnen und silbernen Schatten zu überziehen.
Das glänzende Schauspiel ringsum stand in peinlichem Gegensatz zu den Erzählungen des Priesters. Geschichten aus Spanien, von Tod, Hunger, Angst, Folter, in einer Umgebung von äußerster Frivolität.

Ich bat Maruca, aufzubrechen. Statt dessen begann sie jedoch mit einer ausführlichen Schilderung ihres Lebens mit meinem Vater, mit allen Details, was für den Priester einen argen Schock bedeutete, denn was er in der Dunkelheit eines Beichtstuhles sich wohl angehört hätte, konnte er nicht in aller Öffentlichkeit auf sich nehmen, und der heftige Kontrast zwischen historischer Tragödie, persönlicher Tragödie und Modenschau war unerträglich.
Jammer und Klagen und Anklagen der Frauen waren für ihn eine ganz natürliche Sache, er hatte sie oft gehört, aber was er nie zuvor gehört hatte, war, daß eine Tochter das Benehmen ihres Vaters so offen und einsichtig interpretierte. »Respekt vor dem Gatten«, murmelte er, »Respekt vor dem Vater.«
»Und was ist mit dem Respekt vor der Frau?« fragte Maruca. »Sie haben Ihr Leben gewagt, um die Jungfrau Maria aus Spanien herauszutragen, man hätte Sie dafür erschießen können, und dennoch glauben Sie nicht, daß der Mann auch vor der Frau Respekt haben sollte?«

Ich analysierte meines Vaters Ahnungslosigkeit. In manchen Augenblicken in Caux hatte er verstanden, daß er ungeheuerlich selbstsüchtig war, daß er seinen Don-Juanismus ohne Vorsicht und auch ohne Rücksichtnahme ausgelebt hatte, aber im nächsten Augenblick wollte er das alles schon nicht mehr wahrhaben, er stürzte sich in Ausreden, Alibis, Lügen, lud alle Schuld auf Maruca, auf die Frauen, die ihn herausforderten.
Ihm war nicht bewußt, was er getan hatte.
»Und wenn ich jetzt krank werde«, sagte er, »wer wird mich pflegen?«

[Sommer 1938]

Die beiden letzten Wochen lebten wir unter der Drohung des Krieges. Kollektive Angst, Panik, Aufruhr, Furcht. Man packt zusammen, läuft davon. Man steht vor der Drohung der Konzentrationslager, der Einkerkerung, der Bomben. Henry arbeitet nicht mehr an der Neufassung von *Capricorn*. Die Unterbrechung seines individuellen Lebens hat ihn krank gemacht. Schwarze Tage für die Welt. Vor den Zeitungsgebäuden drängen sich die Menschen und warten auf neue Nachrichten. Unrast, Hysterie. Diese kleine Welt, die ich mir aufgebaut habe, aus Beschützerinstinkt, Liebe, Menschlichkeit, Arbeit, wird vielleicht zerstört werden, durch den Krieg, durch Hitler.

Wir leben alle in Hochspannung. Wir packen alle. Henry flüchtet in die Dordogne, nachdem er mir Instruktionen gegeben hat, die seine Manuskripte betreffen.

Eines Morgens fand ich in meinem Briefkasten eine Anordnung der Flußpolizei, Paris zu verlassen. Alle Hausboote wurden aufgefordert, sich von Paris zu entfernen. Ich mußte einen Schlepper mieten, der das Hausboot ein Stück weiter die Seine hinauf zog. Wir alle fürchteten, daß die Hausboote für Reisen irgendwelcher Art nicht mehr tauglich wären. Ich bat daher Gonzalo, mir bei der Steuerung behilflich zu sein. Er verspätete sich. Der Schlepper wollte nicht warten. Und so fuhr ich allein. Es regnete. Ich stand an Deck und überwachte die Operation. Ich erinnerte mich an meinen Traum, in dem ich zwanzig Jahre lang fuhr, und alle meine Freunde standen am Ufer und fragten mich, wohin ich führe und wann ich zurückkäme. Jetzt fuhr ich wirklich zurück durch die Landschaften von Paris, die mir so vertraut sind, vorbei an Mietshäusern, in denen ich gewohnt hatte, an Straßen, die ich so oft erforscht hatte. Aber ich durfte nicht darüber nachdenken, wie sich Träume materialisieren, denn das Hausboot nahm Wasser, und ich mußte mich um die Pumpe kümmern. Der Schlepper mußte die Fahrt drosseln, sonst wären wir gesunken.

Paris lag hinter uns. Wir passierten eine Brücke und erreichten ein Fabriksgelände. Nach einer zweiten Brücke kamen wir zu einem Bootshafen, mit den Skeletten alter Barken und rostigen Ankern. Ein Schiffsfriedhof. Sie waren mir Wegweiser auf meiner Fahrt hinauf nach Neuilly. Hier war Platz, Anker zu werfen. Neuilly! Ich war im Kreis gefahren, nur um an meinen Geburtsort zurückzukehren. Ein Omen? Und auch mein Vater übersiedelte nach Neuilly, in die Nähe des Ortes, wo er gelebt hatte, als ich geboren wurde.

Das Appartement, das Maruca für meinen Vater ausgesucht hat, ist eine komfortable, moderne Wohnung, wie man sie für Paare eingerichtet hat, die sich zurückziehen wollen. Es gibt ein Restaurant im Erdgeschoß und Mädchenbedienung. Als mein Vater es sah, war er jedoch einen Augenblick lang verzweifelt. Unbewußt hatte eine verärgerte Frau für ihn einen Platz in Dantes Inferno gewählt, unter alten Menschen, und er hatte doch sein eigenes Altern nie zur Kenntnis genommen, hatte in einer Illusion ewiger Jugend gelebt. Außerdem blickt man von seinen Fenstern auf einen Friedhof. Ein böses Vorzeichen für einen Spanier.

Ich besuche ihn pflichtgemäß, spaziere mit ihm durch denselben Park, in den er mich geführt hat, als ich zwei oder drei Jahre alt war, aber ich fühle mich dabei fast so wie Maruca, beziehungslos, frei von ihm.

Ich ging auch zu ihm, als Henry eben abgereist war. Er saß am Klavier und überarbeitete eine Komposition, die den spanischen Waisenkindern gewidmet war, und ich fühlte, daß er sich selbst als eines von ihnen empfand. Seine Wohnung war pedantisch aufgeräumt, klinisch sauber und ordentlich.

Während wir durch den Bois spazierten, schwelgte er ein wenig in der Erinnerung an die Tage, an denen er meinen Bruder und mich zum Spielen in diesen Park geführt hatte. Und zum ersten Mal in der langen Reihe unserer Kämpfe ließ er sich zu echten, wirklich aufrichtigen Bekenntnissen hinreißen. Das war es, was ich erreichen wollte, denn ich weiß, daß es das einzige Mittel gegen die Einsamkeit ist. Er weinte über die verlorene Maruca, die er namenloser sexueller Abenteuer wegen verloren hat. »Ich kann mich nicht einmal an die Namen erinnern.« Was ihm bleibt, ist nur eine Sammlung von Trophäen. Nun glaubt er, daß ein Gott ihn bestraft, er, der niemals an Gott geglaubt hat. Er empfindet Schuldgefühle und Reue. »In eben diesen Park habe ich dich geführt, als du ein Kind warst. Ich hätte glücklich sein können, als Vater, Gatte, als Musiker, wäre ich nicht besessen davon gewesen, mehr und mehr Frauen zu erobern.« Ich tröstete ihn. Nun versteht er, was für eine Verkrampfung es bedeutet, ständig Rollen spielen zu wollen, und er sagt, er hätte gern einmal nicht Theater gespielt, einmal diesen vorbehaltlosen Austausch von Gefühlen und Gedanken erlebt, den er bei mir findet. »Hätte nur eine einzige Frau einmal wie du die Fassade durchbrochen, es hätte eine echte Beziehung entstehen können.«

Von ihm weg ging ich zu meiner Mutter und Joaquin. Sie bereiteten sich für ihre Abreise nach Amerika vor. Joaquin wird eine Stelle am Middlebury College angeboten. Er arbeitet an seinem Quintett und probt für ein Konzert. Mutter sieht älter aus, zarter, sie ermüdet jetzt rasch.
Von dort weiter zu dem alten Lantelme, der mir ein Versprechen abnimmt, daß ich mich nach seinem Tod um seine Frau kümmern werde.
Dann treffe ich mich mit Helba zu einer Aussprache über Gonzalo, der von einem schweren Konflikt zerspalten wird. Es handelt sich nicht nur um den Konflikt zwischen seiner Sorge um Helba und seinen politischen Aktivitäten, sondern auch um einen tieferen: seine Freunde sagen, daß er zur Arbeit für die Revolution nicht tauge. Er ist undiszipliniert, nachlässig, wird in seinen eigenen Untergang rennen. Er kann nicht organisieren, verliert wichtige Papiere, vergißt Verabredungen. Seine Freunde sagen, er sei ein romantischer Revolutionär.
Helba: »Ich habe ihn aufrechtgehalten, habe ihn geführt, bis ich krank wurde. Jetzt sind Sie die einzige, die ihn retten kann.«
»Aber wie, Helba? Wie entwirrt man die Knoten?«
Wir saßen im Café Flore, und ich mußte sehr laut sprechen, um von Helba verstanden zu werden. Ein Mann, der hinter uns saß, hinter den Topfpflanzen, beschuldigte uns, daß wir ihn beim Zeitunglesen störten, so mußten wir hinaus und spazierengehen.
Helba: »Gonzalo hat seinen Körper durch Exzesse so geschädigt, daß seine Gesundheit gelitten hat. Ein Tag draußen im Regen und er zittert und bebt. Wenn er nach Spanien ginge, wäre er der erste, der aus den Gräben ins Lazarett eingeliefert würde. Er würde auch barhäuptig und unbewaffnet in das Maul der Kanonen rennen. Er möchte für irgendeine Sache sterben, für eine Idee, und wenn wir ihm nicht gut zureden, wird er sich später dafür schämen.«
Am nächsten Tag früh auf, um in Villa Seurat aufzuräumen, Henrys Schreibmaschine ölen zu lassen, seine Post durchzusehen. Er schreibt trostlose Briefe: »Alles tot und langweilig. Ich fühle mich wie ein Gespenst.«
Wo soll er sich ausruhen, um wieder Kraft zu gewinnen? Er ist verbraucht und nervös.
Weiter zu den Eigentümern des kleinen weißen Bootes, das in der Nähe meines Hausbootes lag und das ich schon lange bewundert habe. Es gehört einem deutschen Maler, der immer daran gearbeitet, es immer umgebaut und frisch bemalt hat. Er lud mich zu sich ein. Dann erzählte er mir, daß er und seine Frau Juden seien und daß sie der Gang der Ereignisse in Furcht versetze. Sie möchten nach Afrika oder Südamerika auswandern. Ob ich ihr Boot kaufen und ihnen bei

der Flucht behilflich sein würde. Er möchte nicht von der deutschen Wehrmacht ausgehoben oder in ein Konzentrationslager eingewiesen werden. Ihre Klage rührte mich tief, aber ich bin nicht in der Lage, ihr Boot zu kaufen. Ich fand jedoch jemand, der es tun wird, und wir schieden gefühlvoll, wie sehr alte Freunde.

Winter of Artifice liegt unfertig herum. Moricand versucht, mich wieder in die Welt der Träume zu führen, und gibt mir *Séraphita* zu lesen, spricht Abend für Abend über Mythologie.

Ich lebe durch andere das aus, was ich selber nicht zu leben vermag: Chaos, Unordnung, Tumult, dunkle Instinkte, Launen, Ängste, Fieber, Grausamkeit. Sie leben es für mich. Sie zerstören, was ich schaffe. Sie versagen, verlieren sich, fallen, sie schockieren mich, verletzen sich selbst, und ein Teil von mir ist in ihren Zerstörungen, und ein anderer Teil von mir kämpft gegen das Zerstörerische in ihnen, und wieder ein anderer Teil von mir, der überlegen ist, der das alles überwunden hat, leidet tief mit ihnen, für sie, durch sie.

Morgen werde ich diesen Band des Tagebuchs im Safe hinterlegen. Ich muß frei und unbelastet sein, für die Entwurzelungen, die kommen werden.

Krieg flackert wieder auf.

Mobilisierung.

Frauen weinen ohne Scheu in den Straßen. Vor den Sparkassen sammeln sich Menschen in Mengen an, die ihre mageren Ersparnisse abheben wollen. Angst liegt in der Luft. Und Gonzalo treibt auf diesen Ängsten dahin und fühlt sich lebendig. Endlich ist er eins mit der Welt, die universelle Agonie übertrifft die seine.

Ich schweige, wenn Gonzalo die etablierte Ordnung für alles verantwortlich macht, weil »der Kapitalismus für alles verantwortlich ist, sogar für Helbas Krankheit«. Ich kann ihm nicht erklären, daß es eine individuelle Verantwortlichkeit gibt, daß Tragödien nicht auf Druck von außen entstehen, sondern auch auf Druck von innen.

Gonzalo berichtet mir: »Ich glaube, Hitler gibt nach.«

Henry ist zurückgekehrt.

Wir erwarten alle eine Revolution in Deutschland, die dem Krieg ein Ende machen würde.

Eines Tages holte Moricand mich ab. Henry hat einen Unfall gehabt. Nicht sehr gefährlich – er ist von der Leiter gefallen, die zur Terrasse seines Studios führt, hat die Glastür zerbrochen und sich Wunden am Rücken und an den Sohlen seiner Füße zugezogen. Er kann nicht gehen. Daher machen wir alle für ihn Botengänge, kochen für ihn, warten auf seine Wünsche.

Henry braucht mich, mein Vater braucht mich, Maruca braucht mich.

Mein einziges Vergnügen in diesem Monat ist Henrys Arbeit an *Capricorn*. Extreme an Sensualität und Lyrismen, Spiritualität und Dämonie. Als er das Kapitel über den schwarzen Stern geschrieben hatte, waren wir melancholisch, weil früher die ganze Literatur symbolisch war und jedermann das Symbol verstand, aber heute kann man mit den Begriffen des Symbols und des Mythos nicht mehr arbeiten.

[Oktober 1938]

Wenn ich auf die Woche des drohenden Krieges zurückblicke, in der ich aufhörte, Eintragungen in das Tagebuch zu machen, sehe ich einen Friedhof vor mir. Der Krieg ist nicht wirklich ausgebrochen, aber das spielt keine Rolle. Viele Menschen sind seelisch, viele in ihrem Glauben gestorben. Der Schleier der Illusion, der menschliches Leben erst möglich macht, wurde brutal zurückgeschlagen.
Ich sehe die Zerbrechlichkeit der Welt des Einzelnen, die der kollektive Wahnsinn überschwemmt.
Ich habe Henry zittern und klagen gesehen, obwohl er als einziger Paris verlassen konnte und sich um niemanden zu sorgen brauchte, außer um sich selbst. Henrys egoistische Selbstbezogenheit lag in Agonie; er wütete, weil stärkere, äußere Mächte ihm Frieden und Sicherheit entzogen. Henry hatte keine Kraft mehr. Schickte Telegramme nach allen Windrichtungen, um Geld für die Rückkehr nach Amerika zu sammeln. Henry erwies sich als ein Primitiver.
Ich habe Gonzalo gesehen, der alle privaten Gefühle dem Krieg zum Opfer bringen wollte und sich daran weidete, daß der Krieg die Revolution möglich machen würde. Gonzalo ist physisch mutig, aber es ist ein Mut zum Tode und nicht zum Leben. Für Gonzalo war *Nanankepichu* nur die Raststätte eines Kriegers zwischen den Erdstößen politischer Umwälzungen und dem utopischen Glauben an eine neue Welt.
Henrys chinesische Weisheitssprüche haben den Test auf die Realität nicht bestanden. Wir sind für einander zu Gespenstern geworden. Villa Seurat sieht auf einmal verfallen aus. Man bemerkt die Flekken an der Wand, die Risse, die abbröckelnde Farbe.
Der Frieden ist ein Friedhof.
Fiktion, Falschheiten, Ängste, Vorurteile.
Wie soll ich an ein System glauben, in dem man Freunde und Verwandte überwachen muß, das Grausamkeit ebenso rücksichtslos ausübt wie die Bedrücker; wie kann ich an irgendetwas glauben, das die Macht durch Blutvergießen und Folterungen erringt?
Gonzalo hat die notwendige Blindheit für die Parteinahme, um für eine Idee zu sterben, ich aber sehe die Unmenschlichkeit aller Ideen, ihre Unwahrheit. Ich möchte leben, indem ich Gesetze, Vorurteile, Moral überwinde. Für mich ist jedes System zu eng. Ich habe immer

einen Mann von Qualität respektiert, wenn ich ihn gefunden habe, einen Charakter, einen menschlichen oder schöpferischen Wert. Jetzt jedoch gewinne ich die Überzeugung, daß etwas, was für mich schlecht war, für andere gut sein kann, zur Befreiung der Armen, der Sklaven, der Arbeiter.
Gonzalo hat mich überzeugt.
Die einzige mir bekannte Welt ohne Mauern, Ungerechtigkeiten, Ungeheuerlichkeiten ist die der Illusion und der Dichtung. Für mich ist sie die einzige Befreiung. Ich glaube nicht, daß die Menschen durch äußerliche Systeme befreit werden. Es muß von innen kommen.
Es war die Nacht der Friedenseuphorie. Wir hatten Aufschub erlangt. Wir waren einem Alptraum entflohen, einem ungeheuerlichen Gemetzel, einer gigantischen Tragödie, für einige wenige Tage.
Wenn ich Gonzalos Bücher lese, sehe ich den Irrtum, die Grenzen des Verstehens. Aber vielleicht gilt das nicht für die Welt. Die Welt ist irdisch, sie braucht den Anstoß von außen, die irdischen Lösungen. Sie kann sich nicht selbst befreien, in Raum und Zeit. Sie braucht konkrete, äußere Änderungen. Sie entwickelt sich nur in äußeren Verwandlungen. Aber Gonzalo begreift nicht, daß ihn keine wirtschaftliche Befreiung von seinem schlechten Gewissen Helba gegenüber erlösen wird, ebensowenig wie mich von meiner Unfähigkeit, Schmerz zu bereiten. Die Schwäche und die Laster sind in uns selbst, und daher werden sie auch unter jedem System wieder erscheinen, wie die Blutflecke der Lady Macbeth. Gonzalo und Helba haben ihre eigene Schwäche nie erkannt. Sie klagen die Gesellschaft und die Ärzte an.
Wenn ich in die Illusion aufsteige, nennt Gonzalo dies eine negative Lösung. Welche Ironie! Was habe ich doch alles geschaffen, aus dem Terror und der Tragödie des Lebens!
Zurückkehrend zum Hausboot, fand ich eines Tages eine Seite des Tagebuches, die ich lange zuvor geschrieben und auf meinem Tisch vergessen hatte und die auch heute noch zutreffend scheint.
»Dieses Tagebuch ist meine Droge und mein Laster. Dies ist der Augenblick, in dem ich die geheimnisvolle Pfeife aufnehme und mich hinübertreiben lasse in den Bereich der Reflexionen. Statt ein Buch zu schreiben, lehne ich mich zurück und träume und spreche mit mir selbst. Eine Droge. Ich wende mich von der brutalen Realität ab und einer gespiegelten zu. Das drängende, vorwärtstreibende Fieber, das mich tagsüber gespannt und hellwach sein läßt, löst sich auf in Zwanglosigkeit, Betrachtungen und Improvisationen. Ich muß mein Leben im Traum wiederleben. Nur der Traum ist mein Leben. Nur in Echo und Widerhall ereignet sich für mich die Verwandlung, die das Wunder rein erhält. Sonst geht alle Magie verloren, und im Erwachen stoße ich an die Gitterstäbe meines Gefängnisses.

Häßlichkeit, Unschönheit, Beschränkungen fressen sich in jede Geste wie Rost. Dies ist mein Tagebuch und meine Droge. Es muß alle Dinge mit der äußersten Durchsichtigkeit des Rauches überziehen, muß sie verwandeln, wie die Nacht es tut, und sie auf diese Weise in der Linse meines Lasters sammeln, sonst würde der Lebensrost meinen Rhythmus zu einem Seufzer verlangsamen.«
Gonzalo las dies und schrieb das Folgende und ließ es in der Schreibmaschine stecken:
»Du weigerst dich, die Schuld dort zu sehen, wo sie wirklich ist. Lieber ziehst du einen Schleier aus Fantasie, Schönheit und Verzeihung über eine unerträgliche Realität. Als Mensch ist Anaïs vital und konstruktiv, für andere zu sorgen ist die Aufschrift auf ihrem Wappenschild. Aber die Künstlerin Anaïs flieht vor der Welt und sucht Umbildungen, die die Realität erträglich machen. Dieses Paradox zwischen den beiden Anaïs entsteht durch das gegenwärtige gesellschaftliche System, die plutokratische Bourgeoisie, die ausbeuterisch und ruchlos ist. Ich prophezeie, daß einmal der Tag kommen wird, an dem Anaïs erkennt, daß die Gitterstäbe des Gefängnisses aus nichts anderem gemacht sind denn aus Träumen, daß sie in einem Traumgefängnis gefangen gehalten wird. Und ihre Kerkermeister werden sie festhalten und sie mit Phantasien füttern, um sie daran zu hindern, eine Rebellin zu werden.«

Wer nur irgend konnte, ist in der Woche der Panik geflohen. Die anderen, die in der Falle saßen, weil sie ohne Geld nicht abzureisen vermochten, freuten sich, daß ich bei ihnen blieb. Fred, Moricand. Moricand machte in der Bibliothèque Nationale Notizen über Mythologie.

Henry plant, nach Amerika zu gehen.
Durrell wird im Februar *Winter of Artifice* herausbringen.
In *House of Incest* schrieb ich über June: »Ein Lichtstreifen auf einem offenen Buch, das ist für sie schon zuviel.« Mit Gonzalo verhält es sich ähnlich. Er ist so erbittert, so zornig über die Bücher, die mich in einem Traumgefängnis halten, so überzeugt, daß sie mich daran hindern, in den Kampf um eine neue Welt einzutreten, daß ich eines Tages verzweifelt sagte: »Nun gut, wir wollen sie alle verbrennen.«
Gonzalo nahm mich ernst und errichtete am Kai, wo die Leute Abfall von den Hausbooten verbrennen, einen Scheiterhaufen. Ich suchte zuerst die Bücher aus, die mir gleichgültig waren. Gonzalo jedoch wurde fanatisch wie ein Inquisitor. Er vergrößerte den Stoß. Die Bücher zu verbrennen, die mich zu träumen lehrten, war wie ein barbarisches Ritual. Gonzalos Augen glühten in einem wilden Stolz. Das größte Opfer, das ich seinem Glauben bringen kann, ist: nicht

mehr zu träumen, nur mehr Krankenschwester für die Verwundeten zu sein – so werde ich mithelfen, die Welt zu verwandeln. Sein wilder Glaube machte Eindruck auf mich. Es war wie beim Ritual des Heiligen Johannes in Spanien, wo sie jedes Jahr aus den abgestellten Dingen auf den Dachböden riesige Scheiterhaufen anzünden, gleichsam um die Vergangenheit loszuwerden und in der Gegenwart leben zu können.
Die Bücher brannten langsam. Zuletzt wurden meine Lieblingsbücher auf den Haufen geworfen. Es waren so viele und es dauerte alles so lange, daß Gonzalo die Geduld verlor und fortging.
Als er ging, war es dunkel. Ich rettete die Bücher, die noch nicht Feuer gefangen hatten, die Bücher der großen Nichtrealisten, Strindbergs *Inferno,* Carlo Suarès' *La Procession Enchaînée,* Bücher über den Surrealismus, Ranks *Art und Artist,* Artauds *L'Art et la Mort,* Pierre-Jean Jouve, Giraudoux!
Jean Carteret ist in Lappland und arbeitet wie ein Farmer. Er wohnt in einem Holzhaus. Als er Zahnschmerzen hatte, versammelten sich die Lappländer um ihn, machten ihn betrunken und zogen ihm den Zahn. Er war Zeuge, wie das geweihte Kreuz in den zugefrorenen Fluß geworfen wurde und die Lappländer in das eisige Wasser sprangen, um es zurückzuholen und sich auf diese Weise Vorrechte im Himmel zu erwerben.
Und ich hatte Gonzalo meine Bücher verbrennen lassen, hatte so symbolisch mein Opium aufgegeben! Die individuell geschaffene Welt.
Die Nachrichten werden wieder tragisch. Gonzalo kam am vergangenen Abend vorbei, ganz krank von dem Schrecken, den es ihm bereitet hatte, einen Verräter zu entlarven und verurteilen zu müssen. Er beschrieb die Szene. Es handelte sich um einen Südamerikaner, der für die marxistische Revolution gearbeitet und sie dann verraten hatte. Gonzalo mußte ihn verhören, ihn zerbrechen, seinen wirklichen Namen aus ihm herausziehen und ihn schließlich mit den Beweisen für seinen Verrat konfrontieren. Als der Mann zusammenbrach und seufzte und klagte, sagte er dies: »Ich hatte geglaubt, die Revolution würde sogleich stattfinden. Ich war voller Glauben. Ich habe so viele Tage im Gefängnis gelitten, soviel Angst ausgestanden, meine Familie hat gelitten. Immer dieses Warten, meine Begeisterung starb ... Ich brauchte Geld ...«
Gonzalo fühlte in seiner Menschlichkeit Mitleid mit dem Mann. Ihn zu verurteilen, war das Härteste, was ihm jemals aufgetragen war. Er mußte immer an ihn denken und konnte nicht schlafen. »Am liebsten hätte ich mich an seiner Stelle erschießen lassen.« Er erbrach sich, die politischen Realitäten bereiten ihm körperliches Übel.

Henry sagt, er hätte einige Guthaben, mit denen er sich in Amerika niederlassen könnte, und daß jetzt die Zeit dafür gekommen sei. Er hat sich von der Außenwelt abgewandt und urteilt geringschätzig über viele seiner Handlungen, die ich seinerzeit als das Laster der ständigen Bewegung beschrieben habe. Er träumt von Tibet. In vier Jahren will er sich nach Tibet zurückziehen und Mönch werden.
Henry und ich reisen in entgegengesetzten Richtungen. Ich bin unterwegs in eine Welt der Aktion und der Grausamkeiten, die Henry schon längst aufgegeben hat.
Gonzalo verdammt meine künstlerische Fähigkeit, in einer Zelle zu leben, die in andere Zellen verschachtelt ist und das Schöpferische vor der universellen Zerstörung beschützt, aber jene hat er nie verdammt, die Alkohol trinkend auf Schleichwegen vor der Realität fliehen. Er braucht Drogen, um sich in die Unendlichkeit und über das Leiden zu erheben. Henry mag unterwegs sein zu geistigen Welten, ich jedoch inkarniere mich mehr und mehr, um ganz auf der Erde zu leben, als eine Frau, die sich durch Liebe für die Gegenwart entscheidet, für das Leben des Menschen auf der Erde.
Vergiß nicht, es ist eine Träumerin, die in der Metro sitzt, neben einer alten, mit Ekzemen übersäten Frau, eine Träumerin, die einen schmutzigen Weg hinaufgeht zu einem öffentlichen Krankenhaus, die Helba die Wärmflasche reicht, das Bettzeug wechselt, sich den detaillierten Bericht von ihrer Operation anhört. Helba versucht nicht, etwas zu verschleiern. Sie entblößt alle ihre Leiden und ihre Wunden. Ihr Gesicht ist gelb und ihr Haar strähnig. Neben ihr liegt eine zum Skelett abgemagerte Frau, die ich zuerst für eine Greisin hielt, aber es stellte sich heraus, daß es eine junge, durch Krankheit frühzeitig gealterte Frau ist. Sie setzte sich auf, machte sich ihr Gesicht zurecht, kämmte sich das Haar und raffte es mit einem Band. Helba erzählte mir, daß sie eine Prostituierte sei und an Syphilis sterbe. Ich blickte sie mit einer Bewunderung an, die ich für Helba nicht empfinde. Diese junge Frau pudert und schminkt ihr Gesicht zum Rendezvous mit dem Tod, schmückt sich mit einem Band; ich bewundere diese Anstrengung, sich der Wirklichkeit zu stellen und dabei auf eine rührende Weise die Häßlichkeit zu bekämpfen.
Wie lange werde ich die geheime Droge nehmen können, die mich nicht zerstört, die mir immer noch Ekstasen erlaubt, auch Distanz von Helba, durch die alles häßlich wird?
Ich fühlte es kommen, während ich so dahinging. Es kommt immer, wenn ich die ungeheuerlichen Aspekte des Lebens gesehen habe, ein seltsames Gefühl, wie Trunkenheit. Es packte mich mitten auf der Straße wie eine schreckliche Welle und rann betäubend durch meine Adern. Die Betäubung durch das Wunderbare. Ich kenne es, seine strömende Kraft, die Art, wie sich mein Körper zu heben scheint, die

Luft, die unter meinen Füßen durchfließt, ich kenne es in seiner Macht, seiner Zartheit, seiner Wirkung auf die Sicht meiner Augen, eine Art von Blindheit, Verschwommenheit. Die Straße wurde auf einmal hell. Ein unfaßbarer Zustand, nicht festzuhalten, vorübergehend, nicht für immer zu fixieren. Eine Vision, eine Gemütsverfassung, ein Schlaf, der im nächsten Augenblick schon wieder vergeht. Es war, als hätte ich gelernt, über die Straße zu fliegen, und als wäre ich imstande, dies stundenlang zu tun; dann jedoch, ohne Ursache, würden die überwundenen Hindernisse sich wieder kristallisieren und mich anhalten. Mich zum Absturz bringen. Mit dieser Trunkenheit, die jede Zärtlichkeit außerordentlich und wunderbar macht, kommt jedesmal auch eine Angst, daß sie nicht von Dauer sein könnte. Es war ein Zustand der Gnade; ich hätte nicht zu sagen vermocht, wodurch er mir wieder verlorenging. Vielleicht hätte dieser Zustand der Freude, einer Freude, die meinen Körper einhüllte und mich in musikalische Sphären erhob, mir auf die Dauer den Atem geraubt und mich zuletzt, in einem Exzess lustvoller Erregungen, getötet.

Die Gefahr liegt darin, daß man niedrig fliegt, daß man erwacht. Es gibt Tage, an denen ich den Absturz fühle, aus einer Sphäre, in der Bewegung und Fluß unterbrechungslos sind, zu einer anderen, in der die Gesten keine Zukunft haben.

Hier scheint jeder hinter Gittern zu leben. Die Luft ist geladen mit Staub. Wenn die Erde unerträglich wird, möchten die Menschen zu den Planeten auswandern. Wozu! Es gibt Arten des Atmens, des Gehens, des Sehens, die den Menschen in den Raum hinaus tragen. Dort findet er wieder das Schauspiel der Straßen, jedoch auf eine verwandelte Weise. Die Wunden, der Krebs, die Armut, die Gifte gehören nur den äußeren Hüllen an. Was das Auge blendet, sie blind dafür macht, ist das außerordentliche Licht, das von den Spielen ausgeht, die von den *Menschen im Raum gespielt werden*, außerhalb ihrer selbst. *Le jeu intérieur. Sie sind fähig zu spielen, weil sie daran glauben, daß Grausamkeit und Schrecken nicht von Dauer sind, daß sie vorübergehen.* Im Unendlichen gibt es keine Sackgasse.

Die Ekstase kann auf verschiedene Arten auftreten und verschiedene Zustände annehmen. Manche sind musikalisch. Eine wird von einem einzigen Ton beherrscht, so als befände man sich innen in einer riesigen Glocke. Es gibt weiße Ekstasen, deren Ursachen schöne Objekte sind, Bilder. Ekstase kann aus Unbewegtheit entstehen, auch aus Exzessen des Gefühls.

Ich kenne das Geheimnis. Ich habe mir die kindliche Empfänglichkeit für das Wunder erhalten. Ich kann nicht erwachen. Wenn ich koche, erwarte ich nicht, mich zu verbrennen. Verbrenne ich mich doch, bin ich überrascht. Wenn ich ausgehe, erwarte ich nicht, in

den Regen zu geraten. Ich ziehe mich leicht an, und der Regen trifft mich unvorbereitet.
Wenn ein Blitz das Edison-Monument trifft, wo der Griff nach einem ewigen Feuer versucht wurde, sagen wir, es war Gottes Strafgericht. Was aber sollen wir sagen, wenn ein Zug voller Mönche entgleist, die von einer frommen Wallfahrt zu »Unserer Frau von den Wundern« in Lourdes zurückkehrten?

Es gibt ein Bordell für Blinde, und die Prostituierten dort sind ebenfalls blind. Muß eine Geschichte darüber schreiben.

Es gibt Grenzen für Durrells Verständnis dessen, was ich schreibe. Er glaubt an Objektivität, woran niemand, der tief in das Studium der Emotionen eingedrungen ist, glauben kann. Er glaubt, bereits etablierte Formen für den Roman respektieren zu müssen. Ich glaube an eine Form, die immer von neuem mutiert.

Moricand identifiziert mich mit dem Mythos von Arethusa. Arethusa, unfähig, eine unerträgliche Liebe zu vollziehen, verwandelt sich in eine Quelle und nährt andere mit ihren Tränen. Darüber mußte ich lachen. Eine eher lächerliche Person, diese Anaïs, so lächerlich wie Don Quixote. Laut Moricand ist der Brunnen das Tagebuch.

[Januar 1939]

Neujahrsabend: um Mitternacht die schrecklichste Trauer über den Zustand der Welt.

Stummer, nackter Schmerz.

Ich finde eine kleine offene Tür, schmal, die in das Unendliche führt. Ich werde ein neues Buch schreiben, über das Hausboot. Helba, wie sie an ihrem Lumpen näht und Knöpfe aus einer Schachtel nimmt, auf der *Ovarian Suppositories* steht. Albertine, das Mausmädchen, und ihr Abortus in der kleinen Kabine. Der Fötus, den ich in den Fluß zu werfen hatte. Ihre Tasche mit einem Schullesebuch darin. Der Schiffbruch meines Vaters. Der Postbote, der sich fürchtet, über die *passerelle* auf das Hausboot zu kommen. An den Kais der Mann mit dem Holzbein, das er auf ein verlorenes Fünffranc-Stück stellt, das ein anderer aufheben möchte. Hohe Gezeiten. So viele Geschichten zu schreiben. Nur im Schöpferischen kann eine Welt ohne Fehler, ohne Krieg und Tod geformt werden.

Mit Henry die Korrekturen von *Capricorn* gelesen. Von der Kraft der Sprache darin bewegt.

Henry schreibt: »Ich muß entweder sofort nach Hause gehen und ein Buch schreiben, oder ein völlig neues Leben beginnen. Da ich kein völlig neues Leben beginnen kann, muß es ein Buch werden.«

Ein Buch, das so beginnt: »Ich bin hinter den Gittern eines Gefängnisses. Ich bin ein Gefangener. Immer halte ich Ausschau nach einem freien Leben, das ich mir wünsche und das ich nie erreichen konnte.«

Woraus besteht dieses Gefängnis? Es ist der Unterschied, der heftige Kontrast zwischen dem, was ich träume, was ich mir wünsche, und der Wirklichkeit, die alles verkleinert, einschränkt, bricht und schrumpfen macht.

Gonzalo sagte: »Der Indinaner ist kein Mystiker. Der Indianer ist Pantheist. Die Erde ist seine Mutter. Er hat für beide nur einen Namen. Wenn ein Indianer stirbt, geben sie ihm wirkliche Nahrung in sein Grab und füttern ihn weiter. Bei Nacht, in der ungeheuren Einsamkeit der Berge, ging ich oft auf einen ihrer Friedhöfe. Und dort fand ich sie, wie sie bei Fackellicht unmittelbar über den Gräbern ihre Festmähler hielten und Orgien feierten, um diese wirklichen Genüsse mit den Toten zu teilen.

Wenn man den Leichnam nicht in einen Sarg einschließt, kommt es zu Selbstentzündungen, kleinen Explosionen mit blauen Flammen. Der Schwefel brennt. Diese kleinen Lichter, die man bei Nacht sieht, geisterhaft und erschreckend, wie Zauberei, ließen die Indianer glauben, daß es die Seele sei, die den Körper verläßt.«

Wir sind alle über das tragische Schicksal Spaniens tief verzweifelt. Barcelona wird in die Hände der Faschisten fallen. In Frankreich werden die Anhänger der Linken verfolgt. Gonzalo weiß nicht, wohin er gehen soll.
Mein Vater verkauft seine Möbel und seine wunderbare Sammlung von Musikbüchern, um nach Kuba zurückzukehren, in der Heimat seines Vetters Zuflucht zu suchen, dem Ort, von dem er vor dreißig Jahren entflohen war. Zurück zu seinem Ausgangspunkt.
Joaquin gibt indessen, vor dem Aufbruch nach Amerika, ein Konzert in Havana. Thorvald lebt ganz allein in Bogotá, von seiner Frau und den Kindern getrennt.
Mit mir selbst geschehen Metamorphosen: ich werde ein Schwamm, der alle Tränen der Welt aufsaugt, die Leiden eintrinkt, unfähig, helfen zu können. Ein Ozean der Erlebnisse, genug, um den Durst mehrerer Menschen zu löschen.
1938 schrieb ich im Tagebuch über Spiegel und Metamorphosen und fand ähnliche Darstellungen im tibetanischen *Totenbuch*. In diesem Buch werden sie Zustände der *Bardo* genannt, die zur Wiedergeburt, zur zweiten Geburt führen, aber die Atmosphäre, die Bilder, Visionen, Halluzinationen sind die gleichen. Es finden sich auch Affinitäten zu meiner Labyrinthgeschichte [siehe: Under a Glass Bell, d. H.]: »Als ich elf Jahre alt war, betrat ich das Labyrinth des Tagebuches« usw., in dem ich das Zeitempfinden aufgehoben hatte und am Ende des Labyrinths als dasselbe kleine Mädchen wieder erschien.
Alles das gibt es also, metaphysisch, obwohl die Angriffe – ich sei völlig subjektiv und schreibe über Dinge, die niemand mehr versteht – von Durrell und Henry mich manchmal glauben ließen, daß ich in meiner Fantasie bis zur Unerklärbarkeit für andere gegangen sei. Heute ist mir die metaphysische Authentizität klar. Bücher wie *House of Incest* und alle die Fantasien, für die mich niemand lieben wird, enthalten die reinste Essenz des Sinns. Sie entsteht aus der Destillation meiner Erfahrung und ist eine Darstellung, wie sie von den Tibetern verstanden wird.
Menschlich gesehen bin ich von allen Frauen die am wenigsten einsame gewesen, ich lebte umgeben von meiner Familie, meinen Freunden, von allen jenen, die ich liebte, aber da ist eine Welt, in die ich allein gehe, eine tibetische Wüste. Es kann vorkommen, daß ich in

einem Café sitze, der Musik zuhöre, Kaffee trinke. Das Licht ist grell, die Musik laut. Ich gewahre alles ganz deutlich, von den Flekken auf dem Tisch bis zu dem Gesicht des Mannes, der von meinem Tisch am weitesten entfernt sitzt, und ich höre, worüber sich die Kellner unterhalten. Ich fühle meinen Körper, lebendig und warm in meinem Pelzmantel. Ich trage eine Kapuze mit Pelzeinfassung. In manchen Augenblicken fühle ich mich wie eine Schauspielerin. Ich bin eine polnische Gräfin, eine ungarische Sängerin, eine Eskimobraut, alles Personen aus Romanen. Die Menschen glauben immer an meine Verkleidungen. Sie erscheinen niemals hinter der Bühne, um zu sagen: »Sie lügen. Sie haben gelogen, als sie die Kapuze an Ihren Mantel nähten. Sie sind nicht das, was Sie scheinen.« Antworte ich: »Was bin ich dann?«, wird mein Aufbruch nur beschleunigt. Sobald jemand meine Existenz, meine Erscheinungsform verneint und mich als verkleidetes Wesen, als Späher aus einer anderen Welt entlarvt, öffnet diese andere Welt ihren leuchtenden Rachen und verschlingt mich. Ich bin nur hier, solange jemand an mich glaubt, solange jemand auf meine Gegenwart schwört und mich liebt.

Seltsame Dinge geschehen. Als ich Tibet entdeckte, die mir so vertrauten Zustände, dachte ich, daß ich vielleicht vor langer Zeit gestorben und nun auf dem Weg zu etwas anderem sei, einer Wiedergeburt vielleicht, einem Zustand der Vision.
Henry ist indessen ganz besessen von Balzacs *Séraphita*.
Als die Männer im Café in ihren Gesprächen von der Traurigkeit nach dem Sexualakt redeten, fragte ich, warum ich diese Traurigkeit nicht kenne. Henry gab mir zur Antwort: »Vielleicht weil Sex für dich nicht alles ist. Menschen, für die er die einzige Möglichkeit zur Vereinigung ist, sind über die Unbeständigkeit dieser Bindung traurig.« Es ist wahr, daß es für mich nur eine unter anderen Arten der Vereinigung ist, der Ausdruck für eine Vereinigung, jedoch es gibt andere.
Auch Gonzalo traf sich wieder mit mir im Café und erzählte mir von seinen Freunden, die in Spanien sterben, von den Verrätereien der Anarchisten in Barcelona, von einem Freund, dem man in einem Café das Gesicht aufgeschlitzt, von Helba, die einen Abszess im Bauch hat. »Das ganze Zimmer riecht davon.«
Gonzalo hat blitzartige Intuitionen, wie June sie hatte. Aber dann kehrt die Blindheit zurück. Er lebt in einer anderen Welt.
Als Helba sehr krank wurde, kam er zu mir wie ein Kind, niedergeschlagen und verloren. Ich entschied, was getan werden sollte. Wir gingen zum Doktor. Ich wartete in einem Café. Dort im Café sah er auf meine Hände. »Sie sind durchsichtig. Mein Gott, Anaïs, geht es *dir* denn gut?« Ich kann zu seinen Ängsten nicht noch beitragen. Ich

kann ihm nicht sagen, daß Dr. Jacobson meine hartnäckige Anämie nicht gefällt. Er will meine Lungen untersuchen lassen. Auf dem Heimweg dachte ich: »Vielleicht werde ich sterben.« Und gerade in diesem Augenblick zog ein Leichenzug vorbei. Vielleicht bin ich bereit zu sterben. Ich kann in den Barbareien des Krieges nicht leben. Gonzalo beweint den Verlust seiner Freunde, die in Spanien sterben. Helbas Tod würde jetzt keine Bedeutung haben. Ein sinnloses Leben. Aber auch Gonzalos Mutter ist zerbrechlich, ihr Sterben dauert Jahre, wie das von Helba. Sie ist mit achtzig noch am Leben. Ich glaube nicht an Helbas schnellen Tod.

Gonzalos Leben, das sind die Straßen, ist die Vagabondage. Er verzettelt sich in Gesprächen. Immer beginnt er mit großen Bewegungen, die wie gigantische Projekte erscheinen und große Revolutionen der Energie sein wollen. Er beginnt mit einer Kraft, die ausreichen sollte, die Welt auf den Kopf zu stellen, und endet beim Würfelspiel im Café mit den Bettlern der Rue de Beaune. Er braucht die Unabhängigkeit wie ein wildes Pferd und kann sich nicht einmal vom Marxismus anschirren lassen, an den er glaubt.

Henry schrieb über June: »Ich dachte, einen weiblichen Vesuv gefunden zu haben.« Er wurde von June so enttäuscht wie ich von Gonzalo. Ich dachte, Gonzalos vulkanische Natur würde mir eine neue Freiheit bringen. Ich dachte, mit dem Feuer und dem Glauben in ihm würde er alle Fesseln verbrennen, eine neue Welt schaffen. Aber er ist vorbestimmt wie ein Tier.

Merkwürdig, daß ich wie Henry immer auf jemanden gewartet habe, der das Böse ist und mich in dunkle Erfahrungen einführt, in ein Leben wie das von Richard Burton. Denn dieser Teil meines Ichs war immer unterdrückt durch die Notwendigkeit einer Sorge für andere. June hätte es tun können. Gonzalo und June sind sich wirklich gleich. Aber was geschieht, ist, daß zwei Wesen eine neue alchimistische Verbindung eingehen. Sie wirken gegenseitig aufeinander ein, und es ist nicht so, daß einer die Führung des anderen übernimmt, sondern daß diese Beeinflussung Folgen hat. Es war nicht sehr viel Böses, weder in Gonzalo noch in June, nur eine große Abenteuerlust, und beide haben sich in der Beziehung zu mir verändert. Das ist wie mit den Kindern eines Paares, die keinem von beiden genau gleichen, sondern etwas ganz anderes werden.

Nicht einmal die Liebe zu Spanien oder zum Marxismus hindert Gonzalo daran, die Nächte durchzuwachen und am Morgen zu schlafen. Ein Aperitif kann zur Folge haben, daß Helba in ihrer Krankheit zwei oder drei Stunden auf ihr Essen warten muß.

Es gibt Menschen, die nicht von innen nach außen gehen können, die von außen gestoßen werden müssen. Sie sind es, die Revolutionen fordern. Es gibt andere, die sich über das Leben erheben, die es

verwandeln, sich selbst befreien. Sie brauchen keine Revolutionen. Ich begreife, wie notwendig sie sind für jene, die nicht in das Schöpferische fliehen, keine illusorische Welt schaffen, die nicht träumen und keine vollkommene individuelle Welt aufbauen können.
Gonzalo sagt: »Hoch droben in den Bergen von Peru, einem Gebirge zweimal so hoch wie der Montblanc, gibt es einen See, tief eingebettet in schwarzes, vulkanisches Gestein. Ein unendlich tiefer See mitten im ewigen Schnee. Die Indianer gehen dorthin, um Luftspiegelungen zu sehen. Was ich im See gesehen habe, war eine tropische Landschaft, üppig, mit bunten Vögeln, wuchernder Vegetation, Blumen. Die Indianer nennen diese Spiegelungen Fata morgana. Das wäre ein Name für dein Tagebuch.«
»Du hältst meine Welt also für illusionistisch, wie die von Don Quixote«, sagte ich, »aber warum kommst du dann und ruhst dich in ihr aus, wenn die Welt draußen ungeheuerlich und schrecklich wird? Ist eine Fata Morgana eine Ruhestätte?«
Gonzalo hat mich aus meiner Welt nicht in eine bessere geführt. Ich glaubte, mein Vater würde mir eine weitere Welt der Erfahrung erschließen, aber er konnte es nicht, seine Schuld lähmte ihn, und aus diesem Schuldgefühl heraus idealisierte er seine Taten, tarnte sie. Henry war nie ein Führer, er ließ immer alles geschehen. Wie auch immer, der Mann, der mich aus meiner eigenen Welt herausführen könnte, hat meinen Weg nie gekreuzt, oder er hat sich in meiner Gegenwart nicht zu erkennen gegeben.

Als ich Henry beim Lesen seiner Korrekturen half, staunte ich, was er in *Capricorn* über June geschrieben hat. Er schreibt nicht mehr über June und Henry, sondern über etwas anderes, das aus seiner Imagination geboren wird. Henry beschreibt sich selbst als eine Puppe, die auf Junes Knien sitzt. Und während er ihre Macht beschreibt, kreuzigt er sie gleichzeitig. Es ist erschreckend zu sehen, wie er in seiner unbarmherzigen Vision die Frau als Natur darstellt, als einen Spiegel, als seelenlose Leere.

Larry gab eine sehr lebhafte Beschreibung von Anna Wickham, ihrem gewaltigen Körper, dem Schnurrbart, den Haaren in der Nase, den schweren, prankenhaften Händen, ihrer tiefen Stimme, und ich sagte: »Sie muß auch Haare im Bauch haben, wie ein Seeigel.« Damit brachte ich Larry zum Lachen, und es entstand daraus der »Papierbauch«, gedruckt im *Booster*, Dezember 1938, später bekannt unter dem Titel »Das Labyrinth«.
Larry sagte dazu: »Mein Gott, Anaïs, Sie öffnen immer neue Falltüren, Falltüren ins Unendliche.«

[Februar 1939]

Mein Vater gab sein tausendstes Konzert in Paris. Ich saß in der ersten Reihe. Während er spielte, ließ er plötzlich, mitten in einer Komposition, die Arme zu seinen Seiten sinken, saß ganz still und fiel dann vornüber. Mit dem Kopf traf er auf den Tasten auf. Für das Publikum war es ein Schlag, für mich jedoch die überwältigende, bedrükkende Manifestation seiner Einsamkeit, seiner Angst, des Endes eines Lebens, das er liebte. Ich stürzte in den Empfangsraum. Sie hatten ihn auf eine Bank gelegt, ein Arzt untersuchte ihn. Das Hemd hatten sie ihm am Hals geöffnet. Er war bewußtlos. Der Arzt sagte: »Das Herz ist es nicht.« Ich brachte ihn in seine Wohnung in Neuilly, mit einem Wagen, den ein Verehrer zur Verfügung stellte. Er kam wieder zum Bewußtsein. Befreundete Menschen waren um ihn. Er lag auf dem Bett. Wenn die Brille abgenommen ist, sieht man deutlich die Augen des Kurzsichtigen. Er schien niemanden zu erkennen. Aber er preßte meine Hand. Ich empfand herzzerreißendes Mitleid, es war schrecklich, jedoch passiv. Ich konnte nicht weinen um meinen Vater, denn alle Verbindungsglieder waren zerbrochen; aber ich weinte um einen Mann, irgendeinen Mann, der eine Welt verlor, der so viele Jahre lang der Liebling der Frauen und des Schicksals gewesen war. Weiße Haare. Eleganz. Einsamkeit. Umgeben von Frauen, auch in dieser Nacht, vier oder fünf, flatternd, seufzend, rufend, ihn verehrend, aber keine nahe genug. Ich wollte ihm nicht näherkommen, obwohl jemand ungeduldig rief: »Platz für seine Tochter. Es ist seine Tochter.« Es schien, als wollten sie mich ausschließen, als wäre ich eine weitere Rivalin im Kampf um seine Gunst. Ich konnte ihm nicht näherkommen, man kann überhaupt nicht näher an meinen Vater herankommen, als dieser verehrungsvolle Zirkel rund um ihn es tat. Er versperrt den Weg mit seinen Masken und seiner Selbstliebe. Sein Selbstlob isoliert ihn. Ich konnte ihn nicht trösten. Dies war einer seiner Tode. Er starb, weil er noch nicht fähig war, ein neues Leben zu sehen. Mit dem Ende der Schutzfrist, des Luxus, der Liebesaffären, seiner Ehe, endete sein Leben. Etwas war zerbrochen. Sein Geist ging nach Kuba, das für ihn eine Art Exil war, ein Land ohne Kultur, ohne Musik, ohne all den Reichtum von Paris. Er starb bei seinem tausendsten Konzert in Paris, unter der Last der Reue, der Erinnerung, einem Leben, das so reich und glänzend war und nun zu einem

Ende kam. Ich habe ihn nicht verletzt. Ich habe nie gesagt, was Maruca sagte: »Meine Liebe ist tot.« Ich verhielt mich nach einem Glauben an die lebenspendende Illusion. Ich gab ihm Verstehen und Mitgefühl. Aber ich gab ihm nicht mein Leben, wie ich es als Kind getan hatte, als seine Abreise einen Teil meines Ichs tötete. Ich erlaubte nicht, daß er sich an mich klammerte. Sehr vorsichtig und ruhig machte ich ihm klar, daß er von mir die totale Liebe nicht erwarten dürfte, ich ließ ihn die Differenz zwischen unseren Lebensarten spüren. Ich bot ihm an, die Einfachheit meines Lebens auf dem Hausboot zu teilen. Er wußte, daß ich viele Bindungen habe, Verpflichtungen und geliebte Menschen, die ich beschütze. Was er immer verlangte, war das ganze Leben, die Sklaverei. In dieser Nacht, in seinem Zimmer, bedrückte mich Mitleid, aber nicht Schuld. Er lebte sein Schicksal. Die Strafe war schwer. Kuba bedeutete für ihn die Absperrung von allem, was er liebte. Aber er hatte nur sein eigenes Vergnügen gesucht und niemandem ein Opfer gebracht. Es war eine Art von Tod, die sich auf dieser Bühne ereignete, und er weinte über sich selbst, ich jedoch weinte über ihn.

So weit entfernt von Paris, so isoliert, wird das Hausboot zu einem gefährlichen Ort. Ich stehe nicht mehr unter dem Schutz der Clochards, die unter den Brücken schlafen. Ich muß es aufgeben. Ich mietete eine Wohnung in der Rue Cassini, direkt neben dem Haus, in dem Balzac *Séraphita* schrieb. Ich habe ein großes Zimmer und einen Alkoven für das Bett. Badezimmer und Küche sind kombiniert, denn das Badezimmer ist ein späterer Einbau. So kann ich meinen Herd beobachten, während ich bade. Das Bad hat ein großes, breites Fenster, so hoch angebracht, daß ich die Köpfe der Passanten sehe. Nur die Köpfe gehen vorbei. Ich bin wieder in der Nähe aller meiner Freunde, kann zu Fuß die Cafés, die Buchläden usw. erreichen.

Henry geht durch eine mystische Periode, er sieht zerbrechlich aus, fast erleuchtet. Er trifft wenige Menschen, geht selten in die Cafés, meditiert lieber, liest, kommt voller Einfälle ins Studio zurück, voller Pläne, schreibt über *Séraphita*, über seine Vergangenheit und über June als über eine große Kreuzigung. Er erkennt ganz, was ich bin, und sagt im Gespräch über die große Befreiung, die er durchlebt: »Natürlich müßtest du dafür gekreuzigt werden«, und auf diese Weise verwandelt er meine Opfer in Freude. Er schreibt ein kleines Buch mit der Hand nur für mich allein zu meinem Geburtstag, er ordnet seine Notizen, malt schöne Bilder mit Wasserfarben, hört Musik, ist mit seinen Entdeckungen zufrieden. Wir sprechen lachend über seine »Fehler«. Ich hatte mich gegen den *Booster* gestellt, gegen den Brief über Alf, das Goldpamphlet, die Botenbriefe, weil sie so viel von seiner Energie verbrauchten, weil es sich nur um Spaße

handelte, die all das Geld kosteten, das man für ein Buch hätte verwenden können. Er rieb sich damit auf, und wenigen Leuten gefiel es. Ich wußte, daß alles nur Schabernack war. Nun liegt alles in seinem Schrank, verschwendete Mühe. Er gab zu, daß ich recht hatte, lachte auch darüber, ja, er wußte alles, er gestand, daß es kindisch gewesen war, sagte aber trotzdem: »Ich würde es sofort wieder tun.«
Nun möchte er *Séraphita* drucken, Durrells Geld dafür zum Fenster hinauswerfen und der Welt etwas geben, was sie nicht verdauen kann, in diesem Augenblick jedenfalls nicht. *Séraphita* ist ein Tribut an die Vergangenheit. Immerhin hat er den *Booster* aufgegeben, an dem wir uns alle verbluteten.
Beim Lesen der Korrekturen von *Winter of Artifice* schnappte er den Satz auf: »Für den Dichter ist der Tod eine *aurora borealis*«, ein Satz, den ich geträumt habe. Und: »Funkelnd die großen Vögel der Gottheit, die ewigen Augenblicke.«

Gonzalo trinkt jede Nacht. Ich wartete im Café auf ihn, und er kam nicht. Ich machte einen Spaziergang, kam am Coupole vorbei, und dort stand er an der Bar, in die Frauen nicht gehen, bei Freunden, in einem Zustand der Seligkeit, vollständig betrunken.

Mein Vater besuchte mich. Ich zündete alle die kleinen Lampen an und versprühte Parfüm. Er meinte, dies könnte unser letztes Gespräch sein, da er für die Abreise nach Kuba schon ein bestimmtes Schiff in Aussicht habe.
Das Datum der Abreise war noch nicht fixiert. Es gab viel Verwirrung. Er hatte sein Gepäck auf dreizehn Kisten mit Büchern und Noten reduziert. Wir unterhielten uns ruhig über andere Dinge. Ich hatte keine Vorahnungen. Aber als er mich verließ, überfiel ihn im Hof eine Schwäche, und ein Fremder brachte ihn nach Hause. Ich ahnte nichts davon, bis er mir später schrieb: »Ich wußte, daß ich dich zum letzten Mal sah.«
Gonzalo war verzweifelt, da die Marxisten ihn wieder in einer Sitzung der üblichen Selbstkritik unterworfen hatten. Sie sprachen über alle seine Vorzüge und Fehler, rügten ihn wegen Trunksucht, Unordnung und Schwäche, jedoch in freundlichem Ton. Sie lobten auch seine Fähigkeiten, seine Begabungen, die er im Chaos verkommen läßt. Sie sagten, er habe eine große Begabung für den Umgang mit Arbeitern, könne mit ihnen sprechen und sie überzeugen.
Helba war wieder im Krankenhaus. Ich kochte besonders gute Speisen und brachte sie ihr. Darunter war auch ein Huhn. Als ich sie mit Gonzalo besuchte, zog sie es freudig unter dem Kissen hervor und sagte: »Seht, ich bin zu krank, um es zu essen.« Es mußte dort eine

Woche gelegen haben. Ich sagte: »Warum hast du es nicht jemandem gegeben, der es essen konnte? Die Leute hier sind alle hungrig.« Das Bedürfnis nach einem Bühneneffekt, um ihre Appetitlosigkeit zu dramatisieren, war größer gewesen als das Bedürfnis, zu geben und zu helfen.

Gonzalo sehnt sich nach Ordnung, möchte, daß ich ihn dazu zwinge. Ich versuchte zu erklären, daß sie nicht durch andere erzwungen werden kann. Sie muß aus ihm selbst kommen.
Gonzalo hat sich in den drei Jahren verändert. Aber er hat keinen Willen. Er ist leicht entmutigt, leicht beeinflußt, leicht aus der Bahn zu werfen, schnell deprimiert und zerstreut, ohne Gleichgewicht. Er sagt von sich selbst: »Ich bin verrückt. Ich bin ein Russe. Nur Dostojewskij hätte mich verstehen können.« Oder: »Man sollte mir lieber ein Maschinengewehr geben. Gerade dafür wäre ich brauchbar, mit einem Maschinengewehr zu schießen.« Er haßt es, zu lesen oder zu schreiben. Er möchte lieber sprechen. Die Jesuiten wollten ihm in der Schule Disziplin beibringen, aber es ist ihnen nicht gelungen. Ich kann nur verhindern, daß er sich selbst zerstört. Er dient niemandem wirklich, keiner Person, keiner Sache. Spanien, der Marxismus, seine Frau, seine Freunde, er wendet sich ihnen nur hin und wieder zu. Er steht zu nichts, beendet nichts.
Ich hatte einen solchen Grad körperlicher Schwäche erreicht, daß man mir eine Transfusion geben mußte. Ich trage die Bürde von Gonzalos schrecklichen Stimmungen, von Helbas Operation.
Wenn er trinkt, spricht Gonzalo nie über die Gegenwart, Montparnasse, sein jetziges Leben. Er kehrt immer zu den schönen Jahren der Kindheit zurück.
Nächtelang hat er mit Antonin Artaud gesprochen, mit Breton, mit Tristan Tzara, mit Paul Lafargue, Picasso, Miró, aber mir erzählt er nichts davon.
Während er seine Gespräche führt, wartet ein Freund auf seine Hilfe in der peruanischen Botschaft, wartet Helba auf ihn im Krankenhaus, und an anderen Tagen warte ich mit Essen für Helba, das auf dem Feuer verbrennt; indessen betrachtet Gonzalo vielleicht Bücher an den Bücherständen oder würfelt an einer Theke um einen Aperitif, und wenn ich ihn endlich zu sehen bekomme, sagt er: »Ich bin todmüde.« Der Tag ist vergangen, er ist entmutigt, von seinem eigenen Versagen überwältigt. Er möchte in Spanien kämpfen. Er möchte nach Rußland gehen. Er möchte China sehen. Er möchte die Welt verändern. Aber es ist Nacht geworden, er ist müde, er möchte noch etwas trinken, eine Banane essen und anfangen, von seiner Kindheit zu sprechen. Über Kondore, Brotbäume, den Baum des tödlichen Schattens. »Einmal gab mir mein Vater als Diener einen

kleinen Neger, der am selben Tag wie ich geboren war. Ein kleiner Neger aus dem Dschungel. Wir waren unzertrennlich. Er starb jedoch an der bitteren Kälte am Titicaca-See.«
Gonzalo möchte über Artaud schreiben, der im Irrenhaus lebt, möchte alles sagen, was er über Artaud weiß, was er bei der Arbeit an seinem Stück über ihn erfahren hat. Aber diese intimen Kenntnisse werden seiner Faulheit wegen mit ihm sterben. Er hat nie über seinen geliebten Freund, den peruanischen Dichter Vallejo, geschrieben. Er hat nie geschrieben, was er über *House of Incest* schreiben wollte, wie er atmet, wie der Mund in Cocteaus Film, der in die Hand geschmiegte Mund.
Manchmal glaube ich, daß ich Henry bin, der über June schreibt, mein eigenes *Capricorn.* Aber Henry war blind, während er es erlebte, und ich sehe.

Mein Vater bereitet sich für die Reise nach Kuba vor. Ich hielt mich für frei und dachte, daß ich die Trennung nicht spüren würde. Nun weiß ich, daß ich ihn nie mehr sehen werde. Es verletzt mich tief, auch wenn ich behaupte, daß ich ihn nicht mehr liebe. Ich habe vielleicht auch über seinen Schmerz geweint. Er wollte mich nicht sehen. Konnte den Schmerz nicht ertragen. Der Nachmittag seines Besuches bei mir war für ihn zuviel gewesen.
Einige Tage vor seiner Abreise, während ich versuchte nicht an ihn zu denken, während ich mich daran erinnerte, daß er mir, während seine Ehe zerbrach, überhaupt nicht leidgetan hatte, daß ich nicht versucht hatte, ihm zu helfen oder ihn zu beschützen, noch ihn von seiner Reise nach Kuba abzuhalten, daß ich schweigend, ausweichend und neutral gewesen war, daß ich mich unter Kontrolle gehalten hatte, um die letzten mörderischen Worte nicht auszusprechen: *»Meine Liebe zu dir ist tot«*, konnte ich ihn plötzlich ganz lebhaft beschreiben, wie er während des Konzerts an seinem Klavier zusammenbrach, im Empfangsraum auf der Bank lag, den Kragen offen, und die Erinnerung an seine schlanke, elegante Gestalt, wie sie dalag, bewußtlos, erfüllte mich mit einem so brennenden Mitleid, daß ich herausschrie: *Mein Gott, ich liebe ihn.* Liebe was? Einen Menschen, dessen Worte und Handlungen einem allesamt mißfallen, der eine Antithese unserer Vorstellungen ist, dessen Hoffnungen wir nicht teilen können, dessen Maske falsch ist, dessen Gewohnheiten, Manien, Idiosynkrasien abscheulich, künstlich, eitel sind – und dann liegt diese Person auf einer Couch, ein Körper ohne Bewußtsein, schweigend, liegt mit geschlossenen Augen, vollendetster Akt des Komödianten, geheuchelter Tod: daran erkannte ich die Täuschungen der Liebe, die sich für tot ausgibt, aber nur unterdrückt, nur verleugnet ist und wieder aufersteht, sobald der Geliebte stirbt, diese Liebe, die tausend

Leben hat, die man begraben meint und die auch begraben ist, unter hundert Schichten von Wundverband, alten Wunden, die nur noch Narben sind, aber laß nur die Ursache von dem allem sterben, so wie er gestorben zu sein schien, Vorspiel zu seinem wirklichen Tod, und die Liebe ist wieder da, stark und wild. Sie hat Winterschlaf gehalten. Mein Vater lag da wie ein Grabbild seiner selbst, wie eine dieser Statuen, die man in Spanien über die Gräber berühmter Leute legt, und meine tausendmal gestorbene und begrabene Liebe erwachte wieder, unversehrt. Warum? Die schmale Gestalt spricht nicht, lacht nicht, tut nichts zur Vorstellung hinzu, sie liegt still, bietet die Schönheit ihrer Umrisse dar, die Essenz, die jeder Handlung, jeder Wirklichkeit widerspricht, steigt auf aus dem Grab einer toten Liebe und ist in mir lebendig. Kann Liebe überhaupt sterben, frage ich und werde fragend sterben. Jahrelang habe ich sie begraben, ich begrub sie in einem Roman, der erscheinen wird, während er fortreist, ich begrub sie, als ich ihn nach Kuba gehen ließ, ich begrub sie, als ich ihn nicht als Mutter Nummer III bei mir aufnahm.
Wieder und wieder habe ich sie begraben. Ich begrub sie unter meinen Lieben. Ich betrachtete ihn ohne Illusion. Als er jedoch fortging, in der Nacht vor seiner Abreise, weinte ich über ihn und erwachte am Morgen mit Gedanken an ihn. Ich kenne weder Tod noch Gleichgültigkeit. Zeit tötet nichts in mir, obgleich ich versucht habe, mich durch die Kunst aller Besitztümer zu entledigen.

In *Les Parents Terribles* von Cocteau ist eine Wahrheit jenseits von Gut und Böse enthalten, eine ungeheuerliche Mischung von Liebe und Haß, ein unglaubliches Paradox von Adel und Vulgarität. Ein wunderbares Thema, die Nacktheit. Die Tante, die immer Vertrauen hat und durch ihre Akte des Opfers und der Revanche nie enttäuscht wird. Keine Falschheiten. In dieser Art von Hellsichtigkeit lebe ich jetzt. Ich kann Selbsttäuschung nicht ertragen. Helba, Gonzalo und Henry jedoch können die Wahrheit nicht ertragen.
Helba und Gonzalo leben in einer falschen katholischen Welt der falschen Vornehmheit, der falschen Opfer, falschen Erklärungen. Wenn ich sie vor einen wahren Spiegel ihrer Handlungen stelle, ertragen sie es nicht. Sie ziehen ihre Illusionen über sich selbst und mich vor. Ich lebe in einer Klarheit, die mich sehr in die Nähe von Cocteaus Spiel bringt, über das alle anderen sich aufregen. Eine durchsichtige Welt.
Ich selbst habe mich entlarvt, aber nun leide ich unter der Selbstidealisierung der anderen.
»Quels monstres!« sagen die Leute, wenn sie aus dem Film von Cocteau kommen. Aber nicht die Menschen sind monströs. Monströs ist der Anblick der Wahrheit, denn wir sind nicht daran gewöhnt.

Wir verdecken sie immer, verschleiern sie. Ihre wahren Züge sind uns nicht vertraut.

Was mich fasziniert, sind die verschiedenen Nuancen, die ein Tag annimmt, der unmerkliche Wechsel des Charakters, der Relativität. Ich möchte der Autor sein, der am besten die Relativität beschreibt, die Dualitäten, Ambivalenzen, Vieldeutigkeiten.
Ich berichtete Gonzalo, daß ich möglicherweise nach Amerika gehen muß, und nun sehen sie, wie hilflos sie sind. Sie glauben mir. Sie zeigen beide Angst. Ich besuche Helba wieder. In ihrer Gegenwart überkommen mich wieder Mitleid und Güte. Sie sieht so unschuldig und kindlich aus. Aber ich kenne auch ihren Willen und ihre Ichbezogenheit. Ich merke ihr eine gewisse Freude an, denn an dem Tag, an dem ich abreise, wird sie Gonzalo wieder allein für sich haben. Wiederum hilflos. Mein Spiel hat mir inzwischen genug Vergnügen bereitet, und ich sehe Gonzalo und Helba wieder als Kinder vor mir. Vielleicht bin ich für all das noch nicht abgeklärt genug. Vielleicht trage ich in mir eine kranke Helba, die Schutz braucht, einen wilden Gonzalo, der Emotionen braucht. Und vielleicht ist es deswegen, daß ich sie liebe, und Helba hat recht, wenn sie glaubt, daß ich sie nicht verlassen werde.
Ich habe Helbas Gesicht beobachtet. Die sanften Linien ihres Mundes drücken Güte aus. Sie kennt keine Eifersucht. Die Krankheit hat sie rein gemacht. Sie ist leidenschaftslos. Sie ist jetzt großzügiger. Aber als sie mich fragte: »Gehst du wirklich nach Amerika?« senkte sie den Kopf und hob die Augenbrauen, so als ob sie über den Rand einer Brille blicken würde, und es kam eine schlaue, durchtriebene Helba zum Vorschein, jene, die so genau weiß, wie sie ihre Krankheit ausnützen, ihr Leiden dramatisieren kann. Die gewitzte, mißtrauische Helba, die nach einer Unwahrscheinlichkeit in meiner Geschichte suchte. »Fülle mir meine Wärmflasche«, sagte sie und gab genaue Anweisung, wie sie es haben wollte.

[Frühling 1939]

Flüchtlinge aus Spanien sickern in Paris ein. Die Gesetze sind streng: wer sie bei sich aufnimmt, oder ihnen zu essen gibt, wird eingesperrt und muß eine Geldbuße zahlen. Unter ihnen sind Kämpfer, Verwundete, Kranke. Alle haben Angst davor, ihnen zu helfen. William Hayter hat einige in seinem Studio versteckt. Gonzalo und ich haben ganz Paris nach leeren Zimmern und Wohnungen durchsucht. Carteret hält sich noch im Süden von Frankreich auf, so holte ich von einem Freund den Schlüssel, und Gonzalo brachte in seiner Wohnung zwei spanische Zigeuner unter, die sich durch ihren Mut berühmt gemacht hatten. Im Krieg waren sie von äußerster Furchtlosigkeit gewesen. Nun aber fanden sie sich in einer Wohnung, die alle ihre abergläubischen Zigeunerängste weckte: Skelette unter dem Bett, Messer an den Wänden, Bücher über Magie, Weihrauchkessel, Tarockkarten. Sie liefen davon wie gejagt. Und wir mußten weiter nach einer Wohnung suchen. Ich kochte ganze Gallonen Suppe, die in kleinen Behältern in Hayters Studio geschafft werden mußten. Gonzalo bat mich, die Druckerpresse bei mir im Keller zu verstecken. Ich verbrachte Stunden am kubanischen Konsulat und versuchte herauszufinden, wer mit den Flüchtlingen sympathisierte und ihnen Pässe nach Kuba geben würde. Ich habe den Kontakt zwischen Gonzalo und dem Konsulat hergestellt. Am Ende hatte jeder zumindest einen Flüchtling bei sich untergebracht. Einige litten schrecklich unter der Ruhr und alten Wunden. Ein Freund von mir fuhr einige auf das Land. Es war ein tragischer Monat.

Je mehr Zeit und Energie Gonzalo und ich für die Flüchtlinge aufwenden, desto übertriebener werden Helbas Szenen. Von Zeit zu Zeit merkt Gonzalo auch einmal, daß sie übertreibt, aber das dauert nur einen Augenblick, dann versinkt er wieder in Blindheit. In der vergangenen Nacht hatte sie eine »Attacke«. Gonzalo sagt, es sei eine Art Krampf gewesen. Ich hatte sie zu pflegen, während er den Arzt holte. Am Ende stellte sich heraus, daß sie ein Glas Petroleum getrunken hatte. Angeblich glauben die Indianer, das sei gut für Magenschmerzen. Man brachte sie ins Krankenhaus. Sie hat es überlebt. Sie wird uns alle überleben. Gonzalo freilich ist immer überzeugt davon, daß sie im nächsten Augenblick stirbt. Da er Helba für das

Opfer äußerer Mächte hält, wird er niemals fähig sein, den Finger auf die Wurzel des Übels zu legen, Helbas schwarze Seele, die mit theatralischen Mitteln über andere zu herrschen versucht. Ich kann Gonzalo nicht beweisen, wieviele ihrer Leiden von ihr selbst verursacht werden. Gonzalo ist ein Romantiker, und das ist um so rührender, wenn man weiß, daß er auf der Seite der Starken und Mächtigen geboren wurde. Gonzalo, der Große, war zur Macht bestimmt. Er erinnert sich daran, wenn er seine Autorität ausspielt. Der Direktor der Jesuitenschule war Gast in ihrem Hause gewesen. Gonzalo war damals siebzehn. Ein Indianer wurde gesandt, die Post zu holen. Er kam nicht zurück. Er hatte sich betrunken. Er kam zwölf Stunden zu spät auf der Hacienda an. Gonzalo brannte vor Wut. Er riß dem Indianer die Kleider herunter und peitschte ihn aus. Der Direktor hörte die Schreie des Indianers und kam aus seinem Zimmer. Als er sah, was sich ereignete, rief er Gonzalo zu sich: »Du bist sechs Jahre bei uns gewesen und benimmst dich wie ein Wilder. Man muß mit Menschlichkeit herrschen. Benimm dich wie ein Christ!« Gonzalo entwickelte sich aus einem Feudalsystem heraus zu den Ideen des Marxismus. Und Helba, der geschlagene Hiob, taub und verrückt, in Armut und Unwissenheit geboren, steht für die Figur eines christlichen Märtyrers.

Henry nimmt seine chinesische Wiedergeburt ernst. Er bat mich, ihm ein wenig Ingwer zu besorgen, den er kaut. Er schneidet zwar Grimassen dabei, aber es ist chinesisch, und er muß sich daran gewöhnen. Er schreibt mit der Hand kleine Bücher, wie meine Tagebücher, für Emil, Durrell, Edgar und mich. Jedes hat ein Thema, und er illustriert sie mit Wasserfarben. Sie sind hübsch, persönlich, bezaubernd. Ein zärtlicher Chinese namens Henry macht mit spielerischem Geist Juwelen der Freundschaft. Durrell bekommt eine ausgelassene Phantasie aus Worten und seltenen Ausdrücken. Meines handelt vom Schreiben. Sein Artikel über *Séraphita* erscheint in *The Modern Mystic*. Er entdeckt Ähnlichkeit zwischen Balzac und sich selbst. Identifiziert sich mit Balzac.

Am nächsten Tag geht sein Friede schon wieder zu Bruch. Er ist verzweifelt, weil die Welt nur langsam antwortet, er wütet über die Passivität von Kahane, die Ablehnung durch französische Verleger, das Tabu über seinen Büchern in Amerika. Materiell bekommt er nicht, was ihm zusteht.

Um der monströsen Wirklichkeit zu entfliehen, begann ich an der Geschichte des Hausboots zu arbeiten.

Müdigkeit und Leid verschwanden.

Henry beendet seinen Essay über Balzac. Edgar sagt zu ihm: »Du bist ausgezogen, um ganz irdisch zu werden, und jetzt wirst du ganz himmlisch.«

Henry nahm mich mit in das Haus von Balzac in der Rue Raynouard in Passy. Eine Art Landhaus, mitten in der Stadt. Mit der Vorderseite grenzt es an eine belebte Straße, nach hinten hinaus öffnet es sich jedoch gegen einen Hügel, der zur Seine hin abfällt. Und dort entdeckten wir auch die Falltür, die Stufen zum Hügel hinab, über die seine Freundinnen, wie man erzählt, vor zornigen Ehemännern flüchteten und er selbst seinen Gläubigern entkam. Alles war so geheim, so geheimnisvoll, so friedlich. Es ist ein Museum, geleitet von einer blassen und gespenstischen Frau, die nur flüsternd spricht. Balzacs Porträt gibt es dort, sehr groß, auf dem man den Fleischernacken sieht und die ungewöhnlichen, visionären Augen. Die Manuskripte und Bücher werden in versperrten Schränken, hinter Glas ausgestellt. Wir durften einige der Erstausgaben besichtigen. Eine davon war ein Buch mit Gravierungen, darstellend *Les Femmes de Balzac.* Wir sahen das Porträt von *Séraphita,* und Henry schwor, daß es mir ähnlich sähe. Henry möchte dem Museum eine Abschrift seines Essays über Balzac geben. Während wir uns über Fotografien und Dokumente unter Glas beugten, sagte Henry: »Glaubst du, daß eines Tages die Leute auch unsere Manuskripte und Fotografien so besichtigen werden?«
Er gab mir ein Buch über den Zen-Buddhismus.
Henry durchlebt eine Art Agonie seines Ego. Er versucht, den selbstischen Mann in ihm, das Ego, zu bekämpfen. Er schwankt zwischen Weisheit, Verständnis und plötzlichen Attacken von Aggressivität, diktatorischen Gelüsten. Dann kommen alle seine Anmaßungen wieder herauf, seine Unverschämtheiten, und er könnte alle ermorden, die sich ihm in den Weg stellen. Der Krieg provoziert alle seine Ängste, seinen Selbsterhaltungstrieb. Der geistige Mensch kämpft gegen den Menschen des Instinkts. Der Konflikt wird für mich deutlich sichtbar, denn er lebt beide Haltungen gleichzeitig aus. Im einen Augenblick ist er wütend, im nächsten spricht er wie Buddha.
Wir haben uns Masken und Tanzkostüme aus Java und Sumatra angesehen, und er betrachtete sie mit zärtlicher Aufmerksamkeit.
Es ist ihm aufgefallen, daß mein Bruch mit Menschen nicht durch Explosionen erfolgt, sondern durch stilles Zurücktreten. Ich entgleite.
Über den Krieg sagte er: »Ich komme mir vor wie ein Tier, das der Falle ausweichen möchte.«

[Sommer 1939]

Im August gingen wir alle auf Reisen. Henry fuhr nach Griechenland zu den Durrells, ich fuhr mit Gonzalo und Helba nach Saint-Tropez. Saint-Tropez, mit seinen vielen verlassenen Ständen, umgeben von Kiefernwäldern, war ein Paradies. Ein Leben wie auf Tahiti, man verbringt die Tage im Badeanzug, kocht im Freien, unter den Bäumen in der Nähe des Strandes. Das Wasser ist ganz klar und durchsichtig bei Tag, das Leben in den Cafés so fröhlich bei Nacht, den ganzen Hafen entlang gibt es Musik und Tanz. Während ich am Morgen im Café frühstücke, schaue ich zu, wie die Yachten für den Tag gewaschen und poliert werden. Ein hübscher, freundlicher Ort. Hitze, Mattigkeit, großer Durst, lange Ausfahrten mit dem Fahrrad. Sanftheit der blühenden Landschaft, lebhafte Farben der Strandkostüme. Die Mädchen fahren mit nacktem Oberkörper auf den Rücksitzen der offenen Autos. Die Freude am Leben erreichte eine solche Intensität, als ob wir alle wüßten, daß es der letzte der schönen Sommer sei.

Man tanzt in den Hafencafés bei Nacht, manchmal auch mit den Dorfbewohnern an einer Straßenecke, mit der Dorfkapelle, man tanzt mit dem Postmann, dem Zimmermann, dem Fahrradmechaniker. Gonzalo verschwindet im Bambusgebüsch und taucht wieder auf, wie ein echter Indianer, mit wildem Haar, sicherem Tritt, funkelnden Tieraugen, Gonzalo klettert auf Bäume, kocht über dem Holzfeuer, erinnert sich an seine Kindheit in der Natur. Er scheint seine Kindheit wiederzufinden, seine Unschuld, seine Ganzheit. Er und Helba wohnen in einem kleinen Landhaus in den Hügeln, ich habe ein Zimmer näher zum Hafen gemietet.

Winter of Artifice ist erschienen, ganz in Blau.

Jean Carteret kam und schlief in einem Zelt am Strand. Wir trafen uns zum Frühstück am Hafen, bei Sénèquier, wo die *croissants* im Mund zerschmelzen. Jean erzählte von seinen Abenteuern in Lappland und zeigte mir Fotografien. Gonzalo und Helba stehen nie vor ein Uhr mittag auf.

Am Strand las mir Gonzalo einen Bericht von der Agrarausstellung in Moskau vor. Jean Carteret sprach über Astrologie, und Gonzalo spuckte Dreck und Feuer vor Zorn über solchen absurden mystischen Glauben.

Hunderte von Fahrrädern fahren die Hügelstraßen hinauf und hinab. Der Strandwächter lud uns zu einer *bouillabaisse* am Strand ein, die er selber in einem gewaltigen Kessel zu kochen versprach, vorausgesetzt, daß wir den Fisch fangen könnten, den er dazu brauchte. Wir konnten, und dann saßen wir am Abend rund um das Feuer und sogen die Düfte des Safrans und Knoblauchs ein, singend, während die *bouillabaisse* kochte.

Während wir schwammen, erzitterte das Wasser von einem schrecklichen Geräusch. Probeschüsse aus Kanonen. Flugzeuge übten, flogen direkt über uns.

Dann entdeckte Gonzalo einen Absintherzeuger, er begann heimlich zu trinken und wurde wild und verrückt davon. Die Fröhlichkeit von Saint-Tropez und das höllische Leben von Helba und Gonzalo gerieten in einen heftigen Gegensatz. Gonzalo kam nicht mehr rechtzeitig, um die Sonne und den Strand zu genießen. Helba wurde krank, und Gonzalo blieb bei ihr im Haus. Aber er ärgerte sich darüber, daß ich ohne sie an den Strand ging. Ich wußte nicht, daß er trank, und konnte für seinen Wahnsinn kein Verständnis aufbringen. Er benahm sich so unmöglich, daß ich mit meiner Abreise drohte. Ich packte meine Sachen und ging zur Busstation. Den Bus versäumte ich. Ich kam zurück und fand Gonzalo vor meiner verschlossenen Tür sitzen, dermaßen verängstigt und zerschmettert, daß wir schließlich lachen mußten. Er gestand mir seine Absinthabenteuer. Absinth – das Getränk, das die französischen Poeten in den Wahnsinn trieb.

Einige Tage noch der Freude, mit Süßigkeiten und saftigen Früchten am Strand, mit Tanz und Lagerfeuern bei Nacht, einige Tage noch in den Hafencafés, vor dem Dufy-Schauspiel der Segelboote und den vorübergehenden lachenden Menschen.

Und dann

KRIEG.

Mobilisierung. Das Leiden der Frauen.

Über Nacht waren alle Yachten verschwunden und die Fremden auch. Ich kehrte in einem mit Soldaten überfüllten Zug zurück.

[September 1939]

Gonzalo und Helba sitzen sicher in Saint-Tropez. Henry sitzt sicher in Athen. Ich sende nach allen Seiten hin Schecks, gehe von einem Postamt zum anderen (man darf keine größeren Summen senden) mit meiner Handtasche, die an einem Riemen von meiner Schulter hängt. Am Montag war der Krieg noch nicht erklärt, aber Angst hing wie vergifteter Nebel in der Luft. Auch die Stille war vergiftet, die Stille vor der Katastrophe. Gestern las ich auf der Straße die Schlagzeilen: WARSCHAU BOMBARDIERT. Das bedeutet endgültig Krieg. Wir dürfen nicht länger auf eine Revolution in Deutschland hoffen, die den Krieg verhindern würde.
Man kann die Aufschriften an den Restaurants und Kinos und Cafés nicht lesen. Regen. In der Dunkelheit stoßen die Menschen zusammen. Das große Gericht. Die Selbstsucht ist zu groß geworden. Die persönlichen und historischen Probleme sind der Selbstsucht wegen unlösbar. Dualität und Schizophrenie, wohin man blickt. Der Todestrieb ist stärker als der Lebenstrieb. Panik. Eine Million Menschen sind zu Verbrechern geworden, ihrer Schwäche wegen, weil sie nur noch hassen können. Eine Million Menschen kennen nur Haß, Neid und Angst. Krieg war unausbleiblich. Ein Krieg des Schreckens, der Schwärze. Das Drama, das die Menschen seit Jahren mit sich herumgetragen haben, wird nun voll ausgespielt, ein Alptraum bei Tag, die geheimen Besessenheiten von Macht, Grausamkeit, Korruption. Soviel Korruption kann nur mit einem Blutvergießen enden. All das sehe ich, wenn ich durch die Straßen gehe, aber ich fühle mich dem Verbrechen nicht zugehörig. Trotzdem werde ich meinen Teil an der Strafe haben. Um sechs Uhr abends hatte ich das Gefühl, daß es keinen Krieg geben würde. Ich schrieb an Henry. Wir wissen nichts. Man sagt uns nichts. Die Invasion in Polen hat begonnen, und die Welt wartet darauf, daß England und Frankreich den Krieg, einen wirklichen Krieg, erklären werden. Man wartet und baut vor den Fenstern Sandsäcke auf. Kunstschätze werden in Kisten verpackt und in Kellern verborgen.
Vielleicht wird es keinen Krieg geben, nur diesen giftigen Nebel aus Angst und Mißtrauen, einen nichtendenwollenden Alptraum.

Erster Fliegeralarm. Gefahr. Dunkelheit. Ein Krieg beginnt, von dem die Menschen nicht glauben, daß es ein wirklicher Krieg ist. Vielleicht wird ein Ersatzkrieg daraus, um jene zu befriedigen, die sich nach ihm sehnen. Wir werden getäuscht, was sich ereignet, ist ein Geheimnis. Ungenügende Informationen.
Der Krieg ist erklärt.
Es bleibt nichts übrig, als menschlich an dem Irrtum Anteil zu nehmen, an den Leiden der Welt.

Henrys Kriegsbriefe.
»Ich fürchte nur eines, abgeschnitten zu werden. Wenn ich jetzt an (James) Laughlin telegrafiere, weiß ich nicht, ob wir einander erreichen. Es gibt andere, die etwas für mich tun würden, dessen bin ich sicher, William Carlos Williams zum Beispiel, Dorothy Norman, Paul Rosenfeld, Huntington Cairns, Mencken, Dos Passos, ganz gewiß Faulkner, Ben Hecht, Ben Abramson, Gotham Book Mart usw. Mir fallen sie zu Dutzenden ein, aber wie ich sie in der Eile erreichen und zu einer effektiven Hilfe bewegen soll, weiß ich nicht. Am besten für mich wäre es, einmal auszupacken, dann würden sie alle reichlich zahlen. Ich frage mich, ob du meine Sachen aus dem Safe im Büro der Obelisk Press geholt hast. Sie in Paris zu lassen, scheint wirklich riskant. Die Notizen und Manuskripte, die ich zurückgelassen habe, sind Tausende von Dollars wert, ein Vermögen für den Fall, daß ich morgen sterben sollte. Denk daran, daß ich einen Letzten Willen und ein Testament mit mir trage, in dem ich dir alles vermache ... Wenn du nach Amerika fährst und eine Möglichkeit dazu hast, hoffe ich, daß du meine Manuskripte und Bücher mitnimmst.«

Gonzalos Briefe sind voller Angst um meine Sicherheit.
Neue Einschränkungen im Geldverkehr lassen mich für meine Schützlinge bangen. Gonzalo kämpft um die Rückkehr nach Paris, arbeitet bei der Traubenernte. Seine Briefe sind gut. Ich verbringe meine Tage, indem ich zwischen Gesetzen und Schwierigkeiten jongliere, um Henry, Gonzalo, Moricand Geld senden zu können. Die Polizei kennt mich bereits. Bald werde ich am Ende meiner Weisheit sein. Ich beginne im Keller Kisten zu packen. In diesem Band werde ich das Ende unseres Privatlebens beschreiben.
Moricand kommt, um sich zu verabschieden. Er hat sich zur Fremdenlegion gemeldet. Sein Alter mußte er verschweigen. »Was sonst könnte ich tun? Ich hungere.« Wir veranstalteten ein Abschiedsessen für ihn in der Brasserie Lipp, mit Jean Carteret und anderen Freunden von ihm. An den Gürtel geschnallt trug er bereits das Aluminium-Eßgeschirr, Messer und Gabel der Legionäre. Er hinterließ mir sein zerbrechliches Fläschchen für Kölnischwasser aus dem achtzehn-

ten Jahrhundert, Kristall mit eingesprenkeltem Gold. Ich muß, so wiederholte er, nach dem kosmischen, nicht nach dem persönlichen Rhythmus leben. Ich weinte, denn ich kann keinen retten. Man kann Menschen nicht retten, man kann sie nur lieben. Man kann sie nicht verändern, nur trösten.

Paris bei Nacht. Aus dem Restaurant trete ich in die Dunkelheit hinaus. Es ist eine sinnliche Erfahrung. Ich erkenne niemanden. Ich stolpere. Ich höre die Stimme eines Mannes, den ich geliebt haben könnte, aber er verschwindet. Dort und da leuchten geheimnisvolle blaue und grüne Nachtlichter auf.

Es erstaunt mich, daß wir jeden Tag automatisch so wie zuvor beginnen, obwohl wir wissen, daß wir morgen sterben könnten. Ich kleide mich einfach. Ich pudere mein Gesicht. Ich tusche die Wimpern. Indessen verkündet das Radio Tragödie, Schrecken und Leiden. Es verschlingt uns. Keine Narkose mehr. Ich trage einen magentaroten Mantel und einen schwarzen Rock, lederne Mokassinschuhe, einen ledernen arabischen Beutel, über die Schulter gehängt. Ich lese Zeitungen. Ich höre Radio.

Wenn ich die Schrecknisse nicht mehr ertragen kann, lese ich *Fille de Mamouri* von Etsu Inagaki Sugimoto. Ich denke über die große Macht der Form nach und über meinen Kampf gegen sie. Das Formale war es, das mich bei Moricand irritierte. Aber ich kam darüber hinweg, als er *Winter of Artifice* gelesen hatte. Sein Brief war ein solcher Aufschrei menschlicher Not, der Furcht vor dem »rohen Leben«, dem menschlichen Leben, das er auf seine allzu empfindliche, allzu wählerische Weise versäumt. Als er seine Unnatürlichkeit, seine Angst vor der Erfahrung eingestand, sah ich auch, wie vornehm diese sterbenden Formen sind. Die Rüstung des Aristokraten, die ihn in jeder Situation aufrecht hält, wird Mut. Daher schrieb ich ihm einen schönen Abschiedsbrief, zählte alles auf, was ich an ihm bewundert hatte, seinen Sinn für Poesie und Ästhetik, seinen Stolz, seinen Witz und seine Eleganz. In seinem Fall wird Poesie zu einer Art von Heldentum. Sein Sinn für das Ritual, die Zeremonie. Er war ein vom Westen vergewaltigter Orientale.

Ich verabscheue das Formale, liebe jedoch die Form. Ich habe mich nie von meiner Form trennen können, auch nicht durch Alkohol. Ich fühlte jedoch auch, daß sie mich den anderen entfremdete, und wünschte mir mehr Gewöhnlichkeit. Henry verwechselte diesen Stil mit Hochmut. Für ihn konnte ein solches Verhalten nur künstlich, nicht natürlich sein. Moricand war ihm ein Rätsel. Er hätte dieselbe Stilisierung bei einem japanischen Bauern finden können, einem spanischen Bauern, oder bei einem Indianer.

Das Sterben der Häuser: sobald wir sie verlassen, scheinen sie zu verfallen, schon wenn wir uns darauf vorbereiten, sie zu verlassen. Ich erinnere mich, daß das Haus in Richmond Hill keine Anzeichen von Verfall zeigte, bis wir aufhörten, darin zu leben, und nach Europa gingen. Erst als wir den lebendigen Funken darin aufgesogen hatten, sah es plötzlich brüchig und schäbig aus. So geschah es auch mit Louveciennes, als ich als eine andere Frau aus Amerika zurückkehrte, als Louveciennes aufhörte, der Mittelpunkt meines Lebens zu sein, und ich mehr und mehr Zeit in Paris verbrachte. Von einem Tag zum anderen wurde es alt, wie ein verlassener Liebhaber, alt und leer. Es verwelkte. Ich staunte, alle die Schäden zu sehen, den Moder. Oder war es meine Vision davon, die verwelkte? So geschah es mit Villa Seurat, als Henry beim ersten Kriegsalarm auszog. Plötzlich verlor es seinen Glanz. Es verfiel. Regen und Wind drangen durch eine zerbrochene Fensterscheibe ein. Der Heißwasserkessel versagte. Im Anstrich an den Wänden zeigten sich plötzlich Flecken. Noch etwas reparieren zu wollen, erschien hoffnungslos, denn das Leben hatte sich bereits daraus zurückgezogen. Die Angst vor dem Krieg trieb uns auseinander. Die Tragödie sickerte in die Häuser ein, von außen. Sie konnte nicht mehr länger ausgeschlossen werden. Villa Seurat und andere Häuser, die früher so erleuchtet waren von Leben, begannen vor meinen Augen zu sterben. Ein Haus wird über Nacht zu einem Leichnam, wenn wir aufhören, in ihm zu leben und zu lieben.

Paris lebt nicht mehr aus seinem eigenen Reichtum, es liegt schon unter Erinnerungen begraben. Man spricht in der Vergangenheitsform.

Durch Gonzalo habe ich gelernt, die Welt der Zukunft zu sehen, zu berühren. Während ich den Zusammenbruch der schönen, individuellen Welt beobachte, die ich geschaffen habe, darf ich auf eine kollektive hoffen.

Gonzalo kehrte aus Saint-Tropez voller Hoffnung und Vertrauen zurück. Der Krieg wird den Triumph des Marxismus sicherstellen. Die Ereignisse geben ihm recht.

Henry entkam nach Griechenland, das seiner Philosophie gemäß ist. Das peruanische Konsulat bietet Gonzalo an, ihm die Rückreise nach Peru zu bezahlen.

Was für traurige Tage! Überall Leiden. Ungleich Henry, der ein sinkendes Schiff verlassen kann, ohne einen Blick zurückzuwerfen, fühle ich Frankreich gegenüber eine starke Bindung, ein tiefes Verständnis. Henry wendet ihm ohne Bedauern den Rücken zu. Mir bereitet Frankreichs tragisches Schicksal Sorge. Moricand geht mit der Fremdenlegion auf lange Trainingsmärsche. Ich muß meine Concierge pflegen, die zusammengebrochen ist, weil ihr Sohn eingezogen wurde. Sie ist Kriegerwitwe und überzeugt, daß auch ihr Sohn fallen wird.

Auf einmal ist Moricand wieder da! Er hat beim Training einen

Kollaps erlitten, sie kamen hinter sein wahres Alter und haben ihn entlassen! Nun gibt es wieder Tröstungsessen in der Brasserie Lipp.
Ich suche die lichtvollen Elemente, die lebendigen Augenblicke. Ich studiere Marx, um diesen Kataklysmus, diese Verkrampfung nicht als Tod zu erleben, sondern als Revolution, als Evolution. Ich suche zu begreifen, ob es eine bessere Zukunft geben wird.
Henrys Weg ist nicht der meine. Er glaubt, zu einer östlichen Ruhe gefunden zu haben. Was er jedoch gefunden hat, könnte eine Kristallisation des Ego sein. Das Leben des Ego als oberstes Gesetz. Moricand war von seinen Briefen schockiert. Distanz, Objektivität, Beschreibung köstlicher Speisen, neue Freunde, neues Vergnügen. »Mein Bauch ist voll. Meine Tasche ist voll. Die Welt ist in Ordnung.«
Im Krieg verliert man sein Leben nur einmal, im Leben stirbt man oft.

Ich bin eine der wenigen, die heute sagen dürfen: »Ich habe jeden Tag so geliebt, als ob der Geliebte sterben würde. Als ob ich selbst morgen sterben würde.« Ich habe aus dem Vollen gelebt und geliebt. Alle meine Freunde kränken sich, wenn wir in den Cafés sitzen oder durch die dunklen Straßen gehen, über das, was sie nicht getan, nicht geliebt, nicht gegeben haben. In diesen wenigen letzten Tagen scheint es, als möchten sie alles nachholen, was sie nicht zu tun gewagt haben. Ich höre Aufschreie der Reue über die Tage, die sie nicht geliebt, nicht genossen, nicht bis zum Letzten ausgekostet haben. Ich bin nie gleichgültig, unaufmerksam, gedankenlos, indifferent, abwesend oder schläfrig gewesen.
Manche stürzen sich in Liebesaffären. Abschiede werden zu Umarmungen. Im letzten Augenblick schließen sie noch wilde Ehen mit dem Leben, das sie verlassen müssen. Freundschaften werden leidenschaftlich, offenbaren sich. Man tauscht Geschenke, Versprechungen, Worte der Wertschätzung. Man sagt den anderen, was sie bedeuten, wieviel sie zählen, addiert ihre Qualitäten, ihr Lob, denn es könnte die letzte Gelegenheit sein.
Die Testamentsgelage Moricands. Wir essen in überfüllten Cafés, suchen Licht und Lärm. Er stellte mir Werner Lenneman vor, der in *Metropolis* gespielt hat. Er war der deutschjüdische Star, der während der Aufnahme so lange im Wasser stand, bis er seine Stimme verloren und seine Karriere verdorben hatte. Paris ist für ihn nur eine Überlebensstation. Er erzählt, wie gefangen er sich fühlt, wie er dieselbe Angst empfindet wie während der Filmaufnahmen, als die Wasser um ihn rauschten und die Stadt überflutet wurde. Er fühlt sich gefangen und fürchtet, daß er in einem Konzentrationslager enden wird. Er ist ein entfernter Verwandter von Thomas Mann. Beladen wie ich war, konnte ich ihm nicht helfen. Er versicherte mir

jedoch, daß er nichts brauche als Geld für eine Fahrkarte in die Schweiz, dort wäre er in Sicherheit. Das schien mir eine geringe Bitte zu sein, und ich versprach, das Geld zu besorgen. Ich verkaufte meine Kamera an Man Ray, verpfändete den Siegelring meines Vaters und einen anderen Ring und brachte das Geld am nächsten Morgen in das Café.

Gonzalo plant, nach Peru zu reisen, die Erbschaft zu fordern, die ihm zusteht, und für den Marxismus zu arbeiten, und kaum hatte er dies Helba angekündigt, als sie an einem Lungenabszeß erkrankte. Sie war aus Saint-Tropez erholt zurückgekehrt, aß in Restaurants, ging einkaufen. Eifrig packte sie ihre Lumpen für die Reise zusammen. Sie sollte mit mir nach New York fahren und dort auf Gonzalo warten, der über Peru nachkommen wollte. Am selben Tag wurde sie krank. Es war eine Brustfellentzündung. In dieser Nacht in ihrem chaotischen Studio, während ich den Ofen schürte für Helba, bei Kerzenlicht las, Speisen aß, die ich mitgebracht hatte, Helbas Klagen anhörte, alle zwanzig Minuten die Einreibung wärmte, war ich so verzweifelt, daß ich weinte. Gonzalo war bei einer Versammlung.

Ich möchte die neue Welt verstehen. Ich möchte mich mit ihr verändern und entwickeln. Ich fange an, sie zu verstehen. Warum hat das so lange gedauert? Ich bin schnell von Auffassung, aber Ideen intellektuell als Ideen zu akzeptieren, dazu bin ich außerstande. Ich muß sie trinken, essen können, leben können, sie müssen Fleisch werden, müssen zum menschlichen Drama werden. Den Marxismus mit dem Kopf zu begreifen, sagt mir nichts. Ich muß fühlen, leben, glauben.

Wie merkwürdig, daß Rußland, das ganz Chaos, Mysterium, Mystizismus, Hysterie, leidenschaftliche Erregung ist, als erstes Land den dialektischen Materialismus übernimmt. Ich denke an den Wahnsinn Dostojewskijs, den religiösen Fanatismus, das instinktive Leben der Russen.

Moricand hatte sich zur Fremdenlegion gemeldet, weil er mit Stil und Eleganz sterben wollte, weil er mich liebt und nicht haben kann, weil ich überlastet war und ihm nur in geringem Ausmaß helfen konnte, weil er schon lange zuvor gestorben ist, lange bevor ich ihn kennenlernte, weil für ihn das Ende der Welt angebrochen ist, seiner Welt der Eleganz, der Grazie, der vornehmen Haltungen, des Romantizismus, das Ende der Zartheiten und Delikatesse, weil er seine Liebe an eine leere, schmutzige Hure verschwendete, weil er sich immer vor dem Leben gefürchtet und nie einfach drauflos gelebt hat, weil er die Lebensströme nicht mehr empfängt, weil er in der Astrologie nur die Spiegelung seines eigenen Fatalismus und seiner Selbstzerstörung gefunden hat, weil er überall nur noch Dämonen sehen konnte, weil

er sich in Wirklichkeit nach Knaben sehnte und sie nie haben konnte, außer in seinen erotischen Zeichnungen, weil er nur zwei große Freundschaften erlebt hatte, mit Blaise Cendrars und Max Jacob, und alle anderen Freundschaften nur Echos dieser beiden waren, weil er, wie der Analytiker, dazu verdammt war, das Drama nur zu kommentieren, nie aber selber auftreten und eine Rolle spielen durfte, weil er ein Weiser war und im Leben eine furchtsame *jeune fille,* weil er seiner eigenen gewundenen, barocken Sprache müde war, seiner labyrinthischen Entschuldigungen und Apologien, seiner Weitschweifigkeiten, seiner hoffnungslosen Sehnsucht nach Luxus, seiner Versuche, bis zum Ende den Kragen weiß und gestärkt zu tragen, weil sein Wissen über die Geheimnisse der Sterne sein einziger Besitz, weil das Ende des neptunischen Zeitalters angebrochen war.
Nun hat er seine Dienste als Krankenpfleger angeboten. Wir wissen nicht, wann er abberufen wird. Von einer Vorahnung getrieben, verbrachte ich den Tag damit, seine Briefe und Horoskope durchzusehen, und schrieb die Geschichte von Moricand, weil ich ihn verlieren werde.
Wenn ich Gonzalo zuhöre, oder René Maublancs *Synthèse* lese, erkenne ich, daß meine eigenen christlichen Heilmittel wirkungslos, mein individuelles Mitleid machtlos ist, einen kleinen Radius ausgenommen, und meine individuellen Opfer nur einigen wenigen nützen. Ich habe gegen das große Leiden der Welt nur Linderungsmittel angewendet, die Droge der Poesie, die individuelle Liebe, die an den großen Strömen der Grausamkeit nichts zu ändern vermögen.

Am Morgen nach dem Luftangriff lief eine verrückte Anaïs zu Helba, im Glauben, sie sei hysterisch geworden, und vergaß dabei, daß sie taub ist und gar nichts gehört hat!
Beim zweiten Luftangriff trat die Abwehr in Aktion. Eine Granate fiel in meinen Hof und durch das Dach eines Automobils, das dort geparkt war.

In der vergangenen Nacht saß ich in Gonzalos Studio, um ihm Gesellschaft zu leisten, während Helba oben im Balkonzimmer schlief. Wir saßen an einem viereckigen Tisch, über uns hing eine mit blauem Papier verdeckte Birne an einem Draht (den Kriegsvorschriften entsprechend). Von Zeit zu Zeit seufzte Helba im Schlaf. Gonzalo schüttete Kohlen in den Ofen. Der Rest des Studios lag in Dunkelheit, übersät mit offenen Koffern, Helbas Theaterkostümen und Lumpen. Gonzalo sprach von der zukünftigen Welt. In diesem blauen Licht, mit der klagenden Helba, der aufgewärmten Einreibung auf dem Ofen, dem kochenden Teewasser, Gonzalos schwarzem Gesicht, sei-

nem abgetragenen Anzug, fühlte ich mich in Dostojewskijs revolutionäre Tage zurückversetzt.
Aber ich fühlte keinen Nihilismus, es war eine rührende Offenbarung aus Gonzalos Glauben. Eine neugeschaffene Welt. Und ich fragte mich, ob der Künstler, der eine Welt aus Schönheit erschafft, um das Leiden zu ertragen, zu transzendieren, zu transmutieren, klüger ist als jene, die glauben, eine Revolution würde die Ursachen des Leidens beseitigen. Die Frage bleibt ohne Antwort. Ist die Kunst, wie die Religion, nur ein Betäubungsmittel, eine Droge, ein Opium? Manche der Künstler, die ich kenne, wurden von derselben Armut zerstört, die das Volk erleidet. Artaud sitzt wahnsinnig in Sainte-Anne.
Henry ist entkommen. Er schreibt aus dem Grand Hotel in Athen:
»Ich habe Sonne, Licht, reine Luft geschmeckt. Ich brauchte das. In der Tat, ich kann nicht genug davon bekommen. Ich bin wie ein Mensch, der lange Zeit gehungert hat. Und ich bin offenbar vom Stadtleben geheilt. Ich liebe jetzt das Land, die Isolation. Keine Aufregungen, nicht einmal Bücher. Praktisch lese ich überhaupt nichts. Seit ich Paris verlassen habe, habe ich keine Zeitung mehr gelesen. Wenn ich an den Kiosken vorübergehe, lese ich die Schlagzeilen, das genügt mir. Die Details interessieren mich nicht. Dazu kommt, daß ich Griechenland herrlich finde. Nichts als die nackte Landschaft und dieses absolut wundervolle Licht und die Farben, in denen alles badet. Frankreich scheint mir nun wie ein ausgelesenes Buch.«

Alles, was wir jetzt tun, sieht nach Leichenschmaus aus. Diner bei Rosalie, das früher so voll und fröhlich war, nun ist es leer. Die meisten ausländischen Künstler sind von ihren Botschaften nach Hause geschickt worden. Über Nacht ist es so, als würde es nie mehr parfümierte Frauen geben, Teezimmer, Opernbesucher, das Paris der Heiterkeit und der gepflegten Rosengärten, der so begabten Gärtner, der sauber gefegten Straßen, der guten Manieren.
Es verändert sein Aussehen, als ob alle hübschen und jungen Menschen abberufen und nur Krüppel, Bettler und alte Menschen zurückgeblieben wären, in einer grauen Stadt von Männern und Frauen ohne Anziehungskraft. Oder sind nur jene zurückgeblieben, die wir nicht geliebt haben?
Wir erhielten Gasmasken. Die Lichter in den Bussen sind wie die blassen Notlichter in den Spitälern. Man kann das Wechselgeld nicht zählen. Ich sah die Umrisse militärischer Geräte gegen das Mondlicht. Jede Nacht gibt es Abschiede. Die Taxis fahren langsam, wie in tiefem Nebel.

Wenn man mitten in den individuellen Dramen lebt, wundert man sich, daß wir nicht unaufhörlich Krieg haben, bei den Alpträumen, die sich hinter den Menschen verbergen, den geheimen Besessenheiten und versteckten Grausamkeiten.
Ich glaube, daß ich an Haß, Zorn und Zerstörungssucht keinen Teil hatte, aber an der Strafe werde ich ihn haben. Allerdings kenne ich den Ursprung des Krieges, der in jedem von uns war, und ich weiß, daß unsere Vorstellung vom Helden veraltet war, daß der moderne Held jener ist, der seine eigene Neurose meistert, so daß sie nicht universell wird, der mit seinen Mythen kämpft, der weiß, daß er selber sie schafft, der das Labyrinth betritt und gegen das Ungeheuer kämpft. Dieses Ungeheuer, das am Boden seines eigenen Gehirns schläft.
Die Kriege, die wir in uns trugen, werden nach außen projiziert. Die Welt wartete darauf, daß Frankreich und England den Krieg erklären würden. Einen Weltkrieg. Ich habe alle die privaten Kriege gesehen, zwischen Liebenden, Gatten und Gattin, Brüdern, Kindern und Eltern. Ich habe die heimliche Liebe zur Zerstörung gesehen, die nun mobilisiert wird. Und nun warten wir alle und schichten Sandsäcke vor unseren Fenstern auf und verpacken die Statuen und begraben die Gemälde in den Kellern.
Das Schicksal wurde uns aus der Hand genommen. Aber es ist der alte Wahnsinn, es sind die alten persönlichen Ängste, die man losläßt auf die Welt. Während wir auf den letzten Krieg warten, der uns alle verschlingen wird, versuche ich zu verstehen, was sich ereignet. Während wir auf den großen Ausbruch der Irrationalität warteten, habe ich bereits unter allen persönlichen Irrationalitäten rings um mich gelitten.
Du schenkst deinen Glauben, deine Liebe, deinen Körper einem Menschen, Jahr um Jahr, und in diesem Menschen liegt ein Ich, das dich nicht kennt, dich nicht versteht und von Motiven getrieben wird, das nicht einmal es selbst entziffern kann. Alles, was zwischen euch geschaffen wurde, jedes vertrauensvoll gesprochene Wort, jede Zärtlichkeit, jede Geste, die so verständlich war wie ein Stück Architektur, entstanden aus dem Gefühl, aus gemeinsamem Werk, aus Erinnerungen, wird in einem einzigen Augenblick hinweggeschwemmt aus einem inneren Mißverhältnis, einer verzerrten Vision, einem Mißverständnis, einem Mythos einer wiedererwachten Kindheit. Und dies ist der Wahnsinn, in den wir nun in großem Maßstab eintreten. Denn Krieg ist Wahnsinn.

Paris bei Nacht. Ich trete aus einem Café, einem Restaurant hinaus in die Dunkelheit. Ich erkenne niemanden. Der Mensch, von dem ich mich verabschieden wollte, ist in der Dunkelheit verschwunden. Was für eine tiefe, totale Vereinzelung. Aber während ich den Kontakt zu meinen Nächsten verliere, gewinne ich den Kontakt zur Welt. Eine Welt der Schönheit ist untergegangen. Eine Welt des kollektiven Leidens beginnt. Ich habe in der Illusion gelebt, daß wir, wenn wir lieben, gerade so wie man Kinder zeugt, ein dauerndes Bild der Liebe erschaffen, wie ein Künstler ein eisernes Standbild schafft. Ich schauderte bei der Entdeckung, daß das Bild, das der andere mit sich trägt, keine Ähnlichkeit mit dem aufweist, das man selber trägt, oder daß es durch eine andere Liebe ausgelöscht werden könnte, durch ein Mißverständnis, eine Verzerrung, eine falsche Erinnerung. Ich bekam einen Vorgeschmack des Todes. Wir sind in das Herz des anderen nicht eingeschlossen, und der Geliebte ist oft hinter Mauern, allein, von uns getrennt. Der Krieg zerstört unsere Illusion von einer starken, unerschütterlichen intimen Liebeswelt.

Alles, was ich tue, dient dazu, unsere kleine Welt vor dem Tode zu bewahren.

Beim ersten Luftangriff habe ich mich nicht versteckt. Ich wollte dem Krieg begegnen, sein brennendes Gesicht sehen. Dies sind die Augenblicke, in denen man sich des Lebens voll bewußt wird, seiner Kostbarkeit.

Vor dem Krieg verstärkte ich durch die Kunst das Ewige vor dem Zeitlichen, ich setzte die individuelle Schöpferkraft gegen den Zerfall unserer historischen Welt. Ich hatte meine Verbindung zu ihr abgeschnitten, aber nun bleibt mir nur noch, diese Verbindung anzuerkennen und menschlich den Irrtum mitzutragen. Henry weigert sich einfach, das Leid zu teilen. Aber ich weiß, daß ich mich vom Tod der Welt nicht heraushalten kann, obgleich ich zu jenen gehöre, die ihn nicht heraufbeschworen haben. Ich muß die Beziehung unseres individuellen Dramas zu dem größeren klären und auch unsere Verantwortlichkeit. Ich bin nie mit der Welt einig gewesen, aber ich werde mit ihr zugrunde gehen. Ich habe immer so gelebt, daß ich darüber hinaus sah. Ich harmonisierte nicht mit ihren Explosionen, ihrem Kollaps. Als Künstler hatte ich einen anderen Rhythmus, einen anderen Tod, eine andere Auferstehung. Ich ging mit der Welt nicht konform, ich versuchte eine andere nach anderen Gesetzen zu schaffen. Wie kann ich also mit ihr gleichgestimmt sterben? Ich kann nur in meiner eigenen Zeit, in meiner eigenen Entwicklung sterben. Ich gehöre keiner Epoche an, denn ich habe meinen Platz in den aktivsten Zellen des Menschen, in den Zellen seiner Träume. Durch Liebe, Mitgefühl, Sehnsucht bindet man sich an die Welt und wird verwirrt. Aber der Künstler ist nicht dazu da, um mit der Welt konform zu gehen, er soll sie verändern. Er kann ihr nicht angehören, denn dann würde er seine Aufgabe nicht erfüllen, nichts verwandeln. Der Kampf gegen die Zerstörung, den ich in meinen intimen Beziehungen ausgelebt habe, muß verwandelt und für die Welt von Nutzen werden.

Ausländer sollen abreisen, um Frankreich nicht zur Last zu fallen. Mein Gatte wurde in die Vereinigten Staaten zurückgerufen. Die Zeit für den Aufbruch nach New York war gekommen. Auf mich allein gestellt, wäre ich vielleicht geblieben und hätte den Krieg mit Frankreich erlebt. Ich bin nicht gern vor der Tragödie geflohen. Es gab wenig Zeit zu weinen, für Abschiede, keine Zeit, um zu bereuen, nur gerade noch Zeit, um zu packen.
Weil Helba und Gonzalo für New York Winterkleider brauchen, hatte ich nicht genug Geld, um die Luftfracht für die Tagebücher zu bezahlen. Ich muß die Hälfte von ihnen im Bankfach zurücklassen. Nur die letzten nehme ich in zwei Aktentaschen mit. Wenige Kleider. Bücher, Koffer, Dinge des Haushalts, Bilder bleiben in Louveciennes in einem Kellerraum.
Wir wissen, daß wir von einer Lebensform Abschied nehmen, die es nicht mehr geben wird, von Freunden, die wir vielleicht nie wieder sehen werden.
Dies ist das Ende unseres romantischen Lebens.

Register

Abramson Ben (Benjamin) 297
Adams 11
Alberti 151
Albertine 161, 163, 171, 259, 279,
Allen, Adrienne 66
Allendy, Dr. René (1889–1942), Psychoanalytiker, Begründer der Société Française de Psychoanalyse; 43, 64, 85, 130, 144, 152, 156, f., 224, 239, 242, 248
Amiel, Henri Frédéric 106
Annette 115
Artaud, Antonin (1896–1948), französischer surrealistischer Dichter, Begründer des »Theaters der Grausamkeit«; 43, 50, 53, 127, 130, 132, 139, 171, 177, 200, 210, 237, 252 ff., 275, 287 f., 303
Austin, Britton 133

Balanchine, George 11, 13
Balthus 90
Barnes, Djuna, amerikanische Schriftstellerin; 211, 237
Bel Geddes, Norman 34 f., 39, 66
–, (seine Frau) 35
Benanai, De Sidi Hassan 72
Bergamin, José, katholischer Philosoph; 134
Blanchette 155 f.
Boubekertazi, Si 72
Boussinesq, Hélène 32
Boyd, James 38, 65
Boyle, Kay 64
Brancusi, Constantin 46 f., 55, 243
Brassai 55
Bresson, Pierre 166
Breton, André (1896–1967), französischer Schriftsteller, Führer, Theoretiker und Kritiker des Surrealismus 50, 171, 183, 219, 222, 287
Bugatti, Renata 246 ff., 261
Burton, Richard 282

Cairns, Huntington 297
Cantor, Eddie 34
Carpentier, Alejo 85, 138, 143
–, (seine Frau) 138
–, (seine Mutter) 138
Carreno, Teresa 16
Carteret, Jean 152, 154–157, 170, 173, 176 f., 239, 243–248, 250, 254–258, 260, 275, 291, 294, 297
Cendrars, Blaise (1887–1961), französischer Schriftsteller, Freund Henry Millers; 18, 49, 84, 92, 109, 133, 155, 258 f., 302
Chagall, Marc 128
Charpentier, John 63, 82
Chirico, Giorgio di 179
Clairouin, Denise 92, 104, 130, 132, 236, 239, 249
Cocteau, Jean 70, 102, 179, 289
Colette 246 f.
Conason, Dr. 20, 65
Cranach, Lucas 129
Crosby, Caresse 180
Cunard, Nancy 224

Dahlberg, Edward 21
Dali, Salvador 63, 179
Dandieu, Arnaud 50
De Maigret 85
Désirée 90, 232
Django 102 f.
Dos Passos, John 297
Dostojewskij 21, 29, 89, 115, 136, 244, 287, 301, 303
Dreiser, Theodore 19, 29
Duchamps, Marcel 55
Dudley, Dorothy 46
–, (Tochter) 47
Durrell, Lawrence 139, 141, 148, 154, 167 bis 170, 172, 184, 187, 198, 201–205, 207 bis 210, 216, 219–229, 231 ff., 235–238, 274, 278, 280, 283, 286, 292, 294
–, Leslie (Bruder von L. D.) 167
–, Nancy (Frau von L. D.) 167, 198, 203, 205, 208 ff., 216, 219 f., 225, 232 f., 235, 294

Edgar, David 154, 158, 169, 172, 178, 233, 292
El Glaoui, Pascha von Marrakesch 72
Eliot, T. S. 49
Ellis, Dr. Havelock 219
Elsa (Helbas Nichte) 117, 126 f., 134, 138
Endler, Dr. 42
Evans, Patrick 167
Evreinoff 127, 131, 154, 156 f.,

Fargue, Léon Paul 119
Fatima 73, 74, 81

Faulkner, William 297
Fort, Paul 133
Fournier, Alain 44
Fraenkel, Michael 44 ff., 48, 51, 53, 56, 63, 82, 158, 172, 202, 207
Frank, Waldo 32–35, 38, 261
Frazer, Sir James George 186
Freud, Dr. Sigmund 22, 28, 40

Gascoyne, David 119, 237 f., 242, 252 f., 256
Gide, André 135, 143, 242
Gilbert, Stuart 84, 143, 159, 179
– (seine Frau) 133, 143, 179 f., 249
Gonzalo 82–97, 99–106, 110–119, 122–127, 129, 131 f., 134 f., 138–148, 150 f., 154, 159 f., 162 ff., 169–172, 176–187, 189, 191 ff., 196–200, 202, 208, 210 f., 214 f., 218, 222 ff., 226, 232 f., 235–242, 245, 249 f., 252–256, 258–261, 267, 269 f., 272–276, 279–283, 286–292, 294–298, 301 f., 306
Goya, Francisco José de 99
Gracia Alta (Maruca Nins Mutter) 200 f.
Green, Anne 63, 154
Grey 138
Grosz, George 79
Grottiesen 233

Harding, Dr. Esther 48
Hayter, William 291
Hecht, Ben 297
Helba 82, 85, 88 ff., 94, 96, 99, 115–118, 124–129, 134, 138, 150, 154, 159 ff., 163 f., 171, 177, 179, 181–184, 187, 189, 192, 197, 199 ff., 210, 232, 234, 237, 239 f., 249, 253 f., 256, 258, 260 f., 269 f., 273, 276, 279, 281 f., 286 f., 289–292, 294 ff., 301 f., 306
Hemingway, Ernest 38, 238
Henghes, Hans 214 f., 222, 261
Hiler, Hilaire (1898–1966), amerikanischer Maler; 66
Hopkins, Miriam 39
Hunt, Henry Leigh 85
Huston, John 35, 66
Huxley, Aldous 168

Iwan (Freund von Gonzalo) 89 f., 128 f.
– (seine Frau) 127

Jacob, Max 84, 109, 155 f., 302
Jacobson, Dr. Max 81, 119, 282
Jeanne (Pseudonym) 169 f., 237
Jolas, Eugene 159,179
Jones (Ehepaar) 238
Jouve, Pierre-Jean 119 f., 242, 252, 275
Jouvet, Louis 84, 155
Jovet, Joaquin 16
–, Miguel 16
Joyce, James 53, 179 f.

Kahane, Jack 48, 169, 292
Klein, Roger 82, 101, 232, 236

Lafargue, Paul 287
Lalou, René 63
Lancelin, Abbé 166
Lang, Violet 213
Langevin, Professor 232
Langton, Ivy 168
Lantelme 238, 256, 269
La Pasionaria 105
Laughlin, James 297
Laurencin, Marie 133
Lawrence, D. H. 21, 30 f., 34, 45, 63, 185, 202, 211
Le Galienne, Eva 39
Léger, Fernand 143, 220
Lennemann, Werner 300
Le Verrier 63
Lowenfels, Walter 44, 158
Lucie, Gräfin 283–241

Madriguera, Enrique 16
Malkine 254
Malraux, André 105, 143
Mann, Thomas 246, 300
Manuel 233
Mardones, José 16
Maruca (s. Nin)
Masées, Beltran 133
Massey, Raymond 34 f., 66
Maublanc, René 302
Maupassant, Guy de 108
Maurois, André 238
Mencken, H. L. 297
Michaux, Henri 155
Middleton (Ehepaar) 66
Miller, Henry 18, 20 ff., 28–31, 39 f., 43 bis 54, 56, 60–66, 81 ff., 88, 90 ff., 94–97, 99–102, 105 ff., 109 ff., 114–117, 129 f., 132, 134, 137 ff., 141, 143 f., 148 ff., 150, 152 ff., 157 ff., 162, 164, 169–172, 177 f., 184–194, 196 ff., 201–205, 207–210, 214 bis 227, 230–233, 235–238, 241 f., 252–256, 258–261, 267–272, 274, 276, 279–283, 285, 288 f., 292–300, 303, 305
–, June (zweite Frau H. M.s) 18, 47 f., 54, 60, 86, 90 f., 95, 116, 130, 138, 153, 171, 185, 192 f., 205, 215, 220, 223, 231, 237, 239, 253, 274, 281 ff., 285, 288
Minkowski, Dr. 50, 61
Miró, Joan 287
Montasseb, Driss Mokri 72
Moricand, Conrad 84, 91 f., 97 ff., 109 f., 119 f., 123, 128, 131 ff., 143, 155 ff., 163, 170, 184, 229 f., 250, 254 ff., 258, 261, 270, 274, 278, 297–302
Murphy, Dorothy 54

Nadja 171
Neruda, Pablo 87, 134 f., 139, 142, 191, 210
Nijinsky 225
Nin, Joaquin (Anaïs Nins Vater) 43, 51, 56, 58, 62, 69 f., 101, 108–111, 130, 136, 143, 146, 148, 153, 164, 184 f., 189, 235, 237 ff., 241, 250, 261–266, 268, 270, 279 f., 283 f., 286, 288 f., 301
Nin-Culmell (Anaïs Nins Mutter) 65, 68, 87 f., 92, 96, 101, 111, 124, 154, 164, 180 f., 184, 269
Nin-Culmell, Joaquin (Anaïs Nins Bruder) 43, 52, 65, 68, 87, 92, 96, 101, 111, 130, 154, 159, 164, 184, 269, 280
Nin, Thorvald (Anaïs Nins Bruder) 65, 68 ff., 101, 280
Nin, Maruca (zweite Frau von Anaïs Nins Vater) 143, 261–266, 268, 270, 285
Nixon, David 180 f.
Norden, Marika 230
Norman, Dorothy 236, 297
Novalis (Friedrich von Hardenberg) 122

Orloff, Chana 47
Osborn, Richard 22, 169, 171, 178

Paulhan 233
Pepys, Samuel 106
Perkins, Maxwell 236, 249
Perlès, Alfred (Fred), österreichischer Journalist und Schriftsteller, war mit Henry Miller befreundet; 44, 46, 49, 51, 53, 61, 115, 198, 208, 233, 260, 274
Picasso, Pablo 84, 155, 235, 287
Pita 90 f., 232
Ponisowski 133
Proust, Marcel 21, 27, 50 f., 101, 107, 135 f., 193, 197, 204, 207, 222, 230

R., Hélène (Pseudonym) 137 f., 141, 143 f., 153, 155, 162, 169 f., 184, 217, 220, 223, 237, 241, 248, 250
Rainer, Luise 260
Rank, Dr. Otto 11–18, 20 ff., 24, 26 ff., 30 f., 36, 40, 43, 46, 50, 60, 63, 66, 68, 101, 107, 125, 140, 157, 170, 188, 202, 216, 224, 226 f., 232, 275
Ranson, Lila (Pseudonym) 238 ff., 242
Rattner, Abe 177
–, Bettina 177
Ray, Man 301
Reichel, Hans 149 f., 169, 188, 215, 235 f.
Reinhardt, Max 35, 39
René 113 f., 123 ff., 161
Roberts, Colette 59
Roger 132
Rosalie 303
Rosenfeld, Paul 297
Rothschild, Baron de 249
Ryan, Betty 169, 240 f.

Sachs, Maurice 112 f.
Sade, Marquis de 31
Sage, Kay 257
Salmi, Sylvia 20
Satie, Erik 200
Savitry, Émile 82
Schnellock, Emil 20
Scriabin, Aleksandr 154
Seurat, Denis 50
Shankar, Uday 154, 156
Shubert 117
Simon, Michel 113 f.
Solidor, Suzy 242
Spengler, Oswald 42, 48, 50, 204
Steloff, Frances 92
Strindberg, August 275
Suarès, Carlo 275
Sugimoto, Etsu Inagaki 298
Supervielle, Jules 63

Tanguy, Ives 257
Thoma, Richard 53
Thomas (Fräulein) 66
Tscheremetieff, Oberst 131
Tzara, Tristan 287

Valentina (Pseudonym) 242
Vallejo, César 259 ff., 288

Wagner (Ehepaar, Pseudonym) 27, 36, 54
West, Mae 144
–, Rebecca 34, 51
Wickham, Anna 283